PĂRINTELE **VASILE IOANA** **LIANA STANCIU**

FEMEIA
ÎNTRE CER ȘI PĂMÂNT

Descrierea CIP a Bibliotecii Naţionale a României
IOANA, VASILE
Femeia între cer şi pământ / Vasile Ioana, Liana Stanciu. - Bucureşti : Bookzone, 2023
ISBN 978-630-305-073-7

I. Stanciu, Liana
2

Coordonator ştiinţific: **Pr. Prof. Dr. Ştefan Buchiu**
Ediţie îngrijită: **diac. Nicolae Mogage**
Foto copertă: **Victoria Ungureanu**
Grafician copertă: **Teodora Savu**
Redactor: **Mariana Alexandru**
Tehnoredactor: **Anca Marisac**

Editura Bookzone
Şoseaua Berceni nr. 104, sector 4, Bucureşti
Comenzi şi informaţii:
Telefon: +40 774 091.579; +40 770 584.429
E-mail: office@bookzone.ro
www.bookzone.ro

PĂRINTELE **VASILE IOANA** **LIANA STANCIU**

FEMEIA
ÎNTRE CER ȘI PĂMÂNT

Material consemnat de Alexandru Panait

Bookzone
BUCUREȘTI, 2023

CUVÂNT-ÎNAINTE

Oameni frumoşi,

Vă mulţumesc că citiţi, că ascultaţi, că simţiţi şi că, uneori, vă enervaţi când în jurul vostru se întâmplă lucruri greu de înţeles, gestionat, tolerat.

Am scris această carte, mai bine zis, s-a scris singură, fiindcă mi s-a pus de multe ori întrebarea de ce dă Dumnezeu oamenilor suferinţa. Încă fac eforturi să înţeleg că suferinţa e purificatoare, că doar cu sacrificii vom înţelege probabil că în afară de moarte şi taxe altceva nu e sigur în viaţă, că, oricât de greu sau uşor îţi este, cel mai important e de departe faptul că nu eşti singur, niciodată. Şi parcă totul e mai uşor de dus în doi, tu şi Dumnezeu.

Cartea asta este despre mine, femeie, blondă, mamă, soţie, mioapă, creştină... şi mai ales despre întrebările mele. Da, au fost zile când L-am luat la rost pe Dumnezeu fiindcă n-am înţeles ce mi-a răspuns. Sunt sigură că mi-a răspuns, aşa că am încercat să întreb din nou, aceleaşi lucruri, pe un alt ton.

Şi am avut un intermediar care a decodat, tradus şi lămurit aproape toate frustrările şi întrebările mele: Părintele Vasile Ioana. Un om şi un preot excepţional. Citeam într-o zi faptul că adevăratul preot Îl face pe Hristos transparent în el. Părintele îmi este duhovnic de peste 20 de ani, i-am spus de mii de ori ce mă enervează şi tot de atâtea ori mi-a explicat clar şi răspicat că nu am altă soluţie decât rugăciunea, şi din rugăciune vine răbdarea şi apoi înţelepciunea, şi prin înţelepciunea duhovnicească vin soluţiile salvatoare.

Am învăţat multe în viaţă, slavă Domnului, şi mai am atâtea de învăţat, dar ceva ştiu destul de bine: să pun întrebări, să le reformulez până înţeleg. Aşa că hai să punem întrebări directe şi să le însoţim de un gând bun, care îmbracă Universul. De altfel, bunătatea este singura trăsătură pe care o respect ca superioară la un om. Sunt şi altele: eleganţă, atitudine, inteligenţă, nivel intelectual, toate sunt importante, dar nu dau doi bani pe ele dacă nu există şi bunătate.

Am căutat împreună cu Părintele Vasile cea mai emblematică doamnă din societatea românească de astăzi, pentru a o invita să fie alături de noi în demersul de a scrie această carte, care e dedicată femeii şi dezvoltării ei spirituale. Suntem onoraţi că Majestatea Sa Margareta, Custodele Coroanei, a acceptat să ne sprijine cu un mesaj pe care vă invit să-l citiţi. Mulţumesc lui Dumnezeu pentru oamenii minunaţi din viaţa mea, familiei mele, mulţumesc Majestăţii sale pentru mesaj şi implicare, Părintelui Vasile că e alături de mine de peste 20 de ani.

Aşadar, cu gând bun vă rog să parcurgeţi rândurile următoare. Fără să am pretenţii de autoritate în vreun domeniu, vă spun că sunt multe lucruri pe care nu le ştiaţi şi pe care le vom afla împreună sau le vom căuta împreună prin această carte.

Vă aştept părerile, întrebările, chiar şi reproşurile la intrebaripentruliana@gmail.com.

LIANA STANCIU

Cuvânt al Majestății Sale Margareta, Custodele Coroanei Române

Sunt onorată că am fost invitată să vorbesc despre rolul femeilor în societatea modernă pentru un public care include femei remarcabile de toate naționalitățile, mediile și realizările. Acest mediu ar trebui să fie o ocazie de a face schimb și de a împărtăși experiențele noastre și de a transforma femeile care realizează lucruri excepționale într-o normalitate.

Sunt convinsă că femeile joacă un rol primordial în lumea de astăzi.

Străbunica mea Regina Maria, Regina României din 1914 până în 1927, rămâne o figură foarte admirată și iubită. Eforturile ei umanitare și diplomatice pentru țara noastră în timpul Primului Război Mondial și ulterior în timpul Conferinței de Pace de la Paris din 1919 i-au câștigat aprecierea și afecțiunea la nivel mondial.

Ea a fost un mesager al păcii și al reconcilierii între națiuni. A fost o ambasadoare sofisticată și un model pentru femeile din toate mediile sociale. Crucea Roșie Română a activat sub Înaltul Patronaj al Reginei

Maria şi ea a câştigat enorm respect pentru munca ei de asistentă medicală în timpul Primului Război Mondial. O găsim în tranşee sau vizitând frontul – nu cunoştea nicio teamă de gloanţe sau bombe. O găsim în spitale printre răniţi şi bolnavi – nu cunoştea teama de murdărie sau de boală; şi tot ea a fost cea care, la Conferinţa de Pace de la Versailles, şi-a folosit inteligenţa şi farmecul pentru a câştiga României cea mai de preţ dorinţă – Unitatea Naţională. Prezenţa ei la Conferinţa de la Versailles nu a făcut decât să întărească raportul trimis din Bucureşti în 1917 de un corespondent francez: **„Există un singur om în România şi acela este Regina."**

Predecesoarea ei, Elisabeta, prima Regină a României, a fost autor şi poet de renume internaţional, cunoscută în toată Europa sub pseudonimul de „Carmen Sylva". O figură de frunte în educaţie, ştiinţă şi în domeniul social – în propria ţară a fost numită „Mama răniţilor" pentru rolul său în Războiul nostru de Independenţă şi, ulterior, în stabilirea şi sprijinirea îngrijirii celor aflaţi în nevoie.

A publicat peste 53 de volume în 7 limbi, a fondat galerii de artă şi şcoli de artă, instituţii pentru săraci, şcoli, spitale. Ea a luptat pentru respectarea legilor sanitare. A susţinut cauza femeilor în ţara noastră, promovând dreptul femeilor la studii superioare. Astăzi, ea ar fi ceea ce numim „soft power". Din 1869 până în 1916 a exercitat o influenţă majoră asupra unei societăţi aflate la începutul modernizării.

Bunica mea, Regina Elena a României, a jucat un rol marcant, chiar dacă discret, în istoria întunecată a României secolului XX. A fost un sprijin constant al forţelor democratice ale României între anii 1940 şi 1947. Rolul ei în cel de-Al Doilea Război Mondial nu va fi uitat de miile de oameni ale căror vieţi le-a salvat şi de care a avut grijă. În faţa tiraniei nazismului, a afişat un caracter hotărât, puternic, urmărind ceea ce ştia că este drept şi bun.

Şi mama mea, Regina Ana, este o amintire vie că, în faţa pericolului, femeile privesc înainte şi sunt gata să lupte pentru o cauză nobilă – aceea a libertăţii şi a democraţiei. Regina Ana a fost locotenent în armata franceză, a luptat în cel de-Al Doilea Război Mondial conducând ambulanţe ca infirmieră şi a primit Croix de Guerre din partea Franţei pentru serviciul său. În ultimii 20 de ani, mama mea a fost un model pentru românce, prin exemplul ei de loialitate, curaj, răbdare şi încredere în viitorul ţării sale.

În societatea de astăzi, femeile au şansa de a arăta că realizarea nu înseamnă doar câştig pentru sine, ci şi câştig comun. Cu această mentalitate, femeile pot aduce o viziune diferită în lupta umanităţii împotriva schimbărilor climatice, a creşterii tot mai mari a inegalităţii sociale şi a extremismului sub toate formele sale. Cu moderaţie naturală şi o viziune pe termen lung dedicată construirii de familii şi comunităţi durabile, femeile se dovedesc a fi agenţi ai păcii şi echilibrului.

Capacitatea noastră de empatie este puterea noastră. Ori de câte ori se produce un dezastru, se constată că femeile sunt acelea cărora li se acordă încrederea că vor reconstrui rapid şi eficient reţelele de resurse necesare pentru ca o comunitate să prospere. Şi femeile, atunci când li s-a dat posibilitatea, s-au dovedit a fi cei mai de încredere, corecţi şi de succes antreprenori din lume.

Am încredere că, privind înapoi la femeile care au păşit înaintea noastră, ne putem mândri şi ne putem conduce ţările şi organizaţiile noastre înainte pe o cale responsabilă social şi durabilă.

„Leadershipul feminin. Un model pentru mileniul trei."

Discursul Majestăţii Sale Margareta,
Custodele Coroanei Române
XVI Summit Economic Eurasiatic
Marmara – Istanbul

Margareta

OMUL
LIANA STANCIU

De la copilărie la maturitate

Părintele Vasile Ioana: *Îmi aduc aminte de Părintele Galeriu, care, de fiecare dată când începea o lucrare misionară, ridica mâinile la cer și Îi cerea lui Dumnezeu binecuvântare. Cerem și noi astăzi binecuvântarea lui Dumnezeu, ca să ne inspire, pentru ca dialogul nostru să fie de folos oamenilor. Împreună, începem un demers nou, cu dorința vie ca orice femeie care parcurge aceste pagini să găsească în ele ceva folositor pentru viața ei, pentru dezvoltarea ei spirituală.*

Bine ai venit, Liana! Mă bucur să fim împreună ca să vorbim despre femeie și despre menirea ei în lume. Oamenii te cunosc de pe ecranele televizoarelor, de la radio și din presă. La începutul dialogului nostru, te provoc să ne vorbești puțin mai mult despre tine, despre omul Liana Stanciu, ca să te cunoaștem mai bine, dincolo de ceea ce vedem sau auzim din aparițiile tale media, căci, peste 200 de ani, cine va deschide această carte nu va mai avea posibilitatea de a te cunoaște de pe ecrane.

Liana Stanciu: Îmi doresc din suflet ca omul din viitor, de peste 200 de ani, să vrea încă să citească. În general, Părinte, îmi încep emisiunile cu mulțumiri. Mă gândesc tot timpul că sigur este acolo măcar un suflet căruia să îi mulțumesc. Așa că vă mulțumesc că m-ați ales pe mine dintre miile de femei creștine. Puteați să alegeți oricare altă persoană.

Aş vrea să explic de ce te-am ales pe tine. Societatea este într-o continuă schimbare. Dacă ne gândim la viaţa noastră din anii 1990 versus viaţa noastră de astăzi, realizăm că este cu totul şi cu totul diferită. În acelaşi timp, observăm că, deşi sunt atât de dese şi de dense schimbările, numitorul comun în oamenii lui Dumnezeu este acelaşi: ei rămân neschimbaţi, nu-şi trădează valorile, nu-şi schimbă felul profund de a fi. Rămâne mereu ceva constant în ei. Hristos este prezent în viaţa lor, indiferent de ce le propune societatea. Iar tu, după părerea mea, eşti unul dintre aceşti oameni. Societatea, cu toată alienarea ei, nu ţi-a schimbat credinţa, nu ţi-a modificat traiectoria şi nu ţi-a înlocuit valorile. Ai rămas neclintită în credinţă.

Ba mai mult, în aceşti ultimi 25 de ani am mai adăugat câte ceva. Sper că am mai pus câte o mică piatră la temelie, o cărămidă, la stropul ăsta de credinţă, care oricum nu e decât un „bob de muştar".

Cu smerenie şi convingere spunem că, ori de câte ori strigăm la Dumnezeu să vină, El vine. Mai ales când societatea ne lansează vreo provocare monstruoasă, când încearcă să ne mutileze sau să ne schimbe valorile, atunci strigătul nostru, al creştinilor, fiind şi mai mare, şi Dumnezeu Îşi trimite mai îmbelşugat Harul peste noi în astfel de momente. De aceea, celor care au gândul că trăim nişte vremuri antihristice, îngrozitoare, agitate, le transmitem mesajul că Dumnezeu oferă în astfel de vremuri şi mai multă putere oamenilor care vor să fie cu El. Să nu deznădăjduim, pentru că Dumnezeu nu trimite darurile Sale pentru merite, ci pentru nevoia noastră. De aceea, îndreptându-ne ochii către Dumnezeu şi spre cer, putem să mergem înainte în această lume complexă şi adesea ostilă. Dumnezeu este cu atât mai prezent în lume cu cât omul cere şi mai insistent prezenţa Lui.

Revenind la subiectul discuţiei noastre, spune-ne mai multe despre tine.

Părinte, m-am născut în Drumul Taberei, într-un cartier mare, important, și am crescut între copii de militari. Mama încă locuiește acolo. A fost o copilărie în care biserica era departe... fizic. Ceaușescu le-a ascuns pe cele mai multe – pe unele le-a demolat, iar pe altele „le-a aruncat" în spatele blocurilor. Tata a primit, prin repartiție de la statul român, un apartament într-un bloc locuit majoritar de ofițeri, subofițeri, deși el nu avea legătură cu acest domeniu, lucrând într-o tipografie. Era un om foarte dibaci, priceput. Când mă gândesc la el, îmi revine constant în memorie o anume imagine – tot timpul venea să-mi aducă câte ceva când eram la radio. Evident, motivul real era să mă vadă. Într-una dintre aceste vizite, a căzut o siglă de plastic a studioului radio și s-a făcut țăndări. Tata mi-a zis: „Nu cumva să o arunci!" „Păi cum să nu o arunc? E un plastic, s-a spart." „Nu, nu, o repar eu." Ani la rând, după ce tata n-a mai fost, când mă uitam la acea siglă îmi aminteam că a fost reparată de el. Era impecabilă, nu s-a văzut niciodată că a fost lipită. Tata prețuia totul și avea o răbdare extraordinară în tot ce făcea.

Referitor la relația cu divinitatea, m-am născut și am crescut într-un mediu în care nu se vorbea, nu se știa mare lucru despre Dumnezeu. Tot ce știam era că vine noaptea de Paști și că mai vine și noaptea de Crăciun.

Ce amintiri puternice ai din copilăria petrecută în Drumul Taberei?

Cele mai multe dintre ele sunt legate de școală, pentru că locuiam vizavi de una. Păstrez amintiri dragi și despre gașca imensă de copii din fața blocului.

Despre „cheia legată de gât", care e necunoscută copiilor de astăzi.

Am crescut cu cheia legată de gât și păzeam constant ușa, până când mama sau tata se întorceau acasă. Ne-a găsit mama în mod repetat și pe mine, și pe frate-miu în ușă, adormiți, așteptându-i să apară de pe la diversele servicii pe care le aveau.

Era o responsabilitate care te maturiza, te făcea mai mare decât vârsta reală.

Un psiholog ar putea spune că eram, de fapt, un copil care avea rana abandonului și aștepta venirea părinților, cu toate că nicio clipă nu m-am simțit un copil abandonat, numai că am avut, într-adevăr, dorul de părinți în mine. Tata chiar a plecat la un moment dat să facă niște bani prin Italia și s-a întors după aceea în țară, deși putea să rămână acolo. Nu a vrut să-și abandoneze familia. A fost un copil chinuit, care a crescut într-un centru de copii de la Bușteni, căci nu și-a cunoscut mama, care a murit foarte devreme. Pe tatăl lui l-a descoperit târziu și cred că a avut această determinare ca nu cumva copiii lui să fie la fel. Eu n-am suferit niciodată de asta, ba aș putea spune, glumind, că uneori mama și tata erau acolo și când nu aveam nevoie să fie.

Suferințele din copilărie ale tatălui tău au generat în el puterea de sacrificiu și dorința ca ție și fratelui tău să nu vă lipsească nimic.

Pentru că lui i-a lipsit mama. A crescut cu o mătușă, apoi a ajuns într-un centru la Bușteni. Tot timpul și-a adorat familia, copiii și pe sora lui. Mătușa mea a plecat din țară în vremea lui Ceaușescu. Mult timp, tata a suferit pentru că avea o rudă de gradul întâi plecată în străinătate și îi era uneori tare greu. Însă, dincolo de toate aceste greutăți, tata și mama s-au străduit să ne ofere o copilărie frumoasă, chiar în acele vremuri deloc ușoare. Câteva lucruri erau pentru noi foarte serioase – familia, prietenia, felul în care ne ajutam unii pe alții. Tata nu mergea prea des la biserică, dar era primul când era vorba de ajutat, era foarte săritor.

Pe vremea aceea oamenii își împrumutau diverse lucruri. Te duceai la vecina să împrumuți puțin zahăr, ulei, ouă sau ce mai aveai nevoie prin bucătărie.

Era de ajuns să spună vecina „Ajută-mă!”. Nici nu conta la ce oră sau dacă știa să facă acel lucru, că tata se ducea să încerce cumva să ajute. Măcar să fie acolo, să știe că nu a lăsat pe nimeni la necaz. Învățase în ultima vreme să facă instalații, îi plăceau toate metalele, le topea, le lipea. Făcea tot felul de lucruri, ca să ajute oamenii. Chiar modul în care a plecat dintre noi spune ceva despre firea lui generoasă. Acest lucru s-a întâmplat într-o zi de duminică, când mama era la biserică. Era februarie și ninsese. A curățat singur de zăpadă și de gheață toată intrarea în bloc.

Câtă jertfă de sine! Dintr-un bloc de 10 etaje nu a mai coborât nimeni altcineva să ajute!

A făcut un efort imens și așa s-a dus la Dumnezeu, în ziua aceea. A dat zăpada, a urcat în casă, a mâncat cu mama apoi a făcut stop cardiac și a murit pe loc.

Dacă ar fi să ne gândim la tatăl tău, să avem un gând bun pentru el, în Biblie se spune că vei fi judecat după felul în care mori. Ultimele momente sunt extrem de importante în viața unui om, mulți credincioși știu asta. De aceea noi, la ectenii[1]*, cerem mereu: „Sfârșit bun, sfârșit creștinesc!” Exact așa a murit tatăl tău. Făcând jertfă pentru aproapele. Dincolo de suferința pe care a produs-o plecarea lui, sigur această moarte este una nobilă!*

Totul are un sens pe care noi îl înțelegem mai târziu sau poate niciodată!

Povestește-mi puțin și despre mama ta. Care este rolul ei în viața ta?

Mama este, slavă Domnului, una dintre cele mai serioase urmăritoare ale activității dumneavoastră. E pensionară, trăiește prin noi și prin nepoții ei, iar noi ne bucurăm de ea. Îmi amintesc de ea ca fiind o femeie

1 Serie de scurte rugăciuni de cerere, rostite de diacon sau de preot în numele tuturor celor prezenți la slujbă (n. red.).

care s-a jertfit, care a muncit foarte mult, pentru care nu exista pauză. Tot timpul făcea ceva, lucra ceva, gătea ceva, curăța ceva. Când se întorcea de la serviciu, își punea un șorț colorat și ros și se punea pe treabă: ba niște murături de scos, de pus, ba niște lucruri de terminat. Nu exista zi fără plan! Iar dacă era o zi fără plan, atunci cu siguranță gătea ceva.

Știu că ai și un frate mai mare. Care e cea mai frumoasă amintire din copilăria voastră, ca frați?

Da, pe Gabriel. Am crescut împreună. Sunt mii de aventuri frumoase și amintiri minunate, dar îmi aduc aminte în mod deosebit de una, o poznă: am spart amândoi geamurile școlii de vizavi cu bile de sticlă, cu praștia. Mai mult el, că eu eram mai mică și nu prea aveam țintă. Era un copil năzdrăvan! Mergea mama la școală constant și i se spunea: „Cu Liana nu sunt probleme, dar uitați ce a făcut Gabi!" Se bătea, a fost tot timpul nărăvaș, a făcut box. La un moment dat făcea box cu oricine, inclusiv cu mine.

Așa sunt, în general, băieții, mai năzbâtioși! Apoi, cam așa era copilăria anilor 1980, în care existau multă joacă, multă mișcare în aer liber, v-ați ascunselea, rațele și vânătorii, leapșa, bătutul mingii în curtea școlii sau în fața blocului, activități pe care astăzi copiii noștri nu prea le mai știu.

Am sărit miliarde de corzi și miliarde de elastice în fel și chip și am desenat mii de șotroane pe aleile din fața blocului. Asfaltul era tot timpul colorat. Și ce furie aveam dimineața, când le găseam șterse de părinți, sau de ploi, sau de mai știu eu ce!

Apoi au venit adolescența, liceul, treapta întâi, treapta a doua. Te-ai îndrăgostit în liceu?

În liceu? Întâi am descoperit rockul. Am avut și eu perioade de nebunie. Am vrut să urmez școala de asistente, numai că am ratat admiterea. Era şi foarte departe şi m-am trezit la 4.00 ca să ajung undeva în Fundeni, unde exista o astfel de şcoală, şi tot am ratat momentul. Am intrat, în schimb, la Colegiul „Matei Basarab" şi în acea perioadă am descoperit rockul şi pe Bon Jovi. Am avut o gaşcă de iubitori de muzică, am fost în „brigadă", am cântat. Colegă de bancă mi-a fost Monica Anghel. Facem parte din aceeaşi generaţie.

Cum ţi-o aminteşti pe Monica? Ea care e atât de activă, atât de plină de vitalitate.

Eu nu aveam prea multe talente la vremea respectivă. Ea, în schimb, era foarte, foarte talentată și semăna foarte tare cu mama ei, fiind şi tunse la fel. Când intrau în şcoală, toată lumea se uita la ele, străluceau. Ea tocmai câştigase un concurs cu piesa *Bădiţă Ioniţă*. Mi-aduc aminte că bătea ritmul şi în capacul de la toaletă al fetelor sau prin bancă. Deci era deja o vedetă din clasa a IX-a. Întotdeauna a fost, pentru că avea o voce fabuloasă.

Are într-adevăr o voce unică, un timbru vocal pe care nu îl poţi uita. Dacă ar fi să te gândeşti la perioada aceea, Monica Anghel este clar o voce reprezentativă. Şi acum este. Un talent enorm.

Ne bucurăm teribil că ne vedem în continuare; rar, ce-i drept, dar când ne întâlnim, avem aceeaşi extraordinară bucurie de a ne redescoperi. Am fost, aşadar, elevă la un liceu serios şi am învăţat bine. În curtea şcolii se întâmplau toate trăsnăile – cântări, poezii... Aveam chiar un soi de imn al liceului. Era o competiţie între licee, la baschet, la cele mai tari brigăzi. Nici nu mai ştiu cum eram organizaţi. Am fost un fel de şef de „ceva". Profesorii aveau încredere în mine mai mult decât în alţi colegi de-ai mei, căci eram extrem de serioasă, nu ştiam să chiulesc. Asta şi pentru că, crescând lângă frate-miu, care era mai nărăvaş, nu trebuia să le dau niciun fel de motiv suplimentar de îngrijorare alor mei.

Ai amintiri frumoase din verile din liceu? Tabere, ieşiri?

O singură dată am fost într-o tabără. Aveam o prietenă foarte dragă în liceu, o tipă fabuloasă, al cărei tată inventase combustibilul biodegradabil, cu nişte tuburi mari de pe autobuze. Mai ţineţi minte? Aveau o casă undeva în Săcele şi mergeam în camping, cu cortul – ce bucurie! Îmi aduc aminte că, acolo, toată lumea cânta folk: Nicu Alifantis, Celelalte Cuvinte, Compact. Cei de la Phoenix erau prea bătrâni pentru noi, îi preferam pe cei un pic mai tineri, mai de vârsta noastră. Ştiam versurile celor de la Iris pe de rost. Verile erau complicate, pentru că nu am avut aşa-numita „la ţară", or asta era, în general, singura vacanţă pe care cei mai mulţi o aveam. Rar erau tabere. Am fost însă în nişte expediţii cu profesorul Mihai Stan, unul dintre cei mai buni profesori ai mei. Am mers la toate mănăstirile în două sau trei expediţii, câte 12-18 zile, cu rucsacul în spate: Voroneţ, Suceviţa, Moldoviţa, Putna... Atunci cred că a început toată povestea aceasta cu descoperirea laturii mele spirituale.

Aşa L-ai cunoscut pe Dumnezeu? În perioada aceea, mergând din mănăstire în mănăstire?

Atunci, Dumnezeu a început să bată la uşa mea, dar L-am descoperit de-adevăratelea un pic mai târziu. Şi încă mai am de lucru...

Până atunci, cumva, au fost doar crâmpeie de spiritualitate în viaţa ta. Nu ai avut exemple directe acasă, în imediata apropiere...

Acasă nu era duh de rugăciune. Dar nu existau sărbători fără lumânare, fără închinare, fără amintirea pioasă a celor care au fost. Existau bun gust, respect, moralitate în casă. Deci, cumva, părinţii au pus temelia bunului-simţ, a bunei-creşteri. De-aici a plecat totul, practic, ei au sădit în mine seminţele credinţei care au rodit mai târziu. Însă cumva rădăcina în sine am prins-o în toate aceste „expediţii" pe care le făceam în nordul

Moldovei, pe când eram în clasa a VIII-a. Erau două-trei săptămâni în care vizitam. M-au fascinat mănăstirile; până atunci nici nu ştiam că există aşa ceva. Cu acel prilej l-am descoperit mai bine şi pe Creangă, la el acasă, în Humuleştiul de poveste. Ce vizionar era profesorul Mihai Stan, Dumnezeu să îl odihnească! Era, din păcate, un fumător înrăit, fapt ce i-a grăbit plecarea dintre noi. Trimitea dinainte pachete de mâncare pe numele lui din Bucureşti către Suceava şi, când ajungeam acolo, ne bucuram de conţinutul lor, fie că erau conserve sau alte bunătăţi. Căram în spate oale, spirtiere şi ne încălzeam supele la plic. Eram ca nişte aventurieri din cărţile pe care le citeam. Trăiam din tot felul de lucruri conservate, ne adaptam, nu eram deloc mofturoşi, iar seara făceam o salată mare cât un ceaun pentru toţi. Şi, desigur, cântam. De cele mai multe ori, campam pe malul Ozanei, pentru că îi era drag profesorului nostru. Trăiam viaţa din Moldova, îi trăiam pe Creangă, pe Eminescu, pe Sadoveanu.

Deci spiritualitatea moldavă te-a cucerit. Literatura acestor genii moldovene şi spiritualitatea mănăstirilor au însemnat ceva şi pentru tine.

Au însemnat baza. Era vârsta la care aveam senzaţia că le ştiu pe toate. Însă, în momentul în care ajungeam acolo, descopeream cât sunt de mari energia, duhul şi harul locului în sine. În mănăstirile acelea minunate! Două ore nu m-am putut dezlipi de albastrul de Voroneţ, nu înţelegeam cum poate să existe aşa ceva. Mă întrebam ce nuanţă este culoarea aceea aproape ireală. Dacă aş fi avut un telefon la vremea aceea, aş fi căutat să văd cât e verde, cât e albastru, cât e negru, cât e alb sau cât ţine, poate, de lumină. Mi-aduc aminte că atunci doar mă uitam şi nu prea înţelegeam, însă voiam să pricep mai mult. Pe atunci ştiam doar ceea ce ne spuneau ghizii care erau măicuţele acelea minunate. Însă ce bucurie, câtă puritate, ce frumos! Ne bucuram de alte lucruri decât se bucură copiii acum. Astăzi, cred că mi-ar fi greu să mă uit la un perete timp de două ore, oricât de frumos ar fi.

Fără să îți dai seama, în timp ce tu Îl priveai pe Dumnezeu, și El te privea pe tine. Prin această întâlnire aparte, Dumnezeu ți-a vorbit, iar tu ți-ai deschis sufletul și ai primit Har în acele momente. Clipele în care stai și meditezi la Dumnezeu și la creația Sa sunt clipe în care, de fapt, Îl lași pe Dumnezeu să te modeleze. Atunci, în tine, s-a întâmplat tainic ceva, fără ca tu să fi realizat. Ai privit, ai rămas în această contemplare, te-ai bucurat de ceea ce vedeai și simțeai și așa s-a născut ceva în sufletul tău.

Nu puteam să mă mișc de uimire. Îmi dau seama că astăzi n-aș putea să stau nici măcar două minute, darămite două ore într-un singur loc. E din cauza lipsei de concentrare care vine la pachet cu viața modernă, cu faptul că suntem înconjurați de tot felul de accesorii, de terminale și de lucruri care ne fură timpul și pacea, precum rețelele sociale. Nu sunt împotriva lor, dar simt că mi-au furat ceva. Mi-au furat atenția și concentrarea. Nu mă mai pot concentra cât aș vrea asupra lucrurilor simple, asupra lucrurilor care îmi fac plăcere, nu mai citesc cât mi-aș dori, nu mai stau eu cu mine cât mi-aș dori. Tot timpul e ceva de făcut. Asta mă deranjează cel mai tare – nu am niciodată timp, deși timp este, slavă Domnului. Am calculat odată, într-o vacanță, cât de mult timp petrec pe diverse site-uri, căutând diverse chestiuni, ajungând pe la mai-știu-eu-ce magazin online. Acela e timp pierdut și furat. Dacă aș putea să mă concentrez, atunci când am de lucru, să nu trebuiască să trimit sau să fac ceva trei minute, cinci minute, să pot dezactiva notificările și să mă întorc la carte, ar fi fabulos. Câți dintre cei care ne citesc fac asta?

Părinte, revenind la cartea noastră și la întrebările la care v-am spus că mă pricep, această carte va fi una a căutărilor, a întrebărilor despre ceea ce cred eu că nu am înțeles până acum. Sper că le va fi de folos cititorilor noștri, pentru că poate mai sunt și alți oameni care (își) pun astfel de întrebări. Din toate studiile pe care le citesc la radio, reiese că, dintre toate persoanele care vin spre Dumnezeu, care vin la biserică, trimit acatiste, se roagă, cele mai multe sunt femei.

Da, după toate studiile, chiar și după toate constatările sociologice ale vremii, femeia de astăzi este mai preocupată de viața spirituală decât bărbatul.

Poate că și bărbatul este, dar nu recunoaște.

El e mai legat de materie, de pământ, de mașina pe care o conduce, de modelul nou de telefon, de banii din cont, de casă, de vilă, de terenuri. Femeia este mai legată de cer, de lumea spirituală, de partea nevăzută a realității, de virtuțile de care simte și înțelege că are nevoie pentru a fi ceea ce este în esență menirea ei, aceea de împreună-lucrătoare cu Dumnezeu pe pământ. Prin această împreună-lucrare a ei, prin puterea rugăciunii izvorâte din credință, ea poate să-L determine pe Dumnezeu să schimbe lumea în bine. Nu lumea mare, ci lumea ei. Familia ei. Unde există o femeie credincioasă, există pace, bucurie și echilibru.

Aș vrea însă să ne mai întoarcem puțin la adolescența ta; mi-a fost tare drag ce mi-ai povestit. Verile acelea frumoase în nordul Moldovei, un pic de Creangă, un pic de Eminescu, un pic de Sadoveanu... De acolo au urmat, cum este firesc, bacalaureatul și facultatea. Spre ce te-ai îndreptat, erai un copil de nota 10?

Am avut o singură medie de 9. Dorința mea a fost să urmez Medicina, dar am ratat admiterea. Apoi, pentru că eram destul de bine pregătită, am dat admitere la Chimie – la compuși, oxizi și silicați. Mă gândeam că mai aveam nevoie de niște meditații la Anatomie, la Biologie. Numai că, la vremea respectivă, ai mei nu își permiteau să plătească acele meditații. Speram să lucrez undeva, să câștig niște bani, ca să pot să dau admitere anul următor.

Asta a fost problema ta atunci, că nu puteai fi susţinută financiar ca să te pregătești mai bine. Aveai nevoie de o activitate ca să poţi obţine niște bani pentru acele meditaţii.

Da. Se întâmpla în 1990, an în care deja erau toate radiourile pornite. Am plecat la un concurs de COBOL[2]. Pentru că întotdeauna am avut talent și am fost olimpică la engleză și la spaniolă, mi-era oarecum ușor să descopăr instrucţiunile.

Faptul că înainte de 1989 știai bine limbile engleză și spaniolă și erai și olimpică te-a ajutat. La Revoluţie aveai 18 ani. Erai acasă, probabil, dar pe străzi era multă agitaţie. Cum ai trăit acele momente?

Nu știu nimic, pentru că n-am fost pe stradă. Eram la vârsta la care eram ţinută în casă. Mama nu m-a lăsat de teamă. Gabriel, fratele meu mai mare, era la Târgoviște, în armată. Era o problemă serioasă, pentru că nu știau ce se întâmplă cu el. Mama suna întruna la telefon, încercând să afle dacă nu cumva a fost mutat în altă garnizoană sau trimis pe cine știe unde.

Putea să piară și el, ca atâţia alţii. Frământările mamei tale erau firești.

Și atunci, ca să știe că măcar eu sunt în siguranţă, am rămas în casă și am urmărit ce se difuza la televizor. Nu îmi aduc aminte decât de spaima resimţită și de melodia *Lambada* care apăruse în acea perioadă și care se repeta obsesiv. Un contrast foarte mare, cumplit. Nu am putut difuza piesa aceasta la radio ani întregi din cauza fricii pe care am trăit-o în acele nopţi extraordinare. Am ieșit din casă la mult timp după Anul Nou, mult după ce s-a liniștit orașul. Pe atunci nu existau mijloace moderne de locomoţie, mergeam cu autobuzul, așa că tata mă conducea până în staţie sau mă aștepta la întoarcere, era tot timpul în preajma mea.

---

2 Unul dintre primele limbaje de programare (n. red.).

În drumul meu de la Piața Unirii spre Colegiul „Matei Basarab”, spre Udriște, era una dintre cele mai frumoase biserici. În 1987, Biserica Sfânta Vineri fusese dărâmată. Țin minte că m-a impresionat foarte tare că niște copii un pic mai mari decât mine plângeau când a fost demolată. Am aflat, din ce spuneau localnicii, că au fost aduși deținuți să dărâme, dar n-au vrut să facă asta. Au fost aduse cadre militare și n-au vrut. Au reușit însă cumva să facă acest demers abominabil folosindu-se de tineri puțin mai mari decât noi, care erau militari în termen. Imaginea asta m-a șocat! N-o s-o uit multă vreme. Niște tineri, poate cu un an sau cu doi mai mari decât mine, care plângeau, îmbrăcați în hainele acelea kaki, executau haotic tot felul de lucruri prin jur. Și cineva striga la ei constant. Nu puteam, nu aveam voie să stăm să îi privim. Ani la rând ne-am închinat, deși nu mai era clădirea acolo. Atunci am înțeles cât de mici suntem noi și cât de mare e Dumnezeu. Cât de important e să nu uiți nicio clipă anumite lucruri.

Ai trăit suferința asta alături de cei care au fost obligați să dărâme biserica.

Am văzut procesul, trecând pe acolo zilnic, de luni până sâmbătă, căci mergeam și sâmbăta la școală. N-am știut să-mi explic multe momente de atunci. Am făcut-o însă ceva mai târziu, punând cap la cap informațiile. Vedeam cum soldații făceau asta cu lacrimi în ochi.

O biserică, o bijuterie arhitecturală, dispărea sub ochii voștri, iar acei tineri erau puși să facă asta de către niște ofițeri bine aleși de sistemul comunist de atunci.

Îmi aduc aminte de niște tineri de vârsta mea, poate un pic mai mari decât mine, tunși foarte scurt, care plângeau și cărau bolovani. Asta este imaginea care m-a urmărit multă vreme.

Atunci, la dărâmarea celor 22 de biserici din centrul Capitalei, cu ocazia așezării infrastructurii centrale a Capitalei, durerea a fost foarte mare, fiindcă mulți români n-au vrut să ia parte la asemenea dezastru. Dar, așa cum se întâmplă în cele mai negre perioade, apare o personalitate aparte, un înger de om, în cazul acesta inginerul Iordăchescu, care a reușit să convingă sistemul și a translatat câteva biserici de mare importanță istorică.

De la Mihai, soţul meu, am aflat că biserica în care a fost el botezat era pe magistrală şi au pus-o pe roţi, apoi au tras-o în spatele blocului. O cucerire inginerească fabuloasă, pentru care istoria îi va spune un mare mulţumesc acestui mare inginer, care a trecut de curând în lumea celor drepţi. Mulţumim acestui om datorită căruia noi astăzi ne închinăm în Biserica Sfântul Ioan Piaţă, din cartierul unde a copilărit cel care avea să îmi devină soţ.

Revenind la perioada din liceu, cu excepţia evenimentelor cu puternic impact emoţional, care m-au marcat profund, anii aceia au fost foarte frumoşi. La noi în curte se cânta. Bon Jovi era în plină ascensiune. Cred că aveam 14 sau 15 ani când s-a însurat cu Dorothea Hurley. Am purtat doliu de supărare pe sub sarafanul acela sinistru; atât puteam la vârsta aceea. Mi se părea că e un tip extrem de talentat. Am fost la ambele concerte când a venit la Bucureşti; unul mi-a plăcut, celălalt a fost dezamăgitor. A fost idolul copilăriei mele. Mă rog, când eşti la vârsta aceea, cauţi tot felul de chestiuni care să se potrivească cu lipsurile pe care le ai sau, dimpotrivă, să se plieze pe sufletul tău. Muzica pop-rock m-a ajutat.

Iată un alt filon cultural: muzica. Muzica susține caracterul unui om. Ea îți dă puterea, motivația de a merge mai departe. Și poate să fie un tratament antidepresiv foarte bun. Ești printre puținii oameni din România care prezintă muzică în fiecare dimineață, de atât de mulți ani, ești puternic ancorată în fenomen.

Cum te-a ajutat pe tine în tinerețe muzica și ce ar putea să însemne ea pentru un tânăr?

E mult mai multă muzică azi decât era atunci când eram mică, deși nu obligatoriu mai bună. Când eram copil, am început cu artiștii români. Ascultam o emisiune, *O melodie pentru dumneavoastră*, de la opt la nouă, pe care tata nu o rata niciodată și unde se difuza doar muzică românească. Radiourile difuzau mai multă muzică românească atunci. Apoi, a fost perioada de după 1989. În vremea școlii generale și a liceului a existat un adevărat trafic cu albume, cu viniluri. Dacă cineva primea un album al oricărui artist, era obligatoriu să îl dea mai departe, să-l copieze și altcineva. Se copiau în neștire, pe bine-cunoscutele casete, era copia copiei copiei. Aveam copii după albumele celor de la ABBA, Genesis, Dire Straits, ceva incredibil. La un moment dat, am primit un album de autor al lui Cutugno. Nu îmi plăcea la vremea respectivă, dar pentru că tata fusese în Italia, știam un pic de italiană. Toto Cutugno făcuse deja istorie, era un simbol al muzicii din peninsulă. În 1983 fusese la Festivalul de la San Remo și câștigase cu melodia *L'italiano* tot ce se putea câștiga. Apoi, în 1992, cu piesa *Insieme*, a câștigat Eurovisionul. Îl iubeam și pe Cornel Fugaru, care mi se părea foarte avangardist pentru perioada aceea. De altfel, el făcuse rock. Întotdeauna am avut o afinitate pentru pop-rock. Nu știu de unde, poate că așa a fost să fie, așa m-am modelat.

Pentru mine, muzica a fost întotdeauna cea mai simplă și la îndemână metodă de evadare, cea mai bună terapie. Noaptea, în timp ce învățam, ascultam topurile de la Europa Liberă. Chiar dacă veniseră vremurile bune în 1989–1990, eu ascultam tot ce se întâmpla la posturile de radio de peste Atlantic, din dorința de a învăța de la ei. Pentru mine, muzica a fost supapă și profesor.

Și profesor de limbă engleză, printre altele.

Profesor de multe materii: atitudine la radio, cum să fii comentator etc. La începutul anilor 1990, când am putut ieși peste hotare, strângeam bani ca să fugim până la Budapesta sau în altă parte a lumii, mergeam la tot felul de concerte, erau începuturile înțelegerii libertății noastre.

Și eu am prins un concert Pink Floyd la Hanovra. Când am auzit că e Pink Floyd acolo, am făcut tot posibilul și am mers să-i ascult cântând pe un stadion în fața a mii de fani adunați de peste tot.

În plus, faptul că în țara respectivă mergeam la concerte, ascultam radiouri și înregistram ceea ce se difuza acolo, era fascinant. Cred că și acum mai am vreo 40-50 de casete vechi, cu stațiile de radio de peste Atlantic. Am fost în 1994 pentru prima dată în America, apoi la două-trei stații de radio de la Bruxelles, unde am plecat pentru că lucram la Radio Contact, care era filiala din România a unui radio din Belgia. În toate țările pe care le vizitam, ascultam radioul și înregistram ce și cum spun oamenii aceia. Apoi încercam să traduc, ca să văd despre ce se vorbesc oamenii, cum o fac, cât de lungi sunt intervențiile, cât de concise sunt informațiile, de unde le procură. Gândiți-vă că, în anii 1990, nu aveam internet; acesta a apărut la noi prin 2000. Ani la rând am decupat ziare și orice revistă era devorată până la cotor. Se decupa și devenea știrea mea și a colegului de la ora 7.00, a colegului de poimâine și tot așa.

Deci informația se culegea mult mai greu. Aveai almanahuri?

Orice tip de carte, orice informație! De la banalele reviste *Bravo,* care veneau de prin străinătate, până la *New Musical Express* – era o colecție întreagă, trei luni aveai ce comunica din revista aia. Apoi au apărut revistele *Rolling Stones*, care mi se păreau ireale, ne tremurau mâinile când le atingeam. Am trăit vremuri spectaculoase. Presa din România a început să preia astfel de informații. Erau ziare care aveau o pagină de fapt divers, unde se scriau tot felul de lucruri; ele se tăiau, se decupau și se dădeau din mână în mână. Asta se întâmpla deja în perioada în care făceam radio.

Muzica a însemnat pentru tine, alături de celelalte lucruri, cunoaștere, ieșirea din cotidian, practic, psihoterapie!

Mama n-a fost niciodată o mare fană a muzicii, dar când pleca, era tot timpul muzică în casă. Fie că era înregistrată de pe la radiourile despre care am vorbit, fie copiată de la vreo colegă care avusese acces la asemenea materiale, fie pur și simplu „șterpelită" de la un coleg de clasă căruia i-o returnam a doua zi – orice, numai muzică să fie. Aveam un player mic, stricat și chinuit, pe care îl acopeream cu o pungă de plastic, ca să nu se umple de praf. El îmi aducea momentele de liniște și de terapie, de isterie și de nebunie. Încercam să înțelegem ce spun artiștii în textele pieselor, căci nu existau, ca acum, videoclipuri doar cu versurile pe YouTube. Au fost vremuri spectaculoase, din punctul meu de vedere. Poate par din alte vieți pentru tinerii de astăzi, care sunt la un click distanță de orice.

La radio m-am dus fiindcă am auzit, pe când eram într-o cofetărie, un anunț cum că se caută vorbitori de engleză și iubitori de muzică. Aveam 18 ani și un pic, de abia devenisem majoră. Voiam să câștig niște bani, așa cum am menționat deja, ca să mai fac niște meditații, să intru anul următor la Medicină. Ceaușescu avea obiceiul să ofere, să vândă locuri, probabil, pentru niște sume, studenților arabi și greci. Nu cred că mi s-a furat locul, când nu am intrat la Medicină, departe de mine gândul acesta, ci pur și simplu nu am fost suficient de bine pregătită. Poate că a fost lecția pe care mi-a dat-o Dumnezeu, în iunie 1989. După care a venit Revoluția, am încercat să găsesc ceva de făcut și așa la începutul lui 1990 am ajuns la un concurs la radio.

Chiar te aflai într-o cofetărie? Cofetăriile, în vremea aceea, erau altceva decât sunt astăzi.

Fusesem la un concurs să învăț COBOL. Era un concurs de limbă engleză și eram cu două fete pe care le cunoscusem acolo. Ne-am oprit la cofetărie, la Continental. Întâmplător sau nu, la doi pași de Biserica Sfântul Nicolae „Dintr-o Zi". Eram exact în cofetăria devenită acum magazin de bomboane. Cineva spunea că se caută vorbitori de engleză și iubitori de muzică pentru a lucra în radio. Stația de radio se afla în sediul Facultății de Arhitectură, exact în spatele bisericii. Imediat după Revoluție, s-a născut Radio Contact, în februarie 1990.

A cui a fost ideea?

A domnului Călin Popescu Tăriceanu. Când s-a deschis stația de radio, era o gașcă mare de tineri care lucrau acolo, cei mai mulți dintre ei studenți la Arhitectură. Eu am ajuns undeva în aprilie-mai. Căutau oameni care să vorbească la radio, așa că s-a dat concurs. Fetele împreună cu care fusesem la concursul de COBOL făceau glume că aș fi perfectă pentru post, în condițiile în care toată viața am avut un complex al vocii puțin prea groase, baritonale, un timbru care nu este specific unei fete. Când eram mică, mă enerva cel mai tare că mă confunda lumea la telefon cu frate-miu.

Asta a devenit mai târziu un avantaj fantastic. Oportunitatea de a transforma un aparent defect într-o calitate.

Adevărat, numai că nu știam acest lucru atunci. Acum știu, Îl cheamă Dumnezeu, simplu. M-am dus la acel concurs doar pentru că puseseră fetele pariu, mă considerau potrivită. Am ajuns în amfiteatrul de la Arhitectură, unde erau peste o sută de tineri. Când am intrat, i-am zis Gloriei, prietena mea: „Eu nu rămân aici, ce să fac, să stau la rând? Nu, clar!" Cum am intrat, a ieșit un domn care-a spus: „Noi suntem gata. Nu ne așteptam să fiți atât de mulți. Cine dorește să înceapă?" Am ales să fiu prima, nici nu ştiam în ce constă proba, voiam doar să scap de pariul fetelor. Am intrat într-un spaţiu unde erau numai bărbaţi, care m-au întrebat diverse lucruri. Eram studentă pe atunci, dar nu prea îmi venea să mă duc la Facultatea de Chimie, fusesem doar la două-trei cursuri. Visul meu era să fiu medic. Aveam, după mintea mea, și povestea asta cu vocea. Un coleg de-ai mei care a deschis staţia de radio în Moldova, la Botoşani, mi-a spus: „Mi-aduc aminte că te-am întrebat dacă eşti răcită. Tu ţi-ai dres vocea şi ai zis: «Da, sunt puţin răcită, dar îmi va trece!»” Ei bine, de 30 de ani nu-mi mai trece! M-au pus să citesc un text despre un preşedinte lituanian pe care îl chema Vytautas Landsbergis. Se aşteptau să mă încurc. Şi eu mă aşteptam să mă încurc, dar nu am făcut-o. Din nou, a fost mâna lui Dumnezeu, slavă Lui! Apoi, m-au întrebat care e trupa mea preferată. Nu le-am zis de Bon Jovi – atenţie, toată lumea era înnebunită după vocalist! Le-am spus că îmi place Phil Collins, respectiv Genesis, şi unul dintre domni a întrebat: „Dar de ce îţi place, mă, Genésis?”, cu accentul pus aiurea. „Îmi pare rău, se spune Génesis în engleză!” L-am enervat îngrozitor, dar cred că asta m-a făcut să ies cumva în evidenţă. La sfârşit, efectiv am fugit de la concurs, am zis că gata, s-a terminat.

După o săptămână şi ceva, mă cheamă mama: „Te caută cineva de la radio. Ce treabă ai tu cu radioul?” Uitasem deja întâmplarea. Un domn foarte scorţos mă chema a doua zi, în Splaiul Independenţei, la o întâlnire despre concursul pe care-l susţinusem. A fost una dintre cele mai frumoase zile ale vieţii mele. Am intrat într-o staţie de radio şi am primit o copertă a unui disc de 45 de turaţii. Viitorul meu coleg luase discul şi-l pusese să cânte. Eram şase sau şapte oameni în jurul unei mese, iar el trona între toate acele aparate. Mi se părea ceva incredibil, greu de înţeles cum se pot apăsa toate butoanele. Mi-a aruncat coperta şi mi-a zis: „Eşti a treia la rând. Peste trei piese, să spui ceva coerent, ai 38 de secunde!"

Practic, te-a băgat direct în pâine.

N-am știut ce e de fapt – era proba de voce. Degeaba ești inteligent, dacă nu ai acel ceva. Eram ca la examen, îmi tremurau mâinile, nu știam de ce eram în situația asta. A ajuns la mine și a deschis microfonul. Tot timpul am vrut să fiu diferită, chiar și astăzi cred că mă mai străduiesc să fiu diferită. Am spus că mă cheamă Liana, că afară plouă sau aproape plouă. M-am uitat un pic pe fereastră, imitând cumva ce făceau cei pe care eu îi ascultam la radio, încercând să fiu altfel. Le-am spus că urmează piesa *My, my, my*, a lui Johnny Gill, pe care o știu și astăzi. N-a făcut istorie prin clasamente, dar la vremea respectivă se difuza la toate radiourile de pe planetă. Radio Contact avea acces la cea mai nouă muzică. Eu am spus, citez din memorie, că: „E un titlu care sună onomatopeic, și totuși, atât de posesiv. Se potrivește perfect cu vremea asta. Hai s-o ascultăm și mai povestim." De unde mi-a venit să spun „onomatopeic"? Era un desen animat în perioada anilor 1990, *Olimpiada râsului*, iar acolo era un urs pe care îl chema Yoggy și care nu vorbea, scotea doar niște sunete. Unul dintre ele era „mai, mai, mai". De aici mi-a venit această idee cu onomatopeicul, „am furat-o" cumva. „My" e posesiv în engleză. Așa am făcut conexiunea. Tipul de la butoane a zâmbit, a tras calea, s-a uitat la mine și a vrut să zică ceva. Atunci, instant, s-a deschis o ușă. Un tip de o eleganță cum nu mai văzusem până atunci și cu o țigaretă în mână a intrat și a întrebat, gutural: „Cine a vorbit?" Eu, care mă făcusem tare mică în scaun, am ridicat o mână, dar nu știam dacă să mă ridic ori să o iau la fugă. A fost un moment de o încărcătură mare. Am ridicat mâna și am zis: „Eu!" El a zâmbit: „Ești angajată, ești perfectă!" „Poftim? Stați puțin, că eu am o voce defectă." „Nu ai o voce în niciun fel defectă, nu schimbăm nimic. Uite lada aia de discuri, te rog să faci ordine în ea. De mâine, vii la ora 7.00!" Lada aia conținea un munte de discuri, ceva incredibil. „Doamne, visez!", mi-am zis. M-am ciupit, am ieșit, m-am întors, iar am ieșit, iar m-am întors. A fost un moment absolut spectaculos. Era toamnă și n-am mai plecat... A venit Crăciunul și am dormit la radio, de drag, pe lada aceea de discuri. De atunci viața mea s-a schimbat. Nu am mai vrut la Medicină, ci doar să învăț să fac acea meserie. Și azi mai învăț...

Suntem la 32 de ani de atunci, de când acel interviu ți-a schimbat viața. Odată cu apariția la Radio Contact viața ta a luat o turnură bruscă. Îmi amintesc că eram foarte tânăr, aveam 19-20 de ani și începusem studenția. Tu erai asociată cu Radio Contact; cine spunea Liana Stanciu spunea Radio Contact și invers.

În acea vreme, mi se părea că n-aveam niciodată timp suficient. Aveam două joburi, ca să câștig niște bani. La început, am lucrat gratuit la radio. Au fost foarte multe momente în care am primit diverse obiecte, prin care se făceau bartere. Nu fumam, dar toată lumea avea pachete de țigări, cafetiere. Pe cheiul Dâmboviței era un adevărat trafic, era Grozăveștiul lângă noi. Ce mai, era mare agitație acolo, așa că preferam să stau la radio. În anii 1990 am făcut Matinalul. Pentru că se difuza la ora 6.00 și aveam mult de mers până la jumătatea Cheiului Dâmboviței, alergam ca să nu întârzii. Și atunci conducerea Radio Contact mi-a cumpărat o motocicletă, pe care ulterior o „dădeam din mână în mână". Un scuter, de fapt. Ce vremuri!

S-au străduit să găsească o soluție pentru tine, să îți ușureze sarcina.

Am fost un om extrem de fidel. Când am plecat de la Radio Contact, m-am mutat practic în studioul alăturat. În clădirea în care lucrez astăzi, la Magic FM, există și Kiss FM, adică vechiul Radio Contact, pe frecvența 96,1. N-am schimbat mai nimic, decât studioul. Am trecut de la Kiss la Magic, vechea frecvență pe care își dorea cândva managementul Radio Contact să facă Contact Gold, ca să diversifice repertoriul și să difuzeze muzică veche, de bună calitate.

Ești om de radio de 32 de ani. Ai avut, deci, o tinerețe frumoasă, plină de nou și de dinamism! Țara intra în schimbări mari în acele vremuri și tu ai prins, iată, un început fantastic.

Am făcut școală de radio pe urechile și pe mințile ascultătorilor, învățând de la diverși colegi. M-a ajutat abilitatea pe care am primit-o, fără îndoială, de la Dumnezeu: să filtrez ce auzeam. Singurul radio disponibil peste tot era Radioul Național. Din păcate, cei mai mulți dintre colegii mei de acolo nu erau prea buni vorbitori de limbi străine. Știam cum nu vreau să fiu, așa că mi-am clădit școala de radio pe urechile, pe mințile și – sper – că și pe sufletele oamenilor. Am învățat mult, am crescut odată cu generația, m-am educat. A fost foarte multă pasiune pentru muzică.

Suntem imediat după Revoluție, când te-ai angajat la Radio Contact, fapt care ți-a schimbat viața. Deși intenționai să mergi la Medicină, ai renunțat aproape complet la această idee.

Și nu numai atât, mi-a schimbat și țelul, și gândurile, și așteptările. M-a modelat. Doar gândul că am descoperit ceva ce nu mi-am imaginat că pot face sau cu care să am vreo legătură, considerându-mă tot timpul ușor complexată din cauza timbrului meu vocal, era fantastic. Abia când am început să-mi aud vocea la radio și reacțiile celor din jur am înțeles că, de fapt și de drept, nu e neapărat o chestiune rea, dimpotrivă chiar. Mai târziu, în anii 2000, au început cercetările de piață, iar italienii au făcut prima cercetare pe voci. S-a dovedit că vocile cu tonalități joase sunt mai credibile. De aceea vocile de la jurnale, de la emisiunile de știri, sunt mai grave de obicei, nu neapărat feminine. Multă vreme ştirile au fost prezentate de către bărbaţi, pentru că ei au voci mai grave.

Da, vocea e mai baritonală.

Nu întâmplător, cele mai multe jurnale de ştiri aveau loc, la început, într-un spaţiu în care omul putea să stea pe scaun, cu mâinile aşezate pe un pupitru. În felul acesta îşi transforma cutia toracică într-o cutie de rezonanţă. Unii prezentatori fac eforturi să aibă vocea gravă, iar pentru asta învaţă să respire şi să facă diverse exerciţii. Or, în momentul în care stai în poziţia corectă, e mai uşor şi e mai natural să pui tonuri grave într-o voce.

Aşadar, în tinereţe, vocea mai gravă constituia pentru tine un defect, un complex. Între timp, ea a devenit o mare calitate, care te-a adus în prim planul vieţii publice – vocea, alături, desigur, de cunoaştere şi de prezenţa de spirit, căci nu putea fi doar vocea. Ce le recomanzi oamenilor care au un complex de orice fel?

Să cerceteze, să nu lase nimic să-i domine, mai ales părerea celorlalţi despre ei, şi, în măsura în care au şi găsesc forţa, să facă din aparentul lor defect, din ceea ce e diferit la ei, tocmai calitatea care să îi scoată din mulţime. În ultima vreme au mare impact oamenii diferiţi, oamenii care îşi asumă defectele. Calităţi avem toţi, Dumnezeu e darnic şi ne dă tuturor de toate. Unii dintre noi, cu siguranţă, primesc mai mult, alţii, mai puţin. Dacă din ceea ce crezi că e puţin reuşeşti să faci „mult", atunci în mod sigur această transformare, această depăşire a limitelor va fi un atu, o cale sigură spre a intra în minţile şi sufletele oamenilor.

Nu cred că am spus niciodată acest lucru! Motivul pentru care am această voce este unul cel puţin interesant. Ceauşescu dăduse decretul de la finalul anilor 1960, cel împotriva întreruperilor de sarcină. Trebuia să fie mama foarte bolnavă ca să se poată face aşa ceva. Nu se făceau cezariene tocmai pentru că se considera că, dacă ai o cezariană, nu o mai poţi avea pe a doua sau pe a treia.

Prin urmare, nu se făceau deloc. Or, la începutul anilor 1970, m-am născut cu ombilicul înfășurat de multe ori în jurul gâtului. Pe măsură ce m-am dezvoltat în burta mamei, el m-a strangulat. Eram cianotică, jumătate de mână era deja vinețiu-violacee.

Deci ai stat în burta mamei în ultimele două luni strangulată cu cordonul ombilical.

Când m-am născut, la expulzie, cordonul a strâns și mai tare zona respectivă. De aici a rezultat o disfonie. Probabil, în efortul meu de a plânge, corzile vocale au ajuns disfonice. Asta a fost o explicație pe care am primit-o de la un mare doctor specialist în ORL, pe care l-am consultat în tinerețea mea. Nu pentru că voiam să rezolv problema asta, ci pentru că, la un moment dat, din cauza efortului, îmi pierdeam vocea. Eram implicată în evenimente publice, mergeam prin piețe, pe la baluri de boboci, ca să câștig niște bani la începuturile carierei mele. Făceam orice; unde era nevoie și puteam să câștig un ban cinstit, acolo mergeam. Dar din cauza asta aveam momente în care îmi pierdeam vocea. Am fost la celebrul domn profesor Dorin Sarafoleanu, care mi-a spus că este o disfonie, probabil congenitală. Mi-a spus atât de plastic: „Doamnă, putem rezolva chestiunea asta printr-o intervenție simplă, dar veți fi *una dintre multele voci*. Acum sunteți *acea voce*. Mergeți liniștită acasă!"

Ce frumos! A avut puterea să-ți dea acest sfat: „Rămâi diferită!" Este meritul doctorului Sarafoleanu, marele profesor. Și eu l-am vizitat de curând, e în vârstă, dar e la fel de activ. Are și o familie deosebită. Lasă un moștenitor care duce mai departe numele, cu cinste, pe dl Prof. Dr. Codruț Sarafoleanu.

Da. Să vină din gura unei somități un asemenea sfat... A fost extraordinar și mi-a confirmat că nu este un defect. Nu știu, este în continuare un defect? Sau nu? Depinde! Am mai întâlnit și alți oameni care vorbeau așa. A fost chiar o perioadă în care fetele de la radio copiau deseori felul meu de a vorbi, încercau să-mi imite vocea. Nu ştiu ce să spun, eram un purtător de cuvânt al unei generaţii îndrăgostite iremediabil de meseria asta, de muzică, un om care încerca să o înţeleagă fără să o critice.

Vedeam doar ce fac eu, voiam să fiu mai bună. Aşa se explică şi faptul că, în 1993–1994, am intrat la Facultatea de Limbi Străine, tocmai pentru că trebuia să fac ceva care avea conexiune directă cu domeniul meu de activitate. Limbile străine m-au ajutat, le-am aprofundat. Exista şi o Facultate de Jurnalism despre care nu ştiam foarte multe, nu ştiam cine, cum predă, mi-era teamă, erau tot felul de materii care se studiau acolo, nu înţelegeam ce legătură ar avea cu mine. Facultatea de Limbi Străine mi s-a părut că se potriveşte mai bine. Întotdeauna am avut o înclinaţie pentru limbile străine, probabil de la urechea muzicală sau de la faptul că am avut profesori foarte buni în prima parte a vieţii mele, în şcoala primară. Întotdeauna mi-au plăcut şi am avut o deschidere pentru a asculta, a învăţa, a citi. Au fost perioade întregi în care mă uitam la televizor, pe canalul TV España, doar ca să aud cum se vorbeşte spaniola în mod corect. Am avut şi şansa ca în blocul din Drumul Taberei în care m-am născut să trăiască o comunitate de chilieni. Ceauşescu aducea oameni de prin America de Sud, care lucrau în diverse domenii; erau ingineri constructori, iar soţiile lor ne predau. Sau invers, soţiile erau proiectanţi ori lucrau în zona tehnică şi soţii lor predau. Eu am crescut cu un astfel de profesor, care avea o familie cu doi copii. Ei au fost cei care ne-au atras cumva pe toţi din zonă spre spaniolă. Am învăţat spaniolă 18-19 ani. E drept, acum am uitat-o, aproape 90% din ce ştiam nu mai ştiu. Există un mare dezavantaj, dacă nu vorbeşti constant o limbă, dacă nu o practici, o uiţi.

Creierul uman are o proprietate despre care am aflat că se numeşte neuroplasticitate – capacitatea lui

Femeia este mai legată de cer, de lumea spirituală, de partea nevăzută a realității, de virtuțile de care simte și înțelege că are nevoie pentru a fi ceea ce este în esență menirea ei, aceea de împreună-lucrătoare cu Dumnezeu pe pământ. Prin această împreună-lucrare a ei, prin puterea rugăciunii izvorâte din credință, ea poate să-L determine pe Dumnezeu să schimbe lumea în bine. Nu lumea mare, ci lumea ei. Familia ei. Unde există o femeie credincioasă, există pace, bucurie și echilibru.

continuă de a se adapta și a se schimba în funcție de noile nevoi care apar. Ține minte doar anumite lucruri, iar pe altele, pe care nu le mai consideră folositoare pentru că nu mai sunt folosite, le trece în plan secund sau chiar le uită. Însă ceea ce înveți de mic rămâne mai adânc întipărit, dincolo de schimbările care apar mai târziu. De aceea se spune: „Învață-i pe copii când sunt mici!" Este ca la setările de fabrică de la orice dispozitiv. Dacă atunci când ești mic primești un anumit tip de informație și o înmagazinezi, nu o uiți niciodată practic, ea doar se estompează, dar e foarte ușor să o aduci la suprafață făcând mici lucruri, precum vorbitul, cititul în spaniolă sau în engleză, bunăoară. Pe mine asta m-a ajutat.

Am urmat Facultatea de Limbi Străine în timp ce făceam radio. Practic, aveam la un moment dat trei servicii și facultate. Eram, probabil, *workaholică!* Nu știam care e termenul pe vremea aceea. La începuturi, nu câștigam prea mult. Am făcut radio doar din pasiune o perioadă destul de lungă. După care am început să traduc tot felul de lucruri în zona de cinema, caiete de presă. Erau deja nume consacrate, cum e doamna Margareta Nistor, care făcea de mult acest job. Era o nișă, se traducea la microfon.

Ea rămâne în istoria modernă un nume, o referință, o iubitoare de cinematografie.

Încercam să câștig din orice activitate care putea avea o legătură cu ce știam. Am lucrat pentru Guild Film, InterComFilm, pentru tot felul de societăți care importau filme. Făceam traducere de trailere, de filme, de videouri, de printuri, de caiete de presă, de lucruri care însoțeau tot ce avea legătură cu lansarea unui film.

Prin urmare, când o tânără vede un om de succes, trebuie să înțeleagă că în spate e foarte multă muncă.

În cazul meu, așa a fost. Mai scriam la *Tineretul Liber*, la nu mai știu ce supliment al ziarului *România liberă*, pentru nişte bănuţi în plus. Îi promovam şi la radio. La început am tradus un modul întreg din *Guinness Book*. Am făcut tot felul de lucruri care aveau legătură cu meseria mea şi din care puteam câştiga bani, ca să nu fiu o povară pentru familie, pentru mama şi pentru tata. Se estompase nevoia de a face meditaţii, de a învăţa ca să devin pediatru. Cu toate acestea, rămăsese ceva acolo, un soi de neîmplinire, însă facultatea şi studiul m-au ajutat mult să îmi potolesc setea de cunoaştere pe care o aveam încă din liceu. Am absolvit în 1998 Facultatea de Limbi Străine, unde am avut o profesoară excepţională de engleză, doamna Domnica Şerban. Am făcut o lucrare de diplomă absolut superbă cu ea. Am luat discursul lui Hitler, *Mein Kampf*, şi am scris despre cum poţi manipula masele. Este, practic, un tratat despre manipularea în masă.

Cum l-am cunoscut pe Mihai, jumătatea mea!

Odată cu Radio Contact, în viața ta au venit mulți oameni noi, muzicieni, artiști consacrați sau tinere talente, pe care ai început să-i cunoști și să îi faci cunoscuți publicului. Normal că voiau să fie auziți la Radio Contact, nu?

Așa l-am cunoscut, la sfârșitul anilor 1990, și pe Mihai, viitorul meu soț, pe atunci un tânăr arogant, care avea o trupă cu nume neserios: Bere Gratis. Vi se pare un nume serios?

Primul lucru pe care l-ai sesizat a fost că numele trupei lui nu inspira seriozitate?

Cum poți face muzică bună cu numele ăsta? Zicea el: „Tu nu știi câtă lume vine la cântări când e Bere Gratis?" Pe atunci nu știam; acum mi se pare foarte bine ce a făcut la vremea respectivă. Toată lumea voia să facă muzică. Știți, la un moment dat îmi doream și eu să cânt, dar noroc că l-am întâlnit pe Mihai și i-am delegat lui toată zona asta cu cântatul. Era, deci, perioada de înflorire a trupelor, de la Voltaj la Vunk, la Vița de Vie, Sarmalele Reci. Toate aveau, după mine, nume neserioase.

Încercau să fie altfel. Bun, Mihai a venit la tine la studio și ai avut un interviu cu el.

Venise să-mi aducă o piesă pe care insista să o difuzez, însă mie nu-mi plăceau versurile. I-am spus că îmi pare rău, că nu se poate difuza cu acele versuri, care aveau cumva legătură cu generația Pro, era și o glumă acolo: „Ești pro? Sunt pro! Împreună!" Părerea mea era că trebuia să compună ceva pentru toată lumea.

I-ai contestat versurile! Melodia era a lor.

A lor era, în fapt, un cover după *Doo wah diddy diddy*, a lui Manfred Mann. A refăcut versurile și s-a născut: „E distracție, ce mișto!" Ce-au găsit a fost exclusiv ideea lor. *Ce mișto* s-a difuzat peste tot, nu exista radio mare, mic, roz, verde, galben care să nu difuzeze piesa. Practic, atunci a devenit foarte cunoscută trupa și a avut hit după hit. La început, nu am fost neapărat apropiați.

Când v-ați privit, a fost o chimie?

Dimpotrivă, el avea o relație, eu aveam o relație. Ne știam, indirect, prin poveștile altora, știți cum e în lumea noastră. Ne-am reîntâlnit mai târziu la un festival, în care trebuia să îl prezint. Atunci am aflat că mama lui era plecată încă din 1986 la New York și am fost impresionată de povestea lui și mai ales de pasiunea lui pentru muzică. Gândiți-vă la faptul că mama lui îi putea oferi totul în Statele Unite, dar el a ales să rămână în țară pentru că deja formase trupa Bere Gratis și nu voia să renunțe la pasiunea lui pentru muzică și la legătura cu băieții din trupă care se bazau pe el. Eu deja eram singură, el era aproape singur. Ne-am întâlnit apoi la o emisiune de televiziune unde fusese invitat alături de trupă. Abia atunci am descoperit compatibilități, pasiuni comune, practic, ne-am descoperit unul pe celălalt.

În ceea ce ne privește, aveam un soi de sinusoidă, pentru că la început ne plăceam și, în același timp, nu ne plăceam. Crescută fiind de o mamă, de un tată și de un frate destul de riguroși, am avut niște preconcepții, cum că trebuia obligatoriu ca bărbatul să fie mai mare ca vârstă. El era mai mic decât mine. Pe de altă parte, cunoșteam deja de 10 ani lumea asta și știam câtă instabilitate, câtă superficialitate, câte lucruri făcute la întâmplare sunt. Or, n-aveam nevoie de așa ceva, veneam după o relație care lăsase niște urme și nu îmi trebuia o alta la fel. Ne-a fost greu la început. Eu eram ca un terapeut pentru el, iar el, un umăr de nădejde pe care să mă sprijin. Eram, de fapt, foarte buni prieteni. Vorbeam tot timpul, comentam lucruri din breaslă, ne sfătuiam în legătură cu muzica lui și cu radioul la care lucram eu. Mi-aduc aminte însă cu drag de ziua de dinainte de Vinerea Mare, când am venit la dumneavoastră, la sugestia lui. Eram împreună, dar nu locuiam încă împreună.

Cum ne-am cunoscut duhovnicul

Mihai copilărise în zona Brezoianu, zonă ultracentrală a Capitalei. Tatăl lui lucrase într-un minister. Aparţinea unui soi de protipendadă a Bucureştiului. Deci cumva venise dintr-o zonă mai „boierească", nu? A vrut să-ţi arate centrul capitalei.

Pentru că nu ne mergea foarte bine, a simţit nevoia să mărturisească asta unui duhovnic. Mihai îl avea duhovnic la biserica noastră pe Părintele Vasile Runcan, parohul Bisericii „Dintr-o zi" de dinaintea dumneavoastră. În plus, vacanţele copilăriei şi le-a petrecut în curtea Mănăstirii Ţigăneşti, unde a văzut la maici o bunătate şi o naturaleţe a credinţei şi unde a învăţat multe taine ale credinţei care i-au rămas în suflet. Când am venit cu el la biserică, nu ştiam exact ce trebuie să fac, dar l-am ascultat şi am venit la dumneavoastră. Nu ştiam cine sunteţi, cum arătaţi, în primul rând, nu ştiam nici eu, nici el că sunteţi dumneavoastră preot la această biserică. Mihai a propus să mergem la această biserică, la Părintele Vasile, sperând că îl găseşte pe celălalt părinte Vasile, bătrânul preot de dinainte, dar v-am găsit pe dumneavoastră pentru că Părintele Runcan tocmai se pensionase.

Nu o să uit niciodată prima noastră întâlnire. Am găsit un om fix de vârsta mea, tânăr, foarte deschis, care s-a uitat la noi şi ne-a zis: „Şi voi?" „Şi noi!", a zis Mihai, „am vrea să ne spovedim." „Sigur, staţi acolo la rând, vă rog, luaţi loc, imediat." Nu ştiam ce înseamnă exact asta, ce trebuie să vă spun, până unde şi cât. Era prima mea astfel de experienţă. Mi-aduc aminte că biserica era neagră, pereţii fiind afumaţi de la vreun incendiu. Dar era plină de oameni. „Doamne, ce caut eu aici?” mi-am zis. Ne-aţi ascultat, ne-aţi povestit, ne-aţi explicat ce trebuie să facem, ne-aţi adunat şi ne-aţi trimis apoi liniştiţi şi împăcaţi acasă, iar dumneavoastră aţi rămas cu noi pe umeri, avându-ne de atunci în rugăciuni. În orice caz, de-atunci, parcă certurile noastre n-au mai fost atât de serioase. Ne-aţi spus să ţinem post, să ne spovedim şi să ne gândim serios dacă ne căsătorim sau nu. Nu înţelegeam, mi se părea nepermis de devreme, dar era ceva acolo, în personalitatea preotului din faţa noastră, care îl făcea să intuiască, în Duh, decizia cea bună.

Fiecare are sau trebuie să-şi găsească un „Părintele Vasile” al lui, un om de nădejde cu care să se sfătuiască şi alături de care să crească. Că-l cheamă Constantin, Nicolae, Daniel, Gabriel sau mai-ştiu-eu-cum, **fiecare trebuie să-şi găsească un preot cu care să rezoneze și la care să vină cu sufletul deschis, nu ca la cineva pornit să găsească greșeli și să pedepsească, ci ca la un prieten, dornic să ajute, care nu judecă şi care se pune la dispoziţie în mod egal şi imparţial pentru fiecare dintre cei doi membri ai cuplului, pentru mai binele relaţiei lor.** Tot timpul, mai în glumă, mai în serios, când avem o situaţie din care nu ştim cum să ieşim, fie eu, fie Mihai, folosim expresia „magică”: „Hai să-l sunăm pe Părintele nostru!”, sau tot în glumă, când greşesc cu ceva sau când i se pare că ceva nu e în ordine cu mine, îmi spune zâmbind: „Vezi că te spun Părintelui nostru!”

Pentru că prin preot coboară harul lui Dumnezeu. Se împlinesc exact 20 de ani de atunci, iată ce sărbătoare! În momentul acela, eu, un preot tânăr, ceream de la voi să vă asumaţi iubirea. Asta a fost întâlnirea voastră cu duhovnicul, care v-a pus oglinda în faţă, iar voi, din momentul acela, a trebuit să luaţi şi mai în serios relaţia voastră. Până la urmă, asta a făcut duhovnicul, a încercat să vă facă să înțelegeți că trăiți o poveste de iubire frumoasă, dincolo de asperitățile inerente, pe care trebuie să v-o asumați. V-a arătat realitatea pe care, din cauza momentelor dificile, nu o mai vedeați, întregul care era umbrit de focusul prea mare pe detalii. Ați făcut asta după ce ați plecat de acolo. În mod normal, cred că v-a provocat întâlnirea cu mine, mai ales că v-am zis că nu vă pot împărtăși, dacă nu vă hotărâți să mergeți pe un drum.

Am ținut post și într-adevăr nu ne-am împărtășit chiar atunci. Ne-ați rugat ca măcar să ne promitem că nu renunțăm la legătura dintre noi, că ne asumăm să trudim la relația asta sau ceva de acest gen. A fost complicat pentru noi. Deși eram certați când am venit la dumneavoastră, am făcut-o tocmai pentru asta, ca să armonizăm părerile, să atenuăm certurile și să ajungem să ne înțelegem. În noaptea de Paști ne-am adunat, am venit la biserică și am luat lumină împreună. De atunci nu ne-am mai despărțit, a fost foarte frumos.

V-a legat pentru totdeauna noaptea aceea de Paști. Erau multe teatre împrejur. În fața bisericii, strada era închisă, pentru că era atât de multă lume. Veneau oameni de la toate instituțiile din apropiere: Banca Națională, Ministerul de Interne, Ministerul Sănătății etc. În acea noapte a fost primul meu Paște acolo. Abia atunci, în fața acelei mulțimi, adunate parcă de nicăieri, am realizat ce parohie primisem eu de la Patriarhul Teoctist. Și asta s-a întâmplat exact acum 20 de ani.

De unde spuneați în mod constant că sunt doar șapte blocuri și nu știu câte familii în parohie, în realitate erați...

Erau într-adevăr doar câteva scări de bloc, dar în noaptea aceea a fost plin în fața bisericii. Frumoasa tradiție de a aprinde lumânarea și de a pleca apoi cu ea aprinsă acasă mi-a produs atunci o mare bucurie în inimă. Am văzut pe fiecare om, în noaptea aceea de Paşti, plecând cu o lumânare aprinsă în mână, spre oraş, ducând lumina în propria casă, am văzut cum toţi parcă deveneam lumini, aprinse din Aceeaşi Lumină. Cred că, din momentul acela, lumina Învierii a intrat şi în sufletele voastre, transformându-vă din două lumini într-una singură.

Cred cu tărie că nimic nu e întâmplător. Ştiţi că s-a cercetat originea cuvântului „întâmplător"? Sunt mai multe teorii. Eu cred în explicaţia care spune că „întâmplător" vine de la cuvintele latineşti *in* şi *templum*, şi că nimic nu este fără rost, în toate fiind de fapt voia lui Dumnezeu. Sunt lucruri absolut spectaculoase cele pe care le-am trăit.

Deci cunoaşterea duhovnicului a însemnat ceva în viaţa voastră: păşirea împreună pe drumul spre o iubire trăită autentic, asumată. Mi-amintesc că, la scurtă vreme după această întâlnire, după ce am început să vă spovedesc, aţi venit respectând ceea ce eu vă rugasem să faceţi şi v-aţi hotărât să vă căsătoriţi peste câteva luni. Locuiaţi într-un apartament în Tineretului, dacă îmi amintesc bine.

Ne mutaserăm împreună, am stat când aici, când acolo, ca orice alt cuplu aflat la începuturi. Povestea e şi mai frumoasă, cel puţin pentru mine. Astăzi știu, atunci nu ştiam, că omul este trup şi suflet raţional, ultimul având mintea conducătoare. Dacă cele două nu sunt în ordine şi în armonie, mai devreme sau mai târziu vor suferi. Am în jurul meu tot felul de psihologi, psihoterapeuţi şi chiar psihiatri. Le spun că este aproape imposibil să găseşti un om care să le aibă pe ambele perfecte, astăzi, dar există oameni care sunt pe drumul spre a fi bine şi în trup, şi în suflet. Şi atunci, pentru spirit, pentru sufletul nostru, **relaţia** pe care o avem, pe care am construit-o şi separat, şi împreună – pentru că eu, când vin la dumneavoastră, vin cu ale mele, el, când vine, vine cu ale lui –, este cea care are nevoie de hrană, e o entitate vie.

Relația e ca un copil care s-a născut și care crește, tu trebuie să-l întreții pe acel copil. Duhovnicul hrănește pe fiecare separat și apoi hrănește relația.

Noi, oamenii, avem senzația că, din momentul în care ne-am găsit pe cineva, gata, poate să fie oricum, nu contează relația.

Ai nevoie de o a treia persoană, care să fie obiectivă, care să vadă relația din afară. Obiectiv!

Nu suntem „vedete”! Suntem doar oameni cunoscuți!

În Biserică, întotdeauna în prim plan este Dumnezeu. În schimb, în zona publică, în prim plan este imaginea omului. Noi, în Biserică, ne numim în fiecare zi, în rugăciuni, „robi”. Cum se întâlnește roaba lui Dumnezeu, Liana, cu vedeta Liana, cea care este în mijlocul atâtor evenimente mondene?

Nu prea se întâlnesc pentru că eu n-o cunosc pe „vedeta” Liana Stanciu, pentru mine ea nu există. Mi-am propus de la început să nu o las să existe. Există, în schimb, soția Liana Stanciu, mama Liana Stanciu, omul de radio, de televiziune Liana Stanciu, ucenica dumneavoastră Liana Stanciu. Încerc, pe cât de mult pot și sunt lăsată, să fiu eu însămi în toate aspectele vieții mele, și la mine în curte, și pe stradă, și la radio, și la biserică. Am fugit mereu de duplicitate. Nu mă cred și nici nu aș vrea vreodată să fiu considerată de către cineva „vedetă”. Sunt un om normal pentru soț, pentru copil, pentru prieteni. Pe toți cei care mă văd cumva că „m-am urcat în copac”, îi rog să-mi facă cunoscut, elegant sau dur, lucrul acesta, să îmi dea cu rigla peste degete. Am eu o vorbă pe care Teodora, fiica mea, o adoră: o femeie puternică este o femeie care are o mână forte, îmbrăcată într-o mănușă de catifea. Tot timpul spun asta: „Să nu uiți mănușa de catifea, imaginară sau nu!” Cred că despre asta e vorba.

Există însă și o latură bună a faptului de a fi atât de cunoscută. Implicarea ta continuă în proiecte filantropice, modul în care ai ajutat foarte mulți copii cu probleme mari de sănătate au devenit lucruri posibile prin faptul că ești cunoscută și apreciată de mulți oameni, din multe domenii. Este minunat că ai reușit să aduni sute de mii de euro pentru a sprijini copii din niște familii care altfel n-ar fi putut face asta niciodată. Asta este latura pozitivă, care cu siguranță va aduce răsplată de la Domnul. Vedetismul în sine e un păcat. Dacă te simți vedetă, adică te consideri o persoană superioară și devii infatuată, sigur ești aproape de păcat. Deci care e granița dintre latura bună și cea rea? Până unde poți merge încât să nu fii cuprinsă de păcat?

Păcatul apare atunci când nu te poți opri din a te pune pe tine pe primul plan, uitând că mesajul pe care îl transmiți este mai important decât persoana ta și că, oricât de bun te crezi, nu este doar meritul tău, ci al lui Dumnezeu, al părinților tăi, al profesorilor și formatorilor tăi etc. Am avut momente în care îmi cumpăram în neștire pantofi. Acum mă uit și îmi dau seama că erau niște suferințe pe care le acopeream astfel. Niciodată n-am dat bani mulți pe obiecte vestimentare, dar făceam asta ca o terapie, pentru că, probabil, aveam niște neîmpliniri, niște suferințe. Păcatul e azi peste tot; e ca un cățel periculos pe care trebuie să îl ții la o distanță suficient de mare de tine. Dacă îl lași să se apropie, te mușcă. Chiar și așa trebuie să îți dai seama că s-a întâmplat asta și să ai grijă să vindeci repede rana care s-a produs, înainte să se infecteze. Păcatul este o veșnică luptă cu ceva ce amenință să te rănească, e ca un crocodil lacom pe care trebuie să îl ții cât mai departe sau de care să fugi cât mai departe.

În DEX se precizează că „vedetismul" este „dorința de a apărea în față cu orice preț".

Nu e obligatoriu să fii om cunoscut, vedetă în accepțiunea comună, și să fii cuprins de vedetism, care e o formă aproape patologică de mândrie, de neîmplinire. În mod surprinzător,

de vedetism nu suferă vedetele adevărate, ci cei care se visează vedete „cu orice preț", cei care fie nu au calitățile necesare, fie nu vor să depună eforturile necesare creșterii lor profesionale, fie nu au răbdare să se ajungă firesc la recunoașterea muncii lor. Există și oameni – iar eu cunosc câțiva – care nu au vrut să fie în față, dar au ajuns acolo pentru că asta le e meseria, pentru că le place ceea ce fac. Unul e Dan Negru, altul este Vlad Zamfirescu, un excepțional regizor și actor, care face foarte bine aceste meserii, dar care nu vrea neapărat să fie vedetă. Uitați-vă la Horațiu Mălăele, la Dorel Vișan – sunt oameni care cu greu dau interviuri, dar care își fac meseria fabulos. Dacă îți faci meseria și ieși în evidență, dar rămâi la locul tău și nu uiți că acasă trebuie să duci gunoiul, să faci piața, să faci de mâncare, să vorbești de pe poziții firești cu ai tăi, să ai răbdarea și deschiderea de a dialoga cu absolut oricine, să te duci mâine-dimineață până la spital, dacă e nevoie, să duci daruri sau să vizitezi un prieten, și, dacă toate acestea nu sunt făcute ca să le pui pe Instagram, ci pentru tine, atunci e perfect.

Aș dori să te rog să îi ajuți pe oamenii care citesc această carte să înțeleagă până unde e în regulă să fii un om cunoscut și unde anume apare păcatul. De exemplu, te-am văzut cu tocuri foarte înalte la anumite evenimente. Dacă faci asta cu scopul de a arăta că ești înaltă, ca să epatezi, e păcat. Dacă e din alt motiv, atunci o asemenea alegere poate să nu fie neapărat ceva rău. Odată cu aprecierile care vin, poate, și fără să le cauți, cu view-*urile, cu* like-*urile ar putea să apară mândria. Să ne lămurim, deci, cu vedetismul. Când e păcat, când apare mândria: „Vai, cine sunt eu! Sunt cel mai tare!"?*

Scopul purtării tocurilor a fost într-adevăr ca să par mai înaltă, mai suplă și să arăt bine. Însă aici lucrurile se bifurcă, în cazul meu. Faptul de a arăta bine în lumea media nu este o opțiune, ci o cerință. Nu cunosc oameni care să fi făcut audiență arătând neglijent. E o lege nescrisă aici. Dar nu las să-mi pătrundă în suflet preocuparea de a fi apreciată cu orice preț. *Like*-urile și *view*-urile nu mă interesează ca scop în sine. Mi s-a întâmplat în mod constant să aud: „Semănați cu doamna de la radio!" „Da, e sora mea!", le răspund. Odată, cumpăram iaurt de la magazinul de lângă radio, în Grozăvești, și o doamnă mi-a zis: „Semănați cu fata aceea care lucrează la radio, la televizor. Dar dumneavoastră sunteți mult mai frumoasă!" „Cu urâta aia???", am întrebat-o râzând.

Asta face parte din latura pozitivă a faptului de a fi cunoscută. Iar în partea cu minus este mândria. În viața ta a apărut mândria? Poate când erai pe scenă, când prezentai, cu toți ochii aceia ațintiți spre tine? A venit sentimentul mândriei că ești extraordinară, că ești cea mai bună? Cum ai luptat cu gândurile acestea?

Cum au venit, așa au și plecat. La mine așa funcționează. Dacă primești ceva, dacă îți iese bine ceva, dacă ai succes, este un dar pe care ți-l dă Dumnezeu. Dacă de acolo nu scoți ceva bun pentru alții înseamnă că nu e dar. Este o întâmplare, este un noroc, să-i spunem. Eu cred că darurile sunt toate de la Dumnezeu! Dacă s-a întâmplat să fiu numită prezentatoare la un anumit eveniment, atunci asta o să rămână un simplu noroc, un eveniment singular.

Adică între noroc și dar pui un semn de opoziție? Poți să ajungi într-o situație din pură întâmplare, dar dacă nu confirmi, dacă nu înțelegi că e un lucru pe care l-ai primit de la Dumnezeu, atunci e degeaba. Practic, în viața ta totul e un dar.

Toate sunt daruri, chiar și când ai un accident; s-a întâmplat pentru că de acolo trebuie să înveți ceva: nu mai vorbi la telefon, nu te mai certa în timp ce conduci, să zicem. Adică din toate lucrurile pe care le primești, chiar dacă reacția și înțelegerea vin mai târziu, întotdeauna sigur e ceva de învățat. Așa mi-aș dori să fie.

Le mulţumesc în fiecare zi lui Dumnezeu şi Maicii Domnului că am discernământul să înţeleg că nu îmi trebuie anumite lucruri.

A venit de la Muntele Athos un călugăr la mine şi a trebuit să merg cu el într-un mall pentru ceva ce se găsea doar acolo. Când a intrat şi a văzut strălucirea atâtor produse şi cum arătau, a zis: „Uau, părinte Vasile, ce de lucruri de care nu am nevoie!"

Am trecut de 50 de ani şi am început să văd lucrurile cam la fel. Pe vremuri nu le vedeam, de unde şi obsesia cu pantofii, despre care menţionam anterior. Nu am cumpărat niciodată de la Prada. Am avut o perioadă în care îi luam Teodorei, pentru că munceam foarte mult, toate jucăriile. Apoi am văzut un studiu, realizat în 2016, pe copii. În acel studiu, copiii şi părinţii acestora au fost introduşi în camere diferite şi li s-a pus întrebarea: „Dacă ai putea avea acces la o personalitate, pe cine ai invita la masă?" Părinţii, oameni între 30 şi 60 de ani, au făcut liste de la Brad Pitt la Cristiano Ronaldo, de la Lionel Messi la Angelina Jolie şi până la John Lennon. Iar 78% dintre copii au răspuns: „Pe mama şi pe tata!" Am înţeles că, oricâte păpuşi Barbie i-aş duce copilului, mai bine petrec timp cu ea. Mi-a trebuit mult timp să înţeleg asta.

Ai realizat atunci că prezenţa ta în viaţa fetei tale este mai preţioasă decât orice i-ai fi oferit material.

În viaţa ei, în viaţa soţului meu, în viaţa celorlalţi, a mamei mele, a tatălui – fie ca Dumnezeu să îi ţină sufletul în lumină! Era sărbătoare când intram în casă. Faptul că îmi petrec timp cu mama, ajunsă la 82 de ani, că povestim câte-n lună şi-n stele, este pentru ea un dar, ceva incredibil, mai important decât orice i-aş cumpăra.

Minunat, tu devii dar pentru mama ta. Aşadar, revenind la ideea de mai sus, antidot al mândriei care poate să apară din desele tale apariţii este faptul că tu consideri că Dumnezeu ţi-a dat, că trebuie să nu uiţi niciodată că nu tu ești în centrul Universului, ci că tot ce ai este primit. Trebuie să nu te uiți de sus înspre oameni, ci să te uiți în Sus. Acesta este un antidot împotriva mândriei.

Mă întorc din nou la tinerețea ta, Liana. La oamenii ca tine, care muncesc mult și au și reușite, inclusiv materiale, poate apărea, de asemenea, lăcomia sau dorința pătimașă de a avea. E un Sfânt Părinte care spune că marile păcate, cele „ale tinereților și ale neștiinței", se fac între 20 și 40 de ani. Marile păcate vin mai ales din dorințe puternice, precum aceea de a acumula. Cum te-ai poziționat față de bani?

Nu i-am considerat niciodată mai mult decât un mijloc. Și nu am avut vreodată o formă de dependență. Au fost zile cu zero lei în portofel și asta nu m-a deranjat. Nu m-am raportat la bani ca la o chestiune obligatorie și nu am căzut în această patimă. Încet-încet am început să cresc, am cumpărat o casă, a trebuit să o subscriem la o bancă, nu am putut să facem rost de banii ăștia altfel. De asta spun că nu sunt vedetă, nicio vedetă internațională nu are credit. Eu am unul, deci nu sunt vedetă, să ne fie clar. Cred că e o mare diferență între unii și alții. Nu vă imaginați că am vreun palat, ci o casă foarte simplă. Nu am avut vreodată altfel de nevoi decât legat de ceea ce realmente am putut folosi, nu am visat niciodată să-mi iau casă pe Lună. Mai degrabă, aspirațiile mele au fost în zona de: „Anul acesta mi-aș dori să scriu prima mea carte, să vizitez ceva, să termin de citit ce mi-am cumpărat..." M-am implicat foarte tare în cardiochirurgie, la Spitalul Clinic de Urgență pentru Copii „Marie Curie", din București, iar acum ne extindem, așa că mi-aș dori să fie loc și pentru neurologie în spital, să aducem tehnologie mai nouă în anumite zone în care încă mai avem de cucerit.

La oameni cunoscuți ca tine mai poate apărea dorința de a te prezenta altfel decât ești. Machiajul, de exemplu, poate fi folosit de multe ori în sprijinul acestei dorințe sau pentru a atrage atenția spre tine. Pentru cineva ca tine care are apariții la televizor sau la evenimente publice, e normal să apelezi la fond de ten, pentru că ești nevoită să ai o anumită ținută și trebuie să arăți bine, așa cum ai și spus. E limpede că orice om de bun-simț poate înțelege asta. Dar uneori sunt vedete care se machiază strident ca să arate cu mult mai tinere decât sunt în realitate sau ca să atragă privirile spre ele cu orice preț. Cum ai reușit să nu cazi în această patimă?

Nu cred că o am în ADN. Nu sunt nici genul de consumator de nimic. Dacă punem tot alcoolul pe care l-am consumat în viața mea, nu se umple o sticlă. De mâncat, mănânc doar pe fond de stres și oricum nu mănânc mult. N-am fost niciodată lacomă, niciodată n-am pus condiții. De ceva vreme, a apărut fenomenul de a nu-ți accepta vârsta, de a-ți face tot felul de operații chirurgicale. Voi cita dintr-o doamnă pe care o iubesc foarte tare, doctorița Dana Jianu, una dintre specialistele în estetică. Ea spune că, după vârsta de 50 de ani, două-trei kilograme și trei ore de somn în plus sunt cele mai bune tratamente *antiaging* de pe planetă. Trebuie să accepți aceste kilograme, după cum trebuie să accepți că ai nevoie și de două-trei ore suplimentare de somn. Faptul că unii dintre noi nu dorm suficient, dorm prost sau fără a respecta cele șapte-opt ore este o realitate. Am început să investesc în ochelari, am ochelari de toate tipurile, pentru că altfel vederea nu mă mai ajută. Dar asta este o chestiune care vine la pachet cu toate ridurile posibile și cu toate celelalte aferente vârstei.

Dumnezeu ne-a născut după chipul și asemănarea Lui, care-i frumos și luminos. **Dacă vrei să fii frumos și luminos, trebuie să fii frumos și luminos și pe dinăuntru, nu încruntat, nu furios, nu nemulțumit. E o legătură între lumina dinăuntru și cea**

de la suprafață. Pentru un aspect frumos şi luminos, fiecare are propriile mijloace de a se „încărca". **Nu poţi să fii lumină dacă nu te încarci cu lumină.** Unele femei pe care le ştiu cultivă mai mult frumuseţea din interior pe care în mod discret o oglindesc şi pe chipurile lor, altele se „încarcă" prin faptul că îşi fac tratamente cosmetice – nu am nimic cu ele –, iar altele se încarcă pentru că fac tot felul de sporturi – am chiar o prietenă care este dependentă de alergat. Dacă aceste mijloace te ajută să fii lumină pentru altcineva, e extraordinar. Dacă eşti lumină doar pentru tine, atunci cred că trebuie să mai verifici o dată.

Şi trebuie să vezi, să fii atent de unde iei lumina. Singura sursă autentică de lumină este Dumnezeu. Observ cu tristeţe că păcatul Îl împiedică pe Dumnezeu să strălucească în femeie, ca şi în bărbat. Păcatul întunecă. Mintea care nu Îl are pe Dumnezeu încet-încet se întunecă.

Mai sunt acele întrebări, provenite din situaţii extreme, născute din furia unei mame sau a unui tată care vor să ştie cum a putut Dumnezeu să lase un copil să se îmbolnăvească de ceva grav sau să păţească ceva rău. Le spun tuturor că, dacă ar fi doar Dumnezeu pe lumea asta, am fi ca în Rai! Uităm cu desăvârşire că există şi *celălalt (cel rău).* Aici este marea luptă a omului pe lume, a mea, a dumneavoastră şi a tuturor celor ce mergem pe această cale. Să nu îl lăsăm pe *celălalt* să intre, pentru că el vine tot timpul când şi pe unde te aştepţi cel mai puţin: prin bucata de ciocolată pe care o mănânci pe ascuns, printr-un mesaj pe telefon pe care îl primeşti, chiar şi prin copilul tău care te provoacă uneori. Trebuie ani întregi şi multă răbdare să îl observi, să îi deconspiri meandrele. De multe ori nu-l observi, crezi că e altceva. Aici trebuie să lucrăm foarte mult noi la noi înşine. Am încă mult de lucru, încă sufăr când cineva îmi scrie un mesaj încărcat de răutate; nu înţeleg că, dacă cineva e rău și agresiv, problema e la el, nu la mine, și acolo trebuie să rămână. Am tot timpul senzația că poate am greșit ceva, că poate n-am terminat, poate nu m-am făcut înțeleasă, poate n-am avut timp, energie pentru a face lucrurile așa cum celălalt își dorea sau se aștepta.

Eviți să te întâlnești cu răul lumii.

Nu știu dacă pot să evit, însă încerc să îl recunosc ca atare, în măsura în care pot, și să îl *ignor*. Acesta este cuvântul-cheie atunci când vine vorba de a-l vedea, de a-l simți că îți dă târcoale. Fie că este un episod de mândrie, fie de autoritate exagerată, de șmecherie, de epatare, de manipulare mascată, încerc să-l identific și mă străduiesc să mă trag un pas înapoi în mine. Nu vreau să arăt nimic nimănui, nu am de demonstrat nimic nimănui, nu am nicio datorie. În afară de cea de la bancă, singura mea datorie e la Dumnezeu. Oricum, ca persoană publică, te studiezi sau te studiază alții. Sigur, sunt unii care vor să iasă cu orice preț în evidență, cum este Madonna, din care citez: „Dacă oamenii scriu despre mine înseamnă că nu am murit încă!" Sunt atentă și încerc să îmi înec amarul când cineva zice de rău, pentru că suspectez că există și un procent de adevăr în ceea ce spune rău despre mine, or, asta nu este în ordine în ceea ce mă privește. Sunt foarte multe mesaje, cum spuneți dumneavoastră, de *„hate"* gratuite, dar sunt și unele care te zidesc, te ajută și te cresc, dacă știi să le primești.

Tu iei binele chiar și din acele mesaje de „hate"*?*

În primul rând, dacă mesajul e scris corect, argumentat corect, dacă în el există ceva corect, adevărat, atunci mă gândesc serios la ceea ce mi se spune. Nu știu dacă răspund, n-am întotdeauna timp să răspund, dar în mine se întâmplă ceva. Când sunt mesaje goale, de genul „Ești urâtă, proastă și bătrână!", nu mă interesează. Asta știu, spune-mi ceva nou!

Pentru o persoană foarte cunoscută, cu apariții media numeroase, știu că este importantă lupta cu kilogramele. Cum ai reușit s-o câștigi?

Nu știu dacă am reușit. Întotdeauna am avut grijă la ce mănânc; până-n ziua de astăzi sunt într-o veșnică luptă cu tentațiile alimentare și cu kilogramele. De multe ori câștigă ele.

Prietenul nostru comun Dan Negru îmi spunea că, la vârsta pe care o are, este foarte atent la ce mănâncă, nu are voie să aibă burtă, și chiar nu are, ceea ce mi se pare extraordinar. Ca să rămâi în zona asta în care ești vizibil, e adevărat că e bine sau chiar vital să ai o prezență agreabilă și din punct de vedere fizic.

În ultima vreme au apărut și oameni cu forme rubensiene, care au la fel de mare succes. Mă refer la Oprah Winfrey, la Viola Davis. Mai presus de toate e sănătatea, ea contează cel mai mult. În momentul în care te vezi și observi ceva ce nu îți place, e clar că trebuie să te oprești din ceea ce faci greșit. Cuvântul „obiectiv" e prea mic. **E nevoie de o formă de autoritate când te uiți la tine.** Cine crede că e foarte ușor să fii persoană publică greșește. Probabil că e ușor acum, când trăim într-o lume în care se fac destul de ușor milioane de vizualizări, ce propulsează repede anonimii de ieri. Pentru mine, în anii 1990, nu a fost ușor. Erau zile întregi în care nu mâncam mai nimic toată ziua și nu era nicio problemă, nici nu cădeam pe scări. Este despre a-ți asuma cine ești, a rămâne în niște șabloane; societatea te vrea cumva. Nu mi-am dorit neapărat să ajung și să rămân în zona asta, dar din moment ce am ajuns, nu mă mai pot întoarce, e foarte greu. Ce să faci, să te ascunzi sub o piatră?

Odată ce ai ajuns acolo, oamenii te caută pentru evenimente mari, iar tu trebuie să ai grijă să fii mereu impecabilă, din toate punctele de vedere. Iar asta nu contravine neapărat vreunui principiu de credință, din contră, poate fi o jertfă pentru binele celorlalți, o jertfă care cu siguranță e răsplătită de Domnul, cu o singură condiție: să-L propovăduiești pe El, și nu pe tine, așa cum au făcut sfinții pe care atât de mult îi iubim.

Apropo de sfinți, ați văzut vreo icoană cu vreun sfânt gras? În ultima vreme e mare lucru să rămâi cumpătat, în echilibru cu tine și cu cei care te înconjoară. Problema reală a lumii noastre este **lipsa de măsură**. Toți facem excese: de mâncare, de alcool, de media, de jocuri, de rețele sociale, de muncă, de răutate, de ură... Cu siguranță că Dumnezeu nu așteaptă de la omul de azi ceea ce aștepta de la omul de acum 200 de ani, căci El știe, mai bine ca noi chiar, în ce lume trăim. Vrea, în schimb, ca inimile noastre să rămână calde, așa cum El le-a creat, și să rămânem liberi, nu legați de ceva ce ne-ar putea despărți de El. Or, asta vreau să cred că e posibil oricând și oriunde și pentru oricine.

Așa cum atât de frumos scrie în Sfânta Scriptură, „Căutați mai întâi Împărăția lui Dumnezeu și dreptatea Lui, și toate celelalte se vor adăuga vouă". Acest „mai întâi" ilustrează, Liana, negrăita înțelepciune a lui Dumnezeu, care ne vrea liberi, căutători neobosiți, împlinitori harnici ai Legii Lui dumnezeiești și iubitori mărinimoși ca El, dorind să ajutăm cât mai mulți oameni să afle Calea spre El. Cât despre recunoștință, apreciere și slavă, „Lui I se cuvine slava, cinstea și închinăciunea". Nouă nu ne rămâne decât să-I mulțumim neîncetat pentru felul minunat în care El lucrează în viețile noastre și, în același timp, să nu uităm să ne vedem neputințele și nevredniciile. Ca și tine, deși în ultimii ani am fost mai mult prezent în lumea media și pe internet, din dorința curată de a răspândi Cuvântul lui Dumnezeu acolo unde e mare nevoie, ceea ce m-a făcut mai cunoscut, nu m-am simțit niciodată vreo „vedetă", din contră, în fiecare zi mă ostenesc ca, prin micul meu efort misionar, să compensez noianul de păcate pe care le am. Îmi văd zilnic neputințele, lipsurile, neajunsurile și mă simt un nevrednic slujitor al Lui, tolerat de marea Lui iubire și nesfârșita Lui răbdare. În ascultare de Chiriarhul meu, de Părintele Patriarh Daniel, mă pun în slujba oamenilor după cum dânsul binecuvântează, cu timp și fără timp. Ceea ce fac, fac pentru Dumnezeu și pentru oameni, nu pentru faima mea. Smerit o spun astăzi, la 20 de ani de când am devenit preot, că cele mai mari bucurii din viața mea au venit și vin doar din bucuriile trimise de Dumnezeu, când te pui total în slujba Lui, fie în familie, fie la biserică, fie între prieteni, fie la birou sau oriunde altundeva. Iar modul în care El trimite bucuria este unul tainic. Mai întâi jertfa și apoi bucuria. Mai întâi te lași pe tine în mâna și în slujba Lui și apoi vine răsplata Lui. Mai întâi sudoarea frunții și apoi pacea de pe urma lucrului bine făcut. Frumusețea este că tot El îți dă și puterea de jertfă, și tot El te așteaptă la finalul zilei cu cununa. Așa cum ai spus și tu, secretul e să nu îți dorești cununa înainte de efort și nici să cauți să o primești de la oameni, căci atunci vei rămâne doar cu asta. Oamenilor le poți mulțumi în mod smerit și discret pentru aprecierea și recunoștința lor. Atât. Însă tu să alergi după cununa Lui, căci cununa Lui este infinit mai prețioasă și ea vine doar atunci când viața ta se hrănește din Harul Lui, prin ascultare și prin smerenie.

Împreună

În aceste vremuri atât de complicate, de departe lupta cea mai grea a omului contemporan este cu egoismul. Cum te lupți tu cu acest păcat care încețoșează mințile atâtor oameni?

La un moment dat, i-am spus șefului meu de la radio că nu aș vrea să ies la pensie, că sper ca la 60-70 de ani, când o să-mi tremure vocea și n-o să mai pot face asta, să îi învăț pe alții, să le insuflu altora această pasiune. Cred din tot sufletul în forța fabuloasă a cuvântului „împreună". Întâi e „Dumnezeu", apoi „iubire" și apoi „împreună". Omul nu e făcut să fie singur. Îi iubesc necondiționat pe singuratici, pe pustnici, dar cred că omul este făcut să fie împreună cu cineva. Știu desigur că pustnicii nu sunt singuri și că nu sunt nici egoiști, ci se roagă pentru noi cei zăpăciți și risipiți în ale lumii. Așadar, cred că doar împreună putem reuși, chiar și la vârste mai mari. Mi-a spus odată o doamnă, într-o emisiune de televiziune, în care încercam să ajutăm o mamă ce avea o formă de cancer: „Doamnă, boala secolului ăstuia nu e cancerul, ci singurătatea. Știți cât de greu trece weekendul când ai 70 de ani și ești singur într-o cameră?" Nu știu ce reacție am avut atunci, dar n-am uitat acel telefon. **Trăim în vremuri în care trebuie să fim mai mult împreună.**

Nimeni nu-i perfect, am defectele mele. Știți bine, uneori vă mai spun când vin la spovedanie. Japonezii au o chestie numită *ikigai*, care înseamnă să fim bine și fericiți. *Să fim, nu să fiu.* Ei au comunități în care bătrânii sunt aduși de nepoții lor și stau zile întregi împreună. Sunt luați, duși acasă, construiesc, scriu, bricolează.

La Olimpiadă, pentru campionii olimpici din China, au fost făcute buchete speciale de flori. Erau, de fapt, flori din cârpe, făcute de comunitățile de bătrâni. Vă dați seama cât de valoroasă era munca unor oameni care, la 70-80 de ani, au stat și au realizat flori, ce au ajuns în mâinile campionilor olimpici? Știu că, dacă vrei să-L faci pe Dumnezeu să râdă, poți să-I spui planurile tale de viitor. Totuși, dacă o să ajung la o vârstă înaintată, asta aș vrea să fac. Un loc în care să se adune oamenii, să se simtă utili.

Așadar, consider că postmodernismul a adus la pachet, alături de consumerismul nebun, multă singurătate. O spun cifrele. Americanii au făcut un studiu post-pandemie, din care a reieșit că una din trei persoane și-a petrecut pandemia singură. Mai trist este că, deși avem mii de prieteni în rețelele sociale, pe unii dintre ei nici nu-i cunoaștem. Nu ne cunoaștem vecinul de la etajul 2 sau îl știm, poate, de pe Facebook sau de pe Instagram. În niciun caz nu ne-am uitat în ochii lui să îl întrebăm: „Te doare? Ai nevoie de ceva? Ce pot face eu?" E un serial de televiziune care m-a impactat multă vreme, *New Amsterdam.* E despre un medic care conduce un spital și care are această replică: „Nu spune «Bună ziua!», ci «Cum te pot ajuta?»" Ce bine ar fi dacă am încerca și noi asta!

Să ieșim din propriul egoism și să ne întrebăm: „Tu ce nevoie ai, ce pot să fac pentru tine?" Minunat! În felul acesta, ieși din nevoia ta proprie și te muți la nevoia celuilalt cu dorința puternică să ajuți.

Cred că e și o formă de terapie. Dacă stai cu tine și cu problemele tale, cresc anxietatea, decepția, depresia. Când ești concentrat să faci ceva pentru altcineva și nu aștepți niciodată să se întoarcă ceva înapoi, atunci asta e o terapie pentru sufletul tău. Pentru că, dacă aștepți mereu o recompensă sau un feedback, sunt mai mari decepția și dezamăgirea. Nu face doar de dragul de a face sau pentru aprecierea de la sfârşit; în acest caz, călătoria uneori e mai frumoasă şi mai specială decât destinaţia în sine.

Este adevărat. Deci, practic, pentru tine toată tinereţea a însemnat mereu să faci ceva pentru altcineva, să te jertfeşti. Lucrul acesta l-ai învăţat pe parcursul tuturor experienţelor tale de viaţă.

Nu ştiu dacă a fost chiar toată tinereţea. Lucrul acesta l-am învăţat încetul cu încetul, făcând uneori mai mult, alteori mai puţin. Mă străduiesc însă. Când fac puţin, stau şi mă întreb: „Ce am făcut, totuşi, pentru această situaţie? Nu puteam oare mai mult? E tot ce pot face?" Când nu poţi ajunge să ajuţi direct, măcar sună-ţi părintele sau bunicul, să simtă că îţi pasă, că te gândeşti la ei, că le eşti aproape. Sun-o pe mama ta, pe care n-ai mai sunat-o de la Crăciun: „Hei, mama, ce mai faci? Vrei ceva? Îţi trebuie ceva?" Du-te la bătrâna din colţ sau la vecinul singur de la etajul şase. Bate la uşa lor şi spune-le: „Bună ziua / Bună seara! Ce faceţi? V-am adus o pâine!"

Ca să ieşi din egoism, o primă soluţie ar fi să te gândeşti mereu ce poţi să faci pentru altcineva. Boala zilelor noastre este, aşa cum ai spus, singurătatea. Ai momente în care ţi-ai dori să fii singură?

Nu mi-am dorit niciodată. Chiar şi atunci când sunt singură, găsesc ceva de făcut tot timpul. Dacă fata e în tabără, iar soţul înregistrează ceva sau e pe la vreo cântare şi nu ştiu ce să fac cu mine, cu siguranţă mă duc la mama, sau la fratele meu, ori la spital, să ajut cu ceva. Încerc să nu fiu niciodată singură, nu pentru că îmi e frică de singurătate, ci pentru că eu cred că omul nu e făcut să fie singur. Dacă e singur, este aşa pentru că îl doare sau are o suferinţă. Atunci cu atât mai mult are nevoie de un alt om. De aceea **biserica e un loc minunat pentru că îi ajută pe oameni să fie împreună**. Acolo împărtăşeşti şi tristeţile, şi bucuriile, acolo eşti ascultat, acolo eşti împreună cu ceilalţi şi, mai ales, împreună cu Dumnezeu.

Personal, cred că a scăzut foarte mult calitatea relaţiilor dintre oameni. Problema zilelor noastre, boala acestei perioade este faptul că oamenii s-au îndepărtat unii de alţii. Există chiar un studiu al Universităţii Harvard început în 1938 şi desfăşurat pe o lungă perioadă de timp, de aproape 80 de ani. Studiul a urmărit mii de oameni de-a lungul vieţii lor şi a analizat foarte multe aspecte ale existenţei acestora, toate cu scopul de a-i ajuta pe cercetători să găsească elementele care definesc o viaţă umană fericită. Concluzia acestui studiu a fost aceea că relaţiile de bună calitate au reprezentat cel mai bun indicator al unei vieţi fericite. Relaţiile interumane frumoase ajută la întârzierea declinului psihic. Altfel spus, comuniunea frăţească oferită nouă de Hristos Domnul aduce beneficii atât la nivel psihic, cât şi la nivelul spiritual, de fapt, la nivelul întregii noastre vieţi.

Temelia unei căsătorii fericite

Spune-mi câte ceva despre relația cu soțul tău iubit. În viața fiecărei femei, bărbații sunt uneori o pacoste, alteori o împlinire, uneori o durere, alteori un urcuș, uneori o cruce, alteori o înviere. Ești o femeie creștină care are o căsătorie stabilă. Cum reușești să reziști în lumea asta în care se vorbește mereu despre relații deschise, despre vedete cu relații extraconjugale? Cum te raportezi la relația cu soțul tău? Faci parte din lumea persoanelor cunoscute, dar nu ai intrat în zona de scandaluri de acest gen. Cum ai reușit să te ții departe de toate aceste lucruri?

Îl iubesc pe omul acesta, suntem de 20 de ani împreună. Chiar și atunci când mă enervează, e clar că vina e întotdeauna la mijloc. Nu sunt de acord cu cine spune că vina e doar într-o parte. Chiar și în situații catastrofale, când unul dintre parteneri consumă alcool, de exemplu, se întâmplă asta și pentru că atmosfera din casă nu e una bună; **când apare o problemă la unul, e clar că și la celălalt există o problemă.** Slavă Domnului, noi avem alte discuții pe care ne străduim să le rezolvăm rugându-ne, unul dintre noi sau amândoi! Îmi aduc aminte de un moment în care mă certam cu Mihai. Teodora a ieșit atunci din încăpere pe hol și a strigat: „Pleacă de la noi din casă, nesuferitule, piei!” Era clar pentru ea că era un duh necurat acolo, care ne făcea pe noi doi să ne certăm.

Însă când e vorba de iubire adevărată, mai presus de orice, ea schimbă tot, face imposibilul posibil și găsește soluții de ieșire de fiecare dată. Dar poate fi și foarte periculoasă uneori. Când e prea multă sau când nu e dozată cum trebuie, poate duce la tot felul de situații-limită.

Îl poate face pe celălalt să facă un pas în spate. **E vital să fii atent şi la ceea ce are nevoie sau la cât poate duce celălalt în acel moment.**

Cred că secretul relaţiei noastre constă în a delimita clar cele două vieţi: viaţa de dinafară de casa noastră, cea profesională, şi viaţa din casă, a familiei noastre frumoase. Poveştile de la televiziune sau de la radio le spun până ajung acasă, la telefon. Când ajung acasă, chiar dacă mai am lucruri neterminate, soţul îmi spune: „Hai, să ne oprim cu asta, mai bine vorbim de ale noastre." Spre deosebire de mine, el are un echilibru nativ şi un fler fabulos la oameni. Eu îi cred pe toţi frumoşi, şi deştepţi, şi buni. El vede defectele mai uşor, îi vede, îi simte imediat.

Între noi au existat tot timpul nişte diferenţe fundamentale, ceea ce consider că este o calitate, deşi nu am crezut asta de la început. Am învăţat să văd diferenţele ca pe nişte calităţi. El este artist. Pentru el, trezitul de dimineaţă este o corvoadă. Pentru mine, este felul meu de a fi, lucrez la radio de o viaţă. Mă trezesc la 5.00 dimineaţa, de luni până vineri, de 15 ani. Nu am nicio problemă cu asta, m-am obişnuit. Am mai mult timp pentru mine, pentru alte lucruri, dar, sigur, adorm şi mai devreme. Pentru el, la zece e prea devreme, dar suntem complementari. El poate să o ajute pe Teodora cu dusul la şcoală, cu temele – bine, este adevărat că acum nu mai are nevoie nici de una, nici de alta, că a crescut, dar o poate ajuta să îşi cultive latura artistică. La început era o catastrofă, nu înţelegeam, eu mă trezeam cu noaptea în cap şi roiam prin casă, iar el voia să mai doarmă, apoi eu nu mai puteam de somn la 10.00-11.00 seara, iar el era proaspăt, pregătit pentru petrecere. Încet, ne-am calibrat, ne-am armonizat programele şi caracterele şi am făcut chiar şi din povestea asta un prilej de echilibru între noi. Petrecem împreună două ore pe zi, între şapte şi nouă. Peste zi nu ne vedem, pentru că eu am treabă, el are treabă, merge la întâlnirea cu băieţii, cântă. Sunt foarte multe zile în care ne vedem maximum jumătate de oră. Dacă nu ne vedem, vorbim mai mult la telefon. Cele mai multe dintre lucrurile pe care le avem de vorbit sunt obligaţii. În măsura în care putem, ne spunem şi ceva personal, ce ne place. Mă străduiesc, deşi nu îmi iese mereu, să fac şi ceva bun pentru omul acesta drag de lângă mine. Nu există: „L-ai primit și gata, este al tău pentru veșnicie."

Mereu te gândești la ceea ce poți face pentru soțul tău? Cum ai gestionat relația voastră la început, în tinerețe, având în vedere că el era mai expansiv, mai vulcanic, iar tu mai reținută? La început n-au fost certuri furtunoase? Cum ați reușit să le depășiți? Cum ați reușit să nu vă despărțiți?

Tot timpul încercăm să facem ceva pentru noi împreună, fie că-i fac ceva de mâncare, fie că-l aştept să povestim, deși mi-e greu, fie că punem un film la care eu adorm după generic, iar el îmi spune ce s-a întâmplat a doua zi... Avem însă niște reguli clare: **nu ştim să ne vorbim urât**. Cel mai urât cuvânt în 20 de ani petrecuţi împreună a fost: „Astăzi ai fost cam nesimţit." Mi-a părut rău ulterior, și astăzi îmi pare rău că l-am folosit. Îmi pare rău, şi vă spun acest lucru ca la spovedanie. Mi-aduc aminte că am plecat odată la două noaptea, în urma unei certe cu Mihai, am pus un album de-al lui Bon Jovi, am dat volumul la maximum şi m-am plimbat prin cartier, asta ca să nu fac vreo tâmpenie. Acesta a fost maximumul de supărare. Nu mi-aţi spus, dumneavoastră, părinte: **„Nu fiţi amândoi furioşi în acelaşi timp!"**?

La un moment dat, când crește tensiunea, nu mai gândești logic.

Când îl văd că e furios, plec dintr-odată de acolo. Încerc cu chestiile mici, mai întâi: „Hai, nu vrei să-ţi pui o gură de ceva?" Iar dacă nu merge cu tactica asta, zic: „Bine, nu avem pâine" și am plecat. Mă duc la un nonstop şi cumpăr ceva mărunt. Când mă întorc, deja e altceva, e alta energia. Am încercat toate metodele, dar asta a fost, şi este în continuare, regula noastră. Sper să nu ajung niciodată în situaţia de a spune cuvinte grele sau urâte vreunuia dintre oamenii pe care-i iubesc.

Când sunt la volan, când mă enervez, nu înjur. Când era Teodora mică, mutam scaunul pentru copii dintr-o maşină într-alta. A lui Mihai era o maşină mai mare, în care avea loc scaunul, în timp ce în maşinuţa mea nu prea avea loc. Am plecat odată să cumpăr ceva şi am luat-o cu mine în maşina mică, în care nu urcase de mult. Când a ajuns în faţa maşinii, a spus: „Mă urc eu în asta? În asta mică? Mergem cu maşina în care îţi bagi tu piciorul?” A spus aşa pentru că asta era înjurătura maximă pe care Teodora o auzise de la mine.

Pentru orice femeie, pentru orice mamă, pentru orice doamnă care citeşte cartea aceasta, trebuie să spunem că nu este anormal să ne mai şi certăm în cuplu, e absolut firesc să avem discuţii contradictorii. Dar niciodată nu e normal să ne jignim. Nu este o competiţie, cine ştie mai multe înjurături. Este o problemă gravă la tine dacă le gândeşti, dacă foloseşti înjurăturile. Te murdăreşti pe interior. Înseamnă că le-ai gândit înainte, or, dacă le-ai gândit înainte înseamnă că sunt în tine. Deci fără jigniri. În discuţiile contradictorii însă, dacă vezi că îi spui ceva şi el nu se arată deloc deschis spre punctul tău de vedere, nici măcar ca să îl asculte, ce faci?

Amânăm discuţia, ţipăm, ne plimbăm, ne întoarcem la ea când se poate. N-am fost niciodată în situaţii-limită, de alb sau negru, între ele sunt catralioane de nuanţe. Încercăm să nuanţăm lucrurile astea. El este un pacifist prin definiţie. Prin urmare, dacă mă vede pe mine furioasă, încearcă cum ştie el mai bine să mă calmeze: „Hai să îţi arăt ceva, hai să-ţi spun ceva.” Este o chestiune pe care o facem, desigur, amândoi, fiecare la rândul lui.

Aşadar, Miţă a intrat în viaţa ta, şi astăzi, după 20 de ani de când îl cunoşti, eşti fericită cu el, eşti fericită în căsătorie? Cum definești relația voastră și viața ta cu el?

Cea mai mare greșeală într-o relație este să compari pe actualul cu fostul sau cu un altul de mai știu eu unde, din filme, din cărți, din închipuirile și visurile tale. Îl iubești pe omul acela, îl primești în viața ta cu tot ce e la pachet, și cu bune, și cu rele. Cel mai important lucru pe care l-am învățat în ultima vreme și care pe mine m-a ajutat foarte tare este acela că relația noastră e o ființă vie, care trebuie întreținută, de care trebuie să avem grijă. Construiești împreună cu celălalt ceva, relația voastră, pe care să o hrănești, dacă nu în fiecare zi, măcar din când în când. O relație, ca să crească și să fie într-adevăr relație, nu ceva pasager – s-a întâmplat, suntem împreună și gata, ne despărțim – trebuie ajutată cu mici gesturi, cu ieșiri împreună, cu momente în care îți permiți să stai în pijama, să te uiți la stele verzi și să spui glume. Să te lași descoperit așa cum ești, cu toate imperfecțiunile tale. Omul pe care îl ai lângă tine trebuie să le vadă, să le înțeleagă, să le accepte, ca să le și iubească.

Acea intimitate frumoasă și curată. Celălalt să te accepte cu totul.

Nu are încotro. Bine, are încotro, sunt atâtea femei, poate alege ce vrea. Nu e despre a găsi soluții alternative, de evadare, ci despre asumarea completă a celuilalt și despre nevoia de a hrăni împreună ceea ce ați construit împreună.

Deci, pune unul o cărămidă, celălalt, alta. Dacă pune doar unul, se dărâmă zidul, nu are rezistență.

Trebuie să recunosc, am și momente, puține, din fericire, în care nu îmi vine să pun ceva în relația asta. Dimpotrivă, îmi vine să dau cu piciorul. În momentele acelea de deznădejde, de disperare, de isterie, atunci cel mai important lucru dintre toate este să pun genunchiul jos. Altă soluție nu știu. Rugăciune: „Doamne, nu mai pot! Doamne, ajută-mă! Dă-mi ceva! Explică-mi, arată-mi!”

Şi sigur, mereu se deschide o uşă, o fereastră, sună un vecin, sună un telefon, se întâmplă ceva.

Dumnezeu vine, e în relaţia voastră. Eu sunt foarte fericit că şi Mihai e foarte credincios. Mă bucură foarte mult să văd bărbaţi de acest gen. Poate fi un exemplu pentru mulţi alţii.

El a fost de la început foarte credincios. Când l-am întâlnit, nu aveam atâta credinţă şi aplomb ca el. **Mihai m-a modelat. Este meritul lui, îi spun asta tot timpul.** A modelat ceva în mine prin iubirea lui, prin răbdarea lui; niciodată nu mi-a impus nimic. Cred că e vorba din nou despre acel „împreună". Din momentul în care descoperi pe cineva care-ţi este aproape, pe care îl simţi aproape şi când eşti jos, şi când eşti sus, şi când eşti bine, şi când nu ești bine, deja ai construit ceva care nu poate fi distrus de o mânie de moment, de un pahar de whisky la momentul nepotrivit sau de vreo ocheadă necuviincioasă. Relaţia, unirea aceasta dintre doi soţi, este ca o fiinţă, care trebuie crescută, hrănită, ajutată, zgâlţâită, din când în când, dar în niciun caz ignorată, părăsită.

E nevoie să faci efortul de a fi acolo, de a contribui mereu cu ceva, de a schimba ceva când trebuie schimbat. Asta face iubirea şi numai iubirea. Ce îţi reproşezi în relaţia cu Miţă? Ai momente în care creezi tensiuni artificiale?

Când sunt foarte obosită, pentru că am nişte aşteptări pe care, din cauza epuizării, nu pot să le temperez sau să le exprim clar până la capăt, se nasc uneori situaţii tensionate, mai ales pentru că în astfel de momente nu comunic întotdeauna suficient de bine ceea ce doresc sau gândesc. Vreau de la el nişte lucruri pe care mă aştept ca el să le știe, numai că nu are de unde să le cunoască, pentru că nu poate fi în mintea şi în sufletul meu. Atunci mi-e clar că problema e la mine, nu la el. Alteori, îl bat la cap, spunându-i de multe ori aceleași lucruri. Cu cât îl bat la cap mai mult, cu atât le uită mai repede, pentru că el nu funcționează așa. **Nu îl poți face pe celălalt să fie așa cum vrei tu și nici copia ta. Niciodată!** Nici nu ar fi de dorit să fie așa. Trebuie să înveți să intri tu în golurile lui și el să ți le umple pe ale tale.

O, ce frumos! Cu alte cuvinte, să-l lași să te modeleze și să ai înțelepciunea și dibăcia de a ști cum și când să îl modelezi pe celălalt. E un act de smerenie extraordinar! Câte femei crezi că pot spune astăzi că soțul lor le-a modelat? După părerea mea, puține. Sincer.

Nu, părinte, n-am făcut nimic singură. Nici măcar vocea asta care m-a scos în lume nu este rezultatul unui efort de-al meu, ci, după cum v-am spus, am primit-o de la Dumnezeu, de la mama și de la tata. Faptul că l-am întâlnit pe Mihai la un moment dat, faptul că m-am întâlnit cu radioul într-alt moment, faptul că m-am întâlnit cu televiziunea în alt moment al vieții, toate sunt niște întâmplări care pot fi puse sub pronia Celui de Sus. Poate că Dumnezeu are niște treabă cu mine și de aceea mi-a dat cu atâta generozitate astfel de oportunități. Până în acest moment cred că toate aceste lucruri sunt niște daruri pe care le-am primit, pe care mă străduiesc să le prețuiesc și să le valorific ca să nu le pierd.

Corect. Deci fiecare om ar trebui să-și identifice darurile și să se străduiască necontenit să le valorifice, într-un fel sau altul. Trebuie să-ți descoperi darul, talentul unic, indiferent care ar fi acesta.

Pavarotti, cea mai mare voce din istorie, zicea că am primit „1% talent și restul de 99% este exercițiu". A murit la 82 de ani, însă nu a fost zi din viața lui în care să nu cânte, să nu facă vocalize, în care să nu își mențină bijuteria de voce pe care a primit-o. Da, despre asta e vorba. El a reușit să-și folosească darul atât de bine, încât milioane de oameni plângeau când ascultau *Nessun Dorma*. **Rostul tuturor darurilor este de a fi puse în slujba celorlalți, de a modela și de a te modela pe tine însuți.** Sigur, toți avem și calități, și defecte. Important e pe ce punem accentul, ce scoatem în față, ce vedem mai mult. Cumva, problema e și la tine care vezi defectul celuilalt, pentru că ai ajuns să pui focusul exclusiv pe ce nu trebuie și pierzi din vedere ceea ce poate e frumos la celălalt, dar nu mai ai ochi să îl vezi.

De exemplu, am făcut un curs de dicție cu niște tineri și era un puști care era briliant, haios, deștept, putea face oricând radio, dar avea un „r" nativ foarte deranjant. I-am spus: „Problema la tine nu e litera în sine, ci felul în care te raportezi la ea. Accentuezi prea mult această literă și ea devine și mai stridentă. Pune accentul în altă parte! Dacă îl atenuezi, nu mă mai deranjează atât de tare." Întotdeauna este vorba despre ce accentuezi tu. Dacă vă arăt ostentativ degetele, îmi vedeți unghiile și inelul acesta primit din copilărie. Dacă nu fac gesturi evidente, nu-l observați, dimpotrivă, vă uitați în ochii mei sau în ochelarii mei.

Trebuie să ai o strategie. Un om înțelept știe unde și când să pună accentul, așa încât să maximizeze binele din viața lui și să minimizeze răul pe care poate să îl ignore.

Pentru mine nu a fost așa mereu. Viața și Dumnezeu m-au învățat în fiecare zi câte ceva. Am plecat de la aproape nimic și am ajuns la ceea ce sunt astăzi. Nu sunt mult, nici puțin, și mai am foarte mult de învățat, cred însă că tot ce am acumulat până în acest moment e și de dat mai departe. Acesta este și motivul pentru care facem această carte.

Corect. A venit momentul ca, după o viață de acumulări, să te oprești puțin din alergat și să faci un soi de rememorare a tot ceea ce a fost frumos în ea, iar această recapitulare binevenită și pentru tine îi poate ajuta și pe cei care citesc cartea.

Psihologii spun că, atunci când te referi doar la aspectele neplăcute pe care le-ai trăit, ești sigur pe drumul către decepție și depresie. Dacă vezi tot timpul paharul gol, așază-te câteva minute în genunchi și roagă-te. Încearcă apoi să vorbești cu un duhovnic, un psiholog, un terapeut. Toate acestea te vor ajuta să descoperi o soluție de a ieși, atunci când e posibil, din impas sau măcar un mod de a supraviețui întreg la minte greutății prin care treci. **Nu există situație, oricât de tristă și de rea, în care să nu fie ceva bun de învățat.**

În Biblie scrie că: „În tot chipul Dumnezeu vrea mântuirea noastră!" – în tot chipul. Gândindu-mă la această sintagmă, identific atâtea moduri prin care Dumnezeu ne trage spre El: printr-un necaz, printr-o durere, printr-o suferință, printr-un succes. Dumnezeu vrea ca noi să fim cu El, numai că uneori ne încăpățânăm să nu-L lăsăm să Se apropie de noi.

Când suntem jos, atunci e Dumnezeu cel mai aproape de noi. Am auzit aceste cuvinte la Robin Williams, care s-a sinucis, din păcate, deși era unul dintre actorii aceia pe care părea că nimic nu-l poate afecta vreodată. S-a luptat ani la rând cu depresia, i se citea suferința în ochi. El a spus ceva extraordinar: „Să fii blând cu omul din fața ta. Mereu. Fiecare dintre cei pe care îi întâlnești duce o luptă despre care tu nu știi nimic." Nu există om care să fie sănătos din toate punctele de vedere. Emoțional, toți avem câte o suferință mai mică sau mai mare. Psihologic, toți avem traume, căci suntem suma experiențelor și a educației părinților și bunicilor noștri, a celor care ne-au crescut și ne-au influențat. Dacă mintea și duhul în general nu sunt bine, degeaba faci sport. Aici intervine: „Fii blând cu cel de lângă tine, fii blând inclusiv cu tine însuți, atunci când suferi. În spatele tău sunt toți: tatăl, mama, bunicul, bunica."

Duci cu tine un arbore genealogic. Când devii mamă sau tată, transmiți mai departe ceva din ceea ce ești tu. Acolo în pântecele mamei este însă și ceva pus de Dumnezeu. Mi-aduc aminte când, însărcinată fiind, ai venit la mine împreună cu Mihai. Ați venit cu două liniuțe la testul de sarcină și v-am spus că, din momentul acela încolo, sunteți „copărtași la creație împreună cu Dumnezeu", ca de altfel fiecare cuplu de părinți, iar aceasta este o responsabilitate imensă, pe care mulți oameni nu o iau în serios.

E greu de acceptat, de înțeles, că acel copil nu-i doar al tău, ci este al tău și al lui Dumnezeu. Tu ai fost ales să-i dai viață și să-l crești.

Adică să recunoști și să crezi că acel copil nu e exclusiv al tău, de fapt. E al lui Dumnezeu, al tău și mai ales al lui. E foarte greu să accepți. Tu ești pregătită? Copiii mei cei mari deja nu mai sunt acasă. A mai rămas cel mic, Matei. Dar și el va pleca într-o zi. Adică îl naști, îl crești, apoi îl dai societății. El se duce, se îndrăgostește, își urmează cursul propriei vieți. Copilul meu astăzi este undeva departe, la 3 000 de kilometri de mine. Și ce observ? În toate alegerile lui văd în continuare tot ceea ce am pus în el prin educație. Adică e echilibrat întotdeauna, nu ia decizii din impuls, e atent la detalii și serios în ceea ce face. Vine, deci, un moment în care copilul pleacă de-acasă. Iubirea pe care părinții o au față de copii ar trebui să fie la fel ca iubirea lui Dumnezeu pentru copiii Lui, și anume să își dorească să îi fie copilului bine. Astăzi, foarte mulți părinți își cresc copiii astfel încât să le fie lor, părinților, bine, să se împlinească ei prin copil, să îl formeze pe copil după chipul și asemănarea lor. Or, asta nu e în regulă. Te întreb, ca mamă de fată, ești pregătită ca Teodora să plece de acasă, să se îndrăgostească, să aibă garsoniera ei, în care să stea împreună cu prietenul ei?

Sincer, niciodată nu voi fi pregătită, dar am în minte un singur lucru. Am primit o sarcină de la Maica Domnului, aceea ca ea să fie fericită. Acesta e singurul meu gând. Dacă pe ea o face fericită să plece mâine pe Niagara, să se dea cu barca, voi încerca să nu fiu chiar în spatele ei, dar mă voi strădui să o ajut să facă toate lucrurile acestea așa cum își dorește. E un copil echilibrat, până acum a făcut alegeri înțelepte, pentru că este Duhul Sfânt acolo, simt asta, Îl păstrează pe Dumnezeu în ea mereu. Ea are poveștile ei, rugăciunile ei, gașca ei, felul ei de a asculta muzică.

Copiii împlinesc viața părinților

Uite că încet-încet am ajuns la minunea Teodora, un capitol care cu siguranță ți-a schimbat viața. Acest copil a venit din dragostea voastră curată, binecuvântată de Dumnezeu. Atunci când Teodora a venit pe lume, viața voastră s-a schimbat, așa cum se schimbă totul pentru orice mamă când copilul vine în viața ei. Nopțile tale nu au mai fost la fel ca înainte, la fel cum nici zilele de după nașterea ei nu au mai semănat cu cele când erați doar tu și Miță. Vorbește-mi despre copila ta.

Teodora are acum 17 ani. Viața mea se împarte, în mod evident, în perioadele de dinainte și după venirea Teodorei în familia noastră, pentru că ea a impus tacit niște reguli clare în viețile noastre. E în clasa a XI-a în acest moment, la Liceul „Ion Neculce" din Capitală.

Așadar, copila ta acum e adolescentă. În toată copilăria ei crezi că ai greșit pe undeva?

Probabil am răsfățat-o prea mult, pentru că, de fiecare dată când lipseam, aveam senzația că trebuie să suplinesc. **Dorința de supracompensare e o mare eroare pe care o fac mamele.** Nici acum nu știu 100% să fac diferența între nevoi și dorințe. Nevoile copilului sunt de a sta cu el, de a mânca, de a fi fericit, de a fi împreună cu familia. Apoi sunt dorințele, iar ele pot fi nenumărate. Satisfacerea nevoilor e obligatorie, a dorințelor e opțională. Au fost foarte multe momente în care am confundat nevoile cu dorințele, în care aveam senzația că e obligatoriu să îi iau, să îi fac, să îi cumpăr ceva. Trebuie să recunosc că uneori sunt o mamă dificilă.

Vreau să știu despre ea, fără a vrea să o controlez. Vreau să știu cu cine e, dacă e bine și, în același timp, nu vreau să știu ce face, unde este. Această oscilație nu are neapărat legătură cu felul meu de a fi, cât cu faptul că societatea e nesigură, nu te ajută.

Adică faci cam ce făcea tatăl tău înainte de 1989, când te aștepta pe tine la autobuz? Îți pui mănușa de catifea și spui adevăruri dure.

Încerc să nu o controlez pentru că are nevoie de libertate, iar în adolescență, libertatea e foarte importantă. Este un copil liber, poate face ce își dorește, dar aș vrea ca deciziile importante să mi le comunice înainte de a le lua.

Te consideri cea mai bună prietenă a Teodorei? Ieri eram împreună la interviu, iar ea te-a sunat și ți-a spus că s-a certat cu cineva la piesa de teatru pe care o regizează. Faptul că ea te-a sunat la jumătatea zilei și ți-a spus: „Mama, am o problemă cu un participant la spectacol" înseamnă că ești principalul ei sfătuitor. Asta le îndemn pe toate mamele de fete să facă.

Eu așa îmi doresc. Dacă o întrebați pe ea, ar putea să spună da, încă mai avem seri pe care le petrecem împreună și îmi povestește toate situațiile prin care a trecut în ziua respectivă. Este dorința mea supremă să rămân cea mai bună prietenă a fiicei mele, deși știu că sunt anumite lucruri care țin de viața socială în care nu trebuie să te implici prea mult, ca mamă, ca părinte, adică să-i fii și să nu-i fii cea mai bună prietenă copilului tău. Trebuie însă, în mod cert, să fii măcar baza prieteniei. Trebuie să sădești asta de mic, **să știe că la tine poate veni orice s-ar întâmpla și că ești omul care nu o judecă.**

A venit vreodată cu vreo notă de 6 sau 7?

De nenumărate ori. Am rugat-o: „Hai să învățăm, hai să vedem când e testul următor, ca să poți remedia ce n-a ieșit bine acum!" Nu am certat-o niciodată pentru o notă mică dacă ea nu s-a repetat la aceeași materie.

Dacă s-a repetat înseamnă că ceva e în neregulă acolo, înseamnă că nu-i place materia sau e o problemă cu profesorul, ori amândouă. Am încercat să aflu, s-o cunosc pe diriginta ei. Am fost lângă ea tot timpul. Când a avut nevoie, a ştiut că în spate e cineva pe care se poate baza. Altfel, n-am bătut-o la cap niciodată cu chestiunile care au legătură cu viaţa ei. Singura dată când i-am vorbit tatăl de rău a fost când i-am zis: „Sunteţi amândoi la fel de prinţi, am doi prinţi în casă! Amândoi la fel de buricul pământului. Buricul 1 şi Buricul 2." Ei sunt artiştii casei, au nevoie de atenţie. Le respect firea artistică, dar în acelaşi timp trebuie să participe şi la treburile casei. Nu comparăm niciodată mărul cu banana, trandafirul cu margareta şi nici statul pe scena Sălii Palatului cu ziua în care ar trebui să facem curat în curte. Când eşti pe scenă, eşti artist; în curte eşti gospodar, eşti soţul meu, tatăl Teodorei.

Prin urmare, când Teodora a venit cu un rezultat slab, când a fost nervoasă, ai fost acolo, alături de ea. E deja adolescentă; cum reuşeşti să o ţii pe drumul bun?

M-am împrietenit cu toate prietenele ei. Cu părinţii lor, mai mult sau mai puţin. Dar cu ele da, le ştiu, le urmăresc, le mai aduc la mine. Pentru un adolescent, gaşca joacă un rol uriaş. Uneori mai importantă decât familia, în perioada asta a adolescenţei. Am încercat să aflu ce e spectaculos în gaşcă, ce are bun, că sunt mulţi care au şi minusuri. Nu poţi să îi arăţi cu degetul pentru că ţi-i faci duşmani şi îţi îndepărtezi de tine şi propriul copil, care se solidarizează cu amicii lui. Atunci, îi ţin aproape.

Astăzi, ca om care spovedeşte atâtea mii de oameni, îţi ilustrez o realitate şi aş vrea să îmi spui cum procedezi tu. Există tot felul de tentaţii în licee: droguri, alcool, sex, botox şi alte dorinţe ale fetelor de a părea altfel decât sunt. Cum ai reuşit s-o ţii pe Teodora departe de toate aceste pericole, astfel încât să fie un om normal, să fie un licean normal, care vrea să facă regie, care învaţă bine?

Am discutat despre toate lucrurile astea. Când o vedeam dispusă să vorbească despre acest subiect, vorbeam. Dacă îmi spunea: „Nu vreau să vorbesc despre asta acum" sau „Mamă, lasă-mă!", chiar o lăsam, nu insistam. Țin foarte mult la toate părerile ei, le respect, chiar dacă știu că unele sunt greșite. Le ascult, cel puțin, cu toată deschiderea de care sunt în stare. O fac pentru că eu cred că înveți și din experiențele altora, și din experiențele tale. Îmi doresc să înțeleagă că toate aceste chestiuni există, însă că nu tot ce există trebuie și încercat. Orice ar tenta-o, sunt deschisă și dispusă să o ajut, vorbim despre acel lucru și, dacă simțim că nu e ceva nociv, sunt de acord să experimenteze.

De exemplu, cu ocazia unui anumit eveniment și-a dorit să bea un pahar de vin. Foarte bine, am ales un vin bisericesc, care e vinul de împărtășanie, special. Știu că pe Valea Călugărească se fac vinuri curate. Când avem o seară în care suntem doar noi două fetele, o întreb: „Vrei să bem o jumătate de pahar de vin?" Îi pun și ei un deget. Are 17 ani, nu a făcut niciodată exces. Tatăl ei a încercat să-i ofere mai multe tipuri de băuturi, măcar să guste, dar n-a vrut. Știe că are oricând acces, niciodată nu i-am interzis. Dacă își dorește ceva, trebuie să-mi spună. Sigur, dacă e ceva care contravine credințelor mele și alor ei, atunci discutăm.

Odată mi-a spus că ia în calcul să facă un master de regie în străinătate. Am întrebat-o dacă se vede vreodată făcând regie la Londra, pe Broadway sau la Hollywood. Hai să vedem întâi ce putem face. Nu vreau să-i tai aripile, dimpotrivă, vreau să i le cresc, dar să nu uite nicio clipă care-i sunt rădăcinile. Dacă ai o rădăcină puternică, nu te dă jos vântul, rădăcina puternică este bucuria de a face lucrurile cu Duhul lui Dumnezeu, de a trăi într-o familie cu iubire și în dragoste de Dumnezeu. Când ia 10, întâi trebuie să Îi mulțumească lui Dumnezeu. Orice pe lumea asta începe cu „Mulțumesc, Doamne!" și după aceea vine

„Am fost inspirată!”. Şi Simona Halep se închină, mulțumeşte Celui care o inspiră. Şi Djokovic face asta. Oamenii spun despre credință că e o chestie intimă. Adevărat, dar ce fac aceşti oameni este ceva firesc, spontan, este o chestiune de manifestare a bucuriei. Dacă sunt bucuroasă că Dumnezeu este cu mine, lasă-mă să țip, să strig, să mă bucur. Aşa transmit eu mulțumirile: închinându-mă, căzând în genunchi, arătând cerul. „Slăvit să fie El! Sunt nimic fără Tine, Îți mulțumesc pentru tot!”

Ai legat-o de Dumnezeu. Sunt foarte bucuros să o văd la mine la biserică. Atunci când vine cu gaşca ei de prieteni, când o văd înconjurată de 8-10 tineri de vârsta ei, curioşi, veseli, îmi umple sufletul de bucurie. Mă încântă şi mă inspiră mult curiozitatea ei şi a prietenilor ei, căci pun mereu tot felul de întrebări, care vădesc preocupările lor frumoase, sincere. Asta îmi place foarte mult.

Curiozitatea e cel mai important lucru, trăsătura cea mai valoroasă a omului. Vorbind despre trăsături, despre lucruri pe care le poți modela, iubirea pot să o modelez, dar e ceva instinctual, este unul dintre instinctele despre care se vorbeşte de la Pavlov încoace, necondiționat, să iubeşti şi să fii iubit sunt în tine. Curiozitatea o creşti, o cultivi, e cea mai importantă armă în lupta împotriva plictiselii, un soi de maladie a tinerilor de astăzi, şi împotriva singurătății. Dacă eşti curios, dacă îți hrăneşti mereu curiozitatea cu lucruri noi, nu te plictiseşti niciodată, nu eşti niciodată singur, găseşti tot timpul soluții. Curiozitatea e foarte importantă, iar la adolescenți e vitală.

Care pot fi greşelile pe care le fac mamele în educația fiicelor? Este uneori alintul, răsfățul, alteori controlul excesiv? Alintul l-ai compensat cu fermitatea?

Am făcut-o atunci când a fost cazul. Astăzi, că e mare, face glume cu mine când sunt serioasă. Când era mică, nu-i plăcea să fiu nervoasă, pentru că uneori eram nervoasă. Dacă tata e serios, dacă tata e nervos, atunci clar e ceva foarte grav. Am învățat să nu ne enervăm din orice, să fim categorici când trebuie și să ne bucurăm chiar și de șaptele ăla. Dacă e ocazional, accidental, dacă este rezultatul unei situații explicabile, nu mă deranjează. Dacă apar și al doilea, și al treilea, atunci da, mă deranjează. Și mă deranjează gândindu-mă în primul rând la ea, la cum o pot afecta toate acestea acum și mai târziu. Din nou, îl citez pe unul dintre preoții mei preferați, care spunea: „Nota nu este despre ce știe copilul tău, ci despre ce crede profesorul că știe copilul!" Ea este genul de copil expansiv, exploziv, vrea să facă multe și uneori e dură. I-am spus tot timpul că nu e nimic în neregulă să ai multă energie. Uneori însă, energia ei poate să dăuneze, să îi deranjeze pe cei din jur. Am rugat-o să încerce s-o îmbrace în acea mănușă de catifea. Ea vrea să fie artist. Tata e artistul de la noi din casă. Cred că Mihai are niște așteptări de la ea, pentru că vede că e mult mai talentată decât alții și vrea de la ea niște lucruri pentru care ea nu e nici încă pregătită, nici suficient de determinată. Nu știm dacă vrea, nici nu vrea să le arate când vrea tata, ci atunci când crede ea că e momentul. Pandemia ne-a erodat tare, dar ne-a și cizelat niște asperități. Ea s-a dus la pian, el, la chitară, ea a învățat, el a ajutat-o, s-au certat, s-au împăcat, că nu prea aveau alte soluții.

Artistul care e riguros cu el însuși își dorește mult și de la celălalt. Am fost foarte bucuros când am venit la voi în vizită într-o seară și ea ne-a cântat la pian. Atât de mult mi-a plăcut că un adolescent știe atât de bine și versuri, și melodii, și pian, că are pasiuni pe care le cultivă, că are entuziasm în ceea ce face.

Problema adolescenților este în general că nu vor să își asume ceva, pentru că nu vor să vrea când vor alții, că nu se gândesc la importanța pe termen mediu și lung a lucrurilor pe care le fac și a deciziilor pe care le iau și că nu se concentrează și nu muncesc suficient la asta. Sunt însă scuze pentru ei, pentru că sunt bulversați de prea multele informații și tentații, adeseori mai puternice decât conștiința lor încă fragedă, decât discernământul lor încă în formare. Este perioada în care ești cool! Fiica mea adoră grupurile de umor, îi place umorul fin. Urmărește tot felul de lucruri în online. A venit la mine și mi-a zis: „Mama, vrei să-ți spun cea mai bună și cea mai proastă glumă pe care am auzit-o? Și bună, și proastă în același timp. Știi care e maneaua Crăciunului?" „Nu", am răspuns. „Astăzi s-a născut un Boss!" E vârsta la care rezonează cu alte lucruri. Cred că trebuie să îi lăsăm pe copii să rezoneze, câtă vreme nu e dincolo de limita de siguranță a lor, și apoi să selectăm împreună cu ei. Acum ei nu sunt în siguranță nicăieri, nici în mall, nici în taxi, nici pe stradă. Singurele locuri unde pot fi în siguranță sunt cele în care e iubire, cele în care se simt iubiți. **Dacă nu-i arăți copilului tău că îl iubești, degeaba îl iubești.** Nu o forțez în niciun fel, nu impun reguli stricte, dar în același timp nu vreau să aibă senzația că este singură și poate face orice, oricând, oriunde, oricum. Este vorba despre a-ți folosi mintea și mai ales sufletul, care nu te minte. Mintea poți să o pervertești, să o încarci cu informații, cu lucruri. Sufletul însă nu poți să îl minți. Inima nu poate fi mințită. Ea știe că eu sunt necondiționat acolo, în spatele ei. E de ajuns să apese o „tastă" sau să întindă o mână și eu sunt acolo!

Am văzut asta în momentul în care a ieșit de la repetiția de la teatru și primul lucru pe care l-a făcut a fost să te sune pe tine, să se descarce, să vadă cum ar fi bine să procedeze. Pentru că era o situație fierbinte, se certaseră unii cu alții. Ai devenit atunci paratrăsnetul energiilor ei, ai preluat energiile ei negative.

S-a liniștit și, într-o oră, au vorbit la telefon și au început chiar să râdă. Dacă exagerezi și lași nervii și natura umană cu instinctele ei joase să aibă prioritate, nu poți avea de câștigat. Natura umană este făcută să se apere. Ori de câte ori ești agresat de vorbele, de nervii, de energia cuiva, instinctual cauţi să te aperi. Dacă laşi natura umană să agreseze pe altul şi pe tine, atunci nu-i bine. Încearcă să foloseşti, în măsura în care ţine de tine, o umbrelă, care este iubirea, rugăciunea, familia.

Îl am din când în când invitat la emisiunea mea de la radio pe un tip pe care îl admir foarte tare: Gáspár György, psiholog şi psihoterapeut. Odată, a rămas blocat în lift douăzeci de minute, aşa că a făcut un video din lift: „Liana, întârzii!" L-a pus pe Instagram, evident. „OK, spune de ce ai întârziat?" am întrebat eu, iar el a început să povestească. „Şi ce crezi că am făcut? Am intrat în panică!" „Cum? Psihologul? Ai tu anxietăţi?" „Toţi avem!" „Şi ce-ai făcut când ai intrat în panică?" „Am zis o rugăciune şi, după ce am terminat rugăciunea, în faţa mea era numărul de telefon de urgenţă. Am sunat şi am anunţat situaţia." Când eşti agitat, nu mai vezi în jur. Nu mai judeci limpede şi treci pe lângă soluţii, pe lângă oportunităţi. Atunci când te rogi, vezi mai limpede totul.

Cum o vezi pe Teodora peste 10 ani, peste 20 de ani? Cum vei fi tu lângă ea mai departe, căci vine timpul în care se va îndrăgosti şi se va îndepărta de mama?

Nu am gândit niciodată atât de departe, pentru că mă bucur de astăzi şi mă bucur şi de mâine. Ea este un copil care adoră copiii, îşi doreşte să aibă copii. Nu ştiu ce se va întâmpla. Mai presus de toate, îmi doresc să fie fericită, indiferent ce va alege să facă. De fapt, despre asta e vorba. Confucius cred că a zis: „Dacă iubeşti ceea ce faci, nu vei munci nici o singură zi în viaţa ta!"

Mă întreabă lumea, seara târziu, după ce stau câte 14-16 ore pe zi în scaunul de spovedanie: „Mai puteţi dormi după tot ce aţi ascultat, după toată oboseala?" Chiar nu am nicio problemă cu asta, pentru că iubesc ceea ce fac şi ştiu că Dumnezeu e prezent. La spovedanie e un dialog în trei. Văd în acele momente cum oamenii se schimbă şi dau slavă lui Dumnezeu. ***Duhovnicul are şansa uriaşă să vadă şi lucrurile bune care se***

petrec tainic, fără camere de luat vederi. Să vadă cum minunatul Dumnezeu schimbă lumea asta rea și transformă răul ei în lecții de viață care nu sunt altceva decât începutul unui nou bine. Asta este în opinia mea cea mai mare minune pe care o face Dumnezeu pe pământ.

Bucuria faptelor bune

Fapta cea bună se educă. Tu ţi-ai educat copila să facă fapte bune încă din copilăria ei. Mai departe, spune-mi cum cultivi tu fapta bună. Întâi şi întâi, ai reuşit să aduni, prin eforturi uriaşe, alături de soţul tău şi de alţi oameni, într-o fundaţie, foarte multă dragoste.

Acum ceva ani, am creat o secţie de Cardiochirurgie, am renovat o secţie de Oncologie şi am înfiinţat un laborator de anatomo-patologie la Spitalul „Marie Curie" din Bucureşti. În prezent, spitalul a crescut foarte mult, ba chiar există un alt spital în spate, întemeiat de extraordinarele doamne Carmen Uscatu şi Oana Gheorghiu de la „Dăruieşte viaţă". Acest nou spital va fi dat în folosinţă foarte curând. Dar există în continuare specialităţi care nu sunt acoperite. Sunt sigură că se vor lupta să fie tot ce şi-au dorit ele. Astăzi, toţi copiii care au nevoie de un transplant hepatic, chiar dacă donatorul este mama sau sora ori fratele lor, trebuie să meargă în altă parte. Se face transplant hepatic în România, Slavă Domnului, la Fundeni, dar pentru adulţi. Transplantul la copii se face tot într-un spital de adulţi şi nu e nici suficientă experienţă, nici nu se face regulat. Sunt foarte multe specialităţi care trebuie îmbunătăţite: Neurologia, Neurochirurgia etc.

Părinte, amintiţi-vă doar prin ce a trecut Părintele nostru Nicolae Dima cu Ecaterina, fiica sa, care a ajuns într-un spital de adulţi. Nu avem secţii suficiente de recuperare neurologică, locomotorie, neurolocomotorie. Şi mă refer aici doar la medicina pediatrică. Să nu uităm şi că există atâţia bătrâni singuri care au suferinţe, atâţia seniori lăsaţi pe holuri, pentru că spitalele sunt neîncăpătoare şi centrele în care pot fi duşi sunt puţine şi nici de cea mai înaltă calitate. Unii dintre ei au nevoie doar de o pastilă, de atenţie, de o felie de pâine. Sunt foarte mulţi bătrâni ţinuţi de medici în spitale pentru că acasă la ei e frig. Copiii sau nepoţii preferă să îi lase în spitale, pentru că sigur le e mai bine acolo decât acasă la ei.

Pe de altă parte, sunt copii născuţi cu tot felul de tulburări. Autismul este tratabil; în anumite forme de tulburare din spectrul autist se poate recupera copilul cu totul. Eu merg la „HelpAutism" şi prezint de ceva ani „Gala Recunoştinţei". Am prezentat acum 4 ani această gală cu un copil de 12 sau 13 ani recuperat aproape complet. Dacă n-aş fi ştiut că acel copil suferise de autism, nu aş fi crezut vreodată că a avut o tulburare de acest gen.

Sunt copii născuţi cu trizomie, cu Sindromul Down, nişte copii minunaţi, a căror speranţă de viaţă a crescut imens. Nevoie de ajutor au și copiii din centre de plasament. În ţară sunt peste 60 000 de copii instituţionalizaţi. E o treabă foarte serioasă asistenţa maternală și cred că trebuie să fie pe scurtă durată – 6 luni, un an.

În acest sens, vă pot relata o poveste extraordinară. Am cunoscut o familie superbă – el, ofiţer, ea, o femeie deosebită, angajată la o multinaţională. Doi ani au stat pe listă să adopte un copil, pentru că nu puteau face copii. Au reînnoit de trei ori certificatul de familie adoptatoare și nu primeau niciun telefon, pentru că menţionaseră la condiţii ca vârsta copilului să fie de minimum trei, maximum șapte ani. La un moment dat, au început să renunţe la unele condiţii şi aşa au ajuns să cunoască un băieţel de un an şi jumătate, cu o malformaţie cardiacă. Tatăl, care până la urmă a reușit să adopte acest băieţel, plângea la interviul pe care i l-am luat mai târziu: „Doamnă, am văzut mulţi copii sănătoși, dar nu am putut să-i adoptăm, nu se lega ceva, nu simţeam că sunt potriviţi pentru noi. Am debifat, deci, și caseta că vreau să fie sănătos. Așa am ajuns la un băieţel care era în asistenţă maternală. În general, de câte ori mergeam la un copil, îi duceam câte ceva, fie o jucărie, dacă era un copil mai mic, fie un dulce, dacă era un copil mai mare. Mergând cu soţia la acest copil de un an şi jumătate, ca să vedem cât de bolnav este, i-am dus o basculantă, care avea un accesoriu de plastic dedesubt. George ne-a primit în casa asistentei maternale. S-a uitat la jucărie, apoi a desfăcut plasticul respectiv, a dezlipit din plastic patru şuruburi şi a demontat roţile la maşină. Un an şi jumătate avea, un copil extrem de deştept." Au rămas impresionaţi, amândoi, de cât de deştept putea fi acel copil la numai un an şi jumătate. Viitorul tată adoptiv a rugat-o pe asistenta maternală să îi dea certificatul medical şi, a doua zi de dimineaţă, au mers cu respectivul document la doctorul Alin Nicolescu, şeful Secţiei de Cardiologie de la Spitalul „Marie Curie". Doctorul Nicolescu, un tip foarte serios, s-a uitat la certificatul medical şi a zis: „Îl cunosc pe acest copil, cine sunteţi dumneavoastră, ce legătură aveţi cu el?" „Am vrea să-l adoptăm!", i-au răspuns. Alin, care e şi el tată, s-a uitat în ochii lor şi le-a zis: „Dacă voi îl adoptaţi, eu vă ajut să îl facem bine!" Şi în şase luni a fost operat. Când a venit la filmare, mama, cu lacrimi în ochi, mi-a spus: „Doamnă, am fost alaltăieri la control, mergem lunar. Mi-a zis doctorul Nicolescu să nu-i mai dau niciun medicament, să ne vedem peste un an. Suntem sănătoși!"

Aşadar, şi-au asumat că era copilul bolnav şi l-au luat în dragostea lor.

Cred că sunt îngeri peste tot, Părinte. Oricine poate fi înger pentru cineva, numai că nu i-au crescut încă aripile.

Există atâta neputinţă, atâta suferinţă în lume, dar şi atâta bunătate din partea multor oameni!

Suferinţa şi neputinţa trebuie puse în echilibru cu bunătatea. Uneori ele se dezechilibrează, alteori însă ţine de noi să le echilibrăm. Am spus-o şi în alte contexte şi o s-o tot repet: dacă, după ce a citit cartea asta, cineva a decis să depună 100 lei într-un cont al unui ONG pentru un bătrân, pentru un copil, atunci ne-am făcut treaba.

Foarte adevărat! Sunt multe ONG-uri înființate de oameni cu inimă bună, cu inimă mare, care vor să ajute acolo unde e nevoie, cum ar fi „Dăruiește viață", „Inima Copiilor", „Șansă la Viitor", fundația care sprijină copiii prematuri. Și sub egida Patriarhiei Române se fac foarte multe fapte bune!

Lucrez de ani buni pentru mai multe ONG-uri: „Inima Copiilor", „Șansă la Viitor", pentru copiii născuți prematur, „Salvează o Inimă", „HOSPICE Casa Speranței". Ele găzduiesc 5 000 de copii și de adulți. Este despre dreptul la demnitate și la a trăi frumos ultimele clipe din viață. În zona de autism există nenumărate organizații: „Help Autism", „Stop Autism". Apoi, toate fundațiile Casei Regale a României: Fundația Regală „Margareta a României", Fundația pentru tineri foarte talentați. Sunt atât de multe ONG-uri serioase, cu experiență: „Salvați Copiii", „World Vision", „UNICEF". În zona de sănătate a femeii avem „Renașterea", unde se fac mamografii gratuit pentru oricine și care sprijină sănătatea femeii. Dacă vă duceți o zi, de dimineață până seara, într-un centru de bătrâni și stați cu acei oameni, vă uitați la televizor, sau mâncați cu ei, sau îi scoateți în curte, habar nu aveți cât de mult bine faceți.

Tu ai exercițiul acesta, mergi în spitale, te întâlnești cu oameni bolnavi. Cum este experiența asta pentru tine?

Dacă te gândești la ce simți tu, n-ai făcut nimic. Gândește-te la ce simte omul acela. Cel mai important lucru, după ce faci asta, este să nu aștepți nimic. Fă pur și simplu ce e nevoie, cu multă discreție și delicatețe, fără prea mult tam-tam, fără să aștepți să ți se spună: „Mulțumesc!", fără ca măcar să te uiți tu la tine și să zici: „Ce om bun ești tu!" Pur și simplu, fă! Apoi, dacă vine vreo mulțumire pentru ce ai făcut, bucură-te smerit și continuă să fii bun. Mai devreme sau mai târziu, sigur vine răsplata pentru binele pe care l-ai făcut pentru cineva care altfel ar fi fost trist, singur, flămând, nebăgat în seamă. Dacă nu vine mulțumirea de la acel om, vine prin altul sau vine de la Dumnezeu, atunci când ai nevoie. Mai bine Îl lăsăm pe El să ne răsplătească decât să căutăm efemerele mulțumiri ale oamenilor. Sunt foarte mulți tineri care consideră că e la modă voluntariatul. Foarte bine, faceți, dar nu așteptați nimic.

Există numeroase fundații internaționale, de pildă „Make-A-Wish". Am prietene, precum Ileana Spătaru, care au făcut pentru „Make-A-Wish" tot felul de lucruri. Johnny Depp a fost într-un spital de copii, Ed Sheeran s-a dus și i-a cântat unei fetițe bolnave, împlinindu-i această ultimă dorință.

Și tu poți face asta în felul și la locul tău. Poate e o bătrână la parter, la ușa căreia n-a mai bătut nimeni de multe ori. Ai un cozonac? Taie trei felii și treci pe la ea. Sau bate la ușă și întreabă: „Nu vreți să ieșim puțin să ne plimbăm împreună și stăm de vorbă? Azi e o zi frumoasă." Sau: „Pot să vă ajut cu ceva?" Dacă trântește ușa pentru că nu înțelege ce vrei sau se sperie de ineditul situației, nu-i nimic! Mai încearcă și peste o lună. Sau încearcă la altă ușă.

Adică să procedeze asemenea personajului din acel serial despre care-mi povesteai anterior. El spunea mereu: „Pot să fac ceva pentru dumneata?"

Da, exact ca acel medic mutat disciplinar la alt spital, mai puțin vestit. Ajunge în echipa de management a spitalului și își descoperă un cancer. În loc de „Bună ziua!", zice „How can I help?" – „Cu ce pot să ajut? Ce pot să fac pentru tine?" Pe mine m-a impresionat și povestea din film. Sigur, sunt filme nenumărate, unele te impresionează, altele te lasă rece. Gândiți-vă că, în sudul Germaniei și în Austria, oamenii se salută cu „Lăudat fie Domnul!". Hai să luăm ce-i bun de acolo!

Oamenii încă se salută cu „Doamne-ajută!". Şi la noi am văzut că românii folosesc din ce în ce mai mult expresia „Doamne-ajută!". Faptul că Îl au pe Dumnezeu în minte e un lucru foarte bun. Ţie cum îţi vorbeşte Dumnezeu?

Dumnezeu îmi vorbeşte des, doar că, din păcate, nu Îl aud mereu din cauza zgomotului din jur. Bunăoară deunăzi, Adelina Toncean, de la Asociaţia „Blondie", un înger de femeie, a venit la mine cu o urgenţă: trei bebeluşi cu malformaţii cardiace grave, care nu puteau fi operaţi în România, primiseră acceptul de a fi operaţi la clinica San Donato din Milano, dar nu existau bani pentru transportul cu avionul. Totul era pregătit, medicul Cătălin Cîrstoveanu, care urma să însoţească bebeluşii, era gata de drum. A venit Adelina dimineaţa devreme la mine la Magic FM, unde, în 26 de minute, am strâns 30 000 de lei. Aşa frumos lucrează Dumnezeu prin oameni. Şi vă pot povesti alte sute de astfel de întâmplări fericite care schimbă situaţii nefericite.

Toate lucrurile importante din viaţa mea au avut loc ori într-o zi de sărbătoare mare, ori într-o zi de vineri sau de duminică. Toate lucrurile acestea sunt demonstraţia că Dumnezeu că m-a ţinut în palmă. Pe toţi ne ţine, pe toţi ne iubeşte. Am trecut şi voi mai trece prin tot felul de situaţii, pentru că asta e viaţa. Sunt zile în care mi-e teamă de atâta bine, şi ştiţi că spun acest lucru la spovedanie: „Părinte, ce fac eu cu atâta bine, că mi-e teamă?" Dumnezeu te ajută şi la greu, şi la bine. Se poate uneori să o iei razna mai degrabă când îţi merge totul bine şi să pierzi, din cauza asta, într-o secundă tot ce ai construit cu multă trudă. De-asta cred că e nevoie de ajutorul lui Dumnezeu şi în momentele grele, dar şi în situaţiile bune, ca să faci faţă cu bine şi împlinirilor, şi succeselor, care te pot uşor amăgi. Domnul nu are nevoie de cuvinte căutate, ci trebuie să Îi spui lucruri simple, dar din toată inima. Dumnezeu simte cel mai repede când eşti singur şi ai nevoie de ajutor. El e acolo, aşteaptă numai să Îl chemi, aşa cum ştii şi poţi. Şi eu câteodată zic: „Hai, Doamne-ajută!", natural, spontan, ca şi cum aş vorbi cu mama. În momentele importante îmi dau seama că sunt nimic fără El, de aceea Îl chem şi El vine şi mă ajută.

Am observat, în experienţa mea pastorală, că oamenii care au trecut prin momente grele şi şi-au asumat cât au putut greutatea acelor momente s-au schimbat apoi în bine. Oamenii care Îl au pe Dumnezeu în viaţa lor în mod constant, când vine greul peste ei, nu capitulează, nu disperă, nu se răzvrătesc, ci rămân încrezători. În schimb, pentru cei care nu Îl au pe Dumnezeu, suferinţa lor sau a celor dragi este un moment de răscruce. Dintre aceştia, unii se înverşunează, ridică pumnul la cer, se ceartă cu Dumnezeu, iar alţii, nu puţini, ridică mâinile către cer în rugăciune, chiar dacă până atunci nu au mai făcut asta. De aceea, cei care trec prin evenimente dureroase, prin cruce, dacă se deschid în acele momente sau după ce ele au trecut către Dumnezeu, încep să vadă viaţa diferit, trec la un alt nivel de înţelegere, primesc har şi putere. Desigur, pentru creşterea noastră duhovnicească nu e nevoie obligatoriu de suferinţă, însă am văzut că cine a dus, cu răbdare şi credinţă, o cruce grea a beneficiat apoi şi de înviere. Dumnezeu cântăreşte şi dă fiecăruia numai cât poate duce.

De unde ştim noi cât este de grea crucea noastră? Toţi avem o cruce, chiar şi cei care o ignoră, prin asta înţelegând, aşa cum aţi spus, nu neapărat suferinţa, ci crucea înţeleasă ca misiune a noastră de creştini mărturisitori într-o lume ostilă, indiferentă. Că e mai grea, că e mai uşoară, că e drumul mai drept, că e mai la deal, că e mai la vale. Nu contează asta, ci cum şi ce înveţi din drumul cu povârniş, cu urcări sau cu pietre. Sunt zile în care mergi pe autostradă şi e curat, e lin şi ţi-e bine, dar nu ştii niciodată când începe vremea rea.

Cum reușești să rămâi neabătută pe drumul faptelor bune? Ai observat că uneori, când te pui în slujba unei fapte bune, întâlnești obstacole, dai peste greutăți, peste oameni care îți fac rău gratuit? Cum reacționezi când te întâlnești cu astfel de situații neplăcute, grele?

Niciodată nu a fost ușor. Întotdeauna trebuie să lupți ca să reușești să faci bine binele pe care vrei să îl faci. Trebuie să lupți mai ales cu tine, cu pornirile tale, cu neputințele tale. Fie că e vorba de chestiuni simple – de exemplu, când nu mă simt într-o formă prea bună, nu îmi vine să mă trezesc. Sunt dimineți de vineri în care îmi vine să arunc deșteptătorul și să mă culc la loc sau să mă ascund sub o piatră și să stau acolo până trece toată isteria. Există foarte multe momente complicate în viețile noastre, în care nu îți merge totul așa cum îți dorești, în care, poate, îți pierzi jobul, în care îți pierzi oameni dragi, se întâmplă fel de fel de lucruri. Nu ai decât două chestiuni de făcut, două opțiuni, în opinia mea: mai întâi, să te gândești că, de obicei, nu toate obstacolele vin de la Dumnezeu. Și apoi, să nu uităm că, dacă ar fi doar Dumnezeu pe lumea asta, pământul ar fi un Rai; ar fi doar lapte și miere, soare și lumină. Să nu uităm că *celălalt* nu doarme niciodată.

Ai un bun obicei de a nu-i rosti numele.

Să nu uităm acest lucru fundamental, că el este peste tot și „lucrează”, din păcate, mai ales când este invocat. Lucrează fără să ne dăm seama de multe ori. De fapt, de cele mai multe ori, căci unul dintre scopurile lui este să ne facă să credem că el nu există. Sunt povești îngrozitoare pe care le știu pe tema asta. Lisa Marie Presley, fiica marelui Elvis, a murit anul acesta la 53 de ani. Fiul ei s-a sinucis în 2020. Și gândiți-vă că Elvis însuși murise la 40 de ani. Astea nu pot fi simple coincidențe. E clar că există aici un rău care s-a propagat de la o generație la alta. Cum se poate altfel explica o asemenea situație? Femeia aceasta căreia nu i-a lipsit nimic și care teoretic n-a avut nimic de care să se plângă a suferit, iată, îngrozitor. Celebritatea, strălucirea, gloria au toate partea lor de „uau", dar şi partea lor de „vai". Vezi asta aproape în biografiile tuturor marilor cântăreţi ai ultimelor decenii. Sunt multe suferinţe, decepţii, depresii, anxietăţi, neîmpliniri, trădări, în spatele succesului pe care îl afişează (pe care, uneori, trebuie să îl afişeze) pe scenă. Trebuie să ne gândim la toate aceste aspecte.

Revenind la obstacole şi la situaţii grele, al doilea lucru pe care trebuie să îl faci atunci când nu mai poţi este să te aşezi în genunchi, că mai poţi puţin! Părintele Steinhardt spunea enigmatic: „Dăruind ceea ce nu ai, vei primi." Îi oferi puţin timp, din resursele tale pe sfârşite, lui Dumnezeu şi descoperi, când te ridici de la rugăciune, că eşti diferit, că ai deodată putere, că te-ai liniştit, că mintea s-a luminat, că lucrurile s-au limpezit. Energia vine dintr-o rugăciune, dintr-un om bun, dintr-un telefon pe care îl primeşti pe neaşteptate, dintr-o emoţie.

Părinte, îi iubesc mult şi pe psihologi, nu doar pe preoţi, pentru munca lor, pentru că au, ca şi preoţii, o misiune grea; fiecare caz e o rană deschisă, unde e nevoie de multă ştiinţă, de mult tact şi delicateţe, de multă iubire. Mulţi dintre psihologi sunt oameni extraordinari, muncesc toată viaţa lor să ajungă cine sunt. Viaţa unui psiholog, ca şi a unui preot, este în fiecare zi alta. Învaţă în fiecare zi a vieţii lor câte ceva nou. Au cazuri noi, situaţii noi, speţe noi. Un psiholog spunea că, atunci când nu mai poate, se duce, deschide frigiderul, ia un iaurt sau o tabletă de ciocolată şi încearcă să distingă ce gusturi sunt acolo. Părintele Arsenie Boca spunea: „Când nu mai poţi, fă-ţi un ceai şi bea-l din cea mai frumoasă ceaşcă pe care o ai în casă!" Ia o pauză de la răul lumii şi resetează-te. Ceva trebuie să faci ca să poţi găsi resursele să mergi mai departe pe calea ta. Pe unii nu-i ajută nici ceaiul, nici tableta de ciocolată, nici iaurtul. Du-te şi descarcă-te, aleargă, înoată, ţipă, ieşi la plimbare. Spunea cineva la un moment dat: „Lasă-ţi durerea să curgă, trăieşte-o!" Dacă n-o trăieşti, ea nu dispare, se duce doar într-un colţ întunecos şi iese când te aştepţi mai puţin, cine ştie sub ce formă. Nu ascunde, nu disimula, ci suferă! Dacă îţi vine să plângi, descarcă-te şi plângi.

Asta este o formă de a-I arăta lui Dumnezeu că vrei să îţi asumi tot ceea ce se întâmplă. E o formă de asumare. Acceptarea şi asumarea merg împreună. Vrem mereu să fugim de ele, vrem să fugim de suferinţă.

Uitaţi-vă la câtă suferinţă este în copiii care au trecut greu prin pandemie şi au stat singuri, fără colegi, fără prieteni. Sunt din ce în ce mai singuri, mai bine zis, însingurați. Mă duc prin licee să le vorbesc copiilor despre motivele pentru care aş pleca şi despre cele pentru care aş rămâne în ţară. E isteria aceasta, aproape 60-70% dintre tineri visează să plece în străinătate.

Doamne, ce procentaj mare!

Motivele sunt nenumărate; din păcate oamenii nu sunt valorizaţi cum trebuie. Suferinţa este că mulţi se întorc supracalificaţi, foarte deştepţi şi foarte instruiţi, iar ţara asta nu ştie ce să facă cu ei. Mă uit, deci, câteodată la aceşti copii de liceu în pauze. Deşi sunt împreună şi ar trebui să se soarbă din ochi, să povestească, ei stau doar cu telefonul şi-şi trimit mesaje, uneori la trei metri distanţă unul de altul. Trebuie avut mare grijă cu asta. Nu sunt vreo specialistă, doar atrag atenţia din când în când. Toţi avem nevoie de sprijin atunci când suntem într-o situaţie care ne depăşeşte. Nimeni nu este sau nu ar trebui să fie singur în faţa greutăţilor. Caută pe cineva cu care să vorbeşti; fie că e un simplu prieten sau că îl cheamă psiholog ori preot, sunt foarte multe momente în care ai nevoie să împărtăşeşti ceea ce simţi, ce te apasă, să te ţină cineva de mână, ca să poţi ieşi din impas.

*Asta pentru că, **dacă tu eşti întâi mână de sprijin pentru altul, altul va deveni mână de sprijin pentru tine.***

Tot mâna lui Dumnezeu e acolo, şi într-un caz, şi-n celălalt. Suntem toţi la fel de importanţi pentru Dumnezeu, doar că unii, cum aţi spus dumneavoastră mai devreme, Îl cheamă, iar alţii, nu.

Liana, eşti un filantrop cu cinci-şase mii de numere în agendă. Cunosc foarte mulţi oameni care şi-ar dori să aibă agenda ta de telefon, atât de mulţi prieteni pe cât ai tu în toate spitalele. Eu ştiu şi confirm faptul că mereu te sună cineva cu un caz grav, cu o afecţiune sau alta, şi de fiecare dată cauţi şi găseşti medicul potrivit pentru fiecare.

Îi iubesc pe doctori poate şi pentru că eu sunt o „doctoriţă ratată"; aşa cum v-am povestit la început, mi-am dorit să fiu medic, dar nu am reuşit. De fapt, sunt o interfaţă, sunt prelungirea mâinii aceleia a lui Dumnezeu, sunt cablul de la telefon, nu sunt nici măcar telefonul.

Dar să ştii că fără cablul de la telefon nici curentul nu poate fi oferit şi nici telefonul nu merge.

Dacă ajungi la uşa care trebuie, nu cred că oamenii aceştia nu o deschid. Singura problemă este că acum, din păcate, sunt din ce în ce mai puţini oameni bine pregătiţi, cu adevărat buni în ceea ce fac, şi aceştia puţini sunt, evident, foarte ocupaţi. La anumiţi medici se fac programări înainte cu 5-6 luni, or, când ai o urgenţă, faci orice ca să ajungi mai repede la un specialist. Dacă pot ajuta cu asta, de ce să nu o fac? Există oameni care şi-au făcut afaceri şi fac bani frumoşi din a fi „navigatori de pacienţi", fiindcă există şi meseria asta. Cred că e despre cum mi-aţi spus mai devreme: „Dumnezeu te judecă după cât bine ai fi putut face şi n-ai făcut." Din păcate, nu îi pot ajuta pe toţi oamenii care mă sună, pentru că fie nu ţine de mine să îi ajut, fie sunt prea multe solicitările şi nu am cum să răspund tuturor. De exemplu, am un e-mail de la o doamnă care caută un medicament, are de strâns două milioane de euro. Deja s-au strâns nişte bani. Lucrurile merg greu uneori și pentru că sunt multe specialități pe care nu le avem în spitalele de pediatrie. La boli metabolice n-avem mai nimic. Din păcate, există peste 10 000 de boli rare. Sunt din ce în ce mai multe, unele nu sunt nici descoperite. Dacă nu știm nu înseamnă că nu există suferință.

Să mulțumim că suntem bine, că suntem sănătoși, când lucrurile stau așa. Gândiți-vă cât de bogați suntem, prin simplul fapt că suntem funcționali, că respirăm neasistat, că ne mișcăm nestingheriți, că vedem, că auzim! Față de probleme cu adevărat grele care pot apărea în viața fiecăruia dintre noi, faptul că nu dai proiectul la timp sau că nu ai reușit să pleci în nu știu ce vacanță e un moft, un alint. Sunt zile în care nu sună nimeni pentru a fi ajutat, după cum sunt și zile în care primesc trei e-mailuri sau patru mesaje și nu știu câte telefoane.

În afară de intervențiile pe care le fac pentru astfel de cazuri, am proiecte punctuale în care mă implic, în mod susținut, organizat, cu toată energia și priceperea mea, cum e acum cazul extinderii secției de Cardiochirurgie. Sunt doar șase paturi mari și late și sunt liste de așteptare de mii de copii care au nevoie de acest tip de operații. Încerc să le aduc finanțările necesare extinderii în măsura în care pot. Apoi, mă concentrez pe extinderea secției de Terapie intensivă neonatală – a fost prima din România, acum mai sunt și altele –, condusă de domnul doctor Cîrstoveanu.

Povestește-ne despre relația ta cu doctorul Cătălin Cîrstoveanu. Omul acesta face atât de mult bine! Cum a început totul? Sunteți atât de buni prieteni.

Îl văd pe Cătălin uneori de trei ori pe an, însă chiar și așa el este unul din cei mai buni prieteni ai mei. Nu ne întâlnim, dar ne vorbim. Cătălin este un înger, un tip extrem de competent și, tocmai de aceea, extrem de ocupat: ziua lui de muncă începe dimineața devreme și se termină noaptea târziu. Trebuie să-l menționăm și pe

Alex Popa, cel cu care am făcut prima campanie pentru „Inima copiilor". Împreună am construit prima secție de Cardiochirurgie pediatrică din sudul țării și am strâns pentru asta primul milion de euro prin campania „Donați 2 euro printr-un SMS la 858!". Mai țineți minte?

Chiar 3 milioane de euro s-au strâns printr-un SMS. A fost prima și cea mai puternică campanie de acest gen din țară, pe care tu și Alex Popa ați pus-o pe picioare. Cu acești trei milioane ce s-a făcut?

Cardiochirurgia, care funcționează și în care acum operează profesorul Youssef Tammam, împreună cu echipa formată din medici români. Aș aminti-o în mod special pe doctorița Irina Mărgărint, o mână de om, care e acolo zilnic, consultă și salvează vieți. Din acei bani s-au făcut Cardiochirurgia și, ulterior, Cardiologia. Cardiochirurgia nu este nici măcar departament, pentru că la cele șase paturi existente nu se poate numi așa. Acum, prin dislocarea unor specialități cum sunt Neurochirurgia, Terapia Intensivă, care pleacă în aripa nou construită de „Dăruiește viață", va rămâne spațiu în spitalul vechi. Acolo trebuie renovat, recondiționat, dat jos tot și construită o secție nouă. Cătălin Cîrstoveanu a crescut de jos o clădire pe lângă spitalul vechi, cea mai puternică secție de terapie intensivă neonatală și cea mai modernă, care arată exact ca spitalul din New York. Este neîncăpătoare! Dacă ne uităm pe e-neonat.ro, trimitem o cerere de internare și vedem câți copii sunt în așteptare, câți copii nu au în acest moment tratament, vom fi șocați.

Toată munca este făcută de acest om, care a reușit să modernizeze totul prin munca lui, prin ajutorul pe care l-a primit.

Eu îi spun Wyatt Earp, un personaj care a încercat de unul singur să salveze America. Cătălin așa a fost la început. Din fericire, acum are alături o echipă extraordinară. El a fost și la baza Neurochirurgiei. L-a adus întâi pe Sergiu Stoica, care a plecat apoi la alt spital. Dar a rămas în continuare un alt prieten de-ai lui, doctorul Sorin Târnoveanu, şeful de secţie de la Neurochirurgie, care e şi ea mică. Nu avem Neurologie. Neurochirurgia nu are gardă. Dacă avea, Ecaterina Dima probabil că ar fi ajuns acolo. Fiind seară, când s-a întâmplat ce s-a întâmplat cu ea, nu exista gardă, cine să îi facă internare. Despre asta e vorba. Sunt atâtea situaţii în care e nevoie de mai mult. Te doare sufletul să ştii că ar putea fi salvaţi atâţia copii, dar fie nu e spaţiu, fie nu sunt fonduri, fie nu sunt suficienţi medici... Încercăm, prin tot ce facem, să extindem şi să extindem ceea ce facem, ca să ajutăm tot mai mult.

Deci, pentru tine, Cătălin Cîrstoveanu este un alt înger care a făcut lucruri extraordinare pentru copii şi salvează zilnic vieţi. Aşa e şi Radu Spătaru, altă figură interesantă, un alt personaj important din viaţa ta, el şi doamna lui, Dana Spătaru! Spune-ne puţin cine este Radu Spătaru.

Domnul profesor Radu Spătaru este directorul medical al Spitalului „Marie Curie". E cel mai frumos om pe care l-am cunoscut. Pe lângă faptul că e un profesionist desăvârşit, are o poveste fabuloasă. A vrut să fie chirurg dintotdeauna, a operat căţei când era tânăr. La începuturile carierei a fost discipol al profesorului Alexandru Pesamosca, fiind unul dintre cei pe care marele profesor i-a ţinut aproape. Era foarte tânăr şi a crescut alături de el. Din tot ce spune şi face emană pasiune, bunătate. Este tatăl a două doctoriţe. Iar Dana, soţia lui, este elementul lui de echilibru. Este şi ea doctoriţă, una dintre cele mai bune. Are „nas" de doctor, pe când alţii au doar experienţă. E nefrolog, specialist în „sfarmă-pietre", cum se zicea pe vremuri. Este mama rinichilor, mama durerilor de spate şi mama vezicilor. Femeia aceasta are ceva ce eu nu am mai întâlnit. Dacă îi spui articulat unde şi cum doare, ce te deranjează sau ce bei, îţi dă trei soluţii, din care două te ajută sigur. Îi spunem „Pluşica", fiindcă există un personaj de desene animate cu numele acesta care repară toate jucăriile, așa cum ne repară ea pe noi.

Extraordinar. Oamenii aceștia nu sunt doar medici obișnuiți. Au făcut mai mult decât face un simplu medic.

O meteahnă a sistemului medical este că, la umbra nucului bătrân, nu prea crește nimic. Din fericire, Radu are doi-trei discipoli. El iubește tinerii. Îi pune la treabă, face glume cu ei, doar este tată de două doctorițe, cum am spus, dintre care una face excelență prin Germania, iar cea de-a doua e aproape doctoriță, fiind încă studentă.

Exodul medicilor și al oamenilor deștepți din țară este foarte mare. Un medic din Germania îmi spunea că foarte mulți dintre șefii de secție din spitalele din Frankfurt sunt specialiști români, care au plecat de aici, pentru a face performanță acolo unde sunt lăsați și ajutați să o facă. Sunt acolo, vindecă, tratează, fac minuni. E imposibil să mergi într-un spital mare din Europa și să nu găsești măcar un medic sau o asistentă din România.

Aș vrea să le spunem celor care au plecat că sunt atât de iubiți și de așteptați acasă, mai presus de toate celelalte. Îi așteptăm acasă pe toți cei care poate nu se regăsesc acolo. Vorbeam cu oameni de genul acesta. Unii dintre ei au ajuns în vârful ierarhiei. Însă toți au un strop de „vreau înapoi acasă".

I-ai spune, cred, fiecărui român care are în inima lui un pic de „vreau înapoi acasă" să se întoarcă. Cunosc multe familii care au făcut-o deja. Uite, acum, de curând, a venit o familie din Canada. Medic, șef de secție cu două doctorate. O figură luminoasă este și domnul doctor Ștefan Mindea, care e și slujitor al Domnului. Exemple de oameni care au spus: „Vreau acasă" și care acum fac mult bine României și românilor. Cel care citește rândurile acestea, dacă locuiește în diaspora, să le așeze în inimă: „Dacă a rămas un strop de «vreau acasă» în inima ta, vino acasă! Te iubim și te așteptăm acasă!"

România are în continuare oameni buni, inimi bune, inimi tinere, indiferent de vârsta din buletin.

Sigur, avem și defecte multe, însă dacă e ceva bun în inima românului , e dragostea lui pentru pământul acesta, pentru țara asta. Doamne, chiar aseară s-au întors niște oameni din Spania, au venit la căsuța pe care și-au construit-o la marginea Bucureștiului. Este incredibil cum se naște un alt oraș, lângă București este „Republica" Berceni. Am intrat în casa lor și i-am întrebat: „Sunteți fericiți că v-ați întors acasă?" Mi-au spus: „Părinte, ne-am născut a doua oară! Rudele, prietenii, bucuria de a ne întâlni cu mormintele părinților noștri nu pot exista în Occident." Aveau lacrimi în ochi. Așa am terminat discuția, cu lacrimi în ochi. Adevărată vorbă a spus odată un american foarte deștept: „Your home is where your heart is." („Casa ta e acolo unde ți-e inima".) S-au întors acasă și mi-au răspuns cu atâta bucurie: „Părinte, munceam până la epuizare, au fost perioade în care câștigam 5 000 de euro pe lună, dar nu eram fericiți. Acum, locuim într-o căsuță la marginea orașului și lucrăm pe mai puțini bani, dar suntem fericiți."

România e prost condusă, foarte prost administrată de o bună bucată de timp, cu sistemul de educație foarte șubrezit de reformele interminabile și, de aceea, foarte ușor de manipulat. Dar omul de rând are ceva ce numai aici găsești, reușim să facem niște lucruri impresionante cu oameni normali.

Există într-adevăr o inteligență nativă, o bunătate și o atitudine binevoitoare, pe care le întâlnești încă în multe zone ale țării.

Mă uit adesea la oamenii din jurul meu. Uitați-vă la copiii aceștia în care s-au băgat multă carte și mult studiu. Am niște prieteni extrem de dragi, o familie minunată,

Dacă primești ceva, dacă îți iese bine ceva, dacă ai succes, este un dar pe care ți-l dă Dumnezeu. Dacă de acolo nu scoți ceva bun pentru alții înseamnă că nu e dar. Este o întâmplare, este un noroc, să-i spunem. Eu cred că darurile sunt toate de la Dumnezeu!

Cătălin și Mona, doi români plecați peste hotare. În timpul facultății, el a ajuns pe lista pentru Nobel, un fizician excepțional, în top 10. Ea, cercetătoare. Au doi copii, unul născut în Franța, altul aici, dar crescut în Franța, copii care acum adoră România. Și Marc, și Toma vor aici, în țară. Sunt acasă la Paris, se simt bine, valorificați, integrați, dar când vin aici nu mai vor să plece, inima lor e tot aici. Franța le-a dat statut, bani, tot ce și-au dorit ei. Însă abia așteaptă să vină în țară.

Cel mai mare copil al meu, Alexandru, este IT-ist. A iubit matematica, a făcut un liceu bun în România, apoi a plecat la Londra, unde a urmat Computer Sciences la UCL-London. Compania care l-a angajat i-a oferit un salariu foarte mare încă de la 22 de ani. În momentul în care i s-a spus de la companie că poate lucra „remote", de la distanță, a venit acasă și lucrează din București. Deși putea să stea oriunde – i s-a dat libertatea asta –, în Spania, în Italia, în Franța, unde își dorea el în lumea asta, stă acasă, la București. De ce? Cred că pentru că se bucură de oamenii de aici, de prieteni, de noi, de țara asta. Ne vedem deseori duminica, ieșim și ne bucurăm unii de alții. Faptul că unora li se dă voie de la companie să lucreze „remote" este pentru mulți români plecați în străinătate o oportunitate dublă: de a avea avantajele unui serviciu în străinătate și de a lucra de „acasă", alături de cei dragi, de familia mare. Așa, poți să îți alimentezi și să îți hrănești și trupul, și sufletul, având chiar mai puține cheltuieli. Mi se pare o mișcare foarte inteligentă pe care o fac mulți tineri astăzi: câștigă sume bune în Occident, dar lucrează din România și au cheltuieli mult mai mici. Bravo, români deștepți!

Cred că, la începutul anului trecut, a fost o campanie imediat după ce s-au mai stins efectele pandemiei: „De ce aș veni să lucrez în România?" Pentru că are aproape cel mai bun internet din lume. Poți să faci orice, dacă ești undeva pe un munte sau pe plajă, ai cel mai bun internet, cel mai ieftin internet, poţi să câştigi aceeaşi sumă de bani, poţi mânca încă sănătos şi bine, prietenii sunt extraordinari, sunt multe cluburi extraordinare, ai lume primitoare. De ce nu?

Cel de-al doilea copil al meu studiază la Oxford, acum e în ultimul an. Ei au învăţat singuri, nu am niciun merit, decât acela de a le fi oferit un cadru de iubire. Gabriel a venit în România pentru o săptămână cu prietena lui, Kate, care este doctorand la Oxford şi viitoare doctoriţă, ca să-i arate ţara. La final, abia mai voia să plece din România: „În centrul Bucureştiului sunt atâtea cafenele în care poţi să bei ieftin un latte, ai internet, ai confort!" A rămas plăcut surprinsă de centrul Bucureştiului, de cafenelele unde putea să studieze, de biblioteci, de teatre şi de ospitalitatea şi bucuria pe care le-a întâlnit.

Este o doamnă Anastasia, o bucurie de femeie, căsătorită cu un ucrainean, care a venit aici. Au construit un loc numit Seneca Anticafe, un spaţiu destinat nu neapărat consumului de cafea, ci studiului. Cafeaua e doar un pretext. Ai cărţi de jur-împrejur; pot să stea acolo copiii care învaţă în centru şi nu numai. Sunt din ce în ce mai multe locuri de genul acesta.

Dincolo de toate acestea, ce găseşti în ţara asta e un dar al lui Dumnezeu. Nu avem pretenţia de popor ales, însă ştim că suntem un popor iubit de Dumnezeu şi de Maica Domnului. Ai avut momente în care românii te-au surprins plăcut, prin ceva mai deosebit? Poate cineva care ţi-a spus că s-a vindecat cu ajutorul tău sau că a găsit o soluţie prin sfatul pe care i l-ai dat ori că îţi mulţumeşte că l-ai îndrumat spre un medic bun?

Într-o zi, la radio, am primit o floare şi un „Mulţumesc", dar nu am ştiut de la cine. Altă dată am primit un coş superb: „Sunt mama lui Vlad, suntem bine!" Nu mai ştiam cine e Vlad, nici astăzi nu ştiu cine e. Am primit un aranjament de Crăciun, ca să aflu două luni mai târziu că era de la o doamnă care mă rugase să vorbesc cu profesorul Youssef Tammam să opereze un bebeluş. Odată, mi-a scris o mămică şi mi-a trimis un certificat medical al copilului ei – fusese operat la Târgu Mureş, la Cardiochirurgie. Deşi nu se fac operaţii la copii atât de mici, i-am scris lui Alex Popa, care a vorbit cu profesorul Tammam. A doua zi, era la Bucureşti. Uneori, totul se întâmplă extrem de repede, alteori, extrem de greu. Nu trebuie să ai nicio aşteptare.

Tu construieşti poduri între oameni, legi oamenii, ceea ce mi se pare extraordinar de frumos. Pentru asta, ai nevoie de rezistenţă şi pe o parte a malului, şi pe cealaltă. Este nevoie de bani, majoritatea oamenilor se împiedică şi le este frică de faptul că, iată, pentru un tratament ai nevoie de 100 000 de euro, bani pe care nu îi are oricine. Mi-ai povestit mai devreme cum ai reuşit să strângi 30 000 de lei în 26 de minute, slavă lui Dumnezeu! Ce îi sfătuieşti pe cei care sunt într-o situaţie atât de grea, care se sperie de faptul că nu au bani şi cad repede în disperare?

Disperarea, spaima, depresia, frica nu ajută cu nimic. Asta, în primul rând. Singura soluţie este să mergi înainte, nu te mai uiţi înapoi. Dacă începi să te uiţi: „De ce eu? De ce am păţit asta acum?", nu este deloc productiv. La ce n-ai voie să renunţi nicio clipă, după opinia mea şi credinţa mea, este la a fi acolo în suferinţa ta însoţit de Dumnezeu – să Îl rogi pe Dumnezeu, de unde vin toate. După aceea mergi înainte căutând ONG-uri, un vecin care are cont de Facebook, un preot care cunoaşte pe cineva care ar putea ajuta şi el, un om din media care poate să răspândească mesajul că ai nevoie de ajutor. Caută, nu te opri! Fii deschis la tot. Nu ai decât două soluţii: stai şi te plângi, şi pierzi timp şi oportunităţi, sau te lupţi şi pui lucrurile în mişcare.

Câteodată, în spatele uşii inimilor noastre stăm şi aşteptăm să se întâmple o minune. Pentru a se petrece însă minunea, este nevoie de rugăciune şi acţiune, îmbogăţite de credinţa vie că vom reuşi.

Şi eu sunt tentată de multe ori să mă lamentez; am în jurul meu mame care plâng şi e greu să nu intri în durerea lor. Eram odată într-o campanie de combatere a violenţei împotriva femeilor şi a venit o femeie care mi-a arătat că avea o gaură în cap, părul îi fusese smuls. Cu ce puteam eu s-o ajut? Nu puteam să-i cresc părul la loc, dar i-am spus: „Plecaţi de acasă!" „Nu am unde să mă duc, ce fac cu copiii? Cum cresc ei?", mi-a zis. „Dacă nu te lupţi tu, cine să o facă? Dacă nu acum, atunci când?" Dacă rămâi în starea ta, de multe ori răul se agravează şi devine şi mai greu de înlăturat. Plângi astăzi, dar mâine ridică-te şi luptă-te! Numai prin luptă vine biruinţa. Dacă ştiţi pe cineva care a primit aşteptând să pice din cer, să mi-l prezentaţi şi mie.

Şi tu, şi eu ne încăpăţânăm să credem. Şi ştim că, în fiecare român, există o fărâmă de Dumnezeu, o fărâmă de bunătate, o fărâmă de iubire de neam, o fărâmă de iubire de străbuni. Ar trebui să ne reconectăm la acestea când ne e greu. Trăim vremuri complicate. Există atâta ură, atâta manipulare. Tu, ca om de televiziune, ca om care lucrează de atâţia ani în media, trebuie să ne dai o soluţie. Cum să nu ne lăsăm păcăliţi?

Cel mai uşor este: „Verifică din mai multe surse!" Exact cum făceam când eram la începutul carierei. Dacă găsesc ceva pe un site de care n-a auzit nimeni, mai bine nu cred ceea ce se spune acolo. Sunt surse care s-au dovedit în istorie ca demne de încredere. Profesorul de pediatrie Mihai Craiu zicea ceva foarte interesant, legat de rolul vitaminei D în corp. A scris cineva la un moment dat că luăm degeaba, că nu avem nevoie. Iar el a explicat foarte frumos: „Nu-i adevărat. Organismul nu poate fără vitamina D." A explicat foarte bine biodisponibilitatea. Într-un fel se absoarbe vitamina D dintr-o tabletă sintetică, din care 70-80% se duc la toaletă, şi într-un fel dintr-o bucată de pește bun sau dintr-un ou de țară, când se absoarbe tot ce trebuie.

Deci, atenție pe cine urmăriți! Oamenii sunt înnebuniți să arate cât de multe știu ei, vor să frapeze cu noutățile pe care le dețin. De aceea avem acum tot felul specialiști la un click distanță. Așadar, când asculți un om sau citești un articol, uită-te la calificarea omului, a autorului, și la cine îl validează. Dacă e doar mulțimea, atunci mai caută informația și din alte surse.

Totuși, tu ai avut inspirația să te duci spre TVR, unde se spune că sunt știri obiective.

Orice s-ar zice, TVR este genul de instituție la care toată lumea se uită, deși nimeni nu recunoaște. Obiectivitatea nu au pierdut-o complet niciodată. S-a pierdut audiența din cauza scandalurilor, a conotațiilor politice. Dar obiectivitatea a rămas, are legătură cu mâna aceea de buni profesioniști. E în TVR un bun-simț care s-a transmis din om în om. Vorbeam într-o seară cu Corina Chiriac despre un canal de televiziune care este într-o expansiune uluitoare și îmi spunea că vrea să îi dea în judecată, îi tremurau mâinile. În urmă cu ceva vreme o asaltaseră prietenii cu telefoane pentru că, la respectiva televiziune, se difuzase știrea potrivit căreia Corina Chiriac e la un pas de moarte! În realitate, cineva povestise despre un incident ce avusese loc cu 50 de ani în urmă, când se dezechilibrase și era să cadă de pe scenă. Așa se face astăzi televiziune: se scoate senzațional din orice, chiar și de acolo de unde nu e nimic senzațional, doar ca să te oprească, să te agațe, să stai în fața televizorului. Sunt atâtea femei frumoase și deștepte care nu stau la televizor.

O cercetătoare, o fiziciană, un medic bun, o artistă extraordinară nu ar ajunge până acolo.

Uitați-vă la Principesa Margareta care, deși este atât de bine pregătită și de capabilă să conducă, este foarte rezervată și știe că nu trebuie să-și facă apariția chiar oriunde. Uitați-vă la Carmen Tănase, o actriță imensă, un om fabulos, pe care rar îl vezi în spațiul public. Trăim vremuri în care imaginea e mai importantă – eu îi spun formă fără fond. Dacă forma e dublată de fond, e extraordinar. Dar dacă nu, avem o problemă. Trebuie să fim un pic atenți. Să fim noi cei care apărem mai asumați și mai conștienți, pentru că doar așa putem ajuta oamenii.

Cu asta am și început. Dacă ești cunoscut, fă tot ce poți să ajuți oamenii, nu să-i smintești, nu să-i influențezi în rău!

Și dacă nu ești cunoscut, ajută. Poți deveni *cineva* pentru cineva, poți să fii *eroul* unei familii căreia i-ai dus ceva de mâncare. Există, în spitalele internaționale, echipe de studenți la actorie, care n-au nicio legătură cu medicina. Se îmbracă în clovni, se duc prin spitale și lasă mamele să bea o cafea și să facă duș, timp în care ei se joacă cu copiii.

Binele acesta pe care îl faci te determină să rămâi luminoasă sau chiar să devii și mai luminoasă. Omul care te vede pe tine, Liana, asociază imediat imaginea ta nu cu dorința de a apărea, de a fi considerată cineva, ci cu binele pe care îl faci. Binele pe care îl faci de o viață încoace, de mulți ani, cred că poate fi un răspuns foarte bun la întrebarea: „De ce merită să fii în media?" Devii un instrument prin care Dumnezeu lucrează în viețile celor mai puțin cunoscuți, ale celor care nu ar avea altfel acces la un tratament decent într-un loc decent.

Eu nu apar decât dacă fie am ceva din care să învăț eu, fie pot să-i inspir pe alții. Altfel, care-i sensul? Doar ca să arăt că am o pereche nouă de ochelari sau că am îmbătrânit? Ar fi prea puțin. De fapt, nu puțin, nu e nimic.

Ne pregătim acum pentru capitolul următor din viața ta de părinte. Ai fost, nu știu dacă încă mai ești, președintele APOR? Ai fost un părinte implicat, te-ai implicat în viața copilului tău la școală și ai devenit președintele Asociației Părinților Ortodocși din România.

În general, m-am implicat în tot ce are legătură cu blândețea și cu iubirea, iar Dumnezeu e iubire. Școala e foarte importantă în viețile copiilor noștri, de aceea cred că o oră de „iubire" pe săptămână, chiar dacă e predată într-un cadru educațional, care poate fi rigid și imperfect, nu poate dăuna. Ce bine ar fi să existe câte o oră de „iubire", măcar în cadrul orelor de religie și de dirigenție!

A fost un moment important în viața ta și aș vrea să discutăm despre asta.

În primul rând, mi-am asumat această responsabilitate atât în calitatea mea de părinte implicat în viața copilului său, cât și ca misiune încredințată de Părintele Patriarh Daniel, care cunoștea experiența mea în lucrul cu oamenii și cu situațiile dificile. De aceea îi mulțumesc pentru încredere și pentru sprijin. Apoi, ceea ce am făcut ca președinte al acestei asociații a deranjat cu siguranță pe mulți, dar trebuie să iei în calcul faptul că, atunci când faci niște lucruri în numele lui Dumnezeu, având încredere că ceea ce faci e bine, obligatoriu vor ieși la iveală și niște gheare, care vor încerca să te sfâșie sau, măcar, să te intimideze.

Să vorbim, deci, despre crucea Lianei ca președinte APOR.

Până acum tot despre cruce am vorbit, doar că un pic cu mai multă blândețe. De la originile noastre, în noi e înscrisă, e sădită o bunătate imensă, doar că ea e ascunsă de multe ori de praful rutinei, al situației pe care o trăim, al vremurilor pe care le traversăm. În spatele tastaturilor sunt milioane de răutăți și de hateri, dar acei oameni au o problemă în sufletul lor, că de-aceea aruncă cu rău. Dacă n-ar avea mâhnirea, suferința, neîmplinirile lor, n-ar fi atât de acizi și de încărcați de supărare și de năduf. Fenomenul de bullying din școli presupune un agresat și un agresor. Agresorii au, la rândul lor, propriile suferințe, toți au în spatele lor niște dureri, niște eșecuri, niște traume pe care nu le știm. Și ce e probabil, nu le ştiu nici ei, amărâţii. Asta nu le scuză comportamentul, însă te ajută pe tine să nu îi vezi mai puţin oameni. Fiţi blânzi cu cei care vă ceartă şi vă mustră! Sigur, eu încă mai sufăr, încă mai primesc câte un mesaj pe care nu îl înţeleg şi al cărui sens încerc îl descifrez, încă mă mai doare. „Doamne, ce o fi în sufletul omului aceluia? Ce pot face eu pentru el?” Nimic, decât să-l pun la un „Tatăl nostru”. Altceva n-am ce să fac, pentru că nu ştiu. E foarte complicat. Zicea un psiholog că cel mai frumos gest pe care poţi să îl faci pentru un om care ţi-a făcut rău este să te rogi pentru el. Atenţie, nu a spus-o un preot, ci un psiholog!

Rugăciunea – respirația bunului creștin

Cred că orice om are nevoie şi de duhovnic, şi de psiholog. Mie însă mi-e suficient că vin la dumneavoastră. Sunt momente în care nu-mi ies toate lucrurile aşa cum trebuie sau cum vreau. Aşa că întreb sau citesc. Acum sunt atâtea cărţi bune, atâtea soluţii la îndemână. Literatura a devenit în zilele noastre atât de accesibilă oamenilor. De ce nu mai citesc oamenii astăzi?! Desigur, nici eu nu citesc ce şi cât mi-aş dori. Am o groază de cărţi pe noptieră pe care aş vrea să le citesc. Nu am timp suficient, citesc în general doar ce trebuie, informaţii de care am nevoie în munca mea, pentru că mă duc la radio sau la televiziune. Însă nu renunţ, zilnic citesc ceva, zilnic scriu. Unul dintre obiectivele acestui an este să scriu mai mult de mână, pentru că uităm să scriem frumos. Este un exerciţiu excepţional şi foarte benefic. Să faci lucruri care îţi plac, nu neapărat care sunt utile sau necesare.

Ce interesant! Şi soţia mea şi-a dorit foarte mult să se reîntoarcă la caligrafia din clasa a doua. Şi-a luat chiar nişte stilouri speciale pentru caligrafi, cu peniţe speciale. A început să scrie frumos, aducându-şi aminte de anii copilăriei. Şi în tine, ca şi în ea, este dorinţa asta de a scrie frumos.

E un studiu care spune că scrisul este psihoterapie pentru o anumită zonă a cortexului. Prin asta pui nişte lucruri în plus, mai ales că ai un bagaj de cunoştinţe pe care îl pierzi odată cu trecerea timpului. E ca spaniola, despre care v-am mai povestit: dacă nu o vorbeşti, dacă nu o practici, o uiţi. Dacă nu scrii, uiţi bucuria de a scrie. Scrisul te educă şi te ajută să nu mai citeşti mecanic.

Astăzi, cu mintea risipită în zeci de părţi, ajungi să citeşti mecanic şi nu mai reţii nimic. Nu vi se întâmplă să luaţi o carte, să o citiţi, să nu înţelegeţi nimic din ea, să aveţi senzaţia că aţi citit-o degeaba, că nu mai ştiţi nimic din intriga cărţii şi să trebuiască să o luaţi de la început?

Sau la un acatist ori când faci un paraclis, te trezeşti la icosul opt şi zici: „Parcă nu mai ţin minte ce am citit de la icosul doi. Mi-a zburat mintea." În acel moment, mă pun la punct şi o iau de la capăt. „Hai, Vasile, treci înapoi!"

Tare aş vrea să-mi explicaţi de ce vin toate gândurile fix când mă aşez la rugăciune: şi lista de cumpărături, şi ce am de făcut.

Acest lucru se întâmplă pentru că în acele momente, mai rare în economia unei zile întregi, se face în sfârşit linişte în capul tău. Iar în acea linişte îşi fac simţită prezenţa preocupările tale dominante din acel moment. Cumva ţine de tine şi de concentrarea pe care o ai să pui ceva în prim plan sau secund. E adevărat că mereu e cineva, duhul cel rău, care se ocupă cu aducerea unor lucruri secundare în prim plan, în acele momente de rugăciune, însă de tine depinde să îţi încordezi mai mult atenţia şi să rămâi cu gândul doar la rugăciune, conştient că te afli în prezenţa lui Dumnezeu. Deci atunci când Îl invoci pe Dumnezeu şi te vizitează harul Lui, pacea este cea care vine prima şi se aşază în sufletul tău. Atunci dispare lista de cumpărături din minte. Dacă însă nu pleacă înseamnă că lista de cumpărături e atât de dominantă în creierul tău, că Dumnezeu nu mai are loc să intre.

Chiar e un exerciţiu bun pe care putem să îl împărtăşim, ca să-l folosească şi alţii care se confruntă cu această problemă. Nu începe niciodată un acatist sau o rugăciune direct, fără puţină pregătire. Termină toate treburile urgente, rezolvă mai întâi toate nevoile care nu suferă amânare, închide televizorul şi ce te-ar mai putea distrage. Lasă telefonul mai departe, pe silențios, oprește notificările. Trebuie să te liniștești puțin înainte de a începe o rugăciune. Încearcă să nu te mai gândești la nimic, începe să-ți eliberezi mintea de tot ce e inutil. Asta înseamnă că te așezi într-un scaun sau pe patul tău și stai cu mâinile pe genunchi. Închizi ochii, te rupi de toate grijile și, pur și simplu, te liniștești. Cum ziceau bunicii mei: „Du-te în camera mare de la drum, așază-te și liniștește-te!" Așadar, trebuie să existe cumva un timp de liniștire înainte de a începe rugăciunea. În mănăstiri, timpul ăsta e mai mare. Noi nu-l avem. Stai cu tine câteva minute, nu zice nimic. Lasă gândurile să se oprească, să se liniștească. E la fel ca în cazul unei mașini turate: când aceasta a ajuns în parcare, motorul se oprește, se liniștește, toți senzorii se opresc. Câteva secunde, după aceea e liniște. Nu te ruga cu „mașina" turată, pentru că nu vei înțelege nimic, e gălăgie și în minte, și în suflet.

Rugăciunea poate fi momentul tău de liniște. Eu mă rog și în trafic, altfel aș mușca din caroserie.

Dacă te rogi în trafic, e un timp cu Dumnezeu și cu tine, care te ajută să capeți liniște. Asta înseamnă că mintea ta era agitată și tu-I spui lui Dumnezeu: „Doamne, trimite harul Tău ceresc și liniștește-mă puțin!", iar El, prin harul Său, coboară turația și te liniștești.

Psihologii vorbesc de acea tehnică de respirație, despre care eu recent am descoperit că e de la Sfântul Grigore Palama și de la isihaști. Inspirăm și expirăm când spunem „Doamne Iisuse Hristoase...".

E interesant faptul că toată dezvoltarea personală din ultima vreme este, de fapt, o redescoperire în termeni moderni a ceea ce cuvântul Scripturii și experiența Sfinților Părinți au arătat-o de mult. *„Pildele" lui Solomon sunt o înțelepciune practică aplicabilă de mii de ani. „Scara" Sfântului Ioan Scărarul este un tratat de psihoterapeutică creștină din secolul VII care poate concura cu manualele moderne* *de profil. Din păcate, omul modern acceptă mai uşor un cuvânt de la un psihoterapeut, decât de la Sfinţii Părinţi. Aceasta este o mare greşeală, pentru că se dă la o parte o experienţă atât de bogată, decantată în secole întregi, o experienţă din care cine este matur duhovniceşte se hrăneşte şi se foloseşte pentru a găsi răspunsuri şi soluţii pentru viaţa lui de zi cu zi. Adevărurile sunt aproximativ aceleaşi, numai că, în ziua de astăzi, societatea modernă e mai interesată de ce e nou sau de ce sună nou. Dar gândeşte-te la asemănarea aceea cu respiraţia. Dacă spui „Doamne Iisuse Hristoase, Fiul lui Dumnezeu" şi te încarci exact acele câteva secunde, şi după aceea expiri spunând „Miluieşte-mă pe mine, păcătosul", atunci te hrăneşti cu prezenţa energiei necreate, cu Duhul Sfânt şi scoţi afară tot răul dinăuntru. Dar nu e obligatoriu să te rogi folosind această tehnică! Cuvântul, nu tehnica, te duce la esenţă. Nu spunem că cuvântul este esenţial şi el te duce la Dumnezeu? Nu tehnica, ci Cuvântul. Când spui „Doamne Iisuse Hristoase, Fiul lui Dumnezeu", în momentul acela invoci numele lui Dumnezeu, ca şi cum eu te-aş striga pe tine, pe nume, să vii să mă ajuţi cu ceva. Îl strigi pe Dumnezeu pe nume „Doamne Iisuse Hristoase", apoi „Fiul lui Dumnezeu", Îi dai şi atributul principal. Îl strigi pe Dumnezeu aşa cum te striga Teodora când era mică, iar tu veneai. Dacă veneai tu care eşti pământeană, d-apoi Dumnezeu?! Când ai strigat „Iisuse Hristoase, Fiul lui Dumnezeu", invocând numele lui Dumnezeu, deja ai făcut un lucru uriaş: ai invocat numele Stăpânului Universului. După ce L-ai strigat aşa cum îşi strigă copilul mama, Îl rogi: „Miluieşte-mă!" În cuvântul „miluieşte" se include tot: „Ai Tu grijă de mine; ştii Tu, Doamne, de ce am eu nevoie." În miluire nu e milă, în sensul obişnuit, ci este: „Ai grijă! Uite-mă, sunt în faţa ta, Iisuse!" Tu te prezinţi în faţa Lui atunci când zici „Miluieşte-mă!" „Uite-mă pe mine, Vasile, pe mine, Liana!" „Păcătosul" înseamnă că te-ai smerit, că ai plecat capul, că ai înţeles cine eşti. În rugăciunea aceasta atât de concentrată, îţi recunoşti starea de păcătoşenie, dar îţi afirmi şi statutul de fiu, care nu-şi părăseşte Tatăl, ci e în dialog cu El. Începi cu El şi termini cu tine şi iar te întorci la El şi tot aşa...*

Practic, te încarci, Îl chemi în ajutor pe Domnul nostru, al tuturor şi al tău. El e în tine. Te-ai încărcat, după care expiri şi iese toată furia, toată acumularea nefericită. Faci duş pe dedesubt, duşul interior. Ca atunci când faci duş seara, după o zi de muncă: apa nu duce cu ea numai mizerie şi transpiraţie, ci şi nişte energii.

Aici este taina. ***Rugăciunea îţi aduce linişte, liniştea îţi aduce rugăciune.*** *E limpede că, din viaţa ta, din tot ceea ce îmi spui, în toate mărturiile pe care mi le-ai adus până acum, relaţia cu soţul tău şi relaţia cu fetiţa ta au avut un numitor comun. Când v-a fost greu, a venit rugăciunea. Ce nu lipseşte din casa voastră niciodată? Ca duhovnic şi ca martor a ceea ce este viaţa voastră, ca prieten al vostru, pot să aduc mărturie că nu a lipsit niciodată din viaţa voastră şi din familia voastră sfânta rugăciune. După atâţia ani, n-am avut răgazul niciodată să vorbim pe îndelete despre asta. Dacă v-a ţinut ceva ca familie, ca modele pentru societatea zbuciumată în care trăim, este faptul că voi v-aţi agăţat de Crucea lui Hristos prin rugăciune. Ştiu cărţile alea de rugăciune tocite din camera voastră. Paginile parcurse cu acea sudoare a mâinii tale, paginile alea răsfoite în faţa icoanei. Rugăciunile au ajutat la întărirea firilor voastre şi la transformarea voastră în ceea ce sunteţi astăzi: un adevărat tată, o adevărată mamă, o adevărată fiică. Niciodată nu putem fi adevăraţi părinţi, decât prin Dumnezeu, nici adevăraţi fii, nici adevăraţi prieteni, nici oameni cu adevărat împliniţi, nici soţi adevăraţi. Toată viaţa voastră are ca o linie roşie prezenţa aceasta neîntreruptă a lui Dumnezeu lângă voi şi a voastră lângă El. De aceea puteţi fi o mărturie că poţi trăi în lumea modernă, oscilantă, confuză, amestecată, într-o societate aproape* *fără valori, dacă şi numai dacă valoarea ta primordială este mai presus decât societatea, dincolo de ea.*

Pot să spun un singur lucru: nu e niciodată suficientă rugăciune, fie că vorbim despre calitate, fie de cantitate. Oricât de multă e, niciodată nu e suficientă, e tot timpul loc de mai mult, de mai bine, cel puţin în ceea ce mă priveşte.

Patriarhul Daniel are un cuvânt pe care l-a spus în „anul rugăciunii" (pentru că anul trecut, 2022, a fost dedicat de Sfântul Sinod rugăciunii), cuvânt care a ajuns la inima mea: „Dacă problemele tale persistă, dacă viaţa ta nu e în regulă înseamnă că nu te-ai rugat suficient!" Aş îndemna acum pe toţi cei care citesc această carte să nu uite niciodată că multe dintre situaţiile grele prin care trec s-ar rezolva dacă ar înălţa mai des rugăciuni către Bunul Dumnezeu. E o mare diferenţă între traumă, între necazul în sine şi cum te afectează acesta. Felul în care vedem necazurile face de multe ori ca acestea să pară mai mari decât sunt în realitate. Uneori, frica în faţa neîmplinirii te blochează şi nu mai poţi vedea ieşirea. Soluţia divină este întotdeauna salvatoare. De aceea ar trebui ca în toate să-L punem pe Dumnezeu. Nu poate să fie aşa decât dacă Îl chemăm pe Dumnezeu oriunde şi oricând putem, în bucătărie, la birou, pe stradă, în tramvai. Sunt convins că, de câte ori începi la radio munca, zici: „Doamne, fii cu mine; Doamne, ajută-mă!" Sfinţii Părinţi mergeau până la capăt şi foloseau expresia „rugăciune neîncetată". Pentru omul modern, acest lucru poate fi imposibil de realizat. În această situaţie, vine îndemnul nostru: ***„Când ai prins un pic de timp, roagă-te! Strigă la Dumnezeu şi El te va auzi şi îţi va dărui pacea de care ai atâta nevoie!"***

De-asta vă spun că nu e niciodată suficient. Sigur mai am timp în care aş putea să mai spun o rugăciune. M-aş putea ruga în loc să mă uit la un serial. Acum este la modă în online o aplicaţie de rugăciune, pe care o promovează chiar actorul care L-a jucat pe Mântuitorul nostru în filmul Patimile lui Hristos. Ar fi minunat să avem și noi o asemenea aplicație de ascultat în mașină, în casă, în bucătărie, în timp ce facem mâncare.

Ce frumos! Minunată idee! Până la urmă, rugăciunea este soluția atunci când simți că nu mai poți, că ți-e greu?

Nu te rogi numai când ți-e greu, atunci te rogi altfel. Mai autentic, cu mai multă durere. Dar e bine să te rogi tot timpul! Tot o formă de rugăciune este și când îți e bine și recunoști asta, când recunoști că ceea ce ai este de la El. Habar nu ai cât de mult te iubește Dumnezeu când îți e bine și tu ridici ochiul spre cer și zici: „Mulțumesc!" De-aceea ar trebui să Îl slăvești tot timpul, nu pentru că ai primit sau, și mai rău, ca să primești ceva, ci să zici: „Doamne, îmi e bine cu Tine, mă simt bine cu Tine, Doamne!" Rugăciunea rămâne pentru tine nu doar soluția când dai de greu, ci și o stare pe care ți-o dă, pe care nu o capeți decât atunci când te rogi. Te descarci și apoi te încarci când te rogi. Are dublu efect. Pentru mine, e ca bateria de la telefon. Mă descarc, plâng dacă mi-e greu. După aceea, în mod magistral, miraculos, când mă ridic, chiar dacă mă dor genunchii, mă simt extraordinar.

Să dea Dumnezeu să înțeleagă cât mai mulți oameni că starea de rugăciune este starea care te așază înaintea lui Dumnezeu. Prin rugăciune stai înaintea lui Dumnezeu și Îi vorbești.

Cineva, în autobuz a fost călcat din greșeală pe picior de altcineva. Acea persoană se ruga și a spus: „Nu-i nimic!" A fost o întâlnire a privirilor caldă și iertătoare. La stația următoare a urcat o altă persoană, destul de agitată și recalcitrantă. Și tot aceeași persoană l-a călcat, din greșeală, pe picior. Acesta, agitatul care urcase, a început să strige: „Ce faci, domnule? Nu ți-e rușine? Mă calci pe picior? Nu te uiți pe unde mergi?" „Vinovatul" care îi călcase pe cei doi oameni din greșeală a văzut felul diferit în care cele două persoane au reacționat la aceeași situație, iar când a coborât, s-a întors către persoana liniștită și a spus: „Ferice de tine! Ești un om puternic pentru că nu te lași ușor provocat!"

E, deci, foarte importantă starea în care te afli când ți se întâmplă ceva, cum te găsește o anumită întâmplare. ***Rugăciunea făcută în gând tot timpul te face mai pregătit pentru a înfrunta orice apare.*** *De aceea se și spune chiar și despre felul în care vei fi găsit în moarte că așa vei fi judecat. Ne rugăm la Dumnezeu mereu pentru un „sfârșit bun, creștinesc, vieții noastre, fără durere, neînfruntat, în pace". Pentru bunicii noștri, moartea însemna împăcare. Venea tot satul să se împace. „E pe moarte X", spuneau și veneau să îi sărute mâna dreaptă: „Iartă-mă dacă ți-am greșit cu ceva!" Era o pregătire. Cum ne găsesc evenimentele, în ce stare ne aflăm atunci, așa trecem prin ele. De aceea cred că lumea de astăzi e atât de debusolată, pentru că nu mai are această soluție. Dumnezeu poate fi soluția tuturor problemelor noastre. Când apare problema, vrem noi să o rezolvăm... din păcate. Uităm să apelăm la Cel despre Care atât de frumos se spune: „La Dumnezeu totul este cu putință..."*

Uităm, pentru că așa ne face societatea. Tu ești în centrul existenței tale, tu ești buricul târgului, tu ești tot. Depinde foarte tare de felul în care te raportezi la probleme.

Revenim la a fi blând cu omul de lângă tine. Fiți oameni blânzi! E o epidemie periculoasă de ură în spatele tastaturilor. Oamenii aceia nu sunt fundamental răi, ci se lasă antrenați în tot felul de conflicte pătimașe, se inflamează, se irită, acuză, calomniază, jignesc și, în cele din urmă, se umplu gratuit de ură față de cineva pe care nici nu îl cunosc prea bine. Sunt foarte multe momente în care sunt gratuit răi, gratuitățile astea nu au nicio logică. Fiți blânzi cu oamenii din jurul vostru. Fiți și mai blânzi cu cei pe care-i iubiţi. Puneţi-vă asta în minte. Fiţi blânzi cu voi, pentru că suntem uneori câini cu noi înşine. Avem pretenţii, aşteptări, deziderate. În realitate, suntem atât de bogaţi. **Aflaţi în concurenţă sau în conflict cu ce au alţii şi noi nu, într-o optică centrată nu pe ce avem, ci pe ce ne lipseşte, uităm să ne bucurăm de ceea ce avem. Ar trebui să redescoperim cât suntem de bogaţi.** Să ne dea Dumnezeu mintea sau să ne îndrepte atenţia către asta! Uităm că inima nu e doar un organ al corpului uman. Inima e tot.

„Unde este comoara ta, acolo e inima ta", spunea Iisus. Dacă comorile noastre sunt relaţiile cu cei dimprejur, acolo ne e şi inima. Dacă te centrezi pe ce e material, pe lucruri trecătoare, pe vanităţi de-o zi sau de-o noapte, pe nimicuri, pe „eu", îţi ţii inima în acest univers limitat şi construieşti castele de nisip care pier înghiţite de primul val. Cui dai tu valoare în inima ta?

Trebuie să-ţi educi inima. Dacă ea e bună şi curată, îţi va fi uşor să o îndrepţi spre lucrurile esenţiale, spre partea cea bună „care nu se va lua de la ea". În schimb, dacă ai nişte preocupări exclusiv materiale în minte şi nu le faci decât pe acelea, ea va crede că aşa e normal, chiar dacă în profunzimea ei va căuta căi să ajungă acolo, la ceea ce este esenţial, la ceea ce o hrăneşte cu adevărat, chiar dacă în profunzimea ei ea va şti ce e fals şi ce e adevărat. Inima este cel mai important organ, fără îndoială. Sigur, inima şi creierul nu pot una fără altul. Neurologii vor spune „creierul". Dar inima este mai importantă, în sens spiritual ea este centrul fiinţei noastre lăuntrice. Pe lângă faptul că biologic te ţine în viaţă fizic, în sens spiritual ea te ţine în viaţă şi din punct de vedere a ceea ce eşti emoţional, a ceea ce eşti psihic.

Nu vorbim aici despre inimă doar ca organ, ci vorbim în sens duhovnicesc despre ea ca centru al universului uman. Inima noastră este centrul universului nostru lăuntric. Așa ar trebui să fie, adică tot ce iubim pornește de aici.

Când inima este într-o situație de inferioritate, pentru că ai lăsat mintea să domine inima, trebuie să înțelegi că inima își va recuceri dreptul de a fi ceea ce este, în momentele în care te aștepți mai puțin. Așa se întâmplă să apară tot felul de suferințe din zona anxietăților, fricilor. Toți avem frici, și eu am frici nenumărate. De câte ori îmi este frică de ceva, mă gândesc: „Ce pot face să opresc asta?" Răspunsul e simplu: mă rog.

Un călugăr tânăr, fost actor, care a ales brusc să plece de pe scena teatrului și să devină monah, la Mănăstirea Sihăstria Putnei, mi-a dat o soluție care m-a uimit. Întotdeauna când are o problemă, pune la începutul frazei cuvântul „Doamne". „Doamne, mă doare capul! „Doamne, copilul e obraznic!" „Doamne, am probleme la serviciu!" Când ai pus „Doamne" la începutul frazei, transformi problema într-o rugăciune. Atunci, Dumnezeu începe să lucreze.

Dumnezeu nu vrea chestiuni complicate, te vrea sincer și să Îl iubești. Dacă astea două sunt bifate, de restul are grijă El să ți le dea.

Cred că, în tinerețe, dacă ai puterea să-L chemi pe Dumnezeu să te lumineze, este extraordinar. Altfel, păcatul Îl împiedică pe Dumnezeu să strălucească în tine.

Mai e un cuvânt magic: „răbdare".

Da, ea este ingredientul-minune care face să crească și să se maturizeze tot ceea ce începi să faci. Răbdarea vine cu anii. În tinerețe vrei totul aici și acum. Pe măsură ce lucrurile avansează, capeți însă și răbdarea. Înțelegi că pentru a construi ceva durabil e nevoie de timp, de strategii, de înțelepciune, de disponibilitate la efort, de răbdarea ca fiecare etapă să se cimenteze.

PROVOCĂRILE LUMII MODERNE

Portretul femeii de azi

Propun să vorbim despre femeia de azi, pentru a identifica și a veni în sprijinul nevoilor și preocupărilor ei, atât al celor sufletești, profunde, cât și al celor care țin de concretul vieții ei. Mai întâi, aș vrea să vedem împreună cum a fost femeia ilustrată în Sfânta Scriptură. Pentru că de multe ori locul și importanța ei în istoria biblică fie nu sunt suficient cunoscute, fie sunt greșit înțelese. Biblia e „Cartea Cărților" și găsim acolo zugrăvită o istorie alcătuită din tablouri viu colorate, care au ca scop ilustrarea iubirii lui Dumnezeu față de lumea pe care o creează și față de om, precum și a grijii Lui neobosite de a-l ține pe om aproape de El, în pofida deselor lui rătăciri. Tot aici găsim care a fost menirea originală a femeii, stabilită de Dumnezeu de la început, cum a evoluat aceasta de-a lungul timpului, în veacurile de dinainte de Hristos, și cum vede Însuși Mântuitorul femeia și lucrarea ei în viața familiei și a societății. Din Scriptură cunoaștem modalitățile prin care femeia a reușit și poate reuși să se conecteze cu Dumnezeu, intrând în relație cu Creatorul, unde ea își descoperă, își dezvoltă și își desăvârșește menirea ei pe pământ. Totul începe cu un plan foarte frumos al lui Dumnezeu, acela ca bărbatul și femeia să fie fericiți într-un paradis, care era la început unul terestru. De altfel, căsătoria e singura taină pe care Dumnezeu Însuși a instituit-o în Eden, când i-a așezat pe Adam și pe Eva în Rai, oferindu-le împărăția aceasta creată pentru ei. Legătura gândită de Dumnezeu pentru cei doi oameni primordiali este una de armonie și de împlinire reciprocă, într-o complementaritate iubitoare. Au fost așezați de Dumnezeu în Rai pentru că legătura lor de iubire era potrivită cu starea paradiziacă. Dragostea lor deplină era un Rai, o bucurie, o fericire care le umplea sufletele și le anima viața. De fiecare dată când săvârșesc slujba la cununie, întotdeauna simt că în acea slujbă e o stare de bine, de beatitudine, de Rai. Ziua nunții aduce cu ea o bucurie paradiziacă, pentru că prin cununie se reface armonia legăturii de la început, dintre bărbat și femeie. Ce frumos ar fi ca așa cum ne simțim în ziua nunții să ne simțim și după zeci de ani de căsnicie! Desigur, depinde de noi cum cultivăm iubirea dintre noi ca să rămână la fel de proaspătă și frumoasă.

Ați spus mai devreme ceva foarte important, și anume că Dumnezeu i-a pus pe Adam și pe Eva în paradis. I-a pus pe Adam și pe Eva pe același piedestal? În mentalitatea colectivă există această idee potrivit căreia femeia e inferioară bărbatului. Cred că aceasta e o mare greșeală pe care încă o fac oamenii și are în spate ceea ce am primit de la predecesorii noștri, mai ales că se argumentează în mod greșit uneori că „așa a rânduit Dumnezeu".

Nu cred că în Scriptură găsim vreun temei pentru superioritatea unuia sau altuia, pentru că nu despre asta e vorba acolo. Mi se pare că exemplele din Biblie ne vorbesc despre completarea armonioasă dintre cei doi, care, da, sunt diferiți, tocmai pentru a se completa și susține reciproc. Se pot iubi tocmai pentru că nu sunt identici, pentru că unul dă în relație ceea ce nu are celălalt și tot așa. Modelul patriarhal, deși întâlnit în Scriptură, ține mai mult de contextul istoric și de realitățile și de nevoile acelor timpuri in care femeia avea nevoie imperioasă de protecție pentru nașterea și creșterea copiilor.

Bunica mea a crescut copiii, iar bunicul se ducea la muncă. Mama muncea și creștea și copiii, iar tata muncea și mai și gătea, n-a avut nicio problemă cu asta. Soțul meu e un tip care are o meserie liberală, are mai mult timp liber decât mine. Eu muncesc mai mult și atunci el gătește mai mult. Viața evoluează, s-au schimbat niște lucruri, dar asta nu înseamnă că femeia este inferioară sau bărbatul e superior și nici invers.

Cred că prima temă pe care ar trebui să o lămurim este dacă cineva este inferior altcuiva sau dacă unul este superior celuilalt. Cuvântul lui Dumnezeu ne lămurește. Este o greșeală, o micime de suflet să crezi că e cineva mai mare sau cineva mai mic doar pentru că s-a născut bărbat sau femeie. Dumnezeu nu a creat pe cineva mai mare sau mai mic. Iată ce spune Geneza, *capitolul 1, versetul 27: „Și a făcut Dumnezeu pe om după chipul Său; după chipul lui Dumnezeu l-a făcut; a făcut bărbat și femeie." Cine crede că bărbatul e mai mare sau femeia e mai mare să citească din nou versetul 27 al capitolului 1 din* Geneză. *A făcut două ființe absolut egale, chiar dacă nu identice, ci diferite în multe aspecte, pentru că împreună ei sunt unitatea perfectă. Omul este bărbat și femeie – și nu mă gândesc aici la mitul androginului, care spune în mod greșit că primul om era deopotrivă bărbat și femeie, în același corp, ci mă gândesc la complementaritatea dintre cei doi și la faptul că numai împreună cei doi formează OMUL. Mai ales în societatea noastră, cel puțin la exterior, diferențele dintre bărbat și femeie se estompează tot mai mult. În acest context global nou, în care există tot mai des discuții despre genul neutru și alte nebunii de acest fel, nu se mai văd la fel de bine complementaritatea dintre cei doi și specificul fiecăruia. Se fac eforturi uriașe la nivel mondial pentru a se reduce aceste diferențe specifice fiecărui gen natural, create de Dumnezeu.*

Am participat odată la un seminar susținut de un profesor la o facultate din New York, pe tema obiceiurilor. Se pare că orice obicei de pe lumea asta are nevoie între 21 și 60 de zile să se schimbe. Profesorul era colaborator al Ariannei Huffington[3] şi povestea despre femei versus bărbaţi, ca să înţelegem că suntem profund diferiţi, nu numai fizic, ci şi ca înzestrări. Într-un experiment, femeile au fost duse într-un spaţiu, bărbaţii, într-altul, fiecare lăsaţi să se odihnească în somn profund. 90% dintre femei, când au auzit „mama”, s-au trezit, în timp ce niciunul dintre bărbaţi nici măcar nu s-a mişcat. Într-un al doilea experiment, s-a spart un pahar. 90% dintre bărbaţi s-au trezit, pe când niciuna dintre femei nu s-a trezit. Avem setări diferite, e clar că suntem complementari. Cred că putem ajusta nişte lucruri care se numesc obiceiuri, dar trebuie să înţelegem de la început că suntem fiecare diferiţi, speciali. Numai că nu putem fi niciodată la fel, oricât am încerca să ne schimbăm unul pe altul.

Interesant. De aceea, pentru că suntem diferiţi şi doar împreună formăm omul, când descrii caracteristicile omului trebuie să spui atât lucruri despre bărbat, cât şi despre femeie. Tu şi bărbatul tău, atunci când vă ţineţi în braţe, sunteţi, împreună, OMUL. Dumnezeu este unul în fiinţă, dar întreit în Persoane. Avem aici în acelaşi timp şi unitate, şi diversitate: o lucrare comună şi, totodată, fiecare are o lucrare specifică în lume, dar în armonie şi complementaritate cu ceea ce fac celelalte Persoane ale Sfintei Treimi. Unirea dintre Tatăl, Fiul şi Duhul Sfânt dă unitatea dumnezeiască şi, în acelaşi timp, nu anulează, ci potenţează lucrarea unică, specifică a fiecăreia dintre Persoane. Tot aşa putem înţelege şi unirea dintre bărbat şi femeie şi raportul dintre ei. Suntem una, dar suntem diferiţi, şi complementari. Ne legăm prin Taina Nunţii împreună şi abia atunci când suntem în unitate suntem omul desăvârşit. Omul desăvârşit este omul în dialog cu celălalt. Şi aici versetul 27 ne lămureşte.

---

3 Arianna Huffington, născută Ariádni-Ánna Stasinopoúlou (n. 1950), editorialist și femeie politică greco-americană, cofondator al *The Huffington Post* (n. red.).

E ciudat, pentru că asta înseamnă că un om singur nu e om, e jumătate de om.

E în noi această nevoie de celălalt, această tendinţă de „a-ţi căuta jumătatea", cum se spune, de a căuta să te întregeşti prin celălalt. Să ştii că şi monahiile au această nevoie, pe care şi-o împlinesc prin unirea profundă cu Dumnezeu și prin legătura cu părintele duhovnicesc, cu maica lor stareţă şi cu celelalte surori din mănăstire. Şi femeia necăsătorită, divorţată sau văduvă îşi caută şi îşi găseşte împlinirea şi menirea tot în relaţie, mai întâi în relaţia cu Dumnezeu, de aceea şi Apostolul Pavel, în Prima Epistolă către Corinteni, *spune: „femeia nemăritată şi fecioara poartă de grijă de cele ale Domnului, ca să fie sfântă şi cu trupul, şi cu duhul." (*1 Corinteni 7, 34*). Aşadar, dacă eşti singură, vei plăcea lui Dumnezeu prin viaţa virtuoasă şi prin preocupările tale. Apoi, te poţi împlini în relaţiile cu ceilalţi – familia, prietenii, oamenii în slujba cărora te pui. E limpede că, prin natura noastră, nimeni nu e făcut să fie singur, ci în relaţie sau în comuniune.*

Revenind, Dumnezeu a creat omul, bărbat şi femeie, cu scopul acesta, ca cei doi să fie una împreună. Astfel, nici bărbatul, nici femeia nu vor putea să îşi afirme unul în faţa altuia superioritatea, tocmai pentru că şi unul, şi altul au nevoie, pentru a fi împliniţi, de celălalt. După versetul 27, din capitolul 1 al Genezei, *care este o sinteză a versetelor de dinainte, textul continuă arătând primele cuvinte pe care Dumnezeu i le adresează omului: „Şi Dumnezeu i-a binecuvântat, zicând: «Creşteţi şi vă înmulţiţi şi umpleţi pământul şi-l supuneţi; şi stăpâniţi peste peştii mării, peste păsările cerului, peste toate animalele, peste toate vietăţile ce se mişcă pe pământ şi peste tot pământul!» Apoi a zis Dumnezeu: «Iată, vă dau vouă toată iarba ce face sământă de pe toată faţa pământului şi tot pomul ce are rod şi sământă în el. Acestea vor fi hrana voastră."*

(Geneză 1, 28-29). Dumnezeu ne-a creat vegetarieni. Iată, Dumnezeu a spus asta.

Ne-a fost foame tare după aceea şi am descoperit carnea.

E păcat că s-a ajuns aici, dar deja vorbim în acest caz despre omul căzut. Aici sunt două etape extrem de importante: omul dinainte de cădere şi omul de după cădere, pentru că a avut loc această nenorocire, căderea omului, care a avut consecinţe nefaste pentru omul însuşi şi pentru relaţia sa cu Dumnezeu şi cu lumea înconjurătoare. O ţară după război nu mai este la fel cum era acea ţară înainte de război. Vorbim despre omul primordial, omul de la punctul 0, care a fost creat fericit, într-o totală unitate, într-o totală libertate, într-un cadru perfect, absolut paradiziac, într-o situaţie în care el putea creşte, putea să se înmulţească şi putea să se desăvârşească. Şi, din păcate, a apărut căderea...

Putem să ne întoarcem la statusul acesta de om primordial vreodată?

Sinteza căderii este aceasta: omul a încălcat singura poruncă dată de Creator, a căzut, şi totuşi Dumnezeu, chiar imediat după cădere, i-a promis omului o salvare: „Bine, uite, îţi voi trimite un Răscumpărător, îţi voi trimite pe Cineva care să te salveze, omule!" Şi, după veacuri de aşteptare şi de pregătire, L-a trimis Dumnezeu pe Fiul Său, pe Domnul Iisus Hristos, Care a restaurat toată fiinţa, a restaurat poziţia căzută a femeii şi poziţia căzută a bărbatului. Învăţătura creştină susţine nu doar că omul poate ajunge la statusul primordial, pe care Adam şi Eva l-au pierdut uşor, ci că, odată cu tot ceea ce Iisus a făcut, ne-a învăţat şi ne-a dat, putem ajunge la înălţimi de trăire mai mari şi la întâlniri cu Dumnezeu mai intime decât au avut primii oameni în Rai. Gândeşte-te că ne împărtăşim cu Fiul lui Dumnezeu Însuşi, prin Sfânta Împărtăşanie, un privilegiu pe care Adam nu l-a avut. Iisus Hristos a schimbat fața lumii și i-a dat sens. El S-a luptat cu prejudecățile, cu interpretările absurde și nedrepte ale legii, cu formalismul, cu inegalitatea dintre oameni, oferind șansa de a se apropia de Dumnezeu oricui, fie el bărbat sau femeie, fie sclav sau om liber, fie bogat sau sărac, fie drept sau păcătos.

Femeia, în Vechiul Testament, ca și în alte culturi, era slugă, era posesiunea bărbatului ei. Intra din autoritatea tatălui în autoritatea bărbatului. Conform Legii, bărbatul, dacă femeia nu făcea copii, putea să o repudieze, avea dreptul să o trimită înapoi. Femeia era atunci „sub nivelul mării", era jos de tot, considerată spurcată, nu putea să intre nici în templu. Când a venit Mântuitorul, a fost preocupat ca prin învățătura și gesturile Sale să repare totul. Acest mare eveniment în istoria umanității, și anume venirea lui Dumnezeu în lume și nașterea Lui din Fecioara Maria, este un eveniment-răspuns la primul cataclism din viața umanității, care a fost căderea celor doi, a lui Adam și a Evei. De acolo lucrurile s-au stricat, s-au degradat, însă cei ce ne unim cu Hristos și facem lucrător harul primit la Botez avem șansa unei vieți noi, șansa de a repara în noi firea căzută a lui Adam, pe care toți am moștenit-o prin părinții și strămoșii noștri. Dumnezeu, respectând liberul arbitru cu care l-a înzestrat pe om, nu a înlăturat tot răul din lume, ci a permis în continuare coexistența binelui și a răului, pentru ca fiecare, doar dacă vrea, „să se lepede de Satana și de toate lucrările lui" și „să se unească cu Hristos". În referatul biblic, versetul 27 ilustrează ce reprezintă în ochii lui Dumnezeu bărbatul și femeia – o unitate perfectă între cei doi.

Mai e un aspect care trebuie subliniat. Dumnezeu ne-a creat pe toți, nu am ales noi să fim creați, cum și când și unde să fim creați. Nu am ales noi ce gen să avem sau în ce popor să ne naștem, ce culoare a părului să avem, ce culoare a ochilor sau ce culoare a pielii să avem. Suntem, prin urmare, sinteza lucrării părinților noștri și a lui Dumnezeu. Nu există niciun argument pentru care cineva să gândească că bărbatul ar fi superior femeii sau că femeia ar fi superioară bărbatului. Nici curentele feministe, nici curentele misogine nu dețin supremul adevăr, ci Cuvântul lui Dumnezeu, aflat în Sfintele Scripturi, e Adevărul.

Aveți dreptate. Nu sunt feministă, însă sunt femeie. Pentru că m-am născut așa și pentru că am și un copil care-i fată, gândesc un pic mai feminin, este inevitabil. Țin puțin partea femeii și pentru că văd femeia încă asuprită de multe ori. Din păcate, anumite state, anumite regiuni de pe glob, anumite tradiții, inclusiv religioase, tratează în continuare femeia cam ca în Antichitate. Există niște reminiscențe care, din nefericire, nu s-au nivelat. Cred că societatea modernă face niște pași în a îmblânzi aceste asperități, dar este încă foarte neputincioasă.

Ai dreptate. Observ și eu cu tristețe că societatea în care trăim nu apreciază cum trebuie nici femeia, nici bărbatul. Este în continuare imperfectă, aservită ideologiilor de tot felul și tributară încă trecutului. Ea nu este decât oglinda și efectul a ceea ce este omul pe dinăuntru. Conducătorii societății sunt oglinda celor care o alcătuiesc. O combinație, în diverse doze, de virtuți și de slăbiciuni, de caractere puternice și de caractere slabe, de persoane principiale și de indivizi lipsiți de scrupule și corupți, de oameni corecți și de șarlatani, de persoane loiale și de trădători, de oameni care aleg să se implice și să schimbe lucruri și de observatori pasivi, lași, ezitanți, nedispuși să-și asume greutăți și riscuri, de profesioniști și de amatori, de muncitori și de profitori, de credincioși și necredincioși, indiferent de națiune, rasă sau sex. De aceea, societatea, prin cei care o conduc, nu apreciază corect valoarea în sine a fiecărui om care o compune, ci o pune într-o lumină, de cele mai multe ori, deformată de interese și prejudecăți mai vechi sau mai noi.

Așa cum ați spus, femeia este creată de Dumnezeu din dragoste și este egală cu bărbatul. Dacă ne întoarcem la origini, la începuturile pe care le-ați prezentat, vedem complementaritate. Nu putem unul fără celălalt.

Bărbatul este din țărână, are o forță fizică mai mare. În înțelepciunea Lui, în pronia Lui dumnezeiască, așa a gândit existența umană. Bărbatul are o putere fizică mai mare ca să creeze un cadru de siguranță pentru femeia care procreează. Femeia, când a primit demnitatea de a fi mamă, a primit odată cu aceasta o putere imensă, o putere uriașă, prin faptul că ea a fost rânduită de Dumnezeu să poarte și să crească în și din ea rodul iubirii și al unirii celor doi. Vedem asta foarte clar din referatul biblic, dacă suntem atenți la capitolul 2, imediat după cădere, fiecare a primit altceva, diferit. Adică bărbatului i-a spus: „Să câștigi pâinea cu sudoarea frunții tale!" Așadar, i-a dat acest rol, să aducă acasă pâinea, ca să creeze cadrul de siguranță pentru mama care ține copilul și îl crește. Era nevoie de cineva care să apere femeia. Bărbatul a primit o putere fizică suplimentară pentru a-și apăra femeia, și nu pentru a o domina. El are această misiune dată de Dumnezeu, să aducă resurse și să protejeze cuibul, cadrul, familia. Asta înseamnă că bărbatul este, de obicei, cel care vine cu resurse. Asta arată foarte clar că gândul primordial al lui Dumnezeu a fost ca femeia să aibă grijă de prunc, să-l crească în armonie, în pace, fără griji. Societatea evoluează atât de mult, încât lucrurile se schimbă, dar, fundamental, ele rămân aceleași. Bărbatul are menirea lui, dată de dorința naturală de a proteja femeia, copiii, familia. Te simți protejată de bărbatul tău dacă cineva te jignește în prezența lui pe stradă. El acționează, nu?

Nu mereu. Din păcate, când ți se întâmplă ceva rău, uneori e nevoie să găsești singură soluții, pentru că nu e tot timpul cu tine.

Totuși, te simți bine când vezi că soțul tău te ocrotește, pentru că acesta este rolul lui primordial. Femeia are primordial rolul de a fi mamă, de a ține viața în ea, iar bărbatul de a fi tată. Prima nevoie a femeii este aceea de securitate, de siguranță.

Dar, pe de altă parte, există și femei care n-au făcut copii. Or, asta nu înseamnă că nu sunt femei.

Acestea sunt particularități. Vorbim despre ce am primit de la început, când bărbatul și femeia au fost creați și așezați, drept familie, în Rai. Dumnezeu așa a gândit ființa umană, bărbat-femeie, împreună, nu mai mare și mai mic, ci cu complementarități și cu funcții specifice, distincte. Bărbatul vine cu virtuțile sale și cu resursele, iar femeia, cu căldura dragostei, cu devotamentul ei, cu sufletul ei cald, iubitor. Dumnezeu așa ne-a gândit, să fim fericiți, bărbatul să o iubească și să o protejeze pe femeie, iar femeia să-și iubească bărbatul, să își crească copiii și să fie fericiți împreună. Nu există „mai mare" și „mai mic", ci fiecare are rolul său, la fel de important pentru funcționarea întregului.

Ideal ar fi să păstrăm asta și acum.

Cine are capacitatea, cine are înțelepciunea, cine are maturitatea să se ducă la origine și să înțeleagă sensul inițial pe care Dumnezeu l-a dat omului, și anume că ești împlinit într-o familie prin acest schimb continuu, prin completarea reciprocă, prin preocuparea comună de a face tot ce ține de tine pentru binele întregului, va fi fericit. Și tu, și eu suntem acum căsătoriți, fericiți cu alegerea făcută și ne străduim cu toate resursele, cunoștințele și abilitățile noastre să cultivăm starea de bine în familie, prin iubirea pe care o întreținem vie în familie, între noi părinții, și între noi și copii.

Este interesant faptul că oglinda Sfintei Treimi pe pământ este familia: tata, mama, copilul. Țineam la un moment dat predică la botez și spuneam că oglinda Preasfintei Treimi pe pământ e familia, triunghiul cu trei laturi egale, adică ***iubirea care circulă în mod egal între tată, mamă și copil****, iubire ilustrată de acest simbol splendid pe care îl întâlnim la intrările în monumente istorice bisericești, figura geometrică cu trei laturi egale. La care, fratele cel mare al copilașului botezat, de vreo opt anișori, mi-a zis: „Părinte, pot să spun ceva? La noi nu e triunghi, e pătrat! Iubirea este egală: tata, mama, eu și fratele mic!" Un răspuns foarte inteligent. Iubirea, în mod ideal și fericit, se manifestă egal în familie, așa ne-a construit Dumnezeu. Majoritatea oamenilor credincioși trăiesc astfel. Se aleg unul pe altul, apoi se naște familia, sunt fericiți în familie dincolo de toate provocările care apar de aici. Vin copilașii, iubirea se distribuie și se multiplică, capătă un caracter încă și mai jertfelnic. Creștem duhovnicește în Hristos unul cu altul și asta e o viață împlinită.*

Ce spunem noi este forma ideală. Există foarte multe familii în care oamenii se despart, în care cresc în continuare copii care sunt și ai mamei, și ai tatălui. Am spus-o în mod repetat: oricând poți să nu mai fii soția unui bărbat sau soțul unei femei, dar tatăl sau mama unui copil vei fi toată viața. În toate aceste situații dramatice, triunghiul mai rămâne echilateral sau pătratul mai e pătrat? Iubirea nu se transformă?

Ar trebui să le luăm pe rând. Prima stare, starea primordială, este aceasta, pe care am descris-o. Ea a existat și există ca o setare de bază pe care toți o avem. Educația, cultura, credințele, interesele de tot felul, tendințele din diverse epoci o pot influența într-o direcție sau alta, dar ea rămâne mereu înscrisă în noi. Fără să generalizez sau să minimizez dramele din spatele unor astfel de situații, divorțurile, despărțirile, relațiile nefericite din cupluri și din familii apar cel mai adesea pentru că oamenii de astăzi sunt mai egoiști și nu își mai asumă jertfa, pentru că omul modern își dorește ca viața, munca sau implicarea lui să fie cât mai ușoare, cât mai superficiale, să se petreacă totul simplu și repede și fără efort, ca și cum ar apăsa pe o telecomandă. Confortul a devenit un idol, iar asta influențează mult modul de gândire și așteptările omului modern. Toate înlesnirile modernității au stricat ceva la setările de bază, și anume faptul că, în momentul în care vezi că se schimbă partenerul de viață, că se întâmplă ceva în mintea lui, nu mai ai disponibilitatea să te lupți să îl salvezi pe celălalt, să îl ajuți să vadă în tine un sprijin pentru a-și rezolva problemele, ci te desparți, renunți. Multe dintre divorțurile de astăzi au ca principale cauze lipsa de maturitate a celor doi și lipsa de asumare jertfelnică a celuilalt. Iubirea nu mai e jertfă, înseamnă prea adesea doar să primesc eu ceva, să consum egoist ceea ce celălalt îmi oferă, să fiu eu fericit. O asemenea înțelegere a conceptului de iubire e greșită, e alterată. Faptul de a iubi și-a schimbat sensul, și-a pierdut din înțelesul inițial. Ne-am instalat atât de mult în confort, încât să te simți bine într-o seară înseamnă să stai în fața unui televizor și să aștepți să îți livreze cei de acolo, de pe ecran, fericirea pe care o aștepți, fără ca tu să faci ceva, fără să te mai intereseze ce se întâmplă în jur, cu ceilalți.

Trebuie punctat faptul că aceea este o fericire limitată, iluzorie.

Da. Din păcate, stau și aștept să mă distreze alții. Faptul acesta este o neputință. Adică eu însumi nu mai pot să generez starea de bine, ci aștept să mi se livreze. Apoi, mai sunt și surprins că soția s-a îndrăgostit de șeful ei sau nu-știu-ce coleg de la serviciu ori soțul se îndrăgostește de vreo secretară. Astfel de situații nu sunt întotdeauna efectul unei atracții, al unei tentații, al unui schimb de plăcere, ci sunt și o urmare a unei iubiri neîmplinite în propria familie, a unei absențe, a unei lipse de afectivitate, de vizibilitate în fața celuilalt. Se întâmplă astfel de lucruri pentru că iubirea nu mai este înțeleasă drept ceea ce este ea cu adevărat: un schimb continuu, o dăruire reciprocă neîntreruptă, o preocupare constantă și dinamică de a-l face pe celălalt fericit, un mod de viață în care te străduiești să îți recucerești permanent partenerul de viață, să te gândești mereu cum să îl faci să te iubească, să devii tu pentru el motivul pentru care te iubește și să faci ceva pentru asta în fiecare zi. Facem o greșeală imensă în familii, că, după ce ne cucerim unii pe alții, nu ne mai recucerim, considerând cumva că relația funcționează de la sine, și atunci apar plafonarea și rutina.

Avem senzația că ne-am atins obiectivul, că ne-am terminat treaba.

*Căderea omului înseamnă abdicarea de la aceste principii pe care Dumnezeu le-a pus atât de bine în om. În momentul în care vrei mai mult să primești decât să dai, în momentul în care nu mai ești preocupat de binele celuilalt, ci te închizi în egoism și uiți de rolul pe care ți l-a dat Dumnezeu, în momentul în care abdici de la scopul tău primordial, atunci este posibil să se întâmple orice cu relația ta de la momentul acela încolo. Chiar dacă suntem egali în fața iubirii lui Dumnezeu, atunci când vine vorba despre mântuire, voi, femeile, ați primit un bonus, o facilitare. Care este aceea? „Femeia se va mântui prin naștere de fii (*1 Timotei *2, 15). În momentul în care femeia devine mamă, programul și preocupările i se schimbă, corpul i se modifică, totul în viața ei capătă un nou aspect. În momentul în care trăiește în jertfă permanentă pentru copilul ei, trăind existența copilului ca pe propria existență, atunci ea devine ca un martir, care se angajează, prin jertfa sa, pe calea mântuirii.*

Ceea ce nu înseamnă că bărbatului nu-i pasă sau că el, ca tată implicat, jertfelnic şi iubitor, nu are acces la aceeaşi mântuire.

Sigur că are acces la mântuire, numai că nu neapărat în felul acesta. Dumnezeu nu i-a promis bărbatului mântuirea prin naşterea de fii, ci doar femeii.

Bărbatul nu poate naşte, dar poate fi alături de soţia lui însărcinată. Implicat. El poate face ceea ce ţine de specificul lui: să asigure cele necesare, să aibă grijă să existe un cadru sigur şi confortabil pentru mamă şi copil, să contribuie o vreme, cât soţia nu poate face şi ea asta, mai mult la treburile casei, să se implice în creşterea şi în educaţia copilului.

Desigur. Tocmai pentru că noi, bărbaţii, nu vom şti niciodată cum e să fii mamă, trebuie să facem bine toate celelalte lucruri pentru a fi de ajutor, pentru a fi parte din întregul care e familia. Pentru că nu avem experienţa unei femei, nu putem vreodată să înţelegem femeia în profunzimea ei cu adevărat, dar putem aprecia, putem susţine, putem contribui. I-am spus şi soţiei mele, care are uneori dureri: „Doina, nu pot să ştiu cum este, dar sunt lângă tine!" Modificări hormonale, glandă, dureri de oase, dureri de articulaţii, stări de vomă de la sarcină, menstruaţie lunară, toate aceste suferinţe au venit la pachet însă cu nişte bucurii imense. Femeia este într-o poziţie aparte în existenţa umană, pentru că ea beneficiază de demnitatea de a fi mamă. Dumnezeu Însuşi Şi-a dorit să aibă şi El o mamă ca să Se întrupeze şi a ales o femeie preacurată din mijlocul umanităţii, pe Fecioara Maria. Rolul unei mame în viaţa copiilor ei este unul uriaş. Îţi dau un exemplu: când băieţii mei au o problemă, vorbesc întâi cu Doina, soţia mea. Legătura copilului cu mama este infinit mai strânsă decât legătura cu tata. E un adevăr incontestabil pe care îl vedem în fiecare familie.

Aici e de punctat: pe lângă legătura ombilicală, unică, a mamei cu copilul ei, este vorba şi despre disponibilitate, despre implicare, despre felul în care îi acorzi copilului atenţie. Cunosc cupluri în care tatăl este cel care primeşte mesajele. Mama a născut copilul, însă tatăl poate ocupa un rol cel puţin la fel de important în viaţa copilului său. Aş zice că nu trebuie să se cramponeze de faptul că nu a dat el naştere copilului. La fel cum o mamă bună nu e cea care doar naşte copilul, ci cea care îşi revarsă dragostea asupra lui. Ca tată, tu stabileşti cât te implici în viaţa copilului tău, cât de apropiat vrei să fii de copilul tău. Deci şi mama, şi tatăl au fiecare rolul lor. Important este să rămână tot timpul în complementaritate.

Adevărata împlinire în relaţie este dată de complementaritate. Complementaritatea înseamnă ca tu să umpli golul pe care celălalt îl are, când simţi că celălalt are o neputinţă, o lipsă, o sincopă. *Nu mai stai să descoşi, să vezi care, unde şi de ce. Intervii, ca roata să se învârtă, ca viaţa să meargă înainte. Căsnicia şi legătura dintre oameni nu sunt formate din doi oameni perfecţi, ci din doi oameni, care, dincolo de lipsurile lor, îşi doresc şi fac eforturi să se apropie tot mai mult de perfecţiune.*

Care, împreună, pot creşte, pot deveni perfecţi. Până la urmă, în asta şi stă frumuseţea unei relaţii: imperfecţiunea unuia lasă loc celuilalt să îşi manifeste dragostea. Fiecăruia îi vine rândul să fie cel care consolează sau cel consolat, cel care ajută sau cel ajutat. E important să nu fie mereu acelaşi cel care ajută...

Revenind la această idee, o familie perfectă, o familie împlinită, o familie întreagă este familia de la Geneză, *capitolul 1, versetul 27. Dumnezeu l-a făcut pe om după chipul Său, l-a făcut bărbat şi femeie. Într-adevăr, eu nu mă simt împlinit şi fericit, când am o realizare, decât atunci când o împărtăşesc cu soţia mea. Doina, la rândul ei, nu strălucește decât când știe că o văd, că o apreciez, că îi împărtășesc preocupările, bucuriile, neliniștile.*

Sunt oameni care, după ce soțul sau soția a murit, simt un gol, o neîmplinire pentru că nu mai au cu cine să împărtășească o amintire, o bucurie. E un reflex, o nevoie de validare, dar și o formă de iubire, de căutare a împlinirii prin celălalt. Am citit asta într-una dintre recentele cărți ale lui Irvin D. Yalom[4], scrisă împreună cu soția sa, în preajma morții ei.

Aici este iarăși o mare taină. De ce scrie: „Și l-a făcut Dumnezeu pe om bărbat și femeie”? Pentru că unul îl împlinește, îl hrănește pe celălalt. Înainte de a avea copii, tu te hrănești cu celălalt, prin celălalt, alături de celălalt. Când am cunoscut-o pe Doina, i-am spus ce ochi frumoși are și parcă-i străluceau ochii și mai mult; ea strălucea prin admirația mea. De aceea spune apostolul Pavel, la Efeseni: *„Bărbaților, iubiți femeile voastre, ca pe trupurile voastre. [...] Căci fiecare își hrănește trupul și-l încălzește!” (*Efeseni *5, 28-29) O faci pe femeie să strălucească când o admiri, când îi spui ce frumoasă este, ce minunată este! Îi admiri calitățile pe care Dumnezeu le-a pus în ea, care cresc în ea. Admirația bărbatului o face pe ea să devină și mai frumoasă.*

Nu e despre cum te adresezi, ci despre ce simți?

Desigur. E despre ce simți și ce spui. Fiecare dintre ele e importantă și amândouă la un loc. Pentru mine, Doina mea e o doamnă. O iubesc ca pe o doamnă și o admir ca pe o doamnă, văd mai întâi calitățile și apoi defectele ei. O femeie care vede întâi calitățile bărbatului ei îl numește „domn”. Dacă nu le vede, îl numește

4 Irvin D. Yalom (n. 1931), scriitor american și profesor emerit în psihiatrie la Universitatea Standford (n. red.).

nepotrivit, prin invective (bou, cretin, idiot). Adică depinde ce vezi mai întâi în celălalt.

Uneori, spui despre celălalt ceea ce nu vezi la el, ceea ce poate nici nu există, fie din mărinimie, fie din curtoazie sau chiar din interes, alteori nu spui ceea ce vezi la el, dintr-o micime de suflet, din indiferență, din invidie sau din răutate. De aceea, cred că mai important decât ce vezi este ce spui că vezi, pentru că poți să vezi lucrurile extraordinare, dar din anumite motive le ascunzi sau le ignori. Îi ascunzi calitățile, îi maximizezi defectele, ca să domini în felul acesta.

Într-adevăr, unii dintre noi își umilesc partenerul, îi accentuează defectele, ca acela să se simtă umilit și să poată fi dominat. N-ar fi mai bine să faci invers și să-i spui „Doamna mea" sau „Iubita mea"? Așa vorbea Avraam cu Sara, așa vorbeau marii părinți, care sunt adevărate modele: „domnul meu" și „doamna mea".

Da! Aceste frumoase formule arată mai mult respectul și prețuirea prin modul în care i le arăți, inclusiv prin modul în care i te adresezi. Toate aceste mici detalii compun întregul.

Îndemnul meu este acela de a nu accepta ca soțul tău să ridice tonul la tine. În momentul în care o face, oprește urgent dialogul și spune: „Stai puțin, dragul meu, îmi pare rău, eu nu pot să continui așa. Nu-mi place tonul tău!" Eu și soția mea avem această înțelegere și funcționează. Nu se poate dialoga real în astfel de termeni, care țipă mai tare, care dă mai tare cu pumnul în masă. ***Dacă vezi pe cineva că se poartă mizerabil, că jignește, insultă, iar tu nu ai nicio reacție, atunci nu faci decât să continui să validezi aceste lucruri.*** *E o alegere, așa cum spuneam, care poate duce la și mai mult, la și mai rău, în timp.*

Dar are voie să fie trist, abătut? Adică, poate, pentru că alții l-au supărat cu ceva, când ajunge acasă, este mai nervos și ajunge să-și reverse în discuția cu tine toată frustrarea și nemulțumirea pe care nu a avut unde să le verse sau nu a știut să le dezamorseze. E de tolerat așa ceva?

Da și nu! Poți să accepți asta din iubire, pentru un timp, ca să vindeci. Poți alege să fii paratrăsnetul energiilor lui negative, cu scop curativ. Dar nu permite ca asta să devină un obicei. Și pune de la începutul relației niște limite. Dacă jignirile cresc, dacă se transformă în violență, asta nu cred că ar trebui tolerat. Vorbește deschis, nu neapărat atunci, ci poate când apele se limpezesc, într-un moment de pace, și arată-ți dezaprobarea pentru un asemenea comportament, spune-i direct care sunt consecințele repetării unor astfel de gesturi. ***Firesc este ca, din iubire, să-l ajuți pe aproapele, dar și să te oprești, tot din iubire, când celălalt repetă iar și iar un comportament despre care ați convenit că nu e acceptabil în familia voastră, asta pentru a nu tolera acest comportament care poate deveni obișnuință, patimă.*** *Pentru că atunci, chiar fără să vrei, ai permis instalarea unei patimi în sufletul celuilalt. Cumva, prin asta, ești și tu părtașă la erodarea și deformarea unui caracter și ale unei relații, dacă nu oprești la timp răul, dacă nu iei atitudine când lucrurile sunt încă corectabile.*

Femeia între Maria și Eva

În Geneză, *la capitolul 2, citim ceva interesant: „Și a luat Domnul Dumnezeu pe omul pe care-l făcuse, l-a pus în grădina cea din Eden, ca s-o lucreze și s-o păzească." Omul avea treabă, nu stătea ca un trântor. „Și a dat apoi Domnul Dumnezeu lui Adam poruncă și a zis: «Din toți pomii din Rai poți să mănânci, iar din pomul cunoașterii binelui și a răului să nu mănânci, căci, în ziua în care vei mânca din el, vei muri negreșit!»" Deci Adam și Eva au fost așezați în Rai, unde li s-a dat acest exercițiu al ascultării, prin care să-și exerseze voia liberă, ca un prilej de strădanie personală și de luptă cu propriile lor limite. Dacă respectau această mică poruncă, aveau un mare beneficiu: urcau în virtute, deveneau tot mai asemănători cu Dumnezeu. Aceasta este regula abstinenței, care este o formă de ascultare față de Dumnezeu, de stăpânire de sine, care te ajută să-ți crești rezistența la rău și tăria voinței în a face binele. Sfântul Iustin Popovici spune că acest pom a fost numit „pomul cunoașterii binelui și a răului", deoarece, gustând din el, omul a descoperit, prin propria experiență, „binele ascultării și răul împotrivirii, al neascultării față de voia lui Dumnezeu". Sfântul Ioan Gură de Aur arată și el că pomul a primit acest nume „nu pentru că el avea în sine cunoașterea binelui și a răului, ci pentru că la el s-au făcut dovedirea cunoașterii binelui și a răului și exersarea ascultării și a neascultării".*

În acest moment apare în scenă *celălalt*, diavolul, care pândea, așteptând momentul de a-și face intrarea în viața omului, nu?

Deghizat, diavolul se folosește de șarpe, care era „cel mai șiret dintre toate celelalte fiare de pe pământ", se apropie de femeie, într-un moment în care ea era singură, fără Adam, și își încearcă abilitățile de amăgitor.

Această separare a lui Adam și a Evei a fost cadrul nefericit al căderii. Așa se întâmplă și astăzi uneori, când, din păcate, soții stau departe unul de altul sau au preocupări diferite.

„Șarpele a zis atunci către femeie: «Dumnezeu a zis El, oare, să nu mâncați roade din orice pom din Rai?»" Pentru că nu avea de unde să știe ce le poruncise Dumnezeu la început, diavolul se folosește de un șiretlic ca să afle din gura femeii ce spusese Dumnezeu. El îi spune ceea ce Dumnezeu n-a zis, ca să o provoace să îl contrazică și să îi spună, fără să-și dea seama, ceea ce Dumnezeu le poruncise cu adevărat. În plus, acest „oare" arată că diavolul, fiind „tatăl minciunii", aflându-se în opoziție cu Adevărul, a încercat să strecoare și îndoiala: „Oare așa o fi?" Femeia a răspuns către șarpe: „Roade din pomii Raiului putem să mâncăm, numai din pomul cel din mijlocul Raiului nu avem voie să mâncăm, nici să ne atingem de el, ca să nu murim." Consecința era moartea. „Atunci șarpele a zis către femeie: «Nu, nu veți muri!»" Ce face diavolul? Spune inversul: „Nu e adevărat ce a zis Dumnezeu!" ***Minciuna distruge totul, de-aceea societatea de astăzi este atât de bolnavă, pentru că trăiește în minciună, nu mai acceptă adevărul, se hrănește cu minciună****. „Dumnezeu știe că, în ziua în care veți mânca din el, vi se vor deschide ochii și veți fi ca Dumnezeu, cunoscând binele și răul." Asta este ispita în care el, Lucifer, căzuse, pentru că a vrut să fie ca Dumnezeu. Diavolul i-a pus în față femeii o realitate mincinoasă, total diferită de ce i-a spus Dumnezeu. „Și i-a zis Diavolul: «Veți fi ca Dumnezeu, cunoscând binele și răul, și nu veți muri.»." A înșelat-o, a ispitit-o. Femeia, socotind că rodul pomului este „bun de mâncat și plăcut*

ochilor la vedere", a cedat tentației; era ceva frumos, plăcut. Această ispită a frumuseții la vedere intră în firea femeii; ea depinde foarte mult de aspectul exterior. Rodul pomului era „bun de mâncat și plăcut ochilor la vedere" și „vrednic de dorit". E interesant că până atunci pomul nu era tentant pentru ei, însă vorbele diavolului au făcut-o pe Eva să vadă cu alți ochi roadele din el și să și le dorească. Dorința a pus stăpânire pe Eva. Așadar, ispita, pe care Lucifer însuși a avut-o, i-a dat-o și Evei. Eva a luat din pom și a mâncat, și a dat și bărbatului său, și a mâncat și el. În momentul acela li s-au deschis ochii, au cunoscut că erau goi, așa că au cusut frunze de smochin și și-au făcut acoperăminte. Prin urmare, au început să cunoască binele și răul gustând din măr, cum spusese demonul, cum spusese șarpele. Când au auzit glasul Domnului, care umbla prin Rai, în răcoarea serii, s-au ascuns și Adam, și Eva de Dumnezeu printre pomii raiului. Și Domnul Dumnezeu, iată, l-a strigat: „Adame, unde ești?" Și a zis Adam: „Am auzit glasul Tău în Rai și m-am temut!"

Cel care calcă reguli nu mai doarme la fel, nu mai e liniștit, în el se naște teama. Dacă Adam s-a temut, miliarde de bărbați de la Adam încoace, după ce au încălcat legea, s-au temut și astfel s-a înrădăcinat adânc în om frica. Primul rezultat al căderii este frica. De ce societatea rămâne așa cum este? Din cauza fricii. Dacă nu faci asta, ți se întâmplă cealaltă. „M-am temut, Doamne, că sunt gol și m-am ascuns!" Dumnezeu i-a zis: „Cine ți-a spus că ești gol? Nu cumva ai mâncat din pomul din care ți-am poruncit Eu să nu mănânci?" Dumnezeu atunci i-a dat posibilitatea lui Adam să își ceară iertare, să zică: „Da, Doamne, iartă-mă, am greșit, am încălcat porunca Ta." Bărbatul slab și laș ce a făcut? A dat vina pe femeie și, indirect, pe Dumnezeu Însuși: „Femeia pe care Tu mi-ai dat-o, aceea mi-a dat din pom și am mâncat!" Bărbatul nu numai că nu și-a recunoscut neputința, lașitatea și prostia, ci Îi reproșează lui Dumnezeu că i-a dat-o pe femeie. Iată cât de schimbător a fost bărbatul. Când Dumnezeu i-a dat-o, a exclamat: „E frumoasă, os din osul meu, trup din trupul meu." Acum, la greu, se sucește și zice: „Iată ce a făcut ea; ea e vinovată!" sau, și mai grav, „Tu ești vinovat, că mi-ai dat-o!" Nu a vrut să-și asume vina. Cred că, de atunci și până la sfârșitul lumii, bărbatul are această meteahnă – neasumarea! Și atunci Domnul Dumnezeu a zis către femeie: „Pentru ce ai făcut tu aceasta?" Întrebarea este tot „de ce?". Întotdeauna când apare răul, vrei să știi de ce. Femeia a zis: „Șarpele m-a amăgit și eu am mâncat!" Femeia dă și ea vina pe șarpe, cum Adam dăduse vina pe ea.

După cădere, Dumnezeu i-a spus femeii: „Voi înmulți mereu necazurile tale." Adică femeia va avea necazuri și suferințe, ceea ce se întâmplă și azi, căci femeia permanent trece prin necazuri și suferințe, și în sensul că în sufletul ei trăiește mai intens toate experiențele. Ea se consumă mai mult decât bărbatul pentru tot ceea ce se întâmplă în viața ei și a familiei ei. Dar, atenție, lucrul acesta are un caracter pedagogic, totul se întâmplă cu scop bun, vom vedea care-i finalul. „În dureri, vei naște copiii; atrasă vei fi către bărbatul tău și el te va stăpâni." Asta i-a spus Dumnezeu femeii. Și lui Adam i-a zis: „Pentru că ai ascultat vorba femeii tale" – adică pentru că n-ai ascultat porunca Mea, ci ai ascultat de ceea ce ți-a spus ea și te-ai lăsat ademenit, ai căzut în ispita aceasta și ai mâncat din pomul din care ți-am poruncit să nu mănânci –, „blestemat va fi pământul pentru tine." Și în zilele noastre, bărbatul e legat mai mult de pământ, e disperat să vorbească despre terenuri, despre proprietăți, despre posesiuni materiale. „Cu osteneală să te hrănești din el în toate zilele vieții tale. Spini și pălămidă îți va rodi el și te vei hrăni cu iarba câmpului." I-a arătat că va munci pământul. „În sudoarea feței tale îți vei mânca pâinea ta, până te vei întoarce în pământul din care ești luat", adică până vei muri. Căci, dacă ai gustat, vei muri. Te vei întoarce în pământ. „Căci pământ ești și în pământ te vei întoarce." Toți suntem pământ și în pământ ne întoarcem. Și Adam a pus femeii numele Eva, adică „viață", pentru că ea, din momentul acela, a dat viață, a devenit mama tuturor celor vii.

Apoi „Domnul Dumnezeu le-a făcut îmbrăcăminte din piele lui Adam și femeii lui și i-a îmbrăcat", adică le-a dat un sistem de siguranță mai bun, pentru că nu mai stăteau în grădină, protejați, ci urmau să iasă în lume singuri. „Și a zis Domnul Dumnezeu: «Iată, Adam s-a făcut ca unul dintre Noi, cunoscând binele și răul." Dacă vrem să știm cum suntem noi, iată, ne spune Dumnezeu cum judecă El. „Nu cumva să-și întindă mâna și să ia roade din pomul vieții, să mănânce și să trăiască în veci." Ca să înțelegem mai bine, trebuie să spunem că erau doi pomi acolo: Pomul cunoașterii și Pomul vieții. Dacă mânca rod din Pomul vieții, devenea nemuritor în trup. „De aceea l-a scos Dumnezeu din grădina cea din Eden, ca să lucreze pământul din care fusese luat. Și izgonind pe Adam, l-a așezat în preajma grădinii celei din Eden și a pus heruvimi și sabie de flacără vâlvâitoare, să păzească drumul către Pomul vieții." Dar noi suntem ca Dumnezeu, adică cunoaștem binele și răul și facem alegeri.

Asta este căderea.

În momentul acesta a avut loc căderea. Este ca un film, ca un videoclip plin de dinamism și dramatism, în același timp. Dacă luăm episodul acesta și îl analizăm, descoperim toate tainele căderii noastre de astăzi. Toate se găsesc în această ilustrare a unei realități petrecute pe când erau doar doi oameni pe pământ.

Să revenim. Femeia este cea care a fost tentată, dar, pe de altă parte, tot femeia avea să fie cea prin care salvarea din acest cataclism primordial urma să vină.

Femeia a fost cea tentată și care a căzut prima. Drept pentru care Dumnezeu i-a promis că, dacă prin femeie a venit căderea, tot printr-o femeie va veni și salvarea. Ca o reparație completă, în logică dumnezeiască. Ce s-a întâmplat acolo, cu Eva și cu Adam, traversează toată istoria. Pe de o parte, are efect în viața fiecărei femei, în felul în care ea este structurată lăuntric, făcând ca viața post-paradiziacă a femeii să fie cumva amprentată cu urmările căderii. Pe de altă parte, are un mare ecou în ceea ce s-a întâmplat cu Maria, femeia care, prin ascultarea și smerenia ei, repară ceea ce Eva greșise, oferind apoi femeii din toate epocile care au urmat un nou reper, un model diferit și fericit de a fi femeie. Femeia de astăzi se poziționează între aceste două femei, între Eva și Maria.

Cred că fiecare femeie este câte puțin din Eva și câte puțin din Maria sau, mai bine zis, uneori e mai mult Eva, alteori mai mult Maria. Procentele diferă, iar alegerea ne aparține în exclusivitate.

Voi le aveți în voi pe amândouă, și pe Eva, și pe Maria. Voi decideți pe care o lăsați să domine.

Între timp au apărut și alte modele. Uităm că, de fapt, modelele adevărate sunt Maria și celelalte femei din istoria mai veche sau recentă, care au urmat-o prin viața lor exemplară.

Așa cum spuneam, tu decizi pe cine urmezi: pe Maria și pe urmașele ei sau pe Eva și pe cele care au urmat-o în istorie. Tu alegi între bine și rău, între frumos și urât, între adevăr și minciună, între implicare și ignoranță, între ascultarea de Dumnezeu și răzvrătire. Femeia de astăzi este tot timpul între aceste contraste pe care le are mereu în față ca opțiuni. Ce alege? Adevăr sau minciună, ascultare sau neascultare? Ascultarea înseamnă deschidere spre celălalt, dialog. Adică un om complet este un om deschis la dialog, care trăiește în dialog.

De reţinut însă că există aceste modele, aceste repere, aceste tipologii. Ideal este ca, atunci când ai o situaţie, când nu ţi-e bine, să te gândeşti la aceste modele şi să încerci să te întorci la acestea şi să te hrăneşti din ele.

O avem, deci, pe prima femeie, pe Eva, care este şi model, prin faptul că trăsăturile ei esenţiale se transmit mai departe tuturor femeilor, şi în acelaşi timp este şi antimodel, prin neascultarea de porunca lui Dumnezeu – ca o respingere a autorităţii Lui, prin mândrie, prin focusul pe aspectul exterior al lucrurilor, prin fuga de adevăr. De acolo totul se ramifică din ce în ce mai mult, ca un copac, exemplele feminine devenind extrem de diverse şi de complexe. Diversitatea este uriaşă.

Ce alte exemple avem în Biblie?

Avem aici, în acest arbore, care o are la bază pe Eva, câteva modele feminine remarcabile. Le putem evidenţia pe Sara, pe Rebeca, pe Lia şi Rahela, pe Mariam, sora lui Moise, apoi pe Ruth cea devotată şi loială, pe Debora, femeia vitează care s-a dus la război împreună cu poporul israelian, pe Ana cea credincioasă şi rugătoare. Le avem, de asemenea, pe regina din Saba, care a venit să asculte înţelepciunea lui Solomon, pe curajoasa şi înţeleapta Abigail, pe Estera, cea care şi-a salvat cu mult tact şi curaj poporul – toate exemple feminine impresionante. În acelaşi timp, avem şi chipuri mai puţin luminoase, chiar întunecate, cum ar fi soţia lui Lot, care a fost periculos de atrasă de lucrurile materiale; apoi Izabela, soţia regelui Ahab, un contraexemplu, din cauza lipsei sale de scrupule, a imoralităţii şi cruzimii sale; sau Dalila lui Samson, un alt contraexemplu din cauza modului viclean şi neloial în care a procedat. Fie şi numai din aceste exemple cuprinse în istoria biblică din Vechiul Testament vedem că femeia a ales fie să Îl urmeze cu fidelitate pe Dumnezeu, devenind un exemplu luminos, fie a fost prea alipită de cele materiale şi de lucruri efemere și s-a despărțit de voia Lui, ruinându-și viața și aducând nefericire în jur.

De departe, însă, pentru noi creștinii, exemplul de femeie măreț este Maica Domnului, cea care și-a asumat o responsabilitate uriașă, de a fi „Născătoare de Dumnezeu", de a da trup din trupul ei Fiului lui Dumnezeu, Care a ales să Se întrupeze, să devină om ca noi, ca pe om să îl împace din nou cu Dumnezeu și să-l ridice la cer. Cuvintele-răspuns ale Mariei la vestea bună dată de Arhanghelul Gavriil, „Fie mie după cuvântul tău!", sunt o chintesență a ceea ce era Maria în acel moment și a ceea ce este ea pentru noi, credincioșii, care îi urmăm modelul. Inocența ei, credința ei, viața ei de rugăciune, trăirea ei profundă, ascultarea ei, smerenia ei, iubirea și jertfirea ei, toate se desprind din aceste cuvinte. Din dialogul cu îngerul o vedem plină de înțelepciune, perspicace, atentă, receptivă la argumente, concisă, sinceră, cu multă bună-cuviință, ascultătoare, dar nu umilă, ci pur și simplu demnă.

A ajuns până la noi o caracterizare a Maicii Domnului, atribuită Sfântului Dionisie Areopagitul. Iată ce spunea el după ce a întâlnit-o la Ierusalim: „Înaltă, peste mijlocie, foarte zveltă, cu mâini și picioare delicate și frumoase, culoarea pielii ca aurul, ochii ca măslina coaptă, ovalul feței desăvârșit; se purta în culorile fecioarelor: roșu și vânăt; era foarte tăcută și activă. Tot ce făcea era desăvârșit, se mișca cu o grație firească pe care anevoie o au chiar împărătesele născute în purpură. Cât am stat în casa ei, nu a mâncat cu noi, ci numai seara se retrăgea cu femeile ei pentru a sta la masă. Ne-a vorbit despre Fiul ei multe lucruri tainice, pe care le voi scrie altădată... Toată înfățișarea și purtarea ei erau atât de dumnezeiești, încât dacă n-aș fi știut că nu-i ea Dumnezeu, m-aș fi închinat în fața ei ca lui Dumnezeu."

Ce frumos! Superbă caracterizare! Doamne, ce minune de femeie este Măicuța!

Dacă tu ești o femeie care te asemeni cu Maria, atunci un om, în prezența ta, are un fior de admirație, curat și sincer, legat doar de ceea ce ești tu, nu de cum arăți sau de alte aspecte efemere. Tu, femeie, ești chemată la o lucrare mai înaltă, care depășește aceste orizonturi mici, joase, ești chemată la această demnitate pe care o vezi la Fecioara Maria. ***Să te preocupi să cultivi în primul rând frumusețea ta lăuntrică; aceasta va fi percepută apoi la exterior ca o grație, o eleganță, o demnitate, care vor produce admirație, respect.*** *Toate acestea sunt calități la care te cheamă Dumnezeu. Numai că, din păcate, astăzi oamenii înțeleg în alte feluri ceea ce se spunea acum 2000 de ani și au transformat aceste valori în nonvalori, iar pseudovalorile le propun ca normative, ca valoare supremă.*

Aș vrea să revin puțin la aspectul exterior al femeii, despre care ați amintit în treacăt. Sunt foarte multe comentarii în legătură cu aspectul femeii, în biserică, pe stradă și în general. Ce părere aveți atunci când vedeți o femeie aranjată și știți că o face pentru ea?

Să vorbim despre femeia aranjată. Am văzut că și Maica Domnului era percepută ca o prezență plăcută, de o grație desăvârșită. Important este însă scopul cu care femeia se împodobește. De aceea, pe această temă, foarte frumos și elocvent a fost cuvântul duhovnicului meu către Doina. Înainte să fie psiholog, ea a fost profesor; a făcut și Teologia. Soția mea i-a spus părintelui duhovnic: „Uitați, părinte duhovnic, părul începe ușor să-mi încărunțească. Ar fi în regulă să încep să mi-l vopsesc puțin, ca să mă prezint mai agreabilă, mai elegantă în fața copiilor și în cancelarie?” Părintele a spus: „Dacă scopul tău este să fii o prezență mai plăcută, agreabilă, în fața publicului tău, care sunt copiii în situația asta, este acceptabil să te aranjezi, păstrând măsura în toate.” Totul ține de scop. Dacă scopul tău, când te aranjezi, când îți alegi garderoba, este să atragi privirile celor din jur sau, și mai rău, bărbatul unei alte femei, dacă scopul tău este să arăți că tu ești cea mai cea, ca să ataci cumva prin asta, atunci acela este un scop greșit. Dumnezeu ne judecă după scopuri.

Foarte interesant. Să înțeleg că Dumnezeu nu are nimic cu vopsitul părului, nu? Dacă blondul acela îți dă o stare de grație specific feminină, atunci Dumnezeu nu are nimic împotriva lucrurilor pe care le faci în această direcție, câtă vreme păstrezi măsura, câtă vreme scopul este de a te ajuta să nu atragi negativ atenția asupra ta, într-un context în care toate celelalte persoane ar fi aranjate sau în care există un standard impus de locul în care lucrezi.

Scopul trebuie să fie unul curat. Recomandarea duhovnicului nostru a fost cea de mai sus și pentru că o cunoștea pe Doina. Știa că nu sunt la mijloc vanități sau complexe. Dacă spui deschis oricui „e acceptabil să te aranjezi ca să fii o prezență agreabilă acolo unde lucrezi", poți deschide o cutie a Pandorei. E mult subiectivism în modul în care fiecare percepe agreabilul, frumosul, normalul, chiar și măsura. Trebuie, când faci aceste lucruri, să cercetezi ce e în spatele gândului tău de a te aranja. De ce și pentru cine o faci? Deci scopul e important aici.

Machiajul poate fi pentru unele persoane ca uniforma obligatorie pe care o poartă o stewardesă. Dacă e neapărat nevoie să te aranjezi într-un anumit fel, păstrează măsura și continuă să te simți ca și cum nu ai avea aceste adjuvante (impuse sau necesare). Uite, când apari tu pe ecran, e limpede că nu poți să te prezinți oricum acolo. Faci asta ca să ai o prezență plăcută, dar și o prezență credibilă, pentru că, prin gura ta, eu, telespectatorul, ascult mesajul. Limbajul corpului și aspectul sunt, în astfel de momente, mijloace de comunicare; și ele contribuie la transmiterea mesajului către telespectator.

Legat de scopuri şi de priorităţi, Apostolul Pavel spune un lucru foarte interesant: femeile să se roage „îmbrăcate în chip cuviincios, făcându-şi lor podoabă din sfială şi din cuminţenie, nu din păr împletit şi din aur, sau din mărgăritare, sau din veşminte de mult preţ, ci din fapte bune, precum se cuvine unor femei temătoare de Dumnezeu.” (1 Timotei 2, *9-10) Apostolul vrea să accentueze nu atât faptul că preocuparea de aspectul exterior este un lucru rău, cât faptul că* ***femeia evlavioasă trebuie să aibă ca grijă fundamentală preocuparea de lumea ei interioară, de formarea şi dezvoltarea ei lăuntrică****. Ceea ce spune aici Apostolul este o recomandare către femeie de a nu se focusa pe ceea ce este exterior şi trecător, ci pe cultivarea adevăratei ei identităţi, tocmai pentru că preocuparea exclusivă sau prioritară pe frumuseţea exterioară, atât de exploatată astăzi, poate leza însăşi feminitatea ei, însuşi specificul ei feminin. Ceea ce ne cere aici Dumnezeu este bună-cuviinţă în cele exterioare şi preocuparea mai mare pentru ceea ce suntem, nu pentru ceea ce părem. Împodobirea sufletului trebuie să fie o prioritate pentru femeie.*

Aşadar, Liana, podoaba ta cea mai mare este fapta ta bună*. Tu faci fapte filantropice, te duci la „Marie Curie” şi te întâlneşti cu copii, cu părinţi, cu medici, te implici în tot felul de proiecte, mişti munţi; asta e adevărata ta podoabă.*

Dar, pe de altă parte, când intru oriunde, în orice spaţiu, dacă sunt rău îmbrăcată, vor comenta acest aspect.

Biblia nu spune să te îmbraci prost. Nu cere nicăieri asta. Ea spune doar ca „podoaba ta să fie fapta ta”.

Să te îmbraci ca să nu atragi atenţia, nici negativ, nici pozitiv. Dar să fii fericită, graţioasă, bine cu tine însăţi.

Asta e măsura pe care ţi-o dă Hristos, pe care ţi-o dă Cuvântul lui Dumnezeu. Dacă trăieşti în această atât de firească stare, dacă te duci acolo cuviincioasă şi te îmbraci în chip decent, podoaba ta cea mai mare fiind faptele tale bune, atunci ești în adevăr. Tot în capitolul 2 din 1 Timotei *se spune: „Căci femeia se va mântui prin naștere de fii, dacă va stărui cu înțelepciune în credință, în iubire și în sfințenie." (versetul 15) Aici este modelul adevărat. Femeia trebuie să stăruie în credință, în iubire și în sfințenie. Adică să te împărtășești mereu, să stai în preajma lui Dumnezeu, să fii plină de har. Femeia cu adevărat frumoasă este aceea care strălucește prin fapte bune, prin eleganță, este distinsă și cuviincioasă, sfioasă în fața lui Dumnezeu.*

Revin și punctez aici, pentru că există foarte multe păreri pe acest subiect, mai ales în spațiul public, cum că Dumnezeu ar vrea să porți neapărat basma când vii la biserică. Există într-adevăr la Sfântul Pavel un text în acest sens sau la unul dintre sfinți?

Să lămurim și acest lucru, pentru că sunt extrem de importante prezența femeii în biserică și felul în care ea vine în acest loc sfânt. Biserica este un loc special, unde nu poți veni îmbrăcat oricum, de fapt, poți, dar nu ar trebui să vii oricum. Trebuie subliniat că, mai presus de orice, sunt importante atitudinea, gândul.

Dacă nu ai capul acoperit nu înseamnă că nu te rogi. Nu este o condiție sine-qua-non.

Exact. La Dumnezeu poți veni oricum, pe El sufletul îl interesează mai mult decât orice. Însă și aspectul contează. Pentru cine? Pentru Dumnezeu? Nu. Pentru tine și pentru cei din jur. Când mergi la o întâlnire importantă, nu te îmbraci neglijent, ci alegi cele mai bune haine. E o formă de respect și un semn al pregătirii pe care o faci pentru întâlnirea respectivă. În biserică e important cum te îmbraci pentru că stăm în rugăciune unii lângă alții și atunci o vestimentație provocatoare, chiar dacă nu a fost în intenția ta, poate naște în cineva, care, la fel, te poate privi întâmplător, tot felul de gânduri și apoi atitudini, care îl distrag de la propria întâlnire cu Dumnezeu.

De aceea ar fi bine ca oamenii mai în vârstă sau cei care sunt obişnuiţi cu biserica să nu le facă imediat observaţie celor care, poate, din necunoştinţă sau din neatenţie, nu au vestimentaţia conformă. Cunosc tineri care au fost răniţi de astfel de gesturi şi nu au mai venit la biserică. Ştiu că la dumneavoastră la biserică nu faceţi observaţie oamenilor pentru modul în care se îmbracă.

Venirea unui om în biserică este răspunsul acestuia la chemarea lăuntrică a lui Dumnezeu. Am eu voie să îl alung? Cunosc un caz, în care cineva dintr-o biserică i-a făcut observaţie într-un mod destul de lipsit de delicateţe altcuiva pentru modul în care îşi făcea cruce. Omul respectiv i-a povestit ulterior altcuiva: „Din ziua aceea am ştiut cum se face cruce, dar în biserică n-am mai călcat." Cine e vinovat pentru o situaţie ca asta? Trebuie să fim atenţi. Aşadar, nici eu, nici credincioşii mei nu le facem observaţie celor nou-veniţi, care poate nu corespund prin ţinuta lor. Văd însă că, în timp, cei care se alătură comunităţii, venind duminică de duminică, mai ales după fiecare spovedanie, unde discutăm şi despre astfel de lucruri, ei singuri devin mai atenţi la cum se îmbracă, înţelegând cât de important e să nu-i sminteşti sau să-i provoci pe ceilalţi şi să ai, inclusiv prin vestimentaţie, o atitudine potrivită cu sfinţenia locului. Iată şi ce spune Apostolul Pavel în Epistola 1 către Corinteni, *capitolul 11, versetele 5, 10-13: „Orice femeie care se roagă sau proroceşte, cu capul neacoperit, îşi necinsteşte capul [...]. De aceea femeia este datoare să aibă (semn de) supunere asupra capului ei, pentru îngeri. [...] Judecaţi în voi înşivă: Este, oare, cuviincios ca o femeie să se roage lui Dumnezeu cu capul descoperit?" Chiar dacă recomandările Apostolului ţin şi de un context istoric, cultural şi geografic, ele nu au legătură doar cu acesta. E vorba, cum spuneam, de atitudine. Uneori, şi forma creează fond.*

Adică acoperirea capului, o vestimentație prin care nu epatezi, toate acestea te ajută să ai în biserică o atitudine mai smerită, în care nu mai cauți să ieși în evidență, ci te „pierzi" în mulțime, în care nu te mai preocupă atât de mult ce e la exterior, asta permițându-ți să te adâncești în acea întâlnire cu Dumnezeu. Femeia trebuie să aibă capul acoperit, pentru respectul față de sacralitatea locului și față de îngeri. În plus, se recomandă ca ea să-și ascundă podoaba capilară, pentru că prin aceasta poate atrage, poate fi o ispită pentru bărbat.

Nu există eveniment public la care capetele regale feminine să își facă apariția, eveniment la care să fie implicată și o rugăciune sau o slujbă, și la care, de la Regină până la copilele de câțiva ani, femeile să nu își acopere capul. Ce vreau să spun este că nu scrie nicăieri, în ceea ce mi-ați citit, că trebuie să te legi neapărat cu basma. Ci că trebuie „să acoperi capul, pentru îngeri". Slujba de înmormântare a Reginei Elisabeta a II-a a fost o demonstrație de credință, de decență și respect pentru suverană și pentru locul în care s-a desfășurat ceremonia. Și aș adăuga eu, ca o cârcotașă, a fost și o paradă a celor mai frumoase pălării și acoperăminte pentru cap...

În Biserică, suntem în prezența lui Dumnezeu! De ce ne acoperim capul în biserică? Din respect, din smerenie, din grijă pentru a nu fi o atracție pentru cei de lângă tine. Smerenia ta poate să vină inclusiv din atitudinea ta reflectată în exterior prin vestimentație, prin ceea ce porți pe cap, prin modul în care te prezinți. În trecutul nu prea îndepărtat, pregătirea pentru venitul la biserică de duminică se făcea de sâmbătă seara, cu baia de rigoare, cu pregătitul hainelor și cu tot ce mai era necesar. Inclusiv asta vădește câtă importanță dai în viața ta acestei întâlniri speciale cu Dumnezeu.

Biserica la care sunt preot se află într-un centru universitar. Sunt vreo patru facultăți în zonă și vin foarte multe studente cu capul descoperit. Dar vin smerite, cuminți, cu respect pentru locul în care intră. Te ajută asta. De ce? Pentru că, smerindu-te, nu atragi atenția asupra ta și astfel vă puteți ruga și tu, și cei de lângă tine mai bine. Orice distragere în biserică tulbură liniștea atât de prețioasă și atât de greu de obținut. Citeam undeva că, la Botezul Domnului, Duhul Sfânt S-a arătat ca un porumbel tocmai pentru a ne arăta că e nevoie de delicatețe, de atenție, de liniște ca să nu alungi, printr-un gest nepotrivit, prezența Lui din viața ta și a celorlalți. De aceea, e nevoie să fii atent la tine să nu tulburi cu ceva, intenționat sau nu, pacea în care un suflet ar putea să se întâlnească cu Dumnezeu. Avem o responsabilitate și față de ce naște prezența noastră într-un loc. Și asta înseamnă smerenie, să te gândești și la binele celuilalt, nu doar la tine și la ceea ce crezi tu.

E important cuvântul „a te smeri", pentru că se comentează tot timpul și, de obicei, o fac tocmai femeile. O femeie aranjată, care are încredere în ea, care arată cumva și care vine la biserică, atrage fie admirație, fie comentarii. Care este atitudinea corectă a femeii de astăzi vizavi de acest aspect?

Încrederea de sine nu este o încredere în sine. Ea vine din credința în Dumnezeu, Care e cu tine și în tine, și din relația ta vie cu El. Ție nu îți dă încredere fondul de ten pe care ți-l pui pe obraz sau, dacă o face, atunci e o problemă. Starea ta de bine vine dintr-o zonă spirituală, nu din ceva material. ***Adevărata încredere în sine vine din har, din iubirea lui Dumnezeu pentru tine, din dragostea și prețuirea pe care oamenii importanți pentru tine o au și ți-o arată.*** *Dacă ai încredere în tine, adică în faptul că Dumnezeu te-a pus într-un loc, și dacă îți cunoști menirea și rolul, rostul tău acolo, atunci drumul tău lângă bărbatul tău, lângă familia ta te împlinește. Încrederea în tine vine din încrederea în Dumnezeu din tine. „Împărăția lui Dumnezeu e în voi!" Și eu îmi spun dimineața, când mi-e greu să mă* *ridic: „Haide, Vasile, să pornim la treabă! Cu noi este Dumnezeu!" Adică te motivezi tu interior întâi. Şi nu e doar autosugestie, ci o realitate. E Dumnezeu cu noi tot timpul!* ***Dacă te motivezi interior, străluceşti şi în exterior. Dacă eşti căzut în interior, vei fi căzut şi în exterior.*** *Sau vei încerca, prin tot felul de ajustări, prin tot felul de adjuvante, să „repari" ceea ce este sau ţi se pare că este imperfect. De multe ori, astfel de încercări adâncesc şi mai mult nemulţumirea de sine şi cauzele pe care au încercat să le reprime, ascundă sau vindece. Trebuie umblat mereu la cauzele interioare pentru care facem sau nu un lucru.*

Şi mai e un aspect. Cunosc şi eu doamne care îmi spun: „Părinte, când mă aranjez, mă simt mai bine." Nu cred că e greşit să te simţi bine cu tine, dar nu îţi lua starea de bine doar din asta, ci, te rog, ia-ţi starea de bine mai ales din rugăciunea către Dumnezeu, din legătura cu El. De aceea, încrederea trebuie să vină din relaţia vie cu Dumnezeu, care te iubeşte aşa cum eşti. Dacă exagerezi în zona machiajului, a aspectului exterior, poţi să generezi o iluzie în ochii altora şi chiar în ochii tăi.

Asta trăim acum. Trăim o iluzie, pentru că suntem toţi foarte frumoşi pe Facebook, foarte deştepţi pe Instagram. Vindem nişte imagini care, de obicei, n-au nicio legătură cu ceea ce se întâmplă dedesubt. *Iluzia* creează deziluzie.

Asta arată că astăzi trăim mult la suprafaţă. Adică, dacă revenim la discuţia despre situaţia primordială, la Eva, care vedea că mărul e frumos la vedere, constatăm că azi trăim cu ochii doar la coaja mărului. Or, asta ne duce într-o mare eroare. De aceea, adevărata femeie puternică este cea care are o structură interioară foarte puternică. Măr e şi coaja, dar nu e doar coaja. Asta e înţelepciunea la care ar trebui mai mult să reflectăm. Hai să-l luăm întreg, cu tot cu cotor, cu tot ce ţine de el. Să nu ne minţim, ignorând sau ascunzând părţile neplăcute şi oprindu-ne doar la aspectul exterior, prea efemer. Femeia completă este femeia care are o structură interioară foarte puternică, femeia care are credinţă, care are răbdare, înţelepciune, care ştie să se adapteze, care nu se sfieşte să înveţe din greşeli, care nu se crede perfectă, ci e deschisă să înveţe şi să se perfecţioneze, care nu se lasă păcălită de aparenţe, care preţuieşte oamenii şi încearcă să îi valorifice aşa cum sunt. O astfel de femeie are puterea să schimbe lucrurile dimprejurul ei în bine. Toate astea sunt pe modelul Mariei, Maica Domnului.

Mironosiţele din jurul Maicii Domnului ne arată şi că femeia nu trebuie să fie singură. Dacă ai multe prietene, e foarte bine. Şi Maria avea. Despre ce vorbea Maria cu prietenele ei şi despre ce vorbeşti tu cu prietenele tale? În discuţiile cu prietenele tale este şi Dumnezeu prezent? Dacă este şi Dumnezeu acolo, e foarte bine! Acesta e modelul Mariei.

Te vezi cu prietenele să bei o cafea şi să spui şi ceva despre Dumnezeu?

Invită-L şi pe Dumnezeu la masă. Poate să fie cu tine prezent în discuţia pe care o ai cu persoana de la coafor, când stai şi aştepţi. Dacă vine prietena ta şi spune că i s-a întâmplat un anume lucru, iar tu îi spui: „Nu te nelinişti. Hai să ne rugăm în seara asta şi eu, şi tu. Du-te, te rog, şi la un preot, să vezi ce bine o să te simţi dacă te spovedeşti!", atunci devii pentru ea un izvor de bine. Femeia iubitoare se gândeşte cum să se pună la dispoziţia celui care are o problemă, nu să-l bârfească, să-l atace pe om când e jos, ci pur şi simplu să îl ajute să se ridice. Asta a făcut Maica Domnului. Ea are câteva calităţi dominante, care, preluate, o pot face pe femeia de azi să fie împlinită. Femeia adevărată este, ca şi Fecioara Maria, femeia acelui „Fie mie!", a afirmaţiei, nu, asemenea Evei, care L-a negat pe Dumnezeu, o femeie a negaţiei. De fapt, Eva a crezut negarea lui Dumnezeu de către Şarpe, care căzuse el însuşi mai întâi în această negare, prin dorința de a fi ca Dumnezeu, dar fără Dumnezeu. La fel şi ea. A acceptat negarea propusă de diavol şi în felul acesta a căzut. În schimb, Maica Domnului, când îngerul i-a adus vestea surprinzătoare pentru ea, care era o fecioară necăsătorită, că „Iată, vei avea în pântece şi vei naşte un fiu!", a afirmat: „Fie mie!"

Disponibilitatea femeii o face să fie fericită, să strălucească, să îşi găsească sensul în ceea ce face. *În această privință există două extreme: fie o închidere egoistă în sine, manifestată printr-o lipsă de disponibilitate la orice propune celălalt, fie, opusul, o implicare prea mare în prea multe proiecte, prin care îşi complică şi îşi sufocă singură existența. Acest lucru e cumva specific omului modern, care e specialist în multitasking, de unde şi dependența de muncă ce bântuie viața modernă. Din păcate, ce văd astăzi că se întâmplă deseori este că femeia, având o disponibilitate şi o iubire foarte mare, şi-a luat atât de multe asupra ei, încât e copleşită. Cred că ar ajuta-o să mai dea jos din poveri, să-şi ia un pic de timp şi pentru ea, să se mai desprindă din prea multele sarcini care îi sunt încredințate sau pe care singură şi le asumă. Trebuie să se preocupe să fie bine ea însăşi, să îşi cunoască rolul şi rostul, să-şi cunoască drumul, să se cunoască pe sine şi cât poate duce. De aceea, relația cu Dumnezeu te ajută mult, pentru că din ea înveți să te cunoşti cu adevărat cu limitele şi calitățile tale reale, capeți energie să lupți cu limitele şi să îți valorifici calitățile într-un mod constructiv pentru toți. Dumnezeu te învață că nu trebuie nici să îți iei prea multe pe umeri, dar nici prea puține.* ***Echilibrul e o constantă în viața creştinului. Credința te ține departe de excese, care de multe ori sunt alimentate de iluzii, de visuri şi închipuiri, de zugrăviri mincinoase ale fericirii.***

Femeia de astăzi este tot mai conştientă de puterile ei, are multe de oferit şi, din fericire, oferă.

Când o femeie oferă, este strălucitoare.

Da! Constat însă că aproape niciuna dintre femeile-simbol ale societăţii de astăzi nu este nici măcar pe aproape de idealul de femeie din Biblie.

Nu ştim întotdeauna ce e în spatele unei imagini. Dumnezeu are cu fiecare un dialog tainic. Ce știm e că o femeie credincioasă, care calcă pe urmele Mariei, are nenumărate beneficii. De exemplu, tu, Liana Stanciu, ilustrezi, prin existența ta, pe care eu o cunosc de 20 de ani, un mod de a fi aproape de Dumnezeu, discret și în același timp profund. De fapt, îmi arăți că și femeile din sfera media, cu succes la public, pot călca pe urmele Mariei.

Eu sunt lângă dumneavoastră, în sensul că mă cunoaşteţi, îmi sunteţi duhovnic, de cel puţin 20 de ani. Adică nu este o chestiune de două-trei zile.

Din acest motiv, ceea ce spunem noi aici, spunem din viață, nu din teorie. Nu veți găsi nimic teoretic în această carte. Eu am observat evoluția ta și am văzut că se poate. Ești om de televiziune, om de succes în înțelesul vremii de astăzi. Măsurătorile de audiență au arătat că ești cea mai relevantă doamnă de radio din România din 1990 și până astăzi. De ce?

Cu modestie o spun, şi ca o mărturie pentru alţii, mai ales că nu e vorba de meritul meu exclusiv: nu am pierdut niciodată legătura cu Dumnezeu. **Dumnezeu m-a ţinut lângă El în toţi aceşti ani grei, dar şi foarte frumoşi.**

Nicio clipă nu ai pierdut legătura cu Dumnezeu. Ești îmbrăcată întotdeauna bine, impecabilă ca purtare și nu ai în spate scandaluri urâte. Poți să fii un exemplu viu prin care le arătăm femeilor de astăzi că poți trăi într-o lume urâtă, uneori murdară, alteori plină de nonvalori, păstrându-ți totuși puritatea, bucuria și, mai ales, credința în Dumnezeu. Se poate să ai valori, să trăiești cu principii solide în lumea asta. Ai o familie frumoasă, un grup de prieteni minunați, pe care ți i-ai ales bine și care te fac fericită. Ai evoluat în cunoașterea lui Dumnezeu, în credință. Tu arăți că omul care evoluează în credință evoluează și profesional, pentru că ești acolo, sus, tot timpul, din punct de vedere profesional. O femeie medic, profesor, jurist, contabil, o femeie care vinde la un magazin, o femeie care lucrează în consultanță, în presă, la bancă, în HoReCa sau oriunde altundeva, bună și credincioasă, evoluează și mai bine, acolo unde este ea, prin Dumnezeu. Tu ești, din punctul acesta de vedere, un model. Progresezi și pe linie profesională, și pe linie de familie, ești iubită de soțul tău, de fetița ta, de prietenii tăi. Ce faci tu special?

Singurul lucru pe care îl fac este că nu uit niciodată că ceea ce sunt și ceea ce primesc nu sunt de la mine, ci de acolo, de Sus.

Atunci luăm mărturia din gura ta, ca să nu mai spun și eu, care te cunosc ca duhovnic. Poți să spui despre tine faptul că nu te-ai agățat de căi necinstite, ca să urci. Acesta este un lucru important.

Trăim în societatea în care scopul scuză mijloacele. În multe momente în care veneam să mă spovedesc la dumneavoastră, vă întrebam ce să fac atunci când eram pe punctul de a face ceva despre care știam că nu-i bine sau că nu trebuie să-l fac, cum să ocolesc niște chestiuni care pot avea consecințe nefericite. Sunt situații în care nu este evident cum să procedezi, mai ales când ești pus, azi, să alegi dintre două rele. Până la urmă, care e răul cel mai mic?

Ții minte ce ți-am spus mereu? „Ce spune inima ta? Ia întreabă-te tu, întoarce-te în tine!” Te-am întors mereu în tine, pentru că tendința este să vedem ce e în afară și să ne privim din afară, cu ochii altora. Trebuie să ne oprim o secundă și să ne întrebăm ce spune inima, cum simțim. Îți spuneam să-ți urmezi inima.

Și iar ajungem la „nu să știi, ci să simți". Degeaba știi, care e mai degrabă de la cunoaștere, dacă nu simți, care vine de la Dumnezeu.

Aș vrea să ne mai întoarcem la Fecioara Maria, pentru a sublinia rolul ei de model în istorie. După ce Eva a mâncat din pom, a trebuit să părăsească fericirea Raiului, îndepărtându-se tot mai mult de Dumnezeu. Care a fost soluția reparării acestei rupturi? A venit Dumnezeu Însuși la om, născându-Se om ca noi, dintr-o femeie curată. Meritul Mariei însă nu este doar acela de a da naștere Fiului lui Dumnezeu pe pământ, pentru că astfel nu ar mai fi un model de urmat. Vedem însă, dintr-un episod din Evanghelie, de ce este ea atât de mare. La un moment dat, cineva, impresionat de cuvintele și faptele Mântuitorului, aduce, cum se obișnuiește în popor, o laudă mamei, Maria, pentru ceea ce era Fiul ei. Domnul răspunde: „Mai degrabă fericiți sunt cei ce ascultă cuvântul lui Dumnezeu și-l păzesc." (Luca 11, 28) *Replica aceasta vine să arate, printre altele, că vrednicia cea mare a mamei Sale nu este doar aceea de a-L naște, ci mai ales cea de a asculta cuvântul lui Dumnezeu și de a-l păzi în toate aspectele vieții sale. Or, știm din diverse mărturii că Maica Domnului L-a urmat pe Dumnezeu cu o fidelitate desăvârșită; a făcut asta până la momentul Bunei Vestiri și, după aceea, toată viața. Tocmai de aceea Dumnezeu ne-a oferit-o pe Maria ca model și ne-a dat, prin ea, și soluția ridicării din căderea veche. Dumnezeu a găsit dintre noi o ființă prin care a putut să ne ridice înapoi la „cinstea cea dintâi".*

Modelul Maicii Sfinte este un model preluat și dus mai departe de numeroase femei absolut spectaculoase. Primele au fost mironosițele, curajoasele de mironosițe. Pe Domnul nostru Iisus Hristos înviat L-a văzut o femeie pentru prima dată, Maria Magdalena. N-am pus încă chestiunea asta suficient de mult în lumină, însă mi se pare foarte important faptul că ea niciodată nu L-a părăsit pe Iisus. Nici Maica Sfântă.

Sunt mărturii în Tradiția Bisericii care spun că prima care L-a văzut înviat pe Domnul ar fi fost chiar Maica Sa, dar nu a fost consemnat acest lucru, pentru că nu ar fi fost credibilă mărturia unei mame care spune că fiul ei, care tocmai murise în chinuri sub ochii ei, nu e mort, ci a înviat. În general, în Evanghelii, Maica Domnului are o prezență destul de rară, dar esențială, ceea ce are legătură și cu dorința ei de a fi discretă, de a nu ieși în evidență. Nici Mântuitorul Însuși nu a vorbit prea mult despre Maica Sfântă. Tocmai de aceea este valoros dialogul dintre ei la nunta din Cana Galileii, în care se vede foarte clar puterea de mijlocire uriașă a mamei, care nu L-a mai întrebat pe Fiul ei, pe Iisus, ci le-a zis acelora direct: „Faceți ce vă va spune El!" Deci, dacă noi toți, la îndemnul Mariei, facem ce ne-a spus Iisus, cu siguranță vom fi fericiți și împliniți. Și aici și dincolo!

Primele de după Maria, ca modele, sunt mironosițele, așa cum ai spus. Ce au ele dominant? Fidelitatea! Mironosițele aveau o singură preocupare, și anume să fie mereu aproape de Iisus, pe Care nu L-au părăsit nici mort. Asta înseamnă să iubești pe cineva: să fii lângă el și la bine, și la greu; și când e sus, și când e doborât și călcat în picioare de alții.

Apoi, o altă virtute dominantă a lor, poate cea mai puternică dintre toate, este curajul! În dimineața Învierii, când ele au venit la mormântul lui Iisus, ca să completeze ritualul îngropării pe care nu apucaseră să îl încheie în Vinerea Mare, ele se gândeau așa: „Cine va da piatra la o parte? Cine ne va prăvăli piatra de la ușa mormântului?" La un moment dat, cum se gândeau ele și vorbeau așa, au ajuns la mormânt și au văzut că piatra era deja răsturnată, pentru că Domnul înviase. Aceste femei credincioase ne arată, prin grija lor exclusivă pentru acea problemă fizică, și anume că nu aveau pe cineva care să le prăvălească piatra de pe mormânt, cât de curajoase și inimoase erau. Cât de mult Îl iubeau ele pe Domnul. Ele plecaseră să-I ungă trupul mort, și nici nu mai luaseră în calcul problema pietrei, și anume că între ele și Domnul era acea piatră; atât de mare era dorința lor de a fi cu Iisus, chiar și mort.

Aici este frumusețea. Femeia este credincioasă în adâncurile ei, are credința aceasta; ea vrea cu Dumnezeu. La biserică, femeile sunt prezente într-un proporție de 84%, iar bărbații, doar 16%. În pușcării, proporția se inversează, bărbați 87% și 13% femei. Asta arată că bărbatul s-a dus în alte zone, s-a dus înspre păcat, riscând mult, în timp ce femeia rămâne mai conectată cu Dumnezeu, cu viața morală, cu biserica Lui cea sfântă, locul de unde primește „Lumina lui Hristos". Acesta e modelul femeii mironosițe, care vrea cu orice preț să stea lângă Iisus. Aceasta este femeia luminoasă și credincioasă! Merge la biserică, participă la pelerinaje, se preocupă de sfințenie, urmează în viața ei calea credinței cu multă fidelitate, e însuflețită de curaj, nu se lasă speriată sau abătută în drumul ei de nicio piedică, are grijă de cei care sunt în suferințe, stă aproape de cei care au nevoie de mângâiere, își pune calitățile și sensibilitatea feminină în sprijinul inițiativelor filantropice, toată viața ei e îndreptată spre Domnul.

Tu ce alte modele feminine mai ai, în viața ta?

Citesc și sunt copleșită de viețile Sfintelor.

Să vorbim despre una dintre cele mai cunoscute, al cărei nume îl poartă peste un milion de femei din România – împărăteasa Elena, mama marelui Constantin. Se știe că, înainte de a se căsători cu viitorul împărat Constanțiu, această femeie era hangiță, proprietară de han. Era creștină și i-a insuflat credința în Hristos și fiului ei, Constantin, încă de mic. Fiul ei, când a ajuns la domnie, a fost primul împărat roman care a eliberat creştinătatea de sub jugul greu al persecuţiilor. Împărăteasa Elena, odată cu libertatea pe care creştinii au primit-o după anul 313, a desfăşurat ample campanii de descoperire a locurilor sfinte, putând fi considerată una dintre primele femei-arheolog din istorie. Împărăteasa s-a implicat personal, călătorind la Ierusalim, la Bethleem şi în alte locuri din Ţara Sfântă, unde a şi descoperit locul unde a fost mormântul lui Iisus, lemnul Sfintei Cruci, pe care Domnul a fost răstignit, locul naşterii şi alte vestigii importante pentru creştini. Ea e Elena, femeia care a traversat istoria şi pe care o cinstim pentru modul în care şi-a educat fiul, apropiindu-l de Hristos, pentru râvna pentru locurile sfinte şi pentru ridicarea de biserici, pentru grija pe care a avut-o faţă de creştinii care fuseseră persecutaţi, mutilaţi, deproprietăriţi, alungaţi din funcţiile şi demnităţile publice în perioada anterioară, a persecuţiilor, pentru milosteniile organizate pe care le-a făcut faţă de cei sărmani. Ea este modelul femeii-ctitor, al femeii-pelerin, al femeii cinstitoare de cele sfinte, al femeii-filantrop. Elena, împărăteasa, mi se pare o femeie fabuloasă.

Sunt şi alte femei, unele chiar aici, la noi. Mă refer la Sfânta Parascheva, la Sfânta Teodora de la Sihla, care a stat singură în munte 40 de ani. Lucrul acesta mi se pare incredibil: să stai singură într-o pădure, să mănânci ce-ţi aduc vrăbiuţele şi ce culegi de prin pădure, să bei apă din scobitura unei stânci. Şi asta doar ca să ajungi la sfinţenie, departe de toate grijile şi provocările lumii.

O, Doamne, ce putere a avut Sfânta Teodora de la Sihla! Stătea acolo în rugăciune, iar când se ruga, trupul ei se ridica de la pământ. Modelul tău este Teodora de la Sihla, şi nu vreo vedetă de la Hollywood! Fiind om de radio, eşti mereu la curent cu tot ceea ce este monden. Şi totuşi, cine este valoare pentru tine? Sunt fericit, ca duhovnic al tău, că pentru tine modelul este Sfânta

Teodora de la Sihla. Sigur că de la astfel de modele nu poți să preiei tot. Nu poți trăi ca ea, având familie și copil. Poți însă să cultivi și tu ca ea ***liniștea.*** *Să ai momente în care să te rupi de agitație, să te liniștești puțin, ca să poți să te rogi mai intens. Natura, ne arată Sfânta, e un loc ideal unde să te retragi din când în când, un loc unde să te gândești la Dumnezeu și la măreția lucrării Sale. Poți să fii ca Sfânta Teodora având un dor nepotolit după Dumnezeu. Să îți dorești să fii mereu aproape de casa lui Dumnezeu, să te împărtășești mai des, să cultivi postul ca pe o lucrare importantă, alături de rugăciune. Dacă nu știi nimic despre viețile sfinților, nu cunoști Cuvântul Domnului, nu cauți să și citești ceva, să ai și preocupări mai înalte, culturale, duhovnicești, artistice, ci te limitezi doar la știri, la Facebook și la alte lucruri facile, nu ai cum să cunoști aceste modele despre care vorbim, nu ai cum să crești ca om, pentru că te lași formată de oameni cu caractere îndoielnice. E păcat să îți lași viața în mâna oricui. Ceea ce privești, ceea ce citești, ceea ce asculți te influențează. Nu-ți pierde timpul cu nimicuri care azi sunt și mâine nu.* ***Umple-ți viața de sens, nu doar de conținut!*** *Fii ucenica unei sfinte, ale cărei virtuți să le urmezi. Lasă-te inspirată de astfel de modele. Cartea aceasta poate să fie un îndrumar pentru femeia de astăzi, pentru că, prin intermediul ei, le rugăm pe cititoarele noastre, dar și pe cititori, să citească viețile Sfintelor, să vadă că se poate.*

Sunt și femei din epoca modernă pe care le apreciez foarte mult. Pentru că am urmat Facultatea de Limbi Străine, cu specializarea Engleză, am o admirație deosebită pentru Elisabeta a II-a, regina Marii Britanii. Am apreciat loialitatea ei față de poporul pe care l-a condus atâta timp, știința ei desăvârșită de a guverna, înțelepciunea ei, modul minunat de a îmbina autoritatea cu buna dispoziție, decența ei în toate. Apoi, sau la egalitate cu regina Marii Britanii, o admir pe Regina Maria, femeia fabuloasă

Cu cât femeia rămâne mai femeie, așa cum a creat-o Dumnezeu, iubitoare, sensibilă, miloasă, plină de candoare, plină de dorința de a se jertfi, afirmativă, dornică să sprijine tot ceea ce e în jurul ei, cu atât mai mult transferă lumii harul lui Dumnezeu pe care ea Îl primește. Femeia Îl aduce pe Dumnezeu în lume mai ușor decât bărbatul.

care a făcut atâtea pentru români și România. A plecat din Anglia și a venit, din iubire pentru soț și apoi și pentru țara căreia i-a devenit regină, într-un loc pe care nu-l cunoștea. S-a îmbrăcat în costumul nostru național, s-a rugat în camera ei de la Castelul Bran, unde este o icoană superbă a Maicii Domnului – tot timpul erau crini acolo, lângă acea icoană, îi aducea flori Maicii Domnului. Pe lângă toate acestea, era un fin diplomat, un abil susținător al cauzei României. În timpul războiului, a fost alături de cei răniți, mergând pe front, în spitale, acolo unde era nevoie. Sunt atât de multe lucruri extraordinare pe care poate nu le știm, iar dacă nu le știm, credem că nu există.

Din acest motiv consider că femeia care poate să spună ceva societății, care poate influența în bine mersul lucrurilor, de la cele mici, până la cele mari, este femeia care caută mereu, care e mereu preocupată să se îmbunătățească în ceea ce face, care își cultivă nu doar mintea, pe linie profesională, ci și sufletul, care citește mereu, care ascultă muzică, merge la teatru, care iese în natură. Așadar, pentru femeia de astăzi nu ar trebui să existe zi de la Dumnezeu fără să citească, fără să-și găsească timp și pentru ea. Dezvoltarea asta personală, despre care auzim vorbindu-se pe toate drumurile, e ceea ce ne cere și nouă Dumnezeu să facem mereu prin cuvântul Lui. Dacă ne-am dezvolta personal, rezervându-ne puțin timp măcar pentru noi, jumătate de oră să lăsăm totul, să zicem, și să citim ce ne place, am cunoaște, în felul acesta, realități, modele noi, din care să ne inspirăm.

Pur și simplu, îți cureți creierul. Te relaxezi și îți lărgești orizontul. În momentul acesta citesc mai multe lucruri în același timp. Sunt impresionată, de exemplu, de suferința Prințului Harry. La un moment dat, Meghan se mută în casa unui afacerist american, care îi spune la telefon: „Mă voi ruga pentru tine!” Îi spune constant: „Mă voi ruga pentru tine.” Este scris și în carte, și se menționează și în documentarul de televiziune:

rugăciunea este soluția. Mulți o fac, doar că nu toți recunosc. Este cel mai frumos cadou pe care poți să îl faci pentru un om: să te rogi pentru el, să te gândești la el. Într-o carte în care numai despre asta nu te aștepți să găsești scris, iată că afli legături, fire invizibile, care duc exact în direcția ta, îți validează credințele, valorile. Pentru că, de fapt, despre asta e vorba.

Văzând toate aceste realități, înțelegi că femeia este așezată în fața unor alegeri; dinaintea libertății ei se prezintă două oferte: valori și nonvalori. Ce alegi? Cred că femeia zilelor noastre, femeia contemporană, are o șansă uriașă pe care femeia din vechime nu a avut-o: are acces la tot ceea ce nu putea nici visa femeia de acum 200-300 de ani. Ar trebui ca fiecare femeie de astăzi să-I mulțumească lui Dumnezeu că trăiește în vremurile acestea, și nu în unele în care nu avea voie nici să călătorească, nici să voteze, nici să fie guvernator, nici să fie ministru etc.

Chiar dacă aceste situații încă se mai întâlnesc prin anumite zone ale Globului!

Cel puțin din acest punct de vedere e mult mai bine decât înainte. Sunt femei care au schimbat istoria contemporană. Asta ne arată că se poate și că femeia de astăzi are acces la mult mai mult. În fața femeii de astăzi se prezintă o ofertă generoasă. Dragi femei, aveți în fața voastră o masă foarte bogată, o masă cu de toate, voi alegeți ce vreți să luați de acolo. Ca să faceți alegeri bune, e bine să aveți și sfătuitori buni. Recomand din toată inima fiecărei femei să aibă un duhovnic. Apoi să aibă o prietenă, un mentor, pe o treaptă mai sus decât ea, mai bogată spiritual de la care să învețe și pe care să o întrebe atunci când e confuză.

Doamna Elena Vasilescu, pe care o iubesc atât de mult, fost profesor universitar la Facultatea de Biologie, ne-a călăuzit încă de când Doina era studentă și stătea cu chirie într-o garsonieră pe care ea o închiria.

Ne-a povățuit, ne-a dat sfaturi, ne-a împărtășit din cunoștințele ei vaste, ne-a inspirat cu pasiunea ei pentru lectura de calitate. Astăzi, când tocmai a împlinit 90 de ani, mergem în continuare la ea cu mare drag, îi mulțumim mereu pentru ceea ce reprezintă pentru noi și avem dialoguri fabuloase, care ne încântă mereu. Ar fi bine ca și tu ai să ai aproape de sufletul tău o femeie pe care o iubești, o respecți, o cinstești – poate fi nașa ta, o psihologă bună, un psihoterapeut, o măicuță, o prietenă, o fostă colegă, mama ta, mătușa ta etc. Ai nevoie de o asemenea femeie care să fie mai sus decât tine pe scara înțelegerii și a înțelepciunii, nu neapărat pe scara socială. Când ai un moment greu, te duci la ea și întrebi, te sfătuiești. Femeia deșteaptă a zilelor noastre știe ce și pe cine să întrebe. Asta recomand, în afară desigur de duhovnic, care te ține, te ghidează, te sfătuiește pe calea spirituală. Avem ca modele sfintele, avem modele culturale, modele sportive, modele din zona politică, din istorie, chiar și din prezent, modele feminine extraordinare.

Ar merita să facem chiar o listă cu aceste modele de femei extraordinare.

Aceste femei ne arată că se poate. Oricine se străduiește poate să își depășească condiția, poate fi mai mult decât este. ***Disponibilitatea la efort este trambulina care te lansează în direcția bună.*** *Cartea pe care o scriem noi acum certifică prin însuși exemplul tău faptul că se poate să fii un om al lui Dumnezeu chiar și lucrând în mijlocul agitației celei mai mari a lumii. Este o chestiune de alegere, de voință și de efort susținut.*

Dragi doamne, se poate, puteți fi împlinite, fericite, mulțumite de voi însevă dacă și numai dacă aveți o relație vie cu Dumnezeu, dacă aveți o relație bună cu lumea din jurul vostru și dacă aveți o relație bună cu voi însevă. *Asta nu se poate face decât dacă rămâi în modelul autentic dat de Maria. Femeia care este legată de Maica Domnului este femeia* *care are şanse mult mai mari să fie fericită. Rugăciunea către Maica Domnului te ajută mult să primeşti din puterea pe care ea a avut-o, de a-L urma total pe Dumnezeu.*

Sau măcar să tindă să aibă ca principal model pe Maria, alături de care poate adăuga şi alte nume de femei de la care are de învăţat. Mă gândeam acum care e modelul meu, care e femeia superioară, pe care o am ca „prieten mai mare", aşa cum spuneaţi că ar fi bine să facem. **Mama mea** e răspunsul. Ea este, pentru mine, esenţa răbdării, un om extrem de răbdător. De la mama am învăţat în primul rând răbdarea, dar și alte lucruri minunate. Ea este genul de om care nu a intrat niciodată în panică, nu a fost niciodată disperată. Deci, până la urmă, de la fiecare iei câte ceva. Important e să fii deschis, să vrei să înveţi. Nu cred că suntem azi aşa cum suntem pentru că nu avem de unde sau de la cine învăţa. E drept că modele valoroase parcă sunt mai multe din trecut decât din prezent. Poate sunt prea multe şi prea variate posibilităţile pe care le ai în faţă azi şi de asta ezităm. Totuşi, pentru o femeie creştină, pe lângă micile nuanţe pe care le poate culege de oriunde şi adăuga la portretul pe care îl realizează, marile modele rămân aceleaşi.

Să vedem şi ce atitudine a avut cel mai iubit bărbat din istorie, Mântuitorul Iisus Hristos, faţă de femeie. În primul rând, El vine în lume şi Se naşte printr-o femeie. Spun lucrurile acestea ca să se lămurească măcar doamnele care ne citesc cartea, să înţeleagă că Dumnezeu are o cu totul altă opinie despre femeie decât unii bărbaţi misogini. Dumnezeu, când alege să vină în lume, o face printr-o femeie, deşi, ca Dumnezeu, putea alege să nu o facă. Înţelegem şi de aici, că, pentru Dumnezeu, bărbatul şi femeia sunt una; sunt din aceeaşi materie primă, şi Dumnezeu se adresează în mod egal şi bărbatului, şi femeii. „Creşteţi, înmulţiţi-vă şi stăpâniţi pământul!" ne-a zis El, la plural. Este o egalitate totală, o complementaritate despre care am vorbit deja, care a existat în planul lui Dumnezeu încă de la început. Așadar, Domnul Iisus Hristos vine printr-o femeie în lume, este hrănit de o femeie la sân și este apoi crescut de Maica Sfântă. Este o mare onoare pe care Dumnezeu Însuși i-o face femeii, prin faptul că Fiul lui Dumnezeu Se sălășluiește în pântecele ei, că Duhul Sfânt Se coboară asupra ei în momentul acela. Întreaga atitudine a lui Iisus față de femei este extraordinară. Se poartă ca un gentleman. De ce? Pentru că El știe cine este femeia, pe care o tratează atât de special. Cea mai puternică dovadă a respectului pe care Iisus îl acordă femeii este înrudirea Lui pentru totdeauna cu femeia, prin mama Lui de pe pământ, Maria!

Să le luăm pe rând. Sunt în viața Domnului multe interacțiuni cu femei. Unele sunt persoane sfinte, altele, dimpotrivă, păcătoase, din toate păturile sociale. În toate momentele, Domnul nu doar că nu tratează cu dispreț, cu superioritate femeia, asemenea contemporanilor Săi, ci o apreciază, desființând prejudecățile, inegalitățile și tratamentul diferit de care ea avea parte. Nu pune femeia mai prejos de bărbat, dar nici mai presus. Am arătat ce rol a avut Maica Domnului la nunta din Cana Galileii (Ioan 2, 1-11). Iată, apare o problemă, oamenii rămân fără vin, o adevărată rușine la o nuntă, și Maria, mama Lui, găsește soluția la El. El este sursa soluției și ea mijlocește pentru acești oameni. Ea știa ce putere are Fiul ei. Asta face Maica Domnului pentru toată istoria umanității: ne reamintește mereu că Iisus este soluția, fiind pentru noi o permanentă mijlocitoare, așa cum a făcut la nunta din Cana. Ea ne arată și cum putem avea acces la soluția pe care Dumnezeu o aduce, când le spune slujitorilor: „Faceți ceea ce El vă va spune." Vedem apoi că Iisus o ascultă pe Maica Sa, nu o refuză. O ascultă și face o minune, și prin asta El își începe activitatea publică.

*Iisus Hristos Se întâlnește apoi, în activitatea Lui de trei ani și jumătate de propovăduire publică, în Nain cu o femeie văduvă, care își ducea fiul la groapă. Văzând-o că plânge, lui Iisus I Se face milă de ea și îi înviază fiul (*Luca *7, 11-17).*

*Altă dată, Se lasă atins de o femeie care avea scurgere de sânge, un lucru incredibil dacă ne gândim la toate interdicțiile Legii de a se atinge de cineva cu hemoragie, și spune că a ieșit în acel moment o putere din El, care a vindecat-o pe femeie (*Luca *8, 43-48). Domnul ar fi putut trece sub tăcere această vindecare produsă „din mers", dar Se oprește și face un „caz" din asta pentru a arăta că nu există motive întemeiate de a respinge sau trata diferit o femeie pentru o realitate care nu ține de alegerea ei, care este un fapt fiziologic, necesar pentru procreere, dat de către Dumnezeu.*

Să nu mergem mai departe de asta, pentru că am aici o întrebare. De ce totuși, în mințile chiar și ale unor femei, au rămas niște reminiscențe, așa încât, în perioada aceea firească din lună, nu intră în biserică? Am văzut unele femei care stau în pridvorul bisericii duminica și nu intră.

E un subiect delicat, pentru că inclusiv în rândul oamenilor Bisericii, mă refer la episcopi, preoți și duhovnici, sunt abordări diferite pe acest subiect. Asta demonstrează că în Biserică, pe teme delicate care privesc viața intimă a omului și a cuplului, se aplică o pastorație adaptată specificului fiecărui caz. Eu sfătuiesc fiecare femeie în această privință să își urmeze duhovnicul. Amintesc doar că sunt părinți mai riguroși, unii dintre ei mari duhovnici cu autoritate, care păstrează mai strict unele recomandări ale unor canoane bisericești, cerând femeii să nu participe la slujbe în biserică și să nu se împărtășească în acea perioadă. Sunt, de asemenea, recomandări, tot din canoane și scrieri ale Bisericii, precum și poziționări ale unor oameni cu autoritate duhovnicească, ce amintesc despre faptul că nu e firesc să se vorbească de o „necurăție" a femeii, că o asemenea abordare nu e potrivită cu creștinismul ortodox, fiind „o practică ce reflectă fricile păgâne și vechi testamentare față de lumea materială". Patriarhul Pavle al Serbiei a avut o atitudine echilibrată, publicată într-un articol argumentat atât biblic, cât și canonic, ale cărui concluzii sunt următoarele: „Curățirea lunară a unei femei nu o face, din punct de vedere ritualic [sau] în ceea ce privește rugăciunea, necurată. Această impuritate este numai fizică, corporală, la fel ca secrețiile din alte organe. [...] În plus, deoarece produsele moderne de igienă pot preveni în mod eficient scurgerea accidentală de sânge care ar face o biserică necurată[...], credem că, în această privință, nu există nicio îndoială că o femeie, în timpul curățării ei lunare, cu îngrijirea necesară și luând măsuri de igienă, ***poate veni la biserică, poate săruta icoanele, lua anafură și apă sfințită, precum și să participe la cântări. Nu ar putea primi Împărtășania în această stare sau, dacă e nebotezată, nu ar putea să se boteze. Totuși, în caz de boală gravă, ea se poate împărtăși și poate fi botezată."***

Și părintele Stareț Efrem Vatopedinul are o poziționare moderată și spune că „se face o mare greșeală că femeile nu se duc să se închine la icoane și unele nu merg nici la biserică, atunci când sunt în acea perioadă lunară. Aceasta este o greșeală. ***De vreme ce există această sângerare firească, doar de la împărtășanie sunt oprite, orice altceva pot să facă. De vreme ce o femeie trece printr-un fenomen obișnuit al firii ei femeiești, asta nu înseamnă că nu mai e cinstită și curată. Nu trebuie socotită ca necurată."***

Care e, deci, poziția de urmat, dacă până și oameni care cunosc bine canoanele, care sunt o autoritate teologică, duhovnicească, se poziționează diferit?

Consider că Dumnezeu lucrează neîndoielnic şi nemijlocit prin duhovnic. Te sfătuiesc, aşadar, să urmezi recomandarea lui pe acest subiect. Roagă-te înainte de a merge la spovedanie să îl inspire Dumnezeu să-ţi dea răspunsul cel bun, care să fie mântuitor pentru tine. Personal, după cuvântul Sfântului Atanasie cel Mare, după povăţuirile Patriarhului Pavle, ale Părintelui Stareţ Efrem şi ale multor alţi sfinţi părinţi, recomand femeilor care se spovedesc la mine sau care mă întreabă despre acest subiect ca ***în perioada lunară să participe la sfintele slujbe, să sărute sfintele icoane, să se roage nestingherite şi acasă, şi în Sfânta Biserică, întrucât acesta este un dat care nu ţine de alegerea lor. Ce nu pot face domnişoarele şi doamnele în această perioadă este doar primirea Sfintei Împărtăşanii, care, desigur, imediat după terminarea perioadei, poate fi acordată!*** *Iată cât de frumos vorbeşte Sfântul Atanasie cel Mare despre acest subiect: „... Spune-mi mie, iubite şi prea cucernice, ce păcat, sau necurăţie, are o scurgere firească. Aceasta ar fi tot aşa ca şi cum cineva ar voi să aducă învinuire pentru secreţia ce se elimină prin nări, şi pentru scuipatul ce se elimină prin gură; dar avem să spunem încă mai multe şi despre curgerile din pântece, care sunt necesare celui viu pentru viaţă." Mai mult decât atât, Sfântul Atanasie cel Mare vede în neparticiparea femeii la viaţa din biserică în perioada ciclului o amăgire a diavolului care trebuie înlăturată.*

Vă mulţumesc, părinte, pentru acest sfat!

Domnul, cum am văzut, în cazul femeii cu hemoragie, sparge barierele şi prejudecăţile. Îl vedem că poartă un dialog extraordinar cu o samarineancă, lucru care îi uimeşte până şi pe ucenici, pentru că oamenii care erau de loc din Samaria, asemenea acestei femei, erau consideraţi spurcaţi. În istorie, ei nu păs-

traseră puritatea credinței și erau tratați cu dispreț de iudeii puritani. Tocmai din acest motiv Îl întreabă femeia: „Dar cum vorbești tu cu mine?" Ea ne arată că nu trebuie să desconsiderăm pe nimeni, că de la oricine poți învăța ceva bun. Din acest dialog vedem că ea era o femeie înțeleaptă, cu o perspicacitate nativă. Pentru că samarineanca, văzându-L că este profet, începe să-L întrebe: „Uite, în muntele ăsta ne rugăm, în Garizim, sau la Ierusalim? Unde-i bine să ne rugăm?" Are preocupări înalte, duhovnicești. Iisus îi răspunde: „Adevărații închinători să se închine în duh și adevăr!" (Ioan *4, 4-42) Deci femeii acesteia, unei samarinence care stă la o fântână, îi revelează Iisus niște adevăruri dumnezeiești de o importanță covârșitoare, care ni s-au păstrat consemnate în Evanghelie.*

Alege cumva Domnul femeile pentru a trimite niște mesaje clare, nu doar pentru femei? Este cumva femeia purtătoare de mesaj divin?

Da. Asta arată că puterea de înțelegere și puterea de deschidere spre mesajul dumnezeiesc ale femeii nu sunt cu nimic mai prejos decât cele ale bărbaților, lucru pe care Dumnezeu îl (re)cunoaște. Dacă nu ar fi fost așa, n-ar fi transmis mesaje teologice femeii. Ar fi zis: „Locul femeii este la cratiță, nu îi spun ei lucrurile astea!" Găsim în toate întâlnirile Lui cu femeile niște lecții formidabile. Este întâlnirea cu Maria din Magdala, care în viața ei era foarte cunoscută, foarte iubită în tot ținutul de nord, în Galileea. Iisus vine și, ne spune Sfânta Scriptură, „scoate din ea șapte demoni" (Matei *16, 9), adică niște păcate pe care le avea. Din momentul în care se întâlnește cu Iisus, femeia aceasta își schimbă viața și stă tot timpul lângă El și-L însoțește peste tot. Se naște această tagmă nouă, a femeilor mironosițe. Mama fiilor lui Zevedeu, Ioana lui Huza, Maria lui Cleopa, Salomeea, Suzana, surorile Marta și Maria sunt doar câteva din femeile mironosițe, ale căror nume sunt menționate în Sfânta Scriptură.*

Sunt însă mult mai multe femei în Evanghelii, despre care se spune că Îl urmau mereu pe Iisus și-I ascultau cuvântul.

Este undeva scris clar despre Maria Magdalena că era o femeie de moravuri ușoare? Mie mi se pare că este una dintre femeile fundamentale, exceptând-o pe Maica Domnului, evident. E o mare dragoste acolo, imensă, extraordinară pentru cuvântul lui Iisus.

Da. Singurul lucru care se spune despre starea ei de dinainte de convertirea și urmarea lui Hristos este că din ea Domnul „scosese șapte demoni" (Matei *16, 9), ceea ce nu e obligatoriu o trimitere la un trecut desfrânat. De altfel, în scrierile Noului Testament și în Tradiția veche a Bisericii, ea este cinstită ca o fidelă următoare a lui Hristos, ca prim martor credibil al Învierii, numită de aceea de Biserică „întocmai cu apostolii" și „apostol al apostolilor". S-a ajuns, mai ales în Biserica și arta apuseană, la această etichetare a ei, ca păcătoasă, dintr-o confuzie cu o femeie păcătoasă anonimă, care a venit și a uns picioarele Mântuitorului cu mir în casa lui Simon, fariseul. Așadar, ni se spune în Scriptură povestea Mariei Magdalena, ca să știe oamenii cine era și cât de frumos i s-a schimbat viața, ca multor altă femei de altfel, după ce L-a cunoscut pe Iisus. Scriptura ne spune că ea Îl vede prima pe Iisus înviat* (Ioan *20, 11-23). Nici nu Îl recunoaște. Vă dați seama cât de șocant era pentru ea, care a stat lângă El, pe drumul Crucii și pe Golgota, până ce trupul mort al Domnului a fost coborât în mormânt. De aceea I-a și spus: „Dacă ești tu grădinarul, spune-mi unde L-ai pus." Ea căuta trupul mort, care lipsea din mormânt. Având chipul transfigurat, Îi apărea ca fiind altul, de aceea, când Iisus zice: „Marie!", ea rostește: „Învățătorule!"; Maria Magdalena Îl recunoaște, apoi vin și celelalte mironosițe. Un fapt extraordinar este menționat în viața ei, la mult timp după ce Iisus Hristos*

S-a înălțat la ceruri: ea se duce la împăratul Tiberiu și-i spune: „Împărate, Iisus a fost judecat greșit, judecata Lui a fost una nedreaptă. Iată, Acesta a fost om drept. Ponțiu Pilat a făcut o judecată superficială și nedreaptă. El este Dumnezeu, Care a înviat." Împăratul Tiberiu o primește în audiență la palat în partea întâi a dimineții, pe când mânca ouă la micul-dejun, și îi spune ironic Mariei Magdalena: „Uite, așa e El Dumnezeu, cum s-ar înroși acuma ouăle astea!" Ea se roagă la Dumnezeu și ouăle devin într-adevăr roșii. De atunci, ouăle roșii sunt simbolul Învierii lui Iisus și de atunci toți înroșim ouă de Paști.

Întorcându-mă la raporturile lui Iisus cu femeile, sunt raporturi diferite, care rupeau tiparele vremii. Apostolii, pentru că mergeau din cetate în cetate, aveau o anumită atitudine față de femeie, mai reținută, pentru că nu puteau să se opună unei societăți totalmente misogine, în care femeia nu avea acces nicăieri. Iisus însă venise, cum spunea și părintele Steinhardt, „ca să ne scandalizeze, să ne scoată din neîngrijorare, din facile certitudini, din idei de-a gata, prejudecăți stupide și vajnice îngrădiri, din părelnicii". El procedează de fiecare dată în mod pedagogic și terapeutic.

Poate e bine să întărim lucrul acesta, Părinte, că Hristos a venit într-o societate misogină. Și a încercat să niveleze aceste asperități prin atitudinea Lui față de femeie. Spunându-i femeii cananeence: „O, femeie, mare este credința ta!", Iisus Hristos ridică femeia din zona aceasta întunecată în care era așezată pe nedrept de societatea veche. Primul care revoluționează atitudinea față de femei este Iisus Hristos. Și totuși, în mințile doamnelor este ideea că femeia, în Biserica Ortodoxă, e întotdeauna, nu neapărat pusă pe locul doi, ci inferioară. Care este originea acestei tradiții și acestei percepții?

Faptul că Iisus a avut 12 apostoli bărbați sau că în Biserica Ortodoxă doar bărbații pot fi preoți nu reprezintă discriminări sau semne ale unei poziționări inferioare a femeii. Ele au explicații de ordin istorico-social, teologic și funcțional. Iisus Hristos a ales într-adevăr 12 apostoli bărbați. Femeile, care erau mironosițe, îi însoțeau pe Domnul și pe apostoli. Nu mergeau singure să propovăduiască. De aceea, Domnul, fiind pe Cruce, o încredințează pe mama Sa lui Ioan, ca să o protejeze și de furia iudeilor, și de orice pericol, la care, în acea vreme, o femeie singură ar fi fost expusă. Domnul Dumnezeu a răsturnat prejudecățile și a ridicat femeia la loc de cinste, de fiecare dată când a avut prilejul. Însă, așa cum spuneai, societatea era pe atunci patriarhală, misogină. Ar fi fost o imprudență să încredințeze femeii o misiune pe care aceasta nu ar fi putut-o duce la capăt, din cauza contextului respectiv.

E important să fac o paranteză: a fi egal nu înseamnă să fii identic, să faci tot ce face celălalt. Iar a fi diferit nu înseamnă să fii superior ori inferior. Am vorbit mult de complementaritate. Spuneai și tu că bărbatul și femeia sunt diferiți, însă cu șanse egale la mântuire. Fiecare are veleitățile lui specifice. Eu nu pot face la fel de bine ceea ce face Doina și nici ea ceea ce fac eu. Ne completăm și împreună facem ceea ce e de făcut. Astăzi, probabil și ca o încercare de reparare a unui trecut istoric misogin și a reminiscențelor lui, se cade în extreme care pot avea urmări la fel de grave. Înlăturarea cu orice preț a diferențelor dintre bărbat și femeie nu e o soluție pentru depășirea modului incorect în care femeia a fost privită în istorie, ci este o agravare a problemei. De fapt, orice exagerare nu duce decât la o îndepărtare de sensul dat de Dumnezeu încă de la început. Și unul, și altul trebuie să înțeleagă că nu e un concurs de calități și defecte între ei și că fiecare are ceva ce nu are celălalt și invers. De prea multe ori, ne ratăm menirea prin faptul că ne dorim ceea ce are și face celălalt, ignorând propriile noastre calități. Avem, prin natură, de la Creator, structuri diferite, care se completează reciproc. Asta e, până la urmă, definiția complementarității.

Astfel, dincolo de context, Domnul a văzut exact care este lucrarea dominantă a femeii și a făcut ca disponibilitatea ei de a iubi mai mare să o transfere către Dumnezeu, transformând-o în iubire față de El și față de tot ce înseamnă sfințenie; puterea ei de a sluji a transferat-o Bisericii, punându-se în slujba celor care au nevoie. E vorba despre valorificarea a ceea ce omul poate și știe să facă mai bine.

Știți bine că, în prezent, se vorbește în toate instituțiile despre faptul că nu sunt suficiente femei, că nu sunt suficienți oameni de culoare, reprezentanți ai rasei galbene și așa mai departe. Hristos i-a ales pe cei doisprezece apostoli doar bărbați. Oare nu a fost nicio femeie suficient de bună să fie apostol?

Nu este vorba despre faptul că nu era bună, ci că trebuia să poată fi acceptată de acel context ostil, altfel risca să o trimită la moarte, și apoi să poată rezista din punct de vedere fizic, pentru că ea urma să meargă din cetate în cetate. Dacă nu era bărbat, risca să fie umilită, marginalizată, atacată sau, chiar, agresată sexual. Erau vremuri când un apostol pleca singur în câte o cetate. Or, o femeie singură pe drumurile de atunci sau prin cetăți și prin sate cu tot felul de oameni ***nu era în siguranță****. De aceea, Iisus îi trimite pe apostoli în lume, pentru că aveau o structură fizică și un statut social potrivite cu tipul de propovăduire de care era nevoie în vremea aceea. Nu existau sistemele de transmitere a informației de astăzi, ci informația era transmisă din gură-n gură, din cetate în cetate. Uneori, în aceste misiuni, erau atacați de tâlhari, erau jefuiți, alteori, dacă intrau într-un sat de sălbatici, aceștia îi băteau, îi chinuiau. Îți amintesc ce povestea Apostolul Pavel că a experimentat în călătoriile sale misionare: „În osteneli [...], în închisori [...], în bătăi peste măsură, la moarte adeseori. De la iudei, de cinci ori am luat patruzeci* *de lovituri de bici fără una. De trei ori am fost bătut cu vergi; o dată am fost bătut cu pietre; de trei ori s-a sfărâmat corabia cu mine; o noapte şi o zi am petrecut în largul mării. În călătorii adeseori, în primejdii de râuri, în primejdii de la tâlhari, în primejdii de la neamul meu, în primejdii de la păgâni; în primejdii în cetăţi, în primejdii în pustie, în primejdii pe mare, în primejdii între fraţii cei mincinoşi; în osteneală şi în trudă, în privegheri adeseori, în foame şi în sete, în posturi de multe ori, în frig şi în lipsă de haine." (*2 Corinteni *11, 23-27) E evident că astfel de lucruri nu puteau fi îndeplinite în acele vremuri de o femeie, fizic vorbind. Apostolii aveau drept misiune să meargă din cetate în cetate să propovăduiască. De aceea, majoritatea dintre ei erau singuri, cei mai mulţi nefiind căsătoriţi. Trebuiau să fie puternici, dispuşi „să încaseze" pentru credinţă tratamente grele, care ar fi fost prea dure şi improprii sexului frumos. Nicio femeie n-ar fi putut să îndure asta.*

În timpurile de mai târziu, au existat femei care propovăduiau, cum a fost împărăteasa Elena, dar ea era protejată de soldaţi. Putem să dăm exemple de femei care au propovăduit, însă condiţiile erau altele. Adaptaţi pentru propovăduire şi pentru slujirea Cuvântului lui Dumnezeu, apostolii au fost exclusiv bărbaţi. Slujirea sacerdotală din Biserică este exclusiv masculină, deoarece episcopii şi preoţii simbolizează pe Hristos, când slujesc, şi adeveresc, prin aceasta, istoricitatea întrupării Sale ca bărbat, El fiind „Noul Adam". Femeia are deja demnitatea de a fi mamă, de a creşte copii, de a fi inima familiei, o demnitate primordială, care, alături de celelalte calităţi ale ei, o împlinesc şi îi aduc bucurie. Dumnezeu i-a dat ei nişte calităţi extraordinare: sensibilitate mai multă, o empatie mai profundă şi sinceră, devotament, puterea de a răbda mai mult, tăria de a exprima ceea ce gândeşte şi de a comunica cu mai multă uşurinţă, intuiţia specific feminină şi spiritul de observaţie mai dezvoltat, râvna în credință. Pe bărbat, pentru că este puțin mai pragmatic și mai „rece" decât femeia în fața unei realități încărcate de sensibilitate și trăire sfântă, cum este unirea cu Dumnezeu, îl alege Dumnezeu să facă slujirea sacerdotală sfințitoare. Te asigur că, dacă tu ai fi în locul meu în biserică, să faci preoție, ai plânge tot timpul. De la început până la sfârșit. Asta este realitatea. Dumnezeu, știind sensibilitatea femeii în fața prezenței harului, l-a ales pe bărbat să aibă această misiune. Pentru că el poate să ducă, poate să țină slujba, în așa fel încât să fie adecvată slujirii liturgice. Alături de ceea ce spuneam mai devreme, alegerea bărbaților ca apostoli este motivată și de faptul că ei, bărbații, sunt mai puțin emoționali, lucru necesar pentru a putea duce puterea harului, care e atât de mare. Te asigur că, dacă voi ați fi fost preoți, nu ați fi putut să faceți slujba din cauza lacrimilor.

Observ uneori că și dumneavoastră mai lăcrimați când faceți Sfânta Liturghie.

Asta e o intimitate între mine și Dumnezeu. Când simți prezența Lui vie, te topești precum ceara, cazi în fața Lui smerit, rămâi uimit de prezența Lui, simți o bucurie și o căldură care te învăluie. Este normal să fie așa.

Revenind la discuția de dinainte, găsim în Vechiul Testament, chiar de la început, atitudinea lui Dumnezeu față de femeie: o egalitate în diversitate și o complementaritate în unire, între bărbat și femeie, o reciprocitate necesară pe toate planurile. Ar fi benefic să nu uităm să înțelegem relația dintre cei doi, în acești termeni ai echilibrului avut în planul Său creator de Dumnezeu când a creat prima pereche de oameni. Apoi, în Noul Testament constatăm că Fiul lui Dumnezeu Se poartă atât de frumos cu toate femeile cu care Se întâlnește. Nu este nicio urmă de tratament inegal în ceea ce face sau spune El. Domnul nu pune femeia nici mai prejos, dar nici mai presus de bărbat, deși contextul istoric era în defavoarea femeii. Citesc și astăzi cu emoție pasajele biblice în care Domnul nostru Își ascultă mama la nunta din Cana, are grijă de ea pe Golgota, o vindecă pe femeia cu scurgere de sânge, o convertește pe samarineancă, o salvează de la ucidere pe femeia acuzată de adulter, Îi e milă de văduva din Nain și îi inviază fiul, o înviază pe fiica lui Iair, le învață pe Maria și Marta, prietenele Lui, ce e cu adevărat important în viață, o laudă pe văduva care dăduse cei doi bănuți la Templu, o vindecă pe femeia gârbovă și pe soacra lui Petru, o ascultă pe femeia cananeancă și îi tămăduiește fiica, o salvează de Maria Magdalena și i Se arată după înviere ei și celorlalte femei mironosițe, încredințându-le lor să le vestească apostolilor ascunși de frică faptul că El a înviat. Din acestea și din multe alte mărturii reiese clar ce atitudine are Mântuitorul nostru Iisus Hristos față de femeie. E mereu plin de generozitate și bunătate față de femeie, plin de înțelegere față de condiția ei din acea perioadă, plin de admirație pentru curajul și virtuțile ei, un adevărat sprijin pentru a susține femeia să devină o lumină.

Atitudinea Mântuitorului s-a păstrat și a fost cultivată în primele comunități creștine, așa cum vedem în Faptele apostolilor *sau în scrisorile trimise de apostoli unor comunități creștine. Creștinismul a arătat că nu există diferențe între evrei și păgâni, între sclavi și oamenii liberi, între bărbați și femei. În Creștinism s-au născut și s-au dezvoltat primele elemente ale drepturilor omului, inclusiv drepturile femeii în fața oricărei nedreptăți. În mod onest trebuie spus că au existat și situații în care atitudinea față de femeie nu a fost cea evanghelică, ci defavorabilă sau chiar negativă, influențată fie de diversele curente filozofice, fie de contextul sociocultural iudaic sau greco-roman, fie de interpretări distorsionate ale unor pasaje biblice, fie de abordări ostile din anumite curente extreme. Linia predominantă, mai ales în tradiția răsăriteană, a fost cea firească, întâlnită în activitatea și propovăduirea Domnului Hristos. Marii autorii creștini au avut ei înșiși în familie exemple de femei creștine remarcabile, mame, bunici și surori cu o viață sfântă.*

Îmi amintesc de mama Fericitului Augustin, parcă Monica o chema, cea care a plâns și s-a rugat ani întregi pentru ca fiul ei să părăsească căile greșite și să se întoarcă la Dumnezeu. Fiul ei este rodul rugăciunilor fierbinți ale acestei mame sfinte.

Ea arată încă o dată puterea uriașă a rugăciunii mamei pentru copiii ei; o rugăciune care, alături de răbdare, face adevărate minuni. Aș aminti și de mamele celor mari Trei Sfinți Ierarhi, care sunt și ele sfinte în calendarul nostru: Emilia, mama Sfântului Vasile cel Mare, care a avut 10 copii, dintre care cinci sunt sfinți ai Bisericii noastre; Nona, mama Sfântului Grigorie Teologul, și ea mamă a mai multor sfinți; și Antuza, mama Sfântului Ioan Gură de Aur. Pentru astfel de femei, renumitul retor păgân Libanius a spus acel cuvânt de admirație: „Ah, ce femei au creștinii!" Mulți dintre acești scriitori și Părinți ai Bisericii au dedicat scrieri și elogii unor femei creștine virtuoase, mucenițe sau cuvioase din viața Bisericii. Se păstrează multe astfel de mărturii ale Sfinților Părinți, în care vorbesc foarte frumos despre femeie.

E adevărat, cum spuneți, despre Creștinism, că a reprezentat o turnură pozitivă în ceea ce privește locul femeii în societate. Nu întâmplător, odată cu Creștinismul, apar atât de multe figuri feminine în viața cetății. Din păcate, pe parcursul istoriei, mesajul acesta creștin a fost deturnat în așa fel încât uneori mi se pare că am rămas tot cam păgâni. De aceea, femeia de astăzi are, în continuare, nevoie de protecție, însă pare că a înțeles să se protejeze cum știe și poate și ea, pentru că a fost forțată de societatea dominată de bărbat să găsească noi soluții de supraviețuire, de afirmare, de împlinire. Femeia de astăzi se adaptează. Femeia de astăzi a înțeles aceste taine și a dus o luptă de emancipare. De exemplu, lumea filozofică a fost aproape exclusiv o lume a bărbaților. Figura Hypatiei din Alexandria este o excepție pentru Antichitate, și nu numai. Din acest motiv, femeia încearcă acum să cucerească teritorii noi, teritorii care i-au fost înainte interzise. Este într-o luptă și de aceea motorul ei e turat astăzi la maximum, iar bărbatul e mai la ralanti.

Nu pot spune că toate direcțiile în care merge lupta de emancipare a femeii sunt unele bune. Există desigur și multă exagerare, multă ideologie. Din păcate, politicile și noile ideologii au „confiscat" naturalețea și intenția inițială pozitivă ale acestui demers. Pentru a exista o reciprocitate reală a relației dintre bărbat și femeie, e nevoie să se facă mai mulți pași în favoarea restabilirii locului femeii acolo unde a pus-o Dumnezeu. Vocea ei trebuie să se facă în mod real auzită, rolul ei trebuie să fie cu adevărat recunoscut în societate și în Biserică. Cumva, și cartea noastră face pași în această direcție bună. Iată, un cunoscut slujitor al Bisericii vorbește aici atât de frumos despre femeie. Cu cât femeia rămâne mai femeie, așa cum a creat-o Dumnezeu, iubitoare, sensibilă, miloasă, plină de candoare, plină de dorința de a se jertfi, afirmativă, dornică să sprijine tot ceea ce e în jurul ei, cu atât mai mult transferă lumii harul lui Dumnezeu pe care ea îl primește. Femeia Îl aduce pe Dumnezeu în lume mai ușor decât bărbatul. Bărbatul este pragmatic, atent la terenuri, mașini, case, lucruri materiale, pe când femeia este iubitoare, sensibilă, mai credincioasă în adâncul sufletului ei. Așa spun și studiile: femeile care vin la biserică, femeile care se roagă sunt mai multe decât bărbații. Nu că bărbații n-ar face-o, dar au altă preocupare în prim plan; asta nu înseamnă că ei nu se roagă. Presupun că numărul mai mare de femei din biserică vine și din sensibilitatea lor, din nevoia lor de protecție.

Aș vrea să mai adaug ceva. Chiar dacă vorbim despre caracteristicile (primordiale, specifice) ale bărbatului și ale femeii, nu trebuie să excludem particularul din cauza generalului. Sunt bărbați care nu sunt neapărat pragmatici, ci boemi, meditativi, filozofi, cu sensibilități artistice, iar asta nu îi face mai puțin bărbați. Totodată, bărbatul nu e, prin definiție, mai indiferent la cele religioase, ci doar prin alegere, prin obișnuință. În biserica mea, procentajul despre care îți spuneam nu este nicidecum atât de drastic în favoarea femeii. La noi, vin foarte mulți bărbați, care sunt foarte profunzi în relația lor cu Dumnezeu. La fel și femeile care sunt pragmatice, care se pricep, de exemplu, să schimbe o roată la mașină, nu sunt mai puțin femei.

Revenind la ceea ce se întâmplă astăzi, când femeia creștină simte că bărbatul nu mai e capabil sau disponibil să o protejeze așa cum ar avea nevoie, ea nu recurge neapărat la mijloacele de emancipare pe orizontală atât de promovate, ci are o soluție diferită, se adresează direct lui Dumnezeu. Acum, ideal ar fi ca, în egală măsură, și bărbatul, și Dumnezeu, să fie sprijinul femeii. Cele două nu sunt în concurență, ci se completează. Dacă bărbatul slăbește în puterea lui de a proteja femeia, ea își caută sprijin mai mult la Dumnezeu.

Femeia a fost degradată și coborâtă din cinstea care i se cuvenea în vechime, așa cum face, de exemplu, Fariseul Simon, care nu a avut în fața lacrimilor femeii păcătoase decât mustrări, acuze și insulte. Însă Iisus Hristos e acolo și se produce o revoluție imensă, pe care El o creează. El vine și o ridică pe femeie, sclava bărbatului, victima cruzimii lui, prada patimilor lui. De acum înainte, femeia va deveni respectată peste tot pe unde va pătrunde Evanghelia și unde se va răspândi Creștinismul. Femeia aceasta păcătoasă a fost primită de Hristos fără să o judece, a fost curățită de păcatele ei, iar ea, în semn de mulțumire, I-a uns capul cu mir și I-a stropit cu lacrimi picioarele Lui sfinte. El, în schimb, i-a oferit odată cu nevinovăția redobândită, onoarea pierdută. Femeia aceasta cu trecut păcătos dă ceea ce are ea mai de preț, plânge la picioarele Lui, Îi spune Lui păsul ei. În schimbul acestei smerenii de care ea dă dovadă, El îi redă demnitatea, îi ridică sus capul, fruntea. De aceea, îndemnul nespus, dar făcut de Iisus este: „Sus inimile, femei dragi, sus inimile!", pentru că Iisus vă iubește, vă cinstește și aveți onoarea de a fi cu El și de a trăi împreună cu El. Iată că S-a lăsat văzut pentru prima dată înviat de o femeie. Ei i-a dat onoarea asta. Nu i-a dat-o nici lui Petru, nici lui Ioan, nici lui Toma, nici altui apostol. Ci ei! Din episodul cu această femeie, care a fost primită și reabilitată de Domnul, Biserica a învățat să nu judece, tocmai pentru că mulți dintre marii sfinți au fost, la rândul lor, păcătoși.

Lumea nu vede lucrurile așa. În timpul acesta îmi curg lacrimile, pentru că nici eu nu le-am văzut așa. Apropo de Maria Magdalena, știu că în ultimii ani s-a vorbit despre asta, există o *Evanghelie* după Maria Magdalena?

Există într-adevăr un text, numit „Evanghelia după Maria", redescoperit în secolul XIX, pe un papirus. Știu că s-a dovedit că a fost scris undeva între secolele II și IV d.Hr. Este considerat de Biserică un text apocrif, pentru că nu corespunde cu nimic din ceea ce ni s-a păstrat în celelalte surse și pentru că poartă urmele unei construcții artificiale, prin care se propagă în mod ascuns învățături paralele, neautentice. Însă, după romanele de mare succes ale lui Dan Brown și ale altor autori moderni, care valorifică idei și teme din astfel de texte apocrife, s-a vorbit mult despre rolul pe care Maria Magdalena l-ar fi avut, sporind confuzia, speculațiile, dar și interesul pentru astfel de istorisiri „suculente" și profitabile pentru industria de profil. În realitate, aceste texte apocrife sunt construcții mai târzii, care amestecă idei și învățături creștine cu tot felul de învățături din epocă: filozofice, gnostice, miraculoase, ezoterice. Un cercetător onest al acestor texte poate ușor să își dea seama că ele nu au nimic de-a face cu realitatea istorică și cu tot ce relatează restul textelor. Ele nu sunt surse credibile, de aceea trebuie privite cu multă circumspecție. E mai multă fantezie, decât adevăr în aceste texte.

Dragile mele cititoare, dar și cititori, atenție ce citiți! Sunt foarte multe informații care nu au nicio legătură cu realitatea pură, cu adevărul. Trebuie să avem discernământ și să nu credem cu ușurință poveștile bine împachetate și prezentate ca „adevăruri istorice", ca „descoperiri revoluționare". Deci, Părinte, întâlnirea femeii păcătoase cu Iisus Hristos o transformă, o ridică, tocmai prin aceea că a luat o femeie care era atât de jos și a ridicat-o la o mare cinste.

Din nefericire, și astăzi sunt femei care fac păcate ce nu le aduc cinste. Și amintim în mod special aici de ele pentru a le ajuta pe cititoarele noastre să le identifice și să refuze tentația de a le face. Un „fenomen contemporan" este practica videochatului, care nu face altceva decât să denatureze ceea ce Dumnezeu a rânduit pentru trup și care aduce mari prejudicii spirituale atât celor ce practică păcatul, cât și celor ce urmăresc aceste „show-uri" păcătoase. Le spunem deschis tinerelor care săvârșesc aceste păcate că, odată cu „profitul" ușor obținut, vine și mult rău în viața lor. Ele știu mai bine. E o iluzie să crezi că banii obținuți prin săvârșirea unor păcate pot aduce fericirea aceea trainică de care avem atâta nevoie. Poți să te bucuri ușor de niște bani obținuți ușor, dar nu-ți va merge bine, nu vei simți pace atunci când știi că prin păcat câștigi. Vestea bună este că, după ce își revin din astfel de episoade, tinerele care au trecut prin aceste experiențe încearcă cu multă râvnă să-și curețe trecutul păcătos. Am ajutat mai multe astfel de tinere care au reușit prin pocăință să-și schimbe viața de până atunci și să o trăiască din nou curat și normal. Unele s-au și căsătorit și au îngropat pentru totdeauna trecutul păcătos, prin spovedanie și apoi prin oprirea cu desăvârșire a păcatului. Cumva, femeia care a săvârșit în tinerețea ei păcate mari își convertește toată energia cu care făcea păcatul spre a face apoi binele. Când se trezește din păcat, femeia este foarte dornică să se întoarcă la Hristos, să ceară iertare și să urmeze drumul credinței cu toată forța ei interioară. Cunosc femei care, după ce au avut o întrerupere de sarcină, au plâns o viață întreagă. La fel, cunosc doamne care, după ce și-au înșelat o dată bărbații, au regretat și s-au pocăit o viață întreagă. Și asta e foarte bine!

Conștiința femeii este mai vie, mai trează, nu o lasă să se abată prea mult de la drum, iar când se întoarce, o face cu toată forța de care e în stare, similară, cel puțin, cu forța cu care a ales păcatul. Hristos convertește puterea feminină a Mariei Magdalena și o transformă în cea mai importantă mironosiță, care stă lângă Maica Domnului. Prin urmare, toată puterea farmecului ei personal, care ducea spre păcat, acum se transferă în iubire curată, către Dumnezeu. Avem în istorie și figuri luminoase de femei extraordinare, împărătese, Sfintele mari Martire – Sfânta Mare Muceniță Ecaterina, Sfânta Mare Muceniță Varvara, Sfânta Lucia –, femei care aveau și o frumusețe fizică extraordinară. Când a intrat prințul acela în mănăstire, în viața Sfintei Lucia, a văzut cea mai frumoasă femeie din epocă. În vremea ei, bărbații aveau toate instrumentele pentru a duce o femeie în pat, aveau putere, influență și erau obișnuiți să primească absolut tot ce doreau, fără excepție. Lucia își dă seama că ceea ce simte el pentru ea este o dorință carnală puternică, greu de stăvilit, și că, având puterea pe care o avea, ca prinț, nu va avea cum să-i scape, așa că, atunci când prințul i-a spus: „Îmi plac atât de mult ochii tăi!", ea s-a dus puțin mai deoparte, și-a scos ochii, i-a pus pe tavă și i-a zis: „Îți plac ochii mei, ia-i! Eu rămân oarbă, dar vreau să rămân cu Hristos!"

Câte femei din zilele noastre ar mai face asta?!

E un exemplu unic, într-adevăr, dar reprezentativ pentru un fel de a fi. Conștientă fiind de puterea prințului, și-a dat seama că singura cale să scape era să-și altereze frumusețea, ca să nu mai fie atractivă și să rămână doar a lui Hristos, cum alesese să fie. Toate femeile care au murit pentru credință au fost puse cumva în fața acestei alegeri: rămâi fidelă lui Hristos și alegi moartea sau trădezi credința în El și accepți păcatul, în schimbul vieții. Așa se punea problema atunci. Astăzi e diferit din punct de vedere al mărturisirii, însă la fel din punct de vedere al luptei cu păcatul. Orice om are în diverse momente și sub diverse forme aceste opțiuni în față, pentru că orice păcat e un astfel de compromis, o astfel de trădare. Femeia, în momentul în care Îl cunoaște pe Dumnezeu, în momentul în care simte în inima ei prezența vie a lui Dumnezeu, devine mai nobilă, mai iubitoare și mai iertătoare. Din pildele femeilor mironosițe, orice femeie ar trebui să înțeleagă că, ***atâta vreme cât stai cu Hristos în inimă, ești mare ca femeie.*** *Hristos te face să fii mare, îți dă măreția existenței tale, dacă vei fi o femeie virtuoasă, atunci vei fi o femeie mare, valoroasă.*

L-am întrebat pe marele actor Mircea Albulescu: „Ce oameni mari ați cunoscut, maestre?" Și mi-a răspuns: „Părinte, orice om bun e un om mare." Am întâlnit foarte multe femei cu suflete foarte bune. Această bunătate o face pe femeie să fie mare. Nici funcția, nici aparițiile la televizor, nici succesele efemere, nici conturile pline, nici faptul că ești apreciată de toți pentru felul în care arăți nu te fac cu adevărat mare. Măreția unui om nu vine decât din bunătatea inimii lui, din frumusețea interioară, din faptele bune, din generozitate, din faptul că se topește la necazul celui de lângă el și sare în ajutor.

Așa se termină filmul *Saving Private Ryan*. Personajul interpretat de Tom Hanks stă în fața pietrelor funerare ale foștilor lui colegi, care sunt foști soldați, și cineva îl întreabă: „Ce vrei să se știe despre tine, ce crezi că e important?", iar el răspunde: „Vreau să se știe despre mine că am fost un om bun."

Hristos spunea: „Învățați de la Mine, că sunt blând și smerit cu inima." Bunătatea, smerenia, blândețea, toate acestea sunt virtuţi care o fac pe femeie să strălucească până la cer.

Au dreptul femeile să se enerveze atunci când sunt bune şi blânde şi nu li se răspunde cu aceeaşi monedă? Poate fi justificată revolta? Până unde întorci obrazul atunci când primeşti palme?

Iisus Hristos n-a pus o limită aici. Prin răbdare, o inimă bună reuşeşte să învingă. Pentru că omul bun nu este bun pentru că e un interes la mijloc. El este bun şi blând pentru că sufletul lui se bucură de această stare, nu de starea de ură şi înverşunare. Ura pe care o manifeşti sau o ţii în tine, justificată sau artificială, nu contează, tot pe tine te otrăveşte. De aceea Iisus Însuşi a spus: „Cel care va răbda până la sfârşit, acela se va mântui." Până unde? Până la sfârşit!

Hristos a pus în femeie o putere extraordinară. Puterea ei stă în răbdarea ei. Ea are infinit mai multă răbdare decât bărbatul. Nu e vorba de o răbdare pasivă, complice, ci de o răbdare înţeleaptă, presărată cu multă iubire. Adică nu trebuie să rabzi nesimţirea, obrăznicia, violenţa, despre care trebuie să vorbeşti, împotriva cărora trebuie să iei atitudine, ci spun să ai răbdare şi înţelegere faţă de omul care nu poate să se schimbe când şi cum îţi doreşti tu, faţă de omul care e încă neputincios, care e încă nedesăvârşit, care, poate, e nesuferit, care nu merită să te porţi frumos cu el. De ce? Pentru că altfel ţi-ai face ţie singură rău şi te-ai aşeza într-o postură din care sigur nu l-ai putea ajuta pe celălalt să se mai schimbe. Aici redescoperim valorile pe care Dumnezeu le-a pus în femeie.

Trăim în secolul în care totul se desfăşoară pe repede înainte. Mâncăm repede, ne uităm în fugă la videoclipuri scurte, citim pe diagonală, alergăm să facem cât mai multe; viaţa se desfăşoară într-un ritm tot mai alert. Într-o perioadă în care conexiunile se fac instant între oameni – pe internet, printr-un click, suntem oriunde în 4-5 secunde

–, cum să-i ceri unui om să aibă răbdare? Răbdarea este o chestiune pe care o ai sau pe care o dobândești?

Ca să faci bine orice e nevoie de răbdare. Așa se construiește durabil. Observ că avem un deficit de răbdare și nu prea mai avem apetit pentru lucruri durabile. Ne grăbim și nu mai credem în valori care dăinuie. Plăcerea momentului este dezideratul omului de azi. Să nu ne amăgim însă, ritmul vieții noi îl dictăm în cea mai mare parte. Alergătura asta nebună are legătură cu risipirea în prea multe și cu dorința de mai *mult, care adesea e* prea *mult. Sigur că nu poți renunța la toate, decât dacă te retragi într-o mănăstire; putem totuși să mai închidem din „aplicațiile" care ne consumă energia. Oriunde și oricând se poate face ceva bun, prin răbdare. Răbdarea o dobândești, o cultivi, o exersezi, ea este o cunună a altor virtuți, a smereniei, a dragostei, a discernământului.*

Cred că ar trebui să fie legate, dar nu e mereu așa. Spunem că iubim total niște oameni, dar n-avem răbdare cu ei. Tocmai de aceea relațiile de astăzi se consumă mult mai repede, din lipsă de răbdare, ceea ce este și o lipsă de iubire asumată. Dacă îl iubești cu adevărat pe celălalt, îți exersezi și răbdarea. Vrem ca celălalt să se schimbe ca și cum am apăsa pe un buton. Nu avem răbdare cu ceilalți pentru că nici cu noi nu avem răbdare. Nu știm să construim temeinic. Ne lăsăm vrăjiți prea mult doar de aparențe și nu mai știm ce să facem cu ceea ce e înăuntru. Ne place coaja mărului, dar nu știm ce să facem cu cotorul. Trăim în perioada în care imaginea e atât de importantă și avem senzația că pământul e plin de alți bărbați sau de alte femei mult mai frumoși. De ce ai avea răbdare cu omul care nu corespunde întru totul așteptărilor tale? Mai bine schimbi imediat dacă nu îți convine ceva la el. Și așa trăim, din păcate, din schimb în schimb, în căutare de feți-frumoși închipuiți.

Dacă nu avem răbdare înseamnă că nu iubim. Dacă îl iubești pe celălalt, îl aștepți pe omul acela să se schimbe, să lucreze la el. Cunosc oameni care aşteaptă cu multă răbdare şi nu fac presiuni, pentru că altfel ar strica totul cu nerăbdarea lor. Din iubire vine răbdarea. Nerăbdarea este o uriaşă pierdere, care te lasă străin şi gol. Pe un copil nu-l vezi cum creşte, dar el creşte. Nu vezi cum creşte un copac, dar el creşte. Roşia n-o vezi cum creşte, dar ea creşte. Trebuie doar să ai răbdare, să aştepţi până în momentul în care va veni coacerea. Această nerăbdare, din dorinţa de repede şi mult, impune un ritm nefiresc, accelerat, superficial şi strică până şi puţinul care s-ar putea face. De-asta nici nu are viaţa gust, pentru că tu vrei roşia verde să se coacă instant, îi grăbeşti coacerea, la suprafaţă, dar ea, pe dinăuntru, tot verde rămâne, pe când, dacă o aştepţi să se coacă, îngrijind-o şi oferindu-i condiţiile necesare, ce suculentă şi bună e!

Interesant. Răbdarea nu înseamnă pasivitate. Faci ce ţine de tine, oferi condiţiile necesare, generezi o atmosferă de iubire, dar aştepţi ca schimbarea celuilalt să se producă în ritmul ei. Din păcate, pentru că societatea nu mai are acest ritm, ci grăbeşte „coacerea", trebuie să faci nişte eforturi uriaşe ca să poţi să ai răbdare. În aceste condiţii, nu cumva eşti anacronic? Nu te izolezi?

Nu, societatea va veni spre tine, oamenii te vor vedea că eşti altfel şi te vor aprecia. E limpede că Hristos cere omului să fie altfel decât cer vremurile. Acest „altfel" nu înseamnă că trebuie să cauţi cu dinadinsul să fii diferită sau că trebuie să te crezi mai specială sau mai bună prin faptul că eşti diferită. Trebuie să îţi urmezi drumul de creştină şi ceilalţi vor observa că eşti diferită şi vor aprecia calităţile pe care le ai. Maturitatea şi înţelepciunea pe care ar trebui să le ai te scot din mulţime şi te fac o persoană în care ceilalţi vor avea încredere.

Există, într-adevăr, o doză de admiraţie când cineva spune că se duce la biserică. Aşa mi-ar plăcea să cred. Dar nu de puține ori poți primi și cuvinte grele ca „nebuna” sau „aia care s-a pocăit”. Asta și pentru că în tine ei văd puțin din ceea ce ei nu pot face sau din ceea ce ei nu sunt. Asta îi face să arunce cu noroi? E ca în fabula cu vulpea și strugurii acri?

Indiferent de ce motive ar avea ei să te jignească „tu rămâi la toate rece”. Vorbim acum despre femeia înduhovnicită, plină de Duh, plină de har, care poate avea o înțelegere superioară asupra a ceea ce se întâmplă cu ea și cu cei din jur, prin aceea că nu mai este la fel de ușor afectată de răutăți și șicane gratuite. Faptul că e credincioasă nu o face mai puțin frumoasă decât altele sau mai puțin valoroasă decât ele, dimpotrivă. Aici e minunea. Că ea poate avea tot ce au bun celelalte și ceva în plus. Ea Îl are pe Duhul Sfânt în ea, ceea ce o face să fie empatică cu fiecare om pe care îl întâlnește, să fie în simțire față de orice necaz al aproapelui ei, să fie tot timpul dispusă să ajute, să fie mereu acolo unde este nevoie de ea. Aceasta este femeia veșnică, ea nu îmbătrânește. Am o prietenă în vârstă de 90 de ani, despre care ți-am mai povestit, pe care o simt veșnic tânără. Prin atitudinea ei, prin prospețimea preocupărilor ei, prin mintea ei ageră, prin flexibilitatea de care dă dovadă, prin felul ei de a te face să te simți bine în prezența ei, prin Duhul pe care Îl are și prin tot ceea ce transmite din adâncul sufletului ei frumos și tânăr mă face să mă simt un om norocos că am întâlnit un așa înger de doamnă. Dacă ai Duh, atunci devii lumină pentru ceilalți.

Orice sursă de lumină trebuie să se încarce.

Din experiența pastorală pot să spun că femeile își țin canoanele și rugăciunile mult mai bine. Asta este o realitate. Deci ele stau mai mult în „priza rugăciunii” și se încarcă mai mult cu har.

Ele compensează prin asta și anumite lipsuri pe care le simt în relația cu societatea, cu cei de la serviciu, cu familia.

Apelează la Dumnezeu, pentru că își dau seama că singure nu pot și pentru că au încredere în ajutorul ceresc. Multe dintre doamne încearcă să rezolve singure problemele lumii și cad în depresie, au anxietăți și sunt supărate. Tristețea, supărarea nu ajută cu nimic. Dacă vrei să ajuți, ajută-te întâi pe tine! Să fii tu lumină pentru lumea în care trăiești; numai așa vei putea să faci ceva care să schimbe în bine lucrurile și să le pună în mișcare în direcția bună. Dacă Îl vei scoate pe Dumnezeu din ecuație, încercând să rezolvi tu singură problemele, nu vei reuși și vei cădea împovărată de greutatea sarcinilor. Omul încearcă cu niște scheme, cu niște rețete, în general furnizate de alții. De fapt, cea mai la îndemână soluție este: „Doamne! Fii cu mine! Doamne, ajută-mă, Doamne, nu mai pot! Doamne, mi-e greu! Doamne, pun în fața Ta această problemă pe care o am." În momentul acela, harul lui Dumnezeu coboară. Dacă încerci să rezolvi doar tu problema aceea, vei descoperi, din păcate, că nu vei putea face asta. Îți va aduna angoase, tristețe, nervozitate. Ia-L pe Dumnezeu la drum cu tine. Dumnezeu e cu tine, vine să te inspire și să te ajute!

Aceasta este una dintre vorbele lui Mihai. Soțul meu spune că, atunci când oamenii sunt triști, abătuți, când suferă, e pentru că „e prea puțin Dumnezeu acolo".

Lipsește Dumnezeu de acolo. Femeii i-a dat Dumnezeu niște daruri. Tot Ioan Gură de Aur, acest genial părinte, spune că educația copiilor este preponderent opera mamei. Nu vorbesc despre educația formală, despre acumularea de cunoștințe, ci despre cultura sentimentelor, despre ce își învață o mamă copilul ***să fie,*** *nu neapărat* ***să știe.*** *Cu asta ne apropiem de un capitol nou: femeia-mamă. Ce a pus Dumnezeu în femeie? Dumnezeu*

Femeia completă este femeia care are o structură interioară foarte puternică, femeia care are credință, care are răbdare, înțelepciune, care știe să se adapteze, care nu se sfiește să învețe din greșeli, care nu se crede perfectă, ci e deschisă să învețe și să se perfecționeze, care nu se lasă păcălită de aparențe, care prețuiește oamenii și încearcă să îi valorifice așa cum sunt. O astfel de femeie are puterea să schimbe lucrurile dimprejurul ei în bine.

a pus din ființa Sa ceva atât de nobil în femeie, încât ea are marea șansă și responsabilitate să modeleze ca pe o plastilină caracterul copilului, dacă e dispusă să intre și să rămână în stare de jertfă.

Mi-a fost dat să văd foarte multe mame în vârstă, bătrâne și bolnave, la spital, însoțite de fetele sau de băieții lor, pe care i-au educat în tinerețe cu multă dragoste. Așa cum tu, ca mamă, l-ai purtat în brațe pe copil, când era mic, vine vremea când copilul să te țină pe tine pe brațe, ca o urmare firească, izvorâtă din dragoste și din recunoștința pentru ceea ce mama a făcut toată viața ei pentru copil. Fiecare copil ar trebui să facă asta, să își poarte mama în brațe. La finalul vieții, după ce ea te-a purtat pe tine în brațe, te-a hrănit la sân, și tu să o porți în brațe și să îi aduci ceea ce este mai bun, mai ales însăși prezența ta. Când te duci acum la mama ta, care e în vârstă, ia un tiramisù, îndulcește-o cu ceva, pentru că ea te-a hrănit cu ceea ce a avut mai bun. Chiar dacă ai 50 de ani și ai o mamă de 70, pentru mamă tot copila ei ești. Cel mai frumos lucru este să întorci istoria, să-i întorci mamei darul, și să Îi arăți, prin aceasta, lui Dumnezeu că ai înțeles, că Îi mulțumești că ți-a dat o mamă atât de minunată.

Din nefericire, prea multe dintre doamnele de astăzi sunt foarte ocupate cu viețile lor și le reped pe mame, spunându-le că nu au timp, să le lase în pace, că-s prea ocupate, că au lucruri mai importante de făcut. După ce ai închis telefonul, mama suferă, plânge. Lacrima ei ajunge sus la tronul lui Dumnezeu. Cele care mai aveți mame în viață, faceți-vă mamele fericite, iubiți-le, sunați-le! Un telefon pe un ton iubitor, mulțumitor, recunoscător, nu aspru, este terapeutic.

Mama mea așteaptă acel telefon, știe că e fie la ora 11.00 fără ceva, când plec de la radio, fie seara, la 19.00. Nu doarme dacă nu o sun. Doamnelor, gândiți-vă că și voi sunteți sau veți fi mame. Cum ar fi să nu vă mai sune copilul vostru şi să nu ştiţi nimic despre el, chiar dacă simţiţi cumva că el este bine?

Liana, eşti întâi femeie, soţie şi apoi eşti şi mamă. Prin faptul că ai devenit mamă, Dumnezeu te-a pus într-o demnitate împărătească, devii parte din opera Lui de creaţie, faci parte din istorie, naşti generaţii întregi de oameni. Chiar Sfântul Ioan Gură de Aur a zis: „Daţi-mi o generaţie de mame creştine şi voi schimba faţa lumii!" Câte pot face mamele prin educaţia pe care o dau! Pot fi o verigă-cheie în evoluţia unei generaţii; o idee, un cuvânt, un gest făcut faţă de copil pot sădi în el ceva ce va schimba faţa lumii. Mamele sunt la originea a ceea ce este bun sau a ceea ce este rău în lumea în care trăim. Dacă un copil este bun, este bun pentru că o mamă a ştiut să sădească sământa bună. Dacă o mamă nu este preocupată de creşterea copilului, ci se dedică prea mult carierei sau altor lucruri, acestea fiind mai importante pentru viaţa ei, şi nu are timp, energie şi resurse ca să stea alături de copil, lăsându-l prea mult în grija altora, atunci efectul nu va întârzia să apară.

Copiii au nevoie de părinţii lor în preajmă. Chiar şi dacă eşti genul de femeie carieristă, când ai ajuns acasă, pune-ţi în minte ca două ore măcar să le aloci *doar* copiilor. Nu contează câţi bunici, câte bone, câţi angajaţi ai, stai cu copilul tău pe covor, în fotoliu, oriunde, joacă-te cu el, povesteşte, întreabă-l cum a fost ziua lui, spune-i şi tu despre ziua ta. Ce oferă mama nu poate să ofere nimeni copilului. Mama intră în momentul acela într-o jertfă foarte mare, care o face să fie nobilă şi să se ridice la rangul de colaborator al lui Dumnezeu la creaţie. Creează împreună cu Dumnezeu.

Mama – icoana cea dintâi

Să vorbim mai multe despre mamă. În opinia mea, mama este pentru copil ceea ce este Dumnezeu pentru om. Și, din păcate, procedăm cu mama cum procedăm deseori și cu Dumnezeu. Pe Dumnezeu Îl chemi mai ales la nevoie, iar după ce ți-ai rezolvat problema și ți se pare că nu mai ai nevoie de El, Îl chemi mai rar sau deloc. Asta fac îndeobște foarte mulți oameni cu mamele lor. Mama te hrănește, te îngrijește, te crește; ești dependent de ea în primii ani de viață, cam până pe la 7-8 ani. Desigur că și tata are rolul și contribuția lui în educație (așa cum am spus, el decide cât de mare e acest rol), însă prin natura legăturii speciale dintre mamă și copil ea are o influență determinantă în anii de început, o oportunitate pe care trebuie să o valorifice. Ceea ce face ea acum are o influență hotărâtoare în dezvoltarea emoțională a viitorului adult.

Începi apoi să îți lărgești limitele, să experimentezi noi lucruri, să îți dorești mai multă autonomie, și te îndrepți mai mult către modelul patern, către tată, care încurajează o dezvoltare a acestor comportamente. Preiei acum mai mult de la tata, mai ales din comportament și din interacțiunea ta directă cu el, el fiind modelul de autoritate. Un tată implicat activ asigură o dezvoltare mai rapidă a unor componente din viața copilului. Mai târziu, în adolescență, vine momentul în care începi să faci greșeli și mama este cea cu dreptatea, cu cinstea, cu echilibrul, așa că te cam enervează și începi să te depărtezi de ea. O suni mai rar, o cauți mai rar. Vine vremea în care te îndrăgostești, pornești în viață, vine viața peste tine ca un tăvălug, cu examene, decizii, alegeri, slujbă, treabă, greutăți, griji, facturi, cheltuieli. Începi să mai pierzi din legătura cu mama. Totuși, omul iubitor, omul frumos nu rupe nici în această perioadă legătura nici cu mama, nici cu Dumnezeu.

Mi-am promis, de când tata nu mai e, să nu existe zi în care să nu o fi auzit pe mama. Indiferent cât sunt de ocupată, indiferent ce fac, o dată pe zi trebuie să o aud pe mama, uneori chiar și de două ori. Pe drum, în mașină, stau cu ea la telefon și o ascult. Când ești mic, ești dependent de mama. Primele amintiri din viața mea cu mama le am. Pe lângă faptul că știu tot felul de povești de la ea, când eram mică, cea mai mare plăcere a mea era să adorm cu mâna mamei mele, strânsă, aproape de mine, la piept. Nu o lăsam să plece, mai ales că, având și un frate, aveam senzația că se duce dincolo, la el; poate era și o formă de gelozie, deși cred că nevoia de a o avea pe mama aproape era dominantă. Sunt sigură că același sentiment îl avea și mama și, din fericire, mamele rămân cu sentimentul de nevoie de a-l atinge, de a-l strânge tare pe copilul lor la piept. Numai cine nu e mamă nu poate înțelege asta. Nu vorbim despre cele care au tot felul de probleme de sănătate mintală, care își abandonează copiii sau fac tot felul de lucruri nefirești. Vorbim despre mamele normale, sănătoase la minte, care cresc copilul cu toată dragostea lor. Copilul crește, se duce în lumea lui și își vede de treabă, și cu toate acestea ele nu își pierd niciodată nevoia de a fi lângă copii, doar își modelează și își ajustează această nevoie la acest nou statut, pentru că nu vor să deranjeze. Dar, la cel mai mic semn, indiferent de vârsta ta sau a ei, instinctul de protecție al mamei crește accelerat, acoperă lumea, acoperă tot. O mamă disperată este o mamă care mută și munții, care poate face absolut orice. Este foarte valoroasă rugăciunea mamei, mai ales rugăciunea ei cu durere. Indiferent unde e mama voastră în acest moment, aici sau pe cealaltă lume, că e aici sau e la Satu Mare, ea se va ruga pentru voi. Cea mai importantă persoană de pe lumea asta, măcar din punctul de vedere al puterii rugăciunii, este mama. Este rugăciunea cea mai primită, cea mai valoroasă acolo, la Dumnezeu.

Dar de ce? Pentru că este făcută din toată inima. Ea simte durerea ta ca pe durerea ei; aici este taina. Rugăciunea mamei într-adevăr este extrem de puternică și bine primită, pentru că este făcută în simțire, din toată inima, cu durere mai mult.

Feriți-vă să spuneți, când sunteți mame, lucruri care par fără valoare, care par vorbe în vânt. Eu fac eforturi uriașe uneori să nu cumva să folosesc cuvinte aiurea. Când e copilul mic, mama e obosită și chinuită și poate ajunge ușor să spună lucruri nepotrivite sau să facă gesturi nepotrivite. Decât să spuneți cuvinte rele copilului, mai bine nu spuneți nimic. Știu un exemplu chiar mai rău. Am văzut o mamă care își divinizează copiii, dar îi drăcuiește. Spune că îi iubește, dar le vorbește urât, pentru că nu se poate stăpâni și pentru că nu consideră grave astfel de vorbe. **Cred că măsura adevăratei iubiri este măsura în care te rogi pentru copii și în care îi ții aproape de Dumnezeu.**

Mama trebuie să se roage neîncetat. În afară de a crește și îngriji copilul, este bine și necesar ca mama să se roage neîncetat pentru el, toată viața ei, ca să rămână în dragostea lui Dumnezeu.

Nu doar când ți-e greu ție sau copilului, ci chiar și atunci când lucrurile din viața voastră par că sunt extraordinare, rugați-vă, mulțumiți și rugați-vă din nou. Gândiți-vă că s-a rezolvat totul cu bine sau că situația cu copilul e bună tocmai pentru că v-ați rugat. Cred că e foarte important să înțelegem lucrul acesta.

Eu n-am avut multă vreme obiceiul rugăciunii. Acum îmi dau seama cu atât mai mult cât de importantă e rugăciunea, mai ales că, în acest moment al existenței mele ca mamă, sunt și mai multe ispite, și mai multe lucruri nocive la orizont şi toate acestea pun o presiune şi mai mare, drept pentru care uneori mă mai înfurii. Teodora este chiar la vârsta la care, aşa cum spuneaţi, copiii nu mai au nevoie de părinţi, nici de mamă, nici de tată. E nevoie acum şi mai mult de rugăciunea părinţilor pentru ei înşişi, ca să facă faţă acestor noi etape, să aibă discernământul de a nu fi nici prea autoritari, nici prea permisivi, dar şi pentru copiii lor, care la aceste vârste se îndepărtează şi de Dumnezeu. Când ajung la 18-19 ani, îi încurcăm cu nevoia noastră de a-i vedea, de a şti ce fac şi cum sunt. Totuşi, dacă rămânem nişte prezenţe impregnate de rugăciune, şi nu nişte arici cu ţepi de un metru, în momentul în care se dezechilibrează în orice fel, tot spre noi întind mâna, tot noi, părinţii, suntem primii la care apelează.

Deci, ca să nu fie dezechilibrul foarte mare, ar trebui să te ţii aproape de copil, tocmai pentru asta, pentru a te şti acolo, la îndemână, colacul lui de salvare, în caz de naufragiu.

În niciun caz, oricât de greu sau de dezamăgită ai fi, dragă mamă, niciodată, indiferent ce s-ar întâmpla, nu spune cuvinte grele, nici în glumă, nici la nervi, nici la repezeală. Mama mea n-avea obiceiul acesta, ne mai boscorodea aşa mărunţel, dar nu mi-aduc aminte să fi auzit din gura ei cuvinte grele şi dure. În schimb, mi-aduc aminte că mă mai altoia. Mama mai puţin, tata mă mai altoia când eram mică... Categoric, sunt pentru violenţă zero. 60% dintre părinţii din România spun că îşi bat copilul, ceea ce mi se pare îngrozitor. Este umilitor, este semnul unei mari neputinţe la părinţi, nu la copii. Problema e la voi, dacă daţi în copii.

Cum războaiele sunt neputinţa de a negocia şi de a dialoga civilizat, aşa şi bătaia copilului este neputinţa ta ca părinte, care arată că ţi-ai epuizat toate resursele, că n-ai reuşit să foloseşti o metodă suficient de bună care să fi generat pace între tine şi copilul tău. E adevărat că, de cele mai multe ori, copilul te provoacă foarte tare, te duce la capătul răbdării și ești tentat să rezolvi problema așa, dar este o iluzie. Problema, de fapt, nu se rezolvă atunci, ci doar este împinsă mai departe, către o zonă mai urâtă, mai neplăcută, mai neagră. Mai mult chiar, pe lângă problemă, în adâncul sufletului copilului, se adaugă, ca o urmă greu de șters, amintirea încercării tale nefericite de a rezolva problema prin violență, care va rămâne ca un reflex.

Mai trist este că, de obicei, mamelor care își cresc copiii cu astfel de manifestări violente li se întoarce tot asta. Gândiți-vă că vor crește și vă vor trata la fel. Dacă jignești pe fetița ta sau pe fiul tău, atunci când va crește, îți va spune la fel, cuvintele acelea se vor întoarce. La noi în casă, la masă, se folosesc toate tacâmurile, așa ne-am pus noi odată în minte, ca o provocare: „La ce sunt bune toate fiarele acelea din sertarul de tacâmuri?" Dacă un copil te vede folosind toate tacâmurile la masă, va face și el ca tine, mai puțin, la nivelul lui de pricepere, dar va face și el. Dacă un copil te-a văzut citind sau ținându-te în brațe cu soțul, va face și el la fel, la rândul lui. Dacă un copil a primit numai vorbe în răspăr, numai obligații, numai „nu"-uri, asta va întoarce și el, când va avea ocazia. Mai trist este că ceea ce sădești în el se va întoarce mai întâi la tine, pentru că ești primul în ordine.

Așadar, jignirea adusă copilului tău se va întoarce împotriva ta. Demonul nu are ce să caute în limbajul nostru, pentru că e o ființă malefică, ce se invocă, prin rostirea numelui său. În momentul în care i-ai rostit numele, vine. La fel cum și Dumnezeu, de îndată ce Îl chemi, zicând „Doamne-ajută!", te vizitează cu harul Său. Bunicul mi-a zugrăvit o imagine a comportamentului pe care ar trebui să îl avem vizavi de necuratul, de cel rău. Zicea el că ar trebui să procedezi ca și atunci când vezi pe stradă un câine turbat și treci imediat pe cealaltă parte a drumului, ca să nu ai nimic de-a face cu el, ca să stai cât mai departe de haita lui. Dacă ești aproape și te mușcă, turbarea lui ți se poate transmite și ție. Dacă stai departe de el, existențial, deși va încerca să te muște, nu va reuși să te rănească.

De multe ori, cel rău ia forme atât de interesante, atât de ascunse, încât e greu să te prinzi că el e, de fapt, în spatele acelei realități. Dacă ar avea forma câinelui turbat, ar fi foarte ușor, ar fi foarte simplu. Părinte, eu trăiesc într-o lume în care totul e poleit la suprafață și ia niște forme amețitoare, nici nu te prinzi, nu ai nici cea mai vagă bănuială ce e în spatele acestei poleieli. Trăim în lumea imaginii. Nu trebuie să îți faci un scop din a descoperi unde e și cât e și ce vrea, pentru că vei fi păcălit de ingeniozitatea lui malefică, ci mai degrabă un scop din a vă proteja pe tine și pe cei dragi. De când am aflat adevărul acesta, apelez la forța rugăciunii pentru a mă proteja de această mușcătură, o fac dimineața, o fac de câte ori sunt furioasă.

Există tot felul de sfaturi anti-anxietate, anti-frici. Soțul meu îmi spune că frici au cei care nu cred sau nu se roagă suficient. Nu am ajuns încă la bobul ăla de muștar, mai am de lucru. Nu știu cum o fi la alții, dar sunt momente în care mi-e frică de ce mi se poate întâmpla mie, Teodorei sau lui Mihai. Sunt momente în care nu înțelegem ce se întâmplă, momente în care intrăm toți în panică.

Psihologii spun că ar fi bine să știi că există niște tehnici pentru a depăși astfel de momente, astfel de blocaje. Când te apucă câte-o frică, ce te paralizează și nu te lasă să faci ceea ce îți dorești sau trebuie să faci, este bine să apelezi la niște tehnici de respirație controlată (cum este 4-7-8) sau la metoda 5-4-3-2-1: numește 5 obiecte pe care le vezi, apoi 4 lucruri pe care le poți atinge (pui mâna pe ceva, privești, te concentrezi pe detalii), identifică 3 lucruri pe care le poți auzi în jur, 2 lucruri pe care le poți mirosi (de exemplu, te duci la săpunul de la baie şi îl miroşi) şi 1 lucru pe care îl poţi gusta sau pe care l-ai gustat înainte de a începe acest exerciţiu. Dacă te concentrezi să faci toate astea într-un minut, deja mintea ta s-a mai liniştit şi nu se mai gândeşte la pericol. Sunt mici trucuri de a distrage mintea de la problemă spre ceva secundar şi apoi, după această mică pauză, sunt şanse mari să vezi lucrurile mai clar.

Sau, o soluţie mai la îndemână şi garantat eficientă, este rugăciunea însoţită de respiraţie, „Doamne Iisuse Hristoase, Fiul lui Dumnezeu, miluieşte-mă pe mine păcătosul!". Este exact ce au recomandat şi psihologii şi chiar mai mult de atât. Te rupi de ceea ce te supără, te urci până la Dumnezeu şi te cobori cu El cu tot la problema ta. Psihologii i-au spus tehnica 4-7-8. Timp de 4 secunde, inspiri, îţi ţii respiraţia 7 secunde şi apoi expiri timp de 8 secunde. Dacă faci asta, este fix cât ai zice „Rugăciunea inimii". De fapt, „Doamne, Iisuse Hristoase" e pe inspiraţie, la „Fiul lui Dumnezeu" îţi ţii respiraţia, iar „miluieşte-mă pe mine, păcătoasa!" e pe expiraţie. Eu o practic când mă enervez în trafic. La serviciu, când ai discuţii cu colegii, când susţine unul că le ştie pe toate, ce soluţii ai? Să ataci, să răspunzi la nişte chestiuni de genul acesta sau să îţi vezi de treaba ta? Dacă optezi pentru ultima variantă, la mine funcţionează să strig repede la Dumnezeu: „Doamne Iisuse!" Uneori strig în mine, numai că am grijă să şi respir. E foarte important, respiraţi în timp ce faceţi asta! În timp ce inspiri, inhalează-L pe Hristos, ţine-L puţin acolo, în tine, după care dă-I drumul: „Miluieşte-mă pe mine, păcătosul!"

Vine Domnul şi îţi dă acea pace fabuloasă. Atât de multe doamne ajung la capătul răbdării şi îmi spun: „Părinte, nu mai pot!" Este foarte multă presiune pe ele, trebuie să fie şi gospodine, şi mame bune, neveste bune şi disponibile pentru soţ, disponibile pentru copil, care nu negociază şi care vrea, şi vrea, şi vrea. Când e copilul mic, poate că este cea mai grea perioadă. Nu ştii ce-l doare, nu ştii ce are, nu ştii de ce plânge, eşti speriată. Cum ai tratat tu, ca mamă, asta? Până acum ai vorbit despre tine ca fiică, şi e bine că ai o relaţie minunată cu mama ta, dar ca mamă, unde sau când ţi-a fost cel mai greu?

Au fost foarte multe momente în care am intrat în panică. Într-o zi, când o să fiu suficient de bătrână, poate că o să scriu despre ele, dar am uitat foarte multe, pentru că Maica Domnului m-a sprijinit foarte mult în demersul acesta. Cel mai greu moment este când eşti neputincios, când nu înţelegi ce ţi se întâmplă. Atunci eşti tentat să întrebi „De ce eu?”, „De ce mie?”. Sunt foarte multe astfel de momente în care poţi să intri în deznădejde. Dacă nu te scutură cineva, trebuie să te scuturi singur. **Oricând crezi că nu mai poţi, mai poţi un pic!** În momentele acelea grele pune stop la orice altceva făceai până atunci. Aşază-te lângă ei, plângi cu ei, descarcă-te cu ei, suferă cu ei. Copiii trebuie să înţeleagă că nu te pot sufoca cu grijile lor, cu problemele lor. Încurajează-i să se destăinuie, să vină să îţi povestească tot ce îi apasă. Uneori fac lucruri pentru că au nevoie, alteori pentru că au mici gelozii. Trebuie să le identifici pe fiecare de unde vine.

Nu o să te trimit niciodată la psiholog, nu o să fac asta, deşi mie îmi plac psihologii. Am spus-o în mod repetat, toţi cei care au legătură cu sănătatea îmi sunt prieteni. Am identificat încă de la începutul cărţii că sunt trei sănătăţi de care avem nevoie: sănătatea fizică, sănătatea minţii şi sănătatea spiritului. Dacă nu eşti sănătos la minte, mai devreme sau mai târziu vor suferi celelalte două. Dacă nu eşti sănătos fizic, celelalte două sunt şi ele şubrede. Dacă nu eşti sănătos spiritual, degeaba eşti un om puternic şi la locul lui. Când o mamă suferă pentru că ceva nu e în ordine cu copilul ei, nu are ce să facă, doar să îi explice copilului, dacă înţelege. Dacă nu găseşte soluţia, să se oprească puţin – niciun copil nu are nevoie de o mamă obosită, bolnavă. Cel mai important lucru pe care poţi să îl faci pentru copilul tău când el e mic este să îi fie bine lui cu tine. Dacă tu suferi şi ajungi în spital, copilului nu-i mai este bine.

Copilul preia. Aşadar, ajută-te pe tine, ca să poţi să îţi ajuţi copilul. Când îţi e greu, ocupă-te un pic şi de tine. Părintele Boca spunea: „Când viaţa e urâtă, grea şi nesuferită, fă-ţi un ceai în cea mai frumoasă ceaşcă din casă şi bucură-te!" Să găseşti mici bucurii, o melodie care îţi place, un film, o carte, un desert; spune o rugăciune, ieşi puţin în natură, întâlneşte-te cu cineva drag. Important e să pui stop, să faci o pauză, să te opreşti.

Mihaela Bilic zice că mâncarea e cea mai bună terapie. Eu cred asta. Găteşte ceva sau du-te şi ia din frigider ceva. Faptul că îţi iei ceva de acolo şi te simţi puţin bine cu tine face să se producă acele endorfine, care te ajută să treci mai uşor peste durere şi peste stres. E ca în filmele americane. Când ea e părăsită de iubit, se duce la cutia de îngheţată şi mănâncă. Bărbaţii, în astfel de situaţii, se duc la birt sau beau acasă până se îmbată.

Uite, eu am tot timpul în frigider iaurtul meu preferat, un iaurt cu fructe, cu piersici, cu caise. Am un tiramisù acolo, îngheţată în congelator. Le am acolo, în caz de nevoie. În momentul în care mi-e foarte greu, mănânc puţin. Când e greu, caută soluţii, nu rămâne cramponat în durere, în frică, în anxietate, în singurătate. Nicio tristeţe, nicio povară, nicio durere nu pot trece uşor dacă rămâi singur; ai nevoie neapărat de un sprijin. Ai nevoie să te ţină cineva de mână. Este cumplită singurătatea. Cineva a spus că singurătatea apare atunci când Hristos e singur în tine. Adică când tu nu eşti cu El. Hristos este oricum cu tine, că eşti parte din El, dar tu nu eşti cu El; e singur în tine. Vine şi nu te găseşte, pentru că tu eşti în afara ta.

Mai este o temă pe care aş dori să o abordez: ***gelozia****. Mă refer, în acest context, la gelozia între mamă şi fiică, pentru tată. O mulţime de domnişoare, de* *femei care vin la mine la spovedanie îmi spun că o mare parte din suferința copilăriei lor a fost aceea că mama s-a purtat urât cu soțul, adică cu tata, și că ea, fata, s-a poziționat de partea tatălui. De multe ori s-a născut o gelozie între mamă și tată. Atunci când tata dădea mai multă atenție fiicei, mama avea reacții negative, și asta genera între ele două o gelozie reală.*

Nu am simțit niciodată asta. Au fost perioade, de exemplu, în pandemie, în care cu mine nu stăteau nici Mihai, nici Teodora. Amândoi învățaseră să cânte la un instrument și își petreceau ore întregi practicând fiecare în camera lui. Sufeream tare, aveam senzația că nu mai exist pentru niciunul dintre ei. Mihai începuse cu o chitară, apoi cu pian; făceau schimb, cântau, râdeau, vorbeau cu oameni pe video, iar eu mă simțeam inutilă. Atunci am încercat să mă bag în seamă în viața lor, să le duc câte ceva de mâncare sau de băut. Îl iubesc pe Dumnezeu și când îi face pe ei doi prieteni. Mihai este un tip extrem de bun și de darnic, ea are ce să învețe de la el. Mai degrabă mă deranjează când se ceartă cumplit. Pe cât sunt de buni prieteni, pe atât de mult se ceartă. Sunt obligată să mă așez de partea unuia și mă enervează groaznic asta. E cumplit, e nedrept când știi că el are dreptate și trebuie să fii totuși mediator, dar nu de partea lui.

Spui asta din perspectiva de mamă. Din această perspectivă, nu poți fi niciodată obiectivă. Dacă ții partea soțului, se supără fata; dacă ții cu ea, se supără el. Mai ales că știi că el are dreptate și, dacă se supără, are justificare să vrea să îi dea o lecție sau să-i explice ceva. Dar atunci când îl vezi că e furios pe ea sau că ea plânge, intervii.

Părinte, mă străduiesc să vin cu pace, numai că uneori fac mai mult război.

Odată, după o mică dispută de a voastră, nu știam ce soluție să vă ofer. În timp ce tu îmi povesteai, eu mă rugam pentru tine, Îl rugam pe Dumnezeu să te lumineze, să aducă El soluțiile în inima și în mintea ta. Îmi veneau în gând cu putere cuvintele: „Fericiți făcătorii de pace!”

Teodora era foarte mică, când la un moment dat mă certam cu Mihai. Nici nu mai știu de ce. A ajuns târziu, a vorbit întruna la telefon, n-a răspuns și am intrat în panică. El era senin, iar eu eram ca o oală sub presiune. Ne-am certat îngrozitor. Și atunci Teodora a zis: „Vă certați pentru nimic. Ați înnebunit amândoi? Opriți-vă!” Ea a încercat să ne liniștească și după aceea am văzut-o mergând într-un colț și spunând către duhul cel rău: „Te rog să pleci, piei din casa noastră!” Acel moment m-a marcat, am realizat că nu suporta să ne certăm. Era convinsă că demonul era acolo și își dorea din toată inima să îl alunge.

Așadar, ți-ai dat seama că poate ea are dreptate și poate să fie un duh rău care să vă fi instigat la ceartă.

Amândoi ne-am uitat unul la altul și ne venea să râdem și să plângem în același timp. Ne-am dat seama că singurul om echilibrat dintre noi doi era Teodora. E foarte greu când ești în foc. Ce trebuie să faci este să ieși un pic de lângă el. Atât cât poți, ieși, retrage-te puțin. Când ei sunt bine, eu nu am nicio problemă, sunt foarte fericită. Când ei nu sunt bine, atunci se schimbă situația. Când tata e prea tată și are dreptate să fie așa, vrea să-i spună, să-i explice ei, numai că nu prea mai vrea să primească sfaturi, e la vârsta la care le știe pe toate. Atunci el strigă sau o pune la punct. De curând, ea avea un test și trebuia să doarmă, dar nu a vrut! El i-a luat telefonul, așa că Teodora s-a dus în camera ei și s-a apucat de citit. Tot nu s-a culcat, pentru că a vrut să arate că deja e aproape adult. El a lăsat-o în pace, eu am adormit că eram obosită și, în final, nu a fost bine pentru nimeni.

Normal, ea s-a trezit obosită, că nu a dormit suficient. Adică e limpede că nu a procedat bine. Cum să procedeze o mamă și o fiică atunci când simt efectiv gelozie? Tu ești cazul fericit în care nu există, între voi, conflicte neplăcute cauzate de gelozie. Am văzut că, în relația mamă-fată, în copilărie, dacă mama s-a purtat foarte autoritar cu soțul, dacă a țipat la soț, dacă a vorbit cu el pe un ton ridicat, fiica a fost, firește, de partea tatei. Cum să faci să nu ai sentimente de judecată, sentimente de răutate față de mama care, iată, vezi că greșește, dar pe care nu poți să o ajuți, că nu te ascultă?

E o neputință acolo. Ori la mamă, ori la tată, ori la amândoi, ori chiar la copil. Este o neputință și trebuie identificată. E ca o asperitate, ca o înțepătură care deranjează. Trebuie să încerci să vezi ce e acolo, ce îl face pe omul acela să fie supus și victimă. De ce face ea asta? Așa e felul ei de a fi? Ce s-a schimbat? Poate că ea plătește niște lucruri prin aceste puneri la punct, poate sunt niște cauze în spatele acestei atitudini justițiare. Trebuie să identifici cauza. Ideal este să încerci să rămâi în echilibru, cum am spus. Nu-mi iese nici mie mereu, dar măcar am mulțumirea sufletească de a fi încercat. Nu te așeza nici de o parte, nici de alta. Nu există nici mamă mai bună și tată mai puțin bun, și nici invers, e ca și când ai spune, ca mamă, că al tău copil mai mare e mai bun și îl iubești mai mult decât pe cel mic, că mâna stângă e mai bună decât mâna dreaptă, că lobul stâng al creierului e mai activ decât dreptul. Poate că este, dar fără celălalt nu poți mirosi, nu te poți simți bine.

La un moment dat, când apare, poate, băiatul în familie, fetița, ca soră mai mare, poate crede că ea nu mai contează, nu mai este văzută, pentru că se dă mai multă atenție apariției băiatului.

La mine a fost invers. Am avut multă vreme complexul copilului cel mic: senzația că nu contez, că trebuia să fac mai mult ca să fiu observată. Fiind și fată, mi se părea că totul se întâmpla în jurul fratelui meu mai mare. Însă nu există și n-a existat vreodată chestia asta în mintea și sufletul părinților mei. Dimpotrivă, ei doreau să îi fie bine fetei. În momentul în care ai senzația că nu contezi, poate de fapt ai primit o pereche de aripi. Poate că părinţii tăi au investit încredere în tine, şi tu nu înţelegi. Mă gândesc la asta tot timpul. Atunci când eşti soră mai mare, de exemplu, ai senzaţia că toată atenţia e pe cel mai mic, iar tu nu contezi. Poate că, de fapt şi de drept, prin faptul că te lasă mai liber, părinţii ţi-au dat încredere, dar nu ştii ce să faci cu ea. Cred că trebuie cumva să te uiţi la toate astea şi să le gândeşti mai bine şi, dacă ceva nu sună cum trebuie, să cauţi un răspuns, o rezolvare. Nici o situaţie de genul acesta, într-o familie cu mai mulţi copii, în care sunt într-adevăr discuţii, diferenţe, diferende, între părinţi şi copii şi între fraţi, nu trebuie lăsată nerezolvată, pentru că ea poate produce răni în sufletul copiilor. Într-o seară, când e cald şi bine acasă, ia-o pe mama sau ia-l pe tata, dacă îţi place mai mult şi-i un ascultător mai bun, şi vorbeşte despre ce simţi. Toate aceste reacţii de gelozie, de supărare, de întristare, de suferinţă vin pentru că le-ai ascuns în suflet. Chiar şi dacă doar ţi se pare că lucrurile stau într-un anumit fel şi ţi-e jenă să le spui, fă-ţi curaj şi scoate-le din tine, nu le lăsa să se agraveze şi să capeţi tot felul de frustrări şi nemulţumiri pe care să le cari apoi în suflet toată viaţa.

Dacă totuşi simţi că nu contezi şi că se vorbeşte doar despre cât de minunat e băiatul, că, deşi eşti acolo, nu mai eşti văzută? Ce faci în astfel de situaţii?

Vorbiţi despre asta. Eu am o pereche de finuţe – cea mare este o bijuterie, un copil minunat, o spun din tot sufletul. Însă familia mai are o bijuterie mică, foarte deşteaptă, Eva. Oriunde merg, toată lumea o remarcă pe sora mai mică, pe care o pun să vorbească. Cea mare, Antonia, nici nu există pentru ei. Mama ei mi-a atras atenţia: „O băgaţi prea mult în seamă pe Eva!" Probabil că s-a plâns Antonia, cea mare. Cred că cel mai important lucru, când simţi că nu te văd ai tăi, este să vorbeşti despre asta! Spune-i aceluia dintre părinţi pe care îl simţi mai aproape.

Știu un caz care m-a pus și pe mine serios pe gânduri. Am fost la un parastas de șapte ani al unei doamne din parohie care avea mai mulți copii. La slujbă, chiar le-am spus că îmi plăcuse mult la doamna respectivă faptul că ea arătase o dragoste egală față de toți copiii, că nu avusese preferați. După slujbă a venit în biserică una dintre fete și mi-a adus puțină colivă, prilej cu care a ținut neapărat să îmi spună: „Să știți că eu am fost preferata mamei!" Era un om deja de vreo 60 de ani, trecuseră șapte ani de când mama ei murise, și ea avea în continuare gândul la aceste rivalități peste care nu a putut să treacă tocmai pentru că nu fuseseră vorbite, rezolvate. Asta pentru că în familie lucrurile astea nu prea s-au vorbit, deoarece autoritatea părinților era foarte mare și copilul nu prea avea curaj să spună ce simte.

Suntem în secolul XXI, în anul 2023. Trăim în secolul comunicării, avem milioane de urmăritori, de prieteni. Dintre toți aceștia nu vorbești cu mama și cu tatăl tău, care sunt cei mai apropiați de tine? OK, nu vrei să le spui, pentru că ți se pare că îi superi? Teodora are foarte mulți prieteni din familii cu mai mulți copii, în care există complexul copilului mijlociu, complexul copilului mare, complexul copilului ignorat. Dacă ți se pare că ești în acea situație, primul lucru pe care trebuie să-l faci este să vorbești deschis cu ai tăi despre ele. Eu sufăr când aud lucruri despre Teodora de la alți oameni, în loc să le aud direct de la ea. I-am spus: „Te rog, spune-mi mie! Dacă tu ești copil într-o familie în care ți se pare că atenția e în altă parte, spune frumos asta, nu strigat, nu victimizat." Asta a făcut mama care a observat că toată lumea o preferă pe cea mică, pentru că e haioasă. A luat atitudine doar atunci când a simțit sau i-a spus cea mare că este cumva afectată.

Aș vrea să trecem la următoarea problemă în relația mamă-fiică și prin asta să oferim un sprijin pentru aceste copile, aceste fete care acum poate au devenit deja femei, unele, la rândul lor, mame, şi care, în copilărie, au stat mereu în umbră, fete ale căror opinii nu au contat în luarea unor decizii în familie sau în afara ei.

Asta e o greşeală pe care am dus-o ca pe o povară în anii comunismului. Aşa se făcea educaţia înainte: părinţii hotărau şi copiii executau. Au fost foarte multe momente în care nu mă întreba nimeni ce simt. Acum copiii sunt de foarte devreme deştepţi, de foarte devreme implicaţi, de foarte devreme consultaţi în privinţa multor aspecte care îi privesc, fie şi numai pentru a-şi exersa acest obicei. Cred că nu mai funcţionează replica: „Trebuie să faci asta pentru că aşa vreau eu, că eu te-am făcut!" Orice decizie trebuie argumentată. Noi avem gluma noastră când ei doi stau şi povestesc, iar eu sunt implicată în altceva – vin şi îi întreb: „Faceţi şedinţă de familie fără mine, în lipsă?", iar ei răspund: „Nu, nu, doar ne gândim!" Aşa cum a zis şi părintele Steinhardt: „Niciodată Hristos nu ne-a zis să fim proşti!"

Astăzi văd şi situaţii în care se trece de la o extremă la alta. Dacă înainte nu erai întrebat aproape în nicio privinţă, astăzi părinţii cer „aprobare" de la copii în orice privinţă: „Vrei, dragul meu, să mergem în parc?", „Vrei să mănânci acum?", „Vrei să îţi faci temele, draga mea?" Asta duce la o educaţie fără bariere, fără limite, care nu e recomandată pentru ceea ce sădeşte în copil. Înainte copilul auzea automat doar „Nu" la orice, azi se spune doar „Da". E limpede că el are nevoie de o autoritate, de jaloane, de ghidaj. Deci sunt şi momente în care poţi să propui, dar şi aspecte în care va trebui să impui, mai ales în chestiunile care ţin de siguranţa şi sănătatea copilului, ca unul care ai mai multă experienţă, ca unul care ai responsabilitatea de părinte. Cert e că astăzi nu mai există un unic stil de educaţie, ci sunt abordări din cele mai variate, în funcţie de curentele şi modelele de educaţie la care aderă părinţii. Mai ales că mulţi au amintirea neplăcută a propriei copilării şi vor să îi ferească pe copiii lor de experiențele prin care ei înșiși au trecut.

Ca fată, dacă simți că se iau decizii fără tine, ar trebui să îți faci curaj și să întrebi: „Nu cumva mă privește? Am lipsit, am ratat ceva?" E o greșeală să accepți tot ce ți se dă. Deseori, oamenii confundă smerenia cu toleranța, cu atitudinea umilă. Nu, a fi smerit nu înseamnă a fi umil, a înghiți mojiciile altora. A fi smerit e complet altceva, e despre suflet, e despre o alegere din interior, nu despre o impunere din exterior. Hristos ne vrea smeriți în sufletul nostru, buni în sufletul nostru.

Vă întrerup pentru a aminti ceea ce spunea despre smerenie Maica Siluana Vlad, o femeie minunată, care s-a pus în slujba semenilor cu toate darurile ei: „A fi smerit înseamnă să fii conștient că ești frumos, că ești bun, că ești deștept și să-I mulțumești lui Dumnezeu, să zici: Doamne, dacă Tu nu mă făceai frumos, dacă nu îmi dădeai puterea să fiu bun... Mulțumind lui Dumnezeu ne smerim. Ai luat un zece? Doamne, mulțumesc! Mi-a și picat ce știam, mi-ai dat putere să învăț, îmi și place matematica... Te-a aplaudat cineva? Doamne, mulțumesc, că dacă nu erai Tu... Și în felul ăsta suntem smeriți."

Da, smerenia este despre a fi bun și a nu face caz din asta, e despre a nu crede că tu ești buricul pământului, că totul începe și se termină cu tine. A fi umil, în schimb, este despre altceva, așa cum am spus. Așadar, fetița care simte că este nedreptățită, că este nebăgată în seamă, că este ignorată în familia în care apare un băiat, trebuie să spună asta, să comunice, să arate ce simte și ce crede.

Atenție însă cum și când face asta, pentru că, dacă o spune într-un moment sau mod nepotrivit, riscă să fie respinsă. Am auzit de multe ori răspunsul: „Ți se pare, pleacă de-aici!" Important este să spui ce simți într-un moment în care nu sunt „flăcări" prin preajmă; trebuie să alegi bine momentul, nu când e vâltoarea mai mare.

Sau dacă îți spui suferințele ca pe niște reproșuri la adresa celorlalți, atunci faci și mai rău și îți faci și ție rău.

Tu spui că e bine să nu ocolești, să nu amâni, ci să intri în problema pe care o ai, nu? Să nu o lași nevorbită, nerezolvată?

Nu știu, este doar părerea mea. Cred că lucrurile nerezolvate, rănile neînchise sunt mai rele decât cicatricile. Nicio rană deschisă din care mai supurează ceva, mai pâlpâie o suferință, nu va fi ca una care s-a închis, s-a cicatrizat. Uneori, ai și uitat de ea. Sau poate n-ai uitat, mai doare când plouă, să zicem. Adică este foarte important să înțelegem că trăim în era comunicării și că trebuie să ne educăm mai mult în această direcție, deși, paradoxal, observ în jur că astăzi comunicăm din ce în ce mai puțin sau deloc. De fapt, comunicăm *mai mult*, dar nu și *mai bine*, pentru că nu există dialog real. Nu există ascultători adevărați, nici vorbitori preocupați să spună ce cred cu adevărat. Poleiala lumii se vede inclusiv în dialogurile noastre, tot mai superficiale și mai false.

Fetița care a suferit sau care simte suferința trebuie s-o spună într-un moment potrivit. Să ne imaginăm că ne adresăm unei mame care are o fată deja mare și simte că a greșit făcând lucrurile acestea cu fata ei. Poate ea oare repara ceea ce a făcut deja?

Iertarea doar o poți cere, nu o poți pretinde. Nu mai depinde de tine. Poți însă încerca să repari doar dacă ești sinceră și îți ceri iertare și, mai ales, dacă nu mai repeți, dacă nu continui ceea ce ai făcut rău deja. Altfel, e ca și cum eu mă așez în genunchi și vă spun: „Părinte, am greșit, am făcut asta.”, apoi mă ridic și fac același lucru. Cred că e foarte important să îi arăți omului pe care l-ai rănit în vreun fel că vrei să oprești răul și că îl regreți sincer. Atunci când îți ceri iertare, oprești răul și prin aceea că tu însăți îl condamni, îl arăți ca rău și, în felul acesta, ajuți ca el să nu se transmită mai departe. Cred că e foarte important ca răul să nu prolifereze. Dumneavoastră mi-ați spus că, dacă nu poţi să întorci celălalt obraz, după ce te-a lovit cineva, măcar nu răspunde cu rău. Opreşte răul în felul acesta, fugi de acolo.

E bine ca mamele să ştie că, dacă au copii pe care i-au persecutat, poate, fără să vrea sau cu care s-au purtat inegal, fără să îşi dorească neapărat asta, pur şi simplu pentru că aşa a fost contextul ori, poate, pentru că au vrut să le dea, prin asta, o lecţie, sau dacă i-au judecat şi le-au făcut rău copiilor fără să vrea, ar trebui să nu lase lucrurile aşa. Dacă ai un copil care are 25-30 de ani, iar tu ai 50 de ani deja, ce ai de făcut ca să rezolvi, să închizi capitolul ăsta neplăcut din copilăria copilului tău? Alege un moment special, o sărbătoare, o cină, o seară în doi, o seară specială, moment în care să-i spui: „Uite, vreau să vorbesc ceva important cu tine, fiica mea dragă!" Atunci opreşti un pic timpul în loc.

Articulează, vorbeşte, strânge-o tare în braţe, dar, mai ales, nu repeta greşelile. Ştiu situaţii în care astfel de încercări de împăcare s-au sfârşit tot cu justificări, tot cu reproşuri, tot cu învinovăţiri ale celuilalt. Asumă-ţi sincer partea ta de vină pentru greşelile din trecut şi la fel de sincer încearcă să le repari.

Am făcut şi eu exerciţiul pe care vi-l recomand să-l faceţi şi voi, la o zi mare. „Copile, dacă ţi-am greşit ceva când erai mic, poate fără să vreau, iartă-mă, te rog!" I-am cerut iertare copilului meu pentru greşeli pe care poate că el le ţine minte şi de care eu nu (mai) ştiu. Iar el mi-a spus: „Îţi aduci aminte când eram mici şi când ai ţipat odată la mine pentru cutare lucru? Eu aveam dreptate atunci." Mi-a amintit de o situaţie de acum 20 de ani. Am lăcrimat cu el, l-am strâns în braţe şi el pe mine. Cu siguranţă că, dacă aş mai fi acum în situaţia aceea, n-aş mai face la fel. Copilul tău, mamă dragă, tată drag, are nevoie de asta, chiar dacă nici nu ştie că aşteaptă asta. Abia când i-o spui se deschide cerul: ***„Copile,***

iartă-mă pentru ce am greşit în toată copilăria şi până acum. Dacă am greşit, iartă-mă!”

Dacă ştii că într-o zi ai fost nervoasă, furioasă şi ai repezit copilul, i-ai spus nişte lucruri nepotrivite, du-te lângă el şi spune-i: „Am greşit, am fost obosită, aveam treabă. Te rog să mă ierţi!” Eu mai fac asta şi uneori Teodora râde: „Hai, mama, că am şi uitat.” Alteori zice: „Mi-ai stricat ziua!” Important e să nu strici altceva şi mai departe.

De multe ori, ca vampirul care se hrăneşte cu sângele altcuiva, sunt mame care se hrănesc din viaţa copiilor lor.

Mi se întâmplă să am senzaţia că Teodora nu poate face nimic fără mine. Dimpotrivă, m-am convins de multe ori că poate foarte multe chiar, fără mine!

Aici avem de-a face cu o altă problemă: mamele intruzive, ultraprotectoare, acaparatoare. Când crezi că numai tu poţi să o ajuţi pe fiica ta, că poţi alege tu mai bine pentru ea, când vrei să ai control asupra vieţii ei, deşi e mare şi se descurcă şi singură, eşti în eroare. Sunt foarte multe doamne care aleg sau ar vrea să aleagă ele prietenul fiicei. Au opinii pe orice subiect îl priveşte pe copil. Trăiesc cumva viaţa copilului ca pe a lor şi nu ştiu unde şi când să se oprească.

Nu uita că orice copil de pe lumea asta este un alt om, alt individ din toate punctele de vedere, cu Dumnezeu în el, cu părerile, cu mintea şi cu nevoile lui. Cel mai important este faptul că nu poţi să modelezi pe nimeni fără să fie şi el de acord. **Dacă vrei să schimbi ceva, schimbă ceva la tine, căci pe un alt om nu o să-l schimbi niciodată cu forţa.** Dacă îl obligi, se va adapta, se va chinui să fie la suprafaţă aşa cum îi ceri să fie, însă, mai devreme sau mai târziu, vor apărea frustră-rile, răbufnirile, momentele de suferinţă.

Dacă fiica ta greșește și vezi lucrul acesta, cum gestionezi asta? Să zicem că aveți o relație bună, dar, la un moment dat, fata se depărtează de tine, intră într-un anturaj care nu îți place și care e nociv pentru ea, iar tu ești obligată să respecți liberul ei arbitru, mai ales dacă e și majoră. Brusc, simți că fata intră într-o zonă neplăcută, periculoasă chiar. Ce faci tu, ca mamă? Până unde poți să te implici? Vouă, mamelor, Dumnezeu v-a pus cel mai puternic senzor pentru astfel de situații. Ca mamă, vezi și simți tot ce se întâmplă în sufletul copilului tău, fără ca el să ți-o spună. Cum faci să readuci copilul pe un drum bun, respectându-i însă libertatea?

Ce poți să faci în astfel de situații este să te rogi mai mult și să fii neîncetat fix în spatele copilului tău. Toate rugăciunile mele încep cu ea, apoi cu Mihai, cu mama. Atunci când simți că nu e în ordine ceva cu copilul tău, roagă-te mai mult pentru acel lucru. Dumnezeu are obiceiul să facă lumină în jurul Lui. Cumva, ceva se întâmplă, apare cineva cu care poți vorbi. Sau poate că-i atrage ei sau lui atenția. Mamele au acces mai simplu la îngerii păzitori.

Ca mamă, prin rugăciune și prin felul tău de a fi, accesezi mai ușor cerul, decât copilul care trăiește în patimă. El nu vede cerul, nu pentru că cerul nu ar mai exista, ci pentru că privirea lui e întoarsă voit spre pământ. Rugăciunea mamei are atunci un rol uriaș. Dacă simți că al tău copil o ia razna, se duce într-o zonă neplăcută, atunci înmulțește rugăciunea. Adaug și eu la acest sfat două soluții pe care le folosesc și eu în foarte multe situații din viața mea. Am o serie de prieteni buni, deosebiți, buni „prieteni" și cu Dumnezeu: un călugăr de la Muntele Athos, un pustnic; un stareț de la o mănăstire; o măicuță prietenă; alte trei măicuțe de la Ierusalim, românce, pictorițe, care sunt minunate; niște măicuțe de la Mănăstirea Cornu; starețа de la Diaconești și soborul de măicuțe de acolo; alte măicuțe minunate de la Văratec; nişte prieteni de la Putna; pe stareţul de la Putna, Părintele Melchisedec, dar şi alţi oameni minunaţi în Apuseni; un părinte minunat de la Sihăstria, care este la chilia părintelui Cleopa şi se roagă în locul acela care musteşte de sfinţenie. Când simt că mi-e greu, îi sun şi îi rog să se roage pentru mine. Nu numai oamenii din mănăstiri, ci şi oamenii simpli se pot ruga pentru tine. Eu am dat exemplu din viaţa mea, dar tu poţi alege un grup de prieteni care ştii că au putere în rugăciune. Când ai un necaz, sună-i şi spune-le: „Uite, am o rugăminte, roagă-te şi pentru fata mea!"

Nu toţi au acces la aceşti oameni extraordinari. Eu, de exemplu, o rog pe măicuţa Nicodima de la Ţigăneşti. Mihai a crescut acolo. În momentul în care ai sunat-o, ea a îngenuncheat şi a început să se roage – aici e frumuseţea. Fac parte din tot felul de grupuri, care au obiceiul acesta minunat de a înălţa rugăciune pentru cineva care are o anumită nevoie. Rugaţi-vă! Cât de mult puteţi! Spunea odată Paula Seling într-un interviu: „Nu e niciodată suficient studiu la instrument." Şi eu cred că nu e niciodată suficientă rugăciune, nu există prea plin de rugăciune. Oricât de deştept eşti, oricât de mare eşti! Pavarotti, la 80 de ani, studia trei ore pe zi, făcea vocalize. Era cel mai mare muzician din generaţia lui, şi totuşi studia.

Aşa e şi cu rugăciunea. Permanent, neîncetat să ai în minte să te rogi sau să ai prieteni buni, care să se roage şi ei, să fie ei aripi către cer pentru problema ta. Dacă copilul greşeşte, prima soluţie este aceasta: roagă-te insistent. A doua soluţie este să rămâi cea mai bună prietenă a copilului tău.

Încearcă să fii aproape. Atunci când cade, va vrea să se agaţe de ceva, nu există moment mai bun pentru a-i fi sprijin, pentru a întări relaţia dintre voi. Cel mai greu este când crezi că eşti invincibil şi ai căzut. Tinerii cred că sunt cei mai tari, că gaşca e cea mai tare. În momentul în care ceva nu merge, orice om de pe lumea asta întinde mâna să se agaţe de ceva. Iar dacă nu eşti acolo, măcar să ştii că e cineva, de asta e bine să te rogi. Laşi copilul tău în grija lui Dumnezeu. Dacă copilul e suficient de puternic, se agaţă de poala Maicii Domnului. De exemplu, eu ştiu sigur că, dacă Teodora e într-o situaţie grea, se uită în sus, strânge mâinile şi face o rugăciune. Poate că unii râd, alţi fac glume pe seama acestei reacţii a ei, important însă este ce simte ea. Odată, aveau test la o materie şi le-a zis colegilor: „Nu vreţi să zicem o rugăciune?" Deşi iniţial au fost reticenţi, până la urmă au rostit toţi, pentru că ea a început rugăciunea cu voce tare.

Îi ignori un pic pe cei care sunt Gică Contra, căci sunt şi se vor naşte peste tot şi tot timpul oameni care vor avea ceva de comentat la orice propune sau face bun altcineva. Important e să îi ignori pe aceia, să nu te laşi intimidat, ci să îţi vezi de drum. Ancorele pe care i le-ai dat fetiţei tale ca să trăiască frumos în lumea asta nebună sunt în primul rând credinţa în Dumnezeu şi iubirea pe care o trăiţi voi în familie. Chiar dacă pot exista şi discuţii contradictorii, iubirea e totuşi acolo, e puternică.

Vreau să amintesc ceva ce m-a impresionat la Novak Djokovic. A câştigat anul acesta la Australian Open. În finală, după ce a câştigat ultimul punct, a făcut ceva extraordinar: a mulţumit, s-a uitat în sus, spre cer, s-a trântit apoi pe jos şi a plâns între ai lui, cu Ivanišević şi cu mama sa. S-a dus în familie, unde a simţit iubire. A plâns în hohote ca un copil, ditamai campionul, imaginile sunt virale. S-a descărcat unde a simţit iubire. Mama lui a fost acolo.

Când a fost ziua ei, cu câteva zile înainte, i-a cântat „La mulţi ani!", împreună cu întreaga arenă. Legătura asta puternică trebuie cultivată; este cea mai puternică ancoră a copilului. Da, mama şi tata.

Indiferent ce spune sau ce face copilul, nu ai voie să nu fii acolo, lângă el, la bine și la greu. Nu, nu-l judeca, nu-l chinui cu insistențele, doar fii acolo.

Unele dezechilibre sunt determinate și de respingerea care apare din partea copilului și care e firească într-o anumită măsură, mai ales că sunt situații în care părintele vrea mai mult. Copilul se căsătorește și mama ar vrea să fie la fel de importantă în viața lui ca înainte. Un refuz, o îndepărtare sunt firești în acest caz. Dincolo de momentele de răceală, de pauzele care pot apărea, de respingerile pe care le primești, nu înseamnă că trebuie să încetezi să mai fii preocupat de copil. Refaci legătura mereu și mereu, te lupți să repari ceea ce s-a stricat, s-a pierdut. Deci una dintre ancorele importante ale copilului este ancora iubirii din familie.

Alta, cel puțin la fel de importantă, este ancora credinței, formată din iubirea copilului față de Dumnezeu și din încrederea lui în iubirea lucrătoare a lui Dumnezeu pentru el. Copilul trebuie învățat de mic să apeleze la Dumnezeu, Care nu-l va părăsi niciodată. Dumnezeu e acolo și vede când ți se face o nedreptate, este lângă tine când Îl chemi să-ți lumineze mintea să faci alegeri bune. Dumnezeu este Cel Care te ajută să crești echilibrat, departe de orice excese și extreme, Cel Care, când ai greșit, poate să-ți ierte păcatele și să îți dea șansa unui nou început. De aici vine ancora iertării, un alt reper foarte important pentru copil. Asta trebuie să audă copilul și de la tine: „Când vii la mine, copile, eu te iert, o luăm de la capăt, indiferent prin ce ai trecut.”

Acum, Teodora este la vârsta la care adolescenții sunt mai aroganți, se dau mai importanți. La mine, de exemplu, nu vine să spună „Iartă-mă!”. De altfel, vine la mine extrem de rar, dar când o face, o simt cum se bagă în sufletul meu: „Hai să-ți spun ceva!” Și atunci simt că trebuie să o iau tare în brațe: „Mă lași să te pup?” „Nu te las!” „Bine, atunci măcar în brațe pot să te iau?” Relația este extrem de puternică, nu ai voie să lipsești din viața ei, chiar dacă are senzația că le are pe toate și că nu mai are nevoie de tine.

Trebuie să reziști când te respinge, chiar dacă poate te duci în camera ta și verși o lacrimă pentru că te-a respins copilul. Aici ajungem la următoarea problemă între mamă și fiică. Atunci când fiica o respinge pe mamă, că i se pare că intră prea mult în sufletul ei, și spune: „Nu mai pot, m-am săturat de tine, nu mai vreau să te văd!”, cum reacționezi?

Sunt multe mame care-i cicălesc pe copii. Pentru acestea, sfatul meu este să fie mai moderate. Să nu aștepte în relația cu copilul nici prea mult, nici prea puțin. Nu dicta tu ritmul cu orice preț. Fii atentă și la ce vrea și poate celălalt în acel moment, încearcă să simți cât și când vrea să-i fii aproape. Nu forța limita pe care o stabiliți împreună.

Mamele ar trebui să înțeleagă că ai lor copii trăiesc într-o altă lume decât au trăit ele în tinerețe, realitățile s-au schimbat, preocupările, tentațiile, toate sunt diferite, de aceea este cumva firesc să nu fii întru totul de acord cu ei și nici ei cu tine. Și atunci tu, ca mamă, înțelegi asta și te temperezi un pic, te adaptezi și te pliezi pe ceea ce vrea și copilul tău. Locul pe care îl ai în viața copilului tău este ca locul lui Dumnezeu în viața fiecărui om. Dumnezeu nu forțează pe nimeni, doar așteaptă un semn, o invitație din partea ta. E acolo tot timpul, e mereu aproape, propune, dar nu obligă, nu forțează. Așa și eu, ca părinte, sunt prezent în viața ta, dar nu te agresez.

Îți dau un exemplu, foarte personal. Am fost cu Boboteaza la mine în parohie. Unul dintre fiii mei stă cu chirie într-un bloc aflat în apropierea bisericii mele. Ani întregi băteam la uși, întâlneam și situații neplăcute de respingere. Acum punem un afiș la intrarea în bloc în care precizăm: „În ziua de 5 ianuarie vom veni cu Boboteaza la dumneavoastră în bloc. Cine doreşte să primească preotul să sune la numărul x." Dintr-un bloc de 10 etaje, cu 80 de apartamente, te sună cam 20 de oameni. Ştiam că în blocul acela locuieşte copilul meu. Am trecut cu Boboteaza pe la vecinii lui, dar nu am îndrăznit să sun la el. Mă gândeam că aşa e şi Dumnezeu, nu intră peste tine, e foarte aproape, trece pe la uşa ta şi tu ar trebui să Îi deschizi. Mi-am propus, aşadar, să nu sun la uşa fiului meu. Când am coborât la etajul de sub el, am auzit paşi grăbiţi pe care i-am recunoscut, îi ştiu din copilăria lui: „Tata, hai şi la mine!" Am urcat înapoi pentru că m-a invitat el. Nu am vrut să se simtă obligat să-mi deschidă, pentru că eu, preotul din parohia aceea, sunt tatăl lui. Nu vreau să facă nimic obligat copilul meu. Din fericire, a fost deschis către har. M-a durut sufletul atunci, înainte să vină el pe scări, pentru că m-am gândit: „Uite, aşa e şi Dumnezeu! La un moment dat, El trece, dar dacă nu-I deschizi uşa, nu poate să intre!" Am simţit o secundă, când am trecut prin faţa uşii, o părere de rău. N-am bătut, nu am sunat, ci mi-am zis: „Credinţa este un act de iubire individuală şi Dumnezeu nu ne agresează, nu intră în casă decât dacă noi deschidem." Dumnezeul Ăsta mare al nostru, Care ne-a creat, ne spune: „Eu stau la uşă şi bat!" „Eu am construit tot, am clădit tot, te-am făcut şi pe tine, dar nu intru, decât dacă Mă chemi." Imaginează-ţi, Liana, că împreună cu soţul tău îi faci o casă nouă fetei tale şi tu nu vei intra în casă decât dacă ea îţi va deschide. Nu e uşor deloc să accepţi această realitate.

Există şi părinţi care, pentru că ei au construit şi plătit „casa", o consideră a lor.

E greşit. Ce vreau să spun cu asta este că o ancoră puternică şi sigură pe care i-o poţi oferi copilului este rugăciunea către Dumnezeu. Ea Îi deschide uşa lui Dumnezeu şi Îl invită să intre în viaţa ta. Rugăciunea nu trebuie să fie complicată, ci directă, simplă, din inimă. Să îi spui mereu copilului: „Copile drag, când Îl strigi pe

Dumnezeu, El te aude!" „Vorbește cu Dumnezeu, spune-I păsul tău!" Învață-l să fie bun cu cei din jur, transmite-i valorile credinței și încurajează-l să nu cedeze în fața provocărilor, să rămână vertical, să nu îi fie rușine să arate care sunt principiile lui, care e credința lui, nu ostentativ, ci natural, când și dacă e cazul.

Băiatul meu mic, Matei, era alături de 5-6 băieți, colegi de clasă. O fetiță cu handicap a trecut pe lângă grupul acesta și doi din gașcă au început să râdă. În momentul în care au început să râdă, Matei s-a ridicat și a plecat de acolo. După el a plecat un alt băiat, apoi altul, apoi altul. Aceia doi care au râs de fata cu handicap au rămas singuri, râzând. Poți să găsești soluții când vezi că gașca face o eroare, există mereu soluții. El n-a zis nimic, ci pur și simplu a plecat.

Când încep emisiunea și am tot felul de invitați, îmi fac o cruce. I-am zis despre asta măicuței la care merg, iar ea m-a întrebat: „De ce nu faci o cruce mare să vadă lumea? De ce trebuie să o faci mică? De ce trebuie să o ascunzi?" N-am știut ce să-i răspund. Nu ascund nimic, sunt eu cu mine. Legat de asta, vă povestesc încă ceva ce m-a impresionat foarte tare. Am intervievat mulți oameni din lumea asta, dar printre cei care m-au impresionat se numără Ronan Keating, pe care l-am remarcat la Cerbul de Aur. A ajuns la prânz și seara urma să cânte. Dimineața următoare a plecat, pentru că soția lui era însărcinată, așadar a stat numai câteva ceasuri. Ronan Keating e un domn, îmbrăcat în smoking. Pentru concert a cerut rider tehnic; are în toate niște rigori și niște principii foarte bine puse la punct. De aceea, am crezut că e vreun pretențios. A urcat pe scenă cu șase minute înainte de spectacol, și-a luat toată echipa cu el și ne-a gonit pe noi ceilalți. S-au adunat toți și s-au rugat. M-am dus la el și i-am zis că, dacă își face cruce, să-mi facă și mie una.

Descoperi credința în cele mai incredibile locuri.

Peste tot e Hristos, peste tot e Dumnezeu. În minţile noastre mici, avem impresia că trebuie să nu deranjăm dacă facem o cruce. E adevărat, pe de altă parte, că nu trebuie să faci paradă. Sunt unii care se închină zgomotos, nu cred că asta este varianta corectă. Dumnezeu aude şi dacă şopteşti.

Deci, revenind la discuţia noastră, o ancoră pe care ar trebui s-o ofere o mamă fiicei ei este legătura vie cu Dumnezeu. „Când îţi e greu, strigă la Dumnezeu!" Ancorele legate de credinţă nu sunt teorie, copilul trebuie să aibă cu el toate aceste lucruri. În lumea asta debusolată, trebuie să le fi văzut mai întâi în familie, făcute, trăite, practicate. Ca duhovnic, descopăr lucruri incredibile. Copiii care resping împărtăşirea, văzând linguriţa ca pe ceva asociat unei pastile, au o atitudine de respingere. De aceea, o sfătuiesc pe mamă: „Mamă dragă, vino să te spovedesc săptămâna viitoare şi te împărtăşesc pe tine prima duminică, să te vadă fetiţa cum te împărtăşeşti tu." Mi-au dat lacrimile când am văzut o mamă fericită că fetiţa ei s-a împărtăşit, după ce s-a împărtăşit şi ea, căci mi-am adus aminte imediat de multele mame care-şi văd copiii lor respingând acest lucru. Când am venit cu potirul să i-L dau pe Hristos, mama a spus: „Vreau eu întâi!" Avea o pace, un chip luminos, era spovedită, curată, fericită. Se uita fetiţa la mama ei ca la un spectacol, încântată că mama ei L-a luat pe Hristos. Apoi a spus ea singură, cu vocea ei de înger: „Vreau și eu!" Am împărtăşit-o şi pe ea.

Copilul singur vrea şi el dacă vede că mama face asta. Dacă mama nu vorbeşte de rău pe cineva, nu ridică tonul, este un reper de înţelepciune, face ea mai întâi ceea ce îşi învaţă copilul, atunci ea devine o icoană pentru familie. Aş putea să o numesc aşa, fără să exagerez. Mama credincioasa, care devine la un moment dat și bunică, este icoana din familie. Icoana este o fereastră spre cer, o imagine a frumuseţii, a tot ceea ce e mai bun pe lumea asta. Dragi mame şi bunici, faceți eforturi să deveniți icoane ale familiei sau candele aprinse ale familiilor voastre. Nu poți să fumezi, să vorbeşti urât în fața icoanei şi a candelei. Tot aşa de frumoasă să fie relația cu copilul tău, cu nepotul tău!

Până la urmă, este vorba despre modul în care pui problema în chestiunea asta. Mihai mi-a spus o poveste foarte interesantă. Un evreu se duce la Dumnezeu şi-L întreabă: „Pot să fumez în timp ce mă rog?" „Cum să facem asta în sinagogă? În niciun caz." „Am greşit. Reformulez. Pot să mă rog în timp ce fumez?" „Sigur că da, fiule!" Despre asta e vorba, dacă-L pui pe Dumnezeu primul în toate lucrurile, fără să-L cobori desigur în derizoriu, copilul va vedea asta şi va face şi el.

Copilul vede tot. Suntem văzuți şi observați în toate. Copiii văd foarte multe şi înțeleg mult mai mult decât am crede. ***Dacă o societate a decăzut este pentru că întâi au decăzut părinții şi apoi copiii.*** *Căderea începe mai întâi de la părinți. Dacă părintele rămâne reper, copilul ştie care e reperul. Din păcate, căderea de aici porneşte: de la felul în care părinții se poartă. Există şi situații fericite în care copiii îi învață pe părinți credința. Dumnezeu lucrează minunat şi neaşteptat, în toate direcțiile.*

Nici eu nu am văzut-o pe mama niciodată în genunchi, în copilărie. Pentru că ea, trăind în comunism, lua lucrurile aşa cum erau. După Revoluție, când ni s-a dat voie să mergem la biserică, când s-a deschis drumul spre credință, am văzut, am aflat, am simțit şi noi toți imensa dragoste a lui Dumnezeu. Din momentul acela nu prea mai poți fără ea, ți-e atât de bine când ai toate lucrurile la locul lor, că nu prea îți mai vine să te întorci la ce a fost înainte. Poți să fii comodul comozilor, poți să te tragi deoparte şi să zici: „Nu-i nevoie să mă rog. Ştie Dumnezeu ce vreau să-I spun". Mulți zic: „Nu pot să stau 20 de minute în genunchi să zic un acatist." Nu asta contează cu adevărat.

Oprește muzica și zi „Tatăl nostru", spune „Crezul", spune „Doamne Iisuse..." Dumnezeu nu are neapărat nevoie să Îi spui lucrurile într-un anume fel. Fă-ți timp și spune-I-le așa cum poți și știi în acel moment, numai vorbește cu El. „Roagă-te cum poți și vei ajunge să te rogi cum trebuie."

Mai este o ancoră pe care o poți da copilului tău, și anume dorința de a fi bun la învățătură sau măcar de a fi acolo în zona de sus, în ceea ce privește preocuparea pentru studiu. Să îi dai mereu motivații pentru care să vrea să fie acolo, pentru a se autodepăși, pentru a vrea să crească, să progreseze, să cunoască, să înțeleagă, să-și lărgească orizontul. De ce trebuie să facă 20 de exerciții la mate? De ce trebuie să facă compunerea aceea la care să fie atent la punctuație? De ce trebuie să acorde subiectul cu predicatul și așa mai departe? De ce? Îi spui: „Copile, acum pui temelia pe care se va zidi tot destinul tău, tot viitorul tău!"

Un creier care a studiat bine matematica va ieși din situații-limită mult mai ușor. Teodorei nu-i place prea mult matematica, nu i-a plăcut niciodată. Am găsit însă o profesoară haioasă, de vârstă apropiată, care venea și alături de care povestea. A făcut matematica digerabilă, ca să o folosească să își structureze creierul. Ea, o artistă, o creativă, a înțeles că nu poate fără matematică. Acum, când trece printr-o situație-limită, știe că la ea sunt toate soluțiile. Modelați copiii, ajutați-i să înțeleagă, găsiți soluții să îi stimulați să vrea să studieze. Dacă nu vor și nu vor, luați-o cu încetul, dar vedeți în același timp și ce vor ei și ce le place. Teodorei îi plac limbile străine și am încercat să o ducem mult în direcția asta, am găsit o profesoară de spaniolă, o doamnă de engleză...

Identifici ce-i place, ca să nu pară o corvoadă. Dacă pare așa, la un moment dat o va tăia, ca pe ceva rău, din rădăcină. În sistemul educațional actual, cel puțin în România, ești, până intri la facultate, cumva obligat, dacă vrei să ajungi la o școală mai bună, să per-

formezi la mai multe materii decât, poate, îți plac. Însă și acest exercițiu este unul benefic, atât pentru creier, cât și pentru disciplina ta interioară, pentru voința ta.

De multe ori nu ne plac niște materii pentru că nu ne plac oamenii care ni le predau. Se întâmplă foarte des să urăști matematica, pentru că profesorul e nu știu cum sau să urăști fizica pentru că doamna nu vine la ore ori pentru că domnul e arogant. Caută tu, ca părinte, soluții să suplinești neajunsurile sistemului. Numai cine nu vrea nu găsește. Poate ai un vecin mai haios, care știe un pic de fizică sau un pic de informatică. Adu-l la o ceașcă de ceva, povestiți. La copiii mari nu mai merge cu mama și nici cu tata. Caută pe cineva din jur care are niște calități, care să îi spună ce și cum. Esther Perel, specialistă în relații interumane, spunea că ea se împrietenise cu toate prietenele fiicei ei.

Prietenă cu prietenele. Ca să-l motivezi pe copil să rămână în zona academică, să o iubească, să învețe, îi spui în primul rând că prin tot ceea ce face el acum pune o temelie solidă în cunoaștere, în dezvoltarea lui. Te poate însă întreba: „La ce mai este bună azi cunoașterea?" Avem exemple astăzi de oameni care n-au carte, n-au școală, care poate că n-au nici repere morale, dar care au ajuns milionari, iar el vede asta. Acum sunt influenceri care au venituri foarte mari și care spun: „Uite, n-am învățat. Nu trebuie neapărat să înveți!" Cum răspunzi, ca părinte, acestui tip de provocare?

Am avut o discuție cu o prietenă de-ale mele, medic stomatolog, despre fiul ei. Nu mai știu cine era la televizor, cineva agramat, și spunea niște lucruri de-a dreptul hilare, iar fiul i-a spus: „Pentru ce mă bați la cap să fac cincizeci de școli, când ăsta e multimilionar?" Prietena mea i-a răspuns foarte frumos: „Da, e adevărat, dar e un caz singular!" Da, există excepții, dar nu poți să faci reguli după excepții. Ele doar întăresc niște reguli. Faptul că unii sunt foarte tari, deși sunt semidocți, sau cum or fi ei, nu înseamnă că toţi cei care au ajuns acolo sunt aşa sau că, atunci când alegi să nu înveţi mai mult, ai certitudini de reuşită în viaţă. Viitorul e mult mai incert în acest al doilea caz. În schimb, dacă înveţi, ai mult mai multe şanse să reuşeşti. În plus, învăţatul nu te pregăteşte doar pentru o meserie, ci îţi lărgeşte şi capacitatea creierului, e ca un antrenament pentru creier, ca să se dezvolte, să înţeleagă mai mult, ca să ajungi să fii tu stăpân peste viaţa ta, să iei hotărâri pentru tine, şi nu să fii la cheremul celor mai isteţi sau mai instruiţi decât tine.

Înveţi, ca să pui o temelie sănătoasă. De ce înveţi? Pentru că pe CV-ul tău se va găsi media ta generală, se vor găsi rezultatele tale. Aceste rezultate vor conta, mai ales pentru formarea ta, alături desigur de ce ştii să faci.

Părinte, pe mine nu m-a întrebat în viaţa mea nimeni dacă am făcut facultate. Singura instituţie care mi-a cerut o copie după actul meu de absolvire a Facultăţii de Limbi Străine a fost TVR. În momentul în care am intrat la radio, nu mi-au cerut diploma de licenţă. Sunt sigură că sunt multe situaţii în care şi mediile sunt relevante şi contează la angajare. De aceea, pentru că azi lucrurile nu mai sunt ca înainte, previzibile, ci tot mai schimbătoare, e bine să ai în desaga ta rezerve de tot felul, pe care să le scoţi în funcţie de nevoie. Dacă nu ai de nici unele, rişti să nu ai ce să scoţi. Mai bine să ai şi să nu trebuiască, decât invers. Învăţatul te ajută să ştii că poţi şi să ştii ce să faci ca să poţi. Învăţând însă bine, acumulezi informaţii. Nu trebuie să dai lecţii nimănui cu asta, trebuie doar să-ţi vii ţie în ajutor. Dacă înveţi bine, nu ai nevoie de proptele. Orice om de pe lumea asta e mai fericit când a făcut cu propriile lui mâini ceva, decât atunci când l-a aruncat cineva într-o baltă. Chiar dacă nu recunoaşte, în sufletul lui ştie că e aşa. Sigur că e foarte important astăzi să fii şi susţinut; pe toată planeta contează cine te ţine de mână. Degeaba însă te ţine cineva de mână dacă, după ce ai deschis uşa, nu eşti în stare să demonstrezi nimic. Mai devreme sau mai târziu vei ieşi pe aceeaşi uşă. Rămâi doar dacă demonstrezi ceva, dacă ştii ceva.

Demonstrezi ceva dacă ai baza aceea, fără ea nu poţi. De aceea trebuie să înveţi. O mamă bună îi dă copilului pofta de a învăţa sau dorinţa de a învăţa.

Sau măcar de a studia, de a citi. Nu toţi copiii sunt făcuţi să fie informaticieni, să ştie să facă exerciţii complicate. Nu toţi copiii au IQ 170. Dar, dacă tu ai venit cu bucuria de a descoperi, de a cerceta, de a verifica ceva – acum sunt atâtea jocuri de masă, vestitele Board Games –, copiii vor învăţa cu siguranţă să iasă din diverse situaţii. Există două tipuri de inteligenţă: inteligenţa din carte şi inteligenţa socială, a celor care au trecut prin nişte situaţii. **Ajută-ţi copilul să înveţe să iasă din orice situaţie!** Degeaba este deştept, adică învață și este de nota 10, dacă nu are niciun pic de experienţă directă, dacă nu îl dezvolţi și personal, social, dacă nu e pus în diverse contexte din care să ştie ce şi cum să facă. Nu va fi suficient acest tip de inteligenţă, el va fi un taciturn, un însingurat, un inadaptat. Dacă nu te ocupi şi de celelalte aspecte ale educaţiei lui, îi faci un rău. Degeaba eşti deştept că ai învăţat, dacă nu ai un pic de spirit, de inteligenţă socială, de acea „şcoală a vieţii". Iar asta se cultivă din relaţii interumane, din întâlniri faţă în faţă, din legătura cu prietenii, din deschiderea către a ieși, din folosirea oportunităţilor. Teodora are mai multă inteligenţă de carte, de-abia acum începe să o dezvolte pe cealaltă. Suntem lângă ea, arătându-i tot timpul cât de important este să o ai și pe una, și pe alta.

Observi că învaţă bine, iubeşte să citească, dar ai vrea să o dezvolţi mai mult şi pe zona asta, aşa încât, atunci când iese în oraş cu prietenii, să ştie să pună problema, să nu se lase dominată, influenţată. Are, poate, complexul copilului singur, al copilului care ştie prea multe lucruri. Ca mamă, văzând lucrurile astea şi observând-o mereu pe fata ta, încerci să pui mai mult acolo unde e nevoie.

În momentul în care este într-o gașcă și știe prea multe și mai și arată că știe, este percepută ca și când se dă mare. Pe de altă parte, când e o situație-limită, se apelează la ea, la grupul „intelectualilor” de la ei din clasă: „Hai să vedem care sunt soluțiile la problema cutare.”

Un lucru de căpetenie este să o ajuți pe fata ta să înțeleagă că ea trebuie să aibă din toate calitățile, adică să nu fie doar frumoasă, sau doar deșteaptă, sau doar de gașcă, ci trebuie să aibă din toate: și calități fizice, și intelectuale, și sociale, și culturale, și moral-religioase, și emoționale. ***Omul integru, care are calități și virtuți, este omul care știe să se adapteze, care face față oricăror provocări.***

O altă ancoră este să o înveți să fie ***veselă mereu****. Sunt foarte multe fete care se însingurează, pentru că nu au capacitatea de a fi ironice și autoironice, nu au capacitatea de adaptare, de a accepta că poți să-ți iei și „ironii” de la oameni, adică să înveți uneori să și încasezi, să faci un pas în spate, să cedezi, să te repoziționezi, să știi să te ridici. Ne concentrăm doar pe victorii, ne place doar când câștigăm meciurile din viața noastră. Credem că viața este formată dintr-un șir de victorii. Însă descoperim în viață că nu-i așa și că viața este și Golgotă.*

Viața nu e despre de câte ori cazi, ci de câte ori te ridici.

Să-i cultivi fetei tale capacitatea de a se ridica, inclusiv faptul de a ști că cea mai ușoară metodă de a ieși dintr-o situație neplăcută este să spui o ***glumă****. Nu o să găsească neapărat asta în cărți, pe mine viața m-a învățat asta, și îi sfătuiesc și pe ai mei, și pe oricine vine la mine: „Dacă ești într-o situație neplăcută, unde este tristețe, unde sunt argumente dure și e un ton ridicat, spune o glumă!” Ieși din situație prin râs, spune o glumă.*

Teodora are un tricou pe care scrie *I speak fluently sarcasm* („Vorbesc fluent limba sarcasmului"). Atunci când noi doi suntem încrâncenați prin bucătărie, cu ușa închisă, vine și zice: „Despre mine vorbeați, nu?"

Orice mamă ar trebui să-i ofere fetei sale noțiunea de „supapă". O supapă bună este reprezentată de ironie, de autoironie, de veselie, de umor în general. Atunci când îi mergea foarte bine poporului, poporul nu avea timp de bancuri. Când îi era greu, poporul făcea bancuri. Semnul că nu prea e bine în lume este că au apărut în ultima vreme foarte multe bancuri noi, unele dintre ele chiar reușite. O fată completă este o fată veselă, chiar dacă astăzi societatea te împinge spre întristare, spre depresie, spre prea multă seriozitate, spre competiție, spre comparație.

Psihologii spun că, dacă ai învățat o oră întreagă, ia-ți cinci minute de pauză, pune muzică tare și râzi, dansează, agită-te. Asta ce înseamnă? Toți avem nevoie să ieșim din presiune. Noi, de exemplu, avem în grupul nostru de familie o pagină de bancuri, un document cu bancuri, pe care îl mai adaptăm din când în când.

Și noi aveam glume pe care le spuneam des copiilor. Mergeam în vacanțe și spuneam: „Gluma tatei numărul doi, gluma tatei numărul cinci." Ironia, umorul sunt o supapă, ca să poți să ieși din situații, când lucrurile nu sunt foarte grave. Când e un moment foarte serios și te duci și spui o glumă, poate să pice ca nuca-n perete. Ține totul de înțelepciunea de a simți momentul oportun pentru orice lucru. Când Solomon a fost întrebat de Dumnezeu: „Ce vrei să-ți dau?", el a răspuns: „Vreau înțelepciune!" Înțelepciunea constă în a ști când să faci un anumit pas, când să spui un anumit lucru. Trebuie să găsești cadrul potrivit. O altă ancoră este să știi să spui „nu". Îi învățăm pe copiii noștri să fie luptători, să facă tot ce pot, să aibă succes în tot ceea ce fac, prin muncă. Uităm uneori să îi învățăm și să spună „nu".

Şi eu am suferit din cauza asta. Multă vreme n-am ştiut să spun „nu". Am învăţat greu să spun „nu"; am început cu „nu cred". „Nu cred că e bine.", „Mă mai gândesc, mai stau." Nu iei decizia imediat, chiar dacă în mintea ta decizia e deja luată. Unii nu spun „nu" pentru că le e teamă să nu rănească, să nu fie duri sau să nu facă gafe. Când avem o situaţie la care el e clar de altă părere decât mine, Mihai aşa procedează: „Hai să ne mai gândim la asta." Atunci e clar că la el e deja „nu", dar o prezintă aşa, ca să nu mă rănească pe mine, pentru că eu mă ambalez. O lăsăm acolo, o mai gândim şi după aceea vedem dacă e „nu" sau „da". Dar e clar că acest „Hai să ne mai gândim" nu taie din aripi cum taie „Nu, e prost, nu facem aşa!" Atunci te dezumfli, chiar dacă omul acela, poate, vine cu argumente şi încearcă să te convingă. Cred că de undeva trebuie să începi. Categoric, eu am în jur şi foarte mulţi oameni care spun „nu" din start, la orice. Nu e în ordine nici aşa.

De multe ori, pentru a obţine ceva, un avantaj, un statut, o apreciere, fiica poate fi de acord cu multe lucruri neplăcute. Şi aici am să mă duc către relaţii. Când apare astăzi o relaţie între doi tineri, nu ţi se pare că se ajunge prea repede în pat?

Nici nu ştiu dacă să-mi fie frică de sex, cât să-mi fie frică de alte substanţe care circulă libere în toate felurile. Stăteam într-o seară cu bunii noştri prieteni la masă şi a venit un domn cu nişte ţigări. A servit pe toată lumea, inclusiv pe Teodora, care a zis: „Nu, mulţumesc, eu nu fumez!" E bine că ştie să spună „Nu", nu doar pentru că ea nu fumează, ci şi pentru că, şi dacă ar fuma, s-ar putea trezi cu nu ştiu ce tâmpenii în acea ţigară. Mai bine să refuzi orice propunere ţi se pare nesigură.

În privinţa relaţiilor cu băieţii, e foarte complicat. Rolul mamei e vital, când ştii că fiica ta place pe cineva. Aici fetele pică foarte uşor în capcană. Sunt două tipuri de fete: fetele care vor, care par că sunt disponibile şi se cuplează repede, și fetele care sunt crescute cu decență, care nu vor cu orice preț. Deoarece nu sunt preferate de băieții din gașcă sau de ceilalți, au senzația că au ele o problemă, că e ceva în neregulă cu ele. Ele așa cred, pentru că toată lumea, în afară de ele, se cuplează și se decuplează. În această privință, trăim într-o lume liberă, mult prea liberă după părerea mea. Cred în continuare că a te „cupla" cu cineva este despre a lăsa pe un om să intre în sufletul tău, în sensul că se înfiripă ceva în sufletul tău pentru un băiat. Atunci foarte important este să spui cuiva despre asta. Aici e rolul fundamental al mamei. Mama nu trebuie să spună niciodată „Nu ăla", ci trebuie să vadă de ce l-a lăsat acolo, în sufletul ei. Dacă el e bun, foarte bine. Dacă însă nu pare bun, e o greșeală să-i spui „nenorocitul ăla". Încearcă să vezi ce a văzut ea bun în omul acela și dacă ce a investit e într-adevăr greșit.

De cele mai multe ori, ele trăiesc din iluzii, proiectează asupra băieților așteptări prea mari, nerealiste. Vorba Teodorei: „Mama, dacă un băiat îți ține ușa și îți cară ghiozdanul până la stația de metrou, înseamnă că e bine-crescut, că a avut o mamă ca lumea." Cu alte cuvinte, nu trebuie să confunzi faptul că e gentleman cu altceva. Povestea asta e foarte importantă. Momentul în care ajungi să ai contact fizic cu un om trebuie să fie asumat și voit. Nu faci pentru că își dorește el, nu faci pentru că toată lumea a făcut-o, nu o faci pentru că ești ultima din gașcă. Niciodată nu ar trebui să faci acest pas pentru orice altceva, decât pentru că tu aia simți. Dacă nu simți, mai pune o dată întrebarea: „De ce simt asta? Care sunt motivele?" Foarte multe fete ajung să o facă pentru că toată lumea a avut deja un iubit, toată lumea a făcut sex. Dar ele nu simt, nu sunt pregătite. Nu s-a maturizat relația sau, pur și simplu, ei se grăbesc. Cei mai mulți băieți asta vor. Iubirea trebuie crescută ca o pâine caldă. Numai femeile de moravuri ușoare nu-și aduc aminte partidele de sex. Femeile normale, care au avut iubiți, nu au uitat niciodată când le-a fost bine. Chiar dacă se străduiesc, nu vor uita niciodată când le-a fost foarte rău. Vor încerca să acopere asta cu tot felul de lucruri.

Experienţele proprii mărturisite copilei, fetei tale, o vor ajuta foarte mult. Trebuie să ai cumva curaj să îi spui, va veni o vârstă la care va trebui să faci asta. Aici apare o problemă din cultura noastră, să zic, bizantină. E o lacună în comunicarea dintre mamă şi fiică, mama nu prea vorbeşte despre lucrurile acestea. Dacă mama nu vorbeşte despre acest subiect, fata ajunge în societate când vine studenţia sau mult mai devreme azi, când se naşte dorinţa de a cunoaşte un băiat şi nu există altă cale decât prin relaţii intime. Dacă ea nu are de la mama ei nişte repere legate de o relaţie frumoasă, de felul în care se naşte o iubire, de cum să procedeze atunci când apare sentimentul acela puternic de dragoste curată, e o mare problemă.

Nici mie nu mi-a spus mama, dar când am avut curiozităţi, am avut grijă să o întreb. Ca părinte, n-ai voie să tratezi povestea asta scolastic, instituţional. De asta cred că cei care spun că e nevoie de ore de educaţie sexuală sunt în eroare. De fapt, e nevoie de educaţie pentru viaţă. Sexul nu e o chestie mecanică. E necesară, dar ea are nevoie de mult mai multe lucruri, nu doar de o descărcare hormonală. Cei care fac asta sunt poate sănătoşi fizic, dar mental şi sufleteşte nu sunt, să fie clar! Au o problemă, fie că e în sufletul lor, fie că e în mintea lor, fie în amândouă. Da, sexul e OK ca suport fizic, dar am stabilit că sănătatea înseamnă trei lucruri: să fii sănătos la cap, în mintea şi în creierul tău, să fii sănătos fizic şi să fii sănătos emoţional, în suflet. Cred că, în cazul celor care fac sex doar ca sport, e ceva în neregulă cu celelalte două la ei, au suferinţe pe care le ascund sau, poate, nişte neîmpliniri.

Tocmai de aceea Biserica învaţă că tinerii nu ar trebui să se grăbească să facă pasul spre o relaţie trupească înainte de căsătorie. Asta face parte din recomandarea ei de a nu trata viaţa cu uşurinţă, mai ales că relația fizică nu a fost lăsată de Dumnezeu doar pentru plăcere, doar ca sport, cum spui. Relația cu celălalt e un angajament, nu o întâlnire dintre două corpuri. Fetele ar trebui să fie mai atente în a nu ceda ușor șantajului, presiunilor, rugăminților, tentațiilor. Corpul femeii e un univers care nu trebuie stricat sau folosit exclusiv pentru plăcere. În plus, când te grăbești și lucrurile alunecă spre latura asta, hormonii și dorința o pot lua repede razna, încât să iei decizii pe care să le regreți apoi. Pune limite și spune „nu" înainte de a se ajunge în punctul în care nu mai poți da înapoi. Ar fi trist să te lași condusă de instincte. Mintea noastră are capacitatea de a stăpâni instinctele. O viață sexuală premaritală dezordonată poate produce dezechilibre emoționale, care pot afecta inclusiv viața familiei pe care o vei întemeia mai târziu. Ideal este să plece totul din inimă, din sentiment și să se întâmple totul la momentul potrivit.

Mama trebuie să îi spună fiicei despre toate lucrurile astea și să îi repete. Sunt vârste la care copiii nu te ascultă, de asta ar fi bine să le mai repeți din când în când. Și când fiica ta nu vrea să comunice, încearcă printr-o prietenă, cu întrebări precum: „Mai durează relația ei cu acel băiat? Sunt în continuare foarte bine? Dacă s-au despărțit, ce a învățat din asta? Ea cum se simte, el cum se simte?" Peste tot sunt lecții.

Repetiția e foarte bună, adică o ajuți pe fată să înțeleagă.

Chiar dacă refuză la un moment dat, nu are încotro. Cumva trebuie să găsești momentul în care buretele e bun să primească apa, să nu fie cumva prea îmbibat.

Aducând exemple vii despre lucruri frumoase sau despre pericole. Am întâlnit mame deștepte care au dat exemple indirecte fetelor lor. Nu au spus despre ce li s-ar putea întâmpla lor, ci despre ce s-a întâmplat unei fete a unei colege, care avea de fapt aceeași problemă cu a ei. Și, în felul acesta, copila nu a adoptat o atitudine defensivă. Este inteligența părintelui de a da mereu exemple de viață, concrete, dar indirecte, care să fie similare cu problema fetei. Fata, știind că este vorba despre altcineva, nu va adopta o atitudine defensivă.

Sunt momente în care, ca mamă, simți când te evită. Dacă vezi că nu vrea, las-o și reia discuția mai târziu, nu trebuie să o cicălești, ci trebuie să fii acolo. Ai obligația să îi pui în tolbă tot. Chiar dacă uneori îndeși cu pumnii și cu dinții strânși niște lucruri, nu ai încotro, trebuie să i le dai pe toate. Ai vrea ca al tău copil să fie rănit și tu să nu știi că a fost rănit? Să n-ai habar, să joace tot felul roluri, de teatru? Atunci ai eșuat. Trebuie să ajungi în sufletul copilului și să simți tot ce simte și el. Asta înseamnă să fii mamă bună!

Iată o ultimă ancoră de care ai amintit, și anume să îl înveți pe copil să verifice ce simte și să-și urmeze simțirea. De multe ori, faci lucruri trecând peste tine. De multe ori, procedezi astfel pentru că ești nevoit să faci compromisuri ca să obții ceva. Până unde poate să meargă asta în relația mamă-fiică?

Cred că nu orice compromis trebuie acceptat. În primul rând pentru copil, nu pentru că îți încalcă ție principiile. De aceea, trebuie să vorbești cu el, să îi arăți avantajele și dezavantajele, să simtă el că o anumită decizie i-ar face rău atunci sau mai târziu. Învață-l pe copil să nu se „vândă" așa ușor, să nu cedeze la primul impuls. Caută o cale, un canal să vorbești cu el și să îl faci să înțeleagă complexitatea și consecințele alegerilor lui. Copilul meu nu vorbește mereu cu mine, dar apelez la prietene, la mamele prietenilor. Nu sunt obsedată de chestia asta, dar când o mamă simte că ceva nu e în ordine, nu trebuie să lase lucrurile așa. Chiar dacă copilul nu e educat să îi spună mamei.

De exemplu, am o prietenă foarte dragă care își scoate o dată pe săptămână fata la cumpărături. Și-au făcut un obicei, mănâncă și povestesc ochi în ochi. Când stai faţă în faţă, te-ai prins când te minte. Duminica după biserică, noi mergem la un restaurant în care se serveşte sushi şi unde ea mănâncă o supă de alge foarte bună. Acolo râdem noi două, că lui taică-su nu-i place, stăm ochi în ochi şi îmi povesteşte toate prostiile. Unele mă enervează, dar ajungem şi la lucruri importante, creştem cumva împreună în relaţia noastră.

La noi, duminica, Alex ne serveşte ce a gătit el. Găteşte minunat, chiar dacă lasă o mizerie de nedescris în bucătărie. Dar e atât de frumoasă mizeria aceea, mi-e aşa de dragă! Îmi ia o oră-două să curăţ, dar curăţ cu atâta drag duminică seara, pentru că acolo este viaţă. Deci, ca să conchidem, e bine să găsiţi obiceiuri comune, să mergeţi la cumpărături sau la un film împreună.

Mergeţi undeva şi luaţi-o pe cel mai lung drum, ca să fiţi în trafic doar voi. Sigur găsiţi ceva de vorbit, ceva de lămurit. Este important să aveţi astfel de momente, când se poate, doar voi două. Povestiţi-vă una alteia lucruri, chiar dacă par nimicuri; ascultă până şi nimicurile, ca să aibă încredere să îţi spună şi lucrurile importante, grele. În plus, în spatele lucrurilor care pot părea nimicuri, sunt de multe ori situaţii de viaţă, din care se poate învăţa.

Mare adevăr, tare frumos! Viaţa trebuie trăită nu în teorie, ci în concretul şi în diversitatea ei. Pentru o relaţie bună cu copilul tău, ajută să generezi evenimente de viaţă care să-l ţină aproape de tine. Intră în lumea lui, identifică pasiunea lui şi mergi mai departe alături de el. Toate lucrurile astea sunt esenţiale, găseşti în ele o supapă, ceva care să poată fi făcut împreună, fii aproape de copil, în universul lui. Dacă mi-ar fi vorbit cineva când eram mic despre toate lucrurile astea! Dacă simţi că are nevoie copilul tău de o anumită ancoră, dă-i-o cât încă mai poţi. Haideţi să facem lucruri frumoase împreună cu copiii noştri!

„Crucile" din viața femeii contemporane

Dacă am vorbit despre femeie în istorie și despre modelele ei, hai să vedem care este condiția actuală a femeii. Vreau să aflu de la tine prin ce treci și, implicit, prin ce trec multe femei astăzi. Toți avem o cruce de dus. Care sunt provocările, „crucile" / suferințele femeii de astăzi?

Cel mai evident este faptul că femeia este supusă multor presiuni și astfel, din păcate, își pierde uneori busola. Femeia de astăzi este, înainte de toate, obosită. Este expusă unor presiuni la serviciu, este mamă, soție, cea care răspunde de casă, de neamuri, de prieteni, și lista e lungă. Pe scurt, ea își dorește ca în jurul ei totul să fie bine și lucrează asiduu la asta.

Multitudinea de lucruri pe care le are femeia de făcut sunt o provocare pentru ea.

Își pune tot timpul diverse bagaje în spate și la un moment dat clachează sub greutatea lor. Dacă dai o căutare simplă pe Google, observi că, pe lângă faptul că se luptă cu nedreptățile legate de remunerație sau de funcții de conducere prin raport cu bărbatul, femeia de astăzi este încă agresată, încă exploatată, încă supusă unor situații grele din cauza unor bărbați și nu numai. Acum șase sau șapte ani, am făcut un periplu prin țară, din care am aflat că, în România, 60% dintre femei au fost lovite cel puțin o dată de partenerii lor. 60% dintre bărbați, fie că recunosc, fie că nu, au folosit violența în relații. Ei își lovesc și partenerele de viață, și copiii.

Din păcate, părinţii din România încă sunt într-un top al violenţei.

*Cred că aceşti bărbaţi ar trebui să se uite din nou în Biblie. Chiar Iisus, Care vorbise despre întoarcerea obrazului (*Matei *5, 39), ca gest de libertate, de smerenie, chiar şi de dragoste faţă de cel neputincios, şi ca o formă neaşteptată de dezarmare a agresorului, Acelaşi Iisus, când a primit o palmă, i-a spus agresorului Său: „Dacă am vorbit rău, dovedeşte ce este rău, iar dacă am vorbit bine, pentru ce Mă loveşti?" (*Ioan *18, 23) E singura dată în timpul pătimirilor Sale când Domnul Se împotriveşte cumva la ceea ce I se întâmplă. De ce face Iisus asta? Pentru a arăta că e nevoie de discernământ: da, uneori e folositor pentru tine şi pentru celălalt să nu ripostezi, să rabzi insulta, să fii pacifist, însă, când consideri că nu-i va fi de folos celuilalt să întorci şi celălalt obraz, dimpotrivă, îl stimulezi şi mai mult să o facă, atunci ai dreptul şi chiar datoria să protestezi şi să ceri dreptate. Tot Domnul ne-a spus: „De-ţi va greşi ţie fratele tău, mergi, mustră-l pe el între tine şi el singur. Şi de te va asculta, ai câştigat pe fratele tău. Iar de nu te va asculta, ia cu tine încă unul sau doi, ca din gura a doi sau trei martori să se statornicească tot cuvântul. Şi de nu-i va asculta pe ei, spune-l Bisericii." (*Matei *18, 15-17) Pe toate acestea spune Domnul să le facem nu ca să ne răzbunăm, ci ca să îl trezim pe celălalt, să înţeleagă că greşeşte şi să încerce să îndrepte răul făcut, apărându-te însă şi pe tine, cel ce ai fost nedreptăţit. Biserica a fost întotdeauna împotriva oricărei forme de violenţă, a fost alături de cel care a suferit, a încercat să susţină crucea celui lovit. Există, în cadrul Bisericii, aşezăminte care găzduiesc victime ale violenţei, care consiliază astfel de persoane.*

Un site recunoscut de la noi spune că, în 2022, în România 42 de femei au fost victime ale violenţei domestice, au fost efectiv omorâte în bătaie. Asta era anul trecut, potrivit datelor prezentate de Parchetul General al Poliției. Numărul victimelor violenței domestice a fost în creștere cu 10% în 2021 față de anii anteriori, potrivit World Vision România. Cea mai mare parte dintre victimele violenței domestice (65%) sunt femei, 17% sunt minori. Conform altei statistici, 32% dintre românce au fost victime ale hărțuirii sexuale și 30% au suferit violență fizică și / sau sexuală de la vârsta de 15 ani. Dintre toate aceste persoane agresate, doar 23% au raportat poliției cel mai grav abuz pe care l-au suferit. Văzând aceste date, mă gândesc că avem clar o problemă. Cred că este vorba despre faptul că nu înțelegem suficient care este locul nostru, care este poziția corectă pe care trebuie să o avem în relațiile cu ceilalți. Adică ar trebui să știi că anumite lucruri nu sunt acceptabile, nu sunt tolerabile. Nu este în ordine să se țipe la tine, nici ca tu să țipi la partener, nu este în ordine să vă loviți unul pe altul și nici să vă amenințați. Asta nu e o normalitate, ci o deviere, un abuz, care trebuie cunoscut, despre care trebuie să vorbești și față de care trebuie să iei atitudine.

Cum am putea să ajutăm femeia care are un soț violent? Sunt doamne care vin la mine și care spun: „Părinte, m-a lovit soțul.” Și la tine vin femei aflate în astfel de situații care te roagă să le ajuți? Haide să creăm împreună un ghid al femeii care a suferit o violență. Ce ar trebui să facă o femeie care a trecut prin asta?

În primul rând, dacă nu e un gest minor, o scăpare, într-un moment de furie, pe care simte că nu o poate rezolva prin dialog, pe cale amiabilă, sau că se va agrava, femeia agresată trebuie să raporteze imediat aceste agresiuni. Să apeleze la o autoritate, fie că e poliție sau avocat, care să îl sperie pe omul violent. Să nu accepte, să nu rabde, să nu tacă!

Dar dacă are copii și doar soțul lucrează?

În România se întâmplă ca, atunci când un bărbat alcoolic își lovește familia, femeia să plece de acasă, în loc să plece el, agresorul. Ea este dusă într-un centru, eventual cu copiii. Este cumplit, o situaţie foarte dificilă, de aceea unele mame rămân în aceste relaţii toxice, împinse cumva de nevoie, considerând că, astfel, le oferă copiilor un acoperiş şi ceva de mâncare. O casă unde violenţa tatălui de multe ori se extinde de la mamă spre copii nu e un loc firesc pentru a creşte copii. Dacă încearcă toate variantele, dacă îi dă o şansă şi el rămâne neschimbat, dacă violenţa doar creşte, e limpede ce trebuie să facă, pentru siguranţa copiilor şi a sa. Trebuie să găsească o autoritate care nu neapărat să îl sperie, ci să îi spună că va suporta consecinţele faptelor lui.

Pe de altă parte, sunt foarte multe ONG-uri care ajută femeile abuzate, violentate, lovite, femeile care au trecut prin situaţii complicate. Există în toate zonele ţării aşezăminte în care se pot refugia pentru o perioadă. Deşi ele sunt insuficiente pentru câtă nevoie este şi nu au cum să ofere o variantă de supravieţuire pe termen lung. Oricum ar fi, nu trebuie să ezite să ceară ajutor, nu trebuie să tolereze răul, nu au voie să rămână acolo, e cea mai mare greşeală.

Aşadar, în primul rând, femeia trebuie să apeleze la o autoritate, ca să îl sperie, să-l trezească pe omul violent şi ca să beneficieze de protecţia şi ajutorul altora. Cine poate să îl sperie pe omul violent? Poliţia, primăria şi avocatul. Şi mai există şi aceste centre, care o pot proteja, o pot sfătui.

Există centre în foarte multe zone, mai ales în cele în care oamenii au antecedente în privinţa violenţei domestice. În Moldova, în anumite zone din sudul ţării, prin Călărași, în Bucureşti şi în alte oraşe, sunt centre pentru copii, pentru femei, pentru victime ale violenţei domestice. Există organizaţii nonguvernamentale care cu asta se ocupă.

Doamnelor, sunteţi victima violenţei în familie? Vă rog să apelaţi la 0800 500 333, linia telefonică gratuită la nivel naţional pentru doamnele care au trecut prin violenţă în relaţie. Găsiţi informaţii şi pe site-ul Agenţiei Naţionale pentru Egalitatea de Şanse între Femei şi Bărbaţi: https://anes.gov.ro. Există aici şi o hartă a serviciilor sociale din ţară. Căutaţi contactele centrelor de primire în regim de urgenţă a victimelor violenţei domestice disponibile în zona dumneavoastră. Apelaţi la ajutorul şi consilierea celor care au experienţă în acest domeniu. Femeia, odată ce a fost lovită, nu trebuie să rămână în acea relaţie.

Este adevărat că aici mai intervine ceva, iubirea pentru bărbatul respectiv sau preocuparea pentru copii sau presiunea socială. Cunosc foarte multe doamne care spun: „Părinte, a fost nervos, a fost beat. Îl iubesc şi îl iert, pentru că nu vreau să las copiii fără tată." Deciziile nu sunt uşor de luat. Nu e totul simplu în astfel de situaţii. Realitatea nu e întotdeauna zugrăvită în alb şi negru, ca să poţi să distingi una de alta şi să iei uşor o decizie. Cu toate acestea, violenţa nu trebuie niciodată tolerată, nici încurajată. Nu cred că asta e o „cruce" pe care ar trebui să o rabzi fără nicio reacţie. Cruce e gestionarea unei astfel de situaţii, încercarea de a-l ajuta pe celălalt să se schimbe, găsirea unei ieşiri din aceste conflicte, nu suportarea bătăii. Ce bine poate să iasă din asta? E acest lucru un martiraj? ***Nu există iubire acolo unde există teamă. Agresivitatea verbală sau fizică, tonul ridicat, cuvintele jignitoare, îmbrâncelile, palmele ar trebui să fie străine de viaţa creştinului.***

De aceea, educaţia pe această temă trebuie să pornească de-acasă, de la ce vede şi de la ce îi spui tu, ca mamă, fiicei tale. Dacă atunci când te enervezi ţipi, jigneşti, înjuri, loveşti, ea va crede că aşa se face. În schimb, dacă vei rezolva conflictele, diferenţele de opinie, cu un ton calm, argumentat, ea nu va fi tolerantă cu altfel de reacţii. Vorbeşte cu fiica ta, spune-i că nu e normal să accepte sau să practice tachinarea, stigmatizarea, ura, invidia, bătaia. Spune-i că, dacă azi, la școală, acceptă o jignire sau chiar o lovitură fizică, mâine poate fi victimă a violenței domestice. Învaț-o să fie intolerantă la astfel de manifestări, încurajeaz-o să îți povestească dacă e victima unei agresiuni, ca să puteți lua împreună măsurile care se impun.

Sunt cupluri care discută despre acest aspect încă dinainte de căsătorie: „Dacă ridici un deget asupra mea, în secunda 2 am plecat!" Nelămuririle, nemulțumirile trebuie discutate deschis încă de la început, nu trebuie să se ajungă la acumulări care să răbufnească. Dacă vezi că celălalt dă în clocot, nu mai pune și tu paie pe foc. Găsește, cu tact și răbdare, un timp potrivit pentru reproșuri, pentru ajustări, nu când el e deja tensionat. Unele conflicte se pot aplana, dacă se exersează de dinainte arta dialogului. E nevoie, deci, de mai multă educație pe această temă. Întotdeauna ai o opțiune, chiar și când pare totul fără ieșire. Roagă-te să te lumineze Dumnezeu să iei o decizie bună în astfel de situații.

Nu e în ordine să fii agresat de nimeni, cu atât mai puțin în familie. Nu e în ordine ca cineva să îți agreseze copilul. Nu e în ordine să trăiești sub presiune. Eu am, în jurul meu, oameni care fac meserii pe care nu le iubesc. E o doamnă, pe care o admir din tot sufletul, care vine dimineața la 5.00 și curăță sediul radioului. Dacă ai 40 de ani și ești femeie și nu ai un job, nici că mai găsești unul ușor. Atunci trebuie să te mulțumești cu lucruri care nu mai au nicio treabă cu pregătirea ta. Trăim într-o societate în care, dacă ești adult, eventual și singur sau divorțat, și ai o anumită vârstă, deja e din ce în ce mai dificil să te integrezi.

Aș vrea să le spunem oamenilor că a fi femeie astăzi este o chestiune nu neapărat foarte complicată, ci diferită față de cum era în vremea lui Hristos. Sunt mult mai multe lucruri pe care le cari în spate azi. Femeia pe atunci nu muncea, nu avea un loc de muncă plătit, ci era casnică. Astăzi femeile câștigă aproape la fel de mult ca bărbații lor, au același timp de lucru și, pe lângă asta, și grija gospodăriei, a îngrijirii copiilor. E cumva explicabil că ele cer tot mai mult sprijin din partea soților și, atunci când nu-l primesc, se revoltă, devin nemulțumite, verbalizează, răbufnesc și apar conflictele, care, dacă nu sunt bine manageriate, pot degenera în violență.

Într-adevăr, femeia de astăzi are cu totul altă existență decât avea, nu acum 2000 de ani, ci în urmă cu 100, chiar cu 20-30 de ani în urmă. Astăzi, femeia este multitasking, face enorm și nu are timp de odihnă. Am putea, deci, să spunem că prima provocare a femeii contemporane este aceea că nu mai are pauză, ***nu se mai poate odihni suficient, din cauza multelor responsabilități și griji pe care le are, și la serviciu, și acasă.***

Are tot timpul ceva de făcut. A terminat la serviciu, oricât ar fi el de greu, și a ajuns acasă, unde trebuie să fie proaspătă, să încropească ceva de mâncare pentru copii, să se uite un pic pe teme, să facă alte treburi gospodărești. Nu toate femeile își pot permite să comande mâncare sau să cheme serviciul de curățenie acasă. La noi, sunt zile în care gătesc eu și altele când gătește Mihai.

Ești norocoasă că Mihai gătește. Eu, de exemplu, nu gătesc, Doina mea nu are noroc. Sunt implicat însă în celelalte treburi ale casei, fac ceea ce pot ca lucrurile din casă să nu rămână doar pe umerii Doinei, care și ea lucrează. Asta e important să înțelegem. Să nu ne prefacem că nu vedem greul celuilalt, ci să ajutăm, să facem tot ce ține de noi ca lucrurile din casă să funcționeze bine. Implicarea, disponibilitatea, preocuparea pentru nevoia și greul celuilalt sunt ingrediente ale înțelegerii în familie. Așadar, ferice de doamnele care au bărbați cu pasiunea gătitului! E minunat că, uite, tu, când vii de la radio, primești bucurie. Bărbatul tău gătește fantastic. Iar tu, dimineața, când pleci la muncă, le lași un mic-dejun pregătit, un semn al iubirii și al grijii tale pentru ei. Nu te ocupi doar de tine dimineață. Asta e foarte frumos!

În primul rând, pregătesc un lapte cald, un cappuccino sau un ceai cald pentru Teodora, ca să se încălzească în zilele friguroase până la metrou sau până la școală. Fie îi las lui Mihai ceva, când e acasă, pentru că și el pleacă uneori devreme, fie le las amândurora un bilețel pe care le scriu: „Nu uitați să faceți sendvișuri cu șuncă, pentru că e proaspătă!" sau „Atenție ce pui la pachet astăzi, că e post!" Asta mi se întâmplă în fiecare zi, uneori chiar seara, dacă nu uit. Femeia are treabă de dimineață, de când se trezește, și până seara, când adoarme. Este în construcția ei să îi pese, să fie implicată, cu o inimă mai atentă la ceilalți.

Asta înseamnă că, prin comparație, bărbatul e mai puțin simțitor, adică nu sesizează chiar toate problemele, mai trece peste ele, le mai amână.

„Nu știu alții cum sunt", dar eu mă consider un om norocos. Merg dimineața la radio și soțul îi pregătește sendvișul Teodorei. Altfel, ar fi trebuit tot eu dimineața, pe fugă, să fac repede două sendvișuri și să le pun într-o caserolă, pentru că în tonomatul de la școală sunt numai bazaconii, biscuiți cu toate tipurile de margarine sau mai știu eu ce chipsuri. Unele mame pregătesc seara sau dimineața gustările copiilor, după care îi lasă la școală. 70% dintre ascultătoarele mele de la radio sunt femei care își duc copiii la școală la ora 7.00–8.00, cu mașina, cu metroul, unele cu căștile pe urechi.

Le știi nevoile, știi ce e în sufletul lor. Le oferi acestor doamne o clipă de răgaz, punându-le o melodie bună, dându-le o veste bună, vorbindu-le frumos, cu vocea ta liniștitoare, salutându-le.

Încerc să le dau o veste bună, pentru că e clar că viața lor e ocupată. Sigur, sunt și bărbați care, în drum spre serviciu, își lasă copiii la școală, dar sunt foarte multe mame care s-au ocupat deja de pus un sendviş, de verificat că ghiozdanul e bine, de văzut dacă plouă în ziua respectivă.

Deci prima provocare, prima „cruce" a femeii moderne este că are un program tot mai încărcat, e mult mai ocupată şi, prin urmare, mai obosită. De la oboseală pleacă multe neînţelegeri în cuplu. Când eşti obosit, totul pare mai greu de suportat, nu mai ai aceeaşi flexibilitate şi disponibilitate. La această primă provocare cred că o primă soluţie ar fi aceea de a mai simplifica din lucrurile neesenţiale şi de a mai strecura în programul ei şi lucruri plăcute şi frumoase, pentru sufletul ei.

O prietenă mi-a spus că n-a mai fost la pedichiură de un an şi ceva, pentru că nu are timp. Duce copilul la şcoală, merge la birou, apoi la piaţă, la hypermarket, găteşte repede ceva, măcar seara să fie caldă mâncarea, bagă repede ceva la spălat, verifică temele, se culcă târziu şi a doua zi, devreme, o ia de la capăt. Ştiu ce spun, de la mamele copiilor pe care eu i-am botezat, 15 la număr. Măcar două ore staţi cu copiii voştri seara! Oricât de bună e şcoala, oricât de bună e instituţia, oricât de buni sunt bunicii, copilul are nevoie de părinţii lui. Jucaţi-vă cu el, povestiţi, citiţi, ascultaţi-l, este cea mai importantă investiţie a vieţii voastre. Un copil care nu-şi simte mama sau tatăl aproape când are o situaţie grea, când are o teamă, când are o suferinţă, o nedreptate, poate avea probleme pe viitor. Citeam un articol tare interesant despre ce să nu faci când ai un tânăr adolescent. Cel mai mare rău pe care îl poţi face este să îl ignori. Are nevoie să te ştie aproape, să vorbeşti cu el. Altfel îl va creşte altcineva, ţi-l va fura societatea. Tentaţii sunt nenumărate – lucruri online, offline, gaşca, isteria, nebunia cu alcoolul, cu tot felul de droguri, tot felul de substanţe. În faţa acestor pericole care sunt peste tot, măcar tu trebuie să-i fii aproape!

Altă provocare a femeii este aceea că, poate, din cauza multelor probleme pe care le are, ar putea să ignore timpul petrecut cu copiii și cu ea însăși.

Se spunea la un moment dat că în spatele unui bărbat puternic, de succes, e întotdeauna o femeie. Eu aş adăuga „obosită". Ca el să aibă succes şi să îi fie bine, ea trebuie să facă toate lucrurile pe care el nu are timp să le facă şi atunci obligatoriu este o femeie obosită. Am în jurul meu femei care conduc bănci, companii, branduri întregi, la tot felul de companii mari, şi care sunt, în continuare, mamele implicate ale copiilor lor. Asta, desigur, cu mult efort și multă disponibilitate. E foarte important să vorbim aici despre cine e ajutorul unei femei obosite. Când să mai aibă timp să se roage? Cât e ea de scuzată atunci când nu are timp? Mi se întâmplă uneori seara să adorm cu capul pe pat. Mă aşez în genunchi să mă rog, pun capul acolo și spun o parte din rugăciune, dar la finalul ei adorm.

Şi asta, puţină şi cu capul pe pat, este o rugăciune pe care Dumnezeu cu siguranţă o apreciază. E limpede că Dumnezeu vede că nu ai timp şi că eşti obosită. El nu cere de la tine mai mult decât poţi.

Draga mea cititoare, nu este obligatoriu să le faci pe toate în acelaşi timp. O soluţie la provocarea lipsei de timp ar putea fi să îţi faci un calendar de priorităţi, să pui pe niveluri ce e important: copilul, soţul, serviciul etc. Dacă ai o întâlnire importantă la serviciu, roagă-l pe soţ să te ajute în acea zi sau roagă pe cine vrei tu să te ajute. Nu te încărca cu ceva mai mult decât poţi duce.

Soluţia ar fi: „Fă-ţi un plan şi stabileşte-ţi priorităţi." A doua soluţie ar fi: „Cere ajutorul!" Nu poţi singură.

Că nu poţi singură e una. Dar problema este că, atunci când vrei să le faci pe toate, creşte foarte tare frica de eşec şi, prin urmare, anxietatea. Chiar dacă ţi se pare interesant să fii mereu în mişcare, mai ales la tinereţe, nu uita că presiunea acumulată trebuie să iasă pe undeva. Poate iese printr-o criză de nervi, printr-o depresie, printr-o boală, printr-o stare de nemulțumire continuă. Toate vin la pachet. Trăim într-o perioadă în care avem senzația că suntem roboței, cu o mână ținem copilul în brațe și cu cealaltă trimitem mesaje. Suntem multitasking. Este o pierdere de timp teribilă, după părerea mea, pentru că nu faci niciunul dintre aceste lucruri bine, ci le faci pe toate cu jumătate din tine sau cu un sfert din tine. Atenția ta nu poate fi și la copil, și la cum scrii e-mailul, și la întâlnirea video, și la planul de după. Toate astea duc la niște frustrări imense. De aceea, știu, de la psihologii pe care îi intervievez la radio și la televiziune, că sunt din ce în ce mai multe femei cu suferințe teribile, psihologice. Acolo, soluția este clar la Dumnezeu. Și la psihiatru, și la psiholog, și la duhovnic.

Nu lăsa să se acumuleze, ci acționează repede, oboseala asta poate duce la anxietate, la depresie, poate să te doboare, dacă nu ești puțin atentă. Oprește-te puțin din alergatul acesta și vezi ce e cu adevărat important, selectează puțin.

Aș mai avea o soluție: „Fă-ți un pic de timp și pentru tine." E ca la instructajul care se face în avion: dacă se întâmplă ceva, pune-ți mai întâi masca de oxigen ție, ca să poți să-l ajuți și pe copil să și-o pună. Aș sugera doamnelor să aibă o activitate în zona artistică, culturală, să caute supape. „Ce melodie iubesc? Ce muzică îmi place?" Sunt unele doamne cărora le place Sofia Vicoveanca – ascultă cea mai tare melodie a ei într-o dimineață și joacă o horă, să te bucuri, să-ți salte inima. Altora le place muzica machedonească, altora, Rihanna, Adele, Pink sau mai știu eu ce. Dansează, cântă, bucură-te!

Trebuie să ai niște soluții, să te eliberezi de presiune.

Prima soluție, cea mai la îndemână și cea mai puternică, însă trebuie să fie: „Doamne, mi-e greu;

Doamne, nu mai pot! Doamne, ajută-mă!" Asta o poţi face instant. După aceea, relaxează puţin sufletul tău, făcând ceva ce îţi place. Citeşte ceva, caută ceva artistic, fă un masaj de relaxare, mergi la un spa, ieşi într-un parc, aleargă, mergi la sală, mergi pe jos, intră într-o biserică, du-te la o expoziţie, la un muzeu, la un concert, la un spectacol de teatru, la un film, ieşi cu prietenele. Bucură-te, caută bucurie! ***Dacă viaţa ta nu are bucurii, generează tu bucuria.***

Bucuria trebuie să fie peste tot. Aud foarte des: „Sunt disperată, nu mai pot cu asta, nu mai pot cu cealaltă!" Suntem împinse la limita rezistenţei de foarte multe probleme. Punem şi noi foarte multe acolo, desigur. Ieşi puţin din situaţia stresantă în care te învârţi şi vezi, analizează puţin, ce soluţie ai. Pune pe hârtie ce nu îţi place sau ce nu merge.

Acolo este o formă de neacceptare a unei realităţi. Trăim între acceptare şi neacceptare. Neacceptându-l pe profesorul de fizică al copilului, să zicem, și intrând în iureşul gândurilor de judecată, dacă rămâi acolo şi laşi nemulţumirea copilului tău şi / sau a ta să se amplifice, fără să verifici, fără să mai fii raţional şi obiectiv, punând la cale o întreagă revoluţie, trimiţând sesizări şi plângeri, rişti să greşeşti. Ai putea totuşi să ieşi din asta şi să zici: „Stai puţin, poate omul are şi ceva bun!", „Poate nu e rău intenţionat."

Interesează-te, poate este doar o părere, poate este într-adevăr un tip serios şi prea dur, poate copiii îl percep greşit şi vor să scape de el. Am auzit de nenumărate ori: „Trebuie să schimbăm profesorul cutare!" Dar de ce? Ce are profesorul respectiv? Căutaţi modele între profesori, căutaţi lucruri bune peste tot. Şcoala deja este o chestiune care îi consumă foarte tare pe copii. Sunt copii de 6-7 ani care se trezesc la 6.30 ca să ajungă la 7.30 la şcoală. La înmormântarea tatălui lui Mihai, am asistat la o discuţie între două fine de-ale mele: „Spune-i condoleanţe!"

„E un cuvânt prea greu, nu pot!" „Atunci spune-i că îţi pare rău." „Păi nu am făcut nimic rău, de ce să îmi pară rău?" Apoi cea mai mică dintre ele a întrebat-o pe cealaltă: „Tu eşti la şcoală?" „Da!" „Şi e frumos?" „Nu prea." Asta a fost atitudinea acelei fetiţe. Şcoala nu mai este locul ăla magic în care te duci de drag. Sunt foarte multe obligaţii, sarcini, schimbări; de asta prea puţini copii se duc cu drag la şcoală.

După pandemie, mai ales, chiar dacă s-a făcut învăţământ online, şcoala nu mai este un loc magic, cum era pe vremea mea. Noi n-aveam alte soluţii. Acum ai un telefon, o tabletă, şcoala nu mai are atât de multe lucruri cu care să te atragă. Nu poate concura cu toate ofertele facile şi tentante care vin din zona aceasta, cel puţin pentru copiii din oraşele mari, pentru copiii care au tot felul de soluţii alternative de petrecere a timpului. Poate că în zonele rurale mai sunt copii care se duc cu drag. Şcoala a devenit o formă de presiune – ai teme, ai obligaţia să citeşti, ai tot felul de examinări, lucruri pe care le faci acum foarte devreme. Şi părinţii pun presiune, vor performanţă. Eu am o colegă al cărei copil, în clasa a IV-a, urmează să dea examen ca să intre la o şcoală mai bună din clasa a V-a. Prin urmare, a început să facă meditaţii din clasa a IV-a, adică la doar 10-11 ani.

Aşadar, sunt presiuni mari la şcoală. Toate aceste presiuni reverberează, se transferă şi în familie.

Trebuie să învăţăm să le facem pe toate pe rând, să încercăm să găsim soluţii pentru fiecare, pe măsură ce apar, pentru că toate aceste lucruri se transformă în presiuni care apasă în familie, în primul rând, pe umerii femeii-mamă.

*Femeia de astăzi are multe lucruri de făcut şi este extenuată. Ca soluţii pentru eliberarea ei de sub această presiune am propus: **„Prioritizează puţin lucrurile, ia-ţi un ajutor, din când în când ia o pauză, gândeşte-te şi la tine puţin, roagă-te mai mult. Caută***

și lucruri plăcute pentru tine ca să te reîncarci, du-te către lucrurile care îți plac ție cu adevărat."

O altă provocare a femeii este nevoia ei de a-și comunica trăirile, sentimentele, simțămintele, experiențele cu bărbatul, care nu e dispus uneori să comunice la fel de mult cât și-ar dori sau ar avea ea nevoie.

Femeia, când are ceva de făcut, vorbește întruna, te bate la cap, pentru că e mai implicată, trăiește mai intens orice decizie. Când trebuie să facă ceva, ea își asumă și caută mai multe soluții. Da, poate fi și pisăloagă. Da, poate să te și scoată din sărite. Dar, în același timp, încearcă să vezi dacă nu cumva acolo, în reacția ei, în temerile pe care le exprimă, nu cumva este și o doză de neîncredere, bazată pe experiența anterioară, în faptul că ai putea să faci anumite lucruri. Precauțiile pe care ea le verbalizează arată că are nevoie de un partener implicat, de cineva care să își asume mai mult ceea ce urmează să se întâmple. În general, femeia e mai hotărâtă și mai organizată, de aceea, când își pune în minte să facă ceva, face acel lucru. De asta nu prea e înțelegătoare cu improvizațiile, cu neseriozitatea, cu amânările. Dacă eu în mod repetat îi spun niște chestii lui Mihai, despre lucruri pe care într-adevăr ar trebui să le facă, invariabil se va sfârși cu el reproșându-mi că îl bat la cap.

Insistența cu care vine o femeie în comunicare este dată uneori și de faptul că, poate, bărbatul nu face sau ignoră cu bună știință ceea ce trebuie sau a fost rugat să facă, tocmai ca să arate că nu funcționează metoda cu bătutul la cap.

Discuția asta e obligatorie, pentru că am văzut din ce în ce mai multe cupluri care nu sunt bine. Or, lucrul acesta se întâmplă tocmai din cauza lipsei de comunicare, a viziunilor diferite despre anumite lucruri, a ritmurilor diferite, a setărilor diferite. Ieși odată cu el undeva, fără copii, fără mame, fără bunici, fără bone; stați ochi în ochi și spuneți-vi-le pe toate, înainte de a te supăra pe el. Spune-i că ai avea nevoie mai mult de el să te sprijine în cutare activitate, că ai vrea să nu mai amâne deciziile, spune-i ce te supără la el, dar şi ce îţi place. Vorbiţi deschis unul cu altul, fără mânie şi părtinire.

Şi mie mi se întâmplă să întâlnesc prea multe cupluri care nu sunt bine. Doina are o vorbă şi cred că e bine-venită în acest context: „Trebuie să stăm de vorbă!" Când o spune serios înseamnă că e ceva important, aşa că atunci găsim o modalitate de a sta de vorbă pe subiectul respectiv. Eu mă aştept, întotdeauna când spune asta, că e ceva mai grav. În zona asta a comunicării, din când în când ar trebui provocată câte o discuţie serioasă, în care să vorbiţi în mod real, în care să rezolvaţi lucrurile nerezolvate din ultima vreme, chiar şi dacă ajunge să fie o discuţie contradictorie.

Vorbiţi uitându-vă ochi în ochi, nu cu ochii în telefon.

În legătură cu aceste dispute, vine a doua provocare a femeii în ceea ce priveşte comunicarea, deoarece, de cele mai multe ori, apar reproşuri şi ton ridicat.

Discuţiile care pleacă dintr-un ton ridicat tot aşa se vor termina. E greu de crezut că există altă finalitate. Tonul ridicat nu e o soluţie, escaladează situaţia şi o poate duce spre conflict. El va creşte şi mai tare, şi mai tare. De câte ori mă enervez şi urlu, îmi dau seama cât de rău îmi fac mie, cât de rău îi fac copilului, cât de rău îi fac soţului meu şi stării noastre generale din familie. Nu ajută la nimic, creşte tensiunea inutil.

Un ton ridicat creşte tensiunea artificial şi generează alte probleme. *Cumva, dacă vrei să rezolvi o problemă, în niciun caz tonul ridicat nu este o soluţie.*

Trebuie avut mare grijă. Există două tipuri de greşeli: sunt femei care **ridică tonul**, se ambalează, şi femei care vorbesc frumos, dar **cicălesc**, sunt insistente.

Cicăleala este o altă boală a comunicării între femeie şi apropiaţii ei. În Biblie sunt nişte versete care spun că cicăleala asta nu e bună şi că prea multă vorbă sau prea multă insistenţă nu e bună. Ai o soluţie pentru asta?

Dacă-ţi baţi la cap constant soţul: „Să nu cumva să uiţi să plăteşti telefonul, să nu cumva să uiţi să duci gunoiul!”, sigur o să se enerveze atât de tare, încât e mare probabilitatea să uite. Dacă-i trimiţi un mesaj înainte să plece: „Să nu uiţi să te opreşti acolo!” şi, eventual, „Mulţumesc pentru asta. Te pup! Te iubesc!”, atunci îmblânzeşti situaţia. Decât să-l baţi la cap, mai bine trimite-i mesaj exact la momentul potrivit. Şi dacă nu face, asta este. Fă tu, dar spune-i sau, mă rog, continuă cu răbdare, dacă poţi. Ideal ar fi să fie aşa, numai că nu ştim până unde e răbdarea sau până unde poate merge. Cunosc un cuplu foarte drag, de oameni minunaţi, care s-au certat de la nişte farfurii care au rămas trei zile nespălate. Ea a plecat de acasă, s-a întors după trei zile şi el tot nu le-a spălat, ca să arate că nu e treaba lui să spele şi că, oricum, nu ăsta e tonul pe care trebuie să îl folosească. Până la urmă s-au împăcat, le-a fost bine, dar lecţia a fost foarte dură.

Cicăleala apare atunci când simţi că nu eşti ascultată, că nu eşti băgată în seamă, că nu contezi. O foloseşti ca o metodă de a fi prezentă, de a fi remarcată. Ar trebui cumva cu înțelepciune să schimbi perspectiva, să vezi că de fapt cicăleala, chiar dacă e și îndreptățită, nu aduce nimic bun.

S-ar putea să insişti să faci nişte lucruri, pentru că, la rândul tău, n-ai nişte chestiuni foarte bine puse la punct la tine. Îi bat uneori la cap pe Mihai şi Teodora pentru că sunt doi împrăştiaţi, iar reacţia lor este: „Iar ai început cu asta?” Încerc să mă temperez, dar e complicat. Oamenii au foarte multe de făcut, tot timpul apar chestiuni noi. Nu ştiu cine a rostit-o, dar mi se pare foarte frumoasă următoarea afirmaţie: „Mergem într-o viteză prea mare şi din când în când trebuie să ne mai oprim, pentru că sufletele noastre nu merg cu aceeaşi viteză. Hai să le aşteptăm!" Mai trageţi-vă sufletul, oameni buni!

Să aştepţi un pic să te urmeze şi îngerul tău. Asta a fost recomandarea stareţului de la Vatoped, când am plecat noi cu maşina de la mănăstire, din Muntele Athos, spre România: „Aveţi grijă cu ce viteză mergeţi, ca să vă poată urma şi îngerul vostru păzitor." Ca părinte spiritual şi înainte-văzător, era grijuliu, desigur, şi ştia deja că prin Bulgaria sau prin Grecia am putea apăsa un pic prea tare pedala de acceleraţie. Şi atunci a formulat această rugăminte: „Atenţie cum mergeţi, ca să se poată ţine după voi şi îngerul păzitor!"

De cele mai multe ori, persoana care apelează la cicăleală, la insistenţă inutilă, are un neajuns, nişte neîmpliniri. Cum poate să-şi rezolve neîmplinirea? Trebuie să se gândească un pic de unde vine această neîmplinire şi dacă este necesar să se frământe astfel. Deci uitaţi-vă la voi, la traumele voastre, la suferinţele voastre. Nu cumva aţi avut părinţi sau bunici pisălogi? Nu cumva aţi învăţat că acesta este un scenariu de viaţă, că aceasta e soluţia pe care aţi deprins-o de când eraţi mici? Am întâlnit asta la copii, mai ales la puşti care îşi doresc ceva şi cred că, agresându-te tot timpul cu „vreau aia, vreau aia", obţin. Efectul e pe dos, de obicei – oamenii se aşază fix de-a curmezişul atunci când cineva îi bate la cap. Mai ales bărbaţii procedează astfel.

Atunci le îndemnăm pe doamne, în mod înţelept, să comunice mai eficient. Psihologii spun că, dacă repeţi un adevăr de prea multe ori, el îşi pierde valoarea. Cicăleala asta vine în urma dorinţei de a transmite ceva, de a consolida o informaţie, un sfat, o părere. Dacă spui cu adevărat ceva important, ar trebui să o faci mai rar și mai apăsat, decât să o faci prea des și nesemnificativ, pentru că atunci ceea ce spui își pierde valoarea.

Nu doar că lucrul pe care îl spui își pierde valoarea, ci deja cel de lângă tine nu-l mai aude, cuvintele tale devin doar o formă de tortură cu care acesta se obișnuiește și nu mai are niciun fel de reacție sau are o reacție de respingere a ta, nu doar a lucrurilor pe care le spui. Dacă devine un obicei, un dialog al surzilor, fiecare ajunge să-și vadă de treaba lui.

Cred că trebuie să ne adaptăm vremurilor noastre. Femeile sunt la rândul lor „cicălite" de alții. Adică nu vă imaginați că numai ele vorbesc mult. Cele mai multe dintre femei au mai multe joburi, deci mai multe surse de „cicălire". O femeie este, cum spuneam și mai devreme, angajata cuiva, mama cuiva, soția cuiva, menajera cuiva, fiica cuiva, bunica cuiva și așa mai departe. Este foarte important să nu amesteci aceste joburi.

Cred că e foarte greu ca ele să nu se amestece. Pentru că toate sunt în mintea ta, în prezentul tău. Universul faptului de a fi fiică se combină cu universul faptului de a fi mamă, cu universul faptului de a fi nevastă și așa mai departe; toate acestea se așază în același timp în inima femeii. Femeia, fiind mai iubitoare și trăind mai intens totul, așază grijile în inima ei mai puternic decât bărbatul. Când ajunge bărbatul acasă, vrea să i le comunice. Și nu e greșit că vrea să i le comunice. Important e cum, mai ales când și cât de inteligent o face!

Dacă nici el nu are starea necesară și răbdarea să asculte, efectul e groaznic. S-ar putea ca aceeași chestiune pe care vrei să o rezolvi la un moment dat, pe liniște, pe pace, să nu fie o situație complicată. În timp ce, spusă într-un moment nepotrivit sau răcnită la telefon: „Ți-am zis că trebuie să nu știu ce!", s-ar putea să aibă un efect fix pe dos. Cred cu tărie că, oricât de conectați suntem, ar fi bine să luăm cele mai importante decizii față în față, ochi în ochi. Cred că trebuie să ne întoarcem la asta. Și mai e ceva: femeia de astăzi e mândră; oamenii, în general, sunt din ce în ce mai mândri pentru că și-au ridicat nivelul intelectual, averea, au crescut așteptările.

Putem să spunem că toată lumea a devenit, cumva, mai vanitoasă. Și atunci, inclusiv femeia are propriile provocări în zona aceasta. Există femei care muncesc 14 ore din 24 sau și mai mult, au cariere de succes, câștigă bine, au tot ce le trebuie, călătoresc, sunt apreciate pentru ceea ce fac. Și totuși, care este busola lor, cine și ce le susține lăuntric pe femeile acestea? Nu știu câte dintre ele mai au timp să se roage. Din experiența de duhovnic știu sigur că, pe măsură ce urci pe scara ierarhică, mândria îți gâdilă orgoliul, îți alimentează dorința de mai mult, te împinge tot mai sus și ajungi să ți se pară că nu prea mai ai atât de mare nevoie de Dumnezeu, că te descurci și singură. Ai senzația că ai ajuns acolo prin forțele proprii, de aceea te simți cea mai importantă, cea mai bună. Cred că această schimbare este valabilă și pentru bărbați, nu doar pentru femei. Ce le-ai spune acestor femei? Cum le-ai ajuta?

Le-aș spune să nu uite nicio clipă legătura cu Dumnezeu și cu pământul. Cu cât ești mai sus, cu atât mai mare e distanța când o să cazi, dacă nu ești atentă. Să nu uiți de unde ești, de unde vii, de unde ai plecat. Spunea cineva: „Copiii noștri trebuie să aibă rădăcini, să știe unde se întorc. Dar și aripi, să zboare cât mai departe. Întotdeauna să aibă și rădăcini!” V-aș întoarce totuși întrebarea și v-aș ruga să îmi spuneți cum procedăm în privința mândriei, pentru că și mie mi se întâmplă uneori să cred că sunt inventatoarea mersului pe jos. Cum pot fi eu smerită în fața lui Dumnezeu?

Ar fi important să știm că mândria vine în urma unui succes, a unei reușite, în urma unui lucru deosebit pe care l-ai făcut. Adică un om leneș, fără prea multe rezultate, nu prea e vizitat de mândrie. Mândria e apanajul celor care au trecut de niște etape, care sunt deja mai sus.

Te îmbraci bine dimineața, ți-a dat și Dumnezeu, poate, niște calități fizice deosebite, și te uiți în oglindă și spui: „Măi, ce frumoasă sunt!" În situația aceasta, o primă soluție ar fi un: „Mulțumesc, Doamne!" Când ai un succes, când ți-a ieșit bine un interviu, când ai luat o primă la salariu, când ceilalți te văd că ești minunată, când ai realmente un motiv pentru care oamenii te laudă sau te prezintă ca extraordinară, atunci ar trebui să spui: „Mulțumesc lui Dumnezeu." Să Îi mulțumești lui Dumnezeu, și nu să îți arogi singură succesul, ca fiind exclusiv al tău. Ci să spui că acest succes, faptul că ai reușit într-un demers, faptul că arăți bine, faptul că ești inteligentă, faptul că ai..., toate acestea nu sunt doar meritul tău.

Împarți în trei, și anume: o parte este a lui Dumnezeu, Care te luminează, Care te inspiră, Care te veghează; o altă parte este a echipei din care faci parte (oamenii care te-au format, familia care te susține, cei care contribuie la reușita ta); și doar a treia parte este a ta, a efortului tău, a strădaniei tale de a cultiva ceea ce Dumnezeu, părinții și formatorii tăi au pus în tine, și de a valorifica oportunitățile create de Dumnezeu sau de oamenii din jurul tău, pentru care, din nou, trebuie să fii recunoscătoare. Întotdeauna oamenii superiori, marii artiști, marii oameni au avut capacitatea asta, de a mulțumi echipei. Când ai un succes, când îți iese bine, poți ușor să aluneci, să-ți pierzi busola și să te crezi Dumnezeu pe pământ, centrul Universului, și de aceea să ajungi să îi domini pe toți, crezându-i și tratându-i ca pe niște ființe inferioare, de care doar te folosești în interesul tău. Deci prima soluție la gândul de mândrie este aceasta: „Mulțumesc, Doamne!" Acesta este adevărul! Omul ancorat în realitate este omul care știe că nimic nu este doar al său. Există un citat faimos dintr-un Sfânt Părinte care zice: „Nimic nu sunt, nimic nu pot, nimic nu fac, nimic nu am, nimic fără Tine, Doamne!" E limpede că, dacă ai avut priceperea şi puterea să faci ceva, dacă ai avut răbdarea să duci ceva la bun sfârșit, dacă ai avut un succes, e şi pentru ca Dumnezeu te-a ajutat.

De aceea, pentru că El vede şi ce faci tu cu succesul ăsta, pe care tot El te-a ajutat să îl ai, trebuie să nu-ţi arogi reuşita, ci să recunoşti că nu e totul de la tine. Nu aşteaptă Dumnezeu de la tine să Îi mulţumeşti neapărat, ci vrea să vadă că înţelegi că totul e o colaborare, că ai nevoie de El, că El e sprijinul tău, că vrei să Îl incluzi în viaţa şi acţiunile tale, că te deschizi spre supraputerea pe care doar El o are şi ţi-o poate oferi şi ţie. Dumnezeu e ca un părinte bun, care te ajută oricum, dar care Se bucură când eşti recunoscător şi îţi dă apoi şi mai mult din dragostea Lui, când vede că o preţuieşti şi ştii să o foloseşti spre binele tău. În acest sens omul vanitos pierde de două ori. Pierde plata pentru binele făcut, atunci când se laudă cu el sau când aşteaptă laude de la oameni pentru ceea ce a făcut, şi pierde pentru că se lipseşte de harul lui Dumnezeu în demersurile lui viitoare.

Mi se întâmplă uneori, ca preot, care sunt cunoscut printre credincioşi, să întâlnesc oameni care-mi spun: „Vai, părinte, sunteţi minunat!" Le zic: „Doamne fereşte! Nu eu sunt minunat; toată slava lui Dumnezeu I se cuvine. Hai să-I mulţumim lui Dumnezeu pentru asta!" Adică trebuie să iei succesul ăla, să-l redirecţionezi către cine merită cu adevărat, şi anume spre Dumnezeu, Care ţi-a dat puterea să ai, să faci, să spui. Asta este ***prima soluţie la provocarea mândriei: mulţumirea către Preabunul Dumnezeu, Care te-a ajutat, apoi către oamenii din jur, care te-au ajutat şi ei, la rândul lor, în diverse grade şi forme.*** *Să ai mărinimia ca succesul tău să-l împarţi familiei, prietenilor, echipei. Este o soluţie pe care ar fi bine să o aplici inclusiv acasă, în familie, ca să rămâi în bucurie. „Am reuşit pentru că mă susţineţi voi, pentru că mă motivaţi* *voi, mă încurajați, vă rugați voi pentru mine." Pentru că, dacă îți arogi ție succesul, generezi invidie în jurul tău.*

Trăim într-o generație care gândește, din păcate, astfel; ne-am crescut și copiii așa, spunându-le mereu „Tu ești cel mai bun!", „Tu poți, tu faci", tu și iar tu. „Arată-le celorlalți că poți!", „Nu fi prost; ce, tu nu poți?" În realitate, când faci ceva, nu o faci pentru alții, ca să le demonstrezi că poți, că ești, că ai, ci ceea ce faci, faci pentru tine, în primul rând. Iar ceea ce reușești să faci nu e doar meritul tău.

Poți să nu arăți de fiecare dată către succesul tău, punând accentul doar pe meritul tău, pe reușita ta, pe tine, ci încearcă mereu să îl ridici și pe cel cu care ai făcut echipă; îndreaptă atenția și spre cei care au contribuit la reușită. Dacă ai făcut un proiect bun la școală sau ți-a ieșit ceva bine și ai avut efectiv succes, e pentru că ai avut și pe altcineva lângă tine. Așa că oferă cadoul ăsta, succesul tău nu-l lua doar pentru tine. Spune: „Am reușit asta, dar m-au ajutat și contabilul, și juristul, și administratorul..."

Dacă nu ești construit așa, dacă nu te duci de mic la biserică, poți să mai ai astăzi acest gen de atitudine?

Desigur. Această atitudine nobilă se învață. Doamnele care ne citesc ar fi bine chiar să facă acest exercițiu. De pildă, își pot pune aceste întrebări: „Oare singură am făcut o mâncare bună, singură am avut succes la serviciu, singură am făcut să arăt așa de bine, singură am reușit să fiu frumoasă, singură am făcut ca să fiu așa luminoasă și fericită? Eu singură?" Nu! În primul rând, Dumnezeu te-a creat așa, iar tu doar întreții ceea ce Dumnezeu ți-a dat. Că ești frumoasă e un dar, nu prea ai contribuit la asta; nici machiajele, nici celelalte accesorii nu te fac cu adevărat frumoasă, dacă nu te-ai născut așa. Însă dacă ai avut succes în carieră, dacă ai avut împliniri în zona educațională, profesională, este pentru că au fost în calea ta niște oportunități, care nu au ținut doar de tine. Poate ai muncit mult, ai învățat mult, ai tras cât ai putut tu, dar, sigur, au fost și alți oameni care te-au ajutat, te-au remarcat, te-au promovat, care au crezut în tine. Atunci „dă-i Cezarului ce-i al Cezarului și lui Dumnezeu ce-i al lui Dumnezeu", adică dă-I lui Dumnezeu ce-i al Lui, omului care te-a ajutat ceea ce e al lui și ție, ce-i al tău. Că ești gospodină și ți-a ieșit ciorba fantastic a fost meritul tău, dar nu doar al tău. Au fost ingredientele bune, au fost și condițiile bune. O știi și tu prea bine. Uneori respecți toți pașii, și tot nu îți iese bine. Cu siguranță și faptul că ai avut o stare bună, când ai gătit, a făcut ca mâncarea respectivă să iasă grozav; iar asta nu a ținut doar de tine. De aceea, împarte în mod corect succesul cu toți cei implicați.

Dumnezeu nu îl iubește pe egoist!

Există un citat care ar trebui să dea fiori reci fiecărui om mândru: „Dumnezeu celor mândri le stă împotrivă, iar celor smeriți le dă har." (1 Petru *5, 5) M-am întrebat mereu, căutând în exegezele acestui verset, la Sfântul Ioan Gură de Aur și la alți autori care au cercetat Scriptura și s-au preocupat de înțelesurile acestui cuvânt, ce înseamnă asta. Am înțeles că Dumnezeu îi stă împotrivă celui mândru tot din iubire. Adică dacă cineva este mândru, se înalță prea sus, iese din hotarele adevărului, ale realității și pășește pe teritoriul minciunii, al amăgirii, al părerii greșite despre lume, despre ceilalți și despre sine. „Omul trufaș nu se cunoaște deloc pe sine", spune Sfântul Ioan Gură de Aur, „întrucât își atribuie calități care sunt daruri de la Dumnezeu." Și Apostolul Pavel îl întreabă retoric pe omul mândru: „Ce ai, pe care să nu-l fi primit omule? Iar dacă l-ai primit, de ce te fălești, ca și cum nu l-ai fi primit?"* (1 Corinteni *4, 7) Așadar, Dumnezeu „îi stă împotrivă"* celui mândru, *îngăduind în viața lui existența unor căderi, pentru ca, prin căderile acelea, omul respectiv să-și vină în fire, să se întoarcă la adevăr, să realizeze că nu el este Dumnezeu pe pământ. E greu de digerat asta.*

Eram la Mănăstirea Cornu, unde mă spovedesc, și venise cineva cu un caz grav de desfrânare. După ce am vorbit cu acel om, îmi spune părintele duhovnic: „Uite, Părinte Vasile, pentru că și tu spovedești oameni, înțelege de aici mecanismul diavolului, mecanismul celui rău. Când omul se mândrește, când este el centrul universului lui și devine narcisist, egoist, egocentrist, atunci se golește de har, rămâne expus, ca urmare a alegerii lui. Harul Domnului nu-l mai însoțește, nu-l mai apără, nu-i mai dă puterea să se lupte cu răul care e mereu aproape, căutând doar prilejul în care nu ești apărat de har ca să te «muște». Știm bine că «Potrivnicul nostru, diavolul, umblă, răcnind ca un leu, căutând pe cine să înghită.» (1 Petru *5, 8) În lipsa harului care ne susține, apare căderea firii noastre slabe și neputincioase. Firile noastre, fiind căzute, alunecă lesne către dorințe omenești, către furt, către posesiuni, către păcate trupești, către dorințe trupești, către carnal."*

Concluzia părintelui meu duhovnic asta a fost: **omul, când devine egoist, mândru, îngâmfat, este părăsit de har în acel moment și cade.** *Observați, vă rog, când are loc o mare cădere, cum ar fi un om care pleacă de acasă cu o amantă, în mod total inexplicabil, dacă nu cumva înainte de această cădere a fost o mândrie undeva. Chiar Sfântul Ioan Scărarul spunea undeva foarte concis: „Când un suflet cade în păcat înseamnă că mai înainte s-a înălțat prin mândrie." Cunosc un medic foarte bun, căutat de multă lume, cu succes pe toate planurile: familie frumoasă, casă frumoasă, mașină de lux, succes în activitatea lui de medic. Ei bine, a căzut din cauza unei amante și și-a pierdut familia, a ajuns la divorț. A rămas singur cu acea amantă într-o garsonieră de 25 de metri pătrați, el care avea o vilă superbă în zona de nord a capitalei. A plecat din raiul din casa* *lui şi a ajuns unde? A venit la mine cu această cădere uriaşă. L-am întrebat: „Hai să vedem care-i cauza. De ce ai ajuns să cazi?" După ce am vorbit mai mult, am înţeles de unde plecase totul, aşa că l-am întrebat: „Uite, recunoşti că din mândrie s-a întâmplat tot?" „Da, am fost foarte mândru!" Când apare mândria, te pui pe tine pe tron, îţi construieşti în mintea ta o statuie; te închini sinelui tău, te închini imaginii tale. În momentul ăla, căderea este foarte aproape.*

*De aceea, când ai căzut, ar trebui să-ţi recunoşti ţie însuţi cauza principală care te-a dus acolo: „Da, Doamne, am fost mândru." Dacă au avut loc căderi mari în viaţa ta de femeie, uită-te un pic în spate şi vezi, nu cumva a fost acolo o mândrie? Dacă recunoşti, deja eşti cu un pas mai aproape de vindecare. Poţi găsi în asta explicaţii ale căderilor care au existat deja în viaţa ta, dar poţi să şi eviţi altele noi. „Fiţi treji", spune Sfântul Apostol Petru, să nu fiţi muşcaţi de acest „leu" periculos care ne dă mereu târcoale (*1 Petru *5, 8).*

Care e soluţia împotriva mândriei?

Pentru mândria din trecut soluţia este să te pocăieşti. *Pocăinţa înseamnă să îţi pară rău, să înţelegi vătămarea pe care ţi-ai provocat-o prin ceea ce ai făcut, să nu mai accepţi să trăieşti în mizeria şi amăgirea păcatului, a patimii, să vrei să schimbi ceea ce nu e bine la tine, să îţi vii în fire, cu ajutor de Sus. Pocăinţa este o formă de smerenie, care e antidotul mândriei. De asta pocăinţa nu te vindecă doar de mândria din trecut, ci te ajută să dobândeşti smerenia, care e o trăire în adevăr, în echilibru, o deschidere spre Dumnezeu. Să-I spui deci lui Dumnezeu: „Doamne, îmi pare rău că am greşit, vreau să mă pocăiesc. Da, am greşit pentru că am fost mândră." Dacă nu ai un duhovnic înaintea căruia să faci această mărturisire, caută-ţi unul, pentru că ai nevoie de această supapă, de această descărcare a sufletului. Când faci asta, sufletul tău se umple de bucurie.*

Când sinele egoist crește mare, sufletul devine mic. *De-aceea oamenii care au egoism mare au suflete mici, adică se ocupă doar de lucruri meschine, sunt conduși doar de interes, nu sunt empatici, nu se pot bucura de reușita altora, sunt nepăsători, absenți, pasivi în relațiile cu ceilalți.* ***Când este egoismul mare, empatia pleacă, iubirea pleacă,*** *pleacă tot. În momentul acela mândria acaparează omul și devine ca un cancer cu metastaze. Mândria este un cancer, iar metastazele sunt lăcomia, desfrânarea, mânia, înjosirea celorlalți, păcatul judecății, ura, neliniștea sufletească, izolarea, depresia.*

Ce tablou urât!

Cum se vindecă un cancer? Dacă îl afli din timp și îl tratezi corespunzător, chiar și această boală grea se poate vindeca. Dacă văd la mine simptome ale mândriei (încrederea în sine exagerată; respingerea a tot ce „nu-i al meu"; folosirea frecventă a lui „eu"; dorința de a fi în centrul atenției; plăcerea de a fi remarcat, apreciat; frustrarea pe care o simți când ești cumva contrazis, nedreptățit sau când ai suferit un eșec; continua nemulțumire față de ceilalți), mă pocăiesc, îmi pare rău că am greșit, mă înfățișez duhovnicului, care îmi poate descoperi și el alte simptome, poate vedea deja posibilele metastaze, îmi poate pune un diagnostic corect și poate apoi să-mi prescrie tratamentul necesar pentru vindecare.

Trebuie să înțelegem că mândria îți poate aduce o victorie de etapă, o victorie minoră, care să îți hrănească egoul, să îți dea o anumită satisfacție, dar după asta urmează durere. Vine nota de plată, vine imediat nota și acea notă este, de cele mai multe ori, o cădere. Se întâmplă așa nu ca o răzbunare a lui Dumnezeu, ci pentru că omul mândru e atât de înșelat de propria gândire, încât nu mai e sensibil la argumente, la sfaturi; doar evenimentele puternice îl mai pot trezi din acest vis în care alege să trăiască.

Deci dacă, după un succes, urmează o cădere, înseamnă că succesul pe care l-ai avut a fost însoțit de mândrie. Dacă după un succes spui: „Mulțumesc lui Dumnezeu, mulțumesc echipei care m-a ajutat, vă mulțumesc vouă tuturor; sunteți minunați. Mă bucur de ceea ce am putut face împreună!", formezi echipă și te iei de mână și cu cel care a muncit alături de tine și cu Dumnezeu, Care vede noblețea ta. Astfel rămâi conectat cu adevărul și lași loc iubirii și generozității față de ceilalți. Când te vei duce pe calea mândriei, vei pierde iubirea celorlalți. Vă rog să observați în jurul vostru că întotdeauna oamenii mândri sfârșesc prin a se însingura. De ce? Pentru că oamenii pleacă de lângă cel mândru; oamenilor nu le place de cel a cărui viață este doar despre el. Întotdeauna ar trebui să fie despre noi!

*La provocarea mândriei sunt, așadar, cel puțin două soluții: în primul rând, mulțumirea către Dumnezeu pentru tot, pentru ceea ce ești și pentru tot ceea ce ai. A doua soluție importantă este să-ți asumi adevărul că ești om păcătos, cu imperfecțiuni, nedesăvârșit, care oricând ar putea să cadă în vreo greșeală. Nu există om fără de păcat. „Toți s-au abătut, împreună netrebnici s-au făcut; nu este cel ce face bine, nu este nici măcar unul!"(*Psalmul 52, *4), spunea profetul David atât de frumos. Nu pune pe nimeni în ramă, pentru că toți suntem păcătoși, până la ultima suflare. Antonie cel Mare a fost pustnic, a fost om sfânt și i-a biruit pe diavoli. Îl urcau spre cer îngerii la sfârșitul vieții și diavolii îi strigau de departe: „Ai scăpat de noi, Antonie, ne-ai bătut, ne-ai învins!" Și el spunea: „N-am scăpat încă de voi!" Dacă el, atunci, pe patul morții, zicea: „Da, v-am bătut, v-am învins!", el cădea în mândrie. După ce a trecut de poarta Raiului, strigau diavolii: „Ne-ai învins, Antonie." Iar el le răspundea: „E, nu eu, ci Dumnezeu! Acuma da, am scăpat de voi, sunt în brațele lui Dumnezeu!" Abia după ce a trecut a spus asta. Până nu trecem de poarta Raiului, nu putem să spunem că putem să avem vreo victorie care să fie a noastră.*

Carevasăzică, toată viața noastră, a fiecăruia dintre noi este o luptă cu niște demoni.

Nu, este în primul rând o luptă cu noi înșine, cu societatea și cu forțele nevăzute ale întunericului. Este o luptă neîncetată cu noi înșine, cu firea căzută din noi, cu societatea asta care ne împinge spre păcate, cu patimile, cancerul ăsta al sufletului. Însă în toate, și în ispitele care vin de la firea noastră căzută, și în ispitele care vin de la trupul nostru, și în cele provocate de lumea în care trăim, în toate, deci, stă ascuns tot diavolul, care face și ca firea noastră, și ca trupul nostru, și ca lumea să fie provocatoare înspre rău. Dar toate propunerile intră în suflet doar dacă noi le permitem. Ispita nu e mai puternică decât puterea ta de a rezista. Să fii ispitit nu e din vina ta, dar să o accepți și să o transformi în faptă sunt responsabilitatea ta. De asta, când greșim, nu putem da vina pe nimeni altcineva decât pe noi înșine.

Ce faci când săvârșești lucruri rele fără să vrei?

Acestea vin tot de la fire, de la faptul că n-ai rămas alipit de harul lui Dumnezeu și ai devenit vulnerabil, de la faptul că nu ți-ai antrenat suficient atenția să discerni lucrurile, de la faptul că răul ajunge în tine atât de impregnat, încât nu mai distingi cum trebuie și săvârșești răul automat. Trebuie să fii foarte atent. Lupta cea mai grea este cu noi înșine, cu mândriile noastre, cu orgoliul rănit, cu societatea care ne împinge la păcat și cu forțele întunericului care vor să ne tragă în jos. Unde lucrează forțele întunericului? În zona minții, a ideilor, a gândurilor. Permanent suntem ispitiți. Diavolul, dacă l-ai vedea, ar fi simplu să te prinzi unde e și ce intenții are. Însă el se insinuează în gândul tău, cum a venit și la Eva: „Oare Dumnezeu nu cumva v-a spus?" S-a insinuat, asta e problema de fapt, că diavolul ia forme interesante, plăcute, chiar aparent bine intenționate. De asta trebuie să fii atent la intenția lucrului pe care îl faci și să analizezi de la început dacă nu superi pe cineva prin intenția ta de a face un lucru. E ca la cicăleala despre care am vorbit. Intenţia ta poate să nu fie de a enerva pe cineva, dar, dacă nu faci bine ceea ce faci şi insişti, poţi face un rău, şi celorlalţi, şi ţie. Deci întreaga viaţă este o luptă.

*Femeia de succes trebuie să înţeleagă de aici că ea este în mijlocul unei lupte şi că are nevoie de nişte arme. Cu atât mai mult au nevoie de ele cei care sunt mai sus, unde vânturile mândriei bat mai tare. Apostolul Pavel spune foarte clar: „Îmbrăcaţi-vă cu toate armele lui Dumnezeu, ca să puteţi sta împotriva uneltirilor diavolului. [...] Pentru aceea, luaţi toate armele lui Dumnezeu, ca să puteţi sta împotrivă în ziua cea rea, şi, toate biruindu-le, să rămâneţi în picioare. Staţi deci tari, având mijlocul vostru încins cu adevărul şi îmbrăcându-vă cu platoşa dreptăţii. [...] În toate luaţi pavăza credinţei, cu care veţi putea să stingeţi toate săgeţile cele arzătoare ale vicleanului. Luaţi şi coiful mântuirii, şi sabia Duhului, care este cuvântul lui Dumnezeu.” (*Efeseni *6, 11, 13-14, 16-17) Să avem, deci, tot timpul asupra noastră protecţia lui Dumnezeu. Adică să fim tot timpul conectaţi la corectitudine, la dreptate, la iubire, la har. Avem nevoie de armele astea, pentru că fără ele putem fi biruiţi.*

Mântuitorul spune: „Fericiţi făcătorii de pace!” Este pacea mai importantă decât dreptatea? **Pacea este mai importantă decât dreptatea în relaţia cu aproapele tău.** În relaţie cu tine însuţi trebuie să fii **foarte exigent.**

Bunicul meu mi-a spus: „Vasile, trebuie să fii extrem de exigent cu tine însuţi şi foarte blând şi bun cu ceilalţi!” Acolo trebuie să ajungem. Adică hai să ne gândim, suntem noi buni şi iubitori cu ceilalţi şi exigenţi cu noi înşine? Care este rezultatul unei asemenea atitudini? Pe de o parte, fiind înţelegător cu ceilalţi, nu vei pune presiune pe ei, nu-i vei judeca şi vei avea pace. Pe de altă parte, fiind exigent cu tine, vei creşte profesional, uman şi duhovniceşte şi vei avea rezultate bune.

De exemplu: când faci piața, dacă cauți puțin și cumperi roșia aia mai bună, coaptă și zemoasă, salata cea mai proaspătă din piață, o ceapă bună și ce mai e nevoie, va ieși o salată bună. Dacă un ingredient este stricat, se strică toată salata.

Exigența cu noi înșine ne duce la performanță, la adevăratul succes. *Apoi, după ce avem succesul, să I-l dăm lui Dumnezeu („Doamne, Tu m-ai ajutat să fac alegerile bune!", „Tu mi-a dat înțelepciunea să o fac.") și să i-l dăm și aproapelui, echipei, familiei, celor care ne-au ajutat. Dacă ești exigent cu tine, succesul vine. Trebuie și aici avută o măsură, pentru a nu fi exigenți și nemulțumiți de noi într-un mod exagerat, ajungând la altă extremă: neîncrederea, teama de eșec, depresia, lipsa păcii și a bucuriei.*

În legătură cu raportul dintre pace și dreptate, și anume dacă e una mai importantă decât cealaltă, din experiență am observat că nu se poate stabili o regulă generală, fiecare situație trebuind judecată diferit. Evident, fiind creștini, în familie, în comunități, în colectivități, trebuie să căutăm mai mult decât orice pacea dintre noi. Părintele Arsenie Papacioc obișnuia chiar să spună „că pacea este de patru ori mai mare decât dreptatea". Însă nu orice pace e mai bună decât dreptatea, la fel cum nici orice dreptate care alungă pacea nu este rea. Uneori, poți obține pacea doar dacă se respectă dreptatea. Depinde întotdeauna de miza fiecărei situații. Nu poți pretinde tu pacea cu prețul nedreptății suportate de celălalt, dar poți păstra pacea renunțând de bunăvoie (fără resentimente) la dreptatea ta îngustă, la atitudinea justițiară, răzbunătoare. Aici se aplică principiul: să fii înțelegător și binevoitor cu ceilalți și exigent cu tine. Cred că, dacă tindem spre a avea dreptatea lui Dumnezeu, care e diferită de dreptatea omenească subiectivă, atunci vom ști când e bine să cedăm de dragul păcii și când e bine să fim fermi, să stăruim să se respecte dreptatea, tot de dragul unei păci durabile. Să nu lăsăm dorința de a se face dreptate să ne umple sufletul de mânie, de ură, de judecată, și să ne răcească dragostea. Dimpotrivă, să facem din dragostea pentru ceilalți o sursă a răbdării, a iertării, a tactului în gestionarea tensiunilor, a dorinței de aplanare a conflictelor, a detensionării neînțelegerilor. ***Nu poți să oferi altora pace dacă nu o ai mai întâi în tine.*** *De aceea rugăciunea și viața în har ajută mult să ai o atitudine pacificatoare în jurul tău.*

De câte ori poți să greșești?

În fața iertării lui Dumnezeu nu există prea multe greșeli ca să nu poată fi iertate. Ceea ce nu înseamnă că ar trebui să greșim oricât doar pentru că știm că El ne va ierta. El ne iartă mereu și mereu pentru că ne iubește și pentru că vrea să ne dea șansa de a părăsi păcatul care ne strică ființa lăuntrică, de a deveni ceea ce numai harul Lui poate să ne facă.

Revin la medicul acela care a venit la mine. Ca duhovnic, îi pun oglinda în față omului, nu îl judec eu. „Vezi unde te-a dus mândria ta?", i-am spus. Și atunci el a înțeles: „Doamne, da, am fost mândru!" „Bun, atunci dacă ai fost mândru, hai să începem să lucrăm la cauzele problemei." Scopul meu, ca duhovnic, este să identific cauzele problemelor și să le eliminăm împreună. Până nu eliminăm cauzele, nu am făcut nimic.

Care sunt cele mai des întâlnite cauze?

Mândria, orgoliul, egoismul. Omul mândru se măsoară mereu cu alții, se compară, e mereu nemulțumit și supărat. Dacă ai o mașină și te gândești mereu la mașina vecinului, care e și mai bună, e clar că ai o problemă. ***Primul semn al mândriei este că nu mai trăiești în tine, ci în afara ta și te compari mereu cu ceilalți. Al doilea semn al mândriei este faptul că te superi ușor când nu se face ca tine, când consideri că doar părerea ta e bună.***

Părintele Teofil Părăian, care nu mai e printre noi, a fost un om extraordinar, un mare părinte, un mare român, un mare patriot, un mare părinte duhovnicesc al nostru. El a spus așa: „Te superi? Ești mândru." A esențializat: te superi pentru că nu s-a făcut ca tine, poate consideri că tu erai mai bun și ai fi putut să dai o altă rezolvare. Când ești mereu nervos, supărat, mânios, acolo e în spate o mândrie, de fapt.

O doamnă a venit la mine și mi-a spus: „Părinte, sunt o păcătoasă!" Ca duhovnic, vedeam mândria din ea, avea „mândria smereniei": „Vai, părinte, sunt o păcătoasă, sunt cea mai păcătoasă, să nu mă strigați pe nume, spuneți-mi: «Păcătoasa»." Am reținut asta, dar am văzut că a spus-o cu mândrie. Peste puțin timp am condus un grup de cincizeci de credincioși în Israel, în Ierusalim, grup din care făcea și ea parte. La un moment dat, când ghidam grupul, am strigat după ea: „Tu, păcătoaso, vino puțin mai aproape, să auzi un pic mai bine ce spun eu aici!", doar ea mă rugase să îi spun așa. Seara, la hotel, când ne-am cazat, a zis: „Vai, părinte, m-ați numit așa în fața tuturor!" „Păi nu ai zis tu să te numesc așa, acum câteva zile?" „Da, dar nu în fața tuturor, numai între noi." Suntem smeriți în casă, dar vrem ca în afară să se știe cât suntem de „minunați".

Toți suntem preocupați de imagine, Părinte!

În legătură cu asta, Părintele Cleopa ne-a dat exemplul suprem. Striga despre el: „Sunt un putregai, Moșu' Putregai; niciun bine n-am făcut eu pe fața Pământului. N-am nimica bun în mine, numa' răutăți!" Desigur, asta nu înseamnă că și noi trebuie să ne prezentăm, când facem cunoștință cu cineva, spunând că suntem putregai! Dacă îți spune cineva: „Vai, Liana, ești minunată!", e bine să Îi mulțumești lui Dumnezeu pentru ceea ce ai făcut bine și a fost apreciat de altcineva. În schimb, dacă zici: „Eu chiar sunt minunată, sunt cea mai tare!", riști să îți arogi tu toate meritele, să te crezi chiar cea mai tare și să îi tratezi pe ceilalți cu superioritate.

Ce face mândria? Ți se urcă la cap, te amețește și te desprinde de adevăr. Sunt două forme în care această trăire în minciună se manifestă: fie că te dai mare cu niște lucruri pe care nu le trăiești cu adevărat, adică știi bine cine ești, dar te dai drept altcineva, fie, în a doua situație, când mândria te-a amețit atât de tare, încât crezi tot ceea ce se spune despre tine, chiar te crezi cel mai bun. Mândria te face să te simți altfel, să te simți superior. Iar dacă într-adevăr ești cel bun, fă cum fac marii sportivi, marii campioni: ridică mainile sus și recunoaște că nu e totul de la tine.

Mândria mai dă, pe lângă supărarea aceea de care vorbeam mai devreme, și ***perfecționismul****. Aceasta este o mare problemă a societății: fie că nu ești niciodată mulțumit de tine și că vrei să îți iasă totul perfect, ești meticulos, focusat excesiv pe detalii, pe ceea ce nu a ieșit bine, nu pe ce a ieșit, fie că vrei ca și ceilalți să fie perfecți (ca tine). Perfecționistul este mereu nemulțumit de el și de ceilalți, nu are pace până nu iese totul absolut perfect, se îndoiește de sine, se judecă aspru și nu acceptă critica, în schimb, e mereu critic cu alții, are dificultăți să lucreze în echipă, nu are încredere să delege sarcini altora, resimte anxietate, rușine și vinovăție. În familie, perfecționistul se poartă tiranic și-i cere partenerului de viață să fie perfect, să facă totul așa cum el vrea și, în caz de neconcordanță între așteptări și realitate, îl critică aspru. Numai Dumnezeu e perfect. Acest perfecționism poate să creeze o presiune foarte mare.*

Femeia de astăzi e într-adevăr mai perfecționistă, simte mai multă presiune.

E adevărat. Perfecționismul de care suferim toți în diverse grade vine din presiunea la care suntem supuși de societatea în care eficacitatea și profitabilitatea dictează, practic, nu doar ritmul pieței, ci și pe al vieții. De aceea nu trebuie să lăsăm această presiune să ne schimbe sufletul, să ne împingă spre mândrie. Dacă rămânem în firescul dat de credință, devenim și buni performeri, și oameni cu pace lăuntrică, oameni care nu simt presiune de la societate. Cred că femeia smerită, care nu-și construiește viața pe valoarea imaginii și a afirmării de sine cu orice preț, este o femeie iubitoare și caldă, o persoană agreabilă, pe care te bucuri să o ai în preajmă. Ea comunică ușor, râde, glumește, e veselă. Îți dai seama foarte ușor despre o femeie dacă este mândră, pentru că este din start îngâmfată, „prețioasă", supărăcioasă, studiază fiecare pas pentru a se poziționa superior, universul minții ei este concentrat pe propria imagine.

Dar trăim într-o epocă a imaginii, facem poze, ne postăm, ne arătăm.

Faptul că facem poze numai în cele mai bune poziții este o problemă; pozele de profil ar trebui să fie poze pur și simplu. Nelucrate, neprelucrate!

E o întreagă industrie, industria post-procesării... Sunt mii de aplicații, care se ocupă de industria punerii în lumină.

Iisus Hristos ne cere: „Ieșiți din mijlocul lor și vă osebiți!" (2 Corinteni *6, 17) Nu trebuie să fim „ca lumea". Trăim în lume, dar avem alte valori, de dincolo de lume. Sigur că ne atingem de tehnologie, de media, încercăm să intrăm în zona asta, cu scopul exclusiv de a aduce sfințenia, Cuvântul Domnului și înțelepciunea Sfinților Părinți chiar și pe rețele, pe internet și canalele media, în lumea aceasta modernă, până la urmă, în viața oamenilor care trăiesc azi cu telefoanele în mână. Mesajul lui Dumnezeu e mereu actual și trebuie împărtășit curat acolo unde este omul, în forma în care el îl poate astăzi primi și înțelege. Faptul de a transmite Cuvântul lui Dumnezeu în acest fel, modern, nu este un compromis, ci este un răspuns la îndemnul Mântuitorului de a propovădui tuturor, acolo unde sunt.*

Forma nouă de transmitere a mesajului nu alterează conținutul mesajului. Primim și privim toate aceste mijloace noi cu o deschidere reținută, știind că e nevoie de mult discernământ, pentru că nu putem să mergem pe valorile lumii moderne, care în multe privințe sunt diferite și contrare credinței noastre. Avem conștiința că trebuie să fim atenți la ceea ce facem, pentru că, atunci când ne vom întâlni cu Domnul, Sus, El ne va spune: „Ți-am dat un cadru, în care te-ai născut și ai crescut. Ce ai făcut tu în acest cadru? M-ai adus pe Mine în lumea ta?" Deși valorile credinței sunt diferite de ale lumii, Dumnezeu nu e absent din această lume, ci îi iubește și pe oamenii din lumea de azi și vrea ca și ei să Îi cunoască mesajul, pe limba lor, în felul în care ei îl pot primi și înțelege astăzi, dincolo de neajunsurile lumii moderne.

Un părinte pustnic, părintele Rafail, ne-a dat soluția la cum să trăiești în lumea confuză de astăzi, fără să fii considerat nebun, fundamentalist și fără să fii afectat în credința ta de faptul că trăiești în lumea asta. Mi-am zis așa: ***„Să ai mașină ca și cum nu ai avea, să ai o casă ca și cum nu ai avea-o, să ai bani în cont ca și cum nu i-ai avea, să ai mâncare bună ca și cum nu ai avea-o!"*** *Adică să nu devii dependent de ele, ci doar să le folosești ca pe niște instrumente pentru a face acele lucruri pentru care sunt create. Banul este un instrument cu care poți să-ți trăiești viața normal și să faci bine aproapelui. Adică să nu te gândești numai la banul din cont. Sunt oameni care, atunci când au mai mulți bani în cont sau pe card, se simt mai plini de ei, mai fericiți, iar dacă banii se împuținează, le este greu, devin neliniștiți.*

O mare panică!

O stare de frică interioară, pentru că depindem de bani. Or, asta e greșit. „Să ai mașină ca și cum nu ai avea" înseamnă să vezi în mașina ta un vehicul care te poartă unde ai nevoie, din punctul A în punctul B. Atât.

Nu trebuie să faci un scop în sine din a avea o mașină de lux, ca să zică lumea că ești o femeie de succes, o femeie puternică. Nu trebuie să te prezinți lumii prin mașina ta. Ea e doar un instrument care e pus în slujba nevoilor tale, un mijloc prin care să ajungi la o destinație, nu destinația însăși. Dacă vrei să-ți iei o mașină nouă, pentru că e mai fiabilă, nu e un lucru greșit, dar ai grijă să nu epatezi și să nu cheltuiești enorm pe ea, doar din dorința de a-ți face din asta o carte de vizită. Scopul pentru care alegi o mașină premium, o mașină mai bună trebuie să fie acela de a folosi mașina la ceea ce ai nevoie, nu mai mult. Nu trebuie să fie o reflectare a imaginii tale de succes.

Provocarea mândriei poate fi rezolvată prin duhovnic, printr-un povățuitor, printr-un psiholog sau printr-un psihoterapeut. Toți îți vor spune aceeași idee, dar în alt fel: ***„Mândria te distruge." Vrei pace? Nu vei avea pace atâta vreme cât ești mândru****. Mândria te tulbură interior, este furtuna din sufletul tău, care, ca o tornadă ce crește pe măsură ce se înalță, te acaparează din ce în ce mai mult, dacă o lași să crească în suflet. Când vine mândria, pleacă harul, iar când te părăsește harul, vine tulburarea. În schimb, când vine harul Duhului Sfânt, vine cu o pace; ai pur și simplu pace în suflet.* ***Nu ai cum să ai și pace, și mândrie în același timp.*** *Când ești mândru, n-ai pace. Când ai pace, ai* ***smerenie*** *în suflet. Nu poți să le ai pe amândouă, și mândrie, și pace / smerenie. Dacă te tulbură ceva sau dacă descoperi că viața ta este un iad și că lipsește pacea, e sigur undeva ascunsă mândria, care este însoțită fie de lipsa rugăciunii, adică de lipsa unei comuniuni cu Dumnezeu, de la Care vine „pacea lumii..., toată darea cea bună și tot darul cel desăvârșit", fie de problemele de relaționare cu aproapele tău, fie de lipsa unei păci cu tine însuți, fie de câte puțin din toate.*

Celor care vin să îmi ceară sfatul în această privință eu le pot spune asta până mi se usucă gura. Dacă ei nu pun în inimă cuvintele mele și nu vor să le aplice în viața lor, e în van. Medicul îți dă rețeta. Dacă vrei medicamentul, faci rost de el, îl cumperi, dar nu ți-l administrezi, nu te vei vindeca. Deci procesul de vindecare înseamnă să îți dai seama că ai greșit și să faci tot ce poți ca să te vindeci.

Îți dai seama că ai fost mândră? „Părinte, m-am mândrit." Cum spuneam, câteodată suntem foarte relaxați cu noi, atenuăm vinovăția și ne găsim circumstanțe atenuante, dar suntem foarte exigenți și nemiloși cu bârna din ochiul celuilalt. Nu, pârăște-te înaintea lui Dumnezeu așa cum ești, spune sincer adevărul: „Părinte, sunt mândră!" Atunci, preotul, ajutat și luminat de har, caută împreună cu tine soluțiile. E o întâlnire în trei la spovedanie: tu, duhovnicul și Dumnezeu. În momentul în care te privești și vezi mizeria dinăuntru, atunci, chiar din asta, vin și soluțiile. Deci prima soluție de vindecare este aceasta: „Oprește-te puțin din goana în care trăiești, fă-ți timp pentru sufletul tău și pentru rănile lui ascunse și vezi unde greșești." Dacă vei încerca apoi, tot întărită de harul pe care îl primești la Spovedanie și prin Sfânta Împărtășanie, să schimbi cu adevărat ceva la tine, renunțând la mândrie și la urmările ei dezastruoase, vei primi o mulțumire foarte mare în sufletul tău, pentru că ai biruit răul din tine și ai ajuns mai aproape de Dumnezeu. Însă dacă lași răul să crească în tine, el îți deformează personalitatea, încât începi să crezi că așa e bine, cum vezi tu lucrurile, că e normal să fii mândră. Va fi tot mai greu să te corectezi și acesta va deveni un mod de viață – pentru că la mulți oameni mândria devine mod de viață –, ceea ce este înfiorător. Din păcate pentru ei, răutatea și mândria sunt, de fapt, slăbiciuni, nu virtuți, punctele lor slabe, nu punctele forte, cum cred ei.

E adevărat, dar dinspre ei nu se vede așa. Cel din afară poate să vadă asta, dar lor li se pare normal felul în care gândesc sau acționează.

E, desigur, o chestiune de optică. De asta e foarte important să ai povățuitori, cum o ai tu pe mama ta, cu care te sfătuiești mereu, cu care discuți ceea ce te frământă și care te ajută să rămâi cu picioarele pe pământ. Dacă încerci să ai relații bune cu toată lumea, cei dragi de pe lângă tine te vor ajuta să fii un om echilibrat, fără vanități și ifose inutile.

Pe de altă parte, trebuie să îți asumi că nu poți să placi tuturor.

Așa e. Nu ține de tine să fii plăcut tuturor. Cred că e și bolnăvicios să cauți să fii pe placul tuturor. Asta te-ar face să nu mai fii tu însuți, ci să „joci mereu cum ți se cântă". Apoi, dorința de a fi pe placul tuturor e alimentată tot de mândrie, tot de nevoia excesivă de validare din exterior. În același timp, nici nu trebuie să fii ursuz, îmbufnat, dornic să-i superi gratuit pe ceilalți. Și să vrei să fii pe placul tuturor, și să nu te preocupe deloc ce cred alții despre tine sunt amândouă extreme greșite. Avem nevoie de părerea celorlalți, dar nu de a tuturor, ci de a celor care sunt în cercul nostru apropiat: părinții, soțul, soția, copiii, prietenii, duhovnicul. Dacă mama te sună și tu nu ai timp și te enervezi, normal că apar frustrarea interioară, conflictul și mânia. Lucrurile astea te depărtează de o persoană care te-ar putea ajuta dezinteresat cu sfatul ei și mai ales cu rugăciunea ei. Din mândrie, din păcate, le facem rău celor mai dragi ființe din viața noastră, fără să vrem, de cele mai multe ori. Dacă te oprești puțin din mândria ta, din orgoliul tău, din insistența de a arăta că ai mereu dreptate, și soțul tău va vedea disponibilitatea ta, dorința ta de pace, bonomia ta, dragostea ta, căldura sufletului tău, asta te va ajuta. În schimb, dacă zici: „Nu am nevoie de ajutorul tău!", îi vei îndepărta pe cei apropiați de tine, te vei însingura și, mai devreme sau mai târziu, vei descoperi că singură nu poţi să-ţi aduci fericirea. Adesea, multe femei consideră că ele singure sunt suficiente. Răspunsul este că nu poţi fericit dacă te izolezi, te însingurezi.

E doar o fericire temporară, amăgitoare, pe termen scurt, care dispare imediat.

Vine viaţa cu ale ei, vine tăvălugul grijilor, al alegerilor, al problemelor, şi atunci vei avea nevoie de cineva pe lângă tine. Nu-i alunga prin asprimea ta pe cei care ar putea să te ajute. Nu Îi întoarce spatele lui Dumnezeu atunci când ţi-e bine, ca să nu te lipseşti de un Prieten important în momentele de cumpănă. De aceea, tu, femeie care ai fost poate atinsă de mândrie vreodată în viaţa ta – şi este imposibil să nu fi fost –, ridică ochii la cer şi spune: „Doamne, fără tine nu pot să fac nimic!" Uită-te pe verticală, sus la cer; de acolo vine sursa binelui din viaţa ta. Uită-te, de asemenea, pe orizontală, la cei din zona ta existenţială, care îţi întreţin binele şi bucuria. Dacă superi pe cineva sau dacă cineva nu mai poate trăi alături de tine, pentru că devii tiranul care îl chinuieşte, dacă aduci împrejurul tău rău, tristeţe şi nefericire, trebuie să ştii că prin aceasta ţie înseţi îţi faci un rău, pentru că te lipseşti de un ajutor la nevoie. Dacă faci bine celor din jur, ei vor putea să te ajute, să-ţi arate când ceva nu merge bine la tine, să te trezească dintr-o amorţire sau dintr-o eroare în care trăieşti şi de care poate tu singură nu îţi dai seama.

Ai nevoie să îţi recunoşti că nu eşti nicicum perfectă şi că ai nevoie de oameni cu care să te înconjori şi cu care să-ţi verifici părerile. Fă-ţi bine treaba, dar nu te duce spre perfecţionism, pentru că perfecţionismul îţi poate distruge pacea! Femeia perfecţionistă hotărăşte, dispune, aranjează, se străduieşte să facă totul impecabil şi se hrăneşte din asta, îşi hrăneşte sinele orgolios şi mândria şi crede că îşi e suficientă sieşi. Nu mai este atentă şi deschisă la nevoile celuilalt, pentru că și-a luat hrană din perfecționism, din mândria sa. Îți hrănești mândria și te hrănești din ea și zici că ești bine. Dar în fața primei provocări ai căzut: în judecată, în desfrânare, în mânie. Iată că, de fapt, acel bine era unul iluzoriu. Binele autentic este binele acela pe care îl primești, pe care ți-l dă Dumnezeu, care se naște din rugăciunea ta, din harul lui Dumnezeu care se revarsă prin Sfintele Taine, din participarea ta la viața Bisericii, din răbdarea ta, din dorința ta de a fi o sursă de pace pentru ceilalți, din zâmbetul copilului tău, din bucuria celor pe care îi faci fericiți. Fă un test, femeie dragă: dacă tu crezi că satisfacțiile pe care le ai tu astăzi în viața ta vin doar de la tine însăți, atunci nu e bine.

Asta e important. Gândește-te că, oricât de sus ai fi, nu ai ajuns acolo de una singură. Nu uita nicio clipă că sunt niște ancore care te-au ținut acolo și niște trepte care te-au ajutat să urci până acolo. Te-a născut și te-a hrănit o mamă, te-au educat un tată și profesorii, ai o familie care te susține, prieteni de nădejde. Pentru toate astea trebuie să-I mulțumești lui Dumnezeu. El nu ne vrea proști și nici egoiști.

Căutăm cu fiecare prilej să ne satisfacem și să ne hrănim egoul, în tot ce facem și în orice aspect al vieții noastre, și nu mai putem vedea bine ce e împrejur. Suntem concentrați pe noi înșine și nu-i mai vedem pe ceilalți așa cum sunt ei în realitate, ci deformat, în funcție de interesul și de dorințele noastre egoiste. Lăsând egoul deoparte, ești mai dispus la dialog, la cooperare. Ceea ce se întâmplă nu este numai despre tine. Asumă-ți că viața e ca un meci, iar tu ești unul dintre jucătorii din echipă. Echipa și meciul nu sunt doar ale tale sau doar pentru tine. Făcând o paralelă cu Gică Hagi, cel cu inima de aur, deși el era atât de bun, reușea performanțe deosebite și pentru că era cineva care să-i paseze excelent, cineva care, în apărare, își făcea treaba excelent, cineva care, în poartă, apăra excelent. De aceea, când se termina meciul, Hagi zicea: „Mulțumesc echipei.", el, Hagi, marele campion! La fel ai putea și tu, în „meciul vieții", să fii nobilă și recunoscătoare și să faci ce făcea el. Să mulțumești tuturor celor ce au pus umărul la ceea ce ești tu astăzi!

La biserică la mine, o parte din doamne și-au format prietenii, mici „echipe de bucurie". Biserica mea e o „caravană a bucuriei". După Liturghie, de pe la 12.30, toate terasele, toate restaurantele dimprejurul bisericii sunt pline de doamne și domni care iau prânzul împreună, continuând bucuria pe care o trăiesc la slujbă, în biserică. Toți s-au cunoscut în biserică! În momentul în care doamnele observă la vreuna dintre ele o atitudine nepotrivită, o mândrie sau un gest de orgoliu, o tristețe sau anxietate, o ajută să se corecteze, să depășească această stare: „Draga mea, ce e cu tine? Cum te putem ajuta?" Prietenia cu mai multe doamne din biserică este terapeutică.

Cu condiția să aibă aceleași valori.

Desigur. Ne-am întâlnit odată la un restaurant mai mulți de la biserică. Erau vreo 12 doamne și eu cu soția mea. Era o bucurie incredibilă la masă. La un moment dat, una dintre ele a început brusc să plângă. Am reacționat întrebând-o: „Draga noastră, spune-ne ce e în sufletul tău?" Plângând, ne-a spus: „Mă simt atât de bine aici cu voi, dar viața mea acasă este un iad. Mă simt atât de nevăzută acasă!"

Nu vă așteptați la o astfel de confesiune chiar la masă, nu?

I-am spus așa: „Draga mea, doar pentru faptul că ne-ai spus, deja problema ta poate să nu te mai apese la fel de mult și chiar să se rezolve. Multe se pot schimba când împărtășești ceea ce te apasă și mai ales dacă te străduiești să schimbi câte ceva la atitudinea ta, la modul în care abordezi relația cu celălalt. Casa ta nu trebuie să fie o pușcărie. Fă rai din casa ta! Hai să-ți spunem cum!"

Imediat, o altă doamnă a întrebat: „Draga mea, când ai dansat ultima oară cu soțul tău? Te duci acasă, dai drumul la boxe și îl inviți pe bărbatul tău la dans!" „La asta nu m-am gândit", a zis ea. O alta a spus: „Cumpără-ți o rochie nouă, feminină, care să-ți pună în valoare frumusețea."

Există această preconcepție, că Dumnezeu nu te vrea frumos.

Doamne ferește, nu e adevărat! Cu soțul tău poți să fii cât de frumoasă poți, ca să-ți fie bine în casă. Așa e și normal să fie! Altă doamnă a întrebat: „Draga mea, când ai ieșit ultima dată cu soțul tău la restaurantul preferat, doar voi doi?" „O, nici nu mai știu de când. Mai ieșim cu prieteni, dar singuri n-am mai ieșit de mult." „Ieșiți împreună la o plimbare pe biciclete să faceți și un pic de efort fizic?" „Ai ieșit vara asta cu bărcuța în Cișmigiu?" Dintr-odată au venit către doamna aceea zece soluții, iar ea a plecat fericită de acolo. Nu numai că a plecat fericită, ci a și pus în practică o parte dintre recomandări, care chiar i-au schimbat în bine relația de acasă. Deci calitatea vieții tale este dată și de calitatea prietenelor tale.

„Spune-mi de cine te înconjori, ca să îți spun cine ești."

Aceste lucruri pot fi soluții împotriva mândriei, care întotdeauna aduce însingurare, tristețe. Dacă nu ai prietene, dacă nu ai prieteni, este ceva în neregulă la tine, din cauza mândriei tale. Smerenia te scoate din egoism și te apropie de cei cu care împărtășești aceleași valori. Ca să ai prieteni, trebuie să intri în nevoia prietenului, să te faci util lui, să nu te mai gândești doar la plăcerea și interesele tale. Dacă nu ești dispus la asta și rămâi cu mândria ta, nu vei avea prieteni.

Mândria e ca un soi de cățel care latră la tine, e tot timpul lângă tine. Când mândria latră, trebuie să o liniștești.

Dacă te joci cu cățelul periculos, te poate mușca. Însă tu trebuie să stai departe. El vine mereu pe aproape, doar, doar te-o găsi cu garda jos, dar tu ai mereu soluții să te ții departe de el. Ar fi bine să înțelegem și să încercăm să ne smerim, la timp, prin metodele care sunt mai potrivite pentru noi. Sunt și soluții mai grele, pe care le găsește Dumnezeu pentru a ne trezi, atunci când nu înțelegem să stăm departe de „mușcătura" mândriei. Dumnezeu poate, tot din dragoste, să „ne stea împotrivă" și să ne smulgă El din „gura" mândriei. Când apare o boală, zici: „Da, Doamne, am înțeles că vrei să mă tragi de mână. Poate mergeam cu mașina cu 180 la oră, iar tu prin boală m-ai salvat de la un accident grav." La fel când vin o suferință, un insucces, o tristețe de undeva. Dacă ai ochi să traduci ce se întâmplă în viața ta, vei înțelege rațiunea pentru care ți se întâmplă asta. E superb când înțelegi ce se întâmplă cu viața ta și când ai o strategie după care îți conduci viața. Nu mai trăiești de pe o zi pe alta, ci ai o direcție bine conturată.

Ca să-ți construiești această strategie, trebuie să citești foarte mult, să stai mai mult cu tine însăți; să îți asculți simțurile, să îți inspectezi onest gândurile, să fii atentă ca să știi când te latră mândria, ca s-o identifici, sau să-ți dai seama că a mai lătrat și a lăsat deja urme de colți pe ici pe colo. Să te cunoști suficient, să fii sinceră cu tine, și nu să zici întruna: „Doamne, ce bună sunt!" „Celălalt", cel rău, tot timpul vine cu propuneri în mintea, în gândurile tale. Trebuie să fim mereu atenți la ele să nu scape ceva înăuntru. De asta e minunat că avem duhovnici la care să apelăm când ne simțim depășiți de unele încercări.

Bunica mea s-a dus la cumpărături la Câmpina și, când s-a întors acasă, bunicul i-a zis: „Bine ai venit. Hai să-ți spun ceva! A venit dracul la mine în gând și mi-a spus că n-ai fi fost la Câmpina. Uite nemernicul de diavol ce a făcut, ce încerca el să îmi spună. Ai fost în alte părți?" „Nu, dragul meu, am fost la piață." Bunicul a spus atunci: „Pleacă de la mine, diavole!" Adică a identificat gândul ca fiind de la cel rău şi l-a alungat ca pe un câine turbat. Deci, cumva ar trebui să fii mereu atentă la gânduri, la tot răul care poate să te afecteze. Dacă acest rău rămâne în tine, nu-ţi face bine nici ţie, nici altora din preajma ta. Dacă ai înţelepciunea să ai prieteni superiori ţie, din punct de vedere duhovnicesc, dă afară toţi „căţeii" care-ţi aduc numai nefericire şi neîmplinire. Nu mai accepta să trăieşti aşa! Dacă stai mândră cu tine, e evident tot o alegere, de care, din fericire, ai putea mult mai uşor scăpa decât de celelalte forme de dinainte, pentru că asta depinde doar de tine.

Dacă tu crezi că ai făcut nişte lucruri doar pentru că eşti minunată, e de fapt o alegere, un mod de a vedea lucrurile care te va costa. Ca să-ţi fie bine, preaiubită doamnă, opreşte-te puţin şi observă ce se întâmplă cu tine, uită-te la cauzele lucrurilor neplăcute şi ale celor plăcute. Alege să te sfătuieşti, să fii în dialog cu oameni dragi şi va veni lumina în viaţa ta. Femeia obosită / femeia mândră / femeia surmenată / femeia chinuită are soluţii doar în braţele iubitoare ale lui Dumnezeu. Cu condiţia să înţeleagă că nu poate singură şi că, oricât de bine sau de rău este, nu este eternă starea aceea, ci se poate schimba.

Deci fii în acţiune! Fă ceva ca lucrurile rele să se schimbe, generează bucurie în viaţa ta. Nu aştepta să cadă fericirea din cer, aşa cum cad stropii de ploaie. Fericirea se cultivă, se culege, se întreţine. Femeia minunată este femeia care acţionează, nu cea care reacţionează sau care e pasivă, aşteptând inertă ca alţii să facă, alţii să (se) schimbe, din convingerea greşită că ea ar fi perfectă, iar ceilalţi în eroare. Nu alege doar să reacţionezi, ci acţionează! Gândeşte-te de câte ori doar reacţionezi la diversele lucruri şi nu acţionezi, nu faci ceva ca lucrurile să se schimbe sau să se îndrepte într-o direcţie bună. Iată cum trebuie să încheiem acest capitol: ***acţionează, nu fi doar***

***reacționară**. Acțiune înseamnă să faci ceva, să renunți la simpla întoarcere înapoi a ceea ce primești. Fii activă și creativă, stăpânește-ți reacțiile impulsive, hrănește-te din ceea ce faci, nu din ceea ce ar trebui alții să facă. Fii exigentă cu tine și înțelegătoare cu ceilalți.*

Și, dacă poți, acționează înainte de a intra într-o situație din care ar fi greu să ieși.

Acționează mereu, fără să lași loc mândriei să strice tot ceea ce construiești cu greu. Să acționați, doamnelor, pentru că acțiunile voastre vă vor da bucurii. Căutați bucuria și o veți găsi.

***

Care sunt cele mai mari suferințe de care poate avea parte o femeie în viața ei?

Cred că cea mai grea suferință din viața unei femei este de departe întreruperea unei sarcini. Există femei care pierd o sarcină fără voia lor, dar și femei care, constrânse de anumite motive medicale, sociale ori emoționale, aleg să facă o întrerupere de sarcină, deși nu își doresc asta. Și unele, și altele au remușcări, suferă, sunt apăsate de aceste situații toată viața. Din păcate, și cred că aici e marea majoritate a celor care renunță la o sarcină viabilă, există femei care nu consideră o greșeală o asemenea decizie, pentru că ele cred că dreptul lor de a alege este mai important decât viața copilului. Să vorbim puțin despre acest fenomen care mutilează și care lasă traume mari. Cum ar putea fi ajutată să conștientizeze o femeie care privește cu prea multă ușurință gravitatea renunțării la o altă viață în formare, ce depinde exclusiv de ea și de voința ei? Cum își poate mângâia sufletul o femeie care ar fi putut avea un copil și a ales, liberă sau constrânsă de împrejurări, să nu-l aibă? Mai ales că sunt cazuri de femei care au renunțat la sarcină din diverse motive, care nu reprezintă obligatoriu voinţa lor, ci sunt determinate de nişte suferinţe sau sunt decizii de tinereţe, imature, sub influenţa a tot felul de persoane, unele sunt situaţii-limită, decizii luate din lipsă de soluţii, de perspectivă sau, pur şi simplu, din lipsă de credinţă şi de încredere în Dumnezeu.

Şi ulterior le-a părut rău pentru ceea ce au făcut.

Categoric! Am văzut inclusiv oameni foarte apropiaţi, care, deşi mai aveau copii, au ales să nu mai aibă încă unul sau oameni care nu aveau copii şi, pentru că erau prea tineri şi nu aveau încă lucrurile stabilite şi aşezate cum trebuie, au ales să nu dea naştere copilului care a apărut. Sunt şi cazuri în care şi-au dorit un copil şi nu l-au putut avea. Care este felul în care o femeie se poate mângâia după ce a pierdut, cu voie sau fără voie, o sarcină?

Pierderea unui copil este o traumă uriaşă; pierderea unei vieţi aduce suferinţă imensă oricărei doamne care trece prin asta. Suferinţa cuprinde deopotrivă persoanele care sunt constrânse de cauze medicale sau de cauze care nu ţin de voinţa lor să ia o astfel de decizie, dar şi pe cele care fac acest lucru din motive personale, de bunăvoie. Ca duhovnic, observ că aceasta este, de departe, cea mai grea suferinţă care marchează femeia pentru toată viaţa.

Atunci când în trupul unei femei vine viaţa, Dumnezeu o întreabă pe femeie în conştiinţa ei, în adâncul fiinţei ei: „Vrei să ai acest prunc?" Tot aşa a întrebat-o arhanghelul pe Maria, Maica Domnului, după ce i-a vestit: „Vei avea în pântece şi vei naşte fiu!" Şi femeia care lasă pruncul să vină pe lume spune: „Da, Doamne, vreau să dau viaţă împreună cu Tine!" Deci noi suntem co-părtaşi la creaţie cu Dumnezeu. Soţul şi soţia, prin legătura pe care o au, conlucrează cu Dumnezeu la perpetuarea vieţii. În momentul în care o femeie alege voit, fără motive întemeiate să surpe o viaţă, să nu vină un copilaş pe pământ, este practic un „nu" spus propunerii lui Dumnezeu, care susţine existenţa, care susţine viaţa.

Fiecare caz pe care-l întâlnesc are povestea lui, care, de multe ori, e atât de dificilă, încât e nevoie de multă empatie și de multă rugăciune. La un moment dat, a venit la mine o tânără care într-un weekend și-a petrecut o noapte cu o persoană nepotrivită, cu un consumator de „substanţe", după care a rămas însărcinată. A luat apoi decizia să renunţe la sarcină deoarece prezenţa unui copil în viaţa ei în acele circumstanţe părea cu desăvârșire o mare greșeală. A venit la mine în mare durere, spunându-mi că nu ar fi putut să lase această viaţă să se nască, pentru că efectiv nu știa cine-i tatăl.

Pastoraţia unor astfel de cazuri este foarte grea. Nu pot impune ca preot nimănui să ia o decizie sau alta. Ca duhovnic, sunt chemat să afirm cu tărie valoarea supremă a vieţii, atât a mamei, cât și a copilului pe care ea îl poartă, însă decizia, cu toate consecinţele ei, este a mamei și a tatălui copilului. În cazul de mai sus, deși poziţia mea este firesc pro-viaţă, ca duhovnic sunt chemat să aduc mângâiere și femeii care a luat deja o asemenea decizie. Eu nu sunt acolo ca să împart vinovăţii, ci ca să ajut persoanele din faţa mea să conștientizeze consecinţele păcatului, să le întăresc autocontrolul pentru a nu mai ajunge la astfel de situaţii și să le ajut, prin iertarea și harul pe care ele le primesc de la Dumnezeu, să poată trece peste acest moment greu prin intermediul pocăinţei. Asta pentru persoanele care au făcut deja asta. Când însă cineva se află înaintea unei astfel de decizii, încerc, cu toate cunoștinţele și cu toată priceperea mea, să fac persoana sau persoanele în cauză să conștientizeze consecinţele unei asemenea hotărâri. Faptul că o decizie de acest fel, de renunţare la sarcină, poate avea urmări grave asupra psihicului și trupului mamei, unele ireparabile (enorm de multe doamne după ce au făcut o întrerupere de sarcină nu au mai putut rămâne însărcinate) și că luarea unei vieți nu ar trebui privită în niciun caz cu superficialitate. Îndemn din toată inima femeia să lupte pentru viață! Dacă însă, din motive întemeiate sau din rațiuni personale, femeia alege să întrerupă o sarcină, ea nu trebuie să cadă în deznădejde și să își piardă încrederea în puterea pocăinței și a iertării, ci să rămână aproape de Dumnezeu și de Biserica Lui cea Sfântă, unde va găsi întotdeauna alinare, iubire și iertare.

De aceea, aș fi fericit dacă ar citi cartea noastră o tânără femeie, care încă nu a făcut asta, și aș vrea să o rog din toată inima mea să fie foarte atentă la trupul ei, la alegerile ei, să facă absolut tot ce ține de ea ca să nu fie niciodată nevoită să facă vreo întrerupere de sarcină. Învățătura creștină vorbește despre existența unei noi vieți încă din momentul conceperii. De aceea responsabilitatea intervenirii asupra acestei vieți este uriașă.

Părinte, în legătură cu acest subiect, întreaga planetă s-a împărțit în două tabere: *pro-life* sau *pro-choice*. Nu mai există nimic între. Ești pro-viață sau pro-decizia ta! Aș vrea în legătură cu asta să fim extrem de clari și să le spunem doamnelor că, într-adevăr, decizia este a lor, dar decizia de a întrerupe o viață nu e lipsită de consecințe.

Bioetica creștină este într-adevăr în „răspăr" cu sistemul cosmopolit actual. Cu toate acestea, Biserica nu poate numi brusc negrul alb și albul negru doar pentru că e la modă așa. Astăzi, deși înțelege contextul în care apar noi tendințe în definirea unor aspecte ale vieții, deși deplânge presiunile pe care acest nou context secularist le pune asupra familiei, deși este preocupată să ajute, nu să împovăreze omul actual, totuși ea, Biserica, nu va putea niciodată să accepte anumite lucruri ca fiind firești, normale, când ele nu sunt. Faptul că ceva este permis la nivel social sau legislativ nu înseamnă că este și moral. Din fericire, în ultimii ani numărul întreruperilor de sarcină a scăzut foarte mult în România de la aproape 1 milion pe an, în anii care au urmat după Revoluția din 1989, la 47 000, în anul 2019.

Biserica este chemată să semnaleze pericolele, să identifice răul ca rău, dar asta fără să închidă drumul spre pocăință, singura care poate aduce iertarea și împăcarea cu Dumnezeu. Ca și în alte cazuri, atitudinea Bisericii nu e îndreptată împotriva unor persoane, ci împotriva unor comportamente, care pot fi vătămătoare pentru cei care le au sau pentru alte persoane afectate direct de ele. Prin aceasta Biserica, la fel cum o mamă bună își atenționează copiii în fața pericolelor, atrage și ea atenția asupra primejdiilor de viață în unele alegeri pe care le facem și, dacă totuși a apărut, cu sau fără voie, nefericitul eveniment, le amintește celor ce au greșit că iertarea e mereu posibilă. Oprirea unei sarcini din evoluție este o dramă, care trebuie privită ca atare. Acesta e punctul de plecare în pocăință. De aceea Biserica respectă deciziile oamenilor, dar nu poate fi întotdeauna de acord cu ele, când acestea aduc vreo vătămare unei alte ființe umane, indiferent de motiv. Știu că există cazuri extrem de dificile, sarcini provenite dintr-un viol sau incest, copii cu posibile malformații sau boli grave, pericol pentru sănătatea mamei, cazuri care cu siguranță sunt înțelese de Dumnezeu în mod individual, în funcție de fiecare situație dată.

Aș mai adăuga ceva în ceea ce privește rațiunile pentru care se fac astăzi întreruperi de sarcină. Observ că astăzi, într-o lume în care testele prenatale sunt tot mai detaliate, mulți părinți, imediat ce văd un mic semn de posibilă anomalie, înclină repede spre decizia de a renunța la acea sarcină. Se ajunge la o nouă eugenie, o selecție artificială, care nu de puține ori este arbitrară și abuzivă. Știu că nu este ușor să te gândești că ar putea fi ceva în neregulă cu copilul pe care îl porți, însă nu de puține ori s-a dovedit că nu era așa, iar în cazurile în care chiar așa a fost, trebuie să spunem că și copiii care se nasc cu anumite imperfecțiuni sunt foarte valoroși și aduc cu ei o misiune deosebită. De aceea, dincolo de orice rațiune, trebuie să ne străduim și să ne dorim mai mult decât orice să lăsăm viața să vină pe pământ, chiar și atunci când frica ne cuprinde. Spun din experiența mea de duhovnic că au fost multe femei care au venit la mine speriate de o sarcină. Le-am rugat să nu se grăbească să ia o decizie, să se sfătuiască și cu alte persoane, să se gândească la valoarea unică a ființei pe care o poartă în pântece, în concluzie, să lase viața să vină pe lume, pentru că vor avea infinit mai multe împliniri. Cele care au ales să îmi urmeze sfatul aduc și acum flori la biserică, în semn de mulțumire, pentru că acel copil pe care l-au păstrat le-a schimbat viața în bine. Nu-mi permit să-i spun unei femei ce să facă cu trupul ei, ea alege, desigur. Pot însă să-i spun ce presupune această alegere nefericită și ce presupune păstrarea vieții care crește în ea, pentru că știu că, de câte ori o femeie a lăsat viața să vină pe lume, acea femeie a primit o mare binecuvântare și a fost împlinită prin jertfa de a fi mamă.

După cum am mai menționat, tatăl meu nu și-a cunoscut mama. Mama tatălui meu, bunica mea, pe care eu nu o cunosc, pentru că a murit pe când tata avea patru ani, era însărcinată cu al treilea copil, pe care nu l-a vrut. Întreruperea sarcinii a ucis și pruncul, și mama. Din cauza acestei nenorociri tatăl meu a rămas dintr-odată, la doar patru ani, un copil pe drumuri. Sora lui mai mică avea doar doi ani. Niște copii care au crescut de mici fără mamă. Au fost niște tragedii imense în anii aceia. Eu sunt de departe *pro-life*, dar când vine vorba despre a lăsa o femeie să-și ia decizia în ceea ce o privește, sunt și *pro-choice*.

Împărtășesc părerea ta! Suntem pro-life când vorbim despre viața copilului și pro-choice când vorbim despre viața femeii. Nu ignorăm desigur cazurile în care viața femeii a fost pusă în pericol; tocmai din acest motiv doar ea, femeia, alege ce să facă cu trupul ei, în relație strânsă cu tatăl copilului, cu medicul și cu duhovnicul. Este dreptul ei să aleagă, dar bine ar fi, dacă totul este firesc, să facă alegerea vieţii. Respingerea unei vieţi sau uciderea unui prunc în pântece fără motivaţii reale aduc după ele multe suferinţe ulterioare. Mă refer aici la suferinţe fizice, dar şi la suferinţe sufleteşti. Apoi, femeile care au făcut alegerea pro-viaţă au avut bucurii foarte mari, împlinirea menirii lor ca mame şi bătrâneţi frumoase şi liniştite. După 50 de ani o parte consistentă a vieţii tale o reprezintă bucuria copiilor tăi, apoi cea a nepoţilor. Îi mulţumeşti lui Dumnezeu că ţi-a dat copii.

Dacă totuşi una dintre femeile, dintre doamnele şi domnişoarele care ne citesc au fost în situaţia asta, cum pot fi ele ajutate? Ce să facă să îşi uşureze suferinţa? Este clar că e o suferinţă orice sarcină pierdută, întreruptă. Unele sarcini pierdute sunt pur şi simplu accidente. Am prietene care n-au putut avea copii pentru că în primele 2-3 luni de sarcină totul era în regulă, iar apoi totul se oprea din evoluţie; dintr-odată, ceva se întâmpla şi nu puteau duce sarcina la bun sfârșit. Există, din nefericire, şi astfel de situaţii. O persoană din apropierea mea, care, pentru că era foarte tânără, a făcut întrerupere de sarcină, nu a mai putut avea apoi alte sarcini. Sunt foarte multe situaţii şi de genul acesta. Ce putem face pentru a le uşura suferinţa?

În astfel de situaţii, cel mai bun sprijin îl poate oferi duhovnicul la Sfânta Taină a Spovedaniei. Aici, femeia îşi plânge durerea şi găseşte alinare sufletului său.

Dacă ar fi să dau un sfat oricărei tinere femei, de altfel oricărei femei, ar fi acela de a avea mai multă grijă de trupul şi de sufletul ei. Corpul femeii, ca şi al bărbatului, este templu al vieţii şi templu al Duhului Sfânt! În pântecele femeii se naşte o nouă viaţă, trimisă de Dumnezeu. De aceea e important ca femeia să nu-şi lase trupul batjocorit de dragul unui bărbat. Să ştie să refuze bărbatul care este interesat doar de relaţii pasagere, neasumate.

Trăim într-o perioadă în care a fi doar pe jumătate îmbrăcat e absolut firesc. Uitaţi-vă la cele mai mari vedete de pe planetă. De la Beyoncé la Shakira, la toate divele, chiar şi Pink, şi Madonna, care are 65 de ani. Lumea iese îmbrăcată sumar pe stradă. Toată lumea este în fustă scurtă, în haine tot mai mulate, iar mesajul unui asemenea stil vestimentar este evident. Totul e conceput să fie provocator, sexy. Cum să facem să rezistăm tentaţiilor? Nu e uşor să dictezi hormonilor, dimpotrivă, de cele mai multe ori ei dictează atât fetelor, cât şi băieţilor.

Da, asta arată decadenţa societăţii de consum. Trebuie să le reamintim tinerilor care sunt consecinţele alegerilor facile, făcute în grabă, sub presiunea hormonilor. Conştientizarea consecinţelor ar trebui să genereze în noi acel atât de necesar ***autocontrol****. El trebuie întărit, exersat. E important să înveţi încă de mic să spui şi „nu", atât altora, cât şi ţie însuţi. Din păcate, astăzi, când cunoaşte un tânăr, o femeie îşi pune prea uşor şi prea repede la dispoziţie corpul pentru experienţa cunoaşterii fizice. Păcatul desfrânării apare mult prea repede şi mult prea des în relaţia dintre tineri, mai ales sub presiunea contextului şi a imaturităţii emoţionale, pentru că nu sunt cântărite bine toate implicaţiile unei astfel de decizii. Relaţia fizică dintre doi oameni nu ar trebui să fie doar o relaţie fizică, o descărcare hormonală, legată doar de plăcere. Nu despre asta ar trebui să fie vorba când cineva ajunge în punctul acesta, ci despre dragoste, despre asumare, despre o unire sufletească ce ar trebui să existe deja. Nu spun asta pentru că am condamna latura plăcută a unirii dintre un bărbat şi o femeie. Ce vreau să spun este că aspectul acesta nu ar trebui să fie cel dominant.*

Nu unirea dintre bărbat şi femeie e văzută de Dumnezeu drept ceva păcătos, ci dispoziţia şi intenţia cu care uneori cei doi se unesc. Relaţia dintre doi oameni presupune asumare, cunoaştere reciprocă, dialog, respect, ataşament, disponibilitate faţă de nevoile celuilalt, sacrificii, uneori înfrânare şi răbdare şi existenţa unui cadru binecuvântat. Răbdarea de a construi şi de a aştepta coagularea acestui cadru binecuvântat prin Taina Cununiei nu este o cerere absurdă. Ea este făcută tot din dorinţa de a proteja familia şi pe membrii ei de orice exploatare, de orice folosire egoistă a unuia de către celălalt, de a proteja relaţia de transformarea ei în ceva exterior şi neasumat, toate acestea doar din dorinţa de a ne pregăti pentru darul mare pe care Dumnezeu este gata să ni-l ofere în cadrul iubirii binecuvântate prin Taina Cununiei. De aceea, sfatul ar fi să nu punem sexul în prim plan, nici înainte de căsătorie, nici după. Dacă lucrurile ajung să stea aşa, se sare peste nişte etape importante şi se ajunge, inevitabil, la nişte urmări nedorite, se rezumă totul la prea puţin, la vârste la care preocupările şi interesele ar trebui să fie altele, în mod prioritar.

Uite, să dăm exemplul unei adolescente, unei fete tinere, care are de învăţat, are examene, care este asaltată de ceea ce are ea de făcut pentru viaţa şi cariera ei viitoare. Apare în viaţa ei într-o vineri seara un tânăr care îi zâmbeşte frumos, îi face câteva complimente facile, apoi trece la avansuri explicite, iar ea cedează tentaţiei sau presiunii şi ajunge să accepte să aibă relaţii intime cu el chiar în acea primă seară. E fără îndoială ceva greşit; n-ar trebui să facă asta atât de uşor. Ar trebui să treacă mai întâi prin etapele cunoaşterii, atât de frumoase ele însele. Sexualitatea atât de promovată în societatea noastră împinge tinerii la decizii imature, mult prea grăbite. Pornografia, discuţiile şi glumele cu subiecte sexuale, vestimentaţia provocatoare, lipsa unor abordări echilibrate ale acestor subiecte în familie pun o adevărată presiune pe tineri. De asta trebuie să nu ne grăbim să îi judecăm pentru alegerile lor, care nu sunt de multe ori ale lor, ci le sunt induse. Cunosc multe femei care au regretat imaturitatea cu care s-au dăruit unor persoane nepotrivite. Sunt şi fete care efectiv îi asaltează pe băieți din dorința curată de a avea un iubit și, din păcate, pentru a ajunge la acest deziderat, cad prea repede în păcatul desfrânării. Eu sunt tată de trei băieți, tu ești mamă de fată. Ce faci tu ca Teodora să nu fie supusă unei traume de tipul acesta?

Eu sunt mamă de adolescentă. Nu pot să-i spun „nu" când iese în oraș. Nu o țin sub un clopot de sticlă, Doamne ferește! Dar de câte ori pleacă de acasă îi amintesc consecințele despre care vorbeați mai sus. Educația de acasă întărește autocontrolul și ajută mult. Este adevărat, există o disperare la o anumită vârstă, tinerii se cuplează de foarte devreme, apar perechile, iubiții. Și, evident, când ai un iubit, este *fancy* să faci următorul pas. Sunt și fete care n-au un iubit și care au senzația că au ele o problemă, de unde și disperarea lor. Le spunem răspicat că nu e nimic în neregulă cu ele, trebuie doar să aibă răbdare. Cred că trebuie să le spunem în mod constant că iubirea adevărată le așteaptă, că ea se caută, se construiește. Orice tip de forțare este ca și când Îl tragi pe Dumnezeu de poala mantiei.

Dacă aluneci înspre zona asta, se naște desfrâul primei tinereți, care este o realitate generalizată în viața tinerilor de astăzi – mă refer la cei care au relații sexuale mult prea devreme. Noi, ca părinți, ar trebui să le atragem atenția, să știe riscurile la care se expun, pericolele care îi așteaptă, neplăcerile și bolile care le pot transforma tinerețea într-un șir de necazuri și nefericiri. E nevoie să vorbim deschis cu ei, când pot duce o astfel de discuție, să știe că pot găsi în noi parteneri de dialog cu care să împărtășească orice. Altfel pot ajunge să facă o cascadă de greșeli. Trebuie să le spunem că pasul spre o relație intimă trebuie făcut nu pentru că și alții o fac, nu pentru că te șantajează cineva, nu pentru a obține un avantaj de orice natură din asta, nu pentru a demonstra ceva prin asta, nu pentru că e cool să faci ce vrei cu corpul tău, nu pentru că asta ar arăta că ești lipsit de orice inhibiții.

Eu cunosc o tânără absolut superbă, care s-a îndrăgostit nebunește de un coleg. El voia sex și ea a acceptat. Practic, ea nu dorea neapărat acest lucru, ci doar să fie cu el și să îi arate prin asta că îl iubește. El a avut-o și apoi a plecat, a părăsit-o. Ea are două traume acum.

A căzut într-o plasă! Dacă ea și-ar fi întărit autocontrolul și l-ar fi ținut aproape de ea, fără sex până la momentul potrivit, el ar fi venit și mai mult spre ea. Ar fi fost ceva mai profund, dublat de afecțiune. Și chiar dacă refuzul ei nu l-ar fi făcut să se apropie de ea, ci l-ar fi îndepărtat definitiv, o asemenea atitudine din partea ei ar fi fost un test al intențiilor și sentimentelor lui pentru ea. Plecarea lui, înainte de consumarea acestei relații, ar fi fost pentru ea singura traumă. Înainte ca femeia să înceapă viața sexuală, ar trebui să fie cât mai matură, de asta ar fi bine ca acest lucru să se întâmple doar atunci când există o relație stabilă, încununată prin căsătorie. Întrebarea unei fete către un băiat ar trebui să fie: „Tu vii spre mine pentru corpul meu sau pentru mine?" Exemplul pe care mi l-ai dat este elocvent în acest sens. Băiatul a venit pentru sex, ea s-a lăsat pe ea, ca să-l aibă pe băiat. Acesta a plecat apoi și ea a rămas și fără el, și cu sufletul rănit. E copleșitoare diversitatea acestui subiect.

Eu sunt copleșită. Am întrebat oamenii din jurul meu, vorbesc cu unele femei de la care aud niște povești incredibile.

Biserica recomandă cu tărie abstinența până la căsătorie și fidelitatea în căsătorie. Doar așa se pot evita multe din necazurile vieții. Pentru cei mai mulți dintre tineri așa ceva e inacceptabil. Astfel că, în cele mai multe familii, apare relația fizică înainte de căsătorie. Însă, ca duhovnic, pot da o mărturie în acest sens, pe care am văzut-o asumată și de mulți psihologi, și anume că viața sexuală dezordonată și mult prea devreme începută nu este neapărat premisa unei vieți de familie împlinite, ci antecamera unei căsnicii cu tensiuni pe acest subiect. Fetele sunt mai afectate decât băieții de ceea ce înseamnă o viață intimă dezordonată, tocmai pentru că ele procesează mai mult emoțional decât fizic ceea ce se întâmplă, de aceea și dezamăgirile din partea băieților, mult mai focusați pe senzorial și pe plăcerea imediată.

Pentru tinerii de astăzi, intrarea în familie curați sufletește și trupește este tot mai greu de realizat, pentru că ei sunt mult mai stimulați până la căsătorie de context să își exploreze această latură și pentru că astăzi căsătoria este amânată pentru vârste tot mai mari. Un tânăr care alege să rămână curat până la căsătorie poate fi privit cu ochi ironici de cei din anturaj sau de prietenul / prietena pe care îl / o alege. Cu toate acestea, Biserica nu poate să nu recomande în continuare păstrarea acestei curății până la căsătorie, pentru beneficiile reale pe care le aduce (pentru fiecare dintre parteneri și pentru stabilitatea familiei pe care o vor întemeia) și pentru pericolele de care o astfel de alegere te păzește (fizice, emoționale și sufletești). Biserica e sfântă și cheamă mereu spre sfințenie. Cu toate acestea, chiar și cei care nu reușesc să răspundă acestei chemări reale a Bisericii nu trebuie să se îndepărteze de harul lui Dumnezeu, ci trebuie să vină în continuare la Taina Spovedaniei, nu pentru a fi sancționați și acuzați de ceea ce nu au făcut bine, ci pentru a primi putere să corecteze efectele alegerilor greșite din trecut și să facă alegeri mai bune în prezent. Eu, ca om al Bisericii, crescut de mic în biserică, chem la rândul meu oamenii spre sfințenie: „Refuză sexul înainte de căsătorie." Dacă nu poți face asta, apare păcatul, care are consecințe. Dacă accepți păcatul, accepți inevitabil și consecințele care decurg din păcat. Printre posibilele consecințe este și o sarcină, la o vârstă la care poate nu ești pregătită să duci greul nașterii și creșterii unui copil. Multe întreruperi de sarcini sunt făcute și pentru a „ieși"(?) din astfel de situații nedorite. Statisticile arată că majoritatea întreruperilor de sarcină sunt făcute de persoane care nu sunt căsătorite, care nu au o relație stabilă.

Este, aşadar, întreruperea de sarcină cel mai mare păcat?

În mod sigur, curmarea vieţii unei alte persoane, doar pentru că poţi să o faci, este un mare păcat. Gravitatea este cu atât mai mare cu cât cineva conştientizează mai mult efectele faptei sale. Păcatele mari, cum este şi acesta, generează o mustrare de conştiinţă uriaşă. Însă, dacă în adâncul sufletului ei femeia se pocăieşte, se căieşte, plânge pentru decizia luată şi vine în faţa lui Dumnezeu, ea poate primi iertare, păstrând apoi starea de pocăinţă şi regret pentru fapta săvârşită. Am vorbit cu doamne care au trecut prin întreruperi de sarcină sau care au avut sarcini extrauterine şi pierderi de sarcină, fără voia lor. Orice ai fi avut în zona asta, vino urgent la duhovnic, e primul drum pe care e bine să-l faci, după ce te-ai dus la medic. Venind la duhovnic cu pocăinţă sinceră, el va găsi pentru tine, sub inspiraţia harului dumnezeiesc, soluţii terapeutice. Biserica este spital duhovnicesc! Vei găsi aici o terapie pentru sufletul tău, profund rănit şi traumatizat. Duhovnicul îţi oferă iertarea lui Dumnezeu, Care te iartă prin pocăinţa ta, prin regretul tău profund, prin lacrimile tale, pentru că există şi un „botez al lacrimilor". Îţi speli păcatul cu lacrimile tale, după care primeşti un canon de îndreptare, de vindecare. Majoritatea preoţilor dau acest canon: să botezi pe cineva, să te duci la biserică, să cauţi un copil amărât, necăjit, pe cineva neajutorat, un copil care nu are haine. Să îl iei, să-l duci într-un magazin, să-l îmbraci. Adică să faci lucruri ca pentru copilul pe care l-ai fi avut. E un fel de compensare terapeutică.

Unde-l găsim pe acest copil în nevoie? Într-un centru sau într-un spital unde există o secţie de neonatologie, sunt bebeluşi care au tot timpul nevoie de haine. Cumpăraţi pentru ei şi duceţi haine noi la „Marie Curie", la „Panait Sârbu". Credeţi-mă, e tot timpul nevoie de scutece de unică folosinţă, pături, pantalonaşi, cele pentru copii mai mici de până la un an sunt bine-venite. Centrele de plasament sunt locuri în care copiii poartă hainele unii altora. Dacă nu găsiți sau dacă nu vă dau acces, mai căutați, sunt ONG-uri pe lângă aceste instituții. Oferiți-le hăinuțe copiilor! Cumpărați voi, nu trimiteți bani, pentru că am făcut și eu asta. Trimiteam bani, dar nu știam ce se întâmplă cu ei. Era o doamnă care îmi scria mesaje, Cincinela o chema. Doamne, nu o să uit niciodată, spunea că are șapte copii, că are nevoie mare. În fiecare septembrie strângeam bani de prin prieteni, mai puneam și eu și trimiteam să ia copiilor rechizite, haine pentru școală. La un moment dat, m-a sunat cineva: „Doamnă, dumneavoastră trimiteți bani acestei doamne, însă ea îi bea și fumează. Copiii ei sunt la muncă de mult!" Pe de altă parte, părintele Nicolae Steinhardt zicea: „Haina pe care o dai o poartă Hristos."

E adevărat că e bine să te implici direct, să cumperi și să împarți tu personal, pentru a evita astfel de situații. Însă, așa cum am mai spus, binele pe care îl faci altcuiva ți-l faci mai întâi ție. Adică, indiferent de cum se poartă sau cum primește omul respectiv darul tău, tu ești întotdeauna câștigată sufletește pentru binele pe care îl faci.

Revenind la situația despre care vorbeam, pentru a primi iertarea și a începe vindecarea după o întrerupere de sarcină, e bine să vii la duhovnic, fără teama de a fi judecată sau condamnată. Biserica se implică mult în lupta pentru salvarea vieții. E de ajuns să dau exemplul Părintelui Nicolae Tănase de la Valea Plopului, al Părintelui Dan Damaschin, de la Iași sau exemplul Așezământului de copii „Sfântul Ierarh Leontie" din Rădăuți, locuri în care mame care nu aveau soluții pentru creșterea copiilor pe care îi aveau în pântece au acceptat să îi nască și să fie crescuți acolo. Mii de vieți au fost salvate astfel. Iată, și din aceste exemple poți să înțelegi că Biserica e gata să te ajute, să te încurajeze, să te sprijine, indiferent prin ce greutăți ai trecut. Biserica nu te judecă.

Alături de Biserică, sunt ONG-uri prin care oameni minunați salvează vieți de mame și vieți de copii.

Dacă ai rămas însărcinată şi ai dificultăţi în a duce sarcina la bun sfârşit, sau dacă nu ai resurse materiale şi te gândeşti ca din acest motiv să întrerupi sarcina, nu o face! Cere mai întâi ajutor şi vei fi surprinsă să descoperi că există oameni minunaţi care îţi pot transforma viaţa. Intră pe site-ul ***lifecall.ro****. Vei găsi aici o organizaţie condusă de oameni cu suflete mari, oameni jertfelnici care te vor ajuta. Fondatorii* ***lifecall.ro*** *sunt Adelina Fronea şi Felix Tătaru. Aceşti îngeri printre oameni au făcut şi fac enorm de multe gesturi de iubire pentru aproapele în mai multe domenii, cu precădere în zona de filantropie şi cea de duhovnicie. Ei nu au salvat doar vieţile copilaşilor, ci au ajutat enorm şi tinerele mame, oferindu-le suport. Apelează cu încredere la ei. Prin lifecall s-au salvat deja multe vieţi, ca şi prin minunatul Părinte Tănase de la Valea Plopului.*

Dacă totuşi ai trecut prin aşa ceva, fă tot ce ţine de tine ca să vindeci suferinţa!

Tu te judeci într-adevăr foarte aspru, până în momentul în care vii la biserică şi primeşti iertarea. Atunci ai două lucruri de făcut: să înţelegi şi să regreţi profund ceea ce ai făcut şi apoi să iei hotărârea să nu mai faci niciodată lucrul acesta, să nu mai ajungi în punctul de a fi nevoită să faci asta. Iată câtă traumă ţi-a adus prima întrerupere de sarcină, gândeşte-te că asta se înmulţeşte cu doi, cu trei, cu patru. O doamnă mi-a spus că a făcut zece întreruperi de sarcină. Îţi dai seama câtă suferinţă pe acel suflet? Cum o vedem pe femeia aceea? Ca pe o femeie care a trecut prin zece traume? Unii o judecă ca pe o criminală, alţii o judecă drept o femeie care a fost nevoită să facă asta pentru că soţul ei a fost un beţiv, nu? Diversitatea de situaţii este foarte mare. De aceea pentru fiecare situaţie duhovnicul are o abordare pastorală diferită.

E corectă întrebarea de mai devreme, şi totuşi, de ce o judecăm? Întrebările nu sunt ale mele, ci ale unei întregi generaţii de femei care au ajuns în punctul nefericit de a face o întrerupere de sarcină; femei care au între 20 şi 50 de ani, femei care s-au căsătorit devreme, au făcut un copil, doi, trei, apoi n-au mai vrut alţi copii şi au făcut tot ce era posibil să nu rămână însărcinate. Pentru că nu îşi mai puteau permite încă o gură, pentru că nu aveau siguranţă, pentru că nu a mers relaţia... Mii de motive. Pentru toate aceste doamne, rugămintea, invitaţia este: „Căutaţi-vă un om din Biserică şi spuneţi-i toate acestea!" Este exact ca la psiholog, nu poţi să vindeci o traumă decât dacă eşti ţinut de mână. Indiferent de cât de mult îl iubeşti pe soţul tău, indiferent de cât de mult vreţi să fiţi împreună şi singuri în traversarea acestei drame, mai e nevoie de cineva care să ştie ce şi când să spună.

Toate trăirile acestea trebuie spuse, emise. Odată spuse, trăim mai uşor. Singură nu vei putea. Pocăinţa prin spovedanie este soluţia! Repet însă mai apăsat, ideal ar fi să nu se ajungă aici. Pe tinerele care ne citesc le rugăm din toată inima să facă tot ce pot să nască viaţa atunci când au primit-o în ele. Iar, dacă cumva a apărut această mare tragedie în viaţa unei femei, o întrerupere de sarcină, să vină în braţele lui Dumnezeu şi să ceară iertare smerit. Prin pocăinţă, Dumnezeu iartă, mângâie şi vindecă rana. Dumnezeu e un ocean uriaş de iertare şi de iubire! După această iertare şi după pocăinţa care va rămâne toată viaţa o stare în care ar trebui să trăiască, femeile ar trebui să facă tot posibilul să nu mai ajungă în poziţia aceasta, să nu mai repete acest rău. Dumnezeu va vedea întregul parcurs al vieţii femeii şi o va binecuvânta. Dumnezeu înţelege neputinţele femeii, traumele ei, durerile ei.

Stresul în care trăieşte femeia de astăzi poate avea numeroase efecte în viaţa ei, o poate împinge să facă alegeri sub presiune, poate să-i afecteze viaţa din intimitatea familiei, poate să genereze infertilitate. Toate aceste lucruri trebuie cunoscute de femeie. Dacă îşi doreşte să rămână rodnică şi să nască viaţa atunci când îşi doreşte, femeia trebuie, pe de o parte, să aibă grijă de sănătatea sa sufletească şi trupească, să nu lase stresul şi grijile să o afecteze prea mult şi să nu distrugă viaţa atunci când apare, iar pe de altă parte, să fie femeia unui singur bărbat, care să îi ofere stabilitatea, siguranţa şi dragostea necesare pentru a procrea. În această misiune Dumnezeu va lucra împreună cu ea. Păcatul aduce în schimb necazul, disperarea în viaţa unei femei. De cele mai multe ori, femeia nu îşi ascultă conştiinţa, nu ascultă de glasul ei interior, care este atât de viu şi de treaz, care o strigă, o călăuzeşte. Ea cedează, tot din dragoste deseori, şi apoi rămâne singură cu suferinţa ei şi cu o mare durere. De aceea le îndemn pe doamne să nu cedeze uşor şantajului, presiunilor sau tentaţiei. Relaţiile pasionale ocazionale, libere, generează de cele mai multe ori lucruri deloc pozitive. Recomandarea mea pentru tinerele fete este să rămână curate, să caute iubirea adevărată.

Dar asta înseamnă că eşti un outsider, că nu mai eşti fata de gaşcă, nu mai eşti populară printre colegi, printre prieteni. Aceste decizii sunt superbe, dar parcă nu sunt din secolul ăsta. Din păcate, sunt din ce în ce mai puţini tineri care aleg asta, pentru că sunt presaţi de context, pentru că nu mai au voinţa şi autocontrolul exersate, pentru că, de ce să nu recunoaştem, e tentant. Însă ca tip de alegere, aceasta, deşi foarte grea, din motivele pe care le-am amintit, este cea care aduce cea mai puţină suferinţă. Eşti cumva pusă în faţa a două alegeri: te păstrezi curată, dar ai parte de suferinţa neacceptării în anumite grupuri de prieteni şi de suferinţa pe care o produce rezistenţa în faţa unui val tot mai mare, sau cedezi şi îţi începi viaţa intimă de foarte devreme, fără să mai ţii cont de nimeni şi de nimic, lăsând plăcerea să dicteze, şi ai parte de suferinţele şi consecinţele negative ale unei vieţi dezordonate.

Dependenţa bărbaţilor de apropierea fizică, pe care o şi caută mai întâi într-o relaţie, aduce cu sine foarte multe lucruri neplăcute. Cunosc persoane care s-au cunoscut fizic destul de devreme, şi după aceea au constatat că nu a mai fost nimic interesant de descoperit, așa că s-au despărțit. Lucrurile trebuie așezate în ordinea firească, așa cum e normal să fie. Întotdeauna un bărbat, chiar dacă nu va recunoaște cu ușurință asta, va aprecia în sinea lui o femeie care refuză apropierea fizică înaintea apariției sentimentelor. La celălalt pol sunt persoanele care au rămas fidele unei singure iubiri. Nu sunt puține femeile care îmi spun: „Părinte, eu am avut în viața mea un singur bărbat și e foarte frumos că s-a întâmplat așa! Am fost unul pentru altul tot ce avea celălalt nevoie."

Astăzi se trăiește foarte desfrânat și societatea este tot mai decăzută. Am depășit din punctul acesta de vedere Imperiul Roman! Nu putem opri această decădere, dar măcar încercăm să educăm femeia să nu se lase atrasă în lucruri care îi vor afecta feminitatea și maternitatea, daruri pe care Dumnezeu i le-a făcut doar ei. Nu putem noi să îi spunem femeii ce să facă, ci doar să îi reamintim că păcatele aduc consecințe inimaginabile.

Ne întoarcem la femeia desfrânată, din Evanghelie, care a conștientizat greșeala în care trăia și a venit la Domnul să îi vindece sufletul, să repare El ce a stricat ea. Această femeie cu un trecut întunecat a venit, s-a apropiat cu multă smerenie și I-a șters picioarele lui Iisus cu părul capului ei. Ce vedem minunat la ea? Din momentul în care L-a urmat pe Hristos, nu mai avem niciun fel de date că ea ar mai fi dus aceeași viață ca până atunci. Înseamnă că, odată ce L-ai cunoscut pe Hristos, viața ta s-a schimbat. Dacă ești singură și ești curată, ești mireasă a lui Hristos; nu e nimic în neregulă cu tine, chiar dacă toți în jur vorbesc numai despre sex. Oamenii se laudă ușor cu performanțele lor în această zonă, dar ascund eșecurile, suferințele, durerile, ca și cum ele nu ar exista.

Rămâi consecventă cu principiile tale, chiar dacă ești împotriva valului. Desigur, nu te izola, fii bună în ceea ce faci, ajută-i pe cei care au nevoie, fii plină de viață și de dinamism, arătând că poți fi fericită și împlinită și fără să fie neapărat nevoie să fii inițiată în viața intimă. La fel, dacă tu ești căsătorită, ești femeia bărbatului tău și atât. Dacă ești văduvă, rămâi în curăție și nu pierzi harul și bucuria din viața ta. În momentul în care L-ai cunoscut pe Hristos, ți se schimbă preocupările și modul de a te raporta la viață. Femeile și-au schimbat viața cunoscându-L pe Dumnezeu în Biscrică și trăind autentic creștinismul, nu în vorbe, ci efectiv în viață, în fapte; au rămas femei fidele, femei serioase. Ce faci când tu ești fidelă, iar el nu e?

În primul rând, trebuie să faci tot posibilul, tot ce ține de tine, să nu se ajungă aici, ca el să-ți rămână fidel. Sfântul Ioan Gură de Aur are un cuvânt foarte frumos în care spune că, dacă bărbatul a plecat de acasă, de lângă soția lui, a plecat poate și din cauza ei, că nu i-a oferit ceva din ceea ce el și-ar fi dorit sau ar fi avut nevoie. Relația să fie atât de frumoasă încât soțul să nu aibă niciun motiv să plece. Asta nu garantează că el va rămâne fidel, pentru că nu ține numai de tine să fie așa, dar ține și de tine, într-o mare măsură. Ca duhovnic, care spovedesc și mulți bărbați, vă garantez că vina, de cele mai multe ori, este la ambii parteneri.

Aici aș puncta că sunt cazuri în care cuplurile se desfac și din cauza plictiselii și a rutinei sau, din contră, din curiozitate și din apetitul spre imoralitate. Unii pleacă *de undeva*, alții *spre undeva*. Dar, așa cum spuneți, și cei care pleacă undeva, atrași de ceva nou, pleacă și pentru că acolo, de unde pleacă, nu era totul bine. Da, sunt unii închiși la orice; dacă sunt într-o relație, nu văd în stânga și în dreapta. Dar sunt alții care, din contră, chiar dacă sunt într-o relație, sunt deschiși la orice, găsesc că tot ce e prin jur e „foarte interesant".

Nu o să vorbim de bărbați, nu pentru că nu au partea lor de vină, ci vreau doar să le rugăm pe femei, pe de o parte, să fie mult mai atente când cunosc pe cineva, să fie mult mai vigilente înainte de a se dărui, înainte de a intra într-o relație, iar, pe de altă parte, după ce au intrat în acea relație, să știe că celălalt trebuie mereu cucerit, trebuie mereu atras cu dragostea și calitățile pe care le au. Tinerele greșesc într-un punct fundamental pentru viața lor: spun foarte repede „Da", din dorința de a fi cu cineva, crezând că îi schimbă ele pe băieți după aceea. Deși există și excepții, în astfel de situații pierderea este, cel mai des, a fetei.

O relație neasumată de la început este un eșec. Trebuie să ai întotdeauna următoarea viziune: când cunoști pe cineva, să-ți imaginezi imediat: „Ar putea fi acesta bărbatul meu?" Și dacă într-o singură secundă ai descoperit că vorbește urât cu mama lui, că se poartă urât cu cineva, „La revedere!". Nu e nevoie să te bată ca să îți dai seama că e un nenorocit. Fii atentă la toate aspectele. Sigur, nu căuta un om perfect, pentru că pe pământ nu vei găsi unul. Însă caută ca în aspectele importante pentru tine să fiți pe aceeași lungime de undă. Dacă ești atentă și te păstrezi rațională, vei vedea când se abate de la modul în care ai vrea să fie viitorul tău soț și tată al copiilor tăi. Nu e greșit să privești de la început așa departe, dimpotrivă.

Astăzi, fetele stau prea mult în relații cu oameni care fac greșeli. A venit la mine o actriță și, după ce mi-a spus povestea vieții ei, îmi venea să mă duc să îl caut pe bărbatul ăla care o supăra și să îi spun vreo două vorbe. De ce? Pentru că ea este o femeie minunată, curată, iubitoare. El a început să bea, are niște obiceiuri nepotrivite. Ea mi-a spus: „Părinte, îl iubesc. Îl schimb sau nu îl schimb?" Pe cât e de frumoasă, pe cât e de deșteaptă, de fină, de elegantă, de distinsă și de credincioasă, pe atât de mult greșește această fată într-o singură privință. Spune „Da" unui bărbat care are comportament nepotrivit, care țipă la ea, care o jignește, o umilește. Pentru că îl iubește, nu are puterea să-i zică „La revedere". Nespunându-i „La revedere", încet-încet, în 2-3 ani ea se obișnuiește cu răul, ajunge chiar la căsătorie, or, ea nu va mai putea da ușor înapoi, nu va mai putea apoi să schimbe prea multe la el, dacă acum acceptă aceste lucruri, dacă ea încă de la începutul relaţiei ştie că el are obiceiurile alea. În plus, pentru că lucrurile rele se degradează tot mai mult, dacă atunci el obişnuia să bea o sticlă pe seară, acum bea patru sticle pe seară, după 3 ani, deci nu l-a putut schimba. Cred că femeile nu au suficientă fermitate când iubesc, pentru că, aşa cum spun psihoterapeuţii, „iubirea e oarbă".

Dar, pe de altă parte, Sfântul Pavel spune: „Dragostea îndelung rabdă; dragostea este binevoitoare, dragostea [...] nu caută ale sale, nu se aprinde de mânie, nu gândeşte răul. Pe toate le suferă, pe toate le crede, pe toate le nădăjduieşte, pe toate le rabdă." Când procedezi aşa, cu toleranţă faţă de neputinţele celuilalt, cu încredere în puterea lui de a se schimba în bine, este şi pentru că iubirea ta, sufletul tău, cugetul tău sunt curate.

Da, acolo este vorba despre dragostea de aproapele. Dar când îţi alegi un partener de viaţă e puţin diferit; când îţi alegi jumătatea ta, care devine una cu tine, trebuie să existe compatibilitate pe toate planurile sau măcar să nu existe incompatibilităţi pe toate planurile. Sunt doamne care au citit Cartea familiei *şi au găsit acolo şapte teste pe care ar putea să le facă bărbatului pe care îl iubesc, ca să vadă dacă este cu adevărat „alesul": testul sacrificiului, binecuvântarea duhovnicului şi a părinţilor, testul de presiune, testul puterii, testul valorilor comune, testul zgârceniei, testul relaţiei cu familia ta.*

Atunci când este vorba despre dragoste de aproapele, trebuie să nu judeci pe nimeni, dar când este vorba de persoana pe care o alegi să fie una cu tine, persoana cu care îţi vei petrece tot restul vieţii şi veşnicia, cu care „vei fi un trup", trebuie să fii extrem de pretenţioasă. Nefiind pretenţioasă, îţi asumi nişte consecinţe dramatice pentru mai târziu. De aceea sunt îngrijorător de multe divorţuri, îngrijorător de multe despărţiri, îngrijorător de multe întreruperi de sarcină, pentru că oamenii mai întâi acționează și abia apoi analizează, abia (prea) târziu judecă și cântăresc. Desigur, și în relația de iubire dintre soți sunt momente în care se trece peste anumite greșeli, se tolerează anumite neputințe, se investește încredere în celălalt cu speranța schimbării, chiar dacă la un moment dat lucrurile nu sunt la nivelul dorit. Uneori tocmai încrederea de care beneficiază cineva este resortul unei schimbări reale. E important însă ca, de la început, să faci o analiză cât mai realistă a situației, să vezi ce poți duce și ce nu, să vezi dacă ceea ce este nepotrivit la celălalt este ceva pasager sau e un obicei, e ceva intenționat sau nu, e ceva ce celălalt va putea schimba sau nu.

Astfel de analize sunt necesare pentru a lua decizii bune, durabile. Cumva eșecul în căsnicie e cauzat de faptul că, înainte de căsătorie, nu ai judecat suficient cu privire la partenerul de viață și că, după ce te-ai căsătorit, îl judeci prea mult. Aici ar trebui să reflectăm mai mult, ca să inversăm ordinea. Tocmai de aceea, acum, nivelul relației dintre bărbat și femeie a coborât foarte mult și asta aduce multă durere. Apar, prea repede, jignirea, violența, nefericirea, relația fizică, sarcina nedorită. Cu durere o spun că multe tinere de astăzi, dacă ar fi un pic mai atente la bărbații pe care îi primesc în viața lor și mai selective, cu siguranță le-ar fi mai bine. De cealaltă parte, mulți bărbați intră în relații neimplicați, ci doar interesați, iar ele, în mod tacit, acceptă asta. Consecința este dureroasă, pentru că tot ea, femeia, suferă, tot ea duce cu sine toată suferința asta.

Se întâmplă de foarte multe ori să suferi după cel de lângă care ai plecat, pentru că l-ai iubit, chiar dacă era un nenorocit. Poate suferi și pentru că ai permis să se ajungă în acest punct, că nu ai reflectat la timp asupra relației în care ai intrat. Pe de altă parte, dacă pleci din relații toată viața, e posibil să nu-ți fie bine și să regreți că ai plecat. Asta ar fi cealaltă extremă. Unele persoane stau prea mult în relațiile toxice, alte persoane sunt ele toxice și stau prea puţin în relaţie, nemulţumite de toţi şi de toate. Există o vorbă: „Să regreţi ce ai făcut, nu ce n-ai făcut." Cu alte cuvinte, e mai bine să iubeşti şi să pierzi pe cineva, decât să nu iubeşti niciodată.

Dacă nu eşti căsătorită şi vezi că el alunecă sub ochii tăi, că nu mai e la fel ca atunci când v-aţi cunoscut, că nu vrea să schimbe ceea ce îi spui că te deranjează la comportamentul lui, nu mai sta, pleacă! Plecarea să aibă loc însă doar după ce faci tu ***maximumul tău*** *pentru salvarea relaţiei; nu poţi să pleci dintr-o relaţie până nu ai dat tot. Ca să ai conştiinţa împăcată, va trebui neapărat să faci tot posibilul, tot ce ţine de tine, ca femeie, să te duci cu toată inima în relaţie, cu toată deschiderea şi să pui totul la dispoziţie, că Dumnezeu vede că tu pui totul. Sunt tineri care se ceartă puţin şi care se hotărăsc apoi să se despartă. Asta e laşitate, o imaturitate, o grabă în a trage concluzii prea devreme, doar din orgoliu rănit.*

Oamenii se grăbesc, trăim în perioada în care totul e ca la un *slide*. Avem senzaţia că sunt femei şi bărbaţi buni peste tot, că îi găsim la un click distanţă. Este doar o iluzie că sunt oameni buni peste tot. Imaginea unui om nu are nicio legătură cu ceea ce e în sufletul lui. Atenţie, nu mai luaţi decizii fundamentale la nervi, la grabă; nu vă mai jucaţi cu cuvintele, cu ameninţările, cu ultimatumurile. Şi mie mi s-a întâmplat de câteva ori să spun, la supărare, că plec. Teodora râde de mine: „Unde pleci, mamă?" „Dau două ture cu maşina, să cumpăr nu ştiu ce." Nu mai este plecatul care era în tinereţe. Atunci eram mai categorică; aveam senzaţia că pot muta munţii, că pot găsi oriunde pe oricine. A trebuit să treacă zeci de ani ca să înţeleg nişte situaţii.

Decât să fluturaţi tot timpul steagul de război – vă spun ce am învăţat pe propria mea piele –, mai bine încercaţi să reparaţi, să vorbiţi, să comunicaţi. Doar când nu se mai poate repara ceva, închideţi o uşă, dar nu total, radical, ci puţin câte puţin. Două săptămâni, trei săptămâni, o lună, lăsați-o închisă și apoi încercați să redeschideți. Dacă sunt multe lucruri pozitive între voi, nu merită să pierzi totul pentru un moment de neatenție, pentru o supărare pasageră, pentru două vorbe spuse la nervi. Trebuie să înțelegem că nu plouă cu oameni minunați. Dacă ai găsit deja pe cineva și ești bucuroasă de el, încearcă să îl păstrezi, fă tot ce ține de tine ca lucrurile să funcționeze, ajută-l să crească, și nu să descrească. Asta despre a face tot ce ține de tine să păstrezi ceea ce ai, despre a nu renunța prea ușor la o relație.

În ceea ce privește extrema cealaltă, acceptarea fără discernământ a orice îți impune sau propune celălalt, există o formă de disperare în societate: să fii neapărat cu cineva! De asta se și acceptă de multe ori abuzurile, violența. Acest climat nu este însă unul în care dragostea poate să crească. Dacă nu găsești persoana potrivită, nu ceda de dragul de a fi neapărat cu cineva, bun sau rău, numai să nu fii singură. Poți să fii foarte bine tu cu tine și atunci vei da senzația de fericire în jur, care va atrage oamenii. Decât să fii într-o relație care nu merge, care nu funcționează și care nu duce nicăieri, alege să fii foarte bine cu tine!

E mult prea multă durere în relațiile de cuplu, unde nu s-au luat deciziile corect, la timp. Aici apreciez foarte mult omul care știe să pună condiții când iartă. În cuplu ai dreptul să pui condiții. Când ierți, îi dai iertarea, dar cu conditia să nu se mai repete. Iisus a zis: „Vezi, te-am vindecat acum, dar să nu mai faci, ca să nu ți se întâmple ție și mai rău!”

Americanii spun: *Forgive, but not forget!* – „Te iert, dar nu te uit.” Lucrurile pe care nu le uiți și pe care le aduci la nesfârșit la suprafață îți fac rău, mai rău decât faptul că nu ai iertat.

Sunt de acord cu afirmația ta. Când am vorbit de condiționarea iertării în cuplu, nu am spus să nu ierți deplin, păstrând amintirea rănii suferite. Vorba cuiva din

Jurnalul Fericirii *al lui Steinhardt: „Iertarea fără uitare nu face doi bani..." Ci am îndemnat ca, în momentul în care oferi iertarea, să punctezi cu dragoste unele lucruri, să condiționezi iertarea de asumarea faptului că cel vinovat nu va mai repeta acea greșeală. Mă gândesc mai ales la lucrurile grave, care nu ar trebui să se repete în familie.*

Există o idee de libertate: „Dacă iubești pe cineva de-adevăratelea, lasă-l în pace, lasă-l să plece! Dacă nu se întoarce la tine singur sau singură, nu se va întoarce niciodată." Trebuie să fii foarte puternic să înțelegi asta. Sting are o piesă care se numește *If You Love Somebody Set Them Free* – „Dacă iubești pe cineva, lasă-l liber!".

Există o mișcare psihologică pe care ar trebui să o facă fiecare om: lasă-i spațiu celuilalt ca să-l vezi cum se poartă, lasă-i un pic de libertate ca să-l vezi cum reacționează când nu e presat de nimic. Dacă îl vezi că abia așteaptă să fugă, atunci lasă-l să fugă. Iubirea nu este constrângere. Iubirea e libertate. Este aici o taină mare. În iubire, ar trebui să te porți cu persoana iubită așa cum Se poartă Dumnezeu cu tine. Ce face Dumnezeu? Ți-a dat totul și te lasă în pace, tu vii spre El, dacă vrei. Eu de ce mă duc la biserică? Mă duc de drag, mă simt bine cu El, vreau să fiu cu El. Pot să dorm, pot să nu mă duc la biserică; Dumnezeu nu mă trezește la 10.00: „Vasile, nu ai venit la mine astăzi? Gata! Pedeapsă!" El ne vorbește printr-un limbaj interior, iar noi răspundem chemării în deplină libertate.

Asta ar trebui să facem și noi cu persoana iubită. În fiecare dimineață când mă trezesc, mă întreb: „Tot pe Doina aș alege-o de nevastă? Da!" Mă duc liber spre ea și o iau în brațe; nu e o povară că trăiesc cu ea, aproape am îmbătrânit împreună, am trăit 30 de ani de căsnicie împreună, am trecut prin experiențe felurite împreună. Am descoperit că la orice dispută, la orice ceartă, tot în brațe, tot acolo ne-a fost bine, tot acolo am găsit pacea. Ce mi-a oferit și ce-mi oferă ea, nimeni, niciodată nu poate să-mi ofere. Acea stabilitate emoțională, acea pace, acele brațe deschise, acea jertfă! Ne-am îmbolnăvit împreună, ne-a durut capul împreună, am avut succes împreună; am căzut împreună, ne-am ridicat împreună, ne-am rugat împreună, am călătorit împreună. A venit la mine o bunică și mi-a spus: „Părinte, am 80 de ani, am avut un singur soț, am avut un singur bărbat. A fost tare bine împreună, m-am bucurat foarte mult de căsnicie. Acum vorbesc cu el, că el e în Cer. Sunt tare fericită că pot să vorbesc cu el, știu că ne vom reîntâlni acolo Sus! Abia aștept!" Așa se încheie viața unei femei curate.

Alegem prea ușor să nu mai fim curate. Pentru că nu știm, pentru că ni se pare că sunt povești...

Curățenia sufletească rămâne valoarea cea mai puternică din inima unei femei. O inimă curată rămâne o inimă fidelă, o inimă nepervertită de mizeriile acestei lumi. Întâlnesc multe doamne care sunt pe modelul acesta. Sunt foarte fericit să observ că societatea nu s-a degradat chiar de tot. Încă mai există doamne minunate care muncesc la birou, în bănci, în multinaționale și care vin acasă cu drag, își împărtășesc viața cu soții lor, cu care au o relație frumoasă. Se mai ceartă – n-am întâlnit încă niciun cuplu care să nu se fi certat –, însă cu ajutorul lui Dumnezeu reușesc mereu să găsească o cale de ieșire din fiecare impas. Valorile lor de bază, deciziile importante ale vieții, dar și alegerile mai mici, programul și timpul dat familiei, relațiile trupești, relațiile de prietenie cu ceilalți, toate problemele mari din familie sunt reglate împreună.

De ce lucrăm noi la această carte? Ca să le arătăm doamnelor că se poate trăi frumos chiar și în lumea de astăzi, doar că trebuie să fii foarte atentă să nu te fure peisajul, să nu lași agitația lumii să intre în tine. Pentru a fi ilustrativ, îți recomand să te duci cu gândul într-o mare capitală unde e aglomerat, unde e agitație, ca să înțelegi că așa e și viața, așa e și societatea. Fac această analogie ca să înțelegem că, dacă ești prudentă, vei putea să trăieşti echilibrat, chiar şi într-o lume agitată. Spune „nu" când trebuie spus „nu" şi „da" când e de spus „da", nu spune „da" când trebuie spus „nu", nici „nu" când trebuie spus „da". Nu confunda între ele aceste valori!

În ceea ce priveşte relaţiile pe termen lung, mai ales cele de iubire, nu e loc de compromis. Dacă iubeşti pe cineva şi în prima parte a relaţiei crezi că aspectele negative pe care le observi nu sunt aşa de grave, în timp vei regreta.

Aşadar, fii amabilă şi înţelegătoare cu toată lumea, dar cu omul cu care vei împărţi viaţa fii extrem de atentă, atunci când îl alegi. La tot ce-l înconjoară, la rudeniile lui, la viaţa lui; deschide bine ochii! Din nefericire, constat că, de câte ori a zis cineva că merge şi aşa, trecând cu vederea nişte lucruri intenţionat, a pierdut. Astăzi eşti lângă un beţiv pentru că ai ales asta, ai aflat, poate din timp, despre unele vicii pe care le are, dar n-ai avut puterea să spui „nu" la timp. Intervine uneori mila sau intervin copiii, intervin banii, intervin datoriile şi nu mai poţi face pasul înapoi. Însă voi, cele care încă nu aţi făcut alegerea, fiţi atente, deschideţi bine ochii, uitaţi-vă la toate aspectele şi luaţi o decizie în cunoştinţă de cauză. Mai bine să rămâi singură decât să te chinui cu un soţ abuziv, având şi copii, să te lase singură, să te trădeze, să folosească violenţa şi să îţi facă viaţa un iad. Alege să fii extrem de exigentă cu cine îţi imparţi viaţa. Ia-L pe Dumnezeu la drumul ăsta: „Doamne, nu pot singură, inspiră-mă, ajută-mă!" Când vei fi cu Dumnezeu, vei face cu siguranţă alegeri inspirate!

Ghinion versus Noroc

Aş vrea să vorbim acum despre ghinion versus noroc. După mine, ghinion şi noroc sunt două chestiuni care nu au legătură nici cu credinţa, nici cu Dumnezeu şi nici cu realitatea. Îmi par mai degrabă încercări ale oamenilor de a explica reuşita sau eşecul, când nu găsesc vreo cauză evidentă pentru ceea ce li se întâmplă în viaţă. Trist e că întâlnim această optică nu doar la oamenii simpli şi neinstruiţi, ci şi la categorii sociale mai înalte.

Într-adevăr, viaţa e un cumul de oportunităţi, de şanse, pe care omul ştie sau nu să le folosească pentru binele propriu. Sunt unii oameni care au folosit bine oportunităţile din viaţa lor, pe când alţii, care n-au ştiut ce să facă cu ele, le-au ratat. Secretul succesului în viaţă constă în a şti când să faci pasul înainte şi să rişti, şi când să faci pasul înapoi şi să fii prudent; să ştii să foloseşti înţelept oportunităţile care apar, ca să câştigi, şi să intuieşti bine pericolele, ca să nu te avânţi imprudent, investind resurse, timp şi energie, ca apoi să pierzi. Evident, trebuie mult discernământ şi multă înţelepciune să nu confunzi paşii aceştia între ei. E foarte important să te cunoşti bine pe tine, să-ţi ştii punctele forte şi pe cele slabe şi să ai măsură în toate, iar, înaintea oricărei decizii, să te rogi să fii inspirat. Există multe tipuri de inteligenţă, dar importante în luarea deciziilor sunt mai ales două: inteligenţa logico-matematică şi inteligenţa socială. Ele sunt şi înnăscute, şi cultivate. Fiecare are valoarea şi rolul ei. Una te ajută în dezvoltarea ta personală, alta îți dă capacitatea de a te adapta pe orizontală, în relațiile cu ceilalți.

Sigur, ideal este să fii și inteligent, și instruit, să citești și să studiezi bine totul, și să ai și darul de a comunica foarte bine cu oamenii, ca să te faci înțeles și să-i poți ajuta prin asta pe cei cu care interacționezi.

Până la urmă, fiecare om se întâlnește în fiecare zi cu oportunități. Avem în fiecare clipă a vieții trepte de urcat și de coborât; zilnic urcăm sau coborâm, în funcție de cum alegem noi. Uite, un exemplu poate fi „ritualul" tău de dimineață, așa cum mi-ai povestit. Pui genunchiul jos la rugăciune și îți începi ziua cu: „Doamne, ocrotește-mă!", „Doamne, ajută-mă!", îți spui rugăciunile și, prin asta, te-ai conectat cu Dumnezeu, te-ai deschis spre un alt fel de a vedea întreaga zi. Îți pui ziua și viața sub privirea iubitoare a Părintelui Ceresc, pe care Îl „aduci" în treburile tale, în viața ta. E o alegere, pe care tu singură o faci și ea determină alte alegeri și tot așa... Așadar, când pornești dimineața cu rugăciune, te conectezi cu Dumnezeu și asta te inspiră să faci alegeri bune și să te ferești de cele rele. Omul care se roagă alege să fie cu Dumnezeu, iar viața lui se schimbă mereu în bine, în chiar concretul ei. Nicio legătură cu norocul! Te rogi la Dumnezeu și sigur vei face alegeri mai bune și mai inspirate.

În schimb, un om care nu și-a făcut puțin timp dimineața pentru rugăciune sau măcar pentru a ridica ochii spre cer, pentru a-I mulțumi pentru tot, pentru a-L slăvi și a-L invoca pe Bunul Dumnezeu să fie cu el în noua zi ce începe, pleacă de acasă de multe ori agitat, poate chiar nervos, face totul pe grabă, face alegeri proaste în ziua aceea și își spune „Am avut ghinion!". Aici este secretul: starea ta interioară determină modul în care îți faci alegerile. ***Pacea sau neliniștea dinăuntru îți influențează viața.*** *De aici vin de multe ori reușitele sau eșecurile. În cazul omului credincios,* *rugător, acesta Îl are pe Dumnezeu aproape în toate alegerile lui. Când nu e sigur pe alegerea lui, întreabă, se sfătuieşte, e deschis la dialog. Iar când are reuşite nu spune „Am avut noroc", ci „Slavă Domnului!", „M-a ajutat Dumnezeu să aleg bine". Sfinţii Părinţi numesc această lucrare coborârea harului lui Dumnezeu. Când vine harul Duhului lui Dumnezeu, în noi e o energie, un duh bun. Harul te luminează, te face pe tine bulgăre de lumină, îţi dă înţelepciune, pace și, mai ales, răbdare. Devii o prezenţă agreabilă pentru ceilalţi. În prezenţa harului te simţi bine cu tine şi capeţi o stare interioară bună, liniştită, care îţi dă puterea de a te oferi celorlalţi cu dragoste, iar din asta primeşti multă bucurie în suflet. Asta numesc unii oameni „noroc"!*

Frumos spus! Însă dacă nu merg lucrurile cum ai vrea, asta nu este întotdeauna pentru că nu te-ai rugat, pentru că nu ai intrat în legătură cu Dumnezeu. Pur şi simplu, pot apărea situaţii care nu ţin absolut deloc de noi. Dumnezeu ne cercetează şi când lucrurile nu merg bine.

Absolut! Dumnezeu, dacă Îl chemi, este cu tine și la bine, şi la greu. De aceea, termenii „noroc" și „ghinion" nu ar trebui să fie întâlniţi în vocabularul omului credincios. Aşa cum am spus, ei sunt legaţi de modul în care noi încercăm să înţelegem sau să ne explicăm ce se întâmplă. Reacţia ta în faţa unei realităţi este însă alta atunci când eşti cu Dumnezeu și ai harul lui Dumnezeu cu tine decât atunci când nu îl ai.

Când omul își înțelege și își asumă și reușitele, și eșecurile, termenul „ghinion" nu mai are sens. Și când omului îi merge bine nu este pentru că „a avut noroc", ci pentru că Dumnezeu a fost acolo.

Ca în cazul Cuviosului Antonie cel Mare, care la un moment dat, când era într-o ispită şi nu mai putea, după trei zile de lupte, a zis: „Doamne, nu mai pot! Unde eşti?" A auzit imediat un glas care i-a răspuns: „Antonie, aici eram, dar nu M-ai strigat!" ***Întotdeauna Dumnezeu este acolo, dar nu Îl strigăm întotdeauna.***

Pe de altă parte, percepţia multora legată de noroc sau de ghinion este că ceva magic sau ceva dincolo de realitate, ceva incontrolabil se petrece. Asta pentru că, în lipsa credinţei, căutăm alte justificări pentru a explica ce ni se întâmplă, dar şi pentru că suntem tentaţi să fugim de responsabilitatea propriilor noastre alegeri. E mai uşor să spui că „aşa era scris", „aşa trebuia să se întâmple", decât să îţi asumi alegerile şi consecinţele lor pentru tine şi ceilalţi. Destinul şi-l face fiecare om prin alegerile proprii. E adevărat că sunt şi multe aspecte în viaţa noastră care nu ţin de noi (în ce ţară şi în ce familie ne naştem, la ce şcoală suntem duşi etc.). Însă, indiferent de toate, viaţa noastră ajunge în mâinile noastre şi ţine de înţelepciunea, de discernământul şi de maturitatea noastră să construim bine sau rău, într-o direcţie sau alta. În fiecare zi mergem din intersecţie în intersecţie, facem fie la dreapta, fie la stânga, o luăm fie înainte, fie înapoi; acesta este drumul vieţii. Inclusiv Dumnezeu ne respectă libertatea de alegere şi, deşi vrea şi construieşte prilejuri pentru a ne mântui şi aduce la El, noi singuri decidem dacă vrem sau nu.

Faptul că există şi oameni răi în lume e până la urmă şi o dovadă că Dumnezeu nu forţează pe nimeni să fie bun.

Ca la orice drum mai lung şi necunoscut, avem nevoie de un GPS, care să ne ţină pe drumul cel bun. Fiecare om are un astfel de GPS: la unii sunt propriile principii şi credinţe – religioase sau nu –, la alţii sunt părerile şi ideile acceptate de la alţii, la unii, fricile pe care le-au dezvoltat, la alţii, acele persoane pe care au ales să le urmeze. Pentru creştin, GPS-ul este Dumnezeu Însuşi. El ne-a lăsat în Sfânta Scriptură şi în Tradiţia vie a Bisericii o „hartă" pe care să o urmăm. Pentru că viaţa creştinului este una dinamică, e nevoie şi de o persoană mai apropiată care să cunoască bine această „hartă" și să te ajute să nu rătăcești și să ajungi la destinație. Preotul este exact acea persoană care te poate sfătui înainte să faci la stânga sau la dreapta și îți poate explica consecințele faptului de a o lua la stânga sau la dreapta. În această călăuzire și sfătuire duhovnicească vei lua decizia luminat de Duhul Sfânt, Care lucrează prin dialogul dintre tine și preot.

Așa frumos ar fi ca, înaintea deciziilor importante, omul să se sfătuiască cu duhovnicul său! Din păcate însă, în lumea asta nouă, se întâmplă altceva în luarea deciziilor. Aici omul acționează tot mai autonom și egoist, își arogă reușite și, pentru eventualele eșecuri, îi învinovățește pe ceilalți. S-a ajuns până acolo că, dacă ceva merge foarte bine, e meritul managementului, iar dacă merge prost, e din cauza celui care face respectiva activitate.

Noroc și ghinion nu există, sunt cuvinte-paravan în fața neputinței și a lipsei de asumare a responsabilităților, în fața lipsei de înțelepciune și a lipsei de înțelegere a ceea ce este succesul sau insuccesul: succesul, pe lângă folosirea bună și inspirată a oportunităților, este dat de studiu, de muncă, de perseverență, pe când insuccesul este cauzat de cele mai multe ori fie de superficialitate, fie de o lipsă de seriozitate și asumare, fie de lipsa de muncă, fie de lipsa rugăciunii în viața noastră, fie de nefolosirea sau folosirea nepotrivită a oportunităților.

De câte ori îmi spuneți despre oamenii aceștia, mă gândesc inevitabil la o carte a lui Alvin Toffler, care începe foarte frumos, cu o discuție între un tânăr și un om matur. Multă vreme mi-a ghidat viața. Tânărul îi spune maturului, în timp ce acesta mănâncă: „Mai ții minte când am venit prima dată la companie, că m-am dus la serviciul de aprovizionare și am făcut primele hârtii? După aceea am avut suficientă forță să ajung să conduc serviciul de aprovizionare. Mai ţii minte când m-ai făcut şef la aprovizionare, că eram atât de fericit? Mai ţii minte acum zece ani, când am câştigat acel contract? Apoi am devenit şeful departamentului de contractare. Şi mai ţii minte, acum trei ani, când am stat acolo în spate, când a avut loc concursul nu-ştiu-care şi am reuşit să îi înving pe toţi contracandidaţii mei? Mulţumesc, tată!" Aşa începe această carte.

Acel tată seamănă cu Dumnezeu. Când eram adolescent, m-a ajutat foarte mult un scurt pasaj din Noul Testament. Acolo Domnul spune: „Iată, Eu stau la uşă şi bat." E atât de emoţionant următorul adevăr: Dumnezeu, Care a creat lumea, Care te-a creat pe tine, a creat „casa", a creat „uşa", a creat tot, îţi dă în dar casa, te face proprietar şi, după toate acestea, smerit îţi zice: „Eu stau la uşă şi bat." Ce boier este Dumnezeu, cum zicea părintele Steinhardt! Mi-am dat încă de atunci seama că, dacă eu deschid, se întâmplă ceva, dacă nu, rămân singur. Dumnezeu doar bate la uşă, nu forţează intrarea. Acea uşă se deschide doar dinăuntru, doar dacă şi când vreau eu. Din nefericire, sunt foarte mulţi oameni însinguraţi, care sunt complet singuri în luarea deciziilor, în faţa greutăţilor vieţii, şi asta se întâmplă pentru că nu au ştiut sau nu au vrut să deschidă uşa, nu au ascultat glasul dulce al „Blândului Păstor".

Am vecini prin jurul meu care spun: „Am fost la biserică; acum trei luni sau anul trecut, de Paşti." Cunoaştem şi modelul acesta. E oare de ajuns? Sigur că nu, pentru că relaţia cu Dumnezeu trebuie înţeleasă în aceşti termeni, de relaţie. Dacă, atunci când merg la biserică, chiar duminică de duminică, nu se produce o întâlnire, o legătură cu Cel pe care Îl vizitez, cred că ratez esenţialul. Aşa simt. Viaţa creştină este despre a-L lăsa pe Dumnezeu înăuntru. De îndată ce ai deschis uşa, trebuie să Îi laşi tot timpul deschis. El nu vine ca să îţi ia locul, ca să ia El decizii în locul tău, deşi, să recunoaştem, uneori ne-ar plăcea să facă așa. O relație adevărată nu poate fi unilaterală, nu poți aștepta să primești la nesfârșit de la Dumnezeu, să vrei să facă El tot timpul totul, iar tu să rămâi pasiv, să nu pui în povestea asta nimic. Măcar să faci efortul minim de a deschide ușa și să Îl inviți înăuntru, în viața ta, în deciziile tale.

Tu faci partea ta – posibilul, iar El, partea Lui – imposibilul. El nu va face partea ta, pentru că vrea să vadă intenția ta, efortul tău, iar tu nu poți face partea Lui. E aici o colaborare, o împreună-lucrare fericită.

Ca la un examen, Părinte. Dacă nu ai învățat nimic, n-are ce să-ți completeze Dumnezeu, că tu ești zero. În munca mea, mai ales pe latura filantropică a activităților mele, îmi dau seama că singură nu am cum să fac totul, deși îmi doresc și mă străduiesc mult, uitând uneori și de mine însămi. Sunt foarte multe momente în care mi se cere ajutorul și am senzația că nu am făcut suficient și mă chinuiesc pe tema aceasta. Deși știu că există un fel de limită în iubirea pentru celălalt, gândindu-mă că a doua poruncă spune: „Iubește-l pe aproapele tău *ca pe tine însuți!*”, uneori îmi doresc să fac mai mult. Deseori mă întreb: „Pentru mine aș fi făcut asta?” Sunt foarte multe lucruri pe care nu le-aș fi făcut pentru mine, dar le fac pentru alții.

N-ai cum să faci totul pentru toți; ai făcut partea ta, cât ai putut. Slavă Domnului pentru asta! Deși uneori pare puțin, este mult. Tu ai devenit pentru mulți omul lui Dumnezeu, căci omul credincios și mărinimos este omul lui Dumnezeu. Și e interesant că, în lucrarea asta mare pe care o ai, de multe ori nu ajuți direct, material, ci creezi punți, apelezi la cei care pot ajuta, recomanzi, te zbați ca un anume caz să fie cunoscut, ca cei care au resursele să le acorde. Îți pui numele și notorietatea de care te bucuri în slujba altora. Or, asta e sigur mai mult decât a ajuta material pe cineva, e o dăruire de sine. Nu jertfești ceva, ci te jertfești pe tine, din timpul tău şi al familiei tale, din energia ta. Astăzi, într-o vreme a egoismului, în care fiecare vrea totul numai pentru el, omul nu prea se mai dăruieşte pe sine. Îi e bine acolo cu el însuşi. Când ştii că nu trăieşti numai pentru tine şi că ce contează este cât dai, nu cât primeşti, că te duci cu dragoste să îl ajuţi pe aproapele tău, atunci asta e nobleţe. Dar până unde poate să meargă asta?

Îţi dau un exemplu: un copil bun, în clasa a zecea, îşi face temele tot timpul. În pauza mare vin 3-4 copii mai nepregătiţi pe lângă acel copil şi îi zic să le dea şi lor temele. Copilul acela este bun şi dă mereu temele colegilor de clasă; dă dovadă de bunătate. La un moment, dându-şi seama de ceea ce se întâmplă, profesorii sau părinţii i-ar putea spune: „Copile, alţii nu învaţă pentru că le dai temele de-a gata, îi înveţi să fie leneşi!" Până unde să meargă, deci, bunătatea lui?

Cred că nu este despre până unde să meargă bunătatea, pentru că, dacă reuşeşte să ţină un echilibru cu ceilalţi, e posibil ca şi el să se încarce cu ceva, să înveţe, să preia de la oamenii pe care îi ajută. Adică, dacă din relaţia asta nu primeşte nimic, cu siguranţă va renunţa, unilateral. Până la urmă, de ce facem fapte bune? Pentru că primim ceva în schimb când le facem. Nu mă refer la răsplata din veşnicie, pentru că dacă am gândi aşa ar fi o gândire comercială,.contractuală, prea îngustă, prea umană. Mă refer la faptul că a face bine, a fi bun cu ceilalţi sunt lucruri care îţi aduc bucurie, pace. „Ceea ce faci te face" e o vorbă înţeleaptă spusă de dragul nostru părinte Teofil Părăian. Când faci bine, ţie îţi faci mai întâi bine, dar şi când faci rău, ţie îţi faci mai întâi rău.

Întorcându-mă la exemplul dumneavoastră, am fost tot timpul copilul care făcea precum elevul despre care vorbeaţi, însă, pentru asta, eram mereu protejată, ajutată când nu mă descurcam în anumite situaţii. Cei pe care îi ajutam mă ajutau la rândul lor altfel, altă dată.

N-am fost niciodată în afara găștii, chiar dacă eram „intelectuala" clasei. Eram cumva utilă grupului, aveam contribuția mea. Liderul „intelectual" al clasei a făcut ceva pentru altcineva și din asta i se întorc la pachet niște lucruri care îl bucură, îl ajută, fie că este respectul celorlalți, fie că este o atitudine cumva favorabilă, protectoare. Important e să ai o inimă bună, să ajuți când poți și să nu trăiești izolat, gândindu-te doar la tine.

Asta înseamnă un copil care știe să dăruiască corect. O astfel de atitudine nu se prea învață din altă parte decât din familie, de la cei pe care îi vede făcând așa. Adevărata educație se dă mai degrabă prin exemplu de viață. Spune Sfântul Grigore Teologul că sunt oameni pe care îi convingi prin cuvânt și oameni pe care îi convingi prin faptele vieții tale.

Cred că un copil care nu și-a văzut părintele rugându-se, citind, făcând gesturi de noblețe, nu va face nici el sau le va face mult mai greu și mai târziu, oricât de tare i-ar spune școala, familia, gașca. Așa se explică faptul că cei mai mulți dintre noi suntem, practic, o oglindă evoluată sau diferită a părinților noștri.

La fel și raportarea greșită la ghinion și noroc pleacă cumva tot din copilărie, de la felul în care procedau părinții în astfel de situații. În realitate, vei avea „noroc", în sensul bun, când ai învățat bine și profesorul te-a văzut, vei fi „norocos", când ți-ai făcut temele și te-a văzut profesorul, înțelegând că ești un elev bun. Așa cum recomandai și tu, nu vă amărâți prea mult pentru notele pe care le primesc copiii, dacă ele nu sunt ceva obișnuit, ci un accident, pentru că ele nu sunt întotdeauna măsura a ceea ce știe copilul, ci doar a ce crede profesorul că știe copilul în acel moment. Dacă îl înveți pe copil de mic că norocul și ghinionul ți le faci singur, că tu ești la originea alegerilor din viața ta, prin studiu și cunoaștere, copilul va trăi în adevăr și va fi pregătit în felul acesta pentru orice va întâmpina în viaţă. Ancorarea copilului în adevăr este extrem de importantă.

Este normal să şi visezi. Trăim într-o perioadă în care creativitatea şi ideile nu sunt suficient valorizate. Şcoala din România pune preţ doar pe studiul matematicii, al ştiinţelor etc. şi lasă deoparte creativitatea. Încurajează-ţi copilul care e creativ, lasă-l să-şi dezvolte creativitatea, dar pune-i în setările de bază toate lucrurile, toate cunoştinţele necesare, ca el să înţeleagă că, atunci când ceva nu merge bine, nu e ghinion, ci nu e suficient studiu, suficientă muncă. Deşi acesta e adevărul, totuşi o situaţie nefericită ca aceasta nu e motiv de disperare, e doar o situaţie, ceva care nu s-a închis. Când în mod repetat se iau note mici, ceva nu e în ordine, ori la felul cum înveţi, ori la cât timp acorzi învăţatului, ori la priorităţile pe care ţi le-ai stabilit. De asta vă spuneam la un moment dat că nu mă supăram că Teodora venea cu 6 sau cu 7 o dată. Un accident se poate întâmpla oricui. Dacă însă venea şi a doua sau a treia oară, atunci mă supăram şi interveneam pentru a remedia cauzele.

Când are un rezultat slab, trebuie, ca părinte, să reuşeşti să îl motivezi pe copil ca următorul rezultat să fie mai bun. Copilul care a primit acele cunoştinţe de bază de la familie va înţelege că el este la originea ghinionului sau a norocului. Şi, dincolo de tot ce îi spui şi îi arăţi, credinţa în Dumnezeu va fi o resursă fundamentală pentru formarea lui, căci conectarea cu Dumnezeu înseamnă conectarea cu adevărul şi invers. Dacă trăieşti în adevăr, nu va veni nimeni să te păcălească. Dacă Dumnezeu este cu tine, vei reuşi să parcurgi etapele vieţii frumos, indiferent de ce ţi se întâmplă. Vei reuşi să dai înţeles profund chiar şi lucrurilor neplăcute din viaţa ta. Viaţa trăită departe de Dumnezeu te poate uşor minţi. Aproape de Dumnezeu eşti aproape de adevăr şi departe de falsitatea care e atât de prezentă şi, în acelaşi timp, atât de disimulată astăzi, când observăm că se mai întâmplă un fenomen în legătură cu libertatea noastră: ni se fură încet-încet libertatea.

Este falsă concepţia generală cum că am fi liberi, că putem face absolut orice. Dacă vă uitaţi la cele mai importante grupuri de oameni, ţări de pe planetă, ni se spune că americanii sunt cei mai liberi oameni. În realitate, America are cele mai dure legi. Americanul este liber într-un pătrăţel, mai mare sau mai mic. Aşa este viaţa noastră astăzi. Mă grăbeam într-o seară spre casă şi i-am zis poliţistului care m-a oprit: „Cum, vi s-a părut că merg prea tare?" „Nu, doamnă, zburaţi prea jos!", mi-a răspuns. Adică aveam o viteză aproape de decolare. Astea sunt reguli clare, necesare la baza funcţionării megasocietăţilor pe care modernitatea le-a construit. Fără ele ar fi haos. Vorbesc însă despre faptul că americanul are nişte obiceiuri de consum, are nişte lucruri care par că sunt ale lui, dar în realitate mai toate sunt induse de studii de marketing. Ţi se spune că eşti liber, că ai toate posibilităţile deschise în faţa ta, că hotărăşti pentru tine, de parcă tu ai lua toate deciziile. În realitate, în cele mai multe aspecte ale vieţii tale exterioare, ai ales exact ce *trebuia*.

De aceea, trebuie să fim foarte atenţi. Nu avem o libertate absolută, ci doar una relativă. Inevitabil, viaţa noastră exterioară şi, într-o anumită măsură, şi viaţa noastră interioară depind de context, de alţii, de moştenirea genetică, de educaţie, de alegerile pe care le facem etc. Însă cu adevărat liber eşti atunci când reperul absolut din viaţa ta e dincolo de lumea aceasta schimbătoare şi imperfectă, e acolo Sus, e Dumnezeu, şi atunci când nu pierzi niciodată legătura cu acest reper. Este important şi să ai prieteni care împărtăşesc acest mod de a vedea viaţa. Când ai bunul-simţ dat de credinţa ta, de respectul şi iubirea pentru oameni, atunci vei fi înconjurat de oameni care validează aceste valori.

Eu după asta îi aleg pe ai mei, sunt oameni care validează niște chestiuni, niște credințe ale mele.

Revenind la cum ne sunt influențate alegerile și ne e afectată libertatea, trebuie să înțelegem că de-asta se fac pe planetă studii de piață și cercetări sociologice.

Să înțeleg că, până la urmă, societatea modernă ne-a furat adevărata libertate? Sau încearcă să ne-o fure?

Vedem lumea printr-o fereastră din ce în ce mai mică. Suntem stimulați, dacă nu chiar forțați prin manipulare, să trăim pentru scopuri mici. Nu cred că e vorba de un Big Brother mondial, care ne vânează sufletele, ci de interesele meschine ale unora sau ale altora. Uneori, singuri aderăm la niște idealuri prea mici și le lăsăm să ne modeleze restul vieții. Cădem în propriile capcane și ne mulțumim cu prea puțin. Visurile și dorințele noastre (dacă or mai fi într-adevăr ale noastre) devin propriile cuști. Până la urmă, vedem în jurul nostru și la orizontul vieții doar chestiunile pe care le considerăm importante pentru noi, omițând – uneori bine, alteori greșit – restul realității. Dacă vreau vacanță, să zicem, muncesc asiduu să îmi iau acea vacanță, nu mă mai uit în jur, nu mai observ că, în timp ce eu muncesc, trece pe lângă mine mai știu eu ce oportunitate.

Vezi lumea cu niște ochelari de cal pe care ți i-a pus societatea?

Sunt niște ochelari pe care îi purtăm. Toată lumea-i poartă, deși nu toată lumea recunoaște. E clar că toți avem niște setări, niște stereotipii, niște obiceiuri pe care ni le-am format, de la banala comoditate: am ajuns acasă, ne așezăm într-un scaun, ne uităm la un anumit canal de știri, la un anumit serial sau toate astea la un loc. În teorie, ne prezentăm și credem despre noi că suntem niște moderni liberi și emancipați de sub orice tiranie; în realitate, suntem niște robi, niște biete păpuși trase de tot felul de sfori de cine mai știe cine. „Mamă, ce tare sunt, ce puternic sunt, ce liber sunt! Ce bine am ales!" De fapt și de drept, oameni interesați să îmi vândă produsul lor au făcut un studiu despre ce și cum și îmi livrează fix ce vreau eu sau cred ei că vreau sau ar trebui să vreau și îmi mai dau, în plus, senzația că alegerea, pe care ei mi-au sugerat-o, am făcut-o eu, liber și nesilit de nimeni.

Pe mine m-a uimit o situație pe care am experimentat-o recent. Am vorbit cu soția mea despre o destinație de vacanță și în 10 minute aveam și o ofertă pe telefon. M-am speriat.

Acum suntem într-un univers care este extrem de permisiv. Dacă îmi doresc și am mare nevoie de scaune de sufragerie, când deschid orice site sau orice rețea socială, voi primi reclamă de la vreun magazin de mobilă. Suntem interconectați, fie că vrem, fie că nu. Câtă vreme telefonul e cu „antena" pornită, suntem o fereastră deschisă. Libertatea ta se cam termină când alegi să navighezi pe un site sau pe altul. Până la urmă, libertatea noastră de alegere se întâlnește cu libertatea lor de a-ți propune ceva, cu nevoia lor de a face profit.

Și atunci unde se situează bunul creștin și care e poziția noastră aici, în fața acestei lumi?

Între Dumnezeu și tentațiile lumii tot mai bine împachetate în ambalaje strălucitoare care îți fură ochii? Cred că doar Dumnezeu îți poate da echilibrul și clarviziunea în alegerile pe care le ai de făcut. El îți împrumută lupa Lui ca să vezi adânc și liber lucrurile! Un om care crede, care se roagă și are niște principii foarte bine stabilite va fi mai greu de păcălit, mai greu de dus într-o direcție greșită, căci el va avea cu el busola care îl va păstra întotdeauna în echilibru pe drumul cel bun. Tot legat de libertate, despre rețelele sociale pot spune doar o frază: „Ele sunt făcute pentru a le folosi." Dacă te folosesc ele, s-a terminat, ai pierdut, devii clientul unor interese. Da, e foarte util să le folosești, te uiți la un podcast, la o prezentare, la ceva ce te bucură, la o postare din care înveţi ceva. Este în ordine atâta timp cât rămâi cu ceva. Noi în familie avem regula următoare: după ce mergem la un spectacol de teatru, la un film, pe drumul de întoarcere, când suntem încă împreună, începem să ne întrebăm ce a învăţat fiecare de acolo.

Trebuie multă maturitate sau ar trebui o educare mai riguroasă cu privire la felul în care să folosim aceste reţele sociale, atât de prezente în vieţile tuturor, nu doar ale tinerilor, în aşa fel încât să nu ne stăpânească ele pe noi şi să luăm ce e mai bun cu moderaţie. Dar trebuie multă înţelepciune. Ce e mult strică, iar ce e rău strică, chiar şi dacă e puţin.

Exact asta este. Creştinul are un bun-simţ, dat de credinţă, are măsură, o unitate de măsură dată de moderaţie, de echilibru, pentru că aşa e el obişnuit să fie. În toate ale vieţii lui creştinul vorbeşte de cumpătare, de echilibru. Revin la ce am spus la un moment dat: nu am văzut niciodată în viaţa mea o icoană cu un sfânt gras. N-am văzut şi nu cred că există o astfel de icoană. Erau echilibraţi toţi. Mai pui un pic aici, dincolo, dar te opreşti.

E frumoasă paralela ta, pentru că, uite, viaţa echilibrată a bunului creştin este la fel cum este şi preocuparea cuiva de a nu se îngrăşa. Faci rău dacă ajungi la un anumit număr de kilograme; se depune grăsime pe ficat, pe alte organe. Probabilitatea să te îmbolnăveşti este mai mare. Oboseşti, nu mai dai randament, nu mai poţi dormi bine, nu te mai poţi mişca la fel de uşor. Încet-încet se schimbă toate. Din ziua în care vezi asta, primul gest pe care trebuie să-l faci este să spui „nu" zahărului, grăsimilor, exceselor de orice fel.

La asta ajută credinţa în Dumnezeu, care ne îndeamnă mereu la moderaţie. Când există prea multă reţea socială, prea mult Netflix, prea mult televizor, prea mult net, ar trebui să ştii că aici e momentul să spui

„Stop!". Dacă depășești aceste limite, pe care singur le sesizezi după câteva indicii (starea pe care o ai când te ridici din fața ecranelor, irascibilitatea față de cei care te întrerup, pierderea noțiunii timpului, însingurarea, reacțiile celorlalți, justificările și atitudinea defensivă, tendința de a evita munca, neglijarea familiei și a celorlalte activități casnice sau profesionale, nerespectarea programului etc.), se oprește capacitatea de a mai alege liber. Libertatea ta este pusă în pericol când apare excesul, „prea multul". Deci, până la urmă, libertatea ta înseamnă, pe de o parte, să ai puterea să spui „nu" din timp, până să apuce ceva să te acapareze, și, pe de altă parte, să spui „da" hotărât, când vrei să te angajezi în ceva.

Dumnezeu este Cel care îți dă echilibrul de a spune ce vrei, când vrei tu. Te învață cum să fii tu la cârma poveștii. Dumnezeu îți dă bun-simț, echilibru, moderație, pe care nu ți le poate da altcineva. Poți să citești oricâte cărți, poți să faci orice, nu se va întâmpla mult diferit. Nu vei avea suficient autocontrol. Sau și dacă îl vei avea într-o doză oarecare, el nu va fi la fel de eficient și de bine asumat și integrat ca atunci când ești călăuzit de Dumnezeu. Am mai spus-o o dată: una e să știi sau să înțelegi, și alta e să simți sau să faci. Aici toate sunt puse în legătură și se influențează reciproc.

În plus, autocontrolul creștin nu e un autocontrol în sensul obișnuit, ci e o fortificare a controlului asupra alegerilor, făcută de harul lui Dumnezeu; e o întărire a puterii omului de către Dumnezeu, Care a ajuns înăuntrul ființei tale prin harul Său, venind în sprijinul tău. El te ajută să vezi limpede pericolele, te întărește să alegi bine și te însoțește ca să poți transforma în faptă ceea ce ai ales. Până la urmă, adevărata libertate înseamnă să ai capacitatea să alegi binele, care te păstrează liber, și să eviți răul, care te înrobește. Nu e pur și simplu să alegi între bine și rău. Adevărata libertate este să ai capacitatea şi maturitatea de a alege binele şi să mergi mai departe, să îl pui în practică; să nu te laşi păcălit, amărât şi rănit, pentru că acestea implică multă suferință. Omul creştin vede în toate chestiunile, chiar şi în cele rele, grele, complicate ceva bun, ceva folositor. „Am experimentat ceva, sunt mai bogat, chiar dacă m-a costat, chiar dacă mi-a fost greu."

Omul care e profund creştin, care crede cu tot sufletul, nu este atât de expus depresiilor, fricilor, găseşte o supapă, o ieşire, în orice întâmplare, găseşte o explicaţie. Cum spunea un călugăr, depresia este lipsa lui Dumnezeu. Dacă Îl chemi pe Dumnezeu, cumva te va scoate de acolo. Nu poţi să-i spui asta unui om care e într-o depresie teribilă, însă poţi să te duci înapoi şi să vezi cum a ajuns până acolo. Cum s-a raportat la Dumnezeu până la acel moment, când anume a fost El dat la o parte şi a intrat altceva, *altcineva*. Dintre cei care, la noi, declară că ei cred în Dumnezeu, asumat și profund cred doar vreo 6-8%. Cu cei care nu-L au pe Dumnezeu ca reper adânc al vieţii lor de zi cu zi simt că este cel mai mult de vorbit. E foarte valoros să înţeleagă că, atunci când Îl au pe Dumnezeu, nu sunt niciodată singuri, nici ai nimănui, nici disperaţi. Mai au o nădejde, o ancoră. Dacă eşti un creştin asumat, este imposibil să nu ieşi dintr-o situaţie grea, dacă în străfundul inimii tale ştii că acolo, de fapt, la Dumnezeu, e rezolvarea.

Lor ne adresăm şi noi acum, încercând să îi ajutăm să facă alegeri mai bune, mai mature, mai asumate, mai înţelepte. Să îşi dorească din toată inima să fie mai aproape de Dumnezeu. Pentru că numai prin relaţia vie cu Dumnezeu pot fi cu adevărat oameni fericiţi. Până la urmă, ar trebui să nu dăm vina pe factorii obiectivi, exteriori, ori, şi mai rău, pe noroc sau ghinion, atunci când în realitate a fost ceva care a ţinut de noi.

Da, când ceva n-a mers, trebuie să îţi faci un soi de listă cu „De ce n-a mers?", „Care sunt cauzele?". Dar să o faci cu onestitate. Deşi e benefică şi necesară această analiză, trebuie să ştim că sunt multe posibile explicaţii pentru o reuşită sau un eşec. Nu există întotdeauna explicaţii logice, deductive pentru eşec, să zicem. Nu există o reţetă sigură a reuşitei, nici a eşecului. Sau care e până la urmă definiţia reuşitei? Dar a eşecului? Întreb şi eu ca Pilat: „Ce e adevărul?"

Răspunsul e complex şi în cazul reuşitei, şi al eşecului şi, cu atât mai mult, în cazul adevărului. Cum spuneam, pentru un creştin autentic, eşecul poate să nu fie un eşec, dimpotrivă. Ştim că sunt atâţia sfinţi care au murit chinuiţi. E asta un eşec? Dimpotrivă, zicem noi, creştinii. Sunt creştini care eşuează uneori în proiectele lor. E obligatoriu asta un eşec? Nu neapărat. Pentru un creştin, fericirea şi reuşita, aşa cum sunt definite de lumea contemporană, nu sunt supremul bine, iar eşecul, de orice fel ar fi, nu e răul absolut. La fel cum, pentru creştin, nici fericirea pământească nu este supremul bine. Supremul bine, pentru el, e să fie cu Dumnezeu tot timpul, şi la greu, şi la bine; să nu lase realităţile rele sau bune ale vieţii „să îi fure ochii", să îl despartă de Dumnezeu. Creştinul le cerne pe toate cu sita credinţei. Aşadar, Dumnezeu nu ne-a promis fericirea pământească, dar nici nu a condamnat-o, atâta timp cât ea nu ne desparte de El.

Părinte, aşteptăm de multe ori de la Dumnezeu să ne dea toate plăcintele, să ni le bage şi în traistă, cum se spune. Adică am vrea ca El să facă totul. Şi când nu ne iese ceva zicem: „N-a vrut Dumnezeu." Însă trebuie şi noi să ne uităm atent la ce am greşit, ce n-am făcut, ce n-am evaluat sau ce n-am luat în considerare, când am făcut un anume pas şi nu ne-a ieşit bine. E şi la noi ceva. Sunt situaţii, destule chiar, în care nu am pus noi foarte mult şi atunci a pus Dumnezeu mai mult. Nu cumva să uităm să mulţumim pentru ce am primit, că nu am făcut noi totul. Sunt şi momente de genul unui examen în care te pregătești cât poți de bine, dar îți pică singurul lucru la care nu ești pregătit, fix ăla pe care nu l-ai înțeles suficient sau pe care l-ai citit ultimul. Pentru că există și astfel de posibilități, astfel de coincidențe; din dorința de a le explica, a apărut, probabil, povestea cu norocul și cu ghinionul.

Mi-aduc aminte de un tânăr care iubea muzica și pe care l-am pus în legătură cu directorul Operei Naționale. Și el, un om de sinteză, i-a spus așa: „Dacă iubești muzica și faci muzică, muzica te va găsi pe tine!” Dacă ești bun într-un domeniu, dacă tragi tare și ești perseverent și consecvent, nu are cum să nu iasă ceva bun de acolo. Toți oamenii minunați care au ajuns să facă ceva în viața asta au ceva în comun: au muncit enorm. Dacă ne referim la domeniul medical, toată lumea caută medicul bun. În domeniul muzical, toată lumea caută artistul bun; în domeniul juridic, toată lumea caută avocatul bun.

În legătură cu asta, sunt de părere că, cel puțin în zona artistică, nu ai voie fără har. Adică, dacă nu ai ceva, o înzestrare, o setare artistică, poți să muncești oricât, nu o să ajungi niciodată să faci ceva important în domeniul respectiv. Dar, dacă ai această latură și faci pași în direcția bună, dacă muncești și îți cultivi mereu darul și harul, este imposibil să nu se întâmple ceva bun.

Și eu cred, și completez ceea ce spui tu. Sigur, nu orice se poate face doar cu muncă. Domeniul artistic e limpede o zonă în care, fără talent nativ, fără inspirație, fără acel 1% fundamental de care vorbea Pavarotti, nu ar exista restul de 99%. Însă, adaug, când ai acel har, pentru a-l pune în valoare, trebuie să Îl chemi și pe Dumnezeu să te inspire, să îți dea puterea să faci cât poți de mult și de bine, să fie acolo cu tine; să Îi arăți mereu lui Dumnezeu ce ai făcut tu: „Uite, Tată, asta am făcut astăzi, asta îmi place!” În astfel de cazuri, în care, pe lângă procentele de talent și efort susținut, adaugi și puterea lui Dumnezeu, cu siguranță domeniul „te va selecta" și „ceva" te va aduce acolo unde îți este cu adevărat locul.

Libertatea, despre care vorbeam, e definită diferit de societate și de credință. Ceea ce e permis de lege s-ar putea să nu fie bun din perspectiva credinței.

E nevoie de mult discernământ și de călăuzirea unui om experimentat ca să poți să nu confunzi lucrurile. Libertatea e uneori confundată cu libertinajul. Pot desigur face orice, însă trebuie să mă gândesc dacă ceea ce vreau să fac îmi aduce vreun folos la nivel sufletesc sau dacă nu cumva mă vatămă. Despre asta Apostolul Pavel spune: „Toate îmi sunt îngăduite, dar nu toate îmi sunt de folos. Toate îmi sunt îngăduite, dar nu mă voi lăsa biruit de ceva." (1 Corinteni *6, 12) „Toate îmi sunt îngăduite, dar nu toate zidesc." (*1 Corinteni *10, 23)*

Pentru libertate, cel puțin la nivel teoretic și aparent, trăim într-o epocă bună. Traversăm, cu sincope și provocări aduse de războiul recent, o perioadă în care, cel puțin în zona de comunicare, de imagine, nu întâmpinăm îngrădiri, cenzură, oprimări, ci avem toate posibilitățile la îndemână. Nu toate însă ne fac și bine. Dumnezeu e busola care te ajută să păstrezi direcția, să nu te abați. Fără Dumnezeu, încerci tot și te oprești la ce ți se pare mai atractiv. Doar că, atunci când îți lipsește Dumnezeu, e posibil să încerci prea mult din tot, periculos de mult, și să fii ușor înșelat de gustul și aspectul plăcut al lucrurilor, care în realitate pot fi vătămătoare.

Așadar, pentru că am vorbit despre noroc și ghinion, concluzionăm că norocul și-l face omul singur, prin muncă, prin sudoarea frunții, folosind inspirat oportunitățile care apar. Situațiile numite de oameni ca fiind norocoase sunt, de fapt, momente în care, pe lângă talent și efort susținut, Îl chemi pe Dumnezeu să vină și să te ajute. În situațiile pe care unii le numesc ghinion nu înseamnă neapărat că Dumnezeu a lipsit de acolo, ci poate că nu ai făcut suficient de bine ceea ce trebuia să faci, poate nu te-ai pregătit cât trebuia, nu ai avut calităţile necesare, poate că n-ai fost suficient de implicat. Un „ghinion" este, în realitate, un lung şir de lucruri care n-au fost făcute când şi cum se cuvine. În astfel de situaţii cred că nu e suficientă rugăciune, nu e suficientă putere de a înţelege.

Am avut într-adevăr o situaţie în care o studentă a venit la mine şi mi-a spus că a picat la un test grilă la examenul de admitere în magistratură. Picase la diferenţă de un punct. Am trimis-o la o doamnă profesor, cu care a făcut meditaţii un an, apoi a luat examenul. Deci punctul acela în minus era cauzat de faptul că nu învăţase suficient. Am ajutat-o să conştientizeze acest lucru, să înţeleagă că era vorba despre o lipsă din partea ei, că a fost la mijloc o cauză obiectivă pentru care nu a reuşit atunci. Nu fusese ghinion, nu trebuia s-o ia personal, ci pur şi simplu să înveţe mai bine pe viitor. În plus, am îndemnat-o să-L caute mai mult pe Dumnezeu, să se roage şi să înveţe. Venise la mine cu un început de depresie şi – Slavă Domnului! –, după ce a înţeles ceea ce i-am spus, şi-a revenit complet şi a luat şi examenul.

Unii oameni trec prin tot felul de drame, suferinţe de toate felurile şi spun că sunt cauzate de ghinion. În măsura în care puteţi fi obiectivi, ieşiţi un pic şi uitaţi-vă la ce aţi adus voi în situaţia respectivă şi gândiţi-vă sincer ce a fost greşit în primul rând din partea voastră. Sunt femei agresate, care suferă, care sunt bătute, dar care nu fac nimic în faţa agresiunii, şi nu mă refer la faptul că nu ripostează în vreun fel. Stau pentru că nu au un mijloc de subzistenţă, stau pentru că au copii. E clar că sunt în faţa unei drame, a unei alegeri imposibile. Te şi întrebi dacă au într-adevăr o opţiune. Însă ceea ce transmit copiilor prin această acceptare prelungită nu este deloc sănătos. Primul gest pe care trebuie să îl facă este să plece din calea agresorului oriunde, în adăposturi, în centre pentru femei abuzate, să anunţe, dacă pot, familia lărgită sau autorităţile despre drama prin care trec. Trebuie să înţeleagă că e ceva şi la ele. Sigur că nu sunt vinovate, probabil nu au cauzat ele cu nimic violenţa de care au parte, dar trebuie să înveţe: „Pleacă de acolo, fă ceva, schimbă ceva!"

Un rău repetat e deja o alegere, menţinută fie din frică, fie din comoditate, fie din neştiinţă, fie din cauza inculturii sau a imaturităţii, fie din incapacitatea de a lua o hotărâre fermă, fie din cauza amânărilor repetate sau dintr-o speranţă nerealistă în schimbare. Lipsurile materiale şi prezenţa copiilor fac, desigur, orice opţiune şi mai dificilă. Deci rămânerea într-un rău repetat e o alegere, pe care agresorul de cele mai multe ori o presupune şi o exploatează. Violenţa domestică este pentru victime realitatea pe care o ştiu, cu care într-o anumită măsură s-au familiarizat, pe care şi-au asumat-o, din lipsa reală sau aparentă de opţiuni. Pentru că nu poţi vorbi despre faptul că cineva acceptă cu adevărat astfel de situaţii; e o mare diferenţă între „Refuz să plec" şi „N-am încotro". Condamnăm violenţa de orice fel, cu atât mai mult pe cea în care sunt implicaţi copii, care devin suflete rănite pentru toată viaţa. Am exemplul unei persoane cu patima băuturii şi al doamnei lui, care tot aştepta ca omul să se schimbe. Până la urmă, doamna respectivă a luat decizia să plece din căsnicie.

Există un film vechi în care el e pilot şi ea este o femeie singură, *When a man loves a woman* se numeşte. Ea este alcoolică şi creşte doi copii – un copil dintr-o altă căsnicie şi copilul lor. Este o suferinţă teribilă, pentru că el este pilot şi trebuie să zboare, să fie atent şi să funcţioneze într-o anumită manieră. Este un moment absolut superb în film, când copilul ei din cealaltă relaţie se rătăceşte, se pierde. El îi spune: „Nu-i nicio diferenţă, tu eşti copilul meu!" Iată, reacţia de iubire curată, care nu greşeşte. Iubirea are un simţ al ei, are o forţă extraordinară. Este exact cât trebuie. Soluţia e în primul rând iubirea.

Noi femeile ne facem iluzii, plăsmuiri, proiectăm asupra unui om gânduri, aşteptări, despre care nu prea îi spunem nimic celuilalt. Suntem supărate când el vine acasă trist, iar noi ne aşteptăm să ne pupe sau să ne spună ceva. El poate e nefericit că, nu ştiu, i-a tăiat unul calea şi l-a pus în pericol. Nu ai spus nimic din ce aşteptări ai şi, poate, nici el nu a apucat să îţi spună de ce e trist. Dacă nu comunicăm, dacă nu spunem, se ajunge la situaţii de genul acesta, în care crezi despre celălalt altceva decât e în realitate. Femeile au o anumită predispoziţie să proiecteze, să idealizeze, să îşi imagineze feţi-frumoşi unde nu sunt, şi nu neapărat în sensul fizic. Fata mea a ajuns abia acum să înţeleagă că, dacă un băiat e amabil, îţi deschide uşa sau îţi duce ghiozdanul, nu înseamnă neapărat că te place, ci doar că este bine-crescut.

Sunt anumite lucruri care sunt normale, din ce în ce mai puţin întâlnite, din păcate, în societatea de astăzi, dar uitaţi-vă, cu o atenţie sporită, la anumite gesturi, cântăriţi-le mai bine, nu deformaţi realitatea doar pentru că vi se pare că aşa stau lucrurile cum le vedeţi voi, evaluaţi-le mai bine înainte de a strica ceva, de a pune cumva o etichetă greşită, înainte de a fi dezamăgite. Trăirea în adevăr te scuteşte de multe amăgiri. Dez*amăgirea* vine de multe ori ca urmare a unei *amăgiri*.

Adevărul este că, dacă eşti un pic mai atent la tot ceea ce se întâmplă în jurul tău, reuşeşti să ai o perspectivă curată şi nedeformată asupra a ceea ce se întâmplă în jurul tău. Majoritatea realităţilor ajung să fie modificate de percepţia (prea) subiectivă pe care o avem faţă de ele. În psihologie se spune că avem atâtea realităţi câţi privitori asupra lor avem. Dumnezeu însă ne păstrează cu mintea limpede şi cu privirea obiectivă, neamăgită de aparențe şi închipuiri.

Mai e ceva ce aş adăuga aici, că tot vorbim despre libertate. Nu există „libertatea mea" pe care o impun „libertății tale". Sunt mulți creştini, majoritatea bine intenționați, care vor să-ți arate ce şi cum se face, fără să te întrebe sau fără să se întrebe dacă tu ai cu adevărat nevoie. Niciodată medicul nu te poate vindeca dacă tu nu ceri asta. La fel şi sfatul bun, se oferă numai dacă este cerut.

Din păcate, unii emit judecăți, dau verdicte, etichetează şi emit norme în chestiuni de viață unde autoritatea este delegată duhovnicului, care dă un sfat sau altul, în funcție de măsura duhovnicească a fiecăruia.

Exact. Lasă-L pe Dumnezeu să dicteze, nu pe oameni. Sunt prea puțini oamenii care au atins pragul acela, de a fi povățuitori ai altora. Dumneavoastră, ca preot, sunteți oricum mai aproape de *finish*, v-ați îndu-hovnicit şi aveți mai multă energie, mai mult har decât mine pentru a îndruma pe cineva. Nu oamenii sunt cei care dau măsura lucrurilor ăstora. Tu, în relația cu Dumnezeu, nu căuta validare, nu căuta să vezi ce zice cutare sau cutare, care nu e neapărat autoritativ în acea chestiune.

E o tendință să cauți validare inclusiv în cele ale credinței, d-apoi în cele lumeşti. Dependența de validarea pe orizontală poate să genereze însă drame uriaşe. Dacă ştii că eşti valoros, nu ai nevoie de validarea oricui, de aceea e foarte bun îndemnul acesta. Cred că trebuie să accentuăm ideea că ***nu ai nevoie să-ți spună întotdeauna cineva că eşti bun, dacă simți asta în conştiința ta şi busola ta e Dumnezeu.*** *Problema acestei goane după validare stă în faptul că o aştepți de la persoane care nu sunt întotdeauna relevante pentru viața ta. Caută, în schimb, să vezi ce spun oamenii importanți, familia, prietenii,* *duhovnicul, despre un anume aspect și încearcă să te gândești serios la răspunsul lor. Sigur, nu fi complet insensibil la ce se spune despre tine și în afara grupului de cunoscuți, poate e și puțin adevăr acolo, însă nu îți construi viața exclusiv după ce spun sau cred alții despre tine.*

Uneori mă șochează acest conformism – ne îmbrăcăm toți în pantaloni de-un anumit fel, purtăm nu știu ce pe cap, ne tundem toți la fel. Am fost odată la o petrecere lângă București, unde toate femeile păreau că sunt surori. Toate erau brunete, cu părul lung, cu un anume tip de machiaj, cu un anume tip de tricou negru, cu același tip de jeans, cu același tip de pantofi sport înalt. Cred că trebuie să porți ce îți place, ce te face să te simți bine, în limitele decenței. E un sfat pe care mi l-a dat mie o doamnă atunci când mi-am luat prima pereche de ochelari: „Atenție ce ramă iei, va trebui să îi porți măcar un an, doi. Trebuie să îți placă atât de tare, încât și mâine, și poimâine, și răspoimâine să vrei să îi porți!" Când îți cumperi un tricou sau o haină și nu te mai vezi purtând-o a doua sau a treia oară, mai bine las-o pe raft.

Așa e și cu oamenii. Poate părea mercantilă comparația, dar pe omul care a validat ceva în tine, care a fost echilibrat, care poate fi ascultat, păstrează-l. Nu te mai lua după ce zice lumea, după ce zice gașca, pentru că prea trăim influențați de ce spun ceilalți.

Ca să putem să rămânem cât mai liberi. La fel de important e și cu oamenii care te influențează din jurul tău, din cercul tău de prieteni. Cum fac alegerile copiii din gașca fetei tale?

Știu cum procedează ea atunci când vrea să facă ceva. De cele mai multe ori, postează pe grupul lor de prieteni ideea și vede care sunt reacțiile, apoi le discutăm. Ce argumente avem? De cele mai multe ori, încerc să o învăț să ia decizia singură. Fac asta pentru că, așa cum am mai spus, astăzi mecanismul de gândire e periculos și nu vreau să fiu prinsă în capcană. Dacă ceva funcționează în decizia pe care a luat-o cineva și totul e bine, este meritul lui, dacă nu merge ceva, atunci sigur e vinovat cel care i-a sugerat să o facă. Îi pun, deci, niște jaloane în drumul deciziei, dar o las să facă singură majoritatea lucrurilor. Dacă aș interveni prea mult și iese prost, aș fi vinovată că i-am zis nu știu ce. Dacă va ieși bine, atunci ar fi doar meritul ei. Acesta e omul modern. Așa procedez eu, încerc să îi ofer plusuri și minusuri pentru fiecare opțiune, încât să poată să aleagă în cunoștință de cauză.

De exemplu, acum avem niște divergențe de opinie legate de faptul că ar vrea să facă facultatea de Regie. Ea e foarte creativă, a scris două-trei scenarii, a modificat personajele, pune lumină, face tot felul de chestiuni care sunt foarte importante. Școala din România, din păcate, nu prea ajută creativitatea. Dacă nu o descurajează, atunci o ignoră, o trece la categoria *altele*. Nici eu nu am suficientă știință să o stimulez coerent, așa că l-am rugat pe un anume regizor să-i citească textele. Sigur că nici el nu este complet obiectiv, dar poate să spună dacă simte niște chestiuni. Ați spus și dumneavoastră foarte bine în toate postările publice: când ai nevoie de bani să-ți iei casă, te duci la bancher; când ai nevoie de o operație medicală, te duci la medic. Așa e și cu copilul – când ești depășit de niște lucruri, du-te la cineva care știe. Caută-l pe omul care are mai multă experiență, mai multă școală, care sigur va fi mai obiectiv decât ai fi tu sau altcineva din anturaj.

Deci, cum spuneam, cauți o validare, un sfat de la un om cu autoritate în domeniu. Vei face întotdeauna alegeri mai inspirate când vei consulta specialiști din domeniul respectiv. Și când știi și simți că ai ajuns la o alegere corectă, abia atunci ești liber.

Mai e ceva, generația de astăzi nu prea are păreri. Încotro ne îndreptăm? Cred că trebuie să creștem un pic încrederea în ei (a noastră în ei și a lor în ei înșiși), să aibă curajul de a avea opinii, să poată ei singuri observa avantajele şi dezavantajele unei opţiuni, să ştie să-şi argumenteze poziţia. Să investim un pic de timp şi energie în drumul lor spre alegerea deşteaptă, şi asta e o formă de libertate. Cred că trebuie să pui nişte cărămizi serioase la temelia încrederii copilului, aşa încât să ia singur decizia. Copilul să îşi asume alegerea şi să o înţeleagă. Nu mai poate da apoi vina nici pe ghinion, nici pe noroc, rămâne el la cârmă, la decizie.

E moda acum ca acei copii care termină şcoli din România să urmeze facultăţi în străinătate. Este vorba despre fericirea lor şi despre decizia lor. Copilul tău nu pleacă la Londra pentru că vrei tu, ci pentru că vrea el. Grija ta ca părinte, în astfel de cazuri, nu ar trebui nici să fie să îi spui în fiecare zi că la Londra e extraordinar, nici că e groaznic. Cel mai bine ar fi să-i spui şi că la Londra e extraordinar, şi să îi prezinţi şi minusurile, şi invers. După cum v-am spus, am fost la un liceu, la o conferinţă, unde majoritatea elevilor voiau să plece după absolvire în străinătate. Procentele sunt uluitoare! I-am stimulat să gândească critic, cu mintea lor, prezentându-le plusurile şi minusurile plecării lor în afară. Am vrut să îi ajut să ia decizii asumate.

Cred că trebuie să ne gândim mai mult înainte de a face o alegere. Cel care reuşeşte să facă alegeri inspirate rămâne într-un echilibru. Până la urmă, starea lui este dată de asumarea alegerii. Trebuie să fii bine cu tine după o alegere pe care ai făcut-o. Unde eşti bine cu tine? Eşti bine când dormi bine, când simţi pace, nu tulburare sau nelinişte. Oamenii nu dorm bine poate şi pentru că ascultă prea mult părerile altora şi sunt dependenţi de ele.

Acesta poate fi un criteriu, un semn. Dacă nu dormi bine înseamnă fie că ceva nu e în regulă în alegerile pe care le-ai făcut în trecut, un trecut care încă te bântuie, fie că ai prea mult gândul la un viitor iluzoriu, care te preocupă. Toate acestea generează în tine o neliniște. În schimb, prezența lui Dumnezeu în om este aducătoare de pace și se transpune într-un mod de viață frumos, echilibrat. Din moment ce ai de la Dumnezeu darul iertării, pe care îl primești în Taina Spovedaniei, și știi că El ți-a iertat trecutul păcătos și că viitorul e tot în mâinile Lui, din moment ce știi că Dumnezeu te ține de mână în toate situațiile din viața ta, vei fi liniștit și ziua și noaptea și vei dormi bine, cu gândul la Dumnezeu. E important să stai legat de iubirea lui Dumnezeu ca să faci alegeri inspirate și apoi să ai pacea Lui cu tine tot timpul vieții tale.

E foarte complicat, dar este atât de simplu. Viața este din ce în ce mai complicată și ne-o complicăm noi sau ne-o complică alții, însă soluția evidentă la toate aceste complicații este: „Când crezi că nu mai poți, mai poți puțin." Când este vorba despre a lua decizii, nu ar trebui să fie ceva ce faci pentru că acesta e trendul, asta e moda, nu ar trebui să le faci pentru că toată lumea face asta. Decizia pe care o iei este despre tine și despre fericirea ta.

Asta ar trebui să înțeleagă oamenii, că norocul și ghinionul își au originea în alegerile lor. Stă în puterea fiecăruia să maximizeze tot ceea ce îl ajută să fie în controlul deciziei și să minimizeze lucrurile pe care nu le poate controla. Puterea nu o capeți decât dacă ai o legătură directă cu Dumnezeu prin rugăciune. Pe cei care nu au asta îi îndemnăm și îi rugăm să se conecteze cu Dumnezeu, să spună înainte de orice decizie un „Doamne, ajută-mă!", „Doamne, inspiră-mă!".

În jurnalistică nu pui întrebări la care se poate răspunde monosilabic: „Ați fost nu știu unde?" Răspunsul poate fi doar „Da" sau „Nu". Întrebarea care îți aduce conținut este „De ce?". La „De ce?" nu se poate răspunde monosilabic.

Aşa e şi în cazul dialogului pe care ar trebui să îl ai cu tine însuţi înainte de orice alegere. Mereu să te întrebi: „De ce îmi doresc asta?" Când vei ajunge la substanţă, la esenţial, vei da la o parte marasmul acesta foarte repede. Nu vor mai conta argumentele uşoare, superficiale, ci vei pune în balanţa alegerii doar ceea ce are cu adevărat valoare pentru viaţa sufletului tău. Prin acest „De ce?" pe care ţi-l aplici mai ales în astfel de momente de cotitură te autostudiezi, te autoevaluezi; te înţelegi şi, după aceea, ajutat de harul lui Dumnezeu, capeţi acel autocontrol despre care am vorbit mai sus. Autocontrolul vine dintr-o permanentă autoevaluare. Te uiţi puţin în tine înainte să iei o decizie. Uitându-te în tine, vezi ce e în neregulă, ce ar trebui schimbat, dacă poţi duce o anumită decizie, dacă ceea ce urmează să alegi e potrivit pentru tine şi dacă ţi-ar fi de folos sau nu.

Şi dacă nu poţi să faci singur această evaluare de dinaintea unei decizii, nu e o problemă, dar ai grijă pe cine întrebi, cui ceri sfatul. Sunt oameni care nu pot lua decizii singuri şi atunci au nevoie de consilieri, de sfătuitori. Adică nişte oameni care să fie lipsiţi de orice urmă de interes, să nu aibă ei de-a face cu decizia ta şi efectele ei, pentru că altfel o decizie ar putea fi pervertită.

Tot referitor la libertatea de a alege şi la fereastra tot mai mică prin care vedem lumea, amintesc de perspectiva foarte diferită a părinţilor de la Muntele Athos. Spunea un pustnic despre noi, oamenii din lumea modernă, care ne construim viaţa în jurul lui „a avea": „Sărmanii oameni, nu au decât bani!" Adică nu au altceva decât bani, văd totul prin prisma lor. Părinţii duhovniceşti plini de duh spuneau că: „Bogat este omul care nu are nevoie de multe ca să fie fericit!" El ştie ce îl face fericit!

Este un exerciţiu pe care ar trebui să îl facem toţi, mai ales omul secolului XXI, şi anume să stăm într-o cameră goală, cu o carte, cu o floare. Am uitat să ne bucurăm de toate acestea. Nu mai punem preț pe lucrurile simple. Avem nevoie de dinamică, de ecrane, de nebunii, de filme, de efecte speciale. Avem senzația că ne bucurăm de libertate totală în niște situații în care suntem oricum, numai liberi nu. Adică trebuie să avem certitudinea aceasta, să înțelegem limpede acest lucru: nu suntem liberi!

Să ne întoarcem la ceea ce este cu adevărat important și vom simți în noi răspunsul. El vine din adâncurile ființei noastre. Îl aflăm în conștiința noastră. Trebuie să fim foarte atenți, să avem înțelepciunea de a ne asculta inima. Este un mare, mare privilegiu, în zilele în care puțini oameni mai sunt liberi cu adevărat, să te simți un om liber. Să fii acum, în acest context nou, agitat și plin de frici, un om liber e mai prețios decât era în alte epoci. Numai Dumnezeu ne va da puterea de a fi liberi. „Adevărul ne va face liberi." Pentru creștini, Hristos Domnul este Adevărul și de aceea doar El prin Duhul Sfânt ne dăruiește adevărata libertate: libertatea de a face binele, de a iubi și de a ierta! Creatorul ne-a făcut liberi și ne păstrează astfel doar dacă vom rămâne în legătură cu El. Doar așa putem să fim cu adevărat liberi, prin El și cu El, făcând alegeri înțelepte, alegeri ce conțin și grija pentru aproapele, nu doar pentru noi, alegeri care nu urmăresc doar binele nostru, ci și pe al celor dragi nouă, alegeri ce țin cont de prezența vie a lui Dumnezeu în lume. Iar Dumnezeu, Care vede adâncurile inimilor noastre, va compensa toată jertfa noastră așa cum numai El știe să o facă.

Femeia poate face sărbătoare din orice eveniment

Aş vrea să vorbim puţin despre sărbătorile din viaţa noastră a creştinilor. Ştim că multe sunt, din păcate, deformate de superstiţii sau de aşa-zise tradiţii despre care am auzit deseori la biserică spunându-se că nu au nicio legătură cu credinţa creştină. Foarte important e ceea ce animă o sărbătoare.

Toate sărbătorile noastre au un fundament spiritual. Crăciunul nu este despre Moş Crăciun, despre daruri, despre shopping, despre mâncare, despre pomana porcului, despre cozonaci, ci e despre Naşterea Domnului. Dumnezeu Fiul vine să Se nască pe pământ pentru noi, vine în lumea noastră mică din iubire, vine să ne înveţe să fim ca El, darnici, iubitori, buni. La fel, deşi mai puţin ca la Crăciun, şi la Paşti începem să vorbim mai nou despre altceva decât ceea ce este esenţial, şi anume despre iepuraş, despre ouă de ciocolată, despre drob şi feluritele mâncăruri, şi nu despre Învierea Domnului. Esenţial e să nu uităm să postim, să împreună-pătimim cu Domnul pe drumul Crucii, ca să ne putem bucura de biruinţa Învierii Lui, pe care ne-o dăruieşte nouă. Îmi amintesc din copilărie că femeile din sat nu prea veneau la Denii pentru că erau ocupate cu curăţenia şi cu gătitul a zeci de feluri de mâncare pentru Paşti. Or, e ciudat să dai mai mult timp pregătirii decât întâlnirii propriu-zise, să pierzi Paştile din cauza pregătirilor pentru Paşti.

Apoi, avem azi „sărbători" noi, importate, precum 14 februarie, Ziua îndrăgostiților, de parcă iubirea se limitează la o singură zi și nu ar trebui sărbătorită zilnic. Avem atât de multe sărbători frumoase în care putem să ne bucurăm, nu am avea nevoie să importăm. E bine să te bucuri de mărul tău, iar cel care e dincolo, în America, să se bucure de guava lui. Fiecare popor ar trebui să-și trăiască propriile sărbători. Avem în poporul ăsta atâtea sărbători frumoase! Dragobetele nostru e foarte frumos.

„Dragobetele sărută fetele!" E mai degrabă rural, mai lipsit de mondenitate, de modernitate decât este Sfântul Valentin. Pe de altă parte, există deja o atitudine clară împotriva acestor lucruri, a acestor noutăți. În Biserică am întâlnit mame, doamne care spun că nu e nevoie de nu știu ce de Halloween. Am întrebat-o la un moment dat despre Halloween pe Oana Moșoiu, un om care crede ca și noi, o persoană echilibrată, trainer și expert în educație, formare și evaluare. Și a zis: „Din păcate, n-ai cum să spui nu. Când toată școala face niște lucruri, nu ai cum să te așezi împotrivă! Dar, pe de altă parte, n-ai cum să nu le reamintești celor care organizează aceste serbări, cu aer de sărbătoare, că există și sărbătoarea Tuturor Sfinților, că le avem și noi pe ale noastre." De ce trebuie tot timpul să construim, să inventăm sărbători noi, să adăugăm, când sunt deja unele care au o semnificație bogată, instituite de câteva mii de ani?

E limpede că și omul secularizat, omul care I-a întors spatele lui Dumnezeu, are nevoie de sărbători în viața lui. De aceea societatea noastră inventează sau împrumută sărbători din alte culturi, în general unele care nu au o componentă religioasă, pentru a avea priză la toți, indiferent de religie sau dacă sunt credincioși sau nu. În plus, toate acestea sunt și exploatate financiar de diverşii comercianţi, care găsesc în asta noi prilejuri de a profita de naivitatea oamenilor.

Sărbătorile pe care le avem pot fi însă pentru cei ce participă la ele cu tot sufletul experienţe pline de prospeţime. Participi la slujbă, înţelegi din predică semnificaţia autentică a acelui mare praznic, continui apoi cu o masă în familie, mergi, poate, la o mănăstire, într-un pelerinaj unde întâlneşti oameni şi locuri frumoase, citeşti o carte sfântă şi astfel sărbătoarea devine o bornă importantă în viaţa ta. Nu o laşi să treacă pe lângă tine, ci o foloseşti ca pe un prilej de a te apropia mai mult de Dumnezeu. Fiecare sărbătoare are harul şi mesajul ei. Dacă îţi laşi viaţa să fie jalonată de aceste repere, te îmbogăţeşti şi creşti mereu sufleteşte.

Cred că asta ar trebui să facem: ***să dăm valoare spirituală fiecărui eveniment din viaţa noastră****. Femeia are capacitatea asta, ea ştie cu dragostea ei, cu căldura ei, să genereze în casă un duh bun. Faptul că într-o zi găteşte un anumit lucru pentru amintirea unui bătrân, a unui bunic, a unui prieten, a unei rude sau că pregăteşte o masă specială, ori faptul că într-o anumită zi merge undeva, cu cei din familie, pentru a sărbători un eveniment deosebit, toate acestea generează o bucurie ca de sărbătoare. Copiii sunt foarte bucuroşi de astfel de mese festive în familie, unde pot fi şi ei implicaţi să pregătească ceea ce pot ei, să pună tacâmuri, farfurii, şerveţele. Astfel, o masă obişnuită se poate transforma într-una de sărbătoare. Nu trebuie să aştepţi Paştile sau Crăciunul pentru astfel de momente. Masa de duminică, când te întorci de la Sfânta Liturghie, poate fi mereu o masă festivă, o masă a bucuriei, a comuniunii. Ar trebui să ne facem sărbători din viaţa noastră. Problema societăţii moderne este că se munceşte prea mult şi nu mai ai timp să te bucuri de familie.*

Mai este o problemă care nu e neapărat a societăţii, ci a noastră, a fiecăruia. Suntem uşor manipulabili şi, pentru că trăim într-o societate de consum, ajungem să consumăm ceea ce ne furnizează piaţa, nu neapărat ceea ce avem noi nevoie. De fapt, oamenii care fac profit din astfel de lucruri ştiu bine că fac profit vânzând anumite produse, de care nici măcar nu ai nevoie.

Femeia a căzut mai mult pradă acestui sistem, ea cumpără mult mai mult decât o cer nevoile ei reale. Cumpără din plăcere, nu de nevoie. Asta e o schimbare pe care modernitatea a adus-o şi care a pus pe umerii femeii multe poveri. Munceşti mai mult ca să cumperi mai mult lucruri de care nu mai ai timp să te bucuri pentru că munceşti mult. Consumăm sau, mai bine zis, cumpărăm foarte mult; societatea se bazează pe asta. Hai să vedem cât e bine şi cât e rău în chestiunea asta. Pe de-o parte, te gândeşti la faptul că, prin mult consum, există nişte locuri de muncă, nişte oameni care fabrică acele produse. Asta ar fi partea bună a dinamicii lumii noastre. Pe de altă parte, cumpărăm prea multe lucruri de care nu avem nevoie. Aici este o problemă şi observ, mai ales la femeie, o tendinţă, ca atunci când este stresată, anxioasă sau supărată, să se ducă într-un mall la shopping, să se relaxeze.

Este o terapie consacrată deja. Sau mănâncă – astea fiind cele două terapii la îndemână, care produc o mare plăcere. Terapia cu mâncare e cea mai ieftină, cea mai la îndemână soluţie pentru a trata anxietăţile şi fricile, e de ajuns doar să te duci la frigider; de aceea ne şi îngrăşăm teribil. Sau te duci să cumperi. Un sfert din ce cumpărăm, cel puţin, mai ales în materie de mâncare, nu folosim. Se aruncă enorm şi este nedrept faţă de noi, faţă de munca şi timpul nostru, dar şi faţă de cei care ar fi putut beneficia de ceea ce noi aruncăm.

Aş vrea să dezvoltăm două noi chestiuni. Ce înseamnă să fii **voluntar**? E un subiect care mă preocupă, pentru că fac voluntariat. Dar voluntariatul e puţin înţeles. Mai ales de către oamenii care au un pic de notorietate, un pic de faimă, de la care se așteaptă mai mult, pentru că pot mai mult. Se merge pe ideea că, dacă am postat un anunț pentru o strângere de fonduri sau despre altceva de genul acesta, gata, mi-am făcut treaba. În mod sigur nu înseamnă că ai făcut de ajuns dacă ai postat pur și simplu. Cred că trăim în perioada în care avem mult mai mult de făcut. Este despre a transpira puțin, despre a te implica mai mult. E o discuție care mă preocupă.

Să fii voluntar este în definiția creștinului. *Voluntariatul e opus individualismului, atât de prezent în lumea noastră. Astăzi e cu atât mai mult nevoie de implicarea voluntară în sprijinirea celor care au nevoie, cu cât nevoile și problemele cu care se confruntă oamenii, în structura tot mai complicată și mai neumană, ca să nu zic antiumană, a societății, sunt mai complexe și mai grave. Sunt mai mulți oameni singuri, mai mulți bătrâni neputincioși captivi în apartamentele lor, mai mulți bolnavi pe care nu îi are nimeni în grijă, mai multe familii cu situații complicate, în care copiii suferă. E o nevoie mare de implicare. Ajutorul e tot mai necesar, mai ales că apar noi și noi probleme, cum ar fi bolile grave care se răspândesc înspăimântător de mult sau efectele războiului recent, care au adus noi câmpuri de acțiune pentru voluntariat. Nu putem face tot, nu putem rezolva orice, dar putem face mai mult decât facem. Și cred că, din perspectiva noastră de creștini, nu doar că* putem *face mai mult, ci chiar* trebuie *să o facem.*

În Cărțile de rugăciuni avem un capitol în care ni se amintesc, ca datorie a noastră creștinească, faptele milosteniei trupești (a sătura pe cel flămând; a da de băut celui însetat; a îmbrăca pe cel gol; a primi în casă pe cel străin; a cerceta pe cel bolnav; a cerceta pe cel din temniță; a îngropa pe cel mort) și faptele milosteniei sufletești (a îndrepta pe cel ce greșește; a învăța pe cel neştiutor; a da sfat bun celui ce stă la îndoială; a ne ruga pentru aproapele; a mângâia pe cel întristat; a suferi cu răbdare asuprirea și a întări și pe alții la răbdare când sunt asupriți; a ierta pe cei ce ne-au greşit şi a ne ruga pentru ei). Iată câte moduri în care poţi fi voluntar.

De multe ori, spunem că nu putem da de pomană pentru că nu avem din ce; totuşi, mai ales când eşti la pensie şi ai mai mult timp liber, poţi să faci lucruri minunate pentru alţii fără să cheltuieşti nimic: vizitează un bolnav; mergi la un centru cum e Centrul de Îngrijiri Paliative „Sfântul Nectarie", din Bucureşti, stai de vorbă, povesteşte, întăreşte pe cineva care suferă; ajută o familie cu copii mici când părinţii nu au cum ajunge la timp să îi ia de la şcoală; fă cumpărături pentru cineva care e aşa de bătrân şi neputincios, că nu mai poate face singur asta; împărtăşeşte cuiva cunoştinţele tale, învaţă un copil sărman, care altfel nu ar avea nicio şansă la educaţie. Poţi să te rogi tu mai mult pentru cineva care nu are timp şi ar avea nevoie de asta. E un alt mod în care te pui în slujba lui Dumnezeu şi a celor care au nevoie de ajutor pentru rezolvarea unor probleme. Sunt multe moduri în care te poţi implica, cum spuneai şi tu, cu puţină transpiraţie, cu puţin efort din partea ta. O asemenea implicare activă te transformă, îţi face inima caldă şi vei avea parte de multe bucurii. Tu, Liana, poţi fi un exemplu pentru faptul că, atunci când te pui în slujba unor demersuri umanitare care nu au legătură neapărat cu tine, vei primi mult har, multă putere de la Dumnezeu.

Caritatea este o formă de dragoste; chiar asta şi înseamnă cuvântul la origine. E nevoie să nu mai tratăm rece, distant situaţiile dificile care apar în jurul nostru, ci să ne implicăm cu toată priceperea, cu toată dragostea noastră. Am apreciat implicarea dumneavoastră în cazul Ecaterinei, fetiţa Părintelui Nicolae Dima. E şi acesta un exemplu frumos despre cum poţi fi solidar cu toată fiinţa ta cu un coleg, cu un prieten, care trece printr-un moment greu.

Liana, cred că Dumnezeu tocmai asta ne cere, să ajutăm atunci când omul are nevoie şi cum are nevoie.

Aş vrea să mă îndrept acum spre a doua chestiune despre care spuneam că aş vrea să vorbim. O foarte dragă prietenă a mea, un om totuşi echilibrat şi credincios, mamă a trei băieţi, a făcut nişte operaţii estetice. A fost toată viaţa nemulţumită de aspectul ei. Până unde e corect să îndreptăm, „să corectăm" lucrurile pe care le-am primit de la Dumnezeu? Până unde e permisă orice intervenţie a chirurgului sau a unui outsider în viaţa femeii?

Dumnezeu i-a dat înţelepciune şi inteligenţă omului. De aceea ştiinţa medicală astăzi a ajuns la nişte performanţe incredibile şi în zona de bioetică, şi în zona de naştere de prunci, şi în zona de prelungire a vieţii, şi în zona de vindecare a unor boli, care până ieri erau incurabile, şi în zona de tratament, chiar şi la tratamentul cancerului s-a avansat foarte mult şi sperăm că se va naşte odată soluţia...

Deja există progrese serioase în această direcţie. Sunt tot mai multe încercări de a sonda cauzele cancerului şi se propun numeroase soluţii, care, momentan, sunt încă în teste.

Dar se fac paşi foarte mulţi, ceea ce e minunat. Slavă Domnului! Să ne rugăm lui Dumnezeu să îi inspire pe cercetători să găsească leacul acestei boli necruţătoare! Legat de prietena ta, mă întorc din nou la scopul cu care face cineva ceva. Ea a făcut o operaţie estetică pentru că era mult prea deranjantă sau prea evidentă problema?

Era o frustrare a ei, o problemă pe care nu şi-a putut permite s-o remedieze când era tânără. Şi acum, pentru că și-a permis financiar, copiii au crescut și n-a mai fost nicio problemă, a îndreptat situația. O altă prietenă foarte dragă își face lunar niște proceduri, niște injecții. Până unde este o chestiune permisă, în sensul de a nu-L mânia pe Dumnezeu?

Operațiile estetice au apărut și s-au dezvoltat din necesități concrete, pentru a repara în primul rând anumite defecte fizice din naștere sau survenite în urma unui accident de orice natură. Astăzi însă operațiile estetice se fac preponderent din alte motive: pentru ajustări, transformări, corectări, înfrumusețări ale aspectului, ajungând să servească de multe ori unor simple mofturi. E nevoie de un motiv puternic pentru a face acest pas, nu dintr-o mândrie camuflată, dintr-o neacceptare a propriului aspect, dintr-o neacceptare a îmbătrânirii și a semnelor ei vizibile. E adevărat că anxietatea legată de modul în care alții te percep, stima de sine scăzută, presiunea grupului, a anturajului, a societății în care frumusețea feminină este promovată pe toate canalele, pot fi motive pentru care cineva să vrea să facă o operație estetică, însă, din punct de vedere creștin, aceste cauze trebuie evaluate mult mai temeinic. Pentru că nu întotdeauna rezolvarea unei frustrări se obține prin eliminarea a ceea ce consideri a fi cauza nemulțumirii tale, ci prin ajustarea percepției asupra acestei așa-zise cauze. Problema poate să nu fie aspectul, ci modul în care te raportezi la el și modul în care te raportezi la modul în care alții se raportează la el. Nu ar trebui să facem astfel de ajustări atunci când nu există anomalii fiziologice grave care să afecteze funcționalitatea noastră, când avem un aspect sănătos, doar din rațiuni estetice, arbitrare, doar pentru a arăta ca nu știu ce vedetă sau pentru a avea sentimentul că ești propriul designer.

Apoi, dacă intervenția chirurgicală comportă riscuri pentru viața și integritatea noastră, ea ar trebui evitată. Inclusiv psihologii atrag atenţia că, din motive subiective, care ţin de stima de sine scăzută, inclusiv la adolescenţi şi la persoane foarte tinere, se ajunge tot mai des la abuzuri în ceea ce priveşte aceste operaţii. Fără a ignora presiunea contextului sau alte motive, credem că o asemenea decizie nu ar trebui luată prea uşor, fără o reflectare profundă. Recomand ca fiecare femeie, când ia o astfel de hotărâre, să vorbească mai întâi şi cu părintele duhovnic sau cu psihologul. Nu e ca şi cum îţi schimbi o haină. Biserica, aşa cum vorbeam şi în dialogul nostru despre machiaj, încurajează mai întâi cultivarea frumuseţii interioare şi recomandă femeii să nu îşi construiască identitatea exclusiv după ce cred alţii despre ea. Aici ar trebui să ne ducem şi la poruncile lui Dumnezeu şi să vedem ce ne-a spus El: „Cât ai fi tu, nu poţi adăuga staturii tale un cot!", adică să adaugi ceva la ceea ce a dat deja. Spunând asta, ne-a arătat că noi avem un dar şi ar trebui să ne acceptăm aşa cum suntem. Dacă ar fi vorba despre o intervenţie terapeutică, ar fi de înţeles. Deci un răspuns la întrebarea ta ar fi o altă întrebare: care este scopul, care e efectul pe care îl urmăreşti? Trebuie văzut dacă acea schimbare generează o stare de echilibru în familia ta, dacă aduce un plus în faţa soţului tău sau doar aduce un plus pentru mândria ta.

Mai degrabă este despre a elimina o frustrare, despre a rezolva un complex pe care l-ai avut toată viaţa. În acest caz, poate fi bănuită o femeie că are mai multă mândrie? Dacă trăim într-o societate în care oamenii se compară, copiii se compară, maşinile se compară, vacanţele se compară...

În inima ei e răspunsul, fiecare femeie trebuie mereu, când ia o decizie, să-şi consulte propria conştiinţă. Conştiinţa este ceea ce Dumnezeu a pus în tine, ca un senzor. Şi de fapt, dacă nu te gândeşti: „Ce vreau eu să fac cu asta? Ce urmăresc? Pentru cine o fac?", te păcălești pe tine. Din nefericire, foarte multe dintre decizii pornesc din mândrie sau din orgoliu, sau din raportarea la aproapele. Pentru a te lămuri dacă este acceptabil gestul tău, ar fi bine să te duci la duhovnicul tău și să îi spui: „Părinte, vreau să fac acest lucru!" Duhovnicul te-ar duce la esență, și anume să afli de ce vrei cu adevărat asta. Punând accentul pe harul lui Dumnezeu și pe suflet, el te va ajuta să accepți că trupul se supune inevitabil procesului de îmbătrânire. E firesc, e natural, n-ar trebui să vrem neapărat să oprim acest proces, ci, din contră, ar trebui să împlinim viața noastră cu înțelepciune, cu dragoste de aproapele, să ne punem în slujba altor demersuri, ca să se împlinească ființa noastră.

Ar trebui să nu mai punem atât de mult accent pe exteriorul nostru, când știm cu toții că frumusețea trupului este efemeră, pe când frumusețea duhului poate rămâne neafectată de trecerea timpului, ba poate chiar spori odată cu înduhovnicirea noastră. Demersul acesta, de a te înfrumuseța pe exterior, poate să fie cel pe care să-l regreți, poate fi un gând trecător, să zici: „Uite, gata, mi-am pus sâni, mi-am mărit buzele!" și după aceea să regreți, să îți dai seama că ți-ai pus sănătatea în pericol sau să nu te mai oprești din schimbat câte ceva la tine. Dacă cineva te place doar pentru că ai sânii sau buzele mărite artificial, atunci înseamnă că tu însăți arăți prin asta că nu ai alte valori pentru a fi atractivă, că investești totul pe cartea frumuseții și te mai miri după aceea că, după câțiva ani, când frumusețea pălește, bărbatul tău se duce după o alta mai „tunată". Alege să fii admirată pentru ceea ce ești, nu doar pentru modul în care arăți.

Trăim într-o societate în care totul e imagine, de la poza pe care o trimiți pe WhatsApp la ce ai postat pe nu știu ce rețea socială. A fost anul acesta un scandal la Premiile Grammy, cu Madonna, în vârstă de 65 de ani, care nu mai are pe față niciun loc în care să-și facă o injecție pentru că aproape s-a automutilat. În discursul ei, în care și-a explicat cumva opțiunea de a avea o „față nouă”, găsești și un adevăr trist, valabil mai ales pentru femeile de la vârful societății, pentru femeile cu o vizibilitate mai mare: societatea nu îți dă voie să nu fii frumoasă, nu îți dă voie să arăți că ai îmbătrânit. Societatea este în continuare foarte misogină și, pentru a supraviețui, e nevoie să faci mari sacrificii mai ales acolo la vârf, „într-o lume care refuză să sărbătorească femeile care trec de 45 de ani și care simte nevoia să le pedepsească dacă continuă să aibă o voință puternică, să muncească din greu și să fie aventuroase”. Din păcate, e adevărat; ți se dă impresia că nu te mai vrea nimeni dacă ești femeie la vârsta de mijloc, indiferent dacă te duce capul, dacă ai o școală. Și ca bărbat, la 45-50 de ani nu te mai vrea nimeni, ești neimportant. Societatea noastră e una de consum și îi consumă pe toți, inclusiv pe oameni, care ajung să fie doar bunuri de larg consum pentru această societate. Doar tu te prețuiești, familia și prietenii apropiați te prețuiesc și, desigur, în ochii lui Dumnezeu ești foarte prețuit. În rest, ești un bun de larg consum, un consumator de produse, un devorator de servicii, o cifră în statistici. Adică trebuie să te gândești foarte bine unde ești valoros. De fapt, asta este o discuție pe care să o ai înainte de orice.

Când te uiți în oglindă, să îți amintești mereu de faptul că ești creația lui Dumnezeu, că ești copil iubit al lui Dumnezeu; asta îți dă întreaga dimensiune a valorii tale, a ceea ce e valoros la tine. Nu aspectul, nu banii, nu posesiunile, ci tu ești cea mai mare avuție a ta. Ceea ce a pus Dumnezeu în tine este o comoară mai valoroasă decât orice altceva pe lume. Nu ar trebui să ne „vindem” așa de ieftin, pentru niște plăceri trecătoare, pentru niște aprecieri nesincere din partea unor oameni care, poate, nici nu contează pentru tine. Întruparea Mântuitorului ne arată cât de importanți suntem noi pentru Dumnezeu. El vine şi să ne amintească cât de valoros e ceea ce a pus El în noi, copiii Săi iubiţi. Eu nu am vrut să ies niciodată din poziţia de copil acceptat şi iubit de Tata. Mereu, când mă rog, aşa încep: „Sărut mâna, Tată!" Vorbesc cu Tata, Care ştiu că are o inimă de mamă şi că mă iubeşte aşa cum sunt; indiferent dacă sau cât greşesc, El mă iubeşte la fel de mult şi vrea să răspund iubirii Lui, devenind tot mai asemănător cu El. Ştiu şi simt iubirea Lui nemărginită, mă simt foarte bine în braţele Tatălui, nu vreau să părăsesc braţele Lui.

Ceea ce aţi spus mi-a adus aminte de o situaţie întâlnită recent. Am avut o discuţie cu un prieten, care e la graniţa unei despărţiri, suferă tare. Noi toţi încercăm să-l convingem: „Hai să te spovedeşti, hai să vorbeşti şi cu un preot!" Atitudinea lui e de frustrare şi de revoltă: „Ce Dumnezeu e Ăla de Care ţi-e frică?!"

Nu a înţeles ce înseamnă frica. Frica despre care se vorbeşte într-adevăr în Scriptură şi în slujbele şi rugăciunile noastre înseamnă altceva decât crede el. Ţi-e frică să nu-L superi pe Dumnezeu, acesta e înţelesul. Frica de soţ nu este frica că te-ar putea bate soţul, ci că ai această teamă să nu îi răneşti iubirea, încrederea; preocuparea, neliniştea de a nu afecta cu ceva relaţia ta cu el. Frica de Dumnezeu tocmai asta înseamnă: evlavie, sfială, emoţie, respect, preocupare; „n-aş vrea să Îl supăr pe Dumnezeu". Asta nu înseamnă că mi-e frică fizic de El, în cazul în care greşesc, că mă va pedepsi, ci că mi-e teamă să greşesc pentru că Îi rănesc iubirea şi mă lipsesc în felul acesta singur de protecţia, de harul Lui. E o traducere a acestui termen, care e folosit ca să ilustreze mai mult autoritatea Lui, pentru că poporul avea nevoie de nişte limite înalte ca să vadă jalonul. Mai ales într-o epocă în care oamenii erau mai puţin sofisticaţi, mai greu de convins cu altfel de argumente.

De ce totuşi nu putem să spunem în anumite rugăciuni, în loc de „frică", „dragoste imensă"?

Mi se pare foarte frumos cuvântul Sfântului Antonie cel Mare: „Mie nu îmi mai e frică de Dumnezeu, pentru că eu Îl iubesc." Adică nu trăieşte sentimentul ăla de teamă care te îngheaţă şi te paralizează. De aceea trebuie să definim ce înseamnă în limbajul biblic, bisericesc, frica. Teama despre care se vorbeşte în relaţia cu Dumnezeu este o atitudine foarte importantă, mai ales la început, pentru că te conduce către dragostea de Dumnezeu. Pentru credincios, frica şi dragostea, deşi par foarte diferite, incompatibile, sunt legate, se sprijină reciproc. Sfântul Antonie spune că nu îi mai i-e frică, ceea ce înseamnă că la un moment dat a avut această teamă de Dumnezeu.

Părintele Rafail Noica ne lămureşte cu o definiţie frumoasă şi profundă a acestui sentiment: „Frica lui Dumnezeu este una din trăirile iubirii, când ţi-e frică să pierzi pe Dumnezeu, căci este aşa de preţios, aşa de drag, aşa de iubit, aşa de dulce sufletului. Harul lui Dumnezeu este aşa încât, când îl pierzi, într-adevăr ai înţeles ce înseamnă moarte. Că «moarte» nu înseamnă în primul rând despărţirea sufletului de trup, ci despărţirea duhului omului de către Duhul cel Sfânt, de harul lui Dumnezeu. Asta este moartea, şi de asta suferim noi toţi."

Ca să înţelegem mai bine ce înseamnă cu adevărat această frică, îţi dau un exemplu. Preotul, când cheamă credincioşii să se împărtăşească, o face cu aceste cuvinte: „Cu frică *de Dumnezeu, cu credinţă şi cu* dragoste *apropiaţi-vă!" Şi frică, şi dragoste în aceeaşi frază, iar, între ele, credinţa. Ce înseamnă aici frica? Să te apropii cu sfială, cu evlavie, să conştientizezi ce dar minunat e pe cale să îţi facă Dumnezeu, să ai simţământul propriei tale nimicnicii în faţa măreţiei Atotputernicului Dumnezeu, să înţelegi distanţa uriaşă între tine şi*

Dumnezeu, distanță pe care El o înlătură din iubire față de tine. Cu cât conștientizezi mai mult măreția și generozitatea lui Dumnezeu față de tine, cu atât răspunzi cu o dragoste mai curată la dragostea Lui. Iată cum frica devine „începutul înțelepciunii”, pentru a ne conduce apoi spre „sfârșitul înțelepciunii”, care este dragostea. Frica de păcat, frica de a face orice în mod libertin, nu în „armonie cu mireasma aceea nemaipomenită pe care o numim harul lui Dumnezeu”, ne ajută în fiecare etapă a vieții noastre sufletești.

Cunosc foarte mulți oameni care lăcrimează când ajung într-o biserică! Emoția asta, fiorul, respectul uriaș pe care îl simți în prezența iubitoare a lui Dumnezeu s-au tradus ca frica lui Dumnezeu. Când intri în biserică, te emoționezi de prezența vie a lui Dumnezeu, ceea ce îți dă o stare deosebită, atât de înaltă. O rugăciune aduce prezența lui Dumnezeu. Eu vorbesc cu Tata, mi-e frică de El, nu în sensul că mă bate, ci mi-e frică de mine să nu-L supăr, astfel încât El, iubindu-mă, să trebuiască să acționeze cumva didactic și să mă lase să cad, să zicem. Frica de Dumnezeu este frica de a nu-L supăra și de a nu-L determina să apeleze la mijloace mai aspre de a mă trezi. Ele nu sunt nicidecum pedepse, ci tot forme de iubire ale Lui, moduri în care El mă caută și mă cheamă să mă reîntorc „acasă”.

Cei care cred cu tărie, care nu comentează și nu pun nimic la îndoială, nu sunt mulți. Sunt unii care nu cred deloc. Dar mai există o masă mare de oameni care sunt între: „Cred, dar...” – și este întotdeauna un „dar” – sau care „nu cred”. Acești oameni trebuie să înțeleagă că Dumnezeu e iubire și toate lucrurile proaste și nefericite, toată suferința s-au întâmplat pentru că există și „celălalt” – pentru că noi ignorăm cu bună știință prezența „celuilalt” –, care te-a ademenit, te-a corupt, te-a făcut să greșești și să te lipsești de har. Nu există numai Dumnezeu; există și „celălalt”, extrem de puternic, din păcate, care este peste tot și care atacă pe unde te aștepți mai puțin. În cele mai multe momente nici nu simțim asta.

Tocmai din acest motiv, răul din viața noastră nu trebuie pus pe seama lui Dumnezeu. Interesant e că nici diavolul nu este vinovatul adevărat. El doar a făcut propunerea, a furnizat ispita, pe care a împachetat-o inteligent, însă vinovăția și responsabilitatea alegerii căii greșite, cu toate consecințele ei, sunt exclusiv ale tale.

Hai să ne gândim așa: de ce nu mergi prin oraș cu peste o sută la oră? Să luăm acest exemplu paralel, din viața de zi cu zi a oricărui șofer. Nu mergi prin oraș cu viteză nu doar pentru că te pedepsește poliția și îți ia permisul, ci pentru că ai dragoste pentru oameni și n-ai vrea – Doamne ferește! – să-ți iasă cineva în față și să nu mai ai ce să faci. Dacă șofezi cu frica de a nu răni pe cineva, este nobil. În schimb, dacă conduci cu frica de a nu te prinde poliția, nu este la fel de nobil, dar e și aceasta o motivație, care are efecte bune. Ți-e frică de lege sau iubești oamenii? Suntem între aceste două realități, trăim câte puțin din fiecare.

De-aceea frica de Dumnezeu, tradusă pentru omul de astăzi, ar fi emoția, fiorul prezenței vii a lui Dumnezeu. De multe ori, m-am topit în fața prezenței Lui iubitoare. Amândouă laturile astea sunt în noi. Nu mergi cu viteză fie pentru că ți-e frică de lege, fie din dorința de a nu fi un pericol pentru nimeni.

Întorcându-mă la relația cu Dumnezeu, e cumva ca în trafic; motivația ta principală ar trebui să fie noblețea sufletului tău, dorința de a răspunde chemării lui Dumnezeu sau de a nu răni dragostea Lui, prin păcatul pe care îl faci, și nu teama de pedeapsă. Înseamnă că ar trebui să ne gândim la Dumnezeu ca la o prezență iubitoare și să vrem să fim ca El. El face doar bine oamenilor.

Părinte, cum să reacționezi atunci când cei din jur au atitudini sfidătoare, ostile chiar, fiindcă tu crezi și mergi pe calea lui Dumnezeu?

Fiecare om, care încearcă să treacă de la chipul *lui Dumnezeu la* asemănarea *cu Dumnezeu se ridică deasupra lumii și, prin asta, împotriva lumii. Omul care se ridică deasupra vede răul lumii în toată urâțenia lui. Cum spunea Părintele Rafail, simți păcatul în dimensiunea lui cea mai profundă, ca pe o „moarte", și atunci fugi cât poți de el, te depărtezi de toate prilejurile care te-ar putea atrage în această cădere, alergi mereu la duhovnic și-i mărturisești tot ce te apasă, ca să recapeți din nou „Viața". Vin unii oameni la mine și îmi spun: „Părinte, mi-e și frică să vă spun niște lucruri!" E o frică de a nu te face de râs sau de a nu te umili. În sine, să trăiești în păcat este o umilință. Când îți asumi această cale a sfințeniei, Îl ai ca model pe primul care a pășit pe ea, pe Iisus Hristos: „Dacă vă urăște pe voi lumea, să știți că pe Mine mai înainte decât pe voi M-a urât. Dacă ați fi din lume, lumea ar iubi ce este al său; dar pentru că nu sunteți din lume, ci Eu v-am ales pe voi din lume, de aceea lumea vă urăște. [...] Dacă M-au prigonit pe Mine, și pe voi vă vor prigoni."* (Ioan 15, 18-20)

Există o cruce a urmării binelui într-o lume rea. *„Niciun bine nu rămâne nepedepsit"; când faci bine, nu de puține ori ți se face rău; când ești credincios, ești de multe ori tratat cu indiferență, cu superioritate, cu ostilitate. Asta este o modalitate prin care plata ta să fie și mai mare. Dacă toată lumea ar fi zis la serviciu: „Vai, ai fost la biserică, bravo, ce frumos, ești minunată! Ești atât de nobilă!", poate că te-ai fi mândrit. Dar dacă râde de tine, ai două plăți uriașe: plata faptului că ai ieșit din confort duminică, că te-ai ridicat din pat și te-ai dus să te întâlnești cu Dumnezeu, lucru pentru care Dumnezeu îți răsplătește cu vârf și îndesat – scrie clar în Biblie și „Nimic nu rămâne nerăsplătit!". A doua* *plată este pentru că eşti acuzat pe nedrept, că ai făcut bine şi ţie ţi se face rău, e plata persecutatului, a celui care este prigonit, a celui care, deşi nu poartă vreo vină, este batjocorit. Domnul ne-a spus-o clar: „Fericiţi veţi fi când vă vor ocărî şi vă vor prigoni pentru Mine şi, minţind, vor zice tot cuvântul rău împotriva voastră. Bucuraţi-vă şi vă veseliţi, că plata voastră multă este în ceruri!"* (Matei *5, 11-12)*

Unii oameni îmi spun: „Eu sunt om bun, merg la biserică şi primesc rău în schimb. Doar pentru că merg pe această cale sunt oamenii răi cu mine." Le spun: „Bucură-te! Uite ce ne spune Sf. Nicolae Velimirovici: «Necazurile care vin asupra ta nu fac altceva decât să te încununeze.».." Avem tendinţa să ne plângem şi să ne victimizăm: „Vai, vine Postul; îmi e greu să iert; lumea în care trăim este tot mai neprietenoasă, tot mai ostilă cu noi; sunt prea multe ispite astăzi; m-a vorbit cineva de rău..." Cineva venise la duhovnic să se plângă că, după ce a urmat mai serios drumul credinţei, a observat că a început să aibă mai multe greutăţi şi încercări. A venit deci să-i ceară un sfat părintelui său. „Aşa va fi cam încă vreo cinci ani.", i-a spus duhovnicul. „Iar apoi?" „Apoi te vei obişnui."

Nu trebuie să cedăm, nu trebuie să renunţăm, dacă apar greutăţi, dacă apar împotriviri, dacă te critică unul sau altul pentru că eşti credincios. Cu timpul vei înţelege că problema nu e la tine, ci la ei, că ceea ce faci, bun sau rău, pentru tine faci, că urmarea drumului sfinţeniei, care presupune şi obstacole, şi greutăţi, te va transforma pe tine într-o versiune tot mai bună a ta, iar, pe lângă acest beneficiu imediat al faptului de a fi bun, răsplata lui Dumnezeu nu va întârzia să apară. După ce ai spart nuca, vei da de un miez absolut extraordinar. Sigur că nu e uşor să le încasezi pe toate, că nu ai mereu dispoziţia de a construi iar şi iar; aparent, e greu să fii creştin, însă pentru noi acesta e singurul drum posibil, „calea cea strâmtă", care duce neîndoielnic spre Rai.

Fiica Părintelui Nicolae Dima a avut două stopuri cardiace, o tumoră și o operație pe creier. În două săptămâni a avut trei intervenții. Mi-a spus, în acea noapte, dragul meu coleg: „Părinte, mă simt în iad! Arde pământul sub mine." Am fost doar alături de el cu tot ce am putut eu. Nu puteam desigur să îi spun: „E bine că e așa!" Știam însă, în momentul în care el îmi spunea asta, că orice foc îngăduit de Dumnezeu este curățitor, curăță răul, orice foc curăță prin suferință și face metalul prețios să iasă la vedere, să strălucească și mai tare. Așa că și el L-a lăsat pe Dumnezeu să lucreze spre purificarea sa, s-a lăsat complet în voia lui Dumnezeu. Nu și-a făcut planuri, nu I-a cerut ceva anume lui Dumnezeu, ci a fost aproape de Ecaterina cu multă rugăciune și cu încredere în lucrarea puternică a harului și a sfințeniei. Gândiți-vă că el nu a mai vrut să doarmă în casa lui în acea perioadă, cât fiica lui a fost internată în spitalul din București. Dormea doar în mașină, în fața spitalului. Nu a vrut să mai doarmă acasă, pe patul lui, nu a vrut să mai mănânce nimic altceva decât ce primea sau cumpăra de pe acolo. Și când s-a dus la o covrigărie, a spus: „Dați-mi și mie niște covrige!", nici nu mai știa să vorbească. Pentru că a realizat repede că focul ăsta este atât de puternic, încât nu poate să îl ducă singur, a strigat la Dumnezeu, Care i-a trimis roua rugăciunilor fraților care îl iubesc, a oamenilor care au venit imediat alături de el. S-a umplut paraclisul bisericii spitalului la rugăciunile care se făceau în fiecare seară pentru Ecaterina; au venit mulți oameni aproape de el fizic sau cu sufletul, inimi rugătoare, care, cu multă empatie, i-au stins „incendiul" ăsta. El, fiica și soția lui sunt acum printre cei mai iubiți din România. În momentul în care zici „Părintele Dima", dintr-odată omului îi curge o lacrimă, înalță un gând de rugăciune. Am fost la o conferință acum, de curând, și oamenii, mă întrebau ce mai face Ecaterina. Un necaz, o nenorocire a devenit factorul coagulant al unei țări întregi, și dincolo de granițele ei. Tot așa o nenorocire petrecută cu părintele Stareț Efrem Vatopedinul a adunat întreaga Ortodoxie și au strigat toți la Dumnezeu. Acum am strigat toți la Dumnezeu pentru Ecaterina și minunea s-a produs. Ce vedem, dincolo de necaz, este o lucrare fabuloasă, nebănuită.

Când „arde pământul sub tine", nu mai poți vedea asta.

Un om aflat într-o astfel de situație are nevoie de un singur lucru: să se deschidă spre Dumnezeu, să caute sprijin de la apropiați, în primul rând pentru aportul lor de rugăciune. Am văzut în acest caz mai mult decât oricând forța uriașă a rugăciunii împreună. Tragedia lor ne-a făcut și pe noi toți să conștientizăm ce putere avem de la Dumnezeu atunci când suntem adunați împreună în rugăciune pentru o cauză nobilă. Când Părintele Nicolae a văzut că el nu suferă singur, ci că mai suferă cu el încă doi, încă cinci, încă șapte, încă zece milioane de oameni, dintr-odată nu s-a mai simțit în iad. Iadul singurătății este mai mare decât iadul durerii și al suferinței, pentru că acolo nu mai găsești soluții. Când neputința este legată și de singurătate, atunci este tot mai greu să găsești o cale de a ieși din ceea ce ești în momentul acela. Dacă astăzi ești singur, ești așa pentru că în ultimii 5-10 ani nu ai făcut mai mult pentru a nu fi singur în viitor. Ar trebui să te gândești la asta când ești egoist, când le închizi ușa în nas apropiaților, când te porți crud cu ei, când îi alungi din preajma ta prin modul tău acru sau ursuz de a fi. Însingurarea e de cele mai multe ori o alegere, la care ar trebui să te gândești mai bine atunci când o faci, pentru că nu știi ce înseamnă cu adevărat să fii singur, mai ales în fața greutăților vieții. Ne pregătim bătrânețile prin ceea ce facem în fiecare zi.

Din ce îmi spuneţi reiese că binele e minunat şi pentru cel care îl face, şi pentru cel care beneficiază de el. Unde este echilibrul între a face o faptă bună şi a o arăta lumii prin toate mijloacele?

Erau oameni de afaceri care nu făceau fapta bună decât în prezenţa unei camere de luat vederi, ca să vadă oamenii ce buni sunt ei. Domnul ne-a arătat cum trebuie să facem binele ca să fie bine: „Luaţi aminte ca faptele dreptăţii voastre să nu le faceţi înaintea oamenilor ca să fiţi văzuţi de ei; altfel nu veţi avea plată de la Tatăl vostru Cel din ceruri. Deci, când faci milostenie, nu trâmbiţa înaintea ta, cum fac făţarnicii în sinagogi şi pe uliţe, ca să fie slăviţi de oameni; adevărat grăiesc vouă: şi-au luat plata lor. Tu însă, când faci milostenie, să nu ştie stânga ta ce face dreapta ta, ca milostenia ta să fie într-ascuns şi Tatăl tău, Care vede în ascuns, îţi va răsplăti ţie." (Matei *6, 1-4)*

Fapta bună se face, aşadar, în secret, cu discreţie, ca ea să ajute cu adevărat omul. E nevoie de această delicateţe şi ca să nu striveşti sufletul omului pe care îl ajuţi. Să nu cumva să te crezi superior că ajuţi. Tatăl Cel din Ceruri să vadă că ascunzi fapta ta, că nu cauţi plata mică a aprecierii oamenilor şi că Îl laşi pe El să cântărească, dacă şi când va fi nevoie de răsplătire. În plus, dacă faci fapta bună ca să se vorbească frumos despre tine, ai căzut în păcatul mândriei, care nu face altceva decât să întoarcă în rău tot binele pe care l-ai făcut. Îţi pierzi şi plata, şi îţi faci şi-un rău, dacă urmăreşti stima şi aprecierea altora, când faci un bine cuiva. Însă şi în acest caz fapta ta trebuie judecată după scop. Adică, dacă faci un bine în mod public cu scopul de a-i inspira şi pe alţii să facă bine, atunci ea devine o mărturisire de credinţă, o invitaţie la bunătate, iar binele se va multiplica.

Facem şi noi lucrul acesta la parohie: umplem zece maşini cu de toate şi mergem în Giurgiu, la o casă de copii amărâți, mergem la Negreni, la harnicul și inimosul părinte Bogdan Danu care tocmai a terminat de construit un așezământ pentru bătrâni. Am fost și la Mihai Neșu, un om minunat, un exemplu, așa cum ar trebui să fie orice creștin. L-am luat în brațe, am cântat împreună cu el, am plâns împreună cu el, ne-am bucurat împreună și am donat câte doi euro prin SMS pentru așezământul lui. Am postat această acțiune și am arătat că donăm, cu gândul, cu dorința clară să mai doneze și alții. În ziua aceea, s-au mai strâns 40 000 de euro. Patriarhia Română a donat în timpul pandemiei, pentru bolnavi, 40,3 de milioane de euro. În mod normal, după cum avem scris în Biblie, „să nu știe stânga ce face dreapta", Biserica nu ar fi trebuit aparent să spună asta, nu?

De câte ori n-a fost acuzată în mod neîntemeiat Biserica de faptul că nu face nimic!

*Biserica ajută foarte mult. De cele mai multe ori, nu face public aceste fapte, uneori mai mari, alteori mai mici, în funcție de nevoi și de posibilități. Sunt atâția oameni care se hrănesc și își găsesc echilibrul în jurul unei biserici! Însă scopul pentru care Patriarhia Română a spus că a donat acea sumă a fost acela ca oamenii, văzând fapta noastră cea bună, să simtă că Biserica e aproape de ei în nevoie, să simtă că acuzațiile despre care vorbeai sunt neîntemeiate, răutăcioase și pentru ca prin astfel de fapte oamenii să-L preaslăvească pe Tatăl, de la Care vine tot binele. Căci, atenție, stă scris: faceți fapte bune, „așa încât oamenii, văzând faptele voastre, să-L slăvească pe Tatăl vostru Cel din ceruri!" (*Matei *5, 16)*

Când faci un bine, omul se gândește inclusiv la părinții tăi care te-au educat să faci asta și, în felul acesta, binele ricoșează și faci mai mult bine decât îți închipuiai. Deci binele propovăduit cu smerenie se poate multiplica de milioane de ori. E foarte important, când nu o faci ca să îți hrănești mândria, să săvârșești binele la vedere, ca exemplu, ca inspirație pentru ceilalți. Dacă vrei cu adevărat ca oamenii să facă bine, inspiră-i și tu să facă asta; sunt atâtea exemple frumoase de oameni care îi inspiră pe alții să facă bine. Însă, dacă doar îți hrănești egoul, mai bine ascunde binele pe care îl faci. Trebuie întotdeauna când faci un bine, când postezi un anunț despre o faptă bună de-a ta, să vezi ce naște în inima ta aceasta: „nu cumva m-am comparat cu alții, că eu fac și ei nu, că eu sunt bună și ei nu, nu cumva mă consider superioară prin ceea ce am făcut?" În funcție de răspuns, continuă să faci publice faptele tale sau nu.

Din păcate, sunt și oameni care îi inspiră pe alții să facă rău. Numărul lor a crescut, la fel și numărul celor care îi apreciază. Există astăzi o anumită tendință anarhică pe care o cultivă acești oameni, inspirându-i pe alții să nu respecte legile, să nu respecte statul, să facă tot felul de tâmpenii. De aceea, în tot răul lumii acesteia, e revigorant și benefic să găsești și oameni care să-și inspire semenii să facă bine.

Asta e important. Gândiți-vă bine înainte de a posta ceva, mai ales când sunteți oameni cu influență, dar și când aveți un grup mic de prieteni pe care îi puteți inspira. Nu mai afișați lucrurile pe care le faceți decât dacă ele sunt o inspirație pentru ceilalți și dacă aveți doar gândul curat de a inspira oamenii spre a face fapte, voi rămânând în smerenie.

Pentru că am vorbit de mai multe ori până acum despre compromis, despre situații și alegeri dificile, aș vrea să vă întreb acum ceva legat de **păcat**. Există o ierarhie a păcatului?

Pentru a ilustra mai bine ce efect îngrozitor au păcatele în viața omului, mă întorc la exemplul cu traficul. Una e să treci pe roșu la semafor și să nu fie nimeni pe trecere și să te alegi cu patru puncte de amendă și alta să ucizi un om pe trecerea de pietoni şi să fii arestat pentru asta. După cum există diferite niveluri ale gravităţii evenimentelor din trafic, exact aşa e şi cu relaţia noastră cu Dumnezeu. Una e să ieşi cu prietenii la o bere şi alta să ai o amantă cu care să păcătuieşti, înstrăinându-te de toţi cei dragi pentru ea şi pierzându-ţi familia. Gravitatea păcatelor este foarte diferită în funcţie de mulţi factori, interiori sau exteriori, în funcţie de cauze, de intenţia pe care o avem sau nu, de gradul de conştientizare, de efectele pe care le produc păcatele în noi sau în ceilalţi. De aceea e bine să ne spovedim pentru a fi ajutaţi să înţelegem că un păcat pe care îl considerăm mic poate fi un păcat mare pentru noi.

Deşi există o ierarhie generală a păcatelor, pentru fiecare dintre noi păcatul cel mai mare poate fi altul. Părintele Teofil Părăian spunea legat de asta: „Păcatul cel mai mare e păcatul pe care îl ai, nu-i nici mândria, nici desfrânarea, nici hula, nici altceva, decât acela pe care-l ai: el e cel mai mare. Dacă eşti mândru, ai păcatul cel mai mare, dacă eşti iubitor de avere, ai păcatul cel mai mare, aşa că, personal vorbind, în raport cu păcatele personale, ***cel mai mare păcat e păcatul pe care-l ai****.*

Sfântul Atanasie cel Mare, într-un cuvânt al lui pe care l-am găsit citat în Proloage, spune că „un vultur, chiar dacă e prins în cursă numai de o gheară, tot prins este. Aşa că nu cred că e cazul să ne întrebăm care este «cel mai mare păcat», al călugărului sau al credinciosului de rând, ci să avem conştiinţa că orice păcat care ne stăpâneşte este sau poate fi «cel mai mare», câtă vreme ne stăpâneşte." Dacă vorbim însă la modul general, gândindu-ne la efectele grave pe care le-a produs în istoria lumii, cel mai grav sau cel mai urât păcat este păcatul mândriei, care nu face altceva decât să depărteze omul de Dumnezeu.

Ea este în noi toţi. Oricât aş încerca să mă smeresc, este aproape imposibil să nu fiu în anumite situaţii în care să am o părere bună despre mine, şi asta nu e bine.

Când ai o părere bună despre tine că ai făcut ceva bun, mulţumeşte imediat, aşa cum am spus deja când am vorbit despre mândrie. Spune, Liana: „Mulţumesc, Doamne, că a ieşit bine. Doamne, Tu m-ai ajutat. Ai fost Tu cu mine, Doamne! Mulţumesc echipei!" Nu înseamnă că te cobori de pe vreun piedestal, făcând asta, pentru că aici este taina smereniei. Cu cât te smereşti, cu atât te înalţi, creşti, pe când omul mândru cu cât se înalţă, cu atât e mai aproape de prăpastie. În ochii oamenilor ar trebui să fii în adevăr, să fii corect, indiferent cum te privesc ei. Fariseii L-au descris pe Domnul şi I-au zis „Învăţătorule, ştim că spui adevărul şi nu-Ţi pasă de nimeni, fiindcă nu cauţi la faţa oamenilor." (Marcu 12, 14) *Chiar dacă nu-L iubeau tocmai pentru că era corect şi nu putea fi influenţat în niciun fel, totuşi nu puteau să nu recunoască evidenţele. Când ne raportăm exclusiv la oameni în ceea ce facem, căutând aprecierea, recunoaşterea, validarea lor, suntem în eroare, pentru că oamenii sunt schimbători, ei nu deţin un adevăr imuabil. Ei sunt azi aşa, mâine aşa.* **Oboseşti teribil când te raportezi la oameni. În schimb, când te raportezi la Dumnezeu, te raportezi la un adevăr sacru.** *Rugămintea mea către oameni este ca atunci când fac lucruri să nu se mai gândească la alţii, ci să se gândească la cum este lucrul ăla în raport cu Dumnezeu. Şi, foarte important, să nu-şi aroge ceea ce nu sunt, acceptându-şi neputinţele şi statutul de oameni păcătoşi. Sfântul Ioan Iacob semna tot timpul, când scria un text: „cel mai mic dintre monahi, Ioan Iacob". Şi el era un sfânt!*

Trebuie să recunoaştem că noi, toţi, suntem păcătoşi. Dar Dumnezeu îi iartă pe păcătoşi şi îi mântuieşte pe cei bine-credincioşi. Intri în biserică păcătos și, prin pocăința ta sinceră, ieși de acolo bine-credincios, nu rămâi la statutul de păcătos. Ca să mă exprim mai plastic, lucrarea lui Dumnezeu cu omul păcătos în Biserică este ca o baie, ca un duș. Intri în duș plin de transpirație, murdar și ieși curat. Când plec de la Mănăstirea Cornu, când ies de la spovedit la părintele meu duhovnic, Părintele Arsenie, am senzația că până și mașina merge mai bine, parcă alunecă mai lin. Mă simt mai ușor, sunt mai ușor. Din iubirea Lui nemărginită și din respect pentru tine și alegerile tale, Tatăl ceresc nu ți-a luat libertatea de a păcătui, poți să faci ce te taie pe tine capul, ce vrei tu, asumându-ți desigur și consecințele acestor alegeri, bune sau rele. Apoi tot El, pentru a te salva după ce ai făcut alegeri greșite, a pregătit pentru tine un loc de curățire: Biserica. Te duci în fața Tatălui și Îi spui: „Tată, am greșit; Tată, iartă-mă!" Dumnezeu are o uriașă noblețe; nu te judecă niciodată, ci te primește în dragostea Lui nemărginită. În Biserica lui Dumnezeu nu vei fi niciodată judecat, ci doar iertat.

Prezența tinerilor în Biserică, din ce în ce mai numeroasă, este dată și de contrastul uriaș între societatea asta confuză, care îi judecă pentru toate, și Biserică, locul unde sunt primiți și iertați. Toată lumea îi judecă pe tineri. Cei mai în vârstă le spun: „Nu sunteți ca pe vremea noastră.", „Nu așa se face!", „Așa trebuie.", „Așa e frumos." Singurul loc în care tânărul nu este judecat este Biserica, spațiul unde el stă în brațele lui Dumnezeu. Acolo știi că Dumnezeu nu te judecă după păcatele tale, că El vede frumosul din tine, nu urâtul. Da, ne spovedim de urâtul din noi, dar numai pentru a face loc frumosului. Nimeni nu te privește cu ochi iertători și binevoitori, în pofida trecutului tău întunecat, ca Dumnezeu. Când vii în brațele lui Dumnezeu, primești iertarea.

Aș vrea să mai adaug un lucru, pe care îl spun cu tristețe și cu multă părere de rău. Îmi cer iertare de la tineri, dacă sunt uneori situații în care noi preoții sau credincioșii din Biserică am avut față de ei o altă atitudine decât cea pe care Dumnezeu Însuși o are, dacă i-am dezamăgit în vreun fel, dacă s-au simțit judecați, neînțeleși. Îi rog să nu se oprească la aceste experiențe neplăcute și să caute în continuare, să nu Îl piardă pe Dumnezeu din cauza noastră.

Vorbeam despre felul în care ne mândrim, despre ce postăm, cum postăm, despre slava pe care o luăm de aici, când, de fapt, dacă ea nu are nimic valoros și pozitiv într-însa, nu ajută pe nimeni sau, dimpotrivă, vatămă pe toți. Putem vorbi despre o schimbare în ierarhia păcatului, pentru că trăim într-o epocă a imaginii?

Dar ea a fost dintotdeauna. Preocuparea pentru imagine, care are în spate mândria, a existat mereu: o vezi și în Antichitate, și în Evul Mediu, și în Modernitate; o vezi la omul simplu și la omul educat, la omul sărac și la omul bogat, o vezi la femeia de la sat care își pune cele mai frumoase scoarțe pe perete și la diva care își etalează pe covorul roșu rochia strălucitoare. Mândria a scos-o pe Eva din Rai. Lucifer, când a căzut din cer, a căzut pentru că a vrut să fie egalul lui Dumnezeu. Ar fi bine să înțelegem cât de grav e păcatul mândriei, care poate ține femeia departe de Dumnezeu.

Femeia este de departe mult mai expusă la acest viciu fin. Ea e mai atentă la detalii, mai predispusă la comparații, mai receptivă la aprecieri, pune mai mult preț pe aspectul și frumusețea ei. Astăzi, statutul femeii s-a schimbat; e mai ocupată, nu mai este doar casnică și crescătoare de copii. Aceste schimbări pot fi sursa unor noi forme de mândrie. Acum femeia este cea care merge la serviciu, de multe ori îi ia pe copii de la școală sau ajunge acasă, unde verifică temele, pentru că tatăl vine, poate, mai târziu. Sigur, se mai împart sarcinile în casă, dar în cele mai multe case femeia gătește, strânge, verifică, face, drege. Ea are tot timpul încă un job, după ce l-a terminat pe cel de bază. Așa că ea se plânge uneori și poate fi acuzată că „scoate ochii", ceea ce este adevărat, nu neapărat și corect. Aseară am fost la teatru și chiuveta era plină de farfurii, iar atitudinea soțului meu a fost: „Le spăl mâine!" Eu nu pot să fac asta; nu pot să mă culc dacă știu că e murdar în casă.

Dar care era problema dacă se spală mâine? Dacă el ți-a spus că le face mâine, trebuia să-l lași: „Bine, iubitule, le faci tu mâine!" Mie mi s-ar părea ceva pozitiv că a zis că le spală mâine.

Femeia, când are de făcut ceva, face. Uneori e acuzată că insistă, că bate la cap, dar sunt foarte multe momente în care fără bătaia la cap nu se întâmplă nimic. V-am povestit despre bunii mei prieteni, doi oameni excepționali, care s-au certat trei zile din cauza unei farfurii nespălate. În spate era un principiu, al egalității. Din fericire, noi încă nu suntem aici. Femeia nu poate la nesfârșit să spună: „Mulțumesc că m-ai lăsat să spăl tot eu astăzi", preaplinul ei dă de multe ori pe afară. Însă începe să piardă din tot ce a construit când bate la cap, când scoate ochii, când face gesturi care par firești și îndreptățite; toate acestea scad din toate lucrurile bune pe care le-a făcut anterior. Cred că și ea înțelege că nu procedează corect în aceste momente, dărâmând tot ce a construit bine, dar simte că nu are de ales, că trebuie să facă ceva ca lucrurile să se miște în direcția bună. E un fel de compromis, provoacă un rău ca să se producă un bine.

La spovedanie vin niște femei minunate, care sunt profesoare de mulți ani și care îmi spun: „Părinte, de câte ori vorbesc blând, liniștit și așezat, nu mă bagă nimeni în seamă. De câte ori ridic un pic tonul la elevi, totul se rezolvă. Părinte, îmi dați binecuvântare să mai țip un pic la ei?"

Ce facem dacă strigatul devine un obicei? Începi să țipi la toată lumea tot timpul. Eu am discuția asta cu

Mihai. Sunt foarte multe momente în care îmi spune: „Am uitat!" Şi apoi ridic tonul. Când strig sau mă enervez, zice: „Insişti, mă baţi la cap, iar ai început să strigi!" E atât de subţire graniţa. Cum am spus, ceva trebuie să faci ca lucrurile să se întâmple. Ideal ar fi ca el să facă ceea ce trebuie, când trebuie, şi ca eu să am răbdare să îi repet cu blândeţe când nu face la timp ceva.

Se întâmplă asta pentru că, din păcate, cuvântul nostru nu mai are greutate, şi-a pierdut din conţinut şi din importanţă. Atunci când bunicul sau bunica spuneau ceva, înţepeneam, era ca o sentinţă, ceva foarte puternic, şi nu pentru că mă temeam de ei, ci pentru că erau o autoritate pe care o respectam necondiţionat. Cred că despre asta e vorba, despre cum recuperăm valoarea cuvântului, și nu o putem face altfel decât conectându-ne cu Cuvântul lui Dumnezeu și urmându-I modelul. În activitatea Lui pământească, Mântuitorul avea putere în cuvânt și comunica cu blândeţe. Aflăm asta chiar din Cuvântul Lui: „Învăţaţi-vă de la Mine, că sunt blând şi smerit cu inima şi veţi găsi odihnă sufletelor voastre." El îmbina tot timpul argumentele cu blândeţea. Aici e taina.

Dar degeaba fac numai eu cu dumneavoastră asta sau eu cu familia mea, ar trebui să o facem toţi.

Acest „ar trebui" va rămâne mereu o dorinţă neîmplinită. Ai două variante: fie aştepţi ca lumea să se schimbe şi să fie aşa cum ar trebui, fie accepţi că lumea e aşa cum nu ar trebui să fie şi te străduieşti să rămâneţi, măcar tu şi cei pe care îi ai aproape şi îi poţi influenţa pozitiv, aşa cum ar trebui să fiţi. Dacă tu faci în dreptul tău, cei de pe lângă tine vor găsi în tine un model şi o vor face şi ei. Din păcate, binele se propagă mult mai încet decât răul.

Spre exemplu, revenind la puterea pe care şi-a pierdut-o azi cuvântul, duhovnicul nostru ne vorbeşte scurt, cu multă putere, cu mult calm, ne priveşte în ochi, şi aşa cuvintele lui ne rămân în inimă. Din lipsă de duh, noi, modernii, am diluat prea mult cuvântul şi, până se adună din nou cantitatea suficientă de esenţă, de argumente, trebuie să foloseşti mult mai multe cuvinte, ca să explici, poate, un adevăr simplu, dar esenţial. Înţelegem de aici că nu cuvântul s-a schimbat şi şi-a pierdut din putere, ci că noi ne-am schimbat, am devenit, mai ales din mândrie şi din încăpăţânare, rezistenţi la orice argumente, indiferenţi, egoişti, comozi. Ar trebui să ajungem din nou la esenţă, să dăm mai multă tărie cuvântului nostru şi să ne folosim de el cu mai mult discernământ, să respectăm cuvântul celuilalt, să înţelegem valoarea uriaşă a cuvântului, mai ales în rugăciune. În arta conversaţiei e limpede cât de important este şi tonul, cât de important e să te opreşti puţin din banalul tonului de zi cu zi şi să dai greutate şi însemnătate unor vorbe, unor momente. Când Doina zice: „Vreau să vorbesc ceva important cu tine", înseamnă că este o problemă, dar nu ridică tonul. Atunci realizez, din schimbarea de ton, că e cu adevărat ceva important de vorbit.

Doina, soţia dumneavoastră, e psiholog, dar noi nu. Când mama era supărată pe mine şi spunea „Nu vorbesc cu tine", nu mai eram bună de nimic.

Asta pentru că ea are o anumită greutate în ochii tăi, dar şi pentru că tu ai o anumită greutate în ochii ei. Scădem mult unii în ochii altora, ne judecăm mult unii pe alţii şi coborâm mult sub un anumit nivel. De aceea, trebuie să înţelegem că e o mare diferenţă între femeia demnă şi cea mândră. Aici ar trebui să punem o graniţă. Demnitatea e mijlocul care are două extreme: umilirea şi mândria, ambele la fel de periculoase. În demnitate rămâi copilul ascultător al lui Dumnezeu, depozitezi harul Lui, care te ţine departe de ceea ce este sub un anumit nivel, ceea ce ar deveni umilinţă, sau peste acel nivel, ceea ce ar deveni mândrie. În mândrie te poziţi-

onezi când te simți superior altora, când te compari cu cei mai de sus sau cu cei mai de jos. Societatea de astăzi ne împinge tot timpul să ne măsurăm. Sfatul meu este să nu ne mai măsurăm, dacă vrem să ne fie bine și să nu avem stres. Ne stresăm foarte mult când ne comparăm, cel mai adesea degeaba. E o mare pierdere, este inutilă această măsurare.

Mândria are câteva manifestări. Oamenii care se supără foarte ușor sunt mândri. Atunci când femeia este supărată și nervoasă, este și pentru că ea are frustrări interioare pe care nu le poate rezolva altfel. Supărarea devine o modalitate de a-și prezenta frustrarea. Ca să nu lași supărarea să te domine și să strici relația cu celălalt, este important să te gândești cum îl privești pe celălalt, dacă nu cumva accentuezi anumite tușe și omiți altele. Optica corectă este să vezi și partea bună din om și să nu exagerezi cu evidențierea defectelor. Gândiți-vă o clipă, când sunteți în biserică și vă uitați de jos la sfinți, cum îi vedeți? Mari și înalți! Când te uiți la sfinți din cafas, de la balconul de sus, toți o să pară mici, deci depinde care e perspectiva din care privești, optica pe care o ai. Cum îl vezi pe soțul tău? Judecându-i doar faptele rele ai o optică de om mândru. Dacă îi vezi în mod corect și calitățile, zici: „Omul ăsta are defecte, dar are și calitățile astea.” ***Omul smerit caută binele și frumosul în absolut orice.*** *Cu încăpățânare, dacă vei căuta, vei găsi și ceva bun în acel om.*

Din păcate însă, sunt mulți oameni astăzi care caută cu insistență partea urâtă din om, care, pentru a-și hrăni mândria, îi jignesc, îi umilesc pe ceilalți.

Îmi spunea o doamnă că la birou are o colegă care îi este superioară ca pregătire și pricepere profesională și, pentru a estompa această superioritate care o nemulțumește, o jignește și o umilește pe colega ei, chiar dacă aceea nu are nici o vină. Așa își manifestă dânsa mândria, umilindu-și colega, în loc să arate apreciere și să fie bună înțelegere la birou. Am în fața inimii mele acel ucenic al unui avvă care avea un conflict cu un alt avva de la o altă mănăstire. Și i-a spus ucenicului: „Du-te și spune-i lui X că este un om rău și că m-a supărat cu ceva!" Ucenicul se ducea acolo și spunea: „Avva al meu transmite aprecierile sale pentru dumneavoastră. Sunteți un om minunat!" La întoarcere, ucenicul a fost întrebat: „Ce a zis avva?" „A zis că sunteți un om minunat!" Și atunci omul acela, prin mesajele lui inverse, a reușit să îi împace pe cei doi. Noi creăm legături și punți între oameni. Hai să găsim cu încăpățânare binele din celălalt, să identificăm ceea ce e frumos și bun la el.

Și atenție la exprimări. Dacă toată ziua folosești o expresie vulgară, ea va intra în obișnuință. Pe de altă parte, remarc atitudinea asta defensivă, oamenii par să fie în gardă. Când te întâlnești cu cineva, nu mai există deschidere.

Vulgaritatea este o expresie a mândriei, pentru că este tot o încercare de a te așeza deasupra altcuiva. Este o umilire, o înjosire, pe care o faci din răutate, din ură, dintr-un complex, din dorința de răzbunare, toate având în spate gândul că ai fi superior și îndreptățit să te porți cum vrei cu celălalt. Cine ești tu să vorbești așa și să judeci așa pe aproapele tău? Noi toți suntem creația lui Dumnezeu. Domnul Iisus Hristos a rostit un cuvânt foarte aspru pentru cei care își jignesc apropiații: „Eu însă vă spun vouă: Că oricine se mânie pe fratele său vrednic va fi de osândă; și cine va zice fratelui său: «netrebnicule», vrednic va fi de judecata sinedriului; iar cine va zice: «nebunule», vrednic va fi de gheena focului." (Matei *5, 22) Eu nu poreclesc pe nimeni, n-am poreclit pe nimeni și nu vreau o poreclă. Umilirea verbală și poreclirea pleacă dintr-o atitudine de judecată, care îl plasează pe cel care emite asta, în chip nevăzut, deasupra celor pe care îi calomniază.*

În același timp, ceea ce spuneți e aplicabil și când faci lucrul acesta în ideea de glumă, repetată la nesfârșit. Este tot o formă de aroganță, de hărțuire, de umilire.

Este tot o perversitate a limbajului. Când faci astfel de glume sau referințe ironice, întrebarea este dacă intenția ta primordială este aceea de a-l umili sau de a-l face pe celălalt să se simtă vinovat, rău sau prost ori spui lucrurile acestea ca să-l ajuți cu adevărat pe celălalt să primească un adevăr mai neplăcut și să schimbe ceva la el. Oricum ar fi, de ce să nu folosești mai bine, în vorbirea cu celălalt, „dragul meu", „frate", „Drag îmi ești!"? De ce să nu folosești și binele în dialogurile tale? În vorbirea frumoasă, politicoasă este smerenie, este respect, este dragoste. Am enoriași care spun în discuție: „Ce mai faci, omule bun?" În momentul acela ai o atitudine admirativă față pe acel om, fără ca el să fi făcut poate ceva concret, deosebit pentru tine. Prin astfel de vorbe frumoase, nu neapărat măgulitoare sau exagerat de curtenitoare, îi deschizi celuilalt sufletul și ți-l faci favorabil, aduci, încă de la început, harul Domnului în discuția și întâlnirea voastră. Dar dacă zici „Ce faci, mă, prostule?", în momentul acela deja l-ai așezat unde nu trebuie pe omul ăla, l-ai judecat, ai dat un verdict, ai pus o etichetă, ți-ai arogat o prerogativă care nu e a ta, și anume aceea de judecător al aproapelui tău, și, pentru asta, nu poți să te aștepți ca celălalt să mai aibă o atitudine pozitivă față de tine, chiar dacă ai zis vorbele acelea în glumă. Unele cuvinte nu ar trebui spuse nici măcar în glumă, pentru că rănesc, chiar spuse și așa.

Poate că ar trebui să ne îngrijim puțin și de modul în care ne exprimăm, vorbim chiar și cu cei mai apropiați ai noștri. Care sunt alinturi bune și care sunt jigniri camuflate? Nu cumva depozitează acele vorbe niște stări, niște gânduri ascunse? Nu cumva tu, prin exprimarea prea colocvială, îți umfli cumva sinele și te ridici deasupra celuilalt prin jignire? Mândria are atâtea fațete! Dacă cineva îl poreclește pe vecin înseamnă că vede ceva rău în el și îl judecă prin această atitudine a lui. Ar fi bine să nu o mai facă și să caute cu încăpățânare binele din oameni, să caute mai degrabă virtuțile, nu defectele.

Aici mai este o mare problemă, pentru că am aflat că sunt femei care înjură mai rău decât bărbații. Mi se pare că sună îngrozitor mai ales din gura unei doamne să iasă așa cuvinte. Ele sună urât din gura oricui, însă pentru o femeie sunt încă și mai nepotrivite. Asta nu arată nici feminitate, nici putere, nici libertate sau emancipare. Este doar o slăbiciune, doar o aparentă putere, și anume că ai avea chipurile curajul să te exprimi cum vrei. Acum e ca un fel de convenție socială, care-ți arată ție că, prin faptul că vorbești vulgar, ai fi de fapt dezinhibată, nonconformistă. În realitate, prin acest limbaj, spui ceva despre tine, despre valorile tale, mai exact despre frustrările tale. Apelativul cu care te adresezi, felul în care vorbești sunt cartea ta de vizită. Deci nu este vorba despre cel căruia tu-i spui asta, ci e despre tine.

Bine ar fi să înțelegem că fiecare cuvânt are o energie, poartă cu el o forță și, după caz, un har sau un duh rău, de aceea fiecare cuvânt trebuie măsurat înainte de a fi rostit. Suntem suma cuvintelor noastre, a gândurilor noastre și a atitudinilor noastre. Prin urmare, ar fi bine să evităm vorbele urâte, cât de mult putem. Ele nu sunt doar simple cuvinte, ci au un efect dublu, și asupra ta, și asupra celorlalți. De asta oprește-te, nu spune tot ce îți vine pe gură, mai ales la mânie. Unele lucruri, odată spuse, greu mai pot fi șterse, greu mai pot fi drese. Uite, noi când ne certăm, dacă începe să fie urât, ne oprim imediat, înainte ca lucrurile să o ia razna. Mai bine tăcem.

Dar pentru asta trebuie să ai o anumită maturitate și un anume tip de experiență împreună. Eu nu am fost întotdeauna așa.

La tinerețe, și reflexele de a te îndreptăți, de a te afirma cu orice preț în fața celorlalți sunt mai puternice; este cumva în natura umană. Când puterea tinereții este atât de mare și o gestionezi doar în slujba egoului propriu, există riscul să vezi totul deformat, exclusiv prin lentila asta. Din acest motiv, în această primă perioadă a vieții, ești mai vocal, reacționezi mai vulcanic, mai temperamental, ești mai inflexibil, mai intransigent, ți-e mai greu să cedezi în fața altcuiva, consideri că punctul tău de vedere este cel mai bun, argumentele tale sunt cele mai convingătoare. Încet-încet însă apare maturitatea, care vine, la mulți dintre noi, cu un echilibru interior, cu o flexibilitate, cu o disponibilitate spre dialog real, argumentat, lucruri care se dezvoltă încă și mai mult pe măsură ce ești preocupat să ai și o statură duhovnicească tot mai înaltă, care adaugă maturității biologice un plus de discernământ, de stăpânire de sine, de smerenie, de asumare. De asta, în exprimările nepotrivite, văd un semn al imaturității, atât biologice, cât și duhovnicești. Să te exprimi atât de liber este tot o manifestare a mândriei.

Tot legat de vorbitul „liber", aș vrea să discutăm acum și despre extrema cealaltă a vulgarității în limbaj, și anume despre felul nepotrivit, în opinia mea, în care Îl implicăm pe Dumnezeu în toate discuțiile noastre. Aud expresii precum „Ce, Dumnezeu!", „Ce, Doamne, iartă-mă!", „Dumnezeule Mare!", „De ce, Dumnezeule, am făcut asta?", sau forme de blestem ori de jurământ: „Să dea Dumnezeu să...!", „Dar-ar Dumnezeu să...!", ori, și mai rău, înjurături care includ numele lui Dumnezeu, al Maicii Domnului, cuvinte ca „Biserica", „Crucea", „Paști", „morți", „Hristoși", „zău" etc.

Chiar şi în primul caz, când se folosesc expresii aparent nevinovate, cred că nu ar trebui să ne permitem să Îl punem pe Dumnezeu în orice nimic pe care îl vorbim, neţinând cont deloc de context, deşi sunt foarte mulţi oameni care o fac cu ostentaţie, fără discernământ, ceea cc pe mine mă deranjează. Până unde poţi să Îl implici pe Dumnezeu în vorbirea ta? Am o colegă, despre care nu ştiu dacă e credincioasă sau nu, dar care se joacă cu cuvintele astea. Pe mine mă răneşte uneori când o aud, mai ales că are un ton special când rosteşte aceste cuvinte. E clar că ea face o glumă, însă mă întristează să văd că, fără să-şi dea seama, face o greşeală prin care îi răneşte indirect şi pe alţii din jur. În acelaşi timp, o înţeleg, pentru că sunt foarte mulţi care coboară foarte jos nivelul discuţiilor, unde totul e permis, sau care, aşa cum spuneaţi, bravează prin asta, arătând că sunt liberi să vorbească despre absolut orice vor ei.

Cred că nu ar trebui să Îl băgăm pe Dumnezeu chiar în tot, pentru că prezenţa Lui este măreaţă, nobilă şi sfântă. Nu mai faci după aceea diferenţă între ceea ce este sfânt şi ceea ce este banal sau obişnuit în viaţă. Ar trebui să avem mai mult respect faţă de Dumnezeu, faţă de prezenţa Lui în viaţa noastră, faţă de tot ce este sfânt. Dumnezeu este Împăratul Cerului, de aceea cred că ar trebui să aşezăm numele Lui numai și numai în rugăciune şi în discuţiile noastre cuviincioase, și nu în limbajul de toată ziua, nu în glumele și bancurile noastre, nu în înjurături. Să nu fie aşa ceva în viaţa unui om care cunoaşte puterea lui Dumnezeu! Să nu îşi batjocorească cineva credinţa prin cuvinte josnice! Cuvintele astea se încadrează la porunca a treia din Decalog: „Să nu iei numele Domnului Dumnezeului tău în deşert!" Acest păcat este unul grav pentru că în mod conştient ajunge cineva să ia în deşert, să ia în derâdere, să coboare în „prea obişnuit" Cuvântul lui Dumnezeu.

Pe Dumnezeu nu putem să-L băgăm în toate „ciorbele" noastre.

Putem să-L băgăm pe Dumnezeu peste tot în viaţa noastră, când o facem cu respect şi evlavie, dar parcă în „ciorba" aia de zi cu zi, pe care o împarţi cu colegul de serviciu, nu se cade.

Dacă vrei să-L conectezi pe Dumnezeu cu tine, în viaţa de zi cu zi, separă-te puţin de tumultul grijilor, fă-ţi puţin timp şi stai cu Dumnezeu în gândul tău. Dacă poţi să şi spui ceva despre Dumnezeu, ce crezi că ar fi de folos şi celorlalţi, spune-o doar cu această condiţie – cuvântul tău despre Dumnezeu să fie ascultat şi respectat. Sfântul Ioan Gură de Aur spune foarte clar să nu discuţi despre Dumnezeu cu oamenii care sunt complet ostili şi nu-L acceptă pe Dumnezeu.

Din fericire, am foarte mulţi oameni în jurul meu care par deschişi să discute despre Dumnezeu. Ei ştiu cum sunt eu, cum e Mihai, cum suntem noi ca familie şi atunci sunt atraşi, dispuşi să asculte când le vorbim despre Dumnezeu. Cum să nu bagatelizezi, cum să nu cobori în „prea obişnuit" discuţiile pe aceste subiecte, cum faci să nu-L bagi pe Dumnezeu în „ciorbele" tale, cum aţi spus mai devreme?

Să ai inteligenţa să aşezi lucrurile în oale diferite. Uneori râdem, glumim, spunem bancuri; este un timp şi pentru asta, un timp dat bunei dispoziţii. Mergi la un concert, la un spectacol de dans, la un film, la o piesă de teatru, te aşezi în faţa unei scene, participi la spectacol, eşti parte din spectacol. E un timp plăcut, în care te simţi bine, te destinzi. Însă dacă vorbim despre Dumnezeu, dintr-odată devenim altfel, ar trebui să avem altă emoţie, altă stare decât atunci când glumim, când dansăm, când râdem. Aş vrea să mai spun că, într-un fel, creştinul autentic şi atunci când se duce la teatru sau la film, pe de o parte, e de dinainte atent să nu participe la orice tip de divertisment, pentru că nu vrea să se lase inutil vătămat de lucruri rele din exterior; pe de altă parte, are, construit de credința lui, un filtru prin care le cerne pe toate. Orice ar vedea, auzi, simți, el le trece pe toate prin sita credinței și numai așa le acceptă. Altfel ar fi duplicitar. Cumva credinciosul folosește o unică „oală" și, dacă simte că unele ingrediente nu se potrivesc, fie nu le pune deloc, fie, dacă le-a aruncat altcineva acolo din greșeală sau din răutate, repede le scoate ca să nu strice gustul mâncării.

Ar fi bine deci să nu amestecăm stările, să nu confundăm ingredientele bune cu cele vătămătoare, să nu ne lăsăm păcăliți de aparențe, pentru că putem astfel să cădem în luarea numelui Domnului Dumnezeu în deșert. Să nu iei numele lui Dumnezeu în deșert înseamnă să nu Îl bagi pe Dumnezeu în toate lucrurile tale de nimic, ci să Îi dai lui Dumnezeu acea emoție sfântă, acea atitudine de respect, cuvenită unui Părinte Care te iubește. El S-a făcut om și a devenit om ca noi, tocmai pentru că ne prețuiește, ne respectă și ne iubește, cu prețul vieții și al morții Lui. De aceea, tot legat de această poruncă, vă rog să nu uitați că n-ar trebui să Îl tratăm pe Dumnezeu ca pe sluga noastră, cerându-I să facă ceea ce vrem noi să facă. Îl folosim pe Dumnezeu și Îl facem, în mintea și în discuțiile noastre, „după chipul și asemănarea" noastră, în loc să devenim noi după chipul și asemănarea Lui.

Tot o formă de „luare în deșert" a lui Dumnezeu este și cârtirea, nemulțumirea față de rânduielile Lui din viața noastră sau a celor dragi nouă. De multe ori, Îl jignim pe Dumnezeu când spunem că „Dumnezeu mi-a dat nu știu ce necaz". Am avut o mulțime de situații când oamenii mi-au spus că „Dumnezeu m-a pedepsit". Unii înțeleg și alții nu, cum că Dumnezeu nu pedepsește. „Pedeapsa, răul din viața omului vin de la deciziile lui, de la alegerile lui; au deci alte cauze, țin de oameni și de cel rău, care îi influențează, nu de Dumnezeu. Pe Dumnezeu hai să Îl așezăm în icoane, în rugăciuni, în discuții cuviincioase și, mai ales, în sufletul nostru, să nu-L mai înjosim, să nu-L mai întristăm neamestecându-L *în viața noastră atunci când* trebuie *sau* amestecându-L *când* nu trebuie.

Eu sunt veșnic în contratimp, într-o goană și am senzația că nu mă rog suficient. Mă rog în mașină, am locul meu de la capul patului, unde mă rog dimineața și seara, dar rugăciunile sunt, în general, scurte, din cauza programului meu aglomerat. Nu vă imaginați că la 5 dimineața pot să spun un acatist întreg. În schimb, pe drum, indiferent dacă e zi sau noapte, mai ales când nu e lume agitată prin jur și nu mă claxonează nimeni, când pot să am intimitate ca în altar, mă rog. Poate fi starea asta oriunde?

Da, absolut oriunde. Cunosc oameni care se roagă în cele mai incredibile locuri și bine fac. În starea de rugăciune, Liana, omul se înalță de pe pământ la cer. Rugăciunea este o stare de înaltă trăire și emoție spirituală, duhovnicească. Locul unde ești contează mai puțin. E adevărat că locul cel mai propice este în biserica lui Dumnezeu sau în fața unui paraclis, pe care ți l-ai construit în casa ta, în fața unor icoane dragi ție, unde să ai și o candelă aprinsă sau o lumânare, dar poți să fii și la bucătărie și să te rogi foarte bine. Doina are pe blat mereu o înregistrare audio cu Paraclisul Maicii Domnului, de la Schitul Lacu, și îl pune cât face mâncare, aude ce spun călugării din Athos, ceea ce e foarte potrivit, chiar și în bucătărie. Asta îți dă o stare, dar nu înseamnă că ceea ce faci atunci este o rugăciune în sensul strict al cuvântului. Una e rugăciunea spusă în liniște, în tihnă, rupt de griji, și alta e starea de rugăciune, pe care poți să o ai oriunde, oricând. Putem face din orice moment unul de rugăciune. Mai mult decât locul și timpul în care ne facem rugăciunea contează cum ne rugăm, cât de autentic e strigătul nostru la rugăciune.

Ar fi bine să existe o aplicație, ne poate ajuta enorm. Una în care să fie toate rugăciunile pentru cei care nu le știu. Mama mea nu le știe bine pe toate, nici nu mai vede și mai taie din rugăciuni. Am prietene care n-au cărți de rugăciune la îndemână și ar vrea să se roage. Nu nc lipsește niciunuia telefonul.

Rugăciunea, Liana, este o stare. Apostolul Pavel are un cuvânt absolut splendid, în care definește rugăciunea cu atributul despre care vorbește imediat: „Bucurați-vă pururea! Rugați-vă neîncetat!” (1 Tesaloniceni *5, 16-17) În viață, ca să te poți „bucura pururea”, trebuie „să te rogi neîncetat”. Rugăciunea este prezența vie a lui Dumnezeu în tine, prin invocare. Rugăciunea se transformă într-o întâlnire, într-un dialog. Deși pare așa, rugăciunea nu e un monolog. În timpul rugăciunii mereu simt că Dumnezeu îmi vorbește, îmi dă răspunsuri, uneori mă mustră, alteori mă sfătuiește, alteori mă mângâie sau mă întărește.*

Cel mai profund și concret mod în care Dumnezeu comunică cu tine și îți transmite dragostea și respectul Lui față de tine este să vină la tine atunci când Îl chemi în rugăciune. Intenția ta de a-L chema se întâlnește cu dragostea și dorința Lui de a veni. Tatăl, când își aștepta fiul risipitor, se uita din poartă, punea mâna la frunte: „Unde o fi copilul meu?” Maica Domnului i-a apărut într-o viziune unui călugăr din Athos și i-a spus: „Măicuță, ești în cer, în Împărăție.” „Da, sunt aici, dar vin pe pământ de îndată ce mă chemați! Câteodată mă lăsați aici în cer și nu mă mai chemați!” El a înțeles atunci că noi o bucurăm pe Măicuța că o rugăm să ne ajute, ea iubește să ne ajute. Acest călugăr a aflat că Măicuța e tristă, că nu o chemăm, că ea poate să facă foarte multe.

În lumea noastră nu este deloc cool și *high fashion* să te rogi. Dar noi, în familie, avem expresia noastră: „Ai grijă de Mijlocitoarea!"

Mi-aduc aminte de o doamnă care se ruga în tramvaiul 5 ce venea din zona Băneasa până la Unirea. Se apropia de Biserica Sfântul Gheorghe Nou și a călcat-o cineva foarte tare pe picior. A spus: „Nu, nu-i nicio problemă. Doar fiți atent pe unde călcați. Să vă binecuvânteze Dumnezeu!" La stația următoare tot domnul acesta, din greșeală, a călcat pe picioare pe un alt domn care abia urcase. Ce scandal! „Ce-ai făcut, domnule? Nu ți-e rușine? Nu te uiți pe unde calci, nenorocitule?!" Când te prinde un eveniment nepotrivit, neplăcut, în stare de rugăciune, ai o altă abordare. În timp ce ea avea o stare de pace, pentru că se ruga, domnul acela era agitat și arțăgos, pentru că mintea lui era departe de Dumnezeu. Când El e în inima ta, se vede și se simte și în exterior.

Trebuie să te rogi neîncetat.

Rugăciunea neîncetată e „Rugăciunea inimii". Dacă doamna respectivă stătea în tramvai și se ruga, prin asta ea era deja în starea de iertare, într-o dispoziție de iubire. Dacă ai gânduri negative, te gândești obsesiv la ce ai de făcut și ești stresat, imediat apar și cuvântul urât, și jignirea, și judecata, și toate derivatele lor întunecate. L-am dus pe Matei la școală, iar un domn exact în dreptul meu s-a hotărât brusc să facă dreapta, riscând să intre direct în mine. Singura soluție a fost să claxonez ca să îl avertizez. La semafor ne-am oprit unul lângă celălalt și ne-am uitat unul la altul, eu i-am făcut cu mâna și i-am zâmbit. Îl văzusem că era deja pregătit să riposteze, să vocifereze, deși el fusese cel vinovat. Dacă ai observat, oamenii care sunt vinovați fac mai mult scandal decât aceia agresați. Când m-a văzut că i-am făcut cu mâna, a fost complet surprins și dezarmat, aşa că a făcut şi el cu mâna. A mulţumit, s-a smerit şi a recunoscut că a greşit.

Rugăciunea aduce Cerul pe pământ şi te înalţă pe tine la Cer. În Liturghie, când zicem „Binecuvântată este Împărăţia Tatălui şi a Fiului şi a Sfântului Duh", din momentul acela intrăm deja în Împărăţie, suntem toată Liturghia în minunata Împărăţie a lui Dumnezeu. Să ne rugăm, aşadar, în tot timpul şi în tot locul, după recomandarea Psalmistului: „În tot locul stăpânirii Lui binecuvântează, suflete al meu, pe Domnul!" (Psalmul 102, 22) *Să ne rugăm şi când ne rugăm, şi când nu ne rugăm, pentru că „cine se roagă numai când se roagă, acela nu se roagă"; sunt şi oameni care nici când se roagă nu se roagă, ci zic doar vorbe. Nu de ele are nevoie Dumnezeu, ci de inima ta, de atenţia ta, de prezenţa, şi nu de absenţa ta. Trebuie să avem mereu, cum zicea Părintele Arsenie Papacioc, „o continuă stare de prezenţă" a lui Dumnezeu în viaţa noastră. Te trezeşti dimineaţa: „Slavă Ţie, Doamne, slavă Ţie!" Ieşi din casă şi spui: „Doamne, fii cu mine azi!" Mergi pe stradă sau eşti în maşină, în drum spre serviciu – un nou prilej să înalţi o rugăciune, dintre cele învăţate, sau „Rugăciunea inimii", ori orice altă rugăciune, chiar cu cuvintele tale. Ajungi la serviciu, iar zici: „Doamne, ajută-mă să rămân calmă, să rezolv bine ce am de rezolvat; să vorbesc prin faptele mele despre Tine!" Să ai pe parcursul zilei mici pauze în care să mai îndrepţi gândul la Cer şi astfel mai aduci puţin Cer în lumea ta. Pleci spre casă seara şi spui un „Mulţumesc!" lui Dumnezeu. Ajungi acasă şi te bucuri de cei dragi ţie şi înalţi o rugăciune pentru că sunteţi din nou toţi împreună. Seara îţi închei ziua tot cu o rugăciune şi astfel „toată viaţa noastră lui Hristos Dumnezeu I-o dăm".*

SFATURI PENTRU FEMEI DE TOATE VÂRSTELE

Experiența dumneavoastră și faptul că spovediți mii de oameni ne pot ajuta nu doar pe noi, femeile, ci și pe toți cei care suntem o interfață, care comunicăm, care încercăm să transmitem mesaje pozitive în această lume divizată, care trăim atât de mult după puterea exemplului altora. Dumneavoastră ajutați familiile să meargă mai departe și promovați valorile adevărate care fac familia să supraviețuiască în orice context și să cunoască bucuria vieții trăite împreună. De aceea mărturia pe care o dați este atât de importantă, mai ales într-un context în care ceea ce vedem că se promovează este complet opus acestor valori. Câte familii frumoase cu povești obișnuite fac audiență pe TikTok sau pe Instagram?

Aceasta este o carte despre femei, dar nu trebuie citită doar de femei. Trebuie citită și de bărbați, ca să înțeleagă mai bine femeia, ca să se înțeleagă mai bine și pe ei. Este un mesaj pe care vrem să-l transmitem oamenilor: credem cu tărie că omul de azi, femeie sau bărbat, trebuie să nu renunțe la valorile lui, să nu se lase influențat de lumea din exterior, să nu abandoneze acele lucruri care îl împlinesc cu adevărat. Vrem să vă facem să conștientizați mai mult ce valoroși sunteți prin ceea ce a pus Dumnezeu în voi. Creștinismul trăit autentic ne face oameni frumoși, cei mai frumoși, aș zice. Nu am vrut să oferim aici un ghid de bună folosință a vieții în secolul XXI de către femeia modernă, credincioasă. Mai degrabă, am intenționat să realizăm un ghid de scos la liman mințile și sufletele oamenilor care de multe ori sunt în situația în care nu știu unde și cum să meargă.

Când se învolburează marea, ai nevoie de o ancoră, de o direcție.

Un om în secolul XXI, așa cum are nevoie de un ofițer de credit la bancă, atunci când face un împrumut, așa cum are nevoie de un medic de familie, tot așa are nevoie și de un sfătuitor de familie de suflet. Sigur, unii pot accepta ideea unui psiholog. Eu psiholog nu am, dar îl am pe Părintele Vasile de peste 20 de ani. Și eu, și soțul, și fiica mea venim și povestim la dumneavoastră. Cred că ne ajută imens faptul că descărcăm niște poveri și că avem cu cine să povestim, că ni se dau niște exemple în primul rând din viața sfinților sau din viața reală. Ele sunt extrem de ușor de validat în viața de astăzi. Psihiatrul poate că îți dă niște medicamente, dar psihologul nu, după cum nici duhovnicul nu îți dă medicamente în sensul alopat. Medicamentele pe care le primești de la acești doi oameni sunt teme de gândire pentru acasă și niște strângeri de mână cu intensități diferite în momentele în care mergi spre autovindecare.

La rândul meu, am duhovnic, nu pot să trăiesc fără duhovnic. Și Patriarhul Daniel are un duhovnic, și Părintele Cleopa a avut duhovnic, și toți marii părinți pe care i-am avut și îi avem. Toți avem un duhovnic, care ne călăuzește. Care e aportul duhovnicului meu în viața mea? Simt că-mi dă o lupă mare, cu care să văd realitățile din viața mea mai clar. Mă ajută mult că el îmi pune oglinda în față, oglindă pe care refuz să o pun în față de multe ori. Atunci când faci o chestie „pe lângă", eviți oglinda, pentru că știi că nu este cea mai bună imagine cea pe care o vezi acolo. El mă ajută să văd cât rău face păcatul în viața mea, cât de mult m-ar ajuta să evit păcatul. În afară de darul iertării pe care Dumnezeu îl dă după mărturisirea păcatelor, prin dezlegarea dată de duhovnic, de departe cea mai prețioasă întâlnire, din cadrul spovedaniei, pentru care mă pregătesc, pentru care îmi așez inima într-o dispoziție aparte și cu gândul la care mi se încălzește inima, este întâlnirea cu Tata, cu Dumnezeu în spovedanie, cu Dumnezeu prin duhovnicul meu. În blândețea, în calmul, în înțelepciunea și experiența părintelui meu duhovnic Îl simt pe Dumnezeu Însuși, Care mă primește, mă mângâie, mă întărește, mă călăuzește. Eu mă duc mai departe, la 100 de kilometri, să mă spovedesc.

Înseamnă că noi suntem mai norocoși, că vă avem în fiecare duminică; chiar dacă uneori e atât de aglomerat, vă vedem pe un ecran sau vă vedem de departe. Dar sunteți acolo și este extraordinar pentru noi.

Duhovnicul ne ajută să ajungem la esență și ne dă instrumentele cu care putem câștiga lupta cu noi înșine, cu răul din noi și din jur. Reducând totul la o frază, ***esența vieții creștinului este să lupte cu răul din el și din afara lui și să câștige această luptă****. Dar nu poate câștiga niciodată singur, orice bătălie se poate câștiga doar în echipă.*

Sigur, se poate singur, dacă ești pustnic care trăiește izolat în munții Neamțului. Or, noi nu suntem așa și nici nu sunt șanse să devenim în viitorul apropiat.

Să știi că nici pustnicii nu sunt singuri. Tot în echipă câștigă și ei lupta. Și ei se spovedesc, și ei citesc, și ei se roagă. Deci biruința este o lucrare comună a omului împreună cu Dumnezeu și alături de alți oameni cu mai multă experiență duhovnicească.

Părintele Vasile este duhovnicul nostru, dar poate fi oricare părinte de pe lumea asta, care poate asculta și da sfaturi. Pentru noi e valoros că are un nume, dar puteți să descoperiți niște duhovnici deosebiți unde vă așteptați mai puțin. E important să spunem asta. Nu vorbește duhovnicul, ci vorbește Dumnezeu prin el, pentru nevoia ta. Pe de altă parte, trăim în lumea imaginii și am văzut Biserica Sfântul Nicolae „Dintr-o Zi" umplându-se de la weekend la weekend, pentru că acesta este cumva efectul televizorului, al rețelelor sociale. Scopul scuză mijloacele, în acest caz. Am descoperit pe internet preoţi excepţionali, oameni tineri, oameni frumoşi şi foarte citiţi; este o bucurie să-i descoperi. Noi mai urmărim, când avem timp, serile, tot felul de postări ale unor persoane. Găsesc destul de mulţi preoţi tineri sau preoţi de vârstă medie minunaţi.

Când eşti într-o seară acasă, în loc să dai drumul la televizor, să vezi reclame de 20 minute între două episoade, intră pe YouTube, vizionează sau ascultă ceva care să aibă legătură cu tine, cu pasiunile tale, cu universul tău interior. Atunci când stai pe laptop, alegi tu ce urmăreşti. Dacă poţi să citeşti, este încă şi mai bine.

Un studiu recent menţionează că în 2023 e pentru prima dată în America când televiziunea clasică, tradiţională a fost depășită ca timp de ascultare, ca interes, de online. E mult conţinut interesant în online. Datorită TikTok-ului, în primul rând – care, ştim bine poate avea de multe ori un conţinut prea facil, dar unde au început să apară inclusiv meditaţii de matematică interesante –, datorită YouTube-ului şi datorită site-urilor de sport care au devenit interactive, americanii nu se mai îngroapă în canapea uitându-se la televizor, ci aleg ei la ce se uită.

E deja un pas foarte mare în a-ţi fi câştigat libertatea de a alege tu. Din online, la noi, îmi plac foarte mult Părintele Sorin Mihalache, Părintele Constantin Coman, Părintele Constantin Necula, Părintele Răzvan Ionescu, Părintele Ioan-Florin Florescu. Apoi, Părintele Stelian Tofană din Ardeal; se mai pot găsi predici ale Părintelui Ilie Cleopa, ale Părintelui Arsenie Papacioc şi ale altor părinţi contemporani, din ţară sau de la Muntele Athos. Se pot accesa Trinitas TV, Doxologia şi Basilica, un portal de ştiri.

Da, găsiţi acolo lucruri din care puteţi învăţa ceva sau care măcar vă dau o stare de bine, în comparaţie cu uitatul la TV. Este isteria asta a poporului român văduvit atâţia ani de informaţie. Suntem înnebuniţi după asta, ne uităm cu nesaţ la televiziunile de ştiri, de la care de multe ori nu primim deloc informaţii corecte, ci unele scoase din context, cu titluri atrăgătoare, bombastice, care n-au nicio legătură cu realitatea.

Un alt studiu arată că oamenii care se uită la ştiri au o viaţă mai agitată şi mai puţin fericită, decât cei care îşi aleg ei conţinutul. Studiul este public, poate fi consultat de oricine. Privitorii de ştiri sunt oameni care trăiesc un pic mai agitaţi, un pic mai temători. Pandemia ne-a făcut şi mai anxioşi şi exagerat de protectori cu noi şi cu copiii noştri. De aceea este bine ca măcar o dată sau de două ori pe săptămână să ne mai eliberăm de isteria ştirilor şi să alegem seriale şi filme frumoase. Uitaţi-vă împreună cu familia! Sunt unele care prezintă situaţii de viaţă, despre felul în care poţi să ajuţi omul de lângă tine, despre felul în care terapia de grup este cea care poate ajuta teribil. Este atât de profund creştineşte să vrei să îl ajuţi pe cel de lângă, pentru că în realitate te ajuţi pe tine. Oricât de bolnav ai fi, oricât de multe probleme ai, în momentul în care te dedici problemei altcuiva, creierul tău uită de problema lui.

Recomandăm oamenilor să ia din online doar conţinut de calitate, validat de alţii, şi să mai facă o pauză de la informaţie, de care nu au nevoie în cantitatea în care o consumă. Problema la consumul excesiv de informaţie este că pierdem mult prea mult timp cu privitul la știri, mult mai mult decât am avea nevoie, şi că ne încărcăm cu un duh care nu e bun, ne tulbură, ne agită, ne dă o stare de nervozitate. Nu simţi că, după ce stai o oră-două la un talk-show, la care se discută în contradictoriu, eşti mai pus pe harţă, eşti mai nemulţumit de tot şi de toţi? Fă, aşadar, o pauză şi mai ascultă o muzică bună, ceva care te relaxează, care îţi aduce pace. Poţi asculta o muzică bisericească bizantină, cântată de părintele arhidiacon Mihail Bucă, de Corul „Tronos";

ascult-o pe Maria Coman sau pe Paula Seling, care are o voce cristalină, plină de sensibilitate. Ascultă orice muzică prin care obții o stare de bine.

Eu, de exemplu, ascult muzică clasică și operă. La mine în playlist e întotdeauna Placido Domingo, în special pentru că el cântă în limba spaniolă, pentru care am o afinitate. Placido Domingo e tenor liric, are o voce minunată.

Mă consider preot și patriot, îmi iubesc țara și neamul. De aceea îți recomand o priceasnă românească din Ardeal cu părintele Ovidiu Ciprian Martiș, cu Maria Mihali sau pe Sofia Vicoveanca, Maria Dragomiroiu, Irina Loghin, Corina Chiriac, Mirabela Dauer, „Ciuleandra", „Zaraza", un țambal, un acordeon. Este bine să fim deschiși și să gustăm ceea ce e de calitate în toate genurile muzicale.

Întorcându-mă la ceea ce spuneam, îi rog pe cei care ne citesc să caute în online lucruri bune, pentru că acolo poți să găsești absolut tot ce îți dorești. De aceea, poate că ar fi bine să-ți faci un test, așa cum îți iei glicemia. Uite, oprește-te din navigat pe internet și vezi care sunt ultimele tale 10 căutări de pe Google. Câte dintre ele au legătură cu sufletul tău? Cât sunt nevoile tale? Dar și aici trebuie să fii atent, pentru că ar putea fi o altă problemă. Dacă sunt 10 căutări doar despre tine și pentru tine, avem o problemă, pentru că poate fi vorba despre egoism. Din 10 căutări, ar trebui să ai măcar 3 despre cum să ajuți pe cineva. E atât de important să nu ne gândim doar la noi! Cunosc o doamnă care spală vase la un azil de bătrâni, de două ori pe săptămână.

Dacă primele 10 sau 20 de căutări sunt despre ceva care te privește doar pe tine, poate îți pui în minte și în suflet ca în următoarele 6 luni să cauți o dată pe săptămână un copil pe care poți să-l ajuți, un cămin de bătrâni, un centru de oameni cu probleme sociale.

Strângi bani și cumperi o mașină de spălat pentru un centru sau pentru un spital, trebuie doar să vrei. E atâta câmp de acțiune, pentru că nevoile sunt atât de mari și diverse. Sunt sute, dacă nu cumva mii de ONG-uri care acționează în această zonă, de care te poți și tu alipi, să sprijini cu timpul tău, cu talentele tale, cu resursele tale financiare ceea ce fac ei. Este nevoie de implicare mai multă pentru a sprijini tinerii, copiii instituționalizați, adulții, bătrânii fără familie, oamenii care au dificultăți în a se deplasa.

Revin la povestea din Secția de Terapie Intensivă de la „Marie Curie". Acolo sunt 26-28 de bebeluși, unii dintre ei conectați la tot felul de aparate. Cătălin Cîrstoveanu și Adelina Toncean au lansat o campanie prin care au adus oameni să îi țină pe acei copii în brațe. Printre ei și o femeie de 64 de ani care avea probleme cu tensiunea; după ce a stat o săptămână cu un bebeluș în brațe, câte două ore sau câte o oră, nu a mai avut nevoie de tratament o perioadă. Atât de tare s-a dedicat!

Am fost la conferința ITO din anii 2016–2017 împreună cu Sorin Mihalache, căruia, deși știu că este doar diacon, îmi place să îi spun „Părintele". Ca specialist în programare neurolingvistică, el spunea că voluntarii trăiesc mai bine și mai mult, pentru că ies din ei. Alegeți să faceți ceva pentru cei din jur! Veți spune: „Nu am bani să donez!" OK, donați timp, donați orice. Faptul că vă duceți o oră undeva și stați cu niște copii înseamnă enorm. Sunt multe mame care nici la toaletă nu pot merge fiindcă stau și își păzesc copiii. Gândiți-vă cât de frumos ar fi să vă duceți frumos îmbrăcați, să spuneți medicului de acolo: „Uite, am venit să stau lângă un copil!", timp în care mama să meargă să-și facă un duș, să bea o cafea sau să-și cumpere ceva de mâncare. Duceți-vă într-un cămin de seniori. E unul pe Șoseaua București-Târgoviște; am fost acolo să duc cărți și mi-a spus unul dintre ei: „Mi-au plăcut la nebunie cărțile." Pentru cei care nu mai văd, există audiobookuri. Povestiţi-le, citiţi-le, staţi cu ei, duceţi-le un coş de fructe. Unii nici nu pot mânca, dar se vor bucura că staţi cu ei.

Dacă vrei să faci un bine, asta te determină să te ridici din canapeaua ta confortabilă, să ieşi puţin din comoditate, din egoism. Sunt două mari rele, indirecte: unul este telecomanda şi canapeaua din living. Ai învăţat că apeşi pe un buton şi se întâmplă imediat lucruri la comanda ta, atunci, pe loc. Tocmai de aceea azi nu mai avem răbdare, nu mai aşteptăm să construim solid ceva. Trăim pe repede înainte. Pe vremuri, ca să faci un foc, ca să faci o mâncare, trebuia să ai răbdarea să faci focul, să culegi, să te pregăteşti. Acum ai totul instant. Aşadar, al doilea duşman pentru omul contemporan este comoditatea, nu mai vrei să faci nimic care presupune efort.

★★★

Părinte, unele dintre chestiunile pe care le vom discuta în continuare sunt chiar întrebări de la femei, doamne, mame care au nevoie de sprijinul dumneavoastră.

Draga mea, sunt bucuros că doamnele au răspuns invitaţiei noastre de a ne adresa întrebări cărora să le răspundem la finalul acestei cărţi. Am considerat că în felul acesta putem veni în sprijinul unor căutări, al unor preocupări mai apăsătoare ale femeilor care ne urmăresc. Până la urmă, scopul pentru care noi suntem prezenţi în reţelele sociale este unul singur: de a ajuta oamenii să meargă pe calea lui Dumnezeu.

Aş vrea acum să mă ajutaţi să le spunem doamnelor care sunt **cele mai importante lucruri pe care trebuie să le aibă în minte, în diverse stadii ale vieţii lor.**

Cele mai importante lucruri de ştiut pentru o tânără care porneşte în viaţă... Primul sfat: „Nu te grăbi!” ***Copila de la 14-15 ani*** *iese din jocuri şi păpuşele şi se deschide prea repede nebuniei comunicării din online. Unele chiar mai devreme. Le recomand fetelor crude să se bucure în această perioadă de prietenii frumoase, de bunele relaţii de colegialitate, de glume, de cărţi, de filme bune. Văd prea des fete adolescente care se machiază exagerat, cu straturi groase de fond de ten. Nu faptul că vor să fie frumoase e o problemă, ci faptul că ajung să nu mai fie naturale, că vestimentaţia şi celelalte accesorii servesc transformării lor în nişte persoane voluptuoase, atrăgătoare. Dincolo de pericolul la care se expun pentru sănătatea pielii lor, e grav că vor, prin machiaj, să arate ca nişte persoane adulte, ca „modelele” pe care le văd pe internet. Disperarea cu care vor să semene cu alţii e în sine un pericol pentru dezvoltarea lor. Presiunea de a fi integrate în grup le face să accepte prea mult şi prea uşor orice li se propune. Asta le inhibă de fapt felul lor autentic, unic de a fi. Asta aduce în timp multe frustrări. Desigur, nu trebuie să te izolezi; e necesar să socializăm, să ne integrăm, dar nu cu orice preţ. Nu vă grăbiţi să deveniţi adulte. Veţi avea suficient timp pentru asta! „Nu vă grăbiţi în general, aveţi timp pentru toate!”*

Spunea asta şi Gheronda Efrem. O prietenă foarte dragă, Letiţiea, care e medic gastroenterolog, mă roagă ca, atunci când mai fac live-uri cu oameni de genul acesta, să-i trimit şi ei. Chiar dacă e în cabinet, le ascultă între două consultaţii şi asta îi dă o stare de bine. Credeţi-mă, se poate. Părintele Efrem spunea la un moment dat unei femei: „Siga, siga” (Încet, încet).

Nu te grăbi să experimentezi orice, stai puţin şi gândeşte-te mai bine înainte de a lua decizii. Nu te lăsa intimidată şi umilită de nimeni şi de nimic. E adevărat, uneori, ca să realizezi anumite lucruri, trebuie să faci anumite compromisuri. Dar nu accepta să trăieşti din compromis în compromis. Nu ceda mereu la principiile tale doar ca să fii pe placul altcuiva. Asta duce către compromis. Nu te lăsa păcălită, pentru că ești tentată să crezi ușor oamenii. Deci nu te grăbi și nu fi credulă. Pentru asta ai nevoie ca cea mai bună prietenă a ta să fie mama ta.

Cât am fost licean, cât am fost student, am avut prieteni mai mari ca vârstă decât mine care m-au ajutat să iau decizii bune și să mă feresc de alegerile nefericite. Aveam douăzeci și ceva de ani, iar maica stareță Ierusalima de la Tismana îmi era cea mai bună prietenă, avea șaptezeci și ceva de ani la momentul acela. Vorbeam cu ea precum cu cea mai bună prietenă a mea, puteam să-mi deschid sufletul. Alături de ea mai este o doamnă profesor universitar de Biologie, doamna Vasilescu, de care am amintit de mai multe ori în dialogul nostru, un om de mare rafinament, în vârstă acum de 90 de ani. O salut și-i sărut mâna, îi sunt recunoscător pentru toată dragostea și toată înțelepciunea cu care mi-a oferit sfaturi atunci când eram crud și tânăr; ea m-a ajutat enorm.

Dacă ești tânără și ai părăsit zona de joacă, vine viața peste tine, ieși cumva de sub autoritatea părinților, ești mai liberă, începi să îți faci grupul tău de prieteni, simți că începi să trăiești, să respiri alt aer, însă te îndemn să nu te grăbești să experimentezi lucruri care pot fi periculoase. Rămâi stăpână pe alegerile tale, pe trupul tău. Nu crede pe oricine, nu face compromisuri, nu te umili ca să aparții unei găști, unui grup de prieteni. În perioada asta apare și consumul de droguri, Doamne ferește! Astăzi tinerii încep foarte devreme să fumeze, să consume alcool și alte substanțe euforice. Mirajul e foarte mare. Grupul face presiuni și fetele cedează pentru că vor să fie acceptate. Deși ești liberă să faci ce vrei, nu accepta să faci ceva ce vei regreta, nu face lucruri care nu se pot corecta, nu intra în zone care dau dependență, nu fi de acord cu propunerile care te mutilează sufletește. Citez aici un cuvânt plin de discernământ dat de Maica Magdalena de la Essex, ucenică a Sfântului Sofronie Saharov. Ea amintește de „binecunoscutul aforism al Fericitului Augustin: «Iubește și fă ce vrei!», care înseamnă de fapt: «Iubește-L pe Dumnezeu, și fă ce vrei!»". Acest cuvânt ar putea foarte bine servi drept deviză adolescenților și celor care încearcă să le călăuzească pașii pe un drum creștinesc. Dragostea de Dumnezeu e o pavăză și o chezășie de pocăință, oricare ar fi greșeala noastră. Un copil care-L iubește pe Dumnezeu este mai ocrotit decât cel care, fiind prea îngrădit în libertatea lui, se răzvrătește împotriva lui Dumnezeu. O tânără și-a întrebat într-o zi tatăl cum ar trebui să danseze (dacă este invitată la o petrecere). Tatăl i-a răspuns: «Dansează ca să te simți bine; dar simte-te bine în așa fel încât, întorcându-te acasă, în camera ta, să mai poți privi icoana Domnului și să-I mulțumești — și să nu te rușinezi privindu-L în față.»." M-a impresionat mult acest sfat.

Cea mai bună măsură pentru a preveni orice abuz din viața copiilor noștri este o relație bună cu ei încă de dinainte de vârsta problematică a adolescenței. Ca părinți trebuie să fim mereu la mijloc: nici prea autoritari, dar nici prea permisivi. Dozarea potrivită cu care îi creștem îi va ajuta și pe copiii noștri să știe și ei cum să dozeze corect lucrurile în relația cu ceilalți: să nu fie nici prea închiși în ei, prea mândri, respingând orice propunere din partea celorlalți, dar nici prea permisivi sau umili, gata să facă orice dictează gașca. Cred că echilibrul între cele două ajută fetele adolescente să fie și integrate, de gașcă, dar și selective, cu un cuvânt de spus în alegerile pe care le fac.

Să vezi o tânără de 16-17 ani beată este sinistru. Am fost odată la Birmingham, la un concert al lui Shawn Mendes. Fiica mea avea 14 ani pe atunci. 70-80% din public erau fete. El e un bărbat frumos, avea și o cruce mare la gât, ni s-a părut grozav! N-am văzut în viața mea atâtea fete bete ca la ieșirea de la concertul acela.

Eu am copiii mari în Marea Britanie, la studii. E ceva cumplit ce se întâmplă acolo, din acest punct de vedere. Unul dintre copiii mei, Gabriel, a plecat la liceu în Aberdeen, Scoția. Îmi povestea într-o seară: „Am întâlnit o fată care era în fustă foarte scurtă, deși era foarte frig. La a doua întâlnire mi-a cerut să facem sex. Mă iubește la a doua întâlnire?" A respins propunerea, ca tânăr crescut în Biserică și care are totuși valorile astea așezate în sângele lui; i s-a părut incredibil că o fată îi cere să facă sex de la a doua întâlnire.

Așa cum spuneam și în capitolul anterior, tinerele fete cedează foarte ușor tentațiilor, presiunilor, șantajului, și intră în această zonă mult prea devreme. Graba este cauzatoare de tot felul de alte probleme mult mai mari. Descoperi apoi că te-ai grăbit pentru nimic, că nu a meritat să te umilești, că ai pierdut mai mult decât ai câștigat. Știu că e împotriva valului să rămâi curată până la căsătorie; marea majoritate a adolescenților își încep viața sexuală tot mai devreme, însă cred că, dincolo de plăcerea de o clipă, această grabă aduce multe suferințe pe termen lung. Multitudinea de relații din tinerețe îți poate face rău pentru că va fi mult mai greu să ajungi la relație de iubire trainică la maturitate. Trebuie să fii atentă la relațiile pe care le ai, pentru că atracția erotică este mai puternică decât alte dorințe ale noastre și ușor te poate deturna de la drumul pe care ți l-ai propus. E firesc să fii atrasă de un băiat, însă trebuie să fii vigilentă ca atracția să nu meargă prea departe, prea devreme.

Corpul femeii e un univers complex, ca un ceas foarte fin reglat, care nu trebuie afectat de nimic. E un timp pentru toate. Nu te grăbi, nu crede pe oricine și, mai ales, nu te lăsa umilită, nu face orice ca să aparții unei găști, că nu știi cu adevărat care e prețul pentru asta. Dacă cineva te-a jignit, depărtează-te, așa rămâi demnă.

Demnitatea nu înseamnă mândrie. Rămâi demnă și sigură pe tine, pentru că Dumnezeu e cu tine. Acesta ar fi sfatul pentru o fată crudă, foarte tânără. Cred că modul în care te formezi în adolescență, uman și intelectual, este setup-ul de mai târziu al femeii adulte. O fată care acceptă mizeriile unui băiat în adolescență le va accepta și mai târziu, când va fi căsătorită. Arată celorlalți că ai mai multe calități, nu doar un chip și un corp frumos. Acum e perioada în care ar trebui să acumulezi cât mai mult ca să poți singură să decizi tu ce vei fi mâine. Nu lăsa pe alții să îți hotărască ei viitorul. Învață, fii bună în ceea ce faci, cultivă-ți pasiunile, alege-ți cu grijă prietenii și nu uita să Îi lași loc și lui Dumnezeu în viața ta. Dumnezeu nu cere mult de la tine. Te asigur însă, având în minte exemplele fericite ale multor femei împlinite, că relația cu Dumnezeu cultivată de devreme, mai ales în perioada grea și importantă a deciziilor, te va ajuta să iei hotărâri bune, benefice pentru tine. Roagă-te așa cum poți și când poți, lasă-te modelată de învățătura actuală a Domnului Hristos și vei avea numai de câștigat! Chiar dacă apar anumite lucruri în viața ta în această perioadă în care provocările vin de peste tot, tentațiile sunt atât multe, te sfătuiesc să nu te îndepărtezi de Dumnezeu, de Biserică și de Taina Spovedaniei. Vino în continuare să primești iertarea lui Dumnezeu și sfatul duhovnicului, pentru ca viața ta să nu fie lipsită de har.

Părinte, cred că e vital în perioada asta grea și pentru părinți, și pentru copii, să păstrăm o legătură apropiată cu copiii noștri, chiar dacă nu ne regăsim deloc în ei uneori, chiar dacă e foarte greu să faci un pas așa mare până în lumea lor. Și noi, ca părinți, trebuie să înțelegem că adolescentul pe care îl creștem are nevoie de o anumită independență și să acceptăm că încetul cu încetul iese de sub autoritatea noastră, capătă mai multă autonomie, ceea ce, în calitate de părinți, ne cam sperie. E bine să nu intrăm într-o luptă de putere cu adolescentul, pentru că el va deveni și mai încrâncenat.

Trebuie să acceptăm să pierdem unele lupte minore, ca să putem să le câştigăm pe cele importante pentru el. Trebuie să învăţăm să comunicăm mai bine cu ei, să simtă că îi ascultăm, nu doar să îi auzim. Să fim disponibili să ascultăm şi când nu ne interesează ceea ce spun, ca să fie dispuşi să vorbească cu noi când au nevoie de un sfat, de un prieten cu care să împărtăşească o experienţă, o suferinţă. E bine să le respectăm intimitatea, să nu fim prea aproape, ca să se simtă sufocaţi, invadaţi, dar să nu ne îndepărtăm de tot de ei. Să ne interesăm de prietenii lor, de lucrurile pe care le fac, ca să putem interveni când e nevoie.

Astăzi se consumă mult fast-food, tot pentru că gaşca obişnuieşte să iasă împreună în astfel de locuri. Văd multe fete supraponderale. De asta cred că trebuie să avem grijă să le cultivăm obiceiuri alimentare sănătoase, să le recomandăm să facă sport, să iasă în natură, să aibă hobbyuri, să se implice în acţiuni de voluntariat, de unde învaţă multe despre viaţă.

Generaţia de azi de adolescenţi sunt aşa-numiţii „nativi digitali", s-au născut cu telefonul în mâini şi sunt foarte legaţi de această „prelungire" a lor. E bine să cultivăm echilibrul în această zonă. Pentru ei, socializarea intermediată de telefon e foarte importantă, aşa că nu îi putem desprinde complet de internet. Să îi învăţăm însă de mici măsura, ca să nu ajungă la dependenţe. Dependenţa digitală e o nouă maladie gravă de care trebuie să le vorbim la timp şi de care şi noi părinţii trebuie să ne vindecăm mai întâi, pentru a fi modele bune pentru copiii noştri.

***

După perioada aceasta de primă formare a ta, când ești încă inocentă, liceană, ajungi repede la etapa următoare, trecând prin niște examene de maturitate, și devii ***studentă****. În studenție, la fel, îți dorești foarte mult să explorezi și apare tot mai mult un fel de disperare de a fi împreună cu cineva, de a te „cupla". Ai grijă în tot acest timp și de sufletul tău. Deși trupul este foarte frumos, nu uita și de sufletul tău. Studentele acordă foarte multă atenție trupului, cheltuiesc mult efort și mulți bani pentru ca trupul lor să fie frumos, atrăgător. Îmbracă hainele care le pun cel mai mult în valoare corpul. Repet, nu uita și de sufletul tău și nu lăsa preocuparea pentru frumusețea exterioară și pentru a fi atractivă să fie dominantă, încât să te transforme ca om, să te facă să te crezi superioară, să devii prilej de ispită pentru altcineva, să te facă să neglijezi alte lucruri mai importante din viața ta. Acum te maturizezi cu adevărat. Personalitatea ta se cristalizează și se conturează cu fiecare alegere pe care o faci.*

Studenția e una dintre cele mai frumoase perioade din viață, când ești mai liber decât ai fost până atunci și nu ai încă responsabilitățile unei familii și ale unui job. Acum se pun bazele carierei tale viitoare. De asta, deși e mult timp de distracție în studenție, e foarte important să nu uiți de studiu, profitând de ocazia de a-ți îmbogăți cunoștințele. Cunosc multe fete pe care le-a acaparat atât de tare viața de studenție, intrând în tot felul de grupuri, de anturaje, încât au renunțat la a mai învăța bine și au început apoi să-și mintă părinții. Sunt tinere care le spun părinților că sunt în anul al III-lea, dar ele nu au trecut de anul întâi. Prea multe fete tinere s-au dus în anumite zone de influență, la acele videochaturi, unde se pierd și pe ele, și pe alții. Nu deveni persoana prin care cineva să cadă într-un păcat, chiar dacă pare un mod tentant de a câștiga repede și ușor (?) niște bani. Banii câștigați necinstit (și activitatea asta e un mod de a câștiga necinstit, pentru că profiți de slăbiciunea bolnăvicioasă a unor oameni) se pierd repede și tu rămâi cu o vinovăție și cu un gol care te apasă sufletește. Sfatul meu este: „Nu face compromisul ăsta, te poate costa viitorul tău!"

Mai sunt studente care aleg să înceapă munca încă din facultate la joburi full-time și nu le mai rămâne timp pentru studiu, pentru participarea la cursuri. Acum e timpul să înveți bine, dacă vrei să ai un viitor. Pentru această perioadă recomand să ai această prioritate: să înveți foarte bine, numai așa vei avea un CV bun.

În același timp, cultivă și prieteniile cu alți tineri de vârsta ta, ieși, călătorește, explorează, citește, mergi la teatru, la film. Fă-I și lui Dumnezeu loc în viața ta. Asociațiile de studenți creștini, precum ASCOR-ul, au activități foarte frumoase împreună: tabere, drumeții, concerte, conferințe, acțiuni filantropice, întâlniri tematice. Aceasta e perioada în care să te îmbogățești pe toate planurile. Acum e timpul pentru a te bucura de libertatea pe care, odată intrată în familie, va fi mai greu să o ai. Totodată, să lași ușa deschisă și cunoașterii unui băiat. Sunt prea multe fete care s-au dus doar către studiu și au refuzat oportunități care nu se mai întorc.

Societatea, cel puțin în perioada mea, cerea: „Ori albă, ori neagră!" Ce alegi între familie și carieră? E ca și când ai pune o mamă să aleagă între copiii ei. Se poate să le ai pe amândouă, dacă ai înțelepciune, care te ajută să faci alegeri inspirate.

Există tinere care, din dorința de a avea carieră și de a avea și bani, nu mai au pe lista lor de priorități gândul de a cunoaște un băiat. Adică, pe de o parte, sunt fetele mult prea preocupate de latura asta și care nu mai au timp de studiu, iar, pe de altă parte, fetele care se dedică total studiului și nu își mai fac timp pentru acest aspect important, care e intrarea într-o prietenie durabilă. În studenție, între 20 și 30 de ani, firesc este să-ți cunoști iubirea vieții, încă sunt acolo focul dragostei, visarea, imaginația. Lasă-te cucerită, lasă-te curtată, deschide-te către relații frumoase cu un băiat pe care să îl placi și apoi să-l iubești. Multe din relațiile acelea de o viață despre care noi vorbim ca despre un ideal s-au născut în studenție. Eu însumi am cunoscut-o pe Doina în anul doi de studenție. Din momentul acela, din 1993, nu ne-am mai despărțit. Așadar, în afară de faptul că studiezi, în afară de faptul că iubești studiul și cariera, fă loc în viața ta și iubirii pentru un bărbat. Ca să fii mamă, trebuie să ai un bărbat. Cum să te măriți altfel? Perioada ***25-35 de ani*** *e cea mai fierbinte din viața ta, vârsta medie la care femeile se căsătoresc. Sunteți puternice, frumoase, deștepte și vreți un băiat extraordinar. Făt-Frumos cu siguranță nu o să bată la ușă, n-o să sune, nu o să vină nici pe un cal alb, nu o să vină nici cu bani mulți, nici cu mașină nu știu de care...*

Mama avea o vorbă foarte frumoasă: „Dacă voi vă iubiți și vă înțelegeți, totul e bine, sunteți sănătoși și fericiți împreună, știi câte bănci stau la rând să vă dea credite? Nenumărate!” Eu, de exemplu, o spun în premieră, de la 19 ani când am făcut credit pentru prima mea mașină, nu cred că am avut două luni la rând fără o datorie la bancă. La vremea aceea nu avea oricine mașină. Tata a avut o Dacie și ne băteam pe ea când eu, când tata, când frate-miu. Și atunci mi-am spus: „Trebuie să fac ceva, să-mi iau propria mea mașină!” Mi-am cumpărat o Dacie albă, fără nicio dotare; măcar era nou-nouță. M-au ajutat și ai mei, am pus și eu o parte. Radioul era pe cheiul Dâmboviței, Splaiul Independenței 202, fix între stațiile de metrou „Grozăvești” și „Eroilor”. O perioadă am mers cu bicicleta, după aceea mi-am luat o motocicletă, numai că era greu dimineața când era frig.

Au fost foarte multe dimineţi în care alergam de la „Eroilor" până la blocul ăsta ICECHIM, care e mai degrabă mai aproape de „Grozăveşti" decât de „Eroilor". Am avut curajul să mă împrumut, n-am avut încotro. De atunci până în prezent, nu cred că am avut două luni la rând în care să nu fi avut o datorie fie la o persoană particulară, fie la o instituţie bancară. De aceea, când prietenii îmi spun: „Haide, voi sunteţi vedete, cum să faceţi asta?", replica mea este că nu suntem vedete, căci nicio vedetă de pe planeta asta nu are credit. Eu și soțul meu însă avem, am ales în cunoştinţă de cauză să nu apelăm la alte mijloace mai neortodoxe. E mai important pentru mine când mă duc la culcare să pun liniştită capul pe pernă, să nu am coşmaruri.

Dacă nu dormim bine înseamnă că e o problemă undeva în spate. Revenind la discuţia noastră, între 25 și 35 de ani ar trebui să se desfășoare vârful de căutare al femeii, dorința ei de a găsi un băiat bun. Am un mesaj pentru cele care n-au găsit încă un băiat bun. Din cauza faptului că fata între 18 și 30 de ani a fost concentrată exclusiv pe carieră, pe bani, pe job, a fost poate și puţin sau mai mult mândră, ca să nu deschidă uşa către iubire, se poate întâmpla asta.

Mândră sau ghinionistă; sunt unele care degeaba sunt deschise, că nu sunt observate. Se caută fetele populare, fetele foarte machiate și care iau ochii, doar trăim în epoca imaginii, ceea ce este pentru mulţi o nedreptate. Cunosc femei absolut spectaculoase, cuminţi, deştepte, care nu sunt urâte și care au rămas multă vreme singure sau au făcut tot felul de compromisuri târzii, ca să ajungă să se căsătorească.

Eu cred, pe de o parte, că nu trebuie amânat prea mult momentul acestor alegeri, pentru că focusul pe carieră şi maturitatea deplină, deşi benefice, pot să te facă şi extrem de exigentă şi prudentă. Pe de altă parte, când ai ieşit din studenţie şi nu ai găsit încă pe cineva cu care să te înţelegi bine, trebuie să generezi tu situaţii în care te-ai putea întâlni cu cineva. Îmi spun unele femei: „Părinte, am fost blestemată să nu mă mărit. Mi s-au legat cununiile! Mi s-au făcut vrăji." Eu le răspund că, şi dacă ar fi o lucrare a celui rău la mijloc, ea nu e mai puternică decât harul lui Dumnezeu. Dacă ai rugăciune zilnică, dacă te spovedeşti şi te împărtăşeşti des, dacă ai şi fapte bune, nu ai de ce să te temi, pentru că Dumnezeu Atotputernicul este cu tine. Dacă îţi pui nădejdea în Dumnezeu, Care poate înfrânge orice lucrare necurată, nu ar trebui să te mai temi de vrăji, ci ar trebui să te temi doar de păcatele personale, care îi dau putere diavolului asupra noastră.

Aşadar, le întreb pe femeile acestea ce au făcut să cunoască un bărbat, în vederea unei relaţii solide care să ducă la căsătorie. Unele nu au făcut mai nimic, doar aşteaptă „să apară ceva", altele nu fac bine ceea ce fac, sunt presante, nenaturale, critice, nu comunică suficient. Trebuie să schimbi strategia de abordare, poate nu e ceva în regulă la tine; apoi, trebuie să ieşi mai mult, să mergi în locuri unde ai putea întâlni persoana potrivită. Biserica este un loc unde oamenii cu aceleaşi valori pot uşor să se întâlnească şi să se cunoască. Un pelerinaj, o seară catehetică, o acţiune de ajutorare organizată de Biserică, participarea la nişte ateliere de creaţie, o drumeţie la munte, o tabără cum sunt cele organizate la Mănăstirea Oaşa sau la Putna pot fi prilejuri de a cunoaşte pe cineva. Angoasa că nu găseşti pe cineva se simte şi îl poate face pe cel din faţa ta să se simtă vânat şi să se îndepărteze. Aşa că, deşi e important să nu renunţi să cauţi, trebuie să o faci cu o anumită naturaleţe şi relaxare. Roagă-te lui Dumnezeu ca să te lumineze să găseşti persoana potrivită. Nu fi perfecţionistă, căutând să întâlneşti bărbatul ideal. El nu există. În chestiunile importante trebuie să corespundă nevoilor şi aşteptărilor tale, chiar dacă în alte aspecte nu este perfect. ***Relaţiile fericite nu sunt neapărat acelea care au loc între doi oameni***

perfecți, ci între doi oameni care au avut înțelepciunea și, mai ales, dragostea de a gestiona cu tact imperfecțiunile și obstacolele cu care s-au întâlnit. *Important e ca la final, după toate aceste negocieri, renunțări și compromisuri, să ieși pe plus din punct de vedere sufletesc, nu plină de frustrări, de reproșuri, într-un cuvânt, nefericită.*

Am întrebat-o pe fiica mea: „Tu ce vezi important la un băiat?" Răspunsul ei a fost: „Mama, trebuie să mă bucure, să mă facă să râd. Dacă e un tip încruntat, nu e OK. Trebuie să avem subiecte comune, să ascultăm aceeași muzică, să avem chestiuni comune de povestit." De aici poți să mai faci niște pași, dar dacă nu ai nimic în comun, ce pași să faci? Trebuie să-ți dea omul acela pe care îl găsești o stare de bine. Dacă nu o ai, degeaba e frumos sau deștept ori câștigă bani mulți.

Una dintre recomandările pentru această perioadă ar fi să fii bine tu cu tine. Da, fii bine tu cu tine și caută în partener bucurie. Dacă nu găsești bucurie, îndepărtează-te.

Sau încearcă s-o construiești, dacă simți sau crezi că merită! Unii sunt foarte timizi, le ia ceva timp să fie ei înșiși în prezența altora, dar tu poți simți dacă cineva are potențial. Foarte mulți tineri sunt timizi când văd o fată, sau multe fete se poartă agresiv. Atenție la limbaj, atenție la atitudine! Încearcă să vezi dincolo de aparențe, să surprinzi caracterul lui.

Sfatul cel mai bun este să fii curajoasă, dar, în același timp, smerită, prudentă.

Du-te la întâlnire ca și când te-ai duce să-L vezi pe Hristos. Mihai are o vorbă: când ai o situație grea, întreabă-te ce ar fi făcut Hristos. Gândește-te că, lângă omul ăla pe care îl întâlnești, este Domnul nostru Iisus Hristos. Se uită cu ochii blânzi și blajini. Ce ai vrea să vadă? Mâini în buzunare, atitudini arogante? Gândește-te la bunătatea, la blândețea Lui. Gândește-te cum ar fi ca între voi să fie şi Hristos prezent. Mi se pare benefic exerciţiul acesta. În general, de câte ori eşti într-o situaţie din care nu ştii să ieşi, psihologii spun: „Pune pe hârtie şi scrie: «Mă văd făcând acest lucru? Dacă da, cum mă văd după ce l-am făcut? Dacă nu, cum mă văd după ce nu am făcut? Cum mă văd eu, nu altcineva.»"

Femeia între 25 și 35 de ani are foarte multă putere.

Din păcate, o înţelege uneori greşit şi o foloseşte ca să domine, pentru că de multe ori domină. Niciun bărbat nu vrea să fie dominat. Sau dacă acceptă să fie dominat, mâna femeii trebuie obligatoriu să poarte „mănuşa de catifea". El nu trebuie să înţeleagă că e dominat, nu trebuie să i se pară că e dominat. Dominaţia nu este în regulă. El încearcă să se aşeze lângă tine, alături de tine, să fiţi amândoi una. Atunci, dacă faci totul agresiv, în forţă, de pe poziţia de şef, omul fuge de asta. Şi mai e ceva: niciun bărbat de pe lumea asta nu va dori pe cineva care, de câte ori ies într-un spaţiu public, să dea senzaţia că îl ţine sub papuc. Nu e neapărat vorba de mândria lor, masculină, ci de nevoia lor de a fi „capul familiei", pe care o au cumva înscrisă în structura lor. Deşi la exterior s-au schimbat multe, în această privinţă nu s-a schimbat nimic.

Și nu e vorba atât despre dominare, despre dorința bărbatului de a fi „stăpânul" femeii, cât despre setarea lui primordială, despre care am vorbit chiar la începutul dialogului nostru, pe care Adam a primit-o de la început, în Rai.

Bărbatul vânează ca să aducă hrană acasă. Acum vânează amândoi, amazoanele sunt la modă, dar este un parteneriat. Deşi situaţia s-a schimbat şi astăzi femeile fac multe din lucrurile pe care le făceau exclusiv bărbaţii, bărbatul şi femeia, ca structură, au rămas diferiţi, având nevoie unul de altul. E important ca femeia care are funcţie de conducere la jobul ei să nu rămână „boss" şi acasă, ci să fie deschisă spre colaborare în familie, acolo unde există o altă sferă, un alt echilibru de forţe decât la serviciu.

Până la urmă, cred că e o discuţie neproductivă să vorbim mereu în familie despre cine este „şef". Dacă e iubire, ca bărbat te smereşti şi accepţi să faci şi unele lucruri pe care le face în mod obişnuit femeia sau accepţi sfatul ei acolo unde simţi că ea este mai pricepută. Şi ca femeie, la fel, te smereşti, tot din iubire, şi accepţi autoritatea lui, acolo unde el este mai competent. În celelalte momente, dialogul şi colaborarea rămân definitorii. Iată ce spune un monah, Gheronda Iosif Vatopedinul, despre acest raport între soţi: „Întâietatea bărbatului nu înseamnă supremaţie faţă de femeie. Are întâietate mai cu seamă în privinţa îndatoririlor decât în privinţa drepturilor! Voia lui Dumnezeu este supunerea reciprocă a soţilor; «supuneţi-vă unul altuia în frica lui Hristos». Bărbatul trebuie să-şi iubească şi să-şi îngrijească femeia precum şi Hristos Biserica. Chiar dacă este Domn, nu o asupreşte, nu o înrobeşte, ci se jertfeşte pe Sine pentru ea «ca să o sfinţească» (Efeseni *5, 26). Întâietatea bărbatului în căsătorie se manifestă ca îndatorire a iubirii, a slujirii şi a jertfei de dragul femeii sale." Dominaţia unuia de către altul alungă iubirea.*

De aceea e nevoie ca şi bărbatul să respecte autoritatea femeii în aspectele în care ea este mai pricepută, dar şi ea, femeia, să respecte autoritatea bărbatului, în chestiunile în care el se pricepe mai bine. Tot despre complementaritate este vorba. Despre colaborare, în iubire, pentru binele comun al familiei. Nu e vorba de cine e şef, ci ca partenerul mai priceput într-un domeniu să fie cel care „conduce" în acel moment. Cuviosul Nicodim (Răvaru), pe care l-am întâlnit pe când trăia în Muntele Athos, ne-a dat un sfat extraordinar în acest sens: „Acela trebuie să conducă în familie care e mai aproape de Dumnezeu. El vede cel mai limpede lucrurile." Bărbatul are anumite calităţi, femeia altele. Împreună, călăuziţi de har, conlucrează pentru familie. Deci nu încerca să faci tu totul, că vei obosi foarte repede.

Între 25 și 35 de ani este perioada în care, ca femeie, care tocmai te-ai maturizat deplin, te prezinți în fața lumii cu tot ceea ce ai și ești, cu calitățile tale fizice, cu ceea ce ai acumulat prin educație, cu modul în care te-ai format ca om. Acum pui bazele viitoarei tale cariere și viitoarei tale familii. Amândouă aceste aspecte trebuie să fie importante pentru tine.

De aceea, dacă ar fi să sintetizăm câteva recomandări pentru o viață bună a femeii în această perioadă, una ar fi aceea că ar trebui să te prezinți și frumoasă și virtuoasă, și aranjată și smerită, și iubitoare și prudentă, și preocupată de carieră, dar și deschisă spre cunoașterea unui băiat. Să împletești foarte bine omul duhovnicesc din tine cu femeia modernă, să le împaci pe aceste două femei care trăiesc simultan în tine. Trăiesc în tine și femeia ancestrală, femeia care vine cu bagajul bunicilor, femeia care are niște valori din străbuni, care e preocupată de familie, de căldura unui cămin, de latura ei afectivă, maternă, de relația ei cu Dumnezeu, și femeia modernă, care se adaptează la ceea ce este nou, care e mai preocupată de formarea ei intelectuală, de carieră, este mai independentă, mai ambițioasă, mai rațională. Bine ar fi ca femeia să fie câte un pic din toate acestea, să aibă și din valorile modernității și din cele ale tradiției.

Credința în Dumnezeu poate fi liantul perfect pentru ca cele două componente necesare pentru o femeie completă și împlinită să poată coexista și funcționa armonios. Credința te ajută și să păstrezi ce este valoros din tradiție, și să selectezi ce este folositor pentru tine din ceea ce modernitatea îți oferă azi ca posibilități. Ea este un filtru, un senzor de calitate, care te păstrează tot timpul în adevăr și te ferește de lucrurile mincinoase și periculoase. Te ferește de excese, de vicii, de lucrurile care îți distrug sănătatea, care te urâțesc. Credința te face frumoasă, mai ales pe interior.

Am avut o revelație anul acesta. Există un canal de televiziune care, în vremea sărbătorilor de Crăciun, vreme de două luni, are doar filme tematice, cu povești de genul acesta. Și într-unul din aceste filme am văzut un comentariu al unui bărbat: „Femeile alea-s atât de frumoase dimineața, când se trezesc!" Sigur că sunt doar filme. Audiența poveștilor frumoase, a oamenilor frumoși este evident mai mare decât a suferinței de la știrile cu morți și răniți sau a carnagiului de pe șosele. Din respect, din iubire pentru aproapele, oamenii te vor lua în brațe când suferi, chiar dacă ești un om urât pe interior, dar nu vor rămâne lângă tine dacă nu ești într-o formă bună, dacă ești un om acru, neplăcut.

O altă recomandare pentru femeia care își începe acum familia și cariera ar fi: „Ai grijă cum îți manifești puterea. Ai multă putere acum, nu abuza de ea. Nu încerca să fii tu dominantă, să domini cu orice preț, pentru că vei pierde pe termen lung!" Orice om caută un partener, nu un șef. Managementul puterii este extrem de important. Când simți sau știi că ești frumoasă, că ești inteligentă, că ai multe calități, că ești căutată, normal că atunci simți că te animă o putere. Dacă folosești puterea asta, care vine din acest cumul de atuuri pe care le ai, pentru a-ți alimenta egoul, e clar o pierdere. Mai degrabă ar trebui să-ți folosești această forță pentru a începe o carieră solidă, pentru a-ți dezvolta relațiile cu cei din jur, pentru a găsi un om cu care să construiești ceva. Cum alegem partenerul? Neapărat să simți bucurie lângă el, să simți că te împlinește, că este cel alături de care te vezi și peste 10-20-30 de ani și așa mai departe.

Exact. Uită-te la tine peste 10 ani, după ce ai găsit un partener. Cum te vezi peste 10 ani, crezi că el este omul alături de care să poți construi ceva serios, de durată? E ceva serios între voi sau e doar atracție de moment? Aveţi valori comune? Sunt mai multe lucruri care vă apropie sau mai multe care vă separă?

Important este să nu te laşi umilită. De aceea, pentru a alege bine, trebuie să fii atentă puţin la familia sau la trecutul lui. Deschide ochii mari şi nu îţi face iluzia că, dacă are defecte, tu îl vei schimba. E adevărat, nu găseşti un om fără defecte, impecabil, dar dacă are defecte mari şi nu le vei putea schimba? Multe domnişoare şi-au zis: „Lasă, că îl voi schimba eu", dar n-au putut-o face. Pentru că nu a depins doar de ele. Nu avea iluzia că îl vei schimba, că nu o vei putea face prea uşor. Asta este foarte important.

Un alt aspect legat de această perioadă frumoasă de cunoaştere este acela că presiunea pe care o facem asupra celuilalt nu e deloc benefică. Poate grăbi în mod riscant lucrurile şi se poate crea astfel un cadru artificial, în care să nu îl cunoşti cu adevărat pe cel de lângă tine. Fetele creează uneori presiuni foarte mari asupra băieţilor după ce i-au întâlnit. După un timp scurt, ele au planuri mari – căsătorie, familie... În general, băieţii fug de asta, pentru că ei nu vor să se implice atât de repede. Cum să ne poziţionăm corect faţă de acest lucru? Adică ea vrea să aibă universul familiei, dar el nu vrea, se maturizează mai greu, vrea să mai copilărească, vrea să mai trăiască fără asumarea unor griji şi a unor responsabilităţi. Ce dă echilibrul în chestiunea aceasta?

Comunicarea! Nu există altă soluţie, după părerea mea. Vorbiţi despre subiectul acesta, povestiţi despre cum vede fiecare dintre voi viitorul relaţiei. Dacă el este hotărât să nu facă un pas spre o relaţie asumată, desigur la momentul potrivit, nici cu tine, nici cu altcineva, e greu de crezut că se va schimba. Dacă el „ar vrea, dar", lucrează la asta, fără să insişti, fără să înfurii, fără să provoci un „nu" înainte de vreme. Nici nu grăbi, nici nu tărăgăna, amânând la nesfârşit luarea unei decizii. Orice provizorat prelungit prea mult devine o stare permanentă. Vorbiţi cu un preot, vorbiţi cu un duhovnic, povestiţi separat şi împreună. E foarte important, atunci când cineva nu e hotărât, să vadă ce e în spatele acestei ezitări, poate că nu e copt, poate are reţineri întemeiate vizavi de celălalt, poate că îi este frică. Tuturor ne e frică. Când eşti necăsătorit, ţi-e frică să te căsătoreşti. După ce te-ai căsătorit, ţi-e frică că nu o să poţi să mergi înainte. După ce au trecut nişte ani, ţi-e frică să nu pierzi ceea ce ai deja. Ai tot timpul nişte frici.

Poate el bate în retragere: „Nu pot să mă căsătoresc, e prea devreme. Mai stăm aşa!" Iar ea: „Vreau să ne căsătorim; în plus, tata şi mama spun că suntem împreună de doi-trei ani şi nu se întâmplă nimic!" Sau, invers, el vrea să meargă mai departe în relaţie, iar ei îi e frică, că nu e pregătită, că nu ştie dacă el e „alesul" şi vrea să mai aştepte. Dar important este să îţi gestionezi bine fricile, să le converteşti. Ele trebuie spuse, împărtăşite, „date mai departe". Ca să citez din nou din Părintele Stareţ Efrem, „Mai spune-I şi lui Dumnezeu, dă-I Lui toate problemele tale!".

***

Dacă ai trecut de toate aceste frumoase frământări – îmi amintesc și eu cu drag de ale mele, de la momentul respectiv – şi te-ai căsătorit şi a venit copilaşul sau copilaşii, ce ar trebui să faci ca relaţia să rămână frumoasă? Ne puteţi oferi nişte **sfaturi sau recomandări pentru o viaţă frumoasă a unei mame**, în afară de faptul de a oferi totul copilului şi de a nu uita să fie şi soţie?

Înainte de toate, aş spune să nu uite să-L pună pe Hristos, pe Dumnezeu în inima copiilor...

Cât mai devreme, ca ei să se obişnuiască. Fiică-mea avea câţiva ani când mergea la biserică şi şterpelea chifla aia de anafură, prescura, că era miezul bun, după ce zicea: „Vreau să mă împărtășesc mai repede, că vreau să mănânc!" Acum are prietene care sunt mai mici și au surori mai mici. Vin cu câte o bomboană șterpelită de pe masă sau pe care au primit-o de pe la împărtășanie. Și este așa o uniune între acești copii, care au crescut cu aceleași valori și au fost de mici aduși la biserică! Mă bucur de multe ori când mă gândesc ce binecuvântați sunt că L-au primit pe Hristos în trupurile și în sufletele lor de mici. Mi se pare atât de frumos, e așa o legătură tainică!

Într-adevăr. Tocmai de aceea, prima temă a femeii-mamă este să-L pună pe Hristos în sufletul copilului. Astfel copilul trăiește în proximitatea lui Dumnezeu, Care vine prin invocare în viața de zi cu zi. Creștinismul nu este o religie unde se dă un set de reguli abstracte, ci e un mod de viață, o întâlnire directă cu Dumnezeu. Dacă copilul Îl are pe Dumnezeu și Îl vede în părinți, el va avea ancora credinței, va avea stabilitate emoțională, va avea putere să reziste la răul lumii. Am întâlnit doamne care spuneau: „Copilul s-a dus la pușcărie" sau „Mă bate copilul, mă lovește". Și o întreb mereu pe o asemenea femeie: „Iubită doamnă, te văd în suferință. Aș vrea însă să te întreb ceva: ai adus duminica copilul la biserică, între 2 și 12 ani?" „Nu, niciodată", mi se răspunde. Copilul între 2 și 12 ani este ca un burete, preia din jur scenarii de viață. El vede cum se trăiește viața și atunci e dispus să înțeleagă și să creadă adevăruri. Mai târziu, îl educă gașca, Google-ul. Dar cât e copilul mic, dă-I-l pe Dumnezeu!

Dă-i ceva puternic, o ancoră puternică, mare, importantă. Nu Google, nici gașca și nici altceva.

După ce face asta, mama să nu uite să fie și nevastă. De multe ori, unele mame devin „prea mame" și uită de soții lor. Este o mare, mare durere, pentru că mai târziu treaba asta are repercusiuni asupra relației dintre cei doi. Nu uita să fii soție, pentru că soțul se simte dat la o parte.

Este perioada în care ai senzația că nu poate nimeni crește copilul ca tine, nu poate nimeni face mâncare ca tine, nu poate nimeni face ce faci tu! Te rupi de toate și rămâi focusată exclusiv pe copil și pe tot ce este legat de el.

Avem o veste pentru tine: nu tu crești copilul, ci doar asiști, adică pui umărul la asta. Dumnezeu lucrează împreună cu tine. Trebuie să ai în minte, încă înainte de a-l concepe, că un copil pe care îl porți, îl naști și îl crești este, în egală măsură, copilul lui Dumnezeu. Când începem un botez, spunem ceva ce ar fi bine să nu uităm: „Mâinile Tale, Doamne, m-au făcut și m-au zidit." Dumnezeu, după ce se naște copilul, continuă să fie parte din „echipă". El îi crește împreună cu tine. Prin tot ce a pus ca reflexe în noi, Dumnezeu este prezent în creșterea și evoluția noastră: El îi dublează copilului volumul, El face să iasă dințișorii, El îi asigură creșterea oaselor etc. Pentru toate lucrurile astea, tu doar trebuie să fii acolo. În plus, dincolo de acest mod natural, intrinsec, Dumnezeu e prezent și prin toate intervențiile pe care le face în viața noastră, atunci când e cazul. De aceea trebuie să faci tot ce ține de tine în orice aspect, dar să ai și încredere că Dumnezeu este alături de tine, partener în creșterea acestui copil al tău și al Lui. Nu te împovăra prea mult de griji. Astăzi văd, mai ales la botezuri, părinți paralizați la fiecare scâncet al copilului. Cred că, deși reacțiile acestea pleacă de la o iubire reală față de copil, trebuie să dozăm mai bine această dorință de a ne proteja copiii. Pentru că riscăm să ajungem la extrema opusă. Vrând să îi faci bine copilului, îi faci de fapt rău. Ce facem când mamele sunt disperate, manifestă această hiperprotecție? Apoi nu ți se pare că facem totuși rău copiilor în momentul în care le oferim atât de ușor totul?

Am trăit pandemia asta în care, din păcate, nu le-am oferit mare lucru, decât protecţie. Am fost tentată la un moment dat să fac mai mult decât trebuie. Mai mult ca oricând, trebuie vorbit despre toate aceste lucruri. Când copilul e mai mare, trebuie să ştie că eşti acolo, că eşti exact ce scrie pe telefonul Teodorei: „Cel mai important lucru în viaţa unui om este să simtă că e iubit!" – să simtă, nu să ştie! Să simtă că eşti acolo, de unde oricând să poată să te cheme dacă are nevoie. Indiferent dacă totul merge bine sau prost, trebuie să-i fii *aproape*, dar de *departe*. Când te bagi prea mult în viaţa şi în alegerile copilului, nu faci decât să îi scazi din încredere, din avânt, din apetit pentru ceva. Apar atitudini precum: „Lasă, că ştiu că mă ajută mama, că vine tata!"

Această hiperprotecţie este o mutare în alt plan a maniei controlului, a maniei perfecţionismului. Dacă hiperprotecţia faţă de copiii mai mici este de înţeles, pentru că cei mici au nevoie de protecţie, de prezenţa ta constantă alături de ei, în cazul celor mari e mai mult ca sigur o problemă şi pentru tine, şi pentru copilul care o acceptă sau o cere. Cel mai des copiii aud de la părinţi cuvintele „Ai grijă!": „Ai grijă să nu cazi, să nu te îneci cu mâncarea, să nu te loveşti, să nu te însoţeşti cu copii-problemă, ai grijă...!" Cei hiperprotectori folosesc des negaţia: „Nu! Opreşte-te! Stai!", care inhibă copilul, care îl face şi pe el să vadă pericole peste tot, să se teamă să înceapă ceva din cauza greutăţii demersului sau a posibilului eşec.

Am mai spus-o, copiii sunt ai lui Dumnezeu, sunt ai noştri, dar sunt şi ai lor. *Au nevoie să experimenteze, să descopere, să vadă cu ochii lor. Ca şi în alte situaţii, tot măsura este cea mai bună. Nici să spui „Da" la orice nu e bine, dar nici „Nu" la orice. Nu e uşor să ştii când trebuie să te opreşti ca părinte, dar e important să te străduieşti. Nu putem schimba lumea pentru copiii noştri, nu putem distruge toţi germenii şi microbii din lume, tot răul care există, de aceea trebuie să îi ajutăm să distingă singuri ce e bine și ce e rău și să știe să se apere de răul care vine din afară!*

Cred că cel mai mult ajută nu să fii tu mereu acolo și să îi spui când ceva e periculos, ci să îl ajuți de mic să aibă singur criterii, să învețe singur să ia decizii. Din păcate, părinții superprotectori, din dorința de a le face bine copiilor lor, îi lipsesc tocmai de antrenarea acestui simț al binelui și al răului. Asta se învață mai ales din consecvența părinților cu principiile pe care le propun copiilor și din consecvența părinților între ei. Un astfel de parenting hiperprotector are urmări grave pe termen lung. Fetele vor ajunge să își caute soți care să le fie (și) tați, iar băieții își vor căuta soții care să le fie (și) mame.

Tot legat de „Nu"-urile și de „Da"-urile pe care copiii le aud, cred că e important să le reamintim părinților, și mamelor în special, că un copil are nevoie în primul rând de dragostea părinților. Cea mai bună jucărie a copilului ești tu.

Ca în mesajul pe care îl auzim atât de des: „Pentru sănătatea emoțională a copilului dumneavoastră, petreceți cât mai mult timp cu el!"

Copilul are nevoie de tine ca reper. De asta e bine să folosești în educația lui și „Nu"-ul, și „Da"-ul. Nu doar unul dintre ele.

E nevoie și de fermitate, îmbrăcată în aceeași „mănușă de catifea"...

Așadar, nu e o problemă să îi refuzăm pe copii când își doresc ceva ce nu le-ar fi de folos. La fel ca și în cazul părinților hiperprotectori, și părinții hiperpermisivi greșesc pentru că le creează copiilor iluzia că totul se va întâmpla în viață după cum vor dori sau vor alege ei. Ei trebuie să învețe și să se abțină, și să aibă răbdare, și să construiască pentru ca ceva să existe, și să gestioneze eșecurile și refuzurile.

O educaţie completă îmbină fericit toate aceste lucruri, la care trebuie să adauge credinţa în Dumnezeu. Un parenting orientat spre Dumnezeu este, în opinia mea, cel mai echilibrat şi mai complet parenting.

Aş mai adăuga ceva pe lângă aceste recomandări pentru femeia-mamă. E bine să fie o mamă bună, o soţie bună, însă nu trebuie să uite şi de ea, şi de nevoile ei. Dacă acumulează prea multe frustrări, poate să fie contraproductiv, atât pentru rolul ei de mamă, cât şi pentru cel de soţie. Aici pot ajuta mult credinţa şi relaţia ei cu Dumnezeu. O rugăciune în momentele grele ajută foarte mult.

Apoi trebuie să ceri ajutorul când nu mai poţi, să apelezi la cineva care te poate substitui câteva ore, ca să ai puţin timp doar tu cu tine: să citeşti ceva, să ieşi puţin singură, să faci ceva ce îţi place. Deşi ar putea părea aşa, nu e deloc un gând egoist. Dacă ţie ţi-e bine cu tine, şi copilului îi va fi mai bine, şi soţului...

***

Vorbind despre următoarea etapă, despre ***femeia între 40 şi 50 de ani****, când copiii deja cresc încet-încet, intri într-o perioadă foarte frumoasă, devii acum puţin mai independentă, creşti profesional. Apar noi provocări în familie şi noi provocări în viaţa ta. Ce sfaturi să dăm noi femeii care este în plenitudinea vieţii?*

Să trăiască şi pentru ea, pentru mai târziu. Ce înseamnă asta concret? Construieşte, citeşte, investeşte într-o pasiune, caută o supapă, coase, scrie, dezvoltă-te. Pentru că mai târziu, pe la 50-60, dacă nu le ai, va fi greu să o iei de la zero. Copiii vor pleca, vor avea vieţile lor şi te vei simţi inutilă, neştiută. Din momentul în care cresc copiii, trebuie să începi să te pregăteşti pentru ziua în care ei vor pleca. Nu-i creştem pe copii pentru noi, ci îi creştem pentru societate, pentru ei înşişi.

Cunosc mame care nu le-au lăsat pe fete să vorbească cu băieţi, ca să aibă grijă de ele. A fost un egoism maxim acolo.

Astăzi este moda asta a exodului în străinătate. Copiii pleacă din clasa a IX-a, se duc prin străinătate. Mamele disperate ajută, fac tot felul de lucruri, după cum mi-a povestit mie o bună prietenă a mea, care s-a străduit 6-7 ani în Ţările de Jos, la Haga, cu şcoală, cu drumuri. La sfârşit, nici nu a mai vrut fiica ei să se ducă să îşi ia diploma de absolvire. A fost doar un miraj, du-te ca să ai de unde să te întorci. Nu ştiu cine-a spus-o: „Copiilor le trebuie rădăcini, să nu uite ai cui sunt. Şi aripi să se înalţe la cer!” Dar au nevoie şi de rădăcini.

Dă-i copilului tău o rădăcină ca să se agaţe puternic de pământul lui și de valorile lui, de tradiția lui, de familia lui, și aripi ca să zboare spre cer, să descopere, să exploreze. Cât e în cuib, puiul ar trebui să învețe, atât despre cuib, despre cum se face un cuib, cum e să împarţi cu alţii viaţa în un cuib, cât și despre viaţa în afara cuibului, cum să zbori, cum să te fereşti de prădători, cum să îţi procuri singur hrana. Primele lecţii de zbor se învaţă în cuib, în compania părinţilor, care, după ce puiul e stăpân pe sine, se retrag discreţi.

Şi încă ceva. După ce pleacă, dacă nu se întoarce singur, degeaba-l forţezi să se întoarcă, va fi un calvar. Trebuie să-l laşi să zboare, că se va întoarce sau te va lua pe tine în cuibul lui, oricum tu nu prea mai poţi influenţa lucrurile. Decizia nu mai e a ta. Dacă schimbi forţat, e un gest pe care îl veţi regreta, fie tu, fie el, fie amândoi.

Vârsta asta, între 40-50 de ani, e vârsta la care ai înţeles deja anumite lucruri, de aceea în această perioadă începe și un fel de criză de identitate, când apar și regrete legate de unele alegeri majore făcute. Este o vârstă la care îţi pui întrebări despre sensul vieţii, apare şi o stare de nemulţumire, care poate genera multe conflicte. Uneori, femeia descoperă acum că nu a trăit aşa cum şi-a dorit, că a renunţat la idealurile ei pentru alţii. Femeile care au ales să fie mame dedicate au regrete legate de cariera pe care au ratat-o și, invers, femeile care au ales cariera regretă că au neglijat familia. Toate acestea sunt semnale că trebuie să faci o schimbare, pentru care nu e încă prea târziu, trebuie să investeşti în tine, într-un spaţiu al tău, într-un timp al tău cu tine, într-o pasiune a ta, în călătorii, într-o bibliotecă, într-o prietenie.

...într-o comunitate parohială, să aparţii unei parohii, să-ţi creezi prietenii puternice. Deci asta este extrem de important la vârsta asta. Acesta ar fi un sfat: „Pregătește-te pentru mai târziu încă de pe acum, pregătește-ţi drumul!" Puterea pe care o ai acum începe încet-încet, spre 50 de ani, să te mai lase. Creşte însă puterea rugăciunii, a credinţei. Femeia este puternică atunci când se pune în slujba altora, când se roagă, când îi ajută pe alţii foarte mult. Trebuie să fii atentă pentru că de la neîmplinire, de la nemulţumire, la depresie e doar un pas. În plus, comparaţia cu alţii, raportarea la idealurile care acum constaţi cu durere că vor rămâne simple idealuri pot duce și la identificarea unor potenţiali vinovaţi, ceea ce cauzează conflicte, momente de gelozie, de invidie, toate dintr-o formă de mândrie camuflată.

Când te raportezi la ceilalţi, întotdeauna găina de peste gard e mai grasă, capra vecinului e mai frumoasă. Încearcă cât poţi de des să te uiţi peste gard doar ca să vezi ce mai fac vecinii tăi, și nu ce face capra lor.

Acum poate să apară nevoia aceasta de comparare, de dorințe, de a avea mai mult, de a domina prin asta. Aici trebuie atenţie mare. Ce face femeia când începe să coboare, când obrazul începe să nu-i mai fie la fel de roz, de rumen, când apar primele riduri?

Există viață și după riduri. O putem vedea la multe personalități feminine, care au reușit să fie femei de succes și după ce au apărut primele semne ale îmbătrânirii. Există, desigur, și numeroase contraexemple, de femei de succes care au suferit adevărate drame în această perioadă și în cele care au urmat. Când frumusețea și imaginea ta în ochii tăi sau ai altora au fost atât de importante, e posibil să fii destabilizată de pierderea acestei „ancore".

O femeie credincioasă are în această privință mai multe șanse să nu fie aruncată în ghearele disperării, pentru că valorile ei nu sunt doar dintre cele care se văd și ea știe că viața este o trecere. Sigur, nu-i va fi nici ei ușor să treacă peste schimbările care apar, însă relația cu Biserica și cu duhovnicul o vor ajuta să rămână pozitivă, punând accent nu pe ce nu se mai poate schimba, ci pe ceea ce poate fi cu adevărat îmbunătățit.

În ceea ce privește aspectul femeii în această perioadă, acum apar unele schimbări hormonale, care anunță debutul menopauzei cu toate consecințele care decurg din asta. Aici poate începe răul, în doi-trei ani poți să nu te mai recunoști. Respectă-te, ai grijă de tine, nu te îngrășa. Nu am văzut niciodată o icoană cu un sfânt gras. Nu slăbi neapărat ca să arăți bine, ci ca să-ți fie bine. Caută un grup de prietene care să te țină sus. Eu am un barometru foarte bun: „Ce-i cu rochia asta? Parcă nu îți venea așa."

Atenție mare la vârsta asta, nu te îngrășa, nu cădea în întristare. Mai apare un păcat, confirmat și de diverse studii, care arată că, în această perioadă, apar cele mai multe cazuri de infidelitate în rândul femeilor, oricum mult mai mici decât cele din cazul bărbaților, care sunt, în general, mai infideli. Plictiseala, rutina, nevoia de atenție, de afecțiune, dorința de a(-și) demonstra prin asta atractivitatea și frumusețea, dorința de răzbunare pentru infidelitatea masculină, experiența nefericită din propria căsnicie, violența domestică, interesele imediate legate de carieră sau de o promovare pe linie profesională le pot face pe femei să își înșele soții. Se spune că „femeile înșală cu inima, iar bărbații cu trupul". Bărbatul este în căutare de aventuri, de plăceri, pe când femeia e în căutare de afecțiune. Mulți bărbați între 40-55 de ani devin infideli, e o realitate tristă prin care societatea modernă trece. Lucrul acesta e deseori promovat și în filme, și la televiziuni. Multe personalități culturale masculine își găsesc în această perioadă noi partenere de viață, lăsând la o parte soțiile care le-au fost fidele 20-30 de ani. Aceasta e o imensă nedreptate pentru doamnele de 40-50 de ani, care sunt distinse, elegante și care au dus tot greul căsniciei.

Faptul că au trecut niște zeci de ani peste relația voastră nu ar trebui să vă facă să vă priviți altfel. Eu cred că aici e mult de lucru. Sunt din ce în ce mai multe femei de peste 40 de ani absolut superbe. Noul 40-50 e fostul 30. Uitați-vă în spațiul public, chiar printre noi: Daniela Nane, Manuela Hărăbor, Oana Sârbu sunt femei absolut superbe. Sigur că sunt actrițe, sunt oameni de lume. Dar ce te împiedică să arăți bine și îngrijit și la 40-50 de ani? În primul rând, să o faci pentru tine, să te simți bine cu tine. Ai grijă de tine, du-te la medic, du-te la cosmetician, îmbracă-te potrivit, ai grijă de hainele tale. M-ați întrebat de câteva ori de ce port tocuri – pentru că sunt o leneșă și nu fac sport. Port toc ca să îmi țin mușchii de la picioare într-o anumită formă. Și ca să dau o lungime la pantaloni și să am o anumită ținută, dar, în primul rând, pentru că nu fac suficientă mișcare. Dacă aș merge pe jos, poate că nu aș purta tocuri.

Respectă-te pe tine și nu accepta să cobori pe toboganul stării de bine; indiferent de schimbările care apar în viața ta la această vârstă, încearcă să te simți tânără mai departe, fii spirituală, optimistă, compensează pierderile cu alte calități pe care le poți acum cultiva.

Credința te ajută și să păstrezi ce este valoros din tradiție, și să selectezi ce este folositor pentru tine din ceea ce modernitatea îți oferă azi ca posibilități. Ea este un filtru, un senzor de calitate, care te păstrează tot timpul în adevăr și te ferește de lucrurile mincinoase și periculoase. Te ferește de excese, de vicii, de lucrurile care îți distrug sănătatea, care te urâțesc. Credința te face frumoasă, mai ales pe interior.

Sunt tot felul de fotografii cu femei de aceeași vârstă. O să găsiți puse în paralel femei publice și femei mai puțin publice la vârsta de 50 de ani. Uitați-vă la ele să vedeți diferența dintre o femeie îngrijită, atentă la ea, și o femeie mai puțin atentă. Sigur, vârsta, anii, viața sunt foarte crude, toate lasă urme. Nu e despre a le ascunde, ci despre a le accepta, a le îmbrățișa, a face din ele ceva cu care să poți trăi mai departe. Cum am spus, există viață și după riduri. În mod paradoxal, cunosc femei care, după ce nu au mai fost la fel de frumoase ca în perioada lor de glorie, au descoperit că aveau mult mai multe calități decât frumusețea exterioară, așa că au început la 45-50 de ani să facă lucruri care cu adevărat le plăceau. Această vârstă poate fi una a redescoperirii adevăratei tale identități.

Multe femei tocmai în această perioadă devin și mai credincioase, pentru că acum au timp să reflecteze asupra sensului vieții. Credința în Dumnezeu poate umple golul existențial care începe să se simtă mai acut și la femei odată cu criza vârstei de mijloc.

Iar dacă – Doamne ferește! – soțul tău este atras de o femeie mai tânără, ce ar trebui să faci dacă se întâmplă nenorocirea asta? Este posibil să fie și ceva la tine sau la amândoi, nu doar la el.

Primul lucru pe care trebuie să îl faci este să vorbiți, pentru că el va nega. Cred că e important ce spunea Esther Perel, cea mai celebră terapeută de cuplu din lume: „Astăzi nimeni nu mai vrea să repare nimic, toată lumea vrea nou; aruncă și cumpără ceva nou!" Îmi pare rău, dar la 40-50 nu prea mai merge să cumperi unii noi. Adică poți, dar nu ți se mai potrivesc. Dacă nu poți să repari, atunci încearcă soluția cea mai puțin dureroasă.

Vorbește cu el, vezi care este cu adevărat problema, care e acel ceva care lipsește relației voastre de a fost nevoie să iasă din fidelitatea căsniciei ca să îl găsească.

În primul rând, trebuie vorbit sincer, cu armele pe masă. Nu însă la nervi, ci când ați reușit amândoi să vă calmați. Ia-ți inima în dinți și află ce nu merge, ce nu e bine și dacă se poate îndrepta din ambele părți. E clar, întotdeauna o femeie de 20 sau de 30 de ani va fi mai frumoasă decât tine la 40-50 de ani. Niciodată nu ai cum să fii în concurență cu ea, însă, până să se ajungă la un astfel de moment, cred că trebuie să fi construit destul de solid relația, încât el, chiar dacă va vedea sau va fi atras de femei mai tinere și mai frumoase decât tine, să nu o facă, din dragoste, din respect, din credința că trădează încrederea ta. Nu oricine are puterea să treacă peste o asemenea trădare. Aici funcționează cunoscutul „Te iert, dar nu te uit!". E posibil ca rana să rămână deschisă toată viața. Reproșurile, gelozia vor rămâne pentru unii ca semne vizibile ale acestei răni.

Infidelitatea, indiferent de vârstă și de cauze, este o rană dureroasă care afectează grav căsniciile. Infidelitatea aduce multă durere în inimile soților înșelați și în inimile copiilor. Este o alegere și, de aceea, un păcat foarte grav, care atacă căsnicia în cel mai profund punct al ei, în încrederea dintre soți. Fără încredere, iubirea este imposibil să dăinuie. Mântuitorul Însuși condamnă acest păcat, spunând că „Oricine va lăsa pe femeia sa și va lua alta, săvârșește adulter cu ea" (Marcu *10, 11). Tocmai de aceea Domnul permite (nu și obligă) despărțirea ca urmare a adulterului unuia dintre soți (*Matei 5, *32), pentru că este o faptă foarte gravă, incomparabilă cu nicio altă problemă din cuplu. Desigur, întotdeauna iertarea rămâne o posibilitate. Însă ea poate fi doar oferită, nu și cerută. Trăim într-o lume plină de ispite și de tentații, o lume tot mai permisivă cu păcatul. Sunt atâtea motive pentru care cei ce înșală o fac. Cred însă că, indiferent de scuze și de pretexte, infidelitatea nu poate fi justificată de nimic. Ea poate fi însă explicată. Există un preambul care pregătește orice cădere. De asta, când ești tu persoana care ar fi tentată să înșele,* *trebuie să te gândeşti la care e motivul adânc pentru care ai vrea să faci aşa ceva. De multe ori, dialogul poate dezamorsa multe dintre aceste tensiuni, dintre aşteptările pe care le avem unul de la altul.*

Dacă am vorbi mai des şi la timp despre ce ne-ar face fericiţi sau ce ne face nefericiţi în relaţia cu celălalt, multe lucruri s-ar schimba în bine şi nu s-ar mai ajunge la astfel de escapade extraconjugale. În celebra carte a lui Gary Chapman, *Cele cinci limbaje ale iubirii*, se pune accentul pe identificarea nevoilor celuilalt şi pe importanţa de a-i vorbi celuilalt pe „limbajul iubirii" pe care el îl înţelege şi îl aşteaptă. Autorul identifică cinci mari nevoi, limbaje, care depind de la om la om: cuvintele de încurajare, timpul petrecut alături de cel drag, cadourile, serviciile şi contactul fizic. În această privinţă, bărbaţii se deosebesc de femei, apoi, pe parcursul vieţii, putem migra, şi unul, şi celălalt, de la unul din aceste „limbaje" spre un altul sau putem avea chiar nevoie de mai multe feluri la un loc, simultan.

Trebuie să avem mare grijă de nevoile emoţionale şi fizice ale partenerului nostru de viaţă. Altfel ne putem face vinovaţi de destrămarea relaţiei noastre. De aceea căsătoria nu este numai despre a primi, *ci mai ales despre* a da. *Eşti dator să te preocupi de fericirea şi binele celuilalt. Trebuie, deci, să facem tot ce ţine de noi ca să salvăm o căsnicie, să ne punem în joc toate atuurile, toate calităţile noastre. Pe lângă toate aceste eforturi de a întreţine focul dragostei din familia noastră, trebuie să apelăm la ajutorul mare al rugăciunii. Să ne spovedim frecvent amândoi. Asta ne va ajuta să ne întărim în faţa ispitelor şi ne va ajuta să ne cunoaştem mai bine nevoile şi ne va da tăria de a putea vorbi apoi cu soţul nostru / soţia noastră despre aşteptările noastre, despre ce am vrea să facă sau să nu facă celălalt. Trebuie să nu dai prilejuri de păcătuire. Odată cu trecerea timpului şi cu îmbătrânirea inevitabilă, nu trebuie să te debarasezi de partenerul tău de viață ca de o haină care s-a învechit.*

Știți ce zic americanii, în jurămintele lor de la căsătorie: I take you for my lawful wife / husband ... for better, for worse, for richer, for poorer, in sickness and in health... (*„Te iau de soție / soț ... la bine și la rău, în bogăție și în sărăcie, în sănătate și în boală...”).*

E important să fii alături de persoana iubită și când îi e bine, și când îi e rău.

***

La vârsta frumoasă a ***bătrâneții****, când sunt copiii mari, ce sfaturi să le dăm doamnelor în vârstă?*

Viața nu s-a terminat. E un șablon care spune că a fi tânăr e o bucurie, a îmbătrâni e un privilegiu. Nu îl au toți. Bucură-te de tot ce primești, nu există „vreme” mai frumoasă decât atunci când poți să îți faci singură programul, când nu te mai duci la serviciu, când nu mai sună nimeni să îți traseze sarcini. În același timp, fii tot timpul activă. Socrul meu avea 90 de ani și avea în fiecare zi de făcut ceva: „Mă duc să iau ziarul ăla de acolo, untul de dincolo. Mă duc să o văd pe maica nu știu care!” Nu era vreo zi blazată. Asta spunea și acea doamnă, de care aminteam anterior: „Boala secolului, cancerul? Nu. Singurătatea.” Singurătatea este o boală, într-adevăr. Dar ieși din ea, luptă-te cu ea! Vă spuneam de oamenii aceia din Japonia, de mitul celor care nu trăiesc niciodată singuri. Nimeni nu trăiește singur. Caută un grup de prieteni, du-te la biserică, du-te la teatru, du-te la un centru pentru bătrâni, găsește pe cineva cu care să ai ceva în comun. Dacă ai nepoți, o dată pe săptămână du-te să-i vezi, gătește-le ceva. Niciun om de pe planeta asta, dacă o vede pe bunica la ușă cu o felie de tort, nu o să zică: „Pleacă!”

E important să nu te izolezi la această vârstă. Singurătatea, până la un anumit moment, este o opțiune. Poți alege să devii o persoană sociabilă sau una ursuză. Legătura cu Biserica te poate ajuta foarte mult în această perioadă. Acolo poți să îți găsești o comunitate de care să te apropii, timpul tău se va umple cu slujbe, cu pelerinaje, cu întâlniri dedicate seniorilor, cu ieșiri cu oamenii de la Biserică. Multe biserici au o grijă specială pentru cei în vârstă; sunt biserici ce au grupuri de voluntari care ajută bătrânii la cumpărături, care ies cu ei la plimbare, îi sprijină financiar pe cei cu o situație materială precară. Un lucru important e acela că Biserica le vorbește despre schimbare, despre pocăință, despre iertare nu doar celor tineri, ci și celor bătrâni, pentru că ea crede cu tărie că orice om, indiferent de vârstă, nu are doar un trecut în urmă, ci și un viitor în față. Viața veșnică în Împărăția lui Dumnezeu e ceva atât de prețios, încât merită să faci efortul de a te despovăra de greutatea trecutului și de a face efortul unei schimbări interioare. Cel mai greu pentru un om este să rămână fără sens, fără orizont, fără scop. Inutilitatea, neputința, singurătatea sunt bolile cele mai grele ale bătrâneții. Or, Biserica le propovăduiește tuturor chemarea la mântuire, care rămâne pentru toți un scop ce poate fi atins, indiferent de vârstă sau alte condiționări exterioare.

Îți poți pregăti cumva o bătrânețe mai ușoară dacă nu renunți prea devreme la diversele activități, dacă ai grijă din timp de sănătate. O viață dinamică păstrează și trupul, și sufletul tinere. Părintele Arsenie Papacioc spunea cu tâlc: „Cine este bătrân la tinerețe, poate fi și tânăr la bătrânețe." Desigur, biologicul are acum un cuvânt mai greu de spus. Bătrânețea e o perioadă dificilă, pentru că, dincolo de ceea ce îți propui să fii, mai contează și ceea ce poți să fii atunci. Sănătatea șubrezită și sărăcia multora dintre bătrâni sunt o realitate dură care nu poate fi păcălită cu vorbe dulci. Există multe modificări psihice şi fizice. Totuşi, dacă sănătatea nu este grav afectată şi psihicul e încă funcţional, poţi alege să fii un bătrân cu suflet tânăr. Educaţia joacă în acest caz un rol important. Mai în glumă, mai în serios, Octavian Paler vorbea la un moment dat despre câteva gânduri legate de bătrâneţea lui: „Cândva, mi-am zis că la bătrâneţe mă voi feri de patru gafe: 1.) Nu mă voi plânge că nu mai sunt tânăr. 2.) Nu voi da sfaturi nimănui. 3.) Nu voi invoca mereu experienţa mea. 4.) Şi nu voi povesti de o sută de ori acelaşi lucru."

Rolul bunicilor este foarte important. Sunt atât de multe fete tinere care îmi spun că, deşi mult timp, în adolescenţă, nu au mai mers la biserică, totuşi le-a rămas în suflet amintirea bunicilor lor care, când erau mici, le duceau la biserică la slujbe, la împărtăşit. Acesta e rolul bunicilor şi al celor în vârstă: să contrabalanseze cu rugăciunea lor răul din lume. Ei au acum un timp pe care îl pot da celor care nu au când să se roage. Trebuie să înţelegem că, izolând sau abandonând persoanele în vârstă din familie, familia însăşi este lipsită de ceva care o îmbogăţeşte. Chiar dacă îngrijirea unei persoane vârstnice nu e uşoară, ea este, pe de o parte, o întoarcere plină de recunoştinţă a unui bine pe care persoana respectivă ţi l-a făcut când tu erai mic şi neajutorat, iar pe de altă parte, este un gest care aduce multă binecuvântare în familia mare.

Am trecut prin etapele importante din viaţa unei femei. Dumnezeu vă vede din momentul în care v-aţi născut, până când vă veţi da ultima suflare. Sunteţi tot timpul în prezenţa lui Dumnezeu! Dumnezeu e cu tine şi când eşti o copilă, cu condiţia să Îi ceri ajutorul. Dumnezeu e cu tine şi ca femeie matură, cu condiţia să nu te mândreşti, să nu te pui tu în locul lui Dumnezeu. Dumnezeu e cu tine şi la bătrâneţe, când iubeşti, când te dăruiești. Dacă e prezent mereu în viața ta, vei fi un înger pentru societate.

Un om care își înțelege locul, care își găsește misiunea, va fi bine cu el însuși. Trăim într-o perioadă în care depresia, anxietățile, fricile ne pândesc pe toți, toți le avem, toți venim cu traumele noastre.

Un călugăr de pe Muntele Athos mi-a spus că depresia și anxietatea sunt lipsa lui Dumnezeu din viață. Când este Dumnezeu acolo, ai ancora credinței, înseamnă că nu e totul pierdut. E plină de speranță prezența lui Dumnezeu în viața omului. E mai mult decât atât. Este soluția la orice problemă, Hristos este panaceu. Asta este vestea bună pentru toate doamnele. Nu faceți singure lucrurile, strigați la Dumnezeu și găsiți-vă prieteni, oameni, în jurul vostru. Iubiți, dăruiți, dar în toate să fie Dumnezeu cu voi!

***

Cum trebuie să se comporte un părinte ca să îi aducă pe copiii mai mari pe calea cea dreaptă a credinței?

Este o realitate faptul că, după o vârstă, copiii nu prea mai vor să vină la biserică. E important să ne întrebăm și noi, oamenii Bisericii, și noi, părinții, de ce se întâmplă asta. Cumva este o tendință în viața tinerilor care nu ține doar de noi; ce ține de noi este felul în care îi pregătim pe copii pentru această etapă inevitabilă a rebeliunii, a negării celorlalți și a afirmării propriilor păreri și convingeri. Copilul merge la biserică un timp, când e dus de mic, de părinți sau de bunici, și, după aceea, în tinerețe, apare o îndepărtare a lui de valorile credinței, pentru că acum cunoaște lumea, cu toate realitățile ei, intră în procesul de autocunoaștere, de autoafirmare, când orice „nu" pe care ți-l spune ție, ca părinte, e un „da" pe care și-l spune lui. Reflexele, încrederea lui în forța și capacitățile proprii devin tot mai puternice și mai articulate. Din acest motiv tânărul crede acum că nu mai are nevoie de ajutor, că are tot ce-i trebuie din propria lui personalitate, din propria lui experiență. Cunoștințele lui se amplifică, încrederea în cunoașterea empirică, științifică crește și tot ce nu mai e demonstrabil e pus sub semnul întrebării. Și atunci el se depărtează puțin câte puțin de valorile credinței. În plus, tot ce vine ca discurs, mai ales dacă face parte din categoria „impuse" din partea părinților, e respins din start.

Trebuie să ne ferim să impunem dragostea de Dumnezeu, ci să le vorbim copiilor despre credință fără ostentație, fără cicăliri, fără a-i încărca, în această privință, cu cunoștințe și sarcini mai grele decât pot duce într-un anumit moment. Copilul intră în viața de rugăciune prin ceea ce vede și, mai ales, prin ceea ce simte din atmosfera din casă. Spunea cineva că poți vorbi copiilor despre Dumnezeu și fără să Îi pomenești numele, dacă asta ar stârni furtuni sau respingere. Prin toate acestea, părintele atent și trăitor reușește în continuare să facă plăcută prezența copilului în biserică și a lui Dumnezeu în copil. Cred totuși că, în cazul copilului care a trăit într-o atmosferă de dragoste și rugăciune autentice, care a avut în părinți exemple de credință trăită, deși ar putea și el să rătăcească în această perioadă, acest tânăr va avea în sufletul său mereu experiența aceasta a credinței vii ca un reper la care va putea reveni când viața îi va oferi din nou prilejul. De asta un părinte trăitor va da, prin însăși viața lui, greutate și importanță cuvintelor și sfaturilor pe care le va oferi copilului său. Tu ai o fată de 17 ani care vine la biserică cu drag. De ce? Pentru că a găsit acolo un loc unde se simte bine, un loc familiar, unde vine cu drag.

Şi şi-a găsit şi o gaşcă, un grup de prieteni, cu care să facă acest lucru. Adolescenţii au nevoie de copii de vârsta lor, de gaşcă, de prieteni cu care să valideze lucruri care, chiar dacă sunt validate de părinţi, încep să nu mai conteze la fel de mult pentru ei de la o anumită vârstă, dacă nu sunt confirmate şi de grupul de prieteni. Părinţii sunt cei care devin cumva suporturi, cârje, care îi ajută până la anumit moment, iar apoi copiii nu mai au nevoie de acest sprijin. Şi atunci dintr-odată creşte în importanţă gaşca. Cred că cel mai semnificativ lucru în acest moment este să înţelegem că e foarte greu de luat un copil mare de la zero. Dacă n-ai pus seminţele credinţei în copil până pe la 10-12 ani, atunci e dificil.

Ai dreptate, Liana. De fapt, semințele se pun în pământ primăvara. Trebuie să sădești în copilul tău credința prin obiceiuri frumoase. ***Este esențial pentru stabilitatea emoțională a întregii lui vieți ca, măcar până la vârsta de 12-14 ani, când încă te ascultă și te urmează, copilul să fie prezent duminica la biserică. Aici el își întărește credința în ancora cea mai puternică – relația cu Dumnezeu –, care te scoate din orice necaz, oricând!***

Din păcate, sunt părinți care îl pedepsesc pe copil dacă nu vine la biserică, dacă nu se roagă, asta ca să pună autoritatea lor în fața dorinței copilului. Cum am spus, tot ce e impus nu dă roade adevărate. Dozarea și discernământul, pe care le capeți tu însuți, ca părinte, dintr-o viață de rugăciune, sunt fundamentale. Recomand aici o carte extraordinară, deși foarte mică ca volum, care e nu atât un ghid detaliat de creștere a copiilor, cât un îndrumar de formare a discernământului și a echilibrului la părinți. Este vorba de cartea Sfaturi pentru o educaţie ortodoxă a copiilor de azi, *a Maicii Magdalena de la Essex, ucenică a Sfântului Sofronie Saharov. Sunt situații în care e bine să cedezi și aspecte în care trebuie, cu dragoste și argumente, să insiști ca lucrurile să se facă într-un anumit fel și timp. Și în această privință, e important să nu ceri copilului nici mai mult, nici mai puțin decât poate el atunci să facă.*

În acest sens am construit, în curte, lângă biserica unde slujesc, un loc special de joacă pentru copii; copilul stă în biserică 10-15 minute sau mai mult, în funcție de răbdarea și de disponibilitatea lui, după care merge la locul de joacă. Cred că nu e bine ca, în interiorul bisericii, în timpul slujbei, copilul să se joace, să citească, să stea pe telefon, numai să fie cuminte în timp ce părinții ascultă slujba. El trebuie să învețe că biserica e un spațiu al rugăciunii, special, unde nu face ceea ce face și în alt loc. De aceea, chiar dacă pentru mame, mai ales, este un sacrificiu, e bine ca, atunci când îi aduc pe copii la biserică, să stea cu ei în interior atâta timp cât aceștia au răbdare, apoi să mai iasă afară și, eventual, să mai revină, când simt că cei mici sunt din nou pregătiți. Să nu împingă prea departe limita suportabilității lor, dar nici să îi lase să se joace, în timp ce sunt în interior, doar ca să fie prezenți mai mult la slujbă. E important să vorbim cu ei dinainte de a intra în biserică, să le spunem să se roage pentru ei și pentru toți cei dragi, să le întărim ideea că biserica e locul special unde ne întâlnim cu Dumnezeu, unde ne împărtășim, unde ne întâlnim și cu alți oameni, care, ca și noi, vin să se întâlnească cu Dumnezeu. Și pe ei trebuie să îi respectăm, să nu vorbim prea tare, să nu le distragem atenția. Desigur, copiii sunt bineveniți în biserică. Am fost în Dresda și în Leipzig – bisericile sunt pline de copii și zeci de copii se joacă afară în curte, strigă, țipă. În diasporă, multe biserici au pentru copii o persoană dedicată care, într-un spațiu din apropierea bisericii, desfășoară activități catehetice, în timpul primei părți a slujbei, apoi cu toții participă la Sfânta Liturghie. Trăiesc cu toții acolo un lucru extraordinar. Copilul, după aceea, își creează gașca, un grup de prieteni şi vine cu drag la biserică. Aceste prietenii sunt importante pentru mediul din afara familiei în care copiii noştri cresc.

Adolescentul, odată ce creşte, devine criticul părinţilor. Cel mai mare critic în familie este un adolescent, care observă că părinţii fac anumite greşeli, adică ei zic ceva, se poartă frumos la biserică, dar în casă nu mai sunt ceea ce erau la biserică. Adolescenţii observă ipocrizia credinţei noastre. Privesc cu multă atenţie viaţa noastră, grija pe care o avem pentru rugăciune şi pentru celelalte aspecte ale credinţei, sunt atenţi la modul în care ne vorbim între noi, la cum ne raportăm la ceilalţi.

Şi când ceva nu e în regulă, ne taxează. Nu doar când sunt adolescenţi, ci şi când sunt mici nu tac, spun ce le-a plăcut şi ce nu.

Când merg la o sfeştanie, prima dată vorbesc cu puştii din casă, cu cei mai tinerei. La o asemenea sfeştanie, după ce am făcut slujba, l-am întrebat pe băiat: „Tinere drag, îţi place credinţa? Îl iubeşti pe Dumnezeu? Preţuieşti valoarea răbdării, a prieteniei, a respectului pentru ceilalţi?" Răspunsul lui a fost: „Părinte, îmi plac aceste lucruri, dar nu prea sunt adeptul mersului la biserică." „De ce?" „Pentru că ai mei se duc la biserică şi se roagă, după care vin acasă şi se ceartă. Sunt ipocriţi de-a dreptul." Şi a spus-o în faţa lor. Ei şi-au înghiţit limba în secunda aia, adică au recunoscut.

Teodora este foarte sinceră şi transparentă. Mi-a spus: „Trebuie să te auzi când vorbeşti la telefon. Ne certăm din nu ştiu ce motiv şi sună Părintele. Brusc, eşti mieroasă cu el şi, după ce încheiaţi conversaţia, continui să te cerţi cu noi."

Observă o realitate.

Da, observă o urmă de ipocrizie.

Trebuie să-i luăm pe copii drept parteneri de viață, să învățăm odată cu ei unele lucruri sau chiar de la ei. Educarea copilului este un nou prilej de a te educa și pe tine. Decât să ne prezentăm perfecți în fața lor și, în realitate, să nu fim, e mai bine uneori să le arătăm deschis că ne recunoaștem greșelile și că ne străduim să le îndreptăm. N-ar strica din când în când să lăsăm garda jos și să le spunem smerit: „Copile, iartă-mă că mai greșesc și eu. Iartă-mă că te-am dezamăgit. Voi încerca să schimb acest lucru." De multe ori, pe mine și pe Doina ne-a împăcat Matei, care acum are 14 ani. Adică a fost el psihoterapeutul părinților lui. A spus: „Tata, amândoi greșiți, vă rog să vă opriți." Și am ascultat smerit și am luat lecția de la copilul nostru.

Adolescentul se poate depărta dacă vede contrastul foarte mare între modul tău de viață în biserică și modul de viață de acasă, între ceea ce spui și ceea ce faci, între ceea ce îi ceri lui să facă și ceea ce faci tu. Îi ceri să se roage, dar tu nu o faci: îi ceri să ierte, dar tu ții supărarea zile în șir; îi ceri să fie bun și binevoitor, iar tu țipi și claxonezi în trafic imediat ce a făcut cineva cea mai mică greșeală, îi ceri să spună mereu adevărul, iar tu, când vorbești la telefon, de față cu el, spui tot felul de minciuni. Și atunci, dacă vrei ca un copil mare să vină pe calea credinței, el trebuie să vină de drag în primul rând pentru că te vede pe tine, părinte, că pui în aplicare Cuvântul lui Dumnezeu, pe care îl auzi în biserică. Dacă va vedea că nu este în regulă ceva la viața ta, se va depărta și de tine, și de biserică, și de Dumnezeu.

Aș vrea să le spunem oamenilor că, într-adevăr, copiii sunt barometre, observă, văd și taxează. Pe de altă parte, și ei trebuie să înțeleagă că nu suntem perfecți, ci perfectibili, și că, dacă ne certăm, dar ne ducem smeriți în genunchi la biserică, asta este o practică pe care și ei ar face bine să o aibă, pentru că nici ei nu au relații ideale, nu au mereu în jur doar oameni extraordinari. Și atunci ce îi poate ajuta să meargă mai departe? Exact ce fac părinţii lor să facă şi ei.

Şi eu sunt departe de a fi perfectă. Mai am atâtea de făcut, dar, pe de altă parte, sunt pe calea cea bună. Sunt ca un burete care mereu mai are nevoie de apă. Despre asta e vorba. Niciodată nu e suficientă rugăciune, nu este suficient stat în genunchi, nu este suficientă vorbă bună. Bunătatea, oricât de multă ai avea, nu e niciodată suficientă. Cred că, de fapt, adolescentul trebuie să înveţe de la noi ce să facă şi când nu îi e bine, ce să facă ca să îndrepte ce a ieşit rău, cum să repare lucrurile şi, mai ales, cum să se repare pe el. La vârsta asta, are senzaţia că totul este definitiv, că lucrurile nu se mai pot schimba, că ceva ce e deja folosit e de aruncat. Nu, **singurul loc în care poţi să îţi cârpeşti viaţa este la picioarele lui Dumnezeu.**

În această privinţă, totul depinde de înţelepciunea şi de strategia părintelui. Dacă părintele respectiv este procurorul copilului şi îl acuză mereu, îl pedepseşte, iar copilul nu se simte partener, nu simte că este în echipă, ci că este atacat şi privit superior de către părinte, el se aşază într-o altă tabără. Or, dacă te vede pe tine recunoscându-ţi greşeala, că te străduieşti sincer să îndrepţi lucrurile, atunci şi el va învăţa de aici să lucreze la el pentru a deveni mai bun. Când e mic, oferă-i copilului scenarii frumoase de viaţă, străduieşte-te, pentru tine şi pentru el, să fii mai bun, trăieşte autentic credinţa, cere-ţi iertare când este cazul, nu poza în ceea ce nu eşti.

Foarte important, atunci când e mic: roagă-te alături de el. Pune-te în genunchi la rugăciune lângă copilul tău. Să fie un cadru frumos, cu o lumânare aprinsă, cu linişte în casă. Chiar dacă poate nu aveţi mult timp seara, că sunteţi obosiţi, puţinul acela să fie intens. Să simtă şi copilul că acolo se petrece ceva tainic, că rugăciunea este un moment special în viaţa familiei, în agenda unei zile. Iar, mai târziu, când copilul nu va mai vrea să vină la rugăciune lângă tine, dragă mamă, roagă-te tu pentru el. Mare putere are rugăciunea ta pentru copilul tău! Dacă nu ai făcut aceste lucruri când era copilul mic e mai greu să le sădeşti mai târziu, dar şi atunci rămân nişte posibilităţi. Începe să construieşti de acolo de unde te afli. Cum spune şi Maica Magdalena, în cartea ei: „Poate că unii se vor întrista la gândul că n-au ştiut de la început toate acestea, ori că nu s-au comportat în viaţă faţă de copiii lor întocmai cum ar fi trebuit, aşa cum ar fi făcut-o cu mintea şi inima lor de acum. Astăzi copiii lor au devenit oameni în toată firea şi, prin urmare, pentru ei acum este «prea târziu». Să ne aducem aminte însă că Dumnezeu ne cunoaşte pe fiecare aşa cum suntem. *Să începem de acolo de unde ne găsim şi să ne întoarcem către El cu toate speranţele şi cu toate durerile noastre. [...] Prin căinţă putem oricând s-o luăm de la început şi să-I cerem lui Dumnezeu să îndrepte tot ce-am făcut strâmb." Pe lângă toate acestea, trebuie să încercăm să reparăm ce se mai poate repara. De asta e important să ajungi să recapeţi în ochii copilului poziţia care să-ţi permită să ajungi la „panoul lui de comandă". De fapt, sfatul meu vizavi de întrebare ar fi acesta: „Fii întâi cea mai bună prietenă a adolescentului tău / adolescentei tale."*

Şi dacă nu reuşeşti, pentru că este încă închis,-ă, împrieteneşte-te cu toţi prietenii lui / ei.

Ține de modul în care reușești să îl faci pe copil să vrea el, să accepte el că ceea ce îi spui e important, dar numai prin prietenie, prin dragoste.

Şi aş mai spune ceva aici, întărind ce aţi zis mai devreme. Încercaţi, când ştiţi că îşi doreşte ceva, să simtă că sunteţi aproape de el, că vă preocupă, aşa că apelaţi la soluţia mereu salvatoare: „Hai să ne rugăm împreună pentru asta!" sau, dacă nu vrea, spuneţi-i: „Să ştii că mă voi ruga cu tot dragul pentru tine, ca să reuşeşti în ceea ce ţi-ai propus."

Deci cumva, dacă ceri rugăciunea împreună pentru problema lui, atunci va vedea că îți pasă de el.

Şi mai este ceva. Am o prietenă foarte dragă, care are trei copii şi, când unul dintre ei îşi doreşte ceva foarte mult, prietena mea îl întreabă: „Te-ai şi rugat pentru asta?" Copilul ştie că poate primi acel ceva de la tata, de la mama, dar în momentul în care îl întrebi asta, fără să-l obligi neapărat, îl determini să încerce şi această soluţie sau măcar să se gândească că există şi această soluţie. Mai mult sau mai puţin conştient sau conştiincios, se va aşeza în genunchi. Va rămâne un reflex.

Noi, ca părinţi, asta facem, sădim în copii reflexe, care, ne rugăm lui Dumnezeu, să devină pentru ei moduri de viaţă.

Şi eu, şi Mihai, dar mai ales Teodora nu am dat niciodată importanţă banilor. Am întrebat-o pe o doamnă specialistă în finanţe la ce vârstă trebuie să ai prima discuţie cu copilul tău despre bani. Şi răspunsul ei a fost: „Atunci când îşi doreşte ceva mult, spune-i că acel ceva nu vine din cer, ci se cumpără cu bani." Când un adolescent îşi doreşte ceva, încercaţi şi soluţia inversă: „Poate găsim împreună nişte bani să luăm telefonul, excursia pe care ţi le doreşti. Te-ai rugat însă şi lui Dumnezeu să găsim?"

Adică să vină în inima copilului şi soluţia de a apela la rugăciune. Atunci îl conectezi pe copil cu Dumnezeu.

Şi va mai face asta. Dacă îi va ieşi – şi tu trebuie să ai grijă să iasă –, data viitoare va şti că l-a ajutat Dumnezeu şi se va duce să se roage.

Ce frumos! Aşadar, la întrebarea cum să se comporte un părinte ca să îl aducă pe copilul mai mare pe calea dreaptă a credinţei, răspunsul ar fi acela că trebuie să fii sau, dacă nu ai reuşit să fii când a trebuit, să încerci să devii un model real pentru copil.

Da, şi chiar dacă nu eşti model, dacă ai scăpări, cum spunea Maica Magdalena, conectându-te cu Dumnezeu devii model. Copilul nu te ia pe tine ca model în sensul că eşti impecabilă în toate aspectele, ci în sensul că, deşi greşeşti uneori, totuşi eşti, pe de o parte, mereu preocupată să te abţii de la noi greşeli, mai ales de la cele făcute intenţionat, iar pe de altă parte, încerci să corectezi şi să repari, cerându-ţi iertare şi căutând să schimbi ceea ce nu e bine la tine. Înainte de culcare, când m-a supărat cu ceva sau am supărat-o eu cu ceva pe Teodora, ne cerem iertare una alteia, apoi mă aşez în genunchi şi-I spun lui Dumnezeu că sunt o păcătoasă, iar dimineaţă îmi iau din nou copilul în braţe. Sunt multe situaţii în care nu poţi fi la înălţimea la care ţi-ai dori să fii sau la care îţi îndemni copilul să se ridice. Acest fapt nu face mai puţin valoroase lucrurile pe care le spui sau i le ceri. Dimpotrivă, faptul că, deşi nu îţi iese mereu, te străduieşti în continuare să îţi iasă, e o dovadă că tu crezi în valoarea lucrurilor respective. Adică este cum spunem noi, mirenii: să faci ce spune preotul, nu ce face preotul, în sensul că scăpările lui nu fac mai puţin valoroase lucrurile pe care le propovăduieşte. Despre asta este vorba şi în relaţia cu un adolescent. Important e ca atunci când nu poţi fi un model de perfecţiune să fii un model prin aceea că îţi asumi imperfecţiunea şi că te lupţi cu ea în fiecare zi.

Exact. Comportamentul tău trebuie să fie unul în care să îl iei ca partener pe adolescent. Nu eşti şeful lui. Mitropolitul Antonie de Suroj, când cineva îi cerea să devină părintele lui duhovnicesc, refuza, spunând că este ceva prea înalt, pe care nu ar putea să-l împlinească cum se cuvine. Spunea însă că îşi poate asuma să fie un împreună-călător, un însoţitor de nădejde, un bun ascultător, cineva care să înveţe împreună şi în acelaşi timp cu celălalt tot ce va fi de învăţat pentru a ajunge la Destinaţie. După ce îi (re)câştigi încrederea copilului tău, îi poţi spune că îl rogi să vină la biserică pentru tine, câteva minute pe duminică. Spune-i că poţi înțelege că se simte stingher, însă, întrucât pentru tine e ceva valoros și important, ai vrea să facă și el acest lucru, fie măcar și puțin. Aici greșesc mulți părinți, care, din dorința de mai mult, nu obțin nimic, iar de acest lucru ei se fac vinovați. De aceea e important să te rogi mult să te lumineze Dumnezeu legat de ce strategie să adopți.

Și mai e ceva: intră un pic în lumea lui. Spune-i: „Hai să mergem la un preot care vorbește și pe limba ta." Trebuie să te gândești la adolescent nu doar să fie prezent la Sfânta Liturghie, ci să te întrebi ce primește el de acolo ca să-și bandajeze sufletul. Dacă îl duci undeva unde preotul vorbește bine, coerent, pe limba lui, va vedea că, și prin asta, îți pasă de el. Poți să îl „agăți" și cu invitația de a participa la o drumeție sau un pelerinaj organizat de parohie, la o acțiune de voluntariat sau la un atelier, acțiuni prin care adolescentul se poate apropia progresiv de preotul bisericii, de alți tineri ai bisericii. În niciun caz nu trebuie să îl forțezi. E bine, pentru început, să stea mai puțin la slujbă. Lasă-l pe el să stabilească regulile (când vine, cât stă, unde stă, cum se îmbracă, ce face când vine). Să nu se simtă îngrădit și stingherit de prea multe „Nu"-uri și de prea multe indicații.

Așadar, răspunsul la întrebarea noastră este: „Comportamentul dumneavoastră să fie unul fantastic, ca adolescentul să vă urmeze pe calea lui Dumnezeu."

***

O solicitare din online este: **„Dezvoltați pilda «femeia îi urmează bărbatului»."** În cartea noastră am mai vorbit despre asta, despre faptul că femeia nu este nici superioară, nici inferioară, ci complementară. Putem să sintetizăm ideea în câteva cuvinte?

Între bărbat şi femeie este o permanentă egalitate. Este ca la ceasuri: suntem două roţi zimţate, egale ca importanţă; una fără alta nu poate face să funcţioneze mecanismul, ansamblul. Nu există nicăieri o „pildă" a femeii care trebuie să urmeze bărbatul. Însă aş pune în faţa inimii ascultătoarei noastre virtutea ascultării. Ascultarea este o virtute la care ne cheamă Dumnezeu pe fiecare dintre noi. Astăzi, societatea modernă nu mai ascultă de nimeni. Toată lumea are ceva de spus, toţi vor ceva, toţi se visează şefi, aşa că nimeni nu mai este dispus să asculte. Societatea e turată şi, ca să poată să se vindece, trebuie să ajungă la o turaţie potrivită. E nevoie uneori, pentru ca lucrurile să meargă, să cedezi, să faci un pas în spate, să nu ai o rotiţă doar cu proeminenţe, ci şi cu găuri, pentru ca mecanismul să poată funcţiona cum trebuie.

Deci nu numai femeia, Părinte, trebuie să asculte, ci toată lumea.

Desigur. Iar în ceea ce priveşte femeia, virtutea ascultării la care este ea chemată nu este aceea de a asculta în mod obedient de bărbat. E total greşită înţelegerea asta. De altfel, într-adevăr a fost şi este nedrept faţă de femeie ca un bărbat să spună. „Trebuie să mă asculţi, pentru că aşa zic eu."

Nu, în nicio relaţie nu merge aşa.

Trebuie să existe dialog între femeie şi bărbat. În loc de „Hai să ascult de bărbatul meu", să fie „Hai să am un dialog cu bărbatul meu".

Sau „Hai să ne ascultăm reciproc!".

Ascultarea înseamnă dialog, adică să-l asculţi pe celălalt, să îi asculţi opinia, punctul de vedere şi, dacă e mai bun, să îl urmezi pe al lui.

Şi e foarte important să asculţi, ca să-l ajuţi, nu ca să-ţi iei argumente pentru următorul atac.

Da, de prea multe ori suntem în luptă. Și în această luptă fiecare folosește argumentele celuilalt pentru un următor atac. Ascultarea înseamnă să ieși puțin din modul tău egoist de gândire, care uneori te poate bloca într-o idee, și să vezi dacă nu cumva și celălalt are dreptate. Ascultarea e deschidere spre argument, e deschidere spre soluția cea mai bună, chiar dacă nu e întotdeauna propusă de tine, ascultarea e cedare, uneori chiar în pofida argumentelor bune pe care le ai, doar din iubire sinceră pentru celălalt și pentru pacea dintre voi.

Şi dacă ţi se pare că celălalt nu are dreptate, dar e vătămat, suferind, pune-te în locul lui. Gândeşte-te ce a simţit el, ce a fost în mintea lui, care e intenţia cu care a făcut sau vrea să facă ceva. Dacă nu e o chestiune vitală şi poţi să o faci din dragoste pentru celălalt, în astfel de situaţii ar fi bine să cedezi şi să te supui deciziei celuilalt. Din păcate, nu mai facem acest exerciţiu, suntem doar preocupaţi să avem dreptate.

Această preocupare de a avea dreptate întotdeauna sau gândul că părerea noastră este cea mai bună vin din mândria care este adânc așezată în firea noastră odată cu păcatul protopărinților despre care am mai vorbit în cartea noastră. Avem mândria și neascultarea în firea noastră. Suntem firi căzute toți, inclusiv noi, cei de față. Și eu mă mai cert uneori cu soția mea, și Liana se mai ceartă cu Mihai. Dar nu dormim fără să ne împăcăm.

Ne străduim să nu dormim certaţi, Părinte, fiţi un pic blând.

Ascultarea înseamnă să-l asculți pe celălalt cu disponibilitate și cu deschidere, pentru a rezolva problema respectivă, și nu încercarea de a-ți susține în continuare, cu orice preț, punctul tău de vedere, continuând astfel conflictul.

Şi să pleci de la un anumit lucru care trebuie să-ţi fie în minte tot timpul: importantă într-o familie este pacea, liniştea. În momentul în care vrei cu orice preţ să ai dreptate nu mai poate fi vorba de pace, de linişte.

Exact, se naşte lupta. Amândoi partenerii trebuie să lase armele jos. Nu este despre un câştigător, ci despre puterea argumentelor înţelese cu inimă bună de celălalt.

Cineva a spus că, de câte ori a tăcut, a fost bine, iar de câte ori a vorbit, nu a fost bine.

Da, Sfântul Arsenie cel Mare spune: „Pentru că am vorbit, de multe ori mi-a părut rău; pentru că am tăcut, niciodată." Deci suntem într-o perioadă istorică în care ascultarea obedientă, fără argumente, ar trebui părăsită, pentru că nu duce nicăieri. Astăzi este şi ar trebui să fie timpul dialogului. Pot să spun că un model al dialogului este dat de sinodalitate. În Biserica Ortodoxă există, în luarea deciziilor, principiul sinodalităţii. El se aplică în fiecare Biserică Ortodoxă locală, inclusiv în Biserica noastră, Română. Când apare o problemă în Biserică, când trebuie să se ia o decizie generală, se adună întreg Sfântul Sinod; 50-60 de arhierei se ascultă unii pe alţii acolo, se deliberează, se votează o hotărâre şi apoi se dă un comunicat. Deci decizia se ia prin colaborarea dintre mai multe minţi luminate. La marile companii, echivalentul Sinodului ar fi consiliul de administraţie. Decizia nu poate să fie rea, pentru că sunt mai multe minţi la un loc, călăuzite de Duhul Sfânt.

Nu cred că cineva singur poate să aibă dreptate şi de aceea femeia nu trebuie să asculte bărbatul în sensul clasic al cuvântului, ci trebuie să aibă disponibilitatea de a intra în dialog cu el. Şi, după forţa argumentelor, să se ia decizia mai bună, care uneori poate fi oferită de bărbat, alteori, de femeie.

Referitor la asta, eu, în Muntele Athos, am avut o mică discuție cu un cuvios părinte, Părintele Nicodim Răvaru. L-am întrebat pe Părinte: „Când trebuie luată o decizie, cine să o facă, bărbatul sau femeia?" Și răspunsul lui a fost: „Cine este mai înduhovnicit? Cine este mai aproape de Cer? Cine este mai iluminat? Omul care este mai credincios e mai iluminat, acela să ia decizia."

Dar asta nu înseamnă că trebuie să fie și aici o competiție, în a dezbate la nesfârșit care dintre parteneri e mai înduhovnicit.

Poate că uneori ideea soției mele este mai bună, pentru că are intuiție și are argumente mai bune, este mai credincioasă și simte mai bine respectiva realitate, poate alteori sunt eu mai mult în duh de rugăciune și am eu o idee mai bună. Și astfel ne completăm unul pe altul. Nu există să asculți de cineva orbește și obedient. Răspunsul trebuie să fie dialogul și argumentele solide.

Și după ce s-a luat decizia și viața înaintează, cei doi au și uitat cine a luat decizia.

Da, decizia e a noastră.

***

Următoarea temă de discuție e foarte grea și privește **relația femeii de astăzi cu alte femei din viața ei**: soacră, noră, mamă, fiică. Să începem **cu soacra**.

Ar trebui să vorbim despre competiția din relații.

Între mine și soacra mea au fost foarte multe momente cu scântei, pentru că eram exact același gen de femeie și iubeam, practic, același bărbat, dar cu alt tip de iubire. Ea îl iubea necondiționat, pentru că era mama lui, dar și eu tot necondiționat îl iubeam, numai că printr-un alt tip de iubire. Şi atunci, nu cumva momentele noastre tensionate apar pentru că aceste iubiri s-au ciocnit? Nu există viaţă perfectă sau, dacă există, e ceva în neregulă în relaţia asta, pentru că e o competiţie între femeile din viaţa unui bărbat, aşa cum poate fi o competiţie şi între bărbaţii din viaţa unei femei. Şi atunci, din perspectiva dumneavoastră, ca duhovnic, ce trebuie să facă o femeie care are relaţii încordate cu soacra?

Iubirea este iraţională, este un sentiment care vine din inimă şi nu prea are legătură cu creierul. Când te îndrăgosteşti, te îndrăgosteşti de o persoană pe care o primeşti în viaţa ta după criteriile tale. Regăseşti în ea valori comune, o apreciezi, rezonezi cu ea, simţi că e omul potrivit pentru tine. Şi atunci tu, ca părinte, care ai crescut acest copil cu mult efort şi cu multă dragoste, când vezi că el se îndrăgosteşte de o persoană care corespunde doar criteriilor lui, nu şi alor tale, te iriţi. Cert e că nu e uşor să accepţi că tocmai într-o chestiune atât de importantă, cum e alegerea persoanei cu care îşi va împărţi viaţa copilul tău, nu prea mai ai niciun cuvânt de spus.

Generalizând puţin, cred că sunt trei mari scenarii posibile pentru o mamă, atunci când copilul ei se îndrăgosteşte şi e pe punctul de a decide să se căsătorească. Există părinţi care, indiferent de calităţile persoanei alese de copilul lor, se pun de-a curmezişul relaţiei şi vor căuta mereu defecte şi vor găsi mereu ceva de obiectat. Se întâmplă asta fie dintr-un ataşament bolnăvicios, fie din gelozie, fie din egoism, fie pentru că ei consideră că acea persoană nu corespunde criteriilor lor. Apoi sunt părinţi care se împotrivesc consecvent relaţiei, pentru că persoana respectivă este evident nepotrivită (interesată, vicioasă). Există şi o a treia categorie de părinţi care, chiar şi dacă au anumite reţineri, de orice natură, trec peste ele, acceptă nou-venitul şi îl integrează în familie.

Cum spuneam, indiferent de motivele pe care le au părinţii, reticenţa lor e cumva explicabilă într-o anumită măsură, chiar dacă nu acceptabilă întru totul. De asta, când eşti copilul afectat de atitudinea părinţilor tăi sau persoana respinsă de ei, e bine să încerci să înţelegi puţin şi perspectiva celuilalt. Pentru că sunt mereu cel puţin două perspective asupra unei realităţi: a ta şi a celuilalt, în cazul acesta a părintelui. Perspectiva dinspre părinte este foarte greu de rezolvat, de gestionat.

În ceea ce priveşte motivele subiective pentru care ai putea fi respinsă sau persecutată ca noră, cum ar fi durerea unei mame care se simte trădată, invizibilă, în favoarea unei necunoscute ca tine, sau egoismul întâlnit deseori la părinţi, cred că, deşi nu îţi va fi uşor, mai ales dacă soţul va fi de partea ta, ar trebui să te lupţi cu tine şi să faci abstracţie de răutatea lor gratuită. Ar trebui să accepţi, după ce ai încercat cu fapta şi cu rugăciunea, că e o realitate pe care nu o poţi tu schimba şi să te străduieşti să nu intri în jocul periculos al urii lor. Deşi aceasta nu e o situaţie ideală, încearcă măcar să nu laşi să vină răutatea dinspre ei şi în viaţa ta. Şi, cel mai important, nu lăsa toxicitatea atitudinii socrilor faţă de tine să îţi afecteze relaţia cu soţul tău. Poartă-te cu respect faţă de ei, atunci când trebuie neapărat să interacţionaţi, în rest păstrează distanţa, dacă simţi că primeşti de acolo doar mere otrăvite.

Roagă-te atunci când simţi că nu mai poţi, ca să te întărească Dumnezeu să mai poţi puţin.

Dacă tu eşti soacra care vede negru când apare nora în peisaj, indiferent de ce face sau nu face ea, te rog să te gândeşti că ar trebui să lucrezi cu tine ca să înveţi să accepţi şi perspectiva celuilalt, chiar dacă nu îţi convine. Pentru că, până la urmă, alegerea nu este a ta.

Ca părinte, trebuie să ai mereu ca reper fericirea copilului. Asta este menirea unui părinte pe lume.

În cazurile în care reticența cu care ești privită, ca noră, pleacă de la diferența de mentalitate, cauzată de diferența de vârstă, de cultură, de educație, de valori, încearcă să vezi dacă nu cumva unele lucruri ar trebui cu adevărat schimbate și la tine sau să înțelegi că, pur și simplu, celălalt vede lucrurile diferit. Deși nu e ușor de acceptat și pe pus în practică, același lucru e valabil și pentru tine, dacă tu ești soacra nemulțumită de unele aspecte legate de persoana viitoarei nurori. Secretul este să ai capacitatea să accepți și ceea ce nu îți convine, pentru că alegerea nu e a ta. Desigur, pentru orice părinte este foarte greu că, după ce se dăruiește cu totul copilului, la un moment dat, vine în viața acestuia o persoană de care se îndrăgostește și care, poate, nu are nicio legătură cu valorile în care copilul a trăit și nici cu valorile personale ale părintelui său. Și atunci va trebui să te străduiești să fii o soacră bună pentru o fată care poate că merge pe alte valori. De aceea se naște această durere, în situația nefericită în care vine în viața, în familia ta o persoană pe care n-ai fi vrut s-o ai niciodată în familie. Este o realitate cu care mulți părinți se întâlnesc.

Acum aș vrea să-ți întorc întrebarea. Poate că fiica ta se va îndrăgosti la un moment dat și acel băiat nu va avea nicio legătură cu valorile pe care i le-ai insuflat sau, pur și simplu, nu-l poți accepta ca mamă și ca femeie. Cum procedezi?

Părinte, o să mă uit foarte atent la copilul meu, dacă e pe deplin fericită. Dragostea are prostul obicei să fie ușor oarbă sau măcar chioară, cu dioptrii mari. După cum ați spus mai devreme, când alegi pe cineva cu care faci pereche, îl alegi pentru că validezi în tine și în celălalt ceva. E greu de crezut că Teodora, crescută fiind cu un tată muzician, cu o mamă care lucrează în media, cu pianul în casă, cu Dumnezeu în casă, va alege pe cineva care n-are nicio legătură cu aceste lucruri.

Aşa este. Dar îţi prezint şi varianta nefericită – să dea Dumnezeu să nu se întâmple! – în care ea ar găsi un băiat care nu are nici cultura muzicii, nici preocupări ca acelea pe care ai încercat să i le insufli Teodorei, poate chiar nici credinţa în Dumnezeu.

Se poate şi asta. Dar, repet, cred că cel mai important lucru este că tu, ca părinte, ştii când îţi e copilul bine. Îl simţi mai bine decât orice alt om. Nu îl poate cunoaşte nimeni mai mult decât tine. Dacă îl simţi pe copil fericit, deşi e cu cineva care nu prea îţi place, lasă-l în pace, chiar dacă îţi muşti limba, că nu asta ţi-ai dorit. Dar dacă e nefericit, sau suferă, sau sunt într-adevăr nişte lucruri inacceptabile, nu ai ce să faci decât, mai mult ca oricând, să stai în genunchi, să te rogi şi să îi spui cu blândeţe că nu îi face bine acea relaţie. Şi, indiferent ce va decide, trebuie să ştie că îi vei rămâne aproape. În discuţiile cu copilul tău nu trebuie să-l acuzi deschis pe partenerul său. Chiar dacă celălalt e strâmb, e gras ori slab, trebuie să te gândeşti că, în proiecţia lui, copilul tău îl vede pe acela bun, frumos. Dacă vei începe cu un atac la persoană, copilul va riposta şi va considera cumva că îl ataci pe el. Dacă vrei să îl ajuţi, ia-o pe departe, ai răbdare, construieşte puţin câte puţin. Rolul tău, ca părinte, trebuie să fie doar acela de a-i oferi nişte ochelari mai buni. Să îl ajuţi să îşi pună el nişte întrebări despre viitorul lui partener de viaţă, nu să îi dai tu nişte răspunsuri, pe care le va respinge din start.

Da, să îl ajuţi să-i vadă defectele, să îl vadă pe omul acela aşa cum e sau măcar să îl privească şi dintr-un alt unghi. Aşadar, vei fi o soacră care va fi atentă la starea de bine a cuplului nou-născut.

La starea de bine a copilului meu, în primul rând, pentru că eu pe ea o iubesc. Dacă ea e fericită, şi uneori o văd că e atât de fericită, o las să trăiască ca atare acest sentiment. Fericirea e o chestiune de scurtă durată. Nu prea am văzut pe nimeni fericit pe termen lung.

Deci fericirea este o stare care se poate atinge.

Da, dar care durează puţin. Însă atunci când o ai, este o stare frumoasă, deplină. Trăieşte-o la maximum, bucură-te de ea. Revenind, ca părinte, n-ai ce să faci decât să fii cel mai fin, atent și obiectiv observator.

Corect. Deci, ca soacră ipotetică, te concentrezi pe starea de bine a fetei tale. Dar întrebarea de la care am plecat a fost despre relaţia femeii cu soacra ei. Ce facem când soacra îţi impune ţie ca noră anumite lucruri, doar pentru că ar şti ea mai bine?

Spui ca ea și faci ca tine. Atenţie! Având o relaţie cu cineva, fiindu-i soţ / soţie, trebuie să accepţi că împreună cu el / ea vin în viaţa ta și tot felul de membri ai familiei. Desigur, unii mai mult şi alţii mai puţin; şi ei sunt aşa cum sunt, nici tu, nici soţul tău nu îi puteţi schimba. Încearcă să înţelegi această realitate. De aceea, dacă el / ea e fericit, când e cu mama sau cu tatăl lui și sunt într-o stare bună împreună, nu i-o mai strica criticându-i părinţii. Gândește-te că orice chestiune rea pe care ai adăugat-o și tu în legătură cu mama sau cu tatăl lui este încă un cuţit în spatele acestui om pe care îl iubeşti. Un om nu poate fi la nesfârşit încasator. Măcar tu, dacă tot îl iubeşti, nu fi omul care-i tot dă.

Recunosc că şi eu am avut momente în care nu am înţeles-o pe soacra mea, Dumnezeu s-o odihnească. L-a răsfăţat pe Mihai pentru că i-a lipsit. Ea a plecat când el era mic și, când s-a întors, l-a răsfăţat cu tot felul de lucruri pe care el nu le-a înţeles și le-a folosit cum a știut el, cu experienţa lui de la început. Şi eu am încercat să nu îl rănesc și mai tare.

Apropo de soacră, când îi spune ceva propriului copil despre tine ca noră, e bine să înţeleagă că de fapt pe el îl rănește, întrucât el te iubește pe tine. Dacă îi mai spui și tu, că mama lui e nu-ştiu-cum, că face

Un parenting orientat spre Dumnezeu
este, în opinia mea, cel mai echilibrat
și mai complet parenting.

nu-știu-ce, e dublă suferință, triplă suferință. Chiar dacă soacra toarnă venin, că sunt și femei nenumărate care toarnă venin, încearcă să întrerupi tu acest obicei. Știu că e greu, dar măcar fă o glumă: „Cred că nu am auzit-o bine pe mama ta. / Cred că mi s-a părut." Sigur că te pot răni un cuvânt pe care ți l-a spus cu răutate, un gest, o atitudine gratuit ostilă. Însă, decât să fie doi răniți, mai bine unul singur.

E limpede că relația soacră-noră poate să fie și una bună, spre foarte bună și să aducă multă fericire pentru cele două familii, însă dacă nu poate fi așa, deoarece nu ține doar de tine, măcar civilizată să fie. Pentru că pot să apară probleme foarte mari. Pe de-o parte, este implicată mândria tinerei femei, tinerei soții, care respinge din start toate valorile soacrei și atunci apare un conflict, ceea ce e greșit. Pe de altă parte, greșeala poate veni din partea soacrei, care consideră că fata nu știe să fie o soție bună și atunci implicit o critică.

Așa cum spuneam, esențial este ca o noră să nu coboare mai jos de pragul respectului, dacă mai mult nu se poate. Prin asta, ea respectă faptul că soacra a dat viață bărbatului vieții ei și păstrează o atmosferă de pace mai ales în sânul propriei familii. Astfel, lucrurile capătă o turnură civilizată, fiecare respectându-l pe celălalt. Reacția părinților față de noră, dar și față de ginere nu are legătură întotdeauna cu o realitate obiectivă, ci doar cu exigențele lor foarte mari, cu distanța între așteptările pe care le au și realitatea propriu-zisă, cu incapacitatea lor de a accepta persoana nou-venită în familie, indiferent cum ar fi ea. Ținând cont de această realitate, cred că cel care poate – și trebuie să o facă – juca un rol fundamental, de mediator, este bărbatul, în calitatea lui dublă, de copil și de soț. De fapt, problemele în relația soacră-noră apar și pentru că bărbatul nu știe, nu poate, nu vrea să pună anumite limite, atunci când lucrurile nu păstrează cadrul firesc. Acest cadru e formulat clar în Sfânta Scriptură: „De aceea va lăsa omul pe tatăl său și pe mama sa și se va uni cu femeia sa și vor fi amândoi un trup.” (Facerea 2, 24) *„Deci ceea ce a unit Dumnezeu, omul să nu mai despartă.”* (Marcu *10, 9) Iată de ce, odată cu căsătoria, mama nu mai poate rămâne persoana cea mai importantă din viața unui bărbat. Cei doi devin una, o nouă familie, distinctă de familia lui și de familia ei, din care fiecare se trage.*

Legat de asta, Mihai mi-a spus la un moment dat ceva foarte frumos: „Îți reamintesc că familia noastră sunt eu cu tine și cu asta mică. Restul este familia extinsă.”

Ce frumos! Acesta este un adevăr pe care ar trebui să-l spună fiecare dintre soți.

Ceilalți sunt ai noștri, sunt frumoși, dar sunt apendice. Sigur că sunt importanți. O ador pe mama, l-am iubit pe socrul meu, de soacra mea nu mai spun, era de o eleganță rară. Dar, repet, familia suntem noi, e o familie nouă.

Așadar, dacă mama continuă să dorească și soțul să accepte, și după întemeierea acestei noi familii, să aibă același tip de relație ca înainte, e evident că în căsnicie se va ajunge la conflicte, atât între soacră și noră, cât și între soți. Aici e foarte important rolul soțului. El trebuie să managerieze această relație și să pună limite. Sigur că îți vei iubi în continuare părinții, dar omul cel mai important, cel cu care te sfătuiești, cel cu care iei deciziile, cu care împarți totul, și pe cele bune, și pe cele mai puțin bune, nu poate fi altul decât soția ta. De aceea, mamei, dacă singură nu înțelege sau nu acceptă această schimbare firească, trebuie discret și treptat să îi dai de înțeles, nu neapărat să i-o spui direct, că în familia voastră nouă doar voi doi decideți. De asemenea, spunându-i și arătându-i soției că pe ea o iubești cel mai mult, în momentul acela ea e liniștită și nu va mai fi afectată atât de mult de nemulțumirile exprimate sau nu ale mamei tale. Pe soții le deranjează nu atât pretențiile absurde uneori ale soacrei, cât faptul că aceste pretenții se transmit din casa socrilor în casa voastră, în familia voastră. Atâta timp cât ele rămân doar în casa socrilor, chiar dacă nu-ți va fi ușor să auzi mereu critici și nemulțumiri, totuși vei putea trece peste ele, văzând că soțul e de partea ta, că nu aude sau nu rezonează la acele critici.

Din păcate, sunt mulți bărbați care problematizează în fața soției ceea ce mamele lor le oferă ca informație. În familia nouă, regulile, inclusiv cele legate de aspecte concrete, cum ar fi gătitul, curățenia, vestimentația aleasă, destinațiile de vacanță, educația copiilor, trebuie stabilite doar de către soți. Soțul trebuie să descurajeze orice imixtiune a mamei în aceste chestiuni. În unele aspecte, în decizii importante, te poți sfătui și cu părinții, însă rolul lor nu poate fi mai mult decât unul consultativ. Soțul nu ar trebui să preia și să transmită lucrurile negative dintr-o parte în alta, ci ar trebui să fie elementul pozitiv, de tranziție, între cele două familii. El poate atenua, poate media anumite lucruri, în așa fel încât nu doar relația cu soția să nu fie afectată de aceste diferende, ci chiar și relația soției cu părinții lui să devină una mai bună. Un soț înțelept nu îi spune soției tot ce mama lui i-a spus că nu agreează la ea, și nici invers. „Ce nu știi nu te doare."

Exact. Dacă bărbatul îi spune tot timpul mamei sale ce îi face soția, e evident unde se va ajunge. Putem s-o mai condamnăm pe soacră pentru că nu o place pe noră?

Așa e. Nu e vorba însă aici despre nesinceritate sau despre a-i ascunde soției lucruri, ci e vorba despre a avea discernământul de a alege să nu spui sau să nu faci lucruri care l-ar putea răni pe celălalt. E cumva tot o formă de iubire această trecere în plan secund a unor informații care nu ar ajuta, ci doar ar amplifica un conflict. Un bărbat educat, un bun creștin, care are valori morale, știe să-și respecte mama fără să afecteze relația cu soția lui.

Dacă bărbatul a fost cocoloșit de mamă, în toate privințele, și își ia o soție care nu repetă modelul mamei? Poate se plânge uneori mamei și de aici apare conflictul dintre ele.

Dar e alegerea lui, el a ales așa. Este realitatea vieții lui, pe care a ales-o în mod conștient. Dacă vede încă de la început ceva de care nu e mulțumit, că soția nu îi poate oferi ceva de care ar avea nevoie de la ea, poate ar trebui să se mai gândească în privința acestei alegeri. Dacă însă a făcut pasul și a ales, nu mai are dreptul apoi să caute la mamă o protecție sau o afecțiune pe care nu o primește de la soție sau nu are dreptul să se plângă mamei în legătură cu ceea ce nu primește de la soție.

Se întâmplă să fie și nevoia mamei de a oferi și de a primi această afecțiune din partea copilului. Când nu o mai primește sau nu mai are cui să o ofere, ea suferă. Uneori copiii acestor mame sunt șantajați emoțional de ele, acestea fac tot felul de scenarii, de drame, se victimizează pentru a atrage din nou atenția și afecțiunea copilului. Asta se întâmplă mai des la mamele care nu au avut relații împlinite cu soții lor, ci s-au refugiat în relația cu copiii. Aici e pericolul mare: mama are nevoi afective mari și le dorește împlinite prin băiatul ei. Atenție, trebuie să înțelegi, ca mamă, că nu îți crești copilul doar pentru tine, ci în primul rând pentru el. Nu trebuie să rămâi în egoism, ci să înțelegi că, din dorința de a-ți împlini tu nevoia de afecțiune, nenorocești viața copilului și a noii lui familii. Copilul, într-un asemenea caz, nu trebuie să fie indiferent la suferința mamei, însă nici nu trebuie să cadă în cursa acestor șantaje și, din cauza imaturității emoționale a mamei, să își sacrifice relația cu soția. Ajutând-o, atât cât poți, pe mamă să înțeleagă că ai o viață nouă, că ești fericit cu soția ta, că vei avea în continuare un timp și pentru ea, dacă mama este matură, speri că ea va înţelege asta. Dincolo de asta, aşa cum spunea Mihai, nu trebuie să uiţi că familia ta eşti tu şi soţia ta şi apoi copii, iar restul, inclusiv mama şi tata, sunt doar familia extinsă.

Ce facem cu nurorile care nu îşi respectă soacrele, chiar dacă ele sunt bune, drăguţe?

Aici este tot o degenerare a iubirii, care se manifestă posesiv şi egoist, de data aceasta din partea cealaltă, a nurorilor, când acestea ajung să considere că orice ar face soacrele, orice ar veni dinspre ele este rău. Sunt soţii geloase şi posesive, care nu vor să-şi împartă bărbaţii cu nimeni.

Aici e clar o problemă la ele, de care trebuie să încerce să se vindece, pentru că nimeni nu vrea să stea închis într-o cuşcă, chiar dacă e făcută din aur.

Acest tip de reacţie poate însă veni şi dintr-o panică, dintr-o nesiguranţă, dintr-un fel de ataşament nesigur al soţiei, care arată că bărbatul ei nu a ştiut să îi arate suficient că ea e totul pentru el. Deci uneori nora face astfel de gesturi tot dintr-o nevoie neîmplinită. Trebuie să identificăm ce se ascunde în spatele cuvintelor celuilalt. O astfel de femeie panicată arată că simte că nu mai este ea prima în inima bărbatului.

Fie că e adevărat, fie că e doar impresia ei, trebuie să vorbiţi deschis despre asta. Altfel nu există vindecare.

O mamă adevărată, când se căsătoreşte fiul ei, ar trebui să îi spună acestuia: „Dragul meu, soţia ta e acum în centrul vieţii tale. Eu voi fi mereu aproape de tine, cu iubirea mea, cu rugăciunea mea; te voi ajuta cu tot ce pot, însă fac acum un pas în spate. Te las să îţi trăieşti viaţa şi mă voi bucura de fericirea ta." Aşa cred că ar trebui să stea lucrurile.

De cealaltă parte, soţia ar trebui şi ea să realizeze că este absolut obligatoriu să respecte rudele soţului, chiar dacă nu le poate iubi, chiar dacă nu sunt pe aceeaşi lungime de undă cu ea. Relația de respect ține foarte mult și de credința ta interioară, și de felul în care știi să manageriezi iubirea. Bolile iubirii sunt egoismul și alintul. Dacă mama te-a crescut egoist și alintat, vei căuta asta și de la soția ta. De altfel, ajungi să cauți un fel de transfer de responsabilitate, de la mamă la soție, care te aștepți să îți devină (și) mamă, să fie protectoare, afectuoasă ca mama ta, pe scurt, vrei ca ea să fie ca mama ta, ceea ce nu e în regulă. Această lipsă de maturitate a bărbatului strică relația cu soția, dar și relația dintre soacră și noră. Deci esențială este și poziția bărbatului în acest aspect.

Da, sunt foarte multe femei care și-au crescut băiatul ca pe o bijuterie și, atunci când acesta se îndrăgostește nebunește și iubita începe să pună și ea unele condiții, aceste mame intervin brutal și vor să dicteze ele regulile. Cea mai mare greșeală pe care poți s-o faci, ca soacră, este să-ți denigrezi nora în ochii copilului tău, pentru că nu faci decât să te descalifici și creezi în noua familie probleme care, poate, nu ar fi existat. Mai ales că la începutul unei relații sunt și așa multe de reglat între cei doi, de asta nu trebuie să mai pui și tu, ca mamă, „gaz pe foc". Intervenția ta e cu atât mai greșită cu cât copilul tău chiar o iubește. Primul lucru pe care l-aș face, dacă aș fi soacră, ar fi să verific cât de tare ține copilul meu la acea persoană. Și dacă iubirea lor este profundă și intervenția mea ar lăsa cicatrici, atunci mi-aș măsura vorbele, tocmai pentru că prima victimă ar fi tocmai copilul meu.

Absolut corect. Cred că o soacră deșteaptă va vedea prin ochii băiatului ei realitățile relației cu fata și o noră deșteaptă va vedea relația cu soacra ei prin ochii soțului ei.

Adu-ți aminte cât de mult îți iubești copilul, dar și că s-ar putea să-l rănești pe el atunci când îți denigrezi nora. Eu am văzut asta întâmplător în familia mea extinsă. Părinții se băgau prea mult în treburile cuplurilor.

Ca să concluzionăm, pentru o relație bună între tânăra soție și soacra ei, fiecare trebuie să renunțe în primul rând la mândrie, la iubirea egoistă de a-l avea pe celălalt doar pentru sine și la ideea de concurență în ceea ce privește câștigarea iubirii lui, la vânătoarea de defecte a celeilalte și la certitudinea că modul în care vezi tu lucrurile este singurul posibil și corect. Soluția e, până la urmă, disponibilitatea de a renunța la mici lucruri de dragul comuniunii.

De fapt, vorbiți despre compromis.

Da, despre asta e vorba, despre a ști să ai smerenia de a lăsa uneori de la tine, ca să le fie bine tuturor.

Atenție, smerenia nu e totuna cu umilința.

Nu, categoric nu. Smerenia înseamnă să faci lucruri din dragoste de celălalt, să accepți să faci ceva doar pentru că este valoare pentru celălalt. De exemplu, dacă merg la socrul meu și el preferă să discute despre un sport care mie nu-mi place, ies din nevoia mea sau din propria mea judecată și, de dragul lui, vorbim despre acel sport.

Știți de câte ori am căutat eu pe Google despre Rapid, pentru că soțul meu era înnebunit după echipă și eu nu știam nimic despre fotbal?

Ai făcut-o din dragoste. Deci, dacă îl iubești pe soțul tău, faci tot ce ține de tine să ai o relație frumoasă atât cu el, cât și cu soacra.

Sunt unele femei care tot lasă de la ele și la un moment dat nu mai pot răbda.

Nu trebuie să lași de la tine până când cedezi nervos. Nu trebuie să se ajungă până acolo. De aceea e nevoie ca bărbatul să mențină întotdeauna echilibrul între soacră și noră. Dacă bărbatul, pentru că o apreciază mai mult pe mama lui, o jignește pe soție în fața mamei, face un mare rău relației lui de cuplu. În același timp, dacă bărbatul o vorbește de rău pe mama lui în fața soției lui, iarăși face un rău. El trebuie să aibă acel echilibru. Și când exagerează una dintre cele două femei, trebuie să restabilească cumva, cu tact și cu răbdare, pacea.

Sau dacă nu poate, atunci măcar să nu lase conflictul să escaladeze.

Aş vrea să recapitulez soluţiile pentru o relaţie armonioasă între soacră şi noră.

– Ca noră, trebuie să ai recunoştinţă pentru strădania şi efortul părinţilor soţului, pentru că ţi-au adus în viaţă persoana iubită. Identifică o calitate a soacrei şi mulţumeşte-i pentru ea. Atunci se nasc perspectivele unei relaţii frumoase soacră-noră!

– Trebuie rupt la timp cordonul ombilical psihologic între soacră şi fiu! E vorba despre dependenţa copil-părinte, care trebuie să dispară. Fiul e obişnuit să tot primească şi, atunci când apare soţia în viaţa lui, are aceleaşi aşteptări. Ceea ce e total greşit! Scrie chiar în Biblie, încă de la Facerea lumii: „Va lăsa omul pe tatăl său şi pe mama sa şi se va uni cu femeia sa, devenind amândoi un trup." Deciziile vor aparţine, aşadar, exclusiv cuplului. Ajută-ţi mama, părinţii să conştientizeze asta! Ca soacră, poţi da un sfat, dacă ţi se cere asta. Părinţilor intruzivi trebuie să li se spună clar, pe un ton politicos, care sunt limitele şi că nu mai au un cuvânt de spus în deciziile noului cuplu.

– Atenţie la balanţa iubire-egoism, acceptare-neacceptare. Dacă îl iubeşti pe soţul tău, îl laşi să se vadă cu familia lui, îi accepţi pe ai lui. Un exemplu de iubire adevărată din Biblie vedem la Ruth, care, după moartea soţului, a rămas aproape şi a avut grijă de soacră. Soţia trebuie să înţeleagă că, prin căsătorie, face parte dintr-o familie extinsă, care acum include deopotrivă familia ei şi familia lui. Dacă nu-i poţi iubi pe ai lui, măcar păstrează o minimă decenţă, un minim respect, pentru o relaţie civilizată.

– Principiul iubirii egale față de ambele perechi de părinți. Trebuie să existe obiectivitate, gesturile de iubire să fie săvârșite alternativ și față de unii, și față de alții. De aceea atenție la exagerări!

***

M-aş întoarce acum la **relaţia mamă-fiică**. Am vorbit la un moment dat despre gelozie, despre concurenţa dintre mamă şi fiică pentru afecţiunea soţului / tatălui. Aş vrea acum să punctăm doar alte câteva situaţii care pot apărea în relaţia mamă-fiică. Există mame care îşi consideră fiicele, de la o anumită vârstă, ca fiind egale cu ele. Am prietene care merg împreună cu fiicele lor la spa, la cumpărături, ies în oraş împreună. La polul celălalt, e modelul mamei care dă directive până la 16, 17, 18 ani şi atunci o pierde pe fată, care îşi doreşte să fie văzută, să fie apreciată, să fie autonomă, nu să fie tot timpul în umbra şi la dispoziţia mamei.

Din ambele atitudini trebuie să luăm ceea ce este bun și să eliminăm ceea ce este greșit. Să îi arăți copilei tale că o tratezi ca pe un egal este un lucru frumos, benefic într-o mare măsură pentru relația dintre voi și pentru formarea ei, doar că trebuie să pui în același timp și unele limite, să o ajuți să își stabilească niște repere, să aibă niște idealuri pentru care să lupte, cu efort, cu sacrificii. Într-un cuvânt, trebuie să o și responsabilizezi, să o și educi. Să nu aibă cumva sentimentul că i se cuvine tot ce primește, că lucrurile bune în viață apar din senin, fără muncă. Tu, ca mamă, trebuie să fii un reper pentru ea, să rămâi în primul rând mamă înainte de orice altceva, de asta e nevoie să îmbini prietenia cu autoritatea, apropierea cu respectul, atitudinea generoasă cu responsabilizarea și cu efortul. Din modelul celălalt, autoritar, poți lua preocuparea pentru realizarea și împlinirea profesională și umană a copilului, exprimarea unor exigențe față de copil, calibrate însă după nevoile și abilitățile copilului. Un stil prea permisiv, fără reguli, fără exigențe, și un stil prea autoritar, cu reguli stricte, cu rigori extinse până la vârstele mari ale copiilor, cu aplicarea de pedepse, sunt, în egală măsură, variante care pot afecta formarea copilului tău. În educație e nevoie de iubire, de sprijin, de acceptare, de sentimentul de libertate, dar și de fermitate, de respectarea unor principii și de responsabilizare. Asta asigură atât o dezvoltare armonioasă a copilului, cât și o bună relație cu el pe termen lung.

Cum facem atunci când relația dintre mamă și fiică se strică? Mai ales că tu, ca mamă, ești cea care stă de regulă cu gura pe ea, cea care îi spune cele mai multe „Nu"-uri, ceea ce creează de multe ori tensiuni și nemulțumiri. De obicei, fetele ajung să fie mai apropiate de tați decât de mame. Și au tot felul de momente deosebite unul cu altul. Eu v-am povestit cum Mihai și Teodora exersau împreună, iar eu încercam să-mi fac simțită prezența, să nu mă simt inutilă, pregătindu-le câte ceva. Dacă apăream cu steagul alb, râdeam împreună. Nu și dacă mă duceam la ei cu o atitudine critică față de ceea ce făceau ei împreună. Căci ai tendința să fii critică, când te simți lăsată pe dinafară. Aș vrea să cred că, în relația dintre mamă și fiică, e totuși ceva ce nu poate fi stricat de nimeni.

Da. Deși ea te poate simți la un moment dat prea rigidă, cu prea multe așteptări și exigențe, și atunci migrează spre tată, pentru că el este mai permisiv, mai înțelegător cu ea, totuși cred că o relație cu mama nu se pierde definitiv, dacă mama își dă seama la timp că trebuie să îmbine autoritatea cu afecțiunea, cu atitudinea prietenească, cu comunicarea deschisă. Gândește-te la copil nu ca la un trofeu, cu care să te lauzi, ci caută să-l vezi fericit, împlinit, ascultă-l, înțelege-l, sprijină-l necondiționat, nu fi critică la orice face, la orice propune și nu fi o „fabrică" de sfaturi. Valorizarea aceasta a copilului de către mamă este foarte importantă, pentru că altfel, la un moment dat, fiica devine critică cu mama. La fel, dacă mama se poartă urât cu soțul ei, fiica se așază de partea tatălui, pe care îl consideră atacat pe nedrept de mamă.

Instinctual, îl protejăm pe cel mai slab.

S-au născut mereu dispute între mame și fiice, atunci când una dintre cele două a făcut lucruri moral inacceptabile și cealaltă le-a observat. De aceea cred că dragostea dintre ele ar trebui pusă pe primul loc. De departe, până la căsătorie, cea mai importantă relație din viața ta ar trebui să fie relația cu mama ta, pe care să o simți de partea ta. De aceea trebuie să ai respect față de ea, să nu o ataci, să nu o jignești, pentru că ai nevoie de ea ca de un reper. Sigur, nicio mamă nu e perfectă. Acceptă-i și imperfecțiunile și ia de la ea tot ce are bun.

Și o mamă, chiar și când greșește sau când face lucruri care nu îți convin, tot te iubește.

Da, persoana mereu plină de o dragoste dezinteresată rămâne mama ta. Niciodată mama ta nu te va iubi pentru ceea ce ai, ci pentru ceea ce ești tu cu adevărat.

Dacă și mama, și fiica înțeleg că niciuna dintre ele nu e perfectă, vor ajunge să se accepte reciproc și să se ajute una pe alta să crească în virtute. Auzim des că educarea copiilor este o creștere împreună. Și din perspectiva credinței, formarea unui alt om este o călătorie împreună, cum spunea mitropolitul Antonie de Suroj. Chiar dacă aveți puncte de vedere diferite, nu trebuie să ajungeți la jigniri, la lucruri pe care le veți regreta. Dialogul deschis rămâne soluția dezamorsării oricărei tensiuni.

De când e mică, mama trebuie să se preocupe să-i insufle fetei sale încrederea de a vorbi despre orice, „fără mânie și părtinire". Pentru asta, ea, mai întâi, trebuie să fie un om al lui Dumnezeu, pentru că din relația ei vie cu Dumnezeu își ia resursele atât pentru relația cu soțul, cât și pentru relația cu copiii. Totodată, să aibă ca primă prioritate aceea de a-i lăsa copilei sale, ca moștenire, această credință în Dumnezeul Cel viu, credință care va fi temelia întregului edificiu al vieții fiicei sale. Mergeți la biserică împreună, călătoriți împreună, ieșiți uneori doar voi două, petreceți timp de calitate una cu alta. O relație bună între mamă și fiică se bazează pe respect reciproc și pe dăruirea totală.

***

Când o discuție între femei e în pericol să devină **bârfă**?

Ei, aici avem o problemă, pentru că este adesea un obicei în viața multor femei să vorbească mai mult. Este un dat al femeii să folosească instrumentul acesta, comunicarea, mai mult, în timp ce bărbatul are o altă structură, mai simplă.

Poate pentru că ea observă mai multe aspecte, gesturi, atitudini, detalii, pe când un bărbat vede întregul.

Comunicarea dintre noi este un dar. De aceea Mântuitorul a comunicat cu apostolii, cu femeile mironosițe, cu samarineanca, cu poporul care Îl urma. Dacă ne gândim la modelul dialogului lui Iisus Hristos cu femeia samarineancă, vedem că Dumnezeu stă de vorbă pe îndelete cu femeia samarineancă, ce își povestește viața. Nu putem să spunem că acolo este bârfă. Deci noi ar trebui să identificăm ce e bârfă și ce este comunicare normală, nevinovată.

Cum le putem deosebi?

Când venim la voi în vizită, stăm la masă ca prieteni de familie, vorbim unii cu alții, ne simțim bine împreună, povestim, schimbăm idei. Fiecare vine cu perspectiva sa.

Deci faptul de a vorbi între noi nu este un păcat, dacă vorbim ce şi cum trebuie. Dumnezeu ţi-a dat modalitatea asta de a-ţi exprima sentimentele, părerile. Bârfa apare când vorbeşti de rău despre cineva, iar acel cineva nu e de faţă. Bârfa este o calomniere, o înjosire a cuiva. Dacă ducem discuţia mai departe şi privim bârfa drept un atac asupra celuilalt, înţelegem că prin acest lucru, considerat de cei care îl practică ceva nevinovat, minor, devenim de fapt, conform Sfinţilor Părinţi, „ucigători de oameni". Adică, prin bârfirea unei alte persoane în faţa cuiva, ucizi imaginea aceluia în ochii partenerului tău de discuţie. Deci păcatul bârfei apare atunci când ai un ochi răutăcios, când cauţi şi găseşti defecte peste tot, când maximizezi răul, când ataci verbal un om pentru ceva ce a făcut sau nu a făcut. Bârfa este opusă Evangheliei. În Evanghelie se vorbeşte numai de bine despre lume, iar prin bârfă, ca opus al ei, cauţi numai răul.

Părinte, dar dacă observ că cineva e neîngrijit, că are barba nerasă şi părul nepieptănat şi vă spun asta, e o bârfă?

Una e să vezi şi să spui că cineva e nepieptănat şi alta e să tragi concluzia că e o persoană neîngrijită. De multe ori, bârfa e o judecată, e o generalizare maliţioasă. Invidia, bârfa şi judecata sunt deseori legate una de alta. Dumnezeu ne judecă după scopuri. De ce spui tu ceva despre un alt om? Ce urmăreşti? Asta e întrebarea care te lămureşte ce e bârfă şi ce nu, ce e vorbire vinovată şi ce nu. Nu este bârfă dacă discutăm despre cineva cu scopul de a vedea ce am putea face pentru omul acela care e neîngrijit – poate are o problemă în familie, poate trece printr-un moment greu. Deci scopul dă valoare discuţiei respective. Dacă discuţia denaturează, dacă e doar o scoatere gratuită în evidenţă a defectelor cuiva, dacă urmăreşte doar amuzamentul facil şi ironiile răutăcioase, dacă e o reglare de conturi, dacă e doar o altă formă de mândrie prin care vrei să arăţi că eşti superior, atunci sigur vorbim despre bârfă, care este o „plăcere vinovată". Hrănindu-ți dorința de a ataca, îți hrănești mândria din tine.

Cum o oprești?

Vino cu perspectiva iubirii, care îmbracă totul în alt veşmânt. Ura, ironia, calomnia dezbracă totul fără milă, cu cruzime, din dorința de a descoperi urâtul din om, ceea ce e rușinos și neplăcut la el, pe când iubirea acoperă urâtul și vede doar ceea ce e bun și frumos. Refuză să se focuseze pe lipsuri și caută să valorifice plusurile. Poate că omul ăla a greșit pentru că are o problemă. Astfel creștinul iubitor caută mereu să nu acuze păcătosul, ci doar păcatul; e înțelegător și iertător cu cel păcătos și necruțător cu păcatul, care strică totul. Îmi amintesc o vorbă foarte puternică, ce mi-a rămas în suflet, de la Patriarhul Teoctist: „Urăsc păcatul, dar iubesc păcătosul." Adică a greșit, dar eu îl iubesc așa cum e. Încerc să vindec păcatul și rămân într-o relație bună cu păcătosul.

La serviciu, bârfa poate să apară cel mai ușor în pauzele de la de la țigară, în pauza de masă, în team-buildinguri. Ai două lucruri de făcut când se bârfește în jurul tău. Prima: ***nu bârfi tu, nu pune tu paie pe foc.*** *Și a doua:* ***încearcă să vii tu cu o altă perspectivă****, de a-l ajuta pe cel care a greșit, de a-i salva onoarea. Atenuează cumva răul pe care ceilalți îl prezintă, găsește-i scuze celui acuzat, fii cumva solidar cu el. În felul acesta ai transformat bârfa într-o discuție care poate fi benefică pentru cel bârfit și ai pus acolo harul lui Dumnezeu. Soluția pentru bârfă e formulată de însuși Cuvântul lui Dumnezeu. Iisus Hristos spune: „N-am venit să judec lumea, ci ca lumea să se mântuiască prin Mine." (Ioan 3, 17) Și dacă ar fi să transpunem Cuvântul Domnului în anul 2023, în societatea bârfitoare de astăzi, ar suna astfel: „Eu, ca orice om care are valori creștine, n-am venit să-i judec pe colegii mei, pe frații mei, pe prietenii mei,* *ci ca ei să se folosească de lucrurile frumoase pe care le pot scoate dintr-o discuție.”*

Asta e deja educație.

Da, asta este educație. Bârfa trebuie și ea educată, și anume să duci discuțiile în zone nevinovate, fără atac la persoană. Din păcate, azi, bârfa a ajuns o industrie de scos bani. Peste tot triumfă cancanul, curiozitatea bolnăvicioasă. Uitați-vă numai când moare o personalitate. La televiziunile de profil se dezbat zile întregi aspectele vieții acestuia. Parcă asiști la o disecție morbidă în direct, unde toate părțile ascunse sunt aduse acum la lumină. Această curiozitate inexplicabilă trebuie stăpânită, pentru că ne umple mintea de nimicuri și ne distrage de la esențial. Treaba ta nu e să știi ce a făcut nu-știu-ce vedetă cu nu-știu-ce amant în nu-știu-ce oraș de pe Coasta de Azur. Acesta nu e divertisment, ci e o mizerie pe care ți-o torni singur în cap. Nu e păcat să ne hrănim cu astfel de resturi, când am putea să ne petrecem timpul făcând ceva cu adevărat hrănitor pentru noi și pentru cei dragi nouă?! Zi mai bine o rugăciune, decât să stai ore în șir la televizor urmărind reality-show-uri regizate, unde oamenii își varsă toată mizeria, toată prostia și toată incultura.

Eu mi-am crescut copilul să nu vorbească niciodată la ureche cu altcineva când mai e cel puțin o persoană de față. Și mi-a zis: „Mama, dar toată lumea face asta.” Mi se pare o lipsă teribilă de politețe.

Da, iată un lucru pe care cititoarele noastre nu trebuie să-l facă.

Dacă ai ceva să îi spui cuiva, oprește discuția și spune-i.

În primul rând, îi jignești pe toți ceilalți, procedând așa. Noi avem prieteni de naționalități diferite și iarăși este o mare lipsă de educație și de bun-simț să vorbești la masă în limba română, când e prezent un om care nu o înțelege. Bunăoară, prietena lui Gabriel este englezoaică şi, când vine în România şi luăm masa împreună, ne străduim să vorbim numai în limba engleză. Sau Gabriel traduce ceea ce nouă ne e mai dificil să exprimăm.

Şi dacă e cineva care nu înţelege, spune-i ce s-a spus. Adică nu-i da senzaţia că e în afara discuţiei. Măcar fă-i un fel de rezumat al chestiunii discutate.

Exact, asta este civilizat. Deci nu ne numim bârfitori dacă vorbim între noi curat și frumos. Și chiar dacă vorbim despre alții, nu e păcat atât timp cât o facem cu scopul bun de a corecta, de a observa, de a ne pune în sprijinul celui despre care se discută, cu condiția să fie și el informat despre această discuție.

Sau să fie și el de față. Bârfa apare atunci când acel om a plecat din discuţie şi tu începi să-i găseşti cusururi, defecte.

Eu nu-i prea îndrăgesc pe aşa-zişii yesmeni, cei care sunt întotdeauna de acord cu tot ce spui, pentru că au un interes din asta. Dimpotrivă, e normal să avem și păreri contradictorii. Îmi plac oamenii care au ceva de obiectat, când au argumentele să o facă. Cei care bârfesc sunt opusul acestor yesmeni. Ei sunt negativiș-tii de serviciu. Pentru ei tot ce fac ceilalți, din tabăra adversă, e rău, e negativ. Bârfa este însoţită întot-deauna de răutate. Și vedem asta adesea în societatea de azi. Sunt matinale la radio, de exemplu, unde efectiv totul e centrat pe atac, pe ironie, pe cancan. Matinalul tău însă are cea mai frumoasă creștere, cu toate că nu este condus de bârfă și de răutate. Iată că sunt suficient de mulți oameni care apreciază în continuare mesajul curat.

Părinte, vestea bună este că a trebuit să treacă 30 de ani ca să mă calific drept unul dintre cei mai ascultaţi oameni de radio. Adică am învăţat. Şi mie mi-au plăcut bârfele, şuşotelile, dar încet-încet am învăţat să mă debarasez de aceste „vanităţi plăcute", pentru că am înţeles că întâi trebuie să mă uit la mine. Cum ziceam, suntem extrem de duri cu ceilalţi, dar bârna din ochiul nostru nu o vedem.

Deci, cumva ar trebui să înţelegem de aici că, pe termen lung, e mult mai apreciat şi e mult mai bine pentru lumea dimprejurul tău dacă nu eşti bârfitor şi dacă ai întotdeauna un cuvânt bun de spus. O veste bună întărită de însăşi experienţa ta.

Şi dacă cineva e tentat să bârfească în jurul tău, opreşte asta.

Dacă ne gândim bine, Adam şi Eva au căzut din Rai din cauza unei bârfe. Şarpele şi-a început discursul de ademenire a primilor oameni cu o bârfă la adresa lui Dumnezeu. Deci dacă vei fi bârfitor şi vei fi răutăcios, tu vei avea de pierdut. Părintele Cleopa le amintea celor bârfitori că ei îi vatămă pe trei oameni în acelaşi timp: pe cel pe care îl bârfesc, pe cel cu care bârfesc şi pe ei înşişi.

A venit la mine o femeie care voia să facă curăţenie acasă la mine. Când am cunoscut-o, mi-a spus: „Părinte, eu am făcut curăţenie la multe persoane." Şi a început să-mi povestească ce se petrecea în fiecare casă în care lucrase. Bârfea şi îi punea pe ceilalţi într-o lumină proastă, pentru a se pune, de fapt, pe ea într-o lumină bună. În acel moment, i-am spus că nu vreau să o angajez. Dacă bârfea pe absolut oricine, era limpede că avea s-o facă şi în privinţa mea. Nu poţi să bârfeşti pe termen lung sau, dacă o faci, tu vei avea de suferit. De ce? Dacă bârfeşti pe toată lumea, prietenele tale se vor feri să-ţi mai spună secrete, se vor feri chiar de tine, pentru că un bârfitor este un om nesigur, pe care nu te poţi baza, în care nu poţi avea încredere, fiind un posibil trădător, un răspânditor de zvonuri negative, cineva pe care nu îl vrei în preajma ta.

Încă ceva. Trăim într-o lume a complezenţei, a minciunii, a formalismelor. Oamenii nu numai că bârfesc, dar nici nu mai au relaţii puternice cu alţii. Nici asta nu e o treabă prea bună. Şi atunci când ai găsit pe cineva cu care îţi place să conversezi, păstrează curăţenia acelei discuţii şi a acelei relaţii. Nu o altera cu bârfe şi cu minciuni.

Absolut, da. Să bârfeşti este o plăcere vinovată. Dar nu trebuie să exagerezi cu asta, pentru că se poate întoarce împotriva ta. Aminteşte-ţi de fiecare dată, când eşti tentată să judeci pe cineva, să deschizi gura pentru a-l bârfi în faţa altcuiva, ce a spus Iisus: „Vă spun că pentru orice cuvânt deşert, pe care-l vor rosti, oamenii vor da socoteală în ziua judecăţii. Căci din cuvintele tale vei fi găsit drept, şi din cuvintele tale vei fi osândit." (Matei *12, 36-37*)

***

Ce faci când ai senzaţia că Dumnezeu nu te aude?

Este limpede că noi toţi comunicăm cu Dumnezeu şi avem nevoie de sens, să ne simţim auziţi, să ştim că Dumnezeu ne aude. Timpul lui Dumnezeu nu este ca timpul nostru. Dumnezeu lucrează cu „vecii vecilor". Noi lucrăm cu minute şi secunde şi aşteptăm mereu, aici, acum, să ni se întâmple ce cerem ca la o apăsare pe telecomandă. Telecomanda asta ne-a stricat modul de a înţelege existenţa. Pâinea creşte încet, copilul creşte încet în burtică. Cele mai multe dintre realităţile din viaţa noastră nu funcţionează după principiul „acum să mi se întâmple asta". Suntem într-un aşa control al vieţii, dublat de o gravă criză a răbdării, încât am vrea ca şi Dumnezeu să ne spună: „Da, te-am auzit. Imediat fac ce Mi-ai cerut." Cred că ar trebui să Îi mulţumim lui Dumnezeu că uneori nu ascultă ce spunem. Pentru că Îi spunem tot felul de nerozii. Dumnezeu nu ne dă ce Îi cerem noi, ci ceea ce e bun și necesar pentru noi. Dacă copilul tău îți spune: „Tată, dă-mi cuțitul ăla mare să mă joc", tu nu-l bagi în seamă, nici nu-i răspunzi, pentru că e limpede că s-ar răni. Cam așa face Dumnezeu cu noi. Deși este cu siguranță greu să ai încredere că El e cu tine când te afli în întunericul problemelor tale, în necazul tău, în nevoia ta.

Da, dar atunci ai cea mai mare nevoie.

Ai nevoie să simți că te aude Dumnezeu. ***Credința este singurul mijloc prin care poți să Îl auzi pe Dumnezeu.*** *Credința este o simțire a prezenței lui Dumnezeu, un har. Așadar, dacă Îi ceri ceva acum lui Dumnezeu și ai vrea ca El să te asculte instant, greșești.* ***Ar trebui să ne rugăm mai bine să se facă voia Lui.***

Când eu și Doina am cumpărat apartamentul, am făcut trei metanii în living și am zis așa: „Ne dorim apartamentul, dar să fie după voia lui Dumnezeu." Și i-am dăruit proprietarului-vânzător o icoană a Maicii Domnului, în semn de prețuire că ne-am cunoscut. Peste două zile, m-a sunat să-mi spună: „Domnule, ce mi-ai făcut? A venit o doamnă din Israel, care mi-a oferit pe apartament cu 10 000 de euro mai mult decât dumneata, și nu am putut să i-l dau. Vino să ți-l dau ție cu prețul despre care am vorbit. Mă uitam când la icoană, când la doamna respectivă. M-am ridicat în picioare și i-am spus că vi-l dau dumneavoastră pentru că am simțit ceva, am simțit credință." Noi am spus atunci, în rugăciunea noastră, să se facă voia lui Dumnezeu.

Și dacă voia lui Dumnezeu nu coincide cu voia ta? Aici a fost un caz fericit.

Trebuie să-ți asumi faptul că înseamnă că așa era mai bine pentru tine. Cum știi că se face voia lui Dumnezeu, și nu voia ta? În primul rând, ar trebui să identifici mereu voia lui Dumnezeu în sufletul tău.

Tu ai liberul arbitru. În viața ta se face cum vrei tu. Dumnezeu doar îți dă în minte acel semn, acel reper pe care tu să îl urmezi, doar dacă vrei. El propune, nu impune. În adâncul ființei tale, în conștiința ta, Dumnezeu vorbește. Tu iei decizia. Cum se unește voia ta cu a lui Dumnezeu. Știi că se unește voia Lui cu voia ta atunci când în decizia pe care o iei simți o mare bucurie și împlinire. Lucrarea voii lui Dumnezeu se simte în bucuria deciziei luate.

Dacă ai cumva senzația că Dumnezeu nu te aude, asta poate avea o legătură și cu calitatea rugăciunii tale. Deci singurul mod în care relaționăm cu Dumnezeu este rugăciunea trăită, rugăciunea simțită, nu mecanică, rugăciunea în care simți în inima ta prezența lui Dumnezeu. Depinde foarte mult cum I te adresezi Marelui Dumnezeu, Împăratul Cerului. Nu în sensul că e nevoie de anumite „formule de adresare", ci e vorba de intensitatea prezenței tale în rugăciunea pe care o spui. Dacă ai dragoste de Dumnezeu, dacă te lași în voia Lui iubitoare, dacă pui voința ta în fața lui Dumnezeu, dacă Îl rogi pe El să îți dea capacitatea de a simți voia Lui în viața ta și ai răbdare să aștepți semnul, atunci acesta va veni.

Uneori, Dumnezeu îți dă niște semne pe care tu nu le observi.

De multe ori, poți să Îl simți în prezența, în apropierea unui om cu viață sfântă. Omul care are har are o iluminare, de aceea se numește om iluminat, pentru că asupra lui este harul, lumina curățitoare a Duhului Sfânt, care Îl face să vadă, să simtă mai mult decât omul obișnuit carnal. Omul care stă în prezența harului prin rugăciune, prin participare la biserică, prin sfătuirea cu duhovnicul, știe că trăiește într-o familiaritate a lui Dumnezeu. El simte tot timpul că Dumnezeu e cu el în toate. Dacă prietenii tăi cu care îți petreci timpul sunt oamenii lui Dumnezeu și când vii la biserică găsești iarăși oameni ai lui Dumnezeu, vei fi tot timpul luminată, tot timpul înconjurată de acest har. Şi atunci vei auzi vocea lui Dumnezeu mai uşor, dacă vei avea ***pravila ta de rugăciune, dacă te vei ruga des şi dens****, dacă vei avea „Rugăciunea inimii"; vei avea sentimentul puternic al prezenţei lui Dumnezeu, care vine din simţire şi din trăire. În rugăciune simţi pace, bucurie, încât uneori îţi vine să plângi. Stând în faţa lui Dumnezeu, simţi o prezenţă care te alină, o adiere de alinare în inimă.*

Pentru asta trebuie să te fi rugat mult.

Da, dar asta e prezenţa lui Dumnezeu, care chiar şi pentru puţin efort ţi Se dăruieşte. Dumnezeu e atât de smerit şi delicat, nu vine agresiv, nu sparge uşa, nu intră cu bocancii, ci bate discret la uşă şi aşteaptă un semn de la tine. O mică întredeschidere din partea ta aduce lumina lui Dumnezeu în viaţa ta.

Eu ce pot să fac pentru Dumnezeu? Noi, oamenii, ce putem face pentru Dumnezeu?

Ce putem face pentru El e să fim ai Lui, să trăim cu gândul la El, să Îl auzim când ne invită să fim următori ai Lui. Ca să te audă Dumnezeu, trebuie să Îl auzi tu pe Dumnezeu. Trebuie să ai disponibilitate de a-L auzi și, pentru asta, trebuie să se facă puţină linişte, căci e mult prea multă gălăgie în viaţa ta. Nu poţi să-L auzi pe Dumnezeu şi totodată zgomotul lumii.

Ce poate face un creştin care a primit din plin astfel de dovezi de dragoste de la Dumnezeu, ce ar putea el spune în afară de „Mulţumesc Doamne, pentru tot ce am şi tot ce sunt!"? Cum să facă ceva pentru Dumnezeu sau în numele lui Dumnezeu?

Cum am spus, darul tău pentru Dumnezeu eşti chiar tu. Străduieşte-te să fii tot mai mult ca El şi asta va fi cea mai mare bucurie pentru Cel Care a fost dispus să şi moară numai să te salveze pe tine din ghearele păcatului. Ca să audă cineva vocea lui Dumnezeu, ar trebui să fie mereu dornic să meargă pe calea lui

Dumnezeu. Adică el trebuie să călătorească, tot timpul. Relația cu Dumnezeu e o mișcare, un urcuș, o călătorie continuă. Așa spunea părintele Cleopa: „Omul care vrea să se mântuiască, cu întrebarea să călătorească." Adică, dacă ești preocupat mereu de teme spirituale, întrebi despre chestiuni care țin de suflet, cauți oameni care deja au experiența rugăciunii, a întâlnirii cu El și care te pot călăuzi. Îl rogi și pe duhovnicul tău să îți spună mai multe despre viața ta sau despre viața lui Dumnezeu în viața ta. Uneori îți poate răspunde Dumnezeu prin vocea copilului tău, prin sfatul unui prieten, printr-o carte pe care o citești...

Și pe Google?

Da, lucrează Dumnezeu și prin Google. Lucrează Dumnezeu prin căutarea ta densă și sinceră, cu condiția ca ceea ce cauți să aibă ca prim scop creșterea ta duhovnicească. Poți căuta, desigur, și lucruri obișnuite, însă ideal este să îmbini căutările normale cu căutările spirituale. Ai nevoie să cumperi ceva și cauți pe Google să compari prețuri să știi de unde să cumperi ceva. Până aici totul e firesc. După ce ai găsit ceea ce ai căutat, caută pe Google și Acatistul Domnului nostru Iisus Hristos și citește-l sau intră pe YouTube și ascultă-l. Mie îmi place Acatistul Domnului cântat de părintele Vlad Roșu. Cântă foarte frumos și te așază în starea de rugăciune. Așa îmbini pe Google căutările normale cu căutările duhovnicești. Și mai e ceva, noi căutăm cu superficialitate. Aici este greșeala noastră de multe ori: căutăm pe prima pagină de la Google și așteptăm răspunsul instantaneu, dar poate că răspunsul bun e la paginile 10-12 de pe Google.

Deci trebuie să le parcurgi pe toate până la 12 ca să înțelegi cu adevărat.

Da, să ai răbdare ca să parcurgi totul cu înțelepciune. Și înțelepciunea aceasta vine când îți asumi că vocea lui Dumnezeu se simte doar în urma unui efort al tău, în urma unei rugăciuni pe care ai făcut-o, în urma unui timp petrecut în fața cărții, răsfoind. Ea e un dar, însă unul „provocat". Dumnezeu așteaptă să Îl „provocăm", ca să ne dăruiască cele mai bune daruri. Răspunsul căutării tale îl poți găsi în Biblie. Dacă te-ai certat cu cineva sau ai o relație conflictuală, te duci la Biblie. Dacă vrei să Îl auzi pe Dumnezeu, citește-I Cuvântul și Îl vei auzi. El ne vorbește prin cuvintele Scripturii, care sunt ca niște scrisori pe care Dumnezeu ni le-a trimis, pentru a ne lăsa în ele harta și indiciile pentru călătoria către El. Mai ales în Noul Testament Îl auzim pe Dumnezeu vorbindu-ne direct, arătându-ne ce să facem ca să Îl întâlnim, ca să Îl auzim, ca să fim împreună cu El și aici, și în vecii vecilor. El va vorbi în inima ta prin efortul tău, prin deschiderea ta spre El, prin strădania ta de a căuta sincer, de a te ruga, de a citi. Bunicii mei așa procedau când voiau să facă ceva: întrebau „E după voia lui Dumnezeu ce facem noi?". Adică se conectau cu Cuvântul lui Dumnezeu, cu Sfinții Părinți, cu duhovnicul lor.

Dumnezeu poate fi auzit. Vocea Lui poate fi auzită, trebuie doar să vrei să-L asculți, să te preocupi mereu să fii în legătură cu El.

Când te rogi, Îl auzi pe Dumnezeu vorbind în inima ta; când citești, Îl auzi pe El vorbindu-ți direct, când te duci la locuri sfinte, Îl vei auzi pe Dumnezeu. Orice rugăciune am făcut la Mormântul Sfânt, a fost ascultată. Dar nu numai acolo, ci oriunde se roagă cineva, e Dumnezeu acolo, cu el. În Liturghie, de exemplu, când preotul strigă, ridică mâinile la cer și spune „Trimite harul...", vine Duhul Sfânt și ne luminează, biserica devine Cer. Ești atunci în prezența lui Dumnezeu. În timpul Epiclezei (momentul din cadrul Sfintei Liturghii, când preotul, cu brațele ridicate, cere venirea Sfântului Duh care să sfințească pâinea și vinul în Trupul și Sângele Domnului), dacă tu-I ceri lui Dumnezeu să se facă voia Lui, în proiectul pe care îl ai, în lucrarea pe care o desfășori, în problema pe care o ai, Dumnezeu va fi neîndoielnic alături de tine. Cere-i asta lui Dumnezeu: „Ai grijă Tu de mine, Doamne!" Eu Îi mai spun de multe ori: „Sărut mâna, Tată! Dă-mi ce știi Tu că am eu nevoie." Și simt că mă aude, simt o mângâiere a răspunsului Lui, care nu este una fizică, ci este o trăire fină, în adâncul sufletului. Îți vorbește Dumnezeu, dar numai în adâncul sufletului tău și cu condiția să fie pace acolo, în sufletul tău.

Să nu fie agitație prea mare, că nu se mai aude, nu se mai simte.

***

Cum creștem singuri un copil?

În situația asta este o suferință. Cumva, copilul ar trebui să înțeleagă, să simtă, atunci când apare un divorț, când apare o despărțire, că, deși e o situație grea, tristă, e mai bine așa pentru el. Cea mai mare durere pentru un asemenea copil este că și-ar dori foarte mult să trăiască într-o familie cu mama și cu tata. Numai când nu se mai poate rezolva situația în care s-a ajuns, după multe încercări de reîmpăcare și cu sfătuirea duhovnicului, trebuie să se apeleze la divorț. Trebuie să lămurești copilul că este spre binele lui, că răul e mai mic acum fără celălalt părinte. Și trebuie să compensezi lipsa celuilalt părinte printr-o prezență vie. Munca ta e dublă. Ar trebui să ai alături niște prieteni. Poți apela și la ajutorul comunității parohiale de unde aparții. În biserică se găsesc și voluntari care pot să sprijine greul pe care o mamă singură îl are de dus.

O îndemn pe mama singură să nu se însingureze, să vină la preotul duhovnic să se spovedească și să ia fiecare zi cu provocările ei, să nu anticipeze greutăți care încă nu au venit, pentru a nu se împovăra și mai mult. În fiecare dimineață să zică: „Doamne, ajută-mă să duc crucea aceasta până diseară!" Și a doua zi la fel... Dacă tu îți iei puterea de la Dumnezeu, vei reuși să ai putere să dai și copilului. Să te ajute Dumnezeu să poți să îți ajuți copilul să se dezvolte neafectat de această mare dramă prin care a trecut!

***

De ce nu putem să ne abținem când consumăm alcool? Ce face **alcoolul**?

Alcoolul este un mare drog, a nenorocit multe familii.

Ne controlăm când suntem treji și, când consumăm alcool, devenim dintr-odată diferiți, distrugem tot ce am construit și greșim, rănindu-i pe toți cei din jur. De multe ori spunem prostii, facem lucruri grave, care nu mai pot fi reparate.

Așa este. În ceea ce privește cauzele pentru care unii oameni beau, cred că alcoolul este un tratament antidepresiv la un moment dat. Un fel de anestezic.

Așa cum și mâncarea este pentru unii tot un antidepresiv.

La început omul se duce spre asta, că acolo-i dispar frustrările. Apoi apare dependența. Aici este o mare problemă. Dacă nu-ți lămurești frustrările cu alți oameni dragi, dacă nu ai o structură interioară puternică, să recunoști că ai nevoie de ajutor, atunci te duci spre băutură, crezând că ea te ajută să scapi lucrurile nerezolvate. Câteodată, când îți e greu și simți că ai presiuni prea mari, bei, că nu mai știi ce soluție să găsești.

Dar este o soluție de foarte scurtă durată.

Evident, nici măcar nu e o soluţie în asta, e o minciună, pentru că de fapt după aia îţi face rău. Alţii beau pentru că vor să epateze atunci când toţi prietenii lor beau şi consideră că băutura îi ajută să se simtă bine.

Dar de ce te schimbi când bei? Asta înseamnă că eşti un om frustrat, că ai foarte multe suferinţe acumulate, nevindecate şi, în momentul în care bei, pentru că nu te mai controlezi, nu le mai conştientizezi, le uiţi?

Da. Numai că problemele nu se „îneacă" în alcoolul pe care îl bei, ci doar se conservă, se amână. În plus, băutura adaugă mereu altele. Sunt multe bariere în calea stării de bine, unele vin din firea pe care o ai, altele de la educaţie, altele de la părinţi, de la soţie, de la mediul în care trăieşti. Dacă ai în grădina sufletului tău multe bariere, vrei să găseşti soluţii să le ridici cumva. Şi sunt bariere care nu pot fi ridicate uşor. Atunci unii aleg să folosească alcoolul, pentru că le dă impresia că face să dispară în uitare aceste bariere.

Face bine sau nu când le ridici? Mai eliberează din presiune?

Da, pentru moment presiunea este uitată, dar ea nu dispare. De aceea, ideal ar fi să ai alături nişte prieteni buni, soţia, duhovnicul, psihologul, împreună cu care să ridici barierele astea şi să nu fie nevoie de alcool ca să îţi dea falsa impresie că le ridici. Aici este implicată şi calitatea prietenilor şi a lumii cu care te înconjori. La bărbaţi există, mai des, chestia asta ca o supapă, dar ea trebuie oprită la timp, pentru că are efect opus celui pentru care începi să o foloseşti. Important e să existe acea măsură, pentru că dincolo de măsura asta există penibilul. Şi atunci ar trebui să îi atenţionăm pe toţi cei care se duc către băutură că între penibil şi dezinhibat, între neplăcut şi plăcut e o graniţă foarte subţire.

Am întâlnit și femei care au abuzat de alcool, ceea ce este foarte neplăcut, trist și dureros.

Părinte, în Marea Britanie sunt femei care nu mănâncă sâmbăta nimic ca să poată bea alcool, pentru că e plin de calorii.

Din fericire, în România nu e chiar așa. Femeia română nu bea la fel de mult.

Ba da, tinerele beau. Și nu numai ele.

Da, întâlnesc și eu la spovedanie tinere care îmi spun că fac asta pentru că așa se face în gașcă. Sunt însă multe dintre ele care au văzut că, odată ce au băut, s-au simțit foarte rău, au avut stări de vomă, și apoi au renunțat.

Dar cele care nu se simt rău continuă să facă asta. În continuare cred că e vorba despre măsură și despre ce scoate alcoolul la suprafață. Dacă ți se pare că alcoolul te dezinhibează, te face să ridici barierele și ești mai sincer, atunci trebuie să te uiți la tine când ești treaz cu un pic mai multă atenție.

Le îndemnăm pe fete să evite să bea mult, pentru că au de suferit toate organele: creierul, ficatul, stomacul. Adolescenta care bea să se uite puțin la cum se simte apoi. Întotdeauna, după o escapadă ca asta, te simți mizerabil.

Aud foarte des: „Am băut să uit." Uiți pe moment, dar nu o să uiți cu adevărat dacă nu faci ceva ca lucrurile respective să se schimbe și mai ales dacă nu renunți la această minciună, care este alcoolul.

Așa cum spuneam, băutura este un mincinos tratament antidepresiv. Adică vrei să uiți în momentul acela, dar ce faci cu tine apoi?

Consumul de alcool a adus un mare deserviciu omenirii în general. Am foarte mulți tineri în jurul meu care au anxietate sau mai știu eu ce și apelează la tablete, la medicamente antidepresive. Când ai o problemă şi nu eşti bine, nu te lasă gândurile şi nu poţi să dormi, nici una, nici alta nu te ajută. Există vreun rău mai mic?

Orice pastilă are nişte compuşi chimici, care, în mod limpede, nu fac bine. Ar trebui să încercăm să facem tot ce putem să nu ajungem să luăm acea pastilă.

Problema este că cele mai multe dintre antidepresive lucrează la nivelul creierului.

Da, şi creează dependenţă. E limpede că ar trebui să facem ceva înainte să ajungem să luăm pastila. Dacă avem situaţii neplăcute, nefericite, atunci să căutăm un duhovnic. Poate că sunt mecanisme mentale care, odată dezlegate, te transformă într-un om liber şi din nou frumos. Există ticuri, diverse dependenţe pe care le poţi rezolva prin apelul la un duhovnic, la un psihoterapeut, la un psiholog, la un psihiatru.

Nu lua niciodată nimic doar pentru că ia altcineva.

Nu lua nimic pentru că ia altcineva sau nu lua nimic fără prescripţie. Nu lua nimic fără să îţi spună un specialist că e bine. Există medicamente care pot să facă un uriaş rău dacă nu eşti atent. Evită pe cât poţi să ajungi în răul pastilelor. Doar dacă un specialist spune că e absolut necesar să le iei, ia-le.

În privinţa alcoolului, pentru că dependenţa psihofizică pe care o cauzează e atât de mare, nu te apuca să bei, crezând că îţi faci un bine. Alcoolul este o otrăvire a psihicului şi a corpului tău. Răul pe care îl faci şi ţi-l faci este uriaş. Mult mai mare decât aparentul bine de o clipă. Dacă eşti la început, renunţă imediat, dacă deja eşti dependent şi nu te poţi lăsa, lasă-te ajutat, caută un specialist care să te ajute să ieşi din acest iad.

***

Este adevărat că trupul trage spre plăcerile lumești? Cum salvăm totuși sufletul?

Trupul vrea mereu plăcere. E adevărat că suntem ființe dihotomice. De asta, când instinctele ne conduc, sufletul este dominat, însă când sufletul este bine, când el este întărit, acesta domină instinctele și le face să asculte. Pentru asta avem nevoie de harul lui Dumnezeu, care ne întărește în această luptă de restabilire a priorităților, a întâietăților. Și în momentul în care harul lui Dumnezeu lucrează, vom pune sufletul la locul lui, drept conducător, pentru că sufletul și trupul sunt mereu în comuniune.

Cum ridicăm sufletul, cum îl facem din nou important, din nou suveran?

Ținând într-un echilibru trupul. Trupul și sufletul sunt într-o luptă. Cine are întâietate? Cel pe care îl hrănești tu are întâietate. Dacă mergi în desfrânare, doar pe pofta trupească, trupul te biruie, că trupul vrea plăcere. Dacă faci doar lucruri care îți hrănesc doar trupul, la finalul zilei nu vei fi fericit. Însă dacă dai hrană și sufletului, atunci acesta se întremează și preia controlul. Deci întotdeauna vei fi fericit și împlinit atunci când va veni bucuria pentru omul întreg. Atunci când vor fi hrănite egal trupul și sufletul. Ca să evităm plăcerile lumești păcătoase, acele plăceri care aduc cu ele păcatele ce apoi devin vicii cu grave consecințe asupra sănătății trupului și a sănătății mentale, ar trebui să înlocuim plăcerea cu bucuria. Bucuria este cea mai nobilă formă de înălțare spirituală, despre care și Apostolul Pavel vorbește („Bucurați-vă pururea, rugați-vă neîncetat!") și ea apare și rămâne în noi câtă vreme o trăim împreună cu cineva, câtă vreme simțim în noi dorința de a împărtăși bucuria pe care o trăim, câtă vreme ne dedicăm timp și energie în a-l bucura pe cel de lângă noi, cu specificația că, după ce ai oferit, cu sigurantă vei primi, în schimbul jerfei tale, răsplata cuvenită: fie aici, de la aproapele care a beneficiat de jertfa ta iubitoare sau de la altcineva, fie de la Dumnezeu, Care vede când ești nedreptățit și îți oferă El, cu generozitate, răsplata cuvenită, după cum a spus: „Bucurați-vă și vă veseliți, că plata voastră multă este în ceruri!" Trăind în bucurie și oferind bucurie, sufletul va fi cel care va conduce întreaga ta ființă și așa vei fi fericită, așa cum la slujba botezului, când copilul își începe viața, se spune: „Stăpâne, Doamne, Dumnezeul nostru, Care cu chipul Tău l-ai cinstit pe om, întocmindu-l din suflet cugetător și din trup bine alcătuit, ***ca trupul să slujească sufletului...*** *" Pune trupul în slujba sufletului și te asigur că vei fi fericită și aici, pe pământ, și dincolo, în Împărăția lui Dumnezeu!*

EPILOG

Portretul femeii împlinite

Am convingerea că, pentru femeia creştină, adevărata dezvoltare personală despre care se vorbeşte atât de mult astăzi este, în primul rând, **dezvoltarea spirituală**. Mai mult decât orice alte încercări de a gândi şi trăi pozitiv, credinţa creştină, trăită autentic, este pentru femeia din toate timpurile soluţia sigură pentru împlinirea ei completă. Acesta e mesajul pe care dorim să îl evidenţiem în paginile acestei cărţi. Împreună cu Liana am încercat să arătăm că şi astăzi se poate trăi autentic credinţa şi, mai mult decât atât, că această formă de dezvoltare spirituală este atât de necesară în zilele noastre, când stresul, depresiile, anxietatea, epuizarea, nesiguranţa, instabilitatea socială, schimbările de tot felul ne tulbură atât de mult.

Credinţa este un mod de viaţă; ea transformă complet viaţa femeii şi o umple de sens. Asta nu înseamnă că, în mod magic, problemele vor dispărea sau că noi, creştinii, ne amăgim, spunând că „totul va fi bine". Prin prezenţa lui Dumnezeu în viaţa voastră, indiferent de ce se va întâmpla sau oricât vă va fi de greu, voi veţi găsi, călăuzite îndeaproape de Har, prin duhovnic, o ieşire, o cale de supravieţuire, pentru că puterea harului „pe cele neputincioase le vindecă şi pe cele cu lipsă le împlineşte". Prin credinţă eşti o femeie integră, deplină, neafectată de vicii şi de presiunile care vin din exterior, neavând nevoie să primeşti confirmare pentru ceea ce eşti şi faci de la ceilalţi oameni, căci ţie Dumnezeu îţi vorbeşte lăuntric prin propria ta conştiinţă. Ascultându-vă deci propria conştiinţă, ascultaţi glasul Lui dinăuntrul vostru, căci „Împărăţia lui Dumnezeu este înăuntrul vostru" (*Luca* 17, 21).

Acesta este pentru mine portretul femeii împlinite şi fericite, care are ca sursă principală a frumuseţii sale frumuseţea lăuntrică, provenită din relaţia ei profundă cu Dumnezeu, prin rugăciune neîncetată şi dragoste curată.

Dacă ar fi să vorbesc despre principalele trăsături care alcătuiesc **portretul femeii creştine**, aş începe cu **delicateţea** sau **gingăşia**. Această calitate îi oferă femeii simţul de a şti ce, când şi cum să spună sau să facă. „Mănuşa de catifea", de care amintea Liana, când e purtată, o face pe femeie să poată spune delicat un adevăr mai greu digerabil, care spus altfel, brutal, direct, ar fi putut răni sau ar fi fost respins de către bărbat. E fundamental să ştii cum să comunici unele lucruri, fără insistenţă şi fără exagerări, bazându-te pe argumente, şi nu pe ambiţie, astfel încât să eviţi să ridici între tine şi ceilalţi ziduri de netrecut. Pentru acest deziderat te foloseşti uneori de cuvinte, alteori de tăcere, de un ton potrivit, de farmecul personal, uneori de blândeţe, alteori de fermitate, de creativitatea ta nativă – de toate calităţile cu care ai fost înzestrată de Dumnezeu. E un fel de diplomaţie fină această calitate. Apreciez că femeia înţeleaptă ştie să îi comunice bărbatului ei cu mult tact şi delicateţe lucrurile neplăcute, lucrurile pe care el ar trebui să le facă sau să le schimbe, astfel încât acesta să accepte mai uşor adevărul. E bine să vă păstraţi această fineţe specifică, evitând cu toate puterile să îmbrăcaţi haina asprimii, a judecăţii, a superiorităţii, a nemulţumirii constante, a exagerărilor de tot felul, a manipulării, a şantajului emoţional şi a conflictului, haine care v-ar îndepărta de pacea pe care ştiu că v-o doriţi atât de mult.

O altă mare calitate pe care orice bărbat o remarcă la voi este însăşi **feminitatea**. O femeie delicată, sensibilă, protectoare, pacifistă, empatică, afectuoasă este înger printre oameni. În felul acesta ea se aseamănă tot mai mult cu modelul suprem de feminitate – Fecioara Maria, cea care este, fără îndoială, cea mai iubită și apreciată femeie de pe pământ. Din păcate, la polul opus, provocată permanent de cerințele societății moderne, uneori astăzi femeia își pierde din feminitatea ei specifică, devenind prea dominatoare, intransigentă, perfecționistă, negativistă, preocupată excesiv de carieră, de succes și de lucrurile materiale. Astfel de excese aduc femeia într-o stare de epuizare, îndepărtând-o de ceea ce o face cu adevărat frumoasă – feminitatea, ca dar divin.

Pentru a rămâne feminine, vă recomand cu căldură să vă dozați bine energia astfel încât să nu dați prea mult orizontalului vieții, neglijând tocmai ceea ce vă face cu adevărat frumoase – iubirea împărtășită. O femeie **tandră** și **iubitoare** îi strânge în jurul său pe toți cei dragi, știe cum să aplaneze conflictele, cum să destindă atmosfera, cum să lege prietenii, cum să ajungă la inima celorlalți, cum să îi atragă și să-i țină aproape pe cei dragi, având întotdeauna un cuvânt bun, o surpriză plăcută, o încurajare, o mângâiere, fiind, cum am spus deja, înger printre oameni.

O altă calitate ce o împlinește pe femeie este **disponibilitatea la jertfă**, faptul de a se pune cu tot sufletul în slujba unor cauze care țin de binele celorlalți. Femeia este, prin natura ei, empatică și altruistă, de aceea se implică cu tot sufletul în viața familiei și acolo unde e nevoie de ea. Exemplul Lianei este ilustrativ pentru ceea ce înseamnă azi jertfelnicia femeii. Ea însumează fericit mai multe planuri, care se întrepătrund: este și soție iubitoare pentru Mihai, și mamă dedicată și implicată în viața Teodorei, și om de radio de succes, și moderatoare echilibrată, și un filantrop implicat pentru cauzele copiilor cu nevoi sau situații speciale, și o prietenă caldă pentru mulți oameni din presă și nu numai, și o femeie credincioasă iubită în comunitatea noastră parohială și peste tot unde se află. Din acest exemplu vedem că, prin jertfa ei înfăptuită cu bucurie și altruism, femeia poate fi o lumină chiar și în societatea noastră atât de plină de umbre.

De departe, virtutea care împlinește însă cel mai mult viața femeii este **credința** pe care o împărtășește celorlalți prin iubire. Prin flacăra credinței – iubirea devenită dor după Dumnezeu –, femeia ajunge să fie **„candela aprinsă a familiei"**. Prin credincioșia ei, ține vie credința celor din jurul ei, devenind model pentru copii și pentru întreaga familie. Ea este cea care îi aduce pe copii la biserică, cea care îi inspiră să se roage seara și dimineața, cea care îndeamnă la iertare, la generozitate, pe scurt, la trăirea pe viu a credinței. De relația ei cu Dumnezeu depinde binele celor din jur și, prin asta, binele și împlinirea ei. Dragostea ei rămâne darul cel mai prețios pe care îl poate oferi celor din jur, obținând, prin această jertfă, mântuirea sa și a familiei.

În final, doresc să adresez un mesaj personal cititoarelor cărții noastre. Uneori noi, bărbații, neglijăm sau omitem să apreciem îndeajuns tot efortul pe care voi, femeile, îl faceți pentru noi și pentru familiile noastre. De aceea, aș vrea să vă spun acum fiecăreia dintre voi, în numele tuturor bărbaților, un mare **„Mulțumesc!"**, pentru tot ceea ce faceți și sunteți în viețile noastre! Ne dați și ne întrețineți viața, ne iubiți și ne copleșiți cu mărinimia voastră. Aș vrea să vă îndemn să rămâneți neschimbate de răul din afară, să fiți în continuare frumoase la suflet, să vă păstrați calitățile pe care Dumnezeu le-a revărsat cu îmbelșugare peste voi. Nu renunțați să fiți așa, chiar dacă bărbații voștri uneori nu văd sau uită să v-o spună. Ceea ce faceți bine pentru alții vă modelează în primul rând pe voi. Bucuria și împlinirea voastră să vină, înainte de orice, din **viața trăită în Hristos**, apoi din **relația bună cu voi însevă** și din **bucuria de a-i face fericiți pe toți cei dragi vouă**. Fiți luminoase, fiți credincioase, fiți calde și bune, fiți puternice prin iubire, iertare și răbdare, fiți motivul care să-i inspire pe cei din jur să se schimbe în bine!

Cu dragoste în Hristos,
PĂRINTELE VASILE IOANA

CUPRINS

BOOKZONE